워더링 하이츠

클래식 라이브러리 004

워더링 하이츠

클래식 라이브러리　004
Wuthering Heights

에밀리 브론테 지음
윤교찬 옮김

arte

차례

일러두기

1 이 책은 Emily Brontë, *Wuthering Heights*, ed. by Alexandra Lewis(W. W. Norton & Company, 2019)을 번역 저본으로 삼았다.
2 모든 주석은 옮긴이 주다.
3 본문에서는 원문상의 단위법을 그대로 따랐다.
4 본문의 고딕체는 원서에서 이탤릭체로 강조한 부분이다.

1권

1장

1801년. 집주인을 찾아갔다가 막 돌아오는 길이다. 이곳에서 내가 상대해야 할 유일한 이웃이다. 여기는 정말 아름다운 곳이다! 혼잡한 인간 사회로부터 동떨어져 지낼 수 있는 곳이 영국 내에 이곳 말고 또 있을까 싶다. 사람들을 피하고 싶은 이들에게는 최상의 낙원이랄까. 히스클리프 씨는 내가 이곳의 황량함을 함께 나눌 수 있는 완벽한 짝인 셈이다. 멋진 친구! 말을 타고 내가 다가갔을 때 의혹에 찬 그의 검은 눈동자가 눈썹 밑으로 숨어드는 모습에, 그리고 내가 이름을 밝혔을 때 경계하며 손을 외투 속 깊숙이 찔러 넣는 모습에 내가 얼마나 호감을 느꼈는지 그는 알지 못할 것이다.

"히스클리프 씨인가요?" 내가 말했다.

그는 대답 대신 고개를 끄덕였다.

"내 이름은 록우드고, 새로 온 세입자입니다. 혹 제가 스러시크로스 그레인지에 묵고 싶다고 고집 피우는 통에 심기가 불편하셨을까 봐 도착하자마자 찾아왔습니다. 어제 듣기로는 다른 생각도 하셨다고……."

"스러시크로스 그레인지의 주인은 접니다." 그가 눈살을 찌푸리며 내 말을 가로막았다. "그 누구도 절 불편하게 하진 못하죠. 내가 막을 수만 있다면 말이죠. 들어오시죠!"

이를 꽉 문 채 '들어오시죠'라고 하는 말에는 '꺼져!'라는 느낌이 함께 배어 있었다. 그가 기대 서 있던 대문조차 들어오라는 말에 동조하지 않는 듯했다. 바로 이런 상황 때문에 내가 그의 초대에 응하자고 마음먹은 거란 생각이 들었다. 나보다 더 심하게 마음을 닫고 살아가는 듯 보이는 그의 모습에서 흥미를 느낀 것이다.

내 말이 가슴으로 대문을 밀며 안으로 들어가려 하자 그는 외투 속에서 손을 꺼내 문고리를 풀어 주었다. 그런 다음 무뚝뚝하게 진입로로 나를 안내했다. 마당에 들어서자 그가 소리쳤다.

"조지프, 록우드 씨의 말을 안으로 들이게. 그리고 포도주 좀 가져오고."

'집안일을 도맡아 하는 하인을 두었군.' 하인 한 명에게 두 가지 일을 시키는 모습을 보니 이런 생각이 들었다. '이러니 바닥 판석 틈새로 풀이 무성하고, 손질 못한 생나무 울타리를 가축들이 뜯어 먹는 것도 무리는 아니지.'

조지프는 근육질의 체구에 힘이 있어 보였지만 나이가 지긋한, 아니 꽤나 늙은 사람이었다.

"오, 하나님!" 그는 내 말을 건네받으면서 불쾌하고 짜증이 난 듯 중얼댔다. 찡그리며 불편한 표정으로 나를 쳐다보며 하나님을 찾는 게 내가 불쑥 나타나서라기보다는 먹은 게 소화가 안 돼서 그러는 거라고 나는 좋게 생각하기로 했다.

히스클리프 씨가 거주하는 집의 이름은 워더링 하이츠Wuthering Heights이다. '워더링'은 이 지역 사투리로 폭풍우에 노출된 격동적인 분위기를 이르는 말이다. 이곳, 위쪽에는 틀림없이 사시사철 맑고 힘찬 바람이 불고 있을 것이다. 저택 끄트머리에 있는 몇 그루의 작달막한 전나무들이 심하게 옆으로 누워 있는 모습이나 햇빛의 도움을 바라는 듯 한쪽으로만 가지가 기운 앙상한 가시나무의 모습에서 얼마나 바람이 강한지 알 수 있을 것 같았다. 이 집을 건축한 사람이 그 바람에 견딜 정도로 견고하게 지은 것이 그나마 다행인 듯, 폭이 좁은 창문은 건물 벽 깊숙이 박혀 있었고 건물 모서리에는 툭 튀어나온 거대한 돌들이 집을 지탱하고 있었다.

현관 문지방을 넘기 전 나는 현관 위에 장식된 수많은 기묘한 조각 작품에 매료돼 잠시 멈춰 섰다. 특히 정문 위에 무수히 많은 금이 간 그리핀 조각상과 발가벗은 사내아이들 조각상 사이에서 나는 1500년이라는 연도와 헤어턴 언쇼라는 이름이 적혀 있는 것을 보았다. 이것에 관해 몇 마디 언급하면서 이곳의 지난날 이야기를 간단히 듣고 싶었지만, 무뚝뚝한 집주인의 표정이 마치 빨리 들어오든가 아니면 당장 나가라고 하는 것 같았다. 집 내부를 구경하기도 전에 그의 심기를 건드리고 싶지 않기에 나는 그를 따라 안으로 들어갔다.

한 걸음 안으로 들어가니 현관 복도 없이 곧장 거실이 나타났다. 이 고장 사람들은 이곳을 가리켜 '하우스'라고 부르는데 대개 부엌과 응접실 겸용이다. 하지만 워더링 하이츠에서는 부엌이 저 안쪽으로 밀려 나간 듯 보였다. 사람들이 두런거리는 소리와 함께 부엌 도구들이 덜컥거리는 소리가 저 안쪽에서 들려왔기 때문이다. 큼지막한 벽난로에는 고기를 굽거나 물을 끓이거나 빵을 굽거나 한 흔적이 전혀 보이지 않았다. 벽에도 번쩍거리는 구리 냄비나 양철 국자가 눈에 띄지 않았다. 거실 한쪽 귀퉁이에 놓인 참나무로 만든 큼지막한 찬장에는 커다란 백랍 접시가 은 주전자와 맥주잔과 섞인 채 지붕까지 닿을 정도로 층층이 쌓여 열기와 빛을 발하고 있었다. 천장에는 원래부터 반자가 없었는지 귀리 빵과 소고기 다리 살, 양고기, 햄 덩어리가 걸려 있는 나무판이 가리는 곳을 빼곤 지붕까지 내부 전체가 다 드러나 보였다. 벽난로 선반 위에는 무시무시하게 생긴 다양한 구식 총과 장총 두 자루가 놓여 있었고 장식용으로 요란스럽게 칠을 한 차통 세 개가 올려져 있었다. 바닥에는 매끈한 하얀 돌이 깔려 있었고 초록색의 등받이가 높은 옛날식 의자들이 놓여 있었다. 그 밖에 튼튼해 보이는 검은 의자 한두 개가 그늘진 곳에 놓여 있었다. 찬장 아래 아치 모양으로 된 곳에는 큼지막한 밤색 암컷 포인터 한 마리가 낑낑거리는 새끼들에 둘러싸여 쉬고 있었고 다른 개들도 이 구석 저 구석을 어슬렁거렸다.

방과 가구는 고집스러운 용모에 건장하고 항시 무릎까지 오는 반바지와 각반을 찬 소박한 북부 지역 농부에 걸맞게 별반 색다른 것이 눈에 띄지 않았다. 저녁 식사 후 이 지역 언덕 부근을 5, 6마일 정도 돌아다니다 보면 대개 둥근 탁자 위에 거품이 넘치는 맥주잔을 놓고 팔걸이의자에 앉아 있는 농부의 모습을 볼 수 있다. 하지만 히스클리프 씨는 이런 집안 모습과 생활 양식과는 희한할 정도로 대조적인 모습을 하고 있었다. 그는 집시처럼 피부색이 까무잡잡했고, 복장이나 태도는 신사의 것이었다. 시골 지주 정도의 신사로, 다소 흐트러져 보이긴 하나 자세가 곧고 인물도 좋은 데다가 다소 무뚝뚝해 보였다. 그런 모습을 두고 천박한 자존심만 내세우는 건 아닌가 하고 생각하는 사람도 있을 것이다. 하지만 난 그와 공감하는 바가 있어서인지 절대 그렇지 않다는 것을 느낄 수 있었다. 남을 무뚝뚝하게 대하는 건 자신의 감정을 드러내길 싫어하는 성향 때문이란 걸 나는 안다. 나는 그가 서로에게 군이 친절하게 대하는 걸 싫어하는 성향이라는 걸 직감적으로 알 수 있었다. 그는 남을 사랑한다거나 싫어한다거나 하는 감정을 숨기려 할 것이고 사랑이건 미움이건 되돌려 받는 걸 부적절하다고 여길 것이다. 물론 그를 너무 속단하는 것 같고 내 감정을 지나치게 그 사람에게 이입하는지도 모른다. 지인으로 삼고 싶은 사람들을 만날 때 히스클리프 씨는 나와 전혀 다른 이유로 거리를 둘지도 모른다. 아니, 내 성격이 별나다고 해 두자. 어머니께서도 내가 절대 안락한 가정을 꾸릴 수 없을 거라 말씀하곤 했고, 바로 지난여름 나는 그 말씀이 옳다는 것을 증명해 보인 적도 있었다.

바닷가에서 한 달간 좋은 날씨를 즐기며 지내다가 나는 정말 매력적인 여자와 함께 시간을 보낼 기회가 있었다. 그녀는 몰랐겠지만 나에겐 정말 여신처럼 보이는 여자였다. 말로는 '사랑 고백'을 하지 못했지만 겉모습에서 모든 게 드러난다고, 어느 천치가 봐도 내가 그녀에게 빠져 있다는 걸 눈치챘을 것이다. 내 마음을 알아차린 그녀는 내게 정말 상냥한 눈길을 주었다. 그런데 내가 어찌했는가? 고백하기도 창피하지만, 달팽이 움츠리듯 싸늘하게 내 속으로 움츠러들다가 그녀의 눈길이 올 때마다 더 싸늘하게 물러섰다. 순진한 그 아가씨는 자신이 착각한 거라고 여기며 어쩔 줄 몰라 했다. 결국 그녀는 어머니를 졸라 해변을 떠나고 말았다.

이런 별난 성향 때문에 나는 남에게 일부러 냉정하게 구는 사람이라는 악명을 얻게 되었다. 하지만 이런 악명이 부당하다는 건 나 말고는 아는 사람이 없었다.

나는 집주인이 향해 가는 벽난로의 반대쪽에 앉아, 말 없는 분위기도 환기시킬 겸 어미 개를 어루만지려고 했다. 그 개는 자리에서 기어 나와 늑대처럼 몰래 내 다리 뒤로 다가와 나를 한번 물려고 그러는지 이빨을 드러낸 채 침을 흘리고 있었다.

내가 쓰다듬으려 하자 길게 으르렁거리는 소리를 냈다.

"그 녀석은 내버려 두는 게 나을 거요." 히스클리프 씨가 개가 으르렁대는 것을 저지하기라도 하듯 발로 걸어차면서 같이 으르렁대며 말했다. "귀염을 받아 본 적이 없는 개요. 애완용이 아닙니다."

그런 다음 옆문으로 성큼성큼 걸어가더니 다시 소리를 질러 댔다.

"조지프!"

조지프가 지하실 저 안쪽에서 뭐라고 중얼대는 소리가 들렸지만 올라오는 기척은 없었다. 그러자 주인이 지하실로 내려갔고 나만 홀로 남아 못되게 생긴 암캐와 내 일거수일투족을 마치 서로 다투듯 감시하는 험상궂게 생긴 두 마리 셰퍼드와 마주하게 되었다.

그놈들의 송곳니에 물리고 싶지 않아 나는 숨죽인 듯 앉아 있었다. 하지만 개 주제에 내가 제깟 것들을 몰래 깔보는 걸 어찌 알수 있겠나 하는 마음에 그 녀석들에게 윙크도 하고 얼굴을 찌푸리기도 했는데 재수 없게도 내 표정 변화가 암캐의 심기를 건드리기라도 했는지 별안간 으르렁대며 내 무릎으로 튀어 올랐다. 나는 그놈을 냅다 밀치고는 냉큼 탁자를 들어 방패로 삼았다. 이것이 벌집을 쑤셔 놓은 꼴이 되고 말았다. 어린 놈, 늙은 놈, 작은 놈, 큰 놈 할 것

14

없이 네발 달린 짐승 대여섯 마리가 구석에서 튀어나와 내게 돌진했다. 내 발뒤꿈치와 외투 자락이 주공격 대상인 것 같았다. 나는 불쏘시개를 들어 개들이 더 대드는 걸 겨우 막아 내면서 소리를 질렀다. 이 소동을 가라앉히려면 집 안 누군가가 도와주어야만 했기 때문이다.

히스클리프 씨와 그의 하인이 짜증 난 듯 무거운 걸음으로 지하실에서 올라왔다. 난롯가에서 개들이 덤벼들고 짖고 난리를 치는데도 그 누구도 재빨리 대응하지 않았다.

다행히도 부엌에 있던 여자 한 명이 서둘러 와 주었다. 억세게 생긴 그녀는 벌겋게 달아오른 얼굴로 소매를 걷어붙이고는 맨손으로 프라이팬을 휘두르며 뛰어들었다. 그녀는 프라이팬을 휘두르고 소리를 질러 대며 신기할 정도로 재빨리 소동을 진압했다. 현장에 주인이 도착했을 무렵 그녀는 마치 강풍이 지나간 바다처럼 혼자 숨을 헐떡이며 서 있었다.

"대체 뭔 일이오?" 나를 흘겨보며 주인이 물었다. 이런 쌀쌀맞은 대접을 받으니 나는 더 참을 수가 없었다.

"대체 웬일이라뇨!" 툴툴대며 내가 말했다. "미친 돼지 떼도 당신 개 떼처럼 고약스러운 귀신이 들리진 않았을 거요. 차라리 낯선 손님을 호랑이 떼와 남겨 두는 게 낫지!"

"쟤들은 물건에 손을 대지 않으면 절대 물지 않아요." 흐트러진 탁자를 정리하고 내 앞에 물병을 놓으며 그가 말했다. "개들이란 집을 지키게 마련입니다. 자, 포도주 한 잔 드시겠소?"

"아니, 괜찮습니다."

"물리진 않았소?"

"물렸다면 나도 저놈들에게 불쏘시개 자국을 남겼을 거요."

그의 표정이 누그러지면서 미소로 변했다.

"자, 자." 그가 말했다. "록우드 씨, 좀 당황하셨지요. 한 잔 드시구려. 이 집에 오는 손님이 워낙 없어서 나나 내가 키우는 개들이나 대접할 줄 몰라서 그렇습니다. 자, 건강을 위해!"

나도 하는 수 없이 고개 숙여 감사를 표하며 건배를 들었다. 개들 때문에 시무룩하게 앉아 있는 것도 한심한 일인 것 같았고, 게다가 내가 당한 일로 더 이상 그자에게 즐거움을 주기도 싫었다. 그건 그 사람의 유머 감각이 그런 성향을 보였기 때문이다.

멀쩡한 세입자의 심기를 건드리는 것이 어리석은 짓이라는 생각이 들었는지 그 역시 대명사나 조동사를 생략하는 식의 퉁명스러운 말투가 좀 부드러워졌고, 내가 묵을 곳이 지닌 장단점을 얘기하는 등 내가 관심을 둘 만한 화제로 이야기를 돌렸다. 우리가 대화를 나눈 화제에 대해 그는 훤히 다 아는 듯했다. 거처로 돌아가기 전 나는 내일 다시 와야겠다고 마음먹을 정도로 기분이 좋아졌다. 그는 분명 내가 다시 오는 것을 원치 않는 눈치였지만, 난 다시 오기로 마음먹었다. 놀랍게도, 히스클리프 씨와 비교해 볼 때 내가 훨씬 더 사교적이란 사실을 알았기 때문이다.

2장

어제 오후는 안개가 끼고 날씨도 추웠다. 그래서 황량한 들판과 진흙탕을 헤치고 워더링 하이츠로 가기보다 서재 난롯가에서 시간을 보낼까 생각했다.

이런 느긋한 생각으로 점심을 마치고 계단을 올라와(나는 12시나 1시 사이에 식사를 한다. 내가 이 집에 들어올 때 마치 집에 딸린 물건처럼 내게 맡겨진 점잖은 인상의 가정부는 5시에 식사를 하고 싶다는 내요구를 이해하지도 못하고 이해하려 들지도 않았다) 방으로 들어가는데, 하녀 아이가 사방에 빗자루와 석탄 통을 널려 놓은 채 바닥에 앉아 있었다. 그녀는 불을 잿더미로 덮어 *끄느라고* 방 안을 온통 먼지 더미로 만들고 있었다. 결국 나는 바로 내려와서는, 모자를 집어 쓰고 4마일을 걸어 히스클리프 씨 댁에 도착했다. 다행히도 눈보라의 조짐을 알리는 깃털 같은 눈송이를 피해 정원 문간 앞에 도착할 수 있었다.

황량한 언덕배기라 그런지 땅바닥은 된서리로 얼어붙었고, 차가운 대기 때문에 사지가 덜덜 떨렸다. 빗장이 안 풀려서 하는 수 없이 문을 뛰어넘어 까치밥나무가 듬성듬성 자라는 수풀로 경계를 만든 판석 깔린 길을 따라 달려갔다. 주먹이 얼얼할 정도로 현관문을 두드렸건만, 집 안에서는 개 짖는 소리만 들렸다.

'빌어먹을 인간들 같으니!' 나는 속으로 뇌까렸다. '이렇게 매정하고 불친절하니 이런 곳에 처박혀 사는 거지. 나 같으면 대낮에 문을 잠가 놓지는 않는다. 하지만 상관없어. 기필코 들어갈 테니까!'

그렇게 마음먹고는 빗장을 잡고 세게 흔들었다. 그러자 헛간의 둥근 창문 밖으로 조지프가 얼굴을 찡그리며 머리를 내밀었다.

"웬일이슈? 주인 나리는 양 우리에 가셨는디. 그 양반과 말하고 싶으면 헛간을 돌아서 가 보슈."

"집 안에 문 열어 줄 사람이 아무도 없소?" 나는 확실히 알아듣게 큰 소리로 외쳤다.

"주인아씨밖에 없슈. 당신이 밤새도록 난리를 쳐도 아씨는 안 열어 줄 거유."

"아니, 조지프. 그분한테 내가 누군지 말해 줄 수 없겠소?"

"내가 왜유? 나는 그런 일은 안 할 거유." 투덜거리는 소리와 함께 머리가 안으로 사라졌다.

눈발이 제법 두꺼워지기 시작했다. 빗장을 잡고 다시 흔들려는 그때, 외투도 안 걸친 채 어깨에 쇠스랑을 짊어진 한 젊은이가 내 뒤에 나타나 따라오라며 나를 불렀다. 우리는 빨래터를 거쳐 석탄광, 펌프, 비둘기장이 있는 돌로 포장된 구역을 지나 마침내 전에 안내 받았던 따스하고 널찍한 방에 도착했다.

그 방은 석탄, 토탄, 나무가 함께 타면서 엄청난 열기를 내뿜고 있었다. 식탁에는 풍성한 저녁 식사가 차려져 있었다. 식탁 가까이에서 나는 거기 있으리라고 생각지도 못했던 인물인 ─ '주인아씨'를 보게 되어 반가운 마음이 들었다.

인사를 마친 후, 그녀가 앉으라고 할 것을 기다리며 나는 서 있었다. 그녀는 의자에 기댄 채 나를 쳐다보기만 할 뿐, 말없이 꼼짝하지 않고 있었다.

"날씨가 험하네요." 내가 말했다. "히스클리프 부인, 댁의 하인들이 굼떠서 문짝이 배겨 나지 못할 것 같네요. 밖에 사람이 있다는 걸 알리느라 애 좀 먹었습니다."

그녀는 한마디도 하지 않았다. 내가 쳐다보자 그녀 역시 나를 빤히 쳐다보기만 했다. 하여간 아무런 관심도 없다는 듯 차분하게 쳐다보는 눈길에 나는 상당히 거북했고 기분도 언짢았다.

"앉으시죠." 젊은이가 퉁명스럽게 한마디 내뱉었다. "주인이 곧 올 겁니다."

나는 헛기침을 하면서 그가 시키는 대로 자리에 앉았다. 그런 다음 주노라는 이름의 사납게 생긴 개를 불렀다. 두 번째 만남이라 나와 가까워졌다는 것을 표시라도 하듯이 녀석이 꼬리 끝을 살짝 흔들었다.

"그놈 잘 생겼네요." 내가 다시 말을 걸었다. "부인, 혹시 저놈의 새끼들을 제게 분양해 주시면 안 될까요?"

"제 개가 아닙니다." 아름다운 자태의 여주인은 집주인 히스클리프 씨보다 더 퉁명스러운 톤으로 대꾸했다.

"아, 이런 놈들을 더 좋아하시는군요!" 고양이처럼 보이는 것들이 어스름한 구석에 놓인 쿠션 위에 모여 있는 것을 보고는 내가 말했다.

"별난 걸 다 좋아하시네요." 그녀가 비꼬듯 내게 말했다.

재수 없게도 그것들은 죽은 토끼들을 모아 놓은 것이었다. 나는 다시 헛기침을 하고는 궂은 저녁 날씨에 대해 말하며 난롯가로 다가갔다.

"외출하시지 말았어야 했어요." 벽난로 선반에서 채색된 차통 두 개를 집으려고 일어서며 그녀가 말했다.

여태껏 어두운 곳에 앉아 있었던 터라 그제야 비로소 그녀의 얼굴과 자태를 제대로 볼 수 있었다. 호리호리했고 아직 어린 티가 가시지 않아 보였다. 아름다운 자태에 여태껏 보지 못한 자그마하고 출중하게 예쁜 얼굴이었다. 오밀조밀한 얼굴에 갈색, 아니 금색 머리칼이 아름다운 목덜미에 흐트러져 있었고, 두 눈 역시 ― 표정만 순하면 좋으련만 ― 남의 마음을 사로잡을 수 있을 정도로 아름다웠다. 나름대로 보는 눈이 있는 나는 그녀의 눈에서 경멸이나 일종의 절박감 같은 게 뒤섞인 듯한, 그녀의 눈매와는 전혀 어울리지 않는 감정을 보았다.

그녀의 손이 차통에 미치지 못하는 걸 보고 나는 그녀를 도와주려고 했다. 그 순간 그녀는 마치 금화를 세고 있던 수전노가 누군가 도와준다고 나설 때처럼 놀란 시선으로 나를 쳐다보았다.

"도움은 필요 없어요." 그녀가 쏘아붙이듯 내게 말했다. "저 혼자 할 수 있어요."

"미안해요." 나는 서둘러 대답했다.

"차 마시러 오라고 초대받으셨나요?" 말쑥한 검은 옷에 행주치마를 걸치며 찻주전자에 넣을 찻잎을 한 스푼 든 채 그녀가 내게 물었다.

"한잔 주시면 고맙겠습니다." 내가 말했다.

"초대받으셨어요?" 그녀가 다시 물었다.

"아니요." 반쯤 웃는 얼굴로 내가 말했다. "초대해 주실 분이 바로 부인이신데요."

그녀는 차와 스푼 모두를 던지듯 내려놓고는 토라진 표정으로 의자에 앉았다. 이맛살을 찌푸리고 애들처럼 빨간 아랫입술을 앞으로 내민 채 울상을 지었다.

그러는 동안 젊은 남자는 다 낡아 빠진 웃옷을 걸치고 불 앞에 선 채, 마치 우리 사이에 무슨 철천지원이라도 있는 듯 나를 째려보았다. 그 순간 나는 이 젊은이가 이 집 하인이 아니구나 하는 생각이 들었다. 그의 모습에서 히스클리프 부부에게서 보이는 우월감 같은 것은 전혀 볼 수 없었고 옷 입은 꼴이나 말하는 투 모두 막돼먹어 보였다. 숱 많은 갈색 머리는 빗지 않아 헝클어져 있었고 구레나룻은 꼭 곰 새끼처럼 양 볼을 덮었으며, 손 또한 하인의 것처럼 거무튀튀했다. 하지만 그의 태도는 거만하다고 할 정도로 제멋대로였고 안주인을 모시는 하인의 부산스러움 따위도 전혀 보이지 않았다.

나는 젊은이의 신분에 대한 확실한 증거도 없는 상황에서 더이상 그가 하는 이상한 행동을 신경 쓰지 않는 게 낫겠다고 생각했다. 약 5분 후 히스클리프 씨가 거실로 들어오는 바람에 어색했던 상황에서 어느 정도 벗어날 수 있었다.

"약속했던 대로 오늘 다시 왔습니다!" 반갑다는 투로 내가 말했다. "그런데 날씨가 이래서 반 시간 정도는 꼼짝 못 하겠는데요. 그동안 쉴 곳을 제공해 주시면 감사하겠습니다만."

"반 시간이라고요?" 옷에서 하얀 눈을 털어 내며 그가 말했다. "왜 눈보라 치는 날을 골라 돌아다니는 거요. 진흙탕에서 길이라도 잃어버리면 어쩌려고? 이런 날 밤엔 황야 지리에 익숙한 사람들도 종종 길을 잃는단 말이오. 게다가 지금으론 날이 갤 조짐도 없어요."

"혹 집안 사람들 가운데 길을 안내해 주고 내일 아침까지 그레인지에서 묵고 돌아올 수 있는 사람을 구할 수 없을까요?"

"아니, 그런 사람은 없어요."

"아, 그렇군요. 그렇다면 절 믿고 돌아가 볼 수밖에요."

"그래요!"

"차 끓이는 거야?" 누추한 옷차림의 젊은이가 나를 향한 사나운 시선을 젊은 부인에게 돌리며 물었다.

"저분도 차를 드시나요?" 젊은 부인이 히스클리프 씨를 보며 물었다.

"얼른 준비 못해!" 히스클리프 씨의 대답이 너무 냉랭해서 나는 깜짝 놀랐다. 그의 말투에서 고약한 성미가 보이자, 나도 더 이상 그를 멋진 친구로 생각하고 싶은 마음이 사라졌다.

차 준비가 끝나자 내게 차를 권하며 그가 말했다. "자, 의자를 앞으로 당기시죠." 촌스러운 젊은이를 포함해 모두가 탁자 주위로 모였다. 하지만 차를 마시면서도 무거운 침묵만 흘렀다.

분위기가 이렇게 무거워진 게 내 탓이라고 느낀 나는 이런 분위기를 거둬 내는 것도 내 책임이라고 생각했다. 날마다 이렇게 음울하고 말없이 지낼 리 없고, 제아무리 성질이 고약하다고 해도 평소 이렇게 인상을 찌푸린 채 있을 리는 없지 않은가.

"이상도 하지요." 차 한 잔을 마시고 두 번째 잔을 기다리면서 나는 이렇게 말했다. "습관이라는 것이 우리의 취향이나 생각을 만들어 나가는 걸 보면 말이죠. 히스클리프 씨처럼 이렇게 사람들로부터 완전히 격리된 채 사는 게 어떻게 행복할 수 있겠냐고 대부분의 사람은 생각할 거예요. 하지만 감히 말하지만 가족들 품에 둘러싸인 채, 게다가 이 집 안을 꾸미고 당신의 마음을 사로잡는 아름다운 귀부인이 함께하는데……."

"어디 있소, 아름다운 귀부인이?" 악마처럼 냉소적인 웃음을 띠며 그가 내 말을 잘랐다. "누가 아름다운 귀부인이란 말이오?"

"히스클리프 부인 말입니다."

"원, 세상에! 몸뚱이는 땅에 묻혔어도 그녀의 혼령이 이 집의 수호신으로 남아 워더링 하이츠를 보살핀다는 말씀인가요?"

나는 뭔가 큰 실수를 했다는 생각이 들어 이내 말을 번복하려고 했다. 남편과 아내로 보이기에는 두 사람의 나이가 너무 차이 난다는 사실을 내가 깜빡한 것이다. 한 사람은 마흔 살 정도로, 그 나이에는 분별력이 있는지라 여간해서는 사랑 때문에 어린 여자와 결혼한다는 어리숙한 생각을 품지 않을 듯했다. 노년기에 들어서야 그런 꿈에서 위안을 찾게 마련이다. 상대방은 열일곱도 안 돼 보였다.

문득 이런 생각이 들었다. '혹 내 옆에서 그릇에다 차를 따라 마시고 씻지도 않은 손으로 빵을 먹는 저 멍청이가 남편일 수도 있겠구나. 저 녀석이 히스클리프 2세일지도 모르지. 그렇다면 그냥 산 채로 매장되는 셈인데. 훌륭한 사람들이 있다는 사실도 모른 채 저런 촌뜨기한테 몸을 던진 꼴이니 말이지! 정말 불쌍하기도 하지. 혹 자칫 실수해서 저 젊은 부인이 자신의 선택을 후회하게 만드는 일이 없도록 조심해야겠네.'

내가 너무 우쭐대기에 이런 생각을 한다고 보일 수도 있겠지만, 그렇지 않다. 내 옆의 젊은 친구는 거의 혐오감을 주는 모습이었다. 게다가 지난 시절의 경험상 나는 여자들에게는 꽤나 인기가 있었기 때문이다.

"당신이 말한 히스클리프 부인은 내 며느리요." 히스클리프 씨의 대답이 내 추측과 맞아떨어졌다. 그렇게 말하면서 그는 이상한 표정을 지으며 그녀에게 눈길을 돌렸다. 그가 대부분의 사람처럼 마음속에 품은 말이 얼굴에 그대로 드러나지 않고 속마음과 관계없이 표정을 지을 줄 안다면 모르겠지만, 히스클리프 씨의 표정에는 분명 증오심이 드러나 있었다.

"아, 그렇군요. 이제 알겠어요. 당신이 저 마음씨 고운 귀부인의 마음을 사로잡은 사람이군요." 이번에는 내 옆의 친구에게 눈길을 돌리며 말했다.

이 말에 사태가 더 악화되었다. 젊은 친구는 얼굴이 새빨개지면서 당장 덤벼들 태세로 주먹을 불끈 쥐었다. 하지만 이내 자신을 추스르며 내게 뭔가 심한 욕설을 중얼거리면서 화를 참았다. 나는 그저 모르는 척했다.

"선생, 불행하게도 당신의 추측은 맞질 않았소." 히스클리프 씨가 말했다. "우리 둘 다 당신이 말한 마음씨 고운 여인의 주인이 되는 영광을 누리지 못했어요. 저 애 남편은 죽었소. 저 애가 내 며느리라고 했으니 분명 저 애는 내 아들과 결혼한 건 맞소."

"그럼 이 젊은 친구는……."

"물론 내 아들이 아니오!"

자기를 두고 곰 같은 녀석의 아버지라고 여긴 것이 말도 안 되는 농담이라도 되는 듯, 그가 다시 웃음을 지었다.

"내 이름은 헤어턴 언쇼요." 화난 목소리로 젊은이가 말했다. "그리고 그 이름을 얕잡아 보지 않는 게 좋을 겁니다."

"내가 얕잡아 본다고는 안 했잖소." 젊은이가 너무 무게를 잡고 말하는 통에 속으로는 웃으면서도 이렇게 대답했다.

그는 내게서 눈길을 떼지 않았다. 나는 더 이상 못 참고 그 녀석의 귀싸대기를 때리게 될까 봐, 아니면 속으로 비웃는 소리가 밖으로 들릴까 봐 마주 보던 눈길을 피했다. 이놈의 단란한 집구석 모임에는 분명 내가 어울리지 않다는 느낌이 들기 시작했다. 우울한 분위기가 포근하게 나를 감싸 주던 온기를 압도해 버리자 나는 이 집구석에 다시 오려고 했던 계획을 재고해 보기로 했다.

차 마시는 일이 끝났으나 그 누구 하나 사교적인 대화를 나누려 하지 않았다. 나는 창가로 다가가 날씨를 살폈다.

밖에는 난감한 상황이 펼쳐져 있었다. 이른 시간부터 어둠이 내려앉기 시작했고, 어디가 하늘이고 어디가 언덕인지 구분이 안 될 정도로 바람이 휘몰아치고 숨도 못 쉴 정도로 폭설이 쏟아졌다.

"안내인 없이는 도저히 집에 갈 수가 없겠네요." 내가 절규하듯 소리쳤다. "길도 이미 다 묻혀 버렸겠고 설사 길이 보인다고 해도 한 치 앞도 구분이 안 될 거예요."

"헤어턴, 가서 저 양 열두 마리는 헛간 차양 안으로 몰아넣어라. 저렇게 밤새 모여 있다간 눈에 다 파묻히겠다. 그리고 앞은 판자로 막아 두고."

"나는 어쩌지?" 짜증이 난 나머지 내가 덧붙였다.

하지만 아무도 내 말에 대꾸하지 않았다. 둘러 보니 조지프가 개 먹이를 담은 양동이를 들고 들어오는 모습이 보였다. 불가로 몸을 기댄 히스클리프 부인은 차통을 제자리에 갖다 놓다가 벽난로 선반에서 떨어진 성냥 꾸러미에 불을 붙이며 시간을 보내고 있었다. 개 먹이를 내려놓은 조지프는 무슨 트집이라도 잡을 게 없나 하는 눈길로 방안을 훑어보더니 쉰 목소리로 불쾌한 듯 떠들어 댔다.

　"모두 다 밖에 나갔는디 어쩜 그렇게 빈둥대며 이상한 짓만 하는 겨! 정말 쓸모없는 인간이란 말이지. 말하면 뭐 혀, 나쁜 버릇을 누굴 주겠어. 제 엄마처럼 결국 악마한테 갈 게 뻔한 거여."

　한순간 나를 향해 한 소리인 줄 알고는 화가 치밀어 올라 노인네를 내쫓아 버릴 생각으로 앞으로 나섰다. 그런데 히스클리프 부인이 말하는 통에 걸음을 멈췄다.

　"이 빌어먹을 늙은 위선자!" 그녀가 대꾸했다. "마귀 이름을 대다가 몸뚱이째 끌려가는 게 무섭지도 않은가 보지? 날 건드리지 않는 게 좋을걸. 당신을 끌고 가 달라고 마귀한테 특별히 부탁해 볼까. 여기 좀 봐, 이 늙은이야." 선반에서 뭔가 길쭉한 검은 책을 들며 그녀가 떠들어 댔다. "내 마술 실력이 얼마나 늘었는지 한번 보여 주지. 이제 마술에 완전히 도통했다고. 붉은 암소가 우연히 죽은 줄 아는가 보지. 당신 신경통을 하나님의 섭리로 생각하면 그건 오산이야!"

　"세상에, 고약하기도 허지!" 노인네가 신음하듯 말했다. "주님, 마귀에게서 절 구해 주셔요!"

　"이 저주받을 노인네, 당신은 이미 하나님에게 버림받은 거야! 꺼지지 않으면 내가 정말 혼내 줄 거라고! 내가 밀랍이랑 진흙으로 네 본을 뜰 거야. 그리고 내가 정해 놓은 한계를 처음으로 무시하는 자는 ―그런 사람이 어떻게 될진 말하지 않겠어. 하지만 곧 알게 될 거야. 꺼져, 내가 항상 주시할 테니까!"

귀여운 마녀가 예쁜 눈에 악의를 품는 척하자 조지프는 정말 덜덜 떨면서 "사악하긴!" 하고 외치면서 기도문을 중얼거리며 밖으로 나갔다.

나는 그녀가 하는 짓이 단지 지루한 나머지 한 장난에 지나지 않는다고 생각했다. 우리 둘만 남게 되자, 난 곤경에 처한 내 처지에 그녀의 관심을 끌어 보려고 애썼다.

"히스클리프 부인." 내가 진지하게 말했다. "귀찮게 해 미안합니다만, 부인 얼굴을 보면 마음씨 착한 분일 거라는 생각이 들어서 부탁드립니다. 내가 집으로 돌아갈 때 찾아볼 수 있는 이정표 좀 있으면 알려 주세요. 당신이 런던 가는 길을 모르는 것처럼 나도 어떻게 집에 돌아가야 하는지 모른답니다!"

"오던 길로 가세요." 그녀는 그렇게 대답하고는 초 한 자루를 든 채 길쭉한 책을 앞에 펼치고는 의자에 편안하게 앉았다. "짧은 조언이지만, 이게 제가 드릴 수 있는 전부이에요."

"그러다가 내가 눈 덮인 늪이나 구렁 속에서 죽은 채 발견됐다는 소식을 듣게 되면 부인께선 '나도 일말의 책임이 있지' 하고 속삭이는 양심의 소리를 듣게 될 텐데요."

"어째서요? 전 같이 가 줄 수가 없어요. 정원 담벼락까지 가는 것도 허락받지 못할 겁니다."

"당신과 같이라니요! 나 편해지자고 이런 밤중에 부인 보고 저 문지방 너머에 같이 가자고 하는 건 실례되는 일이지요." 내가 말했다. "저는 그저 길을 알려 달라는 것이지 길을 안내해 달라는 건 아님니다. 아니면 히스클리프 씨를 설득해 안내인 한 명을 붙여 주시든지요."

"누구요? 히스클리프 씨와 언쇼, 질라, 조지프, 제가 전부인데 그중 누구를 원하시는데요?"

"농장에 젊은 사람들은 없나요?"

"없어요. 우리가 전부에요."

"그러면 여기 남는 방법밖에 없겠네요."

"그러시면 집주인과 상의해 보세요. 저는 아무런 도움도 줄 수 없어요."

"성급하게 이 언덕배기로 올라오면 안 된다는 좋은 교훈을 얻었으면 합니다." 부엌문 앞에서 히스클리프 씨가 단호한 투로 말했다. "여기서 묵겠다고 하시는데, 우리는 손님 방이 없기에 당신만 괜찮다면 헤어턴이나 조지프와 침대를 같이 써야 할 거요."

"여기 의자에서 잘 수 있어요." 내가 대답했다.

"안 돼요. 절대 안 됩니다! 돈이 있든 없든 외부인은 외부인이에요. 내가 보고 있지 않는데 외부인이 내 구역을 돌아다니게 하는 건 내 성미에 안 맞아요." 그 무례한 남자가 내게 이렇게 말했다.

이런 모욕을 당하자 내 인내심도 극에 달했다. 나는 불쾌하다는 말과 함께 그를 지나쳐 마당으로 뛰쳐나갔다. 급하게 나오다가 언쇼와 부딪히기도 했다. 하지만 밖이 너무 어두워 나가는 문조차 보이지 않았다. 이리저리 헤매다가 이 집 사람들이 서로 간에 얼마나 예의를 차리는지 보여 주는 대화를 듣게 되었다. 처음에는 젊은 친구가 내 편을 들어주는 것처럼 들렸다.

"제가 그레인지 숲까지 같이 갈게요." 그가 말했다.

"네가 같이 간다고!" 주인인지 아니면 무슨 관계인지는 모르겠지만 히스클리프 씨가 소리를 질렀다. "그러면 말은 누가 돌보는데?"

"하룻밤쯤은 말을 돌보지 않아도 괜찮아요. 사람의 생명이 더 중요하죠. 누군가 가야지요." 예상과 달리 히스클리프 부인이 상냥하게 말했다.

"네 명령이면 안 가겠어!" 헤어턴이 퉁명스럽게 대답했다. "저 사람이 걱정되면 넌 잠자코 있어."

"그러면 저분이 죽은 후에 저분의 망령이 널 따라다니게 될걸. 그리고 내 생각에는 그레인지가 폐허가 될 때까지 다신 세입자도 못 얻게 될 거야." 그녀가 강하게 응수했다.

"저 봐, 저 보라니께. 저주하는 것 좀 보라고!" 조지프가 있는 쪽으로 내가 움직이는 순간, 조지프가 그녀를 두고 중얼거렸다.

그는 사람들이 말하는 소리가 들리는 곳에서 등불을 켜 놓고 소젖을 짜고 있었다. 나는 그 등불을 거칠게 잡아채고는 내일 돌려주겠다고 하면서 가까이 있는 뒷문으로 뛰쳐나갔다.

"주인님, 주인님, 저자가 등을 훔쳐 도망가유!" 도망가는 나를 쫓으며 노인네가 소리를 질러 댔다. "워이 워이, 내서! 울프! 저자를 잡아, 어서 잡으라니께!"

쪽문을 열자마자 털복숭이 괴물 같은 녀석들이 내 목으로 달려들어 나를 자빠뜨리는 바람에 등불도 꺼지고 말았다. 그때 히스클리프 씨와 헤어턴의 웃음 섞인 소리가 들려와 분노와 모욕감이 치밀어 올랐다.

다행히도 개들은 나를 산 채로 잡아먹으려고 한 것이 아니라 앞발을 뻗고는 하품을 하면서 꼬리를 흔들어 대고 있었다. 하지만 내가 일어서게 놔두지는 않았다. 악독한 주인들이 나를 구해 주고 싶은 마음이 들 때까지 난 그저 바닥에 누워 있을 수밖에 없었다. 모자도 못 쓴 채 분노에 떨면서, 나는 당장 나를 풀어 달라고 그 비열한 놈들에게 호통을 쳤다 — 1분이라도 더 날 이렇게 놔두면 혼내 줄 거라고 하면서 — 횡설수설하며 이런저런 말로 복수하겠다고 위협도 했는데, 그 위협은 리어왕에 견줄 만할 정도로 격렬했다.

너무 격분한 나머지 코피가 터져 엄청 많은 피가 흘렀다. 내가 고함을 지르는데도 히스클리프 씨는 계속 웃고만 있었다. 만약 그 자리에 나보다 더 사리 분별을 할 줄 알고 집주인보다 인정이 많은 사람이 없었다면 이 사건이 어떻게 막을 내렸을지 알 수 없다. 그녀는 이 집의 건장한 가정부인 질라였다. 그녀는 대체 왜 그런 고함이 났는지 알아보고자 나타난 것이다. 누군가가 나에게 폭력을 가한다고 생각한 그녀는 감히 주인에게는 대들지 못하고 대신 젊은 놈에게 소리를 질렀다.

"자, 언쇼 도련님. 이제 어쩌려고 그래요! 문지방 앞에서 사람을 죽이려고요? 대체 이 집은 내가 있을 곳이 못 된다니까. 저 불쌍한 양반 좀 보라고. 숨도 못 쉬고 있잖아! 쳇, 그렇게 악을 쓰면 안 돼요. 제가 치료해 줄 테니 이리 오세요. 자, 움직이지 마시고."

이런 말과 함께 그녀가 별안간 내 목에 찬물 한 바가지를 뿌리고는 나를 데리고 부엌으로 들어갔다. 히스클리프 씨가 따라왔는데, 내 모습을 보고 웃던 모습은 어느새 사라지고 평상시의 말 없는 모습으로 되돌아갔다.

나는 어지러워 쓰러질 것 같았고 너무도 몸이 안 좋아 부득이하게 이 집구석에 묵을 수밖에 없었다. 히스클리프 씨는 내게 브랜디 한 잔을 갖다주라고 질라에게 말하고는 내실로 들어가 버렸다. 질리는 나의 딱한 처지를 위로해 주면서 주인이 시킨 대로 내게 브랜디를 갖다주었다. 조금 회복되자 그녀는 나를 잘 곳으로 안내했다.

3장

그녀는 위층으로 나를 안내하면서 촛불도 감춰야 하고 아무 소리도 내서는 안 된다고 일러 주었다. 집주인이 내가 묵으려는 방을 특별하게 여기기 때문에 아무도 묵지 못하게 한다는 것이었다.

내가 그 이유를 물었다.

그녀는 자기도 여기 온 지가 1, 2년밖에 안 되기 때문에 잘 모른다고만 했다. 이 집에는 이상한 일들이 너무 많이 일어나서 일일이 호기심을 가질 수 없다는 것이다.

나도 궁금해하기에는 정신이 너무 몽롱한 상태라 문부터 닫고는 사방을 둘러보며 침대를 찾았다. 가구라고는 의자 하나, 옷장 하나, 그리고 참나무로 만든 장이 있었는데 장 윗부분에는 마치 마차의 창문처럼 네모난 구멍들이 뚫려 있었다.

다가가 구멍 안을 들여다보니 가족 구성원마다 자기 방을 가질 필요가 없어도 되게끔 편리하게 고안된 매우 특이하게 생긴 구식 침상이 있었다. 말하자면 조그만 방 모양의 침실로 안에 있는 창문

턱은 탁자로 쓰게끔 되어 있었다.

촛불을 들고 판자로 만든 미닫이문을 열고 들어가 다시 문을 닫았다. 안에 있으니 히스클리프뿐 아니라 누가 와도 안전하겠다는 생각이 들었다.

선반 한구석에는 허옇게 곰팡이가 슬고 냄새가 나는 책 몇 권이 쌓여 있었고, 페인트칠을 한 선반 표면에는 누군가 뭔가로 긁어서 글자를 써 놓았는데, 살펴보니 이런저런 글씨체로 크고 작게 사람 이름이 쓰여 있었다 — 캐서린 언쇼, 그리고 여기저기 캐서린 히스클리프란 이름이 있다가 다시 캐서린 린턴이라고 적혀 있었다.

힘도 없고 맥도 풀린지라 나는 창문에 머리를 기대고는, 두 눈이 감길 때까지 캐서린 언쇼 — 히스클리프 — 린턴의 철자를 계속 속으로 되뇌었다. 하지만 눈 감은 지 5분도 안 돼, 하얀 글자들이 마치 유령처럼 어둠 속에서 빛을 발하기 시작하더니 허공 전체가 캐서린이라는 이름들로 가득 채워졌다. 눈에 거슬리는 이 이름을 쫓아내려고 자리에서 일어나다가 낡은 책 위로 촛불 심지가 넘어져 양피지 타는 냄새가 사방에서 진동했다.

나는 급히 촛불을 껐다. 그리고 오한과 계속되는 어지러움 때문에 몸이 불편했지만, 일어나 앉아 촛불에 그슬린 책을 무릎 위에 올려놓고 펼쳐 보았다. 그건 가느다란 활자로 찍은 성경이었는데, 곰팡내가 몹시 났다. 여백에는 '캐서린 언쇼의 책'이라는 글귀와 약 25년 전의 날짜가 적혀 있었다.

그 책을 덮고 다음 책, 그리고 또 다음 책을 집어 들면서 거기 있는 책들을 다 들춰 보았다. 캐서린 언쇼의 서재는 훌륭한 책들로 차 있었고 닳아빠진 것으로 미루어 보아 책들을 다 읽은 건 아니겠지만 서재를 제대로 사용한 것만은 틀림없었다. 여백에는 펜으로 써놓은 글귀들 — 적어도 주석을 단 것처럼 보이는 글귀들 — 이 없는 데가 없을 정도였다.

어떤 곳은 한 줄로 된 것도 있고 어떤 곳은 일반적인 일기처럼 쓴 것도 있는데, 미숙한 어린애 같은 필체였다. 아마도 처음 봤을 때 보석을 발견한 듯 기뻐했을 것 같은데, 한 백지 위편에는 조지프를 그린 무척이나 흥미로운 그림이 있었다. 조잡해 보이긴 했지만 제법 그의 특징을 잘 잡아낸 그림이었다.

미지의 캐서린에 대한 궁금증이 순간 솟아났다. 나는 누렇게 색이 바랜 그녀의 상형 문자를 해독하기 시작했다.

"끔찍한 일요일!" 그림 바로 아래 적힌 글은 이렇게 시작되었다. "아버지가 다시 살아나셨으면 좋겠다. 힌들리 오빠가 가장인 것은 너무 끔찍했다. 히스클리프에게는 특히 잔인하기가 말도 못했다 — H와 나는 한번 대들기로 했다 — 우리는 오늘 저녁 그 첫발을 내디뎠다.

온종일 비가 퍼부어 교회에 갈 수 없자, 조지프는 기어이 사람들을 다락방에 모이게 했다. 힌들리 오빠 부부는 아래에서 — 맹세코 성경을 읽지 않은 것만큼은 분명하다 — 포근한 불가에 앉아 몸을 녹이고 있다. 히스클리프와 나, 그리고 재수 없게 불려 온 농장 아이에게는 기도서를 꺼내 들고 다락방으로 올라오라고 했다. 우리는 옥수수 가마니 위에 한 줄로 앉아 추위에 덜덜 떨며 끙끙거리고 있었다. 조지프도 추워서 떨었으면 싶었다. 자기가 추우면 설교 역시 짧아질 것이기 때문이다. 터무니없는 바람이었다! 예배는 정확히 세 시간이나 계속되었다. 그런데도 오빠는 우리가 내려오는 걸 보고 놀란 표정으로 말했다.

'벌써 끝난 거야?'

일요일 저녁에는 떠들지만 않으면 나가 놀아도 됐는데 이제는 조금만 킥킥거려도 구석자리로 쫓겨났다!

'니들이 집안에 가장이 있다는 걸 잊었구나.' 마치 폭군이라도 된 듯 오빠가 떠들어 댔다. '내 성질을 건드리는 녀석부터 먼저 혼내 줄 거다! 조용히 얌전하게 있어야 해. 세상에, 네놈이지? 프랜시스, 여보. 그쪽으로 갈 때 저놈 머리채를 확 잡아채요. 저 녀석이 손마디 꺾는 소리를 냈어.'

프랜시스는 히스클리프의 머리끄덩이를 힘껏 잡아챘다. 그런 다음 오빠 무릎 위에 앉아서는 아이들처럼 한두 시간이나 서로 입 맞춤하며 헛소리를 지껄였다. 하도 말도 안 되는 소리를 지껄이기에 오히려 우리가 창피할 정도였다.

우리는 찬장 밑 아치 아래로 들어가 그런대로 아늑하게 보냈 다. 내가 앞치마를 한데 묶어 커튼처럼 아치 앞에 늘어뜨렸는데, 헛 간에서 돌아오던 조지프가 이 모습을 보고는 커튼을 찢어 버렸다. 그러고는 내 뺨을 때리며 고함을 질렀다.

'주인 나리가 땅에 묻힌 지 얼마나 되었다고. 아직 안식일도 안 지났잖여. 찬송가 소리도 귀에 쟁쟁하게 들리는디 시시덕거리기나 하고! 창피한 줄 알어, 이 못된 녀석들. 어서 무릎 꿇지 못혀! 읽고 싶은 마음만 있어 봐, 좋은 책들이 얼마나 많은디. 무릎 꿇고 앉아 반성하고 있어.'

이렇게 말하고선, 꼼짝 말고 앉아서 저 멀리 난롯가에서 비치 는 흐린 불빛으로 글자를 보라고 그놈의 쓸데없는 책을 우리에게 내밀었다.

나는 그따위 짓을 참지 못하는지라 쓰잘머리 없는 책을 잡아 개집 안에 집어 던지고 이런 유익한 책 같은 건 질색이라고 소리를 질렀다.

히스클리프도 자기 책을 개집에다 던졌다. 그러자 한바탕 난리가 벌어졌다!

'서방님!' 우리 집의 목사 행세를 하는 조지프가 고함을 질렀다. '서방님, 이리 와 보라니께요! 캐시 아가씨가 『구원의 투구』 책등을 찢어발기고, 히스클리프 저놈은 『파멸로 열린 길』 1부에다 발길질을 하네요! 이런 짓을 하게 내버려 두다간 큰일 나겠어요. 아이고! 어르신이 계셨으면 제대로 혼을 내셨을 턴디, 이젠 계시질 않으니!'

힌들리 오빠는 불가 옆의 좋은 자리에서 뛰쳐나와 한 명은 멱살을 잡고 또 한 명은 팔을 붙잡아 부엌에다 내동댕이쳤다. 조지프는 거기에 있으면 기필코 악마가 너희를 잡아갈 거라며 엄포를 놓았다. 그 말에 오히려 마음이 편해진 우리는 차라리 악마가 오길 기다리며 각자 구석진 곳을 찾았다.

나는 책을 찾고 선반에서 잉크병을 꺼낸 다음 불빛이 조금 들어올 만큼 문을 열고, 한 20여 분간 계속 끄적였다. 하지만 내 친구는 심심했던지 소젖 짜는 하녀의 망토를 훔쳐다가 뒤집어쓰고는 들판을 뛰어다니자고 한다. 솔깃할 만한 제안이다. 그러면 그놈의 심술궂은 영감탱이가 들어와 보고는 자기 예언대로 됐다고 믿을지도 모른다. 어쨌든 비를 맞더라도 여기 있는 것보다 축축하거나 춥진 않을 테니까."

***

다음 글에서 다른 화제를 말하는 걸 보니 아마도 캐서린이 자신의 계획을 완수했던 모양이다. 이번에는 애처로운 내용이었다.

"힌들리 오빠가 이렇게 내 눈물을 흘리게 할 줄은 꿈에도 몰랐다!" 그녀는 이렇게 적고 있었다. "머리가 아파 베개를 베지도 못할 지경인데 눈물이 멈추지 않는다. 불쌍한 히스클리프! 오빠는 히스클리프를 망나니 같은 놈이라고 부르며 우리와 같이 앉지도 못하게 하고, 심지어 밥도 같이 못 먹게 한다. 같이 놀아도 안 되고 명령을 어기면 내 친구를 집 밖으로 내쫓겠다고 위협한다.

오빠는 H가 제멋대로인 게 다 아버지 탓이라고 한다. (어찌 감히 그런 말을 할 수 있을까?) 그러고는 자기 주제를 알게 만들겠다고 으름장을 놓는다."

***

흐릿한 글자를 들여다보다가 나는 꾸벅꾸벅 졸기 시작했다. 내 시선도 캐서린의 펜글씨에서 인쇄된 활자로 옮겨 갔다. 장식체로 쓴 빨간색 제목 —'일흔 번씩 일곱 번, 그리고 일흔한 번째의 첫 번째. 기머든 서프 교회에서 행한 제이버스 브랜더럼 목사의 설교'가 눈에 들어왔다. 나는 반쯤 몽롱한 상태에서 대체 저 주제로 브랜더럼 목사가 무슨 설교를 했을까 생각하다가 그만 침대에 누워 잠이 들고 말았다.

그 빌어먹을 놈의 저질 차 탓일까, 아니면 성질을 부린 탓일까!

37

1권

대체 뭣 때문에 그런 끔찍한 하룻밤을 지내게 된 건지 알 수 없었다. 고통이란 걸 느껴 본 이래로 이날 밤에 견줄 만한 끔찍한 밤이 또 있었을까 싶을 정도였다.

여기가 어디인지조차 의식하지 못한 상태에서 나는 꿈에 빠져들었다. 아침이 되어 조지프를 안내인 삼아 집으로 돌아가는 중이었다. 눈이 너무 깊게 쌓여서 허우적거리며 걸었다. 조지프가 왜 순례자의 지팡이도 안 가지고 왔냐고 계속 나무라며 나를 힘들게 했다. 지팡이 없이는 집에 갈 수 없다고 하면서 보란 듯이 대가리가 무거운 곤봉처럼 생긴 막대기를 휘둘러 댔는데, 아마도 그게 순례자의 지팡이인가 보다.

잠시나마 나는 내 집에 들어가는데 이런 무기가 필요하다는 게 말도 안 된다고 생각했다. 그러다 순간 새로운 생각이 머리를 스쳤다. 내가 집으로 가는 게 아니라 그 책에 있던 브랜더럼 목사의 유명한 설교인 '일흔 번씩 일곱 번'을 들으러 가는 것이었다. 조지프와 나, 목사 중 하나가 '일흔한 번째의 첫 번째' 죄를 범해서 공개적으로 끌려 나와 파문을 당하게 된 것이다.

교회에 도착해서 보니, 그곳은 실제로 내가 산책하러 나와서 두세 번 지나친 적이 있던 곳으로 언덕 사이의 골짜기, 늪 바로 옆의 높은 지대에 위치한 교회였다. 축축한 이탄 때문에 여기 안장된 시신들은 부패하지 않는다고 알려진 곳이다. 교회 지붕은 온전한 상태였지만 목사의 연봉이 불과 20파운드밖에 안 되고 방이 둘 있는 사택도 머지않아 방 하나만 쓰게 될 것이라고 하기에 그 어떤 목사도 사목 일을 하려 들지 않았다. 게다가 여기 신도들은 목사가 굶어 죽는 한이 있어도 목사의 생활비에 보태는 데 한 푼도 낼 생각이 없었다. 하지만 꿈속에서는 예배당에서 제이버스 목사의 설교를 경청하는 신도들이 많았다. 설교는 490부로 나누어져 있었고, 한 부가 거의 한 설교 분량에 맞먹었다. 세상에 그런 설교가 있다니! 한 부당 하나의 죄를 다룰 수 있다니, 대체 그 많은 죄를 어디서 다 찾은 건지 알 수 없었다. 그는 '일흔 번씩 일곱 번'을 자기 나름대로 해석하고 있었고 신도는 매번 다른 죄를 범해야 하는 것처럼 설교하고 있었다.

모두 다 진기한 죄들이라서 이전에는 내가 상상도 못 했던 이상한 죄들이었다.

세상에, 설교는 점점 더 지겨워졌다. 얼마나 몸이 비틀리고, 하품이 나고, 졸다가 깨곤 했는지! 날 꼬집고 찌르고 눈을 비비기도 하고, 일어났다가 앉기도 했다. 혹 설교가 끝나면 알려 달라고 조지프의 옆구리를 찌르기도 했다!

하지만 결국 끝까지 다 들어야 할 판이었다. 마침내 그는 '일흔 한 번째의 첫 번째' 죄를 떠들어 댔다. 그 순간 뭔가 번쩍하며 머리를 스쳤다. 나는 벌떡 일어나 제이버스 목사를 가리키며 어떤 기독교인도 결코 용서받을 수 없는 죄를 범한 죄인이라며 그를 비난했다.

"목사님!" 내가 소리를 질렀다. "여기 사방 벽으로 둘러싸인 이곳에 앉아 저는 목사님의 490부 설교를 참아 내고 용서하며 들었습니다. 일흔 번씩 일곱 번이나 모자를 집어 들고 일어나 떠나려고 했지요. 하지만 당신은 정말 말도 안 되게 일흔 번씩 일곱 번을 나를 다시 자리에 앉게 했습니다. 491번은 너무 심한 것 아닙니까. 고통을 참아 낸 여러분, 저자를 잡아끌어 내립시다! 저자의 동네 사람들도 못 알아보게끔 저자를 싹 뭉개 버립시다!"

"네가 바로 그 죄를 범한 놈이야!" 잠시 엄숙한 침묵이 흐르는 가운데 의자 쿠션에 기대 있던 제이버스 목사가 소리를 질렀다. "일흔 번씩 일곱 번이나 너는 하품을 하며 인상을 찌푸렸지. 일흔 번씩 일곱 번이나 나는 내 영혼에게 물었어. 보라, 이것이 인간의 약점이로다. 하지만 이것도 용서받아야 한다! 이제 일흔한 번째의 첫 번째가 온 것이다. 형제 여러분, 기록된 대로 심판해 주시기 바랍니다. 주님의 성자 모두에게 이런 영광이 있기를!"

이 연설을 마지막으로 신도들이 그들의 순례자 지팡이를 들고 한꺼번에 내게 달려들었다. 방어할 무기가 없는 터라 나는 내 옆에서 가장 극악무도하게 나를 공격한 조지프의 몽둥이를 빼앗으려고 그와 몸싸움을 했다. 워낙 사람이 많은지라 지팡이들이 날아다녔고 나를 향한 몽둥이가 다른 사람의 머리를 향하기도 했다. 브랜더럼 목사는 가만히 있지 못하고 연단 위에 있는 탁자를 계속 손으로 쳐댔다. 그 소리가 워낙 크게 울리는 통에 다행히도 몽롱한 상태에서 깨어났다.

대체 이런 대단한 소동이 일어나는 꿈을 꾼 이유가 뭘까? 이 소동 가운데 제이버스 목사의 역할을 한 것은 뭐였지? 그것은 바람이 울부짖듯 부는 가운데 전나무 가지가 창문을 건드리고 마른 솔방울이 창문을 두드리는 소리였다.

나는 무엇 때문인지 궁금해 귀를 기울이다가 소리가 어디서 나는지 알게 된 것이다. 돌아누워 졸다가 이내 다시 꿈을 꾸었는데, 이번에는 더 불쾌한 꿈이었다.

이번에는 참나무 벽장에 누워 있었던 것으로 기억이 난다. 분명히 돌풍 소리가 나면서 눈보라가 휘몰아쳤다. 그리고 전나무 가지가 반복적으로 성가신 소리를 내는 것도 들렸고, 왜 그 소리가 나는지도 알 수 있었다. 하지만 그 소리가 내 신경을 너무 건드렸다. 할 수만 있다면 소리를 없애고 싶어서 나는 자리에서 일어나 여닫이창의 걸쇠를 풀려고 했던 것 같은데, 걸쇠는 납땜한 상태였다. 자기 전에 봤던 기억이 나는데 그만 까맣게 잊어버린 것이다.

"그래도 이 소릴 멈춰야 해!" 그놈의 성가신 나뭇가지를 잡아채려고 주먹으로 유리창을 깨고 팔을 뻗었다. 하지만 내 손에 잡힌 것은 나뭇가지가 아니라 조그마하고 얼음장처럼 차디찬 손이었다!

순간 나는 끔찍한 악몽이 주는 공포감에 휩싸였다. 내 손을 빼려 했지만 그 손이 날 놓아주지 않았다. 그리고 정말로 애절한 소리로 흐느끼는 소리가 들렸다.

"들여보내 주세요. 절 들여보내 주세요!"

"대체 누구요?" 손을 뿌리치려고 몸부림치며 내가 물었다.

"캐서린 린턴이에요." 떠는 목소리가 들렸다. (왜 린턴이라는 이름이 생각난 걸까? 린턴보다 언쇼라는 이름을 스무 배나 더 많이 봤는데 말이다.) "이제야 돌아왔어요. 황야에서 길을 잃었거든요!"

이 말과 함께 창문을 들여다보는 아이의 얼굴이 어렴풋이 보였다. 손을 뿌리치려 해도 소용이 없자 공포감이 나를 잔인하게 만들었는지 내 손을 잡은 아이의 손목을 깨진 유리창에 대고 문질렀고, 이내 흘러내린 피로 침대보가 젖기 시작했다. 하지만 아이는 계속 "들여보내 줘요!" 하고 울부짖으며 꽉 잡은 손을 놓지 않았고 나는 두려워 거의 미칠 지경이었다.

"어떻게 해야 하는데?" 마침내 내가 물었다. "우선 내 손부터 놔줘야 너를 안으로 들이지!"

마침내 손이 풀리자 나는 급히 손을 빼고는 책을 쌓아 창문 구멍을 막아 버렸다. 그런 다음 흐느끼는 소리를 듣지 않으려고 귀를 막았다.

귀를 막고 15분 넘게 지난 것 같았다. 하지만 손을 내리는 순간 애절하게 흐느끼는 소리가 다시 들렸다!

"제발, 내게서 사라져!" 내가 소리를 질렀다. "20년 동안 울어도 난 널 들일 수 없어!" "20년이에요." 아이가 흐느끼며 말했다. "20년이라고요. 제가 20년을 기다렸어요!"

이 말과 함께 밖에서 약하게 창을 긁는 소리가 들렸고, 동시에 쌓아 놓은 책들이 앞으로 쏟아질 것 같았다.

나는 벌떡 일어나려 했지만 꼼짝할 수 없었고, 공포감에 휩싸여 고함을 질러 댔다.

어찌 된 영문인지 모르지만 실제로 고함이 들렸다. 그리고 누군가 황급하게 내가 있는 방으로 다가오는 소리가 났다. 이어서 억센 손이 문을 확 열어젖혔다. 침대 위 네모난 구멍으로 빛이 아른거렸다. 나는 여전히 떨고 앉아서 이마에 흘러내린 식은땀을 훔치고 있었다. 방으로 들어온 사람은 잠시 머뭇대며 무어라고 혼자 중얼거렸다.

마침내 반쯤은 속삭이는 말투로 아무 대답도 기대하지 않는다는 듯 그가 말했다.

"여기 누구 있소?"

나는 내가 있다고 말하는 것이 상책이라고 생각했다. 히스클리프 씨의 말투를 알고 있던 터라 괜스레 대답도 하지 않고 있다가 그가 수색이라도 하다가 걸리면 낭패를 볼 것이 뻔했기 때문이다.

이런 마음에 나는 몸을 돌려 미닫이문을 열었다. 그리고 그때 내가 본 광경은 평생 결코 잊지 못할 것이다.

그는 셔츠와 바지 차림으로 문 앞에 서 있었는데, 들고 있던 초의 촛농이 그의 손 위로 떨어지고 있었고, 얼굴빛은 마치 뒷벽 색깔만큼이나 창백했다. 참나무 벽장에서 삐걱대는 소리가 나자 그는 마치 전기 충격이라도 받은 듯 소스라치게 놀라며 손에 있던 초를 몇 피트 밖으로 떨어뜨렸고 얼마나 놀랐는지 초를 다시 집어 들지도 못했다.

"댁의 손님입니다." 그가 이런 겁먹은 모습을 보여 창피하게 여길까 봐 오히려 내가 크게 소리쳤다. "악몽 때문에 잠결에 그만 소리를 질렀어요. 소란스럽게 해 미안합니다."

"이런 세상에나, 록우드 씨! 난 당신이 ― " 의자 위에 초를 놓으며 히스클리프 씨가 말했다. 그는 초를 제대로 들고 있지도 못했다.

"누가 당신을 이 방으로 안내했소?" 그는 손바닥에 손톱이 박힐 정도로 주먹을 쥐고는 떨리는 턱을 진정시키기라도 하듯이 이를 꽉 깨물며 내게 말했다. "누구냐니까? 당장 이 집에서 내쫓을 생각이오!"

"당신네 가정부 질라예요." 나는 바닥으로 내려와 옷을 챙겨 입기 시작했다. "가정부를 내쫓든 말든 난 상관 하지 않겠소만 쫓겨나도 싸지요. 이 집에 귀신이 출몰한다는 증거를 하나 더 잡으려고 날 이용했으니 말이오. 이 집에는 온통 귀신이랑 악마가 들끓고 있어요! 이 방을 폐쇄한 이유를 알 것 같아요. 이런 귀신 소굴에다가 잠을 재워 줘도 아무도 고맙다는 소린 안 할 겁니다."

"대체 그게 뭔 소리요?" 히스클리프 씨가 되물었다. "뭘 하고 계셨던 거요? 이왕지사 이 집에 왔으니 오늘은 여기서 하루를 보내시오. 하지만 제발 그 끔찍한 고함은 지르지 마시오. 누가 당신의 생명을 노린다면 몰라도 그렇게 고함을 지르면 안 됩니다."

"그 작은 악마가 창문으로 들어왔으면 아마도 내 목을 졸라 죽였을 겁니다." 내가 대꾸했다. "손님 대접을 제대로 하시는 이 댁 조상님들이 날 괴롭히면 더는 참지 않을 겁니다. 제이버스 브랜더럼 목사는 외가 쪽 친척 아닙니까? 그리고 캐서린 린턴인지 언쇼인지 하는 말괄량이 아가씨는 — 아마도 귀신이 바꿔치기한 아이겠지만 — 요망한 귀신이었소! 나보고 20년 동안 헤매고 다닌다고 하질 않나. 분명 끔찍한 죄값을 치루는 게 분명하겠지만!"

말을 막 마치려다가 순간 아까 본 책에서 히스클리프와 캐서린의 이름이 같이 등장했던 기억이 떠올랐다. 까맣게 잊고 있었던 것이다. 경솔했다는 생각이 들어 얼굴을 붉혔지만 실수했다는 걸 드러내고 싶지 않아 서둘러 말을 이었다.

"실은 제가 이른 저녁에 여기서 시간을 보내다가……." 나는 여기서 말을 끊었다. 이어서 "낡은 책들을 읽었다"라고 말하려고 했지만 이렇게 되면 이 책들 내용뿐 아니라 손으로 쓴 내용도 다 봤다는 것을 밝히는 꼴이 되기에 말을 멈췄다. 대신 말을 바꿔서 "창턱에 휘갈겨 쓴 이름의 스펠링을 보고 있었습니다. 혹 이런 단순한 행동을 하면 잠이 들까 해서 말이지요. 잠 안 올 때 숫자를 센다거나, 또는……."

"대체 왜 내게 이런 말을 하는 의도가 뭐요?" 히스클리프 씨가 화를 내며 고함을 질렀다. "어떻게, 어떻게 감히 내 집에서? 제길! 이렇게 말하는 걸 보니 당신, 정신 나간 거 아니요?" 그는 격노한 나머지 자기 이마를 두드렸다.

나는 이런 말에 화내야 할지 아니면 변명을 늘어놔야 할지 알 수가 없었다. 하지만 히스클리프가 몹시 흥분하는 게 가엾어서 꿈 이야기를 계속 들려주었다. '캐서린 린턴'이라는 이름을 들어 본 적 은 없지만 그 이름을 계속 되뇌다가 상상력이 발동해 하나의 인물 을 만들어 낸 것일 거라고 설명해 주었다.

내가 설명하는 동안 히스클리프는 점점 더 침대 구석으로 가 더니 마침내 주저앉아 침대 뒤편으로 거의 자취를 감추고 말았다. 불규칙하게 숨을 내쉬는 그의 모습을 보면서 나는 격한 감정을 참 아 내려고 애쓴다고 생각했다.

그의 갈등하는 모습을 못 본 척하려고 나는 옷매무새를 가다 듬으며 부산을 떨었고 시계를 보거나 밤이 길다고 혼자 중얼대는 둥 하며 있었다.

"아직 3시도 안 됐어요! 6시는 된 줄 알았어요. 여기는 시간이 멈춘 것 같아요. 8시경에 잠자리에 들었는데 말입니다."

"겨울에는 언제나 9시에 잠자리에 들어 4시에 일어납니다." 감 정을 가라앉히며 그가 말했다. 팔이 움직이는 그림자 모습을 보니 흐르는 눈물을 닦고 있는 듯 보였다.

"록우드 씨." 그가 말했다. "내 방에 가 계시오. 이렇게 이른 시 간에 나가면 남에게 방해만 될 겁니다. 당신이 애처럼 소리를 지르 는 통에 나도 잠이 다 깼어요."

"나도 마찬가지예요." 내가 대답했다. "동틀 때까지 마당 산책이 나 하고 있다가 가겠어요. 이제 내가 다시 들어올 걱정일랑 마세요. 이제는 시골이든 도회지든 사람들 사이에서 즐거움을 찾고 싶은 마음은 다 사라졌으니까요. 분별 있는 사람은 혼자 있어도 괜찮거든요.”

"혼자 있어도 괜찮다고요!” 그가 중얼거렸다. "이 촛불을 들고 가고 싶은 곳으로 가세요. 나도 곧 따라갈 거요. 하지만 마당은 안 됩니다. 개들을 풀어놨거든요. 거실도 마찬가지고요. 주노가 망을 보고 있어요. 그리고…… 안 되겠소. 계단이랑 복도만 다니시오. 자, 어서 가시오! 나도 곧 갈 거요!”

방에서 나가라는 그의 명령을 따르긴 했지만, 좁은 복도가 어디로 연결되는지 몰라 나는 잠시 서 있었다. 그러다가 본의 아니게 집주인이 하는 미신적인 행위를 목격하게 되었다. 이상하게도 그건 그의 분별력과는 완전히 모순되는 행동이었다.

그는 침대로 올라가 창문을 비틀어 열더니 걷잡을 수 없는 격정에 사로잡혀 눈물을 쏟아 내기 시작했다.

"어서 와! 어서 오라고!” 그가 흐느끼며 말했다. "캐시, 어서 와. 제발, 오라니까. 제발 한 번만이라도! 오! 내 사랑! 캐서린, 이번만은 내 말을 들어 줘. 제발 부탁이야, 캐서린.”

하지만 유령은 유령답게 변덕을 부리며 나타날 기미조차 보이지 않았고, 눈보라와 바람만이 방 안으로 들어왔다. 내가 서 있던 곳까지 불어와 들고 있던 촛불마저 꺼뜨리고 말았다.

울부짖는 모습에서 뿜어 나오는 비통함 때문인지 가엾은 생각이 들어 이런 행동이 정신 나간 사람의 짓으로 보이지는 않았다. 나는 괜스레 못 볼 것을 본 것 같아 기분이 안 좋은 채로 그곳을 빠져 나왔다. 게다가 내가 해 준 꿈 이야기 때문에 그렇게 된 것 같아 더 씁쓸했다. 하지만 히스클리프가 왜 그랬는지 도무지 이해가 가지 않았다.

조심스럽게 아래로 내려와서는 뒤편에 있는 부엌으로 갔다. 거기에서 남아 있는 불씨를 긁어모아 촛불을 켤 수 있었다.

재가 있는 곳에서 기어 나와 나를 보며 불만스러운 듯 야옹대는 회색빛 얼룩 고양이 말고는 아무 인기척이 없었다.

둥근 원 모양으로 벽난로를 둘러싸고 있는 벤치 두 개가 있기에 나는 그중 한 벤치에 누웠다. 고양이는 옆 벤치로 뛰어올랐다. 둘 다 졸고 있는 와중에, 인기척이 나서 보니 조지프가 천장 문을 열고는 나무 사다리를 통해 발을 질질 끌며 내려왔다. 사다리가 다락방으로 올라가는 통로인 모양이었다.

그는 벽난로 쇠 철책 사이로 내가 살려 놓은 불길이 타오르는 모습을 언짢게 쳐다보더니 이내 벤치 위에 있던 고양이를 내쫓고는 그 자리에 앉아 3인치쯤 되는 파이프에 담배를 채우기 시작했다. 그리고는 내가 뻔뻔스럽게 자기 성역에 침입했고 그걸 지적하는 것조차 불쾌하다는 표정을 지으며 파이프를 물고는 팔짱을 낀 채 잠자코 담배만 피웠다.

나는 그가 담배 피우는 낙을 즐기게 내버려 두었다. 마지막으로 연기를 한 모금 마시더니 크게 하품을 하며 올 때처럼 아무 말 없이 자리를 떴다.

누군가가 좀 더 가벼운 발걸음으로 들어왔다. "좋은 아침입니다" 하고 입을 떼려 했지만, 결국 인사도 못 하고 입을 닫고 말았다. 헤어턴 언쇼가 눈을 치울 요량으로 삽을 찾으러 구석구석 다니다가 손에 물건이 닿을 때마다 기도문 외우듯 낮은 소리로 욕설을 퍼붓고 있었기 때문이다. 그는 콧구멍을 벌름이며 벤치 너머로 힐끔힐끔 쳐다보면서도 나와 가까이 있는 고양이는커녕 나와도 전혀 인사할 생각이 없는 듯했다.

　녀석이 이런저런 준비를 하는 모습을 보니 아마도 집 밖으로 나가는 길이 뚫렸겠지 싶어 나도 따라나서려고 움직였다. 이런 내 모습을 본 그는 삽날 쪽으로 안쪽 문을 치면서 입안에서 우물거리는 소리로 자리를 옮기려거든 그쪽으로 가라고 신호를 보냈다.

　그 문은 거실로 열려 있었고, 들어가니 여자들이 이미 일어나 있었다. 질라는 큼지막한 풀무를 돌려 난로 불꽃을 굴뚝에 피워 올리고 있었고, 히스클리프 부인은 무릎 꿇고 난롯가에 앉아 그 불빛으로 책을 읽고 있었다.

　그녀는 난로 열기 때문인지 손으로 눈가를 가렸다. 이따금 불꽃이 튄다고 하녀를 꾸짖을 때나 얼굴에 코를 마구 들이대는 개를 물리치거나 할 때를 빼고는 책에 열중하고 있었다.

　놀랍게도 히스클리프도 어느새 와 있었다. 그는 내게 등을 돌린 자세로 불 옆에 서 있었다. 이제 막 질라를 호되게 몰아붙였는지 그녀는 일을 하다가 말고 이따금씩 앞치마 끝으로 눈물을 훔치면서 분을 삭이느라 뭐라고 꿍얼거렸다.

　"그리고 너, 아무 쓸모 없는……." 안으로 들어갔을 때 그는 며느리를 향해 '빌어먹을'이나 '젠장맞을'처럼 나쁜 말은 아니지만 일반적으로 글에서 긴 줄로 생략 표시를 하는 표현을 쓰며 호통을 치고 있었다. "거기 앉아서 또 그런 한가한 짓이나 하고 있구나! 다들 자기 밥벌이를 하는데 너는 내가 베푸는 인정 때문에 먹고사는 거야! 그 쓰레기 치우고 당장 일할 거리나 찾아. 내 눈앞에서 계속 어른거리며 놀면 그 대가를 치르게 할 거다. 빌어먹을 계집 같으니. 내 말 듣고 있는 거야?"

"싫다고 해도 당신 뜻대로 할 게 뻔하니 이 쓰레기 같은 책은 치우도록 하죠." 이렇게 말하며 그녀는 책을 접어 의자 위에 던졌다. "하지만 그렇게 욕을 해 대도 제가 원치 않으면 절대 꼼짝도 안 할 거예요."

히스클리프가 손을 들어 때리려 하자 그 매서운 맛을 이미 잘 아는지 그녀는 안전한 거리를 두고 뒤로 물러섰다.

개와 고양이마냥 으르렁대는 싸움을 구경하며 즐길 마음이 없는 나는 중단된 말다툼에 아무 관심이 없다는 듯 난롯불을 쬐러 앞으로 걸어 나갔다. 둘 다 더 이상의 적대감은 보여 주지 않으려는 정도의 양식은 있었다. 히스클리프는 마음을 바꿔 들었던 손을 주머니에 넣었다. 젊은 부인도 입술을 삐죽이면서 멀리 떨어진 곳으로 가 자리를 잡고는 내가 있는 동안 조각상처럼 꼼짝도 하지 않고 있었다.

나는 그 자리에 오래 있지는 않았다. 아침 식사에 초대받았지만 응하지 않고 동이 트자마자 바깥으로 빠져나왔다. 바깥은 대기가 맑고 바람도 없었지만 마치 손에 만져지지 않는 얼음장처럼 추운 날씨였다.

정원을 채 빠져나가기도 전에 히스클리프가 나를 불러 세우더니 같이 황야를 가로질러 가 주겠다고 했다. 같이 가 줘서 다행이었다. 언덕 너머는 온통 파도치는 하얀 바다 같았고, 땅 위에도 솟아 있거나 꺼진 곳이 있었지만 이런 높낮이가 전혀 보이지 않았다. 웅덩이들조차 평평하게 보였다. 어제 걸어오며 머릿속에 그려 두었던 것 가운데 채석장의 바위 잔해로 쌓인 둔덕은 통째로 사라지고 없었다.

길 한쪽으로는 6, 7야드 간격으로 황야 전체에 돌멩이가 세워져 있었다. 어두울 때나 지금처럼 눈이 내릴 때, 길 양쪽에 있는 깊은 웅덩이를 단단한 길로 오해할까 봐 이정표 삼아 석회로 흰색까지 칠해 놓은 것이다. 하지만 여기저기 지저분한 점처럼 보이는 것 말고는 다들 흔적도 없이 사라지고 없었다. 내 동반자는 내가 휘어진 길을 따라 제대로 가고 있다고 생각하는 와중에도 매번 왼쪽으로 혹은 오른쪽으로 돌아서 가라고 일러 주었다.

이따금 대화를 나누다가 스러시크로스 그레인지의 숲 입구에 이르자 그는 내가 더 이상 길을 잃지 않을 거라고 말했다. 작별 인사로 급하게 고개를 까닥하고는 내 판단만으로 앞으로 걸어갔다. 문지기 숙소에는 아직도 사는 사람이 없기 때문이다.

입구에서 집까지는 2마일 거리였으나 숲속에서 길도 잃고 목높이까지 눈에 빠지면서 약 4마일을 걸은 것 같았다. 이런 일은 당해 본 사람만이 알 수 있을 것이다. 어떻게 길을 헤맸던 간에 집에 도착하니 시계가 12시를 울렸다. 그러고 보면 워더링 하이츠에서 늘 다니던 길을 1마일에 한 시간씩 걸려서 온 꼴이 되었다.

가정부와 그 밑에서 일하는 사람들이 나를 맞으러 뛰어나왔다. 이들은 야단법석을 떨면서 내가 살아 있으리라는 희망을 완전히 포기했었다고 호들갑을 떨었다. 다들 지난밤에 내가 얼어 죽었다고 여겼고, 어떡해야 그나마 시신을 찾을 수 있을까 걱정했다는 것이다.

내가 돌아왔으니 다들 진정하라고 이른 다음 심장까지 감각이 없는 상태로 2층으로 올라갔다. 마른 옷으로 갈아입고는 체온을 회복하려고 30~40분간 서성이다가 서재로 자리를 옮겼다. 고양이 새끼처럼 축 처진 몸으로 따뜻한 난롯불을 쬘 힘도, 기분 전환을 하라고 하인이 준비해 준 커피를 마실 힘도 없었다.

4장

　　인간이란 얼마나 변덕스러운 존재인가! 모든 사교적인 접촉을 끊고 독립적으로 지내자고 마음먹고는 마침내 그런 접촉 자체가 거의 불가능한 곳을 찾아서 정말 운 좋다고 생각하던 나였다. 그런데 나 역시 나약한 인간인지라 해 질 녘까지 우울과 고독을 견뎌 보려고 안간힘을 쓰다가 백기를 들고 말았다. 결국 딘 부인이 식사를 들고 왔을 때 여기서 지내는 데 뭐가 필요한지 알아보고 싶다는 걸 핑계 삼아 내가 식사하는 동안 옆에 있어 달라고 부탁했다. 그리고 딘 부인이 진정 이곳 소문에 정통한 사람이어서 그녀의 말을 듣고 내가 다시 원기를 회복하거나 그녀의 수다를 들으며 잠들 수 있기를 바랐다.

　　"여기 꽤 오래 사셨지요?" 내가 말을 꺼냈다. "16년이라고 하셨나요?"

　　"18년이에요. 이 댁 아씨가 이곳으로 시집올 때 시중들려고 왔지요. 아씨가 돌아가신 후, 전 주인이 절 가정부로 남게 했어요."

"그러시군요."

침묵이 흘렀다. 혹시 이 여자가 자기에 관한 이야기가 아니면 별로 떠들지 않는 사람은 아닐까 하는 생각이 들었다. 사실 난 그런 이야기에는 별반 관심이 없었다.

그러다가 그녀는 양 무릎에 손을 올려놓고 잠시 생각에 빠졌다. 불그스레한 얼굴로 무언가 곰곰이 생각하다가 그녀가 불쑥 이렇게 말했다. "시절이 많이 변했답니다!"

"그래요." 내가 대꾸했다. "정말 많은 변화를 보셨겠네요?"

"그럼요. 불행한 일도 많았고요." 그녀가 말했다.

'그래, 그러면 여기 주인 가족에 대한 이야기로 화제를 바꿔야지.' 속으로 이렇게 생각했다. '화두를 꺼내기에 얼마나 좋은 이야기야! 그리고 그 젊은 과부에 대해 알고 싶거든. 이 지역 토박이인지, 아니면 무뚝뚝한 토박이들이 본토 사람으로 인정하지 않는 딴 지방 출신인지 궁금했어. 아마도 본토박이가 아닌 쪽이 그럴싸하겠지만.'

이런 생각을 하면서 히스클리프가 왜 스러시크로스 그레인지를 세주고 자기는 여기보다 상황도 안 좋고 열악한 워더링 하이츠에 머물기 원하는지 딘 부인에게 물었다.

"자기 저택을 제대로 관리할 수 없을 정도로 돈이 없나요?"

그녀가 말을 받았다. "돈이야 있지요. 얼마나 부자인지는 아무도 몰라요. 하지만 수입은 매년 늘어요. 주인 나리는 여기보다 훨씬 좋은 집에 살 수 있을 정도로 돈은 많아요. 근데 아주 구두쇠예요. 스러시크로스 그레인지로 거처를 옮기려 하다가도 좋은 세입자를 찾기만 하면 몇백 파운드 더 얻는 기회를 놓치려 하진 않을 겁니다. 세상에 혼자 남게 돼도 그렇게 탐욕스러울 수 있다는 게 정말 이상

해요!"

"아들이 있었던 모양이던데요?"

"예, 있었는데 죽었어요."

"그럼 젊은 부인, 히스클리프 부인이 아들의 부인인가 보지요?

"네."

"그 부인은 원래 어디 분인가요?"

"어디 분이긴요? 돌아가신 이 집 전 주인의 따님이에요. 결혼하기 전 이름이 캐서린 린턴이었지요. 불쌍한 우리 아가씨! 제가 키웠거든요. 히스클리프 씨가 이리로 옮겨 와 우리 아가씨와 같이 살기를 제가 얼마나 바랐는데요."

"뭐, 캐서린 린턴이요!" 너무 놀라 내가 소리쳤다. 하지만 잠시 생각해 보니 내가 본 유령 캐서린은 확실히 아닐 거라는 생각이 들었다. 내가 연이어 물었다. "그러면 이 집 전 주인 이름이 린턴이었나요?"

"그래요."

"그러면 언쇼라는 사람은, 히스클리프 씨와 같이 사는 헤어턴 언쇼는 누구죠? 친척인가 보지요?"

"아뇨. 돌아가신 린턴 부인의 조카예요."

"그러면 젊은 부인과는 사촌 간이네요?"

"맞아요. 그녀는 죽은 남편과도 사촌 간이었어요. 한 사람은 외가 쪽, 또 한 사람은 친가 쪽이죠. 히스클리프 씨가 린턴 서방님의 여동생과 결혼했거든요."

"워더링 하이츠 현관 위에 보니 '언쇼'라는 글자가 새겨져 있었어요. 오래된 가문인가 봐요?"

"아주 오래된 집안이에요. 캐시 아가씨가 우리 가문, 내 말은 린턴 가문의 마지막 자손이듯 헤어턴도 그 가문의 마지막 자손이죠. 죄송하지만, 워더링 하이츠에 다녀오셨나 보지요? 죄송합니다만 우리 아가씨가 어떻게 지내는지 알고 싶어요."

"히스클리프 부인 말인가요? 아주 예쁘고 좋아 보이긴 한데 행복한 것 같진 않았어요."

"세상에, 그럴 거예요! 그리고 주인 나리는 어떻던가요?"

"제가 보기엔 좀 거칠어 보였어요. 원래 그런 성격인가요?"

"톱날같이 거칠고, 돌멩이같이 냉혹하지요! 그 양반이랑은 어울리지 않는 게 좋을 거예요."

"그런 거친 사람이면 분명 인생의 단맛과 쓴맛을 다 본 사람일 겁니다. 그 양반 과거사를 좀 아세요?"

"뻐꾸기 새끼처럼 어디선가 굴러와 주인 행세를 하는 사람이에요. 어디서 태어났고 부모가 누군지, 돈은 어떻게 모았는지는 몰라도 나머지는 제가 다 알고 있어요. 우리 헤어턴 도련님이 꼭 제집에서 쫓겨난 종달새 새끼 신세가 됐지요! 자기가 어떻게 사기를 당했는지조차 모르는 사람은 아마도 이 교구에서 그 도련님뿐일 거예요."

"딘 부인, 이왕 알려 주신 김에 제게 이웃들에 대해서 좀 더 말씀해 주셨으면 해요. 지금 누워도 잠이 안 올 거 같으니 앉아서 한 시간만 더 내주세요."

"그렇게 해 드리고 말고요! 가서 바느질감이나 가져올게요. 그리고 언제까지라도 앉아 있을게요. 근데 감기 기운이 있는 데다가 추워서 떨고 있는 것 같은데, 감기를 이기시려면 먼저 죽이라도 드세요."

착실한 딘 부인이 어느새 밖으로 나갔고 나는 불가에 쭈그린 채 앉았다. 머리에는 열이 나고 온몸에 한기가 돌았다. 그리고 멍할 정도로 신경과 뇌가 흥분한 상태였다. 어제와 오늘 겪은 일 때문에 불편했다기보다 겁이 났고, 지금도 마찬가지였다. 딘 부인이 김이 나는 그릇과 바구니를 갖고 돌아와서는 죽 그릇을 벽난로 안쪽 시렁 위에 올려놓았다. 그녀는 내가 이렇게 말동무처럼 대하는 모습이 좋았는지 의자를 끌어다 앉았다.

그녀는 내가 이야기를 더 해 달라고 요청하기도 전에 이야기를 풀어놓기 시작했다.

저는 늘 워더링 하이츠에서 살았답니다. 제 어머니가 헤어턴의 아버지인 힌드리 언쇼를 키웠기 때문이죠. 저도 그 집 아이들과 같이 놀았습니다. 심부름도 했고 건초 말리는 일을 도와주기도 했죠. 농장 근처에서 왔다 갔다 하면서 누가 무슨 일이라도 시키면 바로 하곤 했답니다.

어느 화창한 여름날 아침 — 추수가 막 시작되던 때로 기억하는데 — 주인 나리인 언쇼 어른께서 여행 갈 채비를 하시고 아래층으로 내려오셨어요. 조지프에게 그날 할 일을 말해 주시곤 힌들리와 캐시 그리고 저에게 오시더니 — 전 아이들과 같이 죽을 먹고 있었어요 — 아드님에게 말씀하셨어요.

"자, 착한 우리 아들, 아빠가 오늘 리버풀에 가는데 뭘 사다 줄까? 원하는 걸 말해 봐. 대신 걸어서 다녀오니까 작은 거라야 한다. 가는 데에만 60마일이니 굉장히 먼 길이야."

힌들리는 바이올린을 사 달라고 했어요. 다음은 캐시 아가씨에게 묻더군요. 여섯 살밖에 안 됐지만 마구간에서 못 타는 말이 없는 아가씨는 말채찍을 원했어요.

엄하시긴 했지만 마음이 좋은 주인 나리는 저를 잊지 않으시고 올 때 주머니 한가득 사과와 배를 넣어 오시겠다고 했어요. 그런 후 아이들에게 입맞춤하시곤 작별 인사를 하고 떠나셨어요.

우리에겐 꽤 긴 시간 같았어요―그 사흘간의 여행이 말이지요― 어린 캐시 아가씨는 언제 오시냐고 묻고 또 묻고 했지요. 언쇼 부인께서는 사흘째 되는 날 저녁쯤에 오실 거라고 했어요. 한데 돌아오실 기미가 전혀 안 보였고 아이들도 주인 나리를 마중하러 문간으로 달려 나가곤 하다가 다들 지쳤어요. 결국 어두워지자 마나님께서 애들을 잠자리에 뉘었어요. 하지만 아이들은 나리가 오실 때까지 깨어 있게 해 달라고 졸랐지요. 마침내 11시경 살며시 문고리가 올라가더니 나리가 들어오셨어요. 나리께서는 웃음소리와 함께 신음을 내며 의자에 몸을 던지더니 너무 피곤하다고 하며 다들 물러가라고 하셨어요. 영국 땅을 다 준다고 해도 다시는 그런 여행은 안 하시겠다고 하셨지요.

"여행 막판에는 거의 죽을 뻔했네!" 나리께선 이렇게 말씀하시면서 둘둘 말아서 팔에 안고 있던 외투를 펼치셨어요. "여보, 보시구려! 내 평생 이렇게 날 힘들게 한 게 없었다오. 비록 악마가 보낸 것처럼 까맣긴 하지만 당신도 이것을 하나님의 선물로 받아들여야 하오."

우리 모두 그것 주위로 뺑 둘러섰고, 캐시 아가씨의 머리 너머로 저는 다 해진 옷에 꾀죄죄하고 머리가 까만 애를 봤어요. 말도 하고 걸을 수 있을 정도로 큰 아이였는데 캐시 아가씨보다 조금 더 나이가 많아 보였지요. 제 발로 서게끔 일으켜 세웠더니 가만히 앞만 쳐다보면서 연방 알아듣지 못할 이상한 소리만 하더군요. 저도 기겁했어요. 마나님께서는 그 애를 당장 문밖으로 쫓아내 버릴 기세였어요. 벌컥 화를 내면서 우리가 먹이고 키울 애들도 있는데 어떻게 그런 집시 애를 집에 들일 생각을 했느냐, 대체 애를 어쩔 작정이냐, 혹시 정신이 나간 게 아니냐고 따져 묻더군요.

주인 나리께서는 자초지종을 설명하려고 했지만 거의 죽을 정도로 지치신지라, 마나님이 마구 호통을 치는 가운데 제가 알아들은 이야기란 리버풀 길바닥에 집도 없이 다 굶어 죽는 모습으로 말도 못 하는 아이가 있기에 어느 집 애인지 수소문했다는 것뿐이었어요. 하지만 어느 집 아이인지 아는 사람이 없고, 자신도 돈도 시간도 넉넉하지 않은지라 거기서 돈을 낭비하기보다 차라리 당장 집으로 데려오는 게 낫겠다 싶었다는 거예요. 그냥 거기에 놔두고 올 수가 없었다는 거지요.

마나님도 결국 투덜대다 노기를 가라앉히셨어요. 주인 나리께서는 저더러 그 아이를 씻겨 새 옷을 입힌 다음 애들이랑 같이 재우라고 하시더군요.

힌들리와 캐시는 이 모든 상황을 보고 듣는 거로 만족해하다가 평온을 되찾자마자 나리께서 약속했던 선물을 찾느라 나리의 주머니를 뒤지기 시작했어요. 그러다가 열네 살이나 먹은 힌들리는 바이올린이 눌려 산산이 부서진 걸 보고 대성통곡을 했고, 애를 데려오는 통에 그만 말채찍을 잃어버렸다는 나리 말씀에 캐시도 아무것도 모르는 어린것에게 화를 내고 침까지 뱉으며 분풀이를 했어요. 나리는 캐시가 그런 짓을 하는 걸 보시고는 보다 정숙한 예절을 가르치신다면서 호되게 매를 들었답니다.

하지만 둘 다 그 꼬마와는 같이 잠도 자지 않고 방도 안 쓰겠다면서 모든 걸 거부했어요. 저도 마찬가지였어요. 그래서 다음 날 아침에 눈앞에서 사라져 버렸으면 하는 마음에서 그 애를 층계참에 내버려 두었지요. 그런데 우연인지, 아니면 나리의 목소리를 듣고 찾아갔는지 그 녀석이 나리의 방문까지 기어간 거예요. 그리고 나리께서 방에서 나오시다가 그 모습을 본 거고요. 그 어린것이 어떻게 문 앞까지 기어 왔는지 심문이 이어졌고 저는 어쩔 수 없이 다 불을 수밖에 없었어요. 결국 비겁하고 사람이 할 짓이 아니라는 이유에서 집에서 쫓겨났고요.

히스클리프는 이렇게 이 집으로 오게 된 거지요. 제가 집에서 영원히 쫓겨난 것은 아니어서 며칠 후 집으로 다시 돌아가 보니 그 애를 '히스클리프'로 부른다는 걸 알았죠. 어릴 때 죽은 아들의 이름을 따왔다고 하더군요. 이후로는 이름이나 성 모두 히스클리프로 불렸어요.

그사이 캐시 아가씨와는 친한 사이가 되었지만 힌들리 도련님은 그 애를 싫어했어요. 그리고 솔직히 말씀드려서 저도 싫었어요. 창피하지만 우리 둘 다 그 애를 괴롭혔답니다. 그때는 어려서 그랬는지 제가 부당한 짓을 하는지도 몰랐어요. 마나님 역시 그 애가 괴롭힘을 당해도 절대로 그 애 편을 드는 말을 안 했어요.

그 애는 말 한마디 없이 모든 걸 참는 것 같았지요. 아마도 냉대를 받으면서 단단해진 듯해요. 힌들리가 두들겨 패도 눈 한번 깜짝 안 하고 눈물 한 방울도 흘리지 않더군요. 제가 꼬집어도 꼭 자기 실수로 다친 것처럼, 누구 잘못도 아니라는 듯이 눈을 크게 뜨고는 숨만 들이쉴 뿐이었어요.

아비도 없이 큰 이 불쌍한 애가 — 주인 나리는 그 애를 이렇게 불렀답니다 — 힌들리의 괴롭힘에도 참는 걸 보시고 나리께서는 불같이 화를 내셨어요. 나리는 이상할 정도로 그 애 편을 드셨고 그 애가 말하는 건 죄다 믿으셨답니다. (그 애는 말수도 별로 없었고 대개 사실만을 말했어요) 그리고 나리께서는 지나치게 말썽을 피우고 자기 맘대로 하는 캐시 아가씨보다 히스클리프를 더 예뻐하셨어요.

결국 그 애는 처음부터 집안에 안 좋은 감정을 심어 놓은 셈이었죠. 그리고 그로부터 2년도 안 돼 마나님이 운명을 달리하셨어요. 그 후 힌들리 도련님은 나리를 자기편으로 보기보다 자기를 억압하는 사람으로 보기 시작했고, 히스클리프가 아버지의 사랑도 뺏고 자신의 권리도 다 앗아 갔다고 보았어요. 결국 이런 감정에 빠져 지내면서 점점 성격이 비뚤어지기 시작했지요.

저도 한동안은 그 심정에 공감했어요. 한데 아이들이 전부 홍역을 앓아 제가 애들을 돌보면서 집안 살림도 챙겨야 할 형편이 되자 제 생각이 바뀌었어요. 히스클리프가 심하게 앓았지요. 정말로 안 좋았을 때 그 애는 나더러 계속 자기 머리맡에 있어 달라고 하더군요. 자기에게 잘해 준다고 생각한 모양이에요. 시켜서 어쩔 수 없이 그런다는 걸 몰랐던 거지요. 이것만은 분명한데, 간호하며 본 아이들 가운데 그 애처럼 말이 없던 애도 없어요. 다른 애들과 너무 달라서 제가 그 애를 편애할 수밖에 없었어요. 캐시 아가씨와 힌들리 도련님은 저를 끔찍이 괴롭혔어요. 그런데 그 애는 새끼 양처럼 고분고분했어요. 물론 얌전해서라기보다 인내심이 강해서 문제를 일으키지 않았던 것이지만 말입니다.

그 애는 결국 회복했고 의사 선생님은 제 덕분이라고 하면서 간호를 잘했다고 칭찬해 주셨습니다. 저는 의사 선생님의 칭찬에 자부심을 느꼈고 이런 칭찬을 얻게 해 준 그 애에 대해 한층 감정이 풀렸습니다. 결국 힌들리는 마지막으로 남은 자기의 우군을 잃은 셈이 되었죠. 하지만 전 히스클리프에게 빠진 것은 아니었어요. 저는 종종 나리께서 무엇 때문에 그 무뚝뚝한 히스클리프를 편애했을까 궁금했답니다. 제 기억에 그 애는 나리의 사랑에 한 번도 보답한 적이 없었거든요. 그 애가 은인에게 불손하게 대한 건 아닙니다. 그냥 무감각했을 뿐이에요. 그 애는 자기가 나리의 마음을 사로잡았다는 것도 알고 있었고 자기가 한마디 하면 가족 모두 자기가 원하는 대로 따를 것이라는 것도 알고 있었어요.

예컨대 나리께서 한번은 동네 장에서 망아지 두 마리를 사 와서 두 사내아이한테 한 마리씩 준 적이 있어요. 히스클리프가 받은 말은 멋지긴 했지만 이내 발을 절기 시작했어요. 그걸 보자 힌들리에게 이렇게 말하더군요.

"나랑 말을 바꿔 줘. 난 내 말이 싫거든. 안 그러면 네 아버지한테 네가 이번 주에 날 세 번이나 팼다고 이를 테야. 그리고 어깨까지 멍든 내 팔도 보여 드릴 거고."

힌들리가 혀를 내밀고는 그 애의 귀때기를 후려쳤어요.

"당장 바꾸는 게 좋을걸." 현관으로 내빼면서도 그 애는 계속 우기더군요. (둘은 마구간에 있었습니다.) "그렇게 해야 할걸. 내가 네가 때린 걸 말씀드리면 아마도 넌 이자까지 해서 그 대가를 받게 될 거야."

"꺼져, 이 새끼야!" 감자나 건초 무게를 재는 저울추로 협박하며 힌들리가 말하더군요.

"던져 봐." 히스클리프가 꼼짝하지 않고 서서 말했어요. "그러면 네 아버지 돌아가시자마자 날 내쫓겠다고 으름장 놓던 것을 다 일러바칠 거야. 그러면 네 아버지가 널 내쫓을지 아닐지 한번 두고 보자고."

이 말에 힌들리가 추를 집어던졌는데 그 애 가슴에 정통으로 맞았어요. 그 애는 벌렁 자빠져 얼굴빛이 하얗게 되더니 숨을 헐떡이며 비틀거렸어요. 내가 말리지 않았더라면 그 즉시 나리께 일러바친 다음, 몸을 보여 주고 힌들리가 한 짓이라는 걸 눈치채게 했을 겁니다.

"좋아, 내 망아지를 가져. 이 집시 놈아!" 힌들리가 말했지요. "저놈이 네 목을 부러트릴 테니 두고 봐. 가져가 보라니까. 이 도둑놈 같은 거지새끼! 우리 아버지를 속여서 다 털어 가려고 그러지. 그런 뒤 나중에 네 진짜 정체를 드러내려고 하는 거지, 이 사탄의 새끼야. 갖고 꺼져. 저 놈이 네 머리통을 박살 낼 테니 두고 봐라!"

히스클리프는 망아지를 풀어 마구간의 자기 칸으로 옮겨 놓더군요. 힌들리는 말을 끝내자마자 망아지 뒤로 걸어가는 히스클리프에게 발길질해 말 발치에 쓰러뜨리고 자기 예측이 맞아떨어졌는지 확인도 안 한 채 냅다 도망을 쳤습니다.

저는 히스클리프가 자리에서 일어나 침착하게 몸을 추스르고는 안장을 바꾼 뒤 자기가 하던 일을 계속하는 걸 보고 놀랐습니다. 그 애는 발길질에 맞은 고통을 참아 내느라 건초 더미에 잠깐 앉아 쉬더니 집 안으로 들어갔습니다.

멍든 상처는 망아지 탓이라고 하자고 내가 구슬렸어요. 그러자 그 애가 자기는 원하는 것을 얻고 나면 그다음에는 누가 어떤 이야기를 해도 별반 신경 쓰지 않는다고 하더군요. 이런 난리를 치러도 전혀 불평하지 않기에 저는 그 애가 남에게 복수하려는 마음이 없다고 보았지요. 이제 아시게 될 테지만 제가 감쪽같이 속은 거였어요.

5장

시간이 흐르면서 언쇼 나리의 건강이 점점 안 좋아졌어요. 건강하고 활동적이셨는데 별안간 활력을 잃으신 거예요. 벽난로 옆에만 계시다 보니까 점점 짜증만 내시더군요. 아무것도 아닌 일 가지고 성내고 가장의 권위가 조금이라도 무시되었다고 생각되면 난리가 났지요.

누구라도 본인이 가장 아끼는 아이를 윽박지르거나 힘으로 누르려고 하면 유달리 더 그러셨어요. 히스클리프에 대해 한마디라도 나쁜 말이 나오지 않게 하려고 대단히 신경을 쓰셨답니다. 아마도 당신이 그 애를 예뻐하기에 다들 개를 싫어하고 해를 입히려 한다고 생각하신 것 같아요.

그 애한테도 이런 상황은 좋지 않았어요. 우리 중 마음이 착한 사람들은 주인 나리의 심기를 건드리려 하지 않았고 나리께서 편애하는 걸 보고 기분을 맞춰 드렸어요. 이렇게 비위를 맞추다 보니 히스클리프가 우쭐대고 성질만 더 나빠졌지요. 그래도 어느 정도 그럴 수밖에 없었어요. 두 번인가 세 번, 나리가 곁에 계실 때 힌들리 도련님이 그 애를 무시한 적이 있었어요. 나리께서 불같이 화를 내며 작대기를 잡고 아들을 때리려고 했어요. 그게 안 되자 화가 치민 나머지 부들부들 떨기까지 했어요.

마침내 목사보가 ―그 당시 농사지으면서 린턴가와 언쇼가 아이들을 가르치며 먹고사는 목사보가 있었어요― 힌들리를 학교에 보내야 한다고 설득하자, 나리께서는 무거운 마음으로 이렇게 말씀하며 그러자고 하셨어요.

"그 녀석은 아무짝에도 쓸모없는 놈이야. 어디를 가 봤자 별수 없을 거야."

저는 이제는 집안에 평화가 오기를 진심으로 기대했어요. 나리께서 좋은 일을 하셨는데 그 일 때문에 힘들어하신다고 생각하면 가슴이 아팠거든요. 나리께서 나이 들면서 힘들고 병이 난 것도 저는 집안의 불화 때문이라고 생각했고, 본인 역시 그렇게 생각하셨을 거예요. 실상 나리께서는 몸이 점점 쇠약해지셨거든요.

두 사람만 아니었다면 그런대로 편안히 지낼 수 있었을 겁니다. 캐시 아가씨와 조지프라는 영감탱이 말입니다. 윗집에 가셨을 때 조지프를 보셨을 겁니다. 그 영감은 자신에게는 구원의 약속이 되고 옆 사람들에게는 저주를 퍼붓는 성경 문구만 뒤지는 피곤하고 독선적인 위선자인데 아마 지금도 그럴 겁니다. 훈계조로 신실한 척 떠들어 대면서 교묘하게 언쇼 나리의 환심을 샀고, 나리가 쇠약해지자 점점 더 영향력을 행사했어요.

나리의 영혼이 어디로 갈지의 문제나 아이들을 엄하게 훈육하는 문제로 나리를 힘들게 했답니다. 나리께서 힌들리 도련님을 버림받은 탕자로 여기게끔 부추겼고 히스클리프와 캐시 아가씨에 대해서도 안 좋은 이야기를 끝없이 만들어 냈지요. 나리의 비위를 맞추려고 그의 약점인 히스클리프에 대한 편애를 조장하면서 캐서린 아가씨에게 모든 책임을 돌리게 한 것도 이 영감이랍니다.

물론 캐서린 아가씨에게는 여느 아이들에게서 볼 수 없는 점이 있었던 것도 사실입니다. 아가씨는 하루에도 50번 이상이나 우리의 인내심을 시험하는 짓을 했답니다. 아침에 눈 뜨고 일어나 저녁에 자리에 들 때까지 단 1분도 혹 사고나 치는 게 아닐까 염려하지 않는 순간이 없을 정도였지요. 아가씨는 항상 들떠 있었어요. 노래 부르거나 깔깔대고 웃거나 하면서 자기처럼 하지 않으면 괴롭히기까지 하는, 모든 걸 제멋대로 하는 고약한 성미였지요. 하지만 이 마을에서 아가씨만큼 예쁜 눈을 갖고 달콤한 웃음을 지으며 사뿐사뿐 걸어 다니는 애는 없었어요. 절대 악의는 없었다고 생각해요. 정말 남을 분통 터지게 하고 울게 만들고 나서는 매번 곧장 따라와 옆에서 따라 우니까요. 결국 캐시의 눈물을 그치게 하려다 보면 끽소리도 못 하게 되지요.

캐시는 히스클리프를 정말 좋아했어요. 캐시에게 줄 수 있는 큰 벌은 히스클리프와 같이 있지 못 하게 하는 거였어요. 그런데도 우리 가운데 히스클리프 때문에 가장 혼이 나는 건 그 누구보다도 캐시였어요.

놀이를 할 때 캐시는 작은 마나님 행세하길 정말 좋아했어요. 옆 사람들에게 마구 손찌검을 해댔고 이것저것 시키곤 했어요. 하지만 저는 얻어맞거나 함부로 부림을 당하는 건 질색이라 그런 짓은 못 하게 했지요.

언쇼 나리께서는 아이들이 하는 장난을 이해하지 못하셨기에 애들한테는 항상 진지하고 엄하게 대하셨어요. 캐시 아가씨는 아가씨대로 아빠가 몸이 안 좋아지신 뒤부터는 왜 까탈을 부리고 성을 내는지 이해하지 못했어요.

나리께서 역정을 내면 못되게도 옆에 붙어서는 나리의 성질을 더 돋우는 걸 즐기는 애였어요. 혹 우리가 꾸짖기라도 하면 아주 건방진 표정으로 말대꾸를 하며 대들었어요. 조지프가 종교적인 저주로 겁을 주면 비웃었고, 저 역시 괴롭힘을 당했답니다. 하여튼 나리가 제일 싫어하는 짓만 골라서 한 셈이죠. 히스클리프에게 친절하게 대하는 아버지보다 그 애한테 거만한 척 굴며 대하는 자기를 — 나리는 아가씨가 이런 모습을 꾸며낸 줄도 몰랐어요 — 그 애가 더 좋아한다고 말하거나, 히스클리프가 나리가 뭘 시키면 맘이 내킬 때만 말을 듣지만 자기가 시키면 안 하는 게 없다는 걸 아버지에게 보여 주려고 했지요.

아가씨는 하루 종일 이렇게 짓궂게 굴다가도, 저녁이 되면 가끔 나리에게 다가가 재롱을 떨곤 했어요. 하지만 나리께서는 이렇게 말씀하셨어요.

"캐시야, 난 널 예뻐할 수가 없구나. 네 오빠보다 네가 더 나빠. 당장 가서 하나님께 용서를 빌어. 나랑 네 엄마가 너를 잘못 키운 건 아닌지 걱정이 되는구나."

캐시 아가씨는 이 말에 처음에는 눈물을 흘렸지만, 매번 이렇게 거부를 당하다 보니 점점 마음이 굳어지기 시작했어요. 혹 제가 옆에서 아버지께 잘못했다고 용서를 빌라고 하면 도리어 깔깔 웃곤 했어요.

그러다 드디어 나리께서 이 땅의 모든 근심을 끝내야 할 시간이 왔어요. 10월 어느 날 저녁, 나리께서는 불 옆 의자에 앉은 채 아무 말 없이 유명을 달리하셨지요.

　다행스럽게도 춥진 않았지만 모진 바람이 집 주위에서 불고 굴뚝에서도 윙윙거리는 소리가 들리던 날이었어요. 우리 모두 난롯가 주위에 모여 앉아 있었어요. 저는 난롯가에서 좀 떨어져 앉아 뜨개질하고 있었고 조지프는 탁자 가까이에서 성경을 읽고 있었어요(당시는 일이 끝나면 하인들은 대개 거실에 앉아 있었어요). 캐시 아가씨는 몸이 안 좋아 조용히 나리의 무릎에 기대앉아 있었고 히스클리프도 캐시의 무릎에 머리를 대고 누워 있었어요.

　제 기억에 나리께서는 잠에 빠지기 전에 아가씨의 고운 머리카락을 쓰다듬고 계셨어요―고분고분한 아가씨 모습을 보면 정말 좋아하셨지요―그리고 이렇게 말씀하셨죠. "우리 딸 캐시야, 항상 이렇게 착한 아가씨가 될 수는 없니?"

　그러자 아가씨는 나리에게 얼굴을 들고는 웃으며 이렇게 물었어요. "아빠는 왜 항상 좋은 사람이 될 수 없어요?" 나리께서 이내 화를 내자 아가씨는 어느새 나리의 손에 입맞춤하면서 아빠가 주무실 때까지 노래를 불러 드리겠다고 말했어요. 낮은 소리로 노래를 부르기 시작했는데, 어느 순간 머리를 쓰다듬던 나리의 손이 아래로 떨어지면서 고개를 앞으로 숙이시더군요. 저는 아가씨더러 나리가 깨지 않게 조용히 하라고 일러두었어요. 그 후 약 반 시간 동안 모두 쥐 죽은 듯 있었어요. 조지프만 아니었으면 더 오래 그렇게 있었을 거예요. 그는 성경을 다 읽고 난 후 일어나더니 기도 시간이니 나리를 깨워야 한다고 했어요. 나리께 다가가 이름을 부르며 어깨를 흔들더군요. 그래도 나리가 꿈쩍하지 않자 촛불을 들고 그의 얼굴을 들여다봤어요.

조지프가 촛불을 내려놓는 걸 보자 저는 '뭔 일이 났구나' 하고 생각했어요. 그래서 두 아이의 팔을 잡고 작은 소리로 말했지요. "오늘 밤은 각자 기도하고 조용히 위층에 올라가요. 조지프가 할 일이 있는가 봐요."

"먼저 아빠에게 인사부터 할 테야." 우리가 말리기도 전에 캐서린 아가씨가 나리의 목을 감싸며 말했어요.

불쌍한 아씨는 그 순간 아빠가 돌아가신 걸 알아차리곤 목 놓아 울었어요.

"아빠가 돌아가셨어, 히스클리프! 아빠가 돌아가셨다고!"

둘은 가슴이 찢어질 듯이 울기 시작했어요.

슬픈 마음에 저도 따라 크게 울었어요. 한데 조지프가 말하길, 이미 하늘나라로 가서 성인이 되신 분인데 대체 뭔 생각으로 다들 그렇게 울부짖느냐고 하더군요.

저더러는 외투를 걸치고 얼른 기머턴으로 달려가 의사 선생님과 목사님을 모셔 오라고 했어요. 전 의사나 목사가 무슨 소용이 있는지 알 수 없었어요. 어쨌든 시키는 대로 비바람을 뚫고 가서는 의사 선생님을 모셔 왔지요. 목사님은 다음 날 아침에 오시겠다고 하더군요.

저는 조지프에게 사정을 설명하라고 하고는 아이들 방으로 올라갔어요. 방문이 열려 있었고 자정이 넘었는데도 아직 깨어 있더군요. 내가 위로해 줄 필요가 없을 정도로 둘은 차분한 모습이었어요. 그리고 제가 미처 생각하지도 못한 말로 서로를 위로하고 있었어요.

그 어떤 목사님이라고 해도 순진무구한 대화 속에서 이 둘이 그려 낸 천국의 모습을 그려 내지 못할 겁니다. 흐느끼면서 두 아이가 나누는 이야기를 듣던 저는 우리 모두 다 편안히 천국에 가 있다면 얼마나 좋을까 생각했어요.

6장

나리의 장례식에 참석하려고 힌들리 도련님이 돌아왔어요. 그런데 우리도 놀라고 이웃들도 여기저기서 수군거리는 일이 생겼어요. 도련님이 안사람을 데리고 온 거예요.

대체 그분이 어디 출생인지, 무슨 일을 하던 사람인지 전혀 알려 주지도 않았어요. 돈도 별로 없고 내세울 만한 가문 출신도 아니었던가 봐요. 그렇지 않다면 무엇 때문에 결혼한 사실을 알리지 않았겠어요.

힌들리가 데려온 여자는 자기 문제로 집안 분위기를 망칠 사람은 아닌 것 같았어요. 문지방을 넘어서는 순간 그녀의 눈에 비친 모든 것과 주위 상황이 다 마음에 들었던 모양이에요. 장례식 준비와 문상객들 모습만 빼고 말이지요. 장례 준비가 진행되는 동안은 좀 모자라 보일 정도였어요. 아이들에게 옷을 입히느라 바쁜 저를 방으로 끌고 들어가더니 같이 있자고 하는 거예요. 두 손을 잡고 벌벌 떨면서 제게 계속 묻더군요.

"아직 다들 안 갔나요?"

그러더니 불안해하면서 몸을 마구 떨더니 자기는 검은 상복만 보면 덜컥 겁이 난다고 하면서 눈물을 흘리는 거예요. 왜 그러시냐고 제가 물었더니 자기도 잘 모르겠지만, 그저 죽는 게 너무 겁난다는 겁니다!

제 생각에는 저나 그녀나 곧 죽을 가능성은 없었거든요. 가냘픈 체형이지만 아직 젊은 데다가 안색도 좋고 눈도 다이아몬드처럼 빛났어요. 물론 계단을 오르면서 숨을 헐떡이고 별안간 조그만 소리가 나도 벌벌 떨고 가끔 심하게 기침하는 모습을 보긴 했어요. 저는 이러한 증상이 뭘 말하는 건지 전혀 알지 못했고, 그녀가 가엾다고 동정하고 싶은 마음도 없었어요. 록우드 씨도 아시겠지만 이곳 사람들은 외지 사람에게 별로 마음을 주지 않거든요. 그들이 먼저 다가오지 않는다면 말이죠.

힌들리 도련님은 여기를 떠나 지낸 3년 동안 엄청나게 변하셨더군요. 살이 좀 빠지고 안색도 나빠졌어요. 말하는 것이나 옷 입는 것도 아주 딴판이었어요. 돌아온 바로 그날 조지프랑 저에게 앞으로 뒤쪽 부엌방에서 지내라고 하시면서 거실은 도련님이 쓸 거라고 하셨어요. 실은 비어 있는 조그만 방에 양탄자를 깔고 도배도 다시 해서 거길 응접실로 만들려고 하셨나 봐요. 하지만 그의 아내가 거실의 흰 바닥과 따스한 큰 벽난로, 백납 접시와 도자기가 들어 있는 찬장, 개집, 늘 앉아 있는 곳에 여기저기 돌아다닐 수 있는 공간이 있는 걸 너무 좋아했어요. 결국 부인이 편하게 지낼 수 있게 하려고 방을 꾸미는 계획은 포기한 것이지요.

그녀는 새 식구 가운데 시누이가 있다는 걸 알고는 기뻐했어요. 캐서린 아가씨에게 수다를 떨고, 키스도 하고, 같이 돌아다니곤 했지요. 처음에는 선물도 많이 줬어요. 하지만 금세 애정이 식으면서 점점 짜증을 내기 시작했어요. 힌들리 도련님도 폭군처럼 굴기 시작했지요. 아내가 히스클리프에 대해 몇 마디 언짢은 말이라도 하면 예전에 히스클리프에 대해 품었던 증오심이 되살아나는 것 같았어요. 도련님은 히스클리프를 식구가 아니라 하인으로 대했고 목사보에게 배우던 공부도 중단시켰어요. 그리고 농장에서 일하는 사람들과 마찬가지로 힘든 일을 시켰답니다.

히스클리프는 처음에는 이런 대접을 잘 견뎌 냈어요. 캐시 아가씨가 자기가 배운 걸 대신 알려 주고 같이 일도 해 주고 바깥에서 같이 뛰어노는 덕분이지요. 자칫하면 둘 다 교양 없는 미개한 사람처럼 자랄 판이었어요. 힌들리 도련님은 자기 눈에만 띄지 않으면 둘이 어떻게 지내든 무슨 짓을 하든 완전히 내버려 두었으니까요. 주일에 교회에 가는 것도 전혀 챙기지 않아서 둘이 교회에 안 오면 조지프와 목사보가 도련님이 애들을 너무 내버려 둔다고 책망했어요. 그럴 때면 도련님은 히스클리프에게 회초리를 들었고, 캐시 아가씨한테는 점심이나 저녁을 굶기는 벌을 줬지요.

하지만 두 아이에게는 아침부터 황야로 달아나 온종일 놀다 오는 게 제일 즐거운 일 중 하나였어요. 나중에 벌 받는 것쯤은 눈 하나 깜짝하지 않았어요. 이런 캐서린에게 목사보는 자신이 정한 분량만큼 성경을 외우라고 시켰고, 조지프는 손이 아플 정도로 히스클리프에게 회초리를 들었지요. 하지만 둘이 함께 있는 순간만 되면 모든 걸 잊고는 이런 벌에 대해 복수가 될 만한 장난질을 생각해 냈어요. 하루하루 갈수록 점점 자기들 맘대로 행동하는 모습에 마음이 안 좋아져서 저는 울기도 많이 울었어요. 하지만 이제 의지할 데도 없는 애들이 그나마 제 말을 듣고 있는 마당에 이런 관계마저 망치고 싶지 않아서 저는 입도 한번 뻥끗하지 않았답니다.

어느 일요일 저녁에는 둘 다 떠든다는 이유로, 아니 그런 비슷한 이유로 거실에서 쫓겨나는 일이 있었어요. 식사 시간이 되어 아무리 둘을 찾아봐도 아무 데도 없더군요.

거실도 찾아보고 위층, 아래층, 뒷마당과 헛간까지 둘러봤지만 아무 곳에도 없었어요. 화가 치민 힌들리 도련님이 저더러 문을 걸어 잠그라고 하고는 그 누구도 밤중에 애들을 안으로 들여놓아서 안 된다고 명령했어요.

모두 잠이 들었지만 저는 걱정이 돼 자리에 누울 수도 없었어요. 비가 내리고 있는데도 저는 창문을 열어 목을 내밀고는 주위를 살폈어요. 돌아오면 도련님 명을 어겨서라도 안으로 들이려 했지요.

조금 있자니 길을 따라 걸어 올라오는 발소리가 들리고 문 가까이 등불 빛이 보이더군요.

혹이라도 문을 두드려 도련님을 깨울까 봐 머리에 숄을 뒤집어쓰고는 밖으로 달려 나갔지요. 그런데 히스클리프가 혼자 서 있는 거예요. 혼자인 걸 보고 전 기절할 뻔했답니다.

"캐서린 아가씨는 어디 두고?" 제가 황급하게 소리쳤어요. "사고가 난 건 아니겠지?"

"스러시크로스 그레인지에 있어." 그가 대답하더군요. "나도 거기 있으려고 했는데 그 집 사람들이 예의 없게도 나에겐 자고 가라고 하지 않더군."

"얼마나 욕을 먹으려고!" 내가 말했지요. "내쫓겨 봐야 알겠니.

대체 어떻게 그레인지까지 헤매고 다닌 거야?"

"넬리, 우선 젖은 옷부터 벗고 얘기해 줄게."그가 말했어요.

저는 힌들리 도련님을 깨우면 안 된다고 당부하고선 그가 옷을 벗는 동안 촛불을 들고 있었지요.

"캐시와 내가 세탁장으로 빠져나와 마음대로 돌아다니다가 그레인지 저택의 불빛이 보이기에 혹시 린턴 집안도 엄마, 아빠가 먹고 마시면서 눈알이 다 탈 정도로 난롯불 앞에 앉아 웃고 노래하고, 애들은 구석에서 벌벌 떨며 지내는지 한번 알아보고 싶은 생각이 들었어. 넬리, 그럴 거 같아? 아니면 설교집을 읽고 하인 녀석을 시켜 교리문답을 하게 하곤, 제대로 대답하지 못하면 성경에 나오는 이름을 통째로 외우게 할 거 같아?"

"그렇게는 안 하겠지."제가 대답했지요."그 집 애들은 마음씨도 착하고 너처럼 짓궂게 굴어 혼나지는 않겠지."

"넬리, 내게 설교하려 들지 마. 헛소리하지 말라고! 우린 여기서 그 집 숲까지 쉬지 않고 내달렸어. 맨발로 뛰는 바람에 캐서린이 경주에서 내게 깨끗하게 지고 말았지. 늪에 빠뜨린 신발은 내일 찾아야 할 거야. 우린 그 집의 무너진 울타리 틈새로 기어들어 가 길을 따라 올라가다가 응접실 창문 밑 화단에 자리를 잡았어. 빛이 새어 나오고 있었는데 덧문도 닫지 않았고 커튼도 반만 쳐 놓았더라고. 우린 받침돌 위에 서서 창틀에 매달려 안을 들여다보았지. 보니까 — 아, 정말 너무 아름다운 모습이었어 — 진홍빛 카펫이 깔린 멋진 곳인데 탁자랑 의자도 진홍빛에 새하얀 천장에는 금 테두리가 둘러져 있었고, 한가운데에는 은 사슬에 매달려 있는 촛대가 있었는데 유리 방울들이 달려 있어서 부드러운 촛불 빛에도 반짝대는 거야. 린턴 씨 내외는 없고 에드거와 여동생이 그 방을 차지하고 있더군. 어찌 행복하지 않을 수 있겠어. 우리 같으면 천국이라고 생각했을 거야! 자, 넬리가 착한 애들이라고 말한 그 애들이 뭐 하고 있었는지 맞혀 봐. 이사벨라 — 내 생각에 캐시보다 한 살 어린 열한 살일 거야 — 는 방 저쪽 끝에서 고함을 질렀는데 마치 마귀할멈이 새빨갛게 달군 바늘로 찌르기라도 한 듯 악을 쓰며 울고 있었어. 에드거는 난로 옆에서 소리 없이 울고 있었고, 탁자 한가운데에서 조그만 강아지 한 마리가 앞발을 흔들면서 짖어 대고 있었어. 서로 헐뜯는 것을 보니 강아지를 두고 서로 갖겠다고 실랑이를 벌이고 있었던 모양이야. 바보들 같으니! 이게 그 애들이 노는 모습이라고! 따뜻한 털 뭉치를 서로 품에 안겠다고 싸우다가, 결국 서로 싫다며 울고 있는 거야. 응석 부리는 두 애 때문에 얼마나 깔깔대며 비웃었는데! 캐서린이 원하는 걸 내가 가지려고 한 적이 있었어? 우리가 소리 지르고 울면서 서로 방 끝으로 찢어져서 땅바닥에 데굴데굴 구르는 모습을 본 적이 있냐고? 골백번 죽는다고 해도 이곳에서 내가 처한 상황을 그레인지의 에드거 린턴이 처한 상황과 맞바꾸진 않을 거야. 설사 조지프를 제일 높은 지붕 꼭대기에서 아래로 집어 던지거나 힌들리의 피로 이 집 문을 전부 칠해 버릴 수 있는 권한이 내게 주어진다고 해도 말이지."

"조용히 못 해!" 내가 말을 가로막았어요. "그런데 히스클리프, 왜 캐서린 아가씨가 거기에 남게 된 건지 아직 말하지 않았잖아?"

"우리가 비웃었다고 했잖아." 그 애가 대답했어요. "린턴네 애들이 웃음 소릴 듣고는 일제히 쏜살같이 문 앞으로 뛰어나오더라고. 잠시 조용하나 싶더니 이내 울음을 터뜨리는 거야. '엄마, 엄마! 아빠! 엄마, 여기 좀 와 보세요. 오, 아빠, 세상에!' 정말 이런 식으로 괴성을 질러 댔어. 개들을 더 골려 주려고 우린 더 크게 소리를 질렀지. 그런 다음 창틀에서 뛰어 내렸어. 누군가 빗장을 빼는 소리가 나기에 냅다 도망을 친 거지. 그런데 캐시 손을 잡고 서둘러 나오다가 갑자기 캐시가 자빠지고 말았지 뭐야.

'도망쳐, 히스클리프. 빨리!' 캐시가 속삭이더군. '이 집에서 불도그를 풀어놓았어. 그놈이 날 물고 있단 말이야!'

'그 끔찍한 놈이 캐시의 뒤꿈치를 물고 있던 거야, 넬리! 난 그놈이 흉측하게 킁킁대는 소리를 들었어. 캐시는 아무 소리도 지르지 않았어. 정말로 말이야! 걔는 미친 소한테 뿔로 받혀도 결코 소리지를 애가 아니거든. 하지만 나는 괴성을 질러 댔지! 세상 어떤 악마라도 꼼짝 못 할 정도로 심한 욕을 했다니까. 그리고 돌멩이를 집어다 개새끼의 아가리에다 처넣고는 죽으라고 목구멍 쪽으로 밀어 넣었지. 마침내 짐승같이 고약한 하인 놈이 초롱불을 들고 나타나서는 고함을 지르데.

'스컬커, 꽉 물어. 놓치면 안 돼!'

그러다가 불도그가 누굴 물고 있는지 알게 되자 태도가 돌변하더군. 목을 졸라 개를 떼어 놓자 그놈의 개가 큼지막하고 한 자나 되는 혓바닥을 늘어뜨렸는데 입가에선 핏빛 침이 질질 흐르고 있었어. 그 하인 놈이 캐시를 안아 들었어. 내가 보건대 캐시는 무서워서가 아니라 너무 고통이 심해서 겁에 질려 있었어. 캐시를 안고 안으로 들어가는 걸 보고 나는 복수하겠다고 욕하고 고함치면서 따라 들어갔어.

현관에서 린턴 씨가 그놈에게 묻데. '로버트, 누굴 잡았니?'

'어린 여자애예요.' 그놈이 대답하더군. 그리고 날 꽉 잡은 채로, '여기 한 녀석 더 있어요. 말썽꾸러기 같은 녀석이에요'라고 말했어. '도둑놈들이 이 녀석들을 창문 안으로 들여보내곤 모두 잠들면 요놈들에게 문을 열라고 시켜 우리를 다 죽이려 한 거 같아요. 요놈, 욕쟁이 도둑놈아, 입 닥치지 못해! 넌 이제 교수형 감이야. 나리, 총 치우지 마세요.'

'당연하지.' 그 늙은 멍청이가 말하더라고. '어제가 소작료 받는 날이란 걸 이놈들이 안 거야. 날 멋지게 해치우려고 한 거지. 들여보내게, 내가 직접 신문해 볼 테니. 어이, 존. 빗장 꼭 채우게. 제니, 스컬커에게 물 좀 주고. 감히 치안 판사의 집에 들어오다니, 그것도 주일날에 말이야! 너무 뻔뻔한 거 아냐? 여보, 메리, 이리 좀 와 봐요! 조그만 녀석이니 겁먹을 거 없어요. 얼굴 찌푸리는 걸 보니 악당이 맞긴 하네. 이런 못된 성질이 얼굴뿐 아니라 행실에도 드러나기 전에 당장 목매다는 게 나라를 위해서 좋은 거 아닌가?'

영감이 나를 샹들리에 아래로 끌고 갔지. 코에 안경을 걸친 영감 부인이 놀라서 두 손을 번쩍 들더라니까. 겁쟁이 아이들도 가까이 다가오데. 이사벨라가 혀 짧은 소리로 떠들었어.

'끔찍해요! 아빠, 지하실에 가둬 버려요. 내가 키우는 꿩을 훔쳐 간 점쟁이 아들놈이랑 똑같이 생겼어요. 에드거, 내 말 맞지?'

나를 추궁하고 있는 동안 캐시가 정신을 차렸어. 캐시는 내가 점쟁이 아들놈하고 닮았다는 얘기를 듣고는 깔깔대고 웃었어. 에드거가 호기심 어린 눈으로 쳐다보다가 그제야 캐시가 누구인지 알아보았지. 왜냐하면 다른 데는 몰라도 교회에서 우리를 본 적이 있거든.

'언쇼 댁 아가씨예요!' 에드거가 자기 엄마에게 속삭이더라고. '스컬커가 발을 물었어요. 피도 난다고요!'

'언쇼 댁 아가씨라고? 말도 안 돼!' 부인이 말했지. '그 아가씨가 집시 녀석이랑 돌아다니다니! 그런데 얘야, 어린 아가씨가 상복을 입은 걸 보니 맞는가 보네. 어쩌지, 잘못하면 평생 불구가 될 수도 있는데!'

'이 애 오라비가 무관심한 게 문제야!' 나를 보고 있던 린턴 영감이 캐시한테 눈길을 돌리며 소리쳤어. '실더스(목사보의 이름이지요)가 그러는데, 이 애가 이교도처럼 놀게 놔둔다는 거야. 근데 옆의 애는 누구지? 대체 얘는 이런 친구 녀석을 어디서 만난 거야? 아, 맞구나! 돌아가신 양반이 리버풀에 다녀오다가 데려온 그 이상한 녀석이지. 인도 뱃놈, 아니 미국이나 스페인 부랑자 핏줄이지.'

'좌우간 고약한 애에요.' 부인이 대꾸했어. '점잖은 집에서 키울 애가 아니지! 여보, 저 녀석 말하는 거 들었어요? 우리 애들이 들을까 봐 겁나요.'

그래서 내가 다시 욕을 해 댔어 ─ 넬리, 화내지 마 ─ 그러자 로버트더러 날 데리고 나가라고 하더군. 나는 캐시 없이는 안 나가겠다고 버텼지. 그러자 나를 정원으로 끌고 나가더니 내 손에 초롱불을 쥐어 주면서 언쇼 서방님에게 내가 한 짓을 다 일러바치겠다고 겁을 주더군. 그리고는 당장 꺼지라고 소리를 지르고는 문을 닫아 버렸어.

창문 커튼 한쪽이 아직 말아 올라가 있기에 난 다시 스파이처럼 안을 들여다봤어. 혹 캐서린이 집에 돌아가겠다고 해도 못 가게 하면 돌멩이로 그놈의 창문을 박살 내려고 했거든.

캐시는 소파에 가만히 앉아 있었어. 린턴 부인이 들판에서 뛰어놀려고 내가 슬쩍한 소젖 짜는 하녀의 회색 외투를 벗기더니, 고개를 절레절레 흔드는 모습이 보였어. 아마 캐시를 타이르는 것 같았지. 캐시는 아가씨라 그런지 나와는 다르게 대하더군. 하녀가 대야에 따스한 물을 받아 와 캐시의 발을 씻기고, 린턴 영감은 큰 컵에 니거스 주스[1]를 타 주고, 이사벨라는 캐시 무릎에다가 빵 한 접시를 갖다주더군. 에드거는 저 멀리 떨어져 멍하니 서 있었어. 나중에는 사람들이 캐시의 예쁜 머리카락을 말려 빗질하고는 캐시에게 큼지막한 슬리퍼를 신기더라고. 그런 후 캐시가 앉아 있던 의자를 불 앞으로 밀어 주었어. 나는 캐시가 강아지와 스컬커에게 빵을 뜯어 주면서, 이를 받아먹는 스컬커 코를 잡고는 즐겁게 지내는 모습을 보고 거길 떠나왔어. 캐시의 매혹적인 얼굴이 그들 눈에 비친 건지는 몰라도 여하튼 린턴네 사람들의 멍청해 보이는 푸른 눈에도 생기가 돌더군. 모두 캐시 모습에 넋을 잃은 듯했어. 당연한 거지. 이 세상 그 누구보다도 캐시가 훨씬 예쁘기 때문이야. 그렇지, 넬리?"

"이번 일 때문에 생각보다 더 무서운 벌을 받게 될 거야." 히스클리프에게 이불을 덮어 주고 방 불을 끄고 나오면서 내가 말했다. "넌 구제 불능이야, 히스클리프. 힌들리 서방님이 분명 날벼락을 내릴 게 뻔해. 두고 보라고!"

그런 일이 벌어지길 원해서 한 말은 아니었어요. 불행했던 이번 모험은 결국 서방님의 분노를 사고 말았어요. 린턴 씨가 일을 처리하기 위해 다음 날 아침 우리를 찾아왔지요. 젊은 주인에게 가족

---

1   negus. 포도주에 레몬과 설탕을 넣은 음료.

을 어떻게 이끌어야 하는지 한바탕 연설을 한 거예요. 힌들리 서방님도 결국 집안일을 제대로 해야겠다고 생각하게 된 거죠.

　히스클리프는 매를 맞진 않았지만 이제부터 캐시한테 한마디라도 하는 날에는 그 즉시 쫓겨날 거라는 통고를 받았어요. 힌들리의 아내 또한 캐시 아가씨가 집으로 돌아오면 제재를 가하겠다고 했지요. 강제로 하는 게 아니라 계책을 쓰겠다는 거예요. 강제로 될 일이 아니었으니까요.

7장

아가씨는 스러시크로스 그레인지에서 크리스마스가 될 때까지 5주 동안 머물렀어요. 그동안 발목도 완전히 나았지요. 게다가 몸가짐도 꽤 좋아졌어요. 거기 있는 동안 언쇼 부인이 자주 들러 예쁜 옷도 입히고 칭찬도 해 주면서 아가씨의 자존심을 세워 주셨거든요. 아가씨를 새사람으로 만드는 계획에 착수하신 거죠. 캐시 아가씨도 이에 잘 응했는지 돌아올 때는 모자도 안 쓴 채 제멋대로 집 안으로 뛰어 들어와서는 우리 모두를 놀라게 했던 예전 모습이 아니었어요. 깃털 장식의 비버 가죽 모자 아래로 갈색 곱슬머리를 떨어뜨린 기품 있는 모습으로 멋진 검은색 말에서 내리더군요. 마치 집 안으로 미끄러져 들어오기라도 하듯 아가씨는 긴 승마복 치맛자락을 양손으로 잡고 집으로 들어왔어요.

아가씨를 말에서 안아 내린 힌들리 서방님은 기쁜 나머지 이렇게 말했어요.

"캐시, 이렇게 미인인 줄 몰랐는데! 전혀 다른 사람이야. 이제는 완전히 숙녀 티가 나네. 이사벨라 린턴은 비교도 안 되겠어. 안 그래, 여보?"

"이사벨라는 타고난 미모가 없잖아요." 프랜시스가 말했어요. "하지만 캐시 아가씨는 이전처럼 멋대로 굴면 안 돼요. 엘런, 아가씨 옷 벗는 것 좀 도와줘. 잠깐만, 그러다 머리카락이 다 헝클어지겠어. 내가 모자를 벗겨 줄게."

승마복을 벗기자 멋진 격자무늬 실크 드레스에 하얀 바지, 반짝거리는 구두 차림의 아가씨 모습이 드러났지요. 반갑다는 표시로 개들이 달려들자 아가씨는 눈을 반짝이며 기뻐하면서도 혹 옷에 뭐라도 묻을까 봐 쓰다듬어 주지는 않더군요.

제게 다가오더니 입맞춤을 하고는 ─ 크리스마스 케이크를 만드느라 온몸에 밀가루가 묻었기에 껴안을 수는 없었어요 ─ 주위를 둘러보며 히스클리프를 찾았어요. 언쇼 내외는 두 사람의 만남을 걱정스러운 마음으로 바라보았는데, 어떤 식으로 만나는가에 따라 두 사람을 떨어뜨릴 수 있는지를 대충 가늠할 수 있다고 보았기 때문이죠.

히스클리프는 처음에는 눈에 띄지 않았습니다. 캐서린 아가씨가 집을 비우기 전에도 외모에 관심이 없었고 그 누구도 그를 챙기지 않았었는데, 아가씨가 없는 동안은 이전보다 열 배나 더 그랬답니다.

저 말고 누구 하나 더럽다고 나무라면서 적어도 한 주에 한 번은 씻으라고 말한 적도 없었어요. 게다가 또래 아이들처럼 비누나 세숫물을 좋아하지 않은 건 말할 것도 없고요. 그러다 보니 진흙과 먼지투성이 속에서 석 달 동안 걸치고 있던 옷차림은 말할 것도 없고, 빗지 않은 머리는 떡이 되어 버렸고 손과 얼굴도 이만저만 지저분한 게 아니었어요. 캐시 아가씨가 자기처럼 헝클어진 모습으로 들어올 거로 생각하다가 우아하고 환한 모습으로 집 안으로 들어오자 히스클리프가 나무 의자 뒤로 몸을 숨기려 한 것도 당연하겠지요.

"히스클리프는 어디 있어?" 장갑을 벗으며 아가씨가 물었어요. 그동안 아무 일도 안 하면서 집 안에만 있어서 그런지 손이 뽀얘졌더라고요.

"히스클리프, 어서 앞으로 나오너라." 힌들리 서방님이 말했어요. 서방님은 히스클리프가 난처해하는 모습을 보며 즐거워했고 꼴사나운 부랑배의 모습으로 나설 수밖에 없다는 사실에 몹시 만족해하는 모습이었어요. "얼른 나와서 다른 하인들처럼 캐서린 아가씨에게 인사드리도록 해라."

숨어 있던 친구의 모습을 발견한 캐시 아가씨는 달려가 히스클리프를 껴안더라고요. 그리고는 순식간에 예닐곱 번 입맞춤을 하더니 뒤로 물러서며 깔깔대고 웃으며 소리쳤어요.

"왜 이렇게 시커멓고 화난 얼굴을 하고 있어! 그리고 왜 이렇게 우스꽝스럽고 무서운 표정을 하고 있는 거야! 내가 에드거와 이사벨라 린턴에게 너무 익숙해져서 그런가? 자, 히스클리프. 그새 나를 잊은 거야?"

아가씨가 그렇게 말한 데에는 이유가 있었지요. 창피하고 자존심이 상한 나머지 히스클리프가 매우 어두운 표정으로 그 자리에서 꼼짝도 하지 않았거든요.

"악수해라, 히스클리프. 한 번 정도는 괜찮아." 서방님이 마치 봐준다는 투로 말했어요.

"안 할래요." 마침내 히스클리프가 입을 열었어요. "난 웃음거리가 되는 건 싫어요. 그건 견딜 수 없다고요!"

그리고 그 자리에서 벗어나려고 하는 걸 캐시 아가씨가 다시 잡았지요.

"널 웃음거리로 만들려고 한 건 아냐. 그냥 웃음이 나온 거야. 히스클리프, 그래도 손은 잡아야지! 왜 이렇게 기분이 안 좋은 거야? 단지 네가 이상해 보여서 그런 것뿐이야. 가서 세수하고 빗질하면 괜찮을 거야. 지금은 너무 지저분해 보여!"

그러면서 손에 잡은 히스클리프의 지저분한 손가락을 보다가 혹이라도 더러운 손이 옷에 닿아 뭐라도 묻었을까 봐 자기 옷을 쳐다봤어요.

"날 건드리지 마!" 아가씨의 시선을 쫓던 히스클리프는 손을 확 잡아 빼면서 소리쳤어요. "더럽든 말든 난 내 마음대로 할 거야. 난 이게 좋아, 계속 이렇게 할 거고."

자기가 뭐라고 했기에 그렇게 성질을 부리는지 몰라 아가씨가 당황하는 가운데 히스클리프가 쏜살같이 밖으로 뛰쳐나갔어요. 주인 내외는 이 모습을 즐기고 있었죠.

집에 돌아온 아가씨 시중을 들고 크리스마스이브를 준비하기 위해 오븐에 빵도 굽고 거실과 부엌에 불을 지펴 쾌적하게 한 후, 저는 혼자 캐럴을 부르며 편안하게 앉아 기분을 내고 있었지요. 제 캐럴이 단지 대중가요에 지나지 않는다고 조지프가 떠들어 댔지만 저는 개의치 않았어요.

그는 자기 방에서 혼자 기도한다고 사라졌어요. 언쇼 부부는 친절하게 대해 준 린턴 댁 아이들에게 주려고 준비한 이런저런 번지르르한 것들을 아가씨에게 보여 주면서 관심을 끌고 있었어요.

이들은 내일 워더링 하이츠에 린턴 남매를 초대했는데, 그들은 오겠다고는 했지만 한 가지 조건을 걸었습니다. 린턴 부인이 자기 애들이 '지저분한 욕쟁이 아이'와 떨어져 있게 해 달라고 부탁한 모양입니다.

이런 상황에서 저는 홀로 떨어져 있었지요. 음식이 끓으면서 향료 냄새가 진하게 풍겼고 부엌 도구는 윤이 반짝반짝 났어요. 호랑가시나무로 장식한 윤이 나는 시계와 식사 때 맥주를 담을 은잔과 쟁반, 그리고 무엇보다도 제가 특별 관리를 해 한 점 흠잡을 데 없이 잘 닦아 놓은 바닥을 흡족한 마음으로 바라보고 있었지요.

마음속으로 이 모든 것에게 찬사를 보내고 나니 모든 게 정리되면 항상 들어오셔서 저를 두고 바지런한 아이라고 칭찬해 주시던, 그리고 크리스마스 선물이라면서 1실링짜리 동전을 내 손에 쥐어 주곤 하시던 돌아가신 언쇼 나리의 모습이 별안간 떠오르더군요. 히스클리프를 애지중지하시던 나리께서는 혹 자신이 죽은 후 히스클리프가 구박받지 않을까 염려하셨어요. 히스클리프의 가엾은 처지를 걱정하던 나리의 모습이 떠오르자 노래 생각은 안 나고 눈물만 흐르더군요. 하지만 그 녀석 때문에 눈물을 흘리는 것보다는 잘못된 행동을 고쳐 놓는 게 더 의미 있는 일이라는 생각도 들었답니다. 저는 히스클리프를 찾으려고 일어나 마당으로 나갔습니다.

그는 멀리 가지 않았어요. 마구간에서 새로 들어온 망아지의 윤기 흐르는 털을 빗겨 주면서 늘 그랬듯이 말들에게 먹이를 주고 있더군요.

"히스클리프. 어서 들어와!" 제가 말했지요. "부엌이 너무 포근

해. 조지프도 위층에 있어. 어서 오라니까. 캐시 아가씨가 오기 전에 깔끔하게 입어 보자고. 그래야 같이 앉아 벽난로 불을 쬐면서 잘 때까지 재미있게 얘기할 수 있잖아."

그는 하던 일도 멈추지 않았고 제게 고개도 돌리지 않았어요.

"어서 와. 오는 거야?" 제가 계속 말했지요. "너희 둘이 먹을 케이크도 있어. 충분하다니까. 옷 갈아입는 데 반 시간은 걸린다고."

5분을 기다렸지만 아무 말도 없기에 그냥 돌아왔어요. 아가씨는 서방님 내외분과 식사를 했고 조지프와 저는 전혀 화목하지 않은 식사를 했지요. 한쪽에서 비난을 하면 다른 쪽에서는 건방을 떠는 그런 식이었지요. 히스클리프의 케이크와 치즈는 요정들 몫으로 남겨 둔 것처럼 밤새 탁자에 놓여 있었어요. 그 애는 9시까지 일을 하고서는 말없이 들어오더니 시무룩한 채 자기 방으로 들어갔어요.

캐시 아가씨는 새 친구들을 맞으려고 여러 가지 주문을 하고는 늦게까지 깨어 있었어요. 한번은 옛 친구와 이야기를 하려고 부엌에 들어왔지만, 그 애가 그냥 가 버리자 대체 무엇 때문에 저러느냐고 묻고는 그냥 돌아갔습니다.

다음 날은 주일이었고 히스클리프는 아침 일찍 일어나 시무룩한 상태로 황야로 나가 버렸어요. 가족들이 교회로 출발하고 나서야 다시 나타나더군요. 굶으면서 돌이켜 보니 기분이 좀 풀린 모양이에요. 잠시 어슬렁거리다가 용기를 냈는지 별안간 제게 묻는 거예요.

"넬리, 나를 점잖게 만들어 줄래. 착한 애가 돼 볼게."

"그럴 때가 됐지, 히스클리프." 제가 말했어요. "캐시 아가씨 마음을 아프게 했어. 아가씨는 집에 돌아온 걸 후회할 게 분명해! 다들 너보다 아가씨를 생각해 주니까 네가 시기하는 거 같은데."

히스클리프는 시기한다는 말은 못 알아들은 것 같았지만 아가씨를 슬프게 했다는 말은 제대로 알아들은 듯했어요.

"캐시가 정말 마음이 아프다고 했어?" 심각한 표정을 지으며 제게 묻더군요.

"오늘 아침에 네가 집을 나갔다고 하니까 아가씨가 흐느끼더라고."

"뭐, 나도 어젯밤에 울었다고." 히스클리프가 대꾸했어요. "정작 울어야 할 사람은 나야."

"그래. 네가 오만한 마음을 품고 허기진 채 잠자리에 든 것도 다 이유가 있다는 거네." 제가 말했어요. "오만한 사람들은 스스로 슬픔거리를 만들어 낸다니까. 하지만 네가 괜히 화를 낸 게 창피하다고 생각되면 아가씨가 들어왔을 때 미안하다고 해 줘. 가서 입맞춤해 주면서 한마디 해 주라고. 어떻게 말해야 하는지는 네가 잘 알 거야. 멋진 옷차림 때문에 아가씨가 완전히 딴사람이 됐다고 생각하지 말고 진심으로 말해야 해. 나는 가서 저녁 준비해야 해. 틈을 내서 널 멋지게 꾸며 줄게. 그래서 에드거 린턴이 네 옆에 서면 인형처럼 보이게 할 거야. 실제 그렇게 보이거든. 너는 어리지만 키도 더 크고 어깨도 두 배나 넓고, 에드거쯤은 눈 깜짝할 사이에 넘어뜨릴 수 있잖니?"

히스클리프의 얼굴이 잠시 밝아졌어요. 그러다가 다시 어두워지더니 한숨을 쉬더군요.

"하지만, 넬리. 에드거를 스무 번씩이나 넘어뜨린다고 해서 그 녀석이 못생기게 되고 내가 잘생기게 되는 건 아니지. 나도 금발에 하얀 살결을 갖고 싶어. 옷도 잘 입고 태도도 점잖고 그 녀석처럼 부자였으면 좋겠어."

"그리고 매번 엄마를 찾으며 울고도 싶고." 제가 이어서 말했지요. "촌놈이 주먹을 휘두른다고 벌벌 떨고, 소나기만 오면 집에 처박혀 있고 싶은 거지. 히스클리프, 왜 이리 자신이 없어! 거울 앞에 서 봐. 네가 어떤 모습이 될 수 있는지 보여 줄게. 아치 모양이 아니라 가운데가 푹 꺼진 눈썹, 양미간 사이로 난 두 줄, 그리고 깊게 처박혀 당당하게 쳐다보기보다는 악마의 첩자처럼 숨어서 반짝이는 네 눈이 보이니? 그 흉한 두 줄도 없애고, 사악하게 숨은 듯 보이는 네 두 눈을 자신이 넘치고 의심도 의혹도 품지 않는 순수한 천사의 눈으로 바꾸고, 누구든 적이라는 게 분명치 않으면 무조건 친구로 여길 수 있는 천사가 되고 싶은 거지? 발길질당하는 게 당연하다고 생각하면서도 아프다고 해서 발길질하는 사람뿐 아니라 온 세상을 증오하는 똥개 같은 표정은 이제 그만 짓도록 하자."

"한마디로 에드거 린턴같이 커다란 푸른 눈과 부드러운 이마를 갖길 바라야 한다는 거지." 히스클리프가 말했지요. "맞아. 하지만 내가 원한다고 되는 건 아니잖아."

"아니, 마음이 착하면 얼굴도 예뻐지는 법이야." 제가 말했어요. "마음이 정말 시커먼 사람은 암만 얼굴이 예뻐도 못생겨 보이는 법이야. 이제 말끔히 씻고 머리도 빗고 토라지는 것도 멈추니까 예뻐 보이지 않니? 내게는 그렇게 보이는데. 마치 변장한 왕자님 같아. 혹 네 아빠가 중국의 황제고 네 엄마는 인도 공주인지 누가 알겠니? 일주일의 수입으로 워더링 하이츠와 스러시크로스 그레인지를 몽땅 살 수 있는 그런 분들 말이다. 그리고 너는 나쁜 해적들이 납치해서 영국으로 데려온 거야. 내가 너라면 내가 고귀한 신분 출신이라고 생각할 거야. 그러면 하찮은 농부가 날 능멸해도 용기를 내고 품위 있게 행동할 수 있을 거야.”

제가 계속 얘기하자 히스클리프도 서서히 인상을 펴면서 유쾌한 표정을 짓기 시작했어요. 그때 사람들이 길을 따라 올라와 마당으로 들어오는 소리가 나는 바람에 별안간 대화를 끝냈어요. 히스클리프는 창문으로, 저는 문으로 달려가 보았는데 외투와 털목도리에 파묻힌 모습으로 린턴네 아이들이 마차에서 내리더군요. 언쇼 식구들도 다들 말에서 내리고 있었어요. 겨울에는 종종 말을 타고 교회에 가거든요. 캐시 아가씨가 양손으로 린턴네 아이들을 잡고는 집 안으로 데려와 불가에 앉혔어요. 두 아이의 하얀 얼굴에 홍조가 띠더군요.

히스클리프에게 어서 가서 유쾌한 표정으로 인사하라고 하자 그는 기꺼이 내 말을 따랐어요. 그런데 재수가 없었던지 그가 부엌 쪽에서 문을 열고 들어가는 순간 힌들리 서방님도 반대쪽에서 문을 잡아당겼던 거예요. 둘이 정면으로 마주쳤지요. 서방님은 말끔하고 유쾌한 표정의 히스클리프 모습에 짜증이 났는지, 아니면 린턴 부인과의 약속 때문이었는지 그를 세게 밀어 버렸어요. 그러더니 조지프에게 이렇게 말했어요. “저 녀석을 방 밖으로 쫓아 버리게나. 식사가 끝날 때까지 다락방에 처박아 두라고. 잠시라도 옆에 놔두면 타르트 파이를 먹어 치우고 과일을 슬쩍할 걸세.”

“아니에요, 서방님.” 제가 나설 수밖에 없었지요. “절대 손대지 않을 거예요. 그리고 저 애도 우리처럼 자기 몫의 별식을 맛봐야 하지 않겠어요.”

“어두워지기 전에 아래층에서 나와 마주쳤다가는 내 손맛이

나 보게 될걸." 서방님이 소리쳤어요. "꺼져, 이 뜨내기 놈아! 뭐야! 맵시를 낸 거야? 멋 부린 머리채가 내 손에 잡히기만 해 봐. 내가 확 당겨 늘려 놓을 테니까!"

"이미 상당히 긴데요." 현관에서 처다보던 린턴 도련님이 한마디 거들었어요. "저 긴 머리 때문에 머리가 아프지는 않나. 꼭 망아지 갈기 같은 게 눈을 덮은 꼴인데!"

히스클리프를 모욕하려는 의도 없이 그냥 던진 말이었어요. 하지만 히스클리프로서는 마치 자기의 경쟁자 같아 가뜩이나 미운 에드거인데 자기에게 이렇게 건방을 떠는 모습을 그냥 참고 넘길 수 없었나 봐요. 그는 바로 앞에 있어 자기 손아귀에 잡힌 뜨거운 사과 소스 접시를 집어 린턴 도련님의 얼굴과 목에다 부어 버렸죠. 에드거 도련님은 즉시 비명을 질렀고 그 소리에 이사벨라와 캐시 아가씨가 달려왔어요.

언쇼 서방님은 당장에 히스클리프를 잡아다가 자기 방으로 데려갔습니다. 그런 후 분풀이로 심하게 매질을 했을 게 뻔합니다. 얼굴이 벌게져서 헉헉거리며 방에서 나오더라고요. 저는 심술궂은 마음에서 일부러 행주를 들어 에드거의 코와 얼굴을 닦았어요. 괜히 참견을 해서 당한 일이라고 알려 주면서 말이죠. 여동생이 집에 가겠다고 울기 시작했고 캐시 아가씨는 모든 게 창피했는지 어떨 줄 몰라 하더군요.

"그 애한테 말을 걸지 말았어야 했어!" 아가씨가 린턴 도련님을 타이르며 말하더군요. "그 애는 지금 기분이 안 좋아. 게다가 오늘 모임을 망쳤으니 오빠한테 또 맞을 거야. 난 그 애가 매 맞는 게 정말 싫어! 밥도 못 먹는다고. 에드거, 대체 왜 말을 건 거야?"

"말 안 걸었어." 에드거 도련님이 제 손을 뿌리치더니 흐느끼며 말했어요. 자기 아마포 손수건으로 얼굴에 남아 있던 사과 소스를 닦아 내면서 말이죠. "그 녀석에게 한마디도 안 하겠다고 엄마에게 약속했단 말이야. 정말 안 했다고."

"자, 인제 그만 그쳐." 비꼬듯이 아가씨가 말했어요. "누가 죽기라도 했니. 더 일 벌이지 말고. 오빠가 오잖아. 다들 쉿! 이사벨라, 조용히 해! 누가 널 때리기라도 하던?"

"자, 애들아. 다들 가서 앉자!" 부산을 떨며 들어오면서 힌들리 서방님이 소리쳤어요. "저 짐승 같은 놈을 패고 나니 몸이 다 후끈거린다. 에드거, 다음번엔 네가 주먹으로 해결해라. 밥맛도 더 좋아질 거다!"

맛있는 음식이 나오자 다시금 조용해졌습니다. 한바탕한 후라 다들 시장기가 돌았고, 크게 다친 사람은 없었기에 금방 마음이 풀렸던 거죠.

언쇼 서방님이 고기를 잘라 접시에 한가득 담았고 부인은 재미있는 얘기로 모두를 기분 좋게 만들어 주었어요. 부인 뒤에서 시중을 들던 저는 캐시 아가씨가 눈물 한 방울 없이 마치 아무 일도 없었다는 듯 거위 날개를 자르는 모습을 보고 괘씸하다는 생각이 들었어요.

'매정한 계집애 같으니! 어쩜 저렇게 제 친구가 마음 아파하는 걸 무시할 수 있지. 저렇게 이기적인 줄은 정말 몰랐네.' 속으로 생각했지요.

그런데 캐시가 고기를 한 입 먹으려고 하다가 다시 내려놓더라고요. 이내 볼이 달아오르더니 눈물을 쏟는 거예요. 그리고 감정을 감추기라도 하듯이 포크를 바닥에 떨어뜨리곤 얼른 식탁보 밑으로 고개를 숙였어요. 더 이상 매정하다는 생각이 안 들더군요. 아가씨는 하루 종일 지옥에 있는 기분이었던 거예요. 그래서 혼자 있거나 히스클리프에게 갈 수 있는 기회를 찾느라 힘들었던 거예요. 히스클리프에게 몰래 음식을 갖다주려다가 알게 된 건데 서방님이 그 애를 가둬 놓은 거였어요.

그날 저녁에는 댄스파티도 있었답니다. 이사벨라의 춤 상대가 없으니 히스클리프를 풀어 달라고 아가씨가 오빠에게 간청했지만 소용없었어요. 결국 제가 빈자리를 대신하게 되었어요.

춤을 추고 놀다 보니 우울한 기분이 사라지고 기머턴 밴드가 도착하는 바람에 더욱 흥이 났지요. 가수들 외에도 트럼펫, 트롬본, 클라리넷, 바순, 프렌치 호른과 콘트라베이스까지 악사가 열다섯 명이나 됐어요. 이들은 매년 크리스마스 때 교구의 명망 있는 집들을 순회하면서 기부를 받았는데 교구 사람들은 이들의 연주를 듣는 것을 최고의 영광으로 여겼답니다.

늘상 연주되는 캐럴이 연주된 후 가곡과 무반주 노래 연주를 부탁했어요. 언쇼 부인이 노래를 좋아해서 그런지 많은 곡을 연주해 주더군요.

캐시 아가씨도 연주를 즐겼어요. 그런데 계단 꼭대기에서 들으면 가장 감미롭게 들린다고 하면서 어두운 곳으로 올라가더라고요. 제가 따라가 봤지요. 거실이 사람들로 가득 차 있었고 거실 문도 닫았기에 우리가 없어진 걸 아무도 몰랐어요. 아가씨는 계단 꼭대기에서 멈추지 않고 더 위로 올라가 히스클리프가 갇힌 곳까지 가더니 이름을 부르더라고요. 히스클리프는 한동안 고집스럽게 아무런 대꾸도 하지 않았어요. 아가씨는 계속 이름을 불러 댔고 마침내 벽을 사이에 두고 둘이 얘기를 나누더군요.

저는 가엾은 아이들이 얘기하게끔 그냥 놔두고 내려왔어요. 그러다가 노래가 끝나 가고 가수들이 마실 것을 찾을 때가 되자 아가씨에게 알려 주려고 사다리를 타고 위로 올라갔어요.

그런데 아가씨는 없고 아가씨 목소리만 벽 안쪽에서 들리는 거예요. 요놈의 꼬마 원숭이 아가씨가 다락방 들창을 통해 천장으로 올라가 옆 다락방으로 기어들어 간 거지요. 다시 나오게 하느라고 꽤나 애를 먹었어요.

아가씨가 나올 때 히스클리프도 따라 나왔어요. 아가씨가 그 애를 부엌으로 데려가 달라고 내게 고집을 피우더라고요. 조지프는 밴드의 공연을 악마의 찬양이라면서 부르면서 옆집으로 가 버리고 없었거든요.

저는 둘의 계략에 끼고 싶은 마음이 전혀 없다고 말했지만 히스클리프가 어제 점심 이후로 아무것도 먹은 게 없기에 힌들리 서방님을 속이는 걸 알면서도 이번 한 번만 눈감아 준다고 했어요.

히스클리프를 데리고 아래로 내려와 벽난로 옆 의자에 앉히곤 실컷 먹게끔 했어요. 하지만 속이 안 좋다면서 제대로 먹지도 못하더군요. 즐겁게 해 주려던 내 계획도 다 어긋났지요. 히스클리프는 팔꿈치를 무릎에 대고 턱을 괴고 앉아 멍하니 생각에 잠겼어요. 무슨 생각을 하냐고 내가 묻자 심각한 투로 이렇게 대답했어요.

"힌들리에게 어떻게 복수할지 생각 중이야. 복수할 수만 있다면 시간이 얼마나 걸리는가는 문제 되지 않아. 제발 그 전에 죽지 않기만 바랄 뿐이야!"

"히스클리프. 그럼 못써!" 제가 말했지요. "나쁜 사람은 하나님이 벌하시는 거고 우리는 용서할 줄 알아야 해."

"안 돼. 내가 용서해서 하나님을 기쁘게 해 드리는 일은 없을 거야." 그가 말하더군요. "최고의 복수를 할 수 있는 방법을 찾아낼 테야! 넬리는 빠져. 내가 차분하게 계획을 세울 거야. 이런 생각만 하면 아픈 것도 다 잊는단 말이야."

하지만 록우드 선생님, 이런 이야기가 별로 재미없으실 텐데 제가 깜빡했네요. 이런 식으로 계속 떠들어 댈 생각만 하다니 저도 한심합니다. 죽도 다 식고 졸고 계시는데 말이죠! 히스클리프의 과거 이야기는 실상 몇 줄이면 됩니다.

넬리는 하던 이야기를 멈추고 바느질감도 옆으로 치웠다. 하지만 나는 난롯가에서 떠날 수 있을 것 같지도 않고, 졸음이 올 것 같지도 않았다.

"딘 부인, 그대로 계세요." 내가 소리쳤다. "30분만 더 있어 줘요. 아주 편안하게 말씀하시네요. 저는 그렇게 이야기하는 걸 좋아합니다. 자, 나머지도 그런 식으로 계속해 주세요. 전 이야기에 나오는 사람들이 이래저래 다 재미있어요."

"선생님, 이제 11시 종이 울렸어요."

"상관없어요! 전 11시나 12시에 자는 게 익숙하지 않아요. 아침 10시까지 누워 있는 사람에게는 새벽 1, 2시도 이른 시간이에요."

"10시까지 누워 있으면 안 돼요. 그 시간이면 이미 소중한 아침 시간이 다 지나가 버리거든요. 그날 할 일을 아침 10시까지 반도 못 한 사람은 결국 나머지 일도 못 끝낼 확률이 높아요."

"딘 부인, 그렇다고 해도 다시 앉아 보세요. 내일은 12시까지 안 일어날 생각이에요. 제가 독감에 단단히 걸린 것 같아요."

"설마요. 좋아요, 정 그러시면 3년 세월을 건너뛰고 이야기해 드릴게요. 그사이 언쇼 부인도……."

"안 되죠. 그렇게 건너뛰면 안 돼요! 혹 이런 분위기를 아실는 지요. 바로 눈앞에서 양탄자에 있는 새끼 고양이를 핥고 있는 고양 이 한 마리를 유심히 보고 있는데, 이 녀석이 한쪽 귀만 빼먹고 계 속 핥아 대는 모습을 볼 때 느끼는 그런 기분 말입니다."

"엄청 심심하신가 봐요."

"정반대죠. 피곤할 정도로 말짱합니다. 지금 내 기분이 그래요. 그러니 계속해 줘요. 지하 감옥에 갇힌 사람이 집 안에 거주하는 사 람보다 거미 한 마리가 주는 의미를 잘 아는 것처럼 이 지역 사람들 도 도시 사람들과는 달리 그 가치를 알고 있는 것 같습니다. 그렇다 고 이곳 사람들이 매력적으로 보인다는 게 바라보는 사람이 처한 상 황 때문은 아닙니다. 이 사람들은 자기 안에서 더 진지하게 살아갑 니다. 겉모습이나 상황 변화, 자기 밖의 하찮은 것들에게 좌우되지 않아요. 여기에서는 평생 사랑하는 것도 가능하겠다는 생각도 듭니 다. 저는 1년 이상 가는 사랑을 절대 믿지 않거든요. 마치 허기진 사 람에게 요리 하나만 챙겨 주는 모습과 비슷한데, 허기진 사람은 이 맛에 집중하면서 최선을 다해 즐기는 거죠. 다른 상황은 프랑스 요 리사가 차린 식탁에 앉은 사람이라고나 할까요. 이 사람도 아마 모 든 음식을 즐기겠지요. 하지만 하나하나의 요리에 대한 관심과 기억 은 미미할 겁니다."

"글쎄요. 아마 더 가까이에서 보게 되면 이곳 사람도 다른 지

역 사람들과 진배없을 거예요." 내 말에 조금 의아해하던 딘 부인이
말했다.

"미안합니다만, 딘 부인이 바로 그런 주장을 반증하는 증거가
아닐까 싶어요." 내가 말했다. "몇 가지 하찮은 시골 말투 말고는 아
랫사람들에게서만 보이는 특징이 전혀 보이지 않아요. 부인은 보통
하인들보다 훨씬 더 깊이 생각하며 살아온 게 분명해요. 하찮고 어
리석은 일에 시간을 낭비할 기회가 없어서 사고 능력을 키울 수밖에
없었던 것이지요."

딘 부인이 크게 웃었다.

"물론 저도 제가 끈기 있고 사리가 분명한 사람이라고 생각해
요." 그녀가 대답했다. "산골에 살면서 1년 내내 같은 얼굴만 보고
같은 행동만 봐 왔기에 그런 것은 아닙니다. 저 나름 이런 지혜를 배
우느라고 힘들었어요. 그리고 남이 생각하는 것보다 책도 많이 읽었
고요. 서재에 있는 책 가운데 제가 읽고 이해하지 못한 게 없을 정도
지요. 희랍어나 라틴어, 프랑스어 책을 빼고요. 하지만 이들 언어를
구별할 줄은 압니다. 가난한 집의 딸로서 더 바랄 수는 없지요. 하지
만 진짜 수다꾼처럼 이야기를 늘어놓아야 한다면 3년을 뛰어넘는
대신 연이어 전해 드리겠어요. 다음 해, 1778년 여름으로 갈게요. 거
의 23년 전입니다."

8장

　화창한 어느 6월의 아침 시간이었어요. 언쇼 가문의 마지막 후계자이자 제가 처음으로 키운 예쁜 아기가 태어났어요.

　멀리 있는 들판에서 건초 작업을 하느라 바쁜 와중에 늘 우리 아침 식사를 가져오는 계집아이가 목장을 가로질러 여느 때보다 한 시간이나 일찍 달려와서 저를 찾았어요.

　"에고, 예쁜 아기예요." 숨을 헉헉대며 그 애가 말하더군요. "제가 본 애 중에서 최고로 예뻐요! 한데 의사 선생님이 주인아씨는 돌아가실 것 같다고 하네요. 몇 달 동안이나 폐병을 앓고 있었다고 하시더라고요. 서방님에게는 이제 더 할 게 없다며 올겨울을 못 넘길 거라고 하셨어요. 어서 집으로 가 봐요. 이제부터 넬리 언니가 아기를 보면서, 설탕이랑 우유를 먹이고 밤낮없이 돌봐 줘야 할 거예요. 내가 언니라면 얼마나 좋을까. 주인아씨가 안 계시면 아기를 독차지할 거 아니에요."

　"근데 주인아씨는 많이 아프시대?" 쇠스랑을 내려놓고 보닛을

묶으며 제가 물었지요.

"그러신가 봐요. 그래도 대단하세요." 그 애가 말했어요. "아기가 다 자랄 때까지 지켜볼 생각을 하시더라고요. '아기가 이렇게 예쁠 수가 있을까!' 하시며 기뻐하세요. 제가 주인아씨라면 전 아마도 이대로 죽지는 않을 것 같아요. 의사 선생님이 뭐라고 해도 아기만 보면 다 나을 테니까요. 실은 저도 케네스 선생님 때문에 짜증이 났어요. 아처 부인이 천사 같은 아기를 거실로 데려와 서방님께 보여드리자 얼굴이 확 밝아지셨거든요. 근데 그 순간 불길한 얘기만 하는 그 의사 영감탱이가 나서서 이렇게 말했거든요. '언쇼, 자네 부인이 살아남아 이렇게 아기를 낳을 수 있게 된 건 축복일세. 자네 부인을 처음 본 순간 난 그녀가 오래 살지 못할 거라는 걸 직감했다네. 안됐네만 아마도 올겨울을 못 넘길 거야. 너무 마음 아파하지 말고 조급해하지도 말게나. 어쩔 수 없는 일이야. 그렇게 가냘픈 여자를 선택할 땐 좀 더 신중했어야 했어.'"

"그래서 서방님이 뭐라고 하시대?"

"뭐라고 욕을 하신 것 같은데 전 신경 쓸 겨를이 없었어요. 아기가 너무 보고 싶었거든요." 그 애는 다시금 넋이 빠진 듯 아기 모습이 이러니저러니 하면서 떠들어 댔어요. 저 역시 너무 보고 싶은 마음에 집으로 내달렸지요. 물론 서방님을 생각하면 마음이 아팠어요. 서방님 마음속에는 두 사람 — 주인아씨와 자기 — 밖에 없었거든요. 서방님은 둘밖에 몰랐어요. 주인아씨는 거의 숭배할 정도였고요. 그러니 주인아씨가 돌아가신다는 사실을 어찌 견뎌 낼지 상상도 할 수 없었어요.

집에 도착하니 서방님이 문 앞에 계시더군요. "아기는 어때요?"하고 제가 물었어요.

"당장이라도 벌떡 일어나서 뛰어다닐 것 같아, 넬리."다정하게 미소를 지으며 제게 이렇게 말하더군요.

"주인아씨는요?" 저는 용기를 내어 물어보았지요. "의사 선생님께서……."

"빌어먹을 의사 놈!" 얼굴이 상기된 채 서방님이 제 말을 끊더라고요. "프랜시스는 멀쩡하다고. 내주 이맘때쯤이면 다 나을 거야. 위층에 올라가는 거야? 프랜시스더러 아무 말도 안 한다고 약속하면 내가 올라간다고 전해 줘. 계속 말을 하려고 해서 내가 나와 버렸거든. 그리고 그래야만 해. 케네스 선생이 말을 아끼라고 했다고 전해 주고."

저는 주인아씨께 이 말을 전해 드렸어요. 그녀는 기분이 좋아 보였고, 웃으며 제게 이렇게 대답했어요.

"엘런, 나는 한마디도 안 했는데, 그 양반이 두 번씩이나 울면서 나가더라니까. 가서 이제 절대 말하지 않기로 약속한다고 전해 줘. 하지만 그이를 보고 놀리지 않겠다는 말은 아니야."

불쌍한 주인아씨! 돌아가시기 한 주 전까지 즐거운 마음으로 지내셨어요. 그리고 힌들리 서방님은 막무가내로 주인아씨의 건강이 매일 좋아지고 있다고 하셨고요. 아니, 그렇다고 역정까지 내실 정도였어요. 의사 선생님이 그 단계에서는 약을 써도 소용없다고 알려 주고, 더 이상 치료비를 들일 필요가 없다고 충고하면 이렇게 말했어요.

"더 이상 당신이 치료할 필요가 없는 거겠지. 내 아내는 멀쩡하다고. 이제 당신 치료는 필요 없어! 결핵 따위 걸린 적도 없다고. 단지 열병이었어. 이젠 다 회복됐다니까. 맥박도 나처럼 느리고, 볼에도 열이 다 식었잖아."

서방님은 주인아씨에게 매번 같은 이야기를 해 주었고 주인아씨도 그 이야기를 다 믿는 것 같았어요. 그러다 어느 날 밤인가 서방님 어깨에 기댄 채 내일이면 다 툭 털고 일어날 수 있을 것 같다고 말하다가 기침을 하기 시작했어요. 심하지도 않았어요. 그런데 서방님이 주인아씨를 팔에 안자 그녀는 두 팔로 서방님 목을 감싸 안았는데 얼굴색이 변하더니 곧바로 운명하셨어요.

하녀 아이가 예상했던 대로 헤어턴은 오로지 제 손에만 맡겨졌어요. 아기에 관한 한, 서방님은 아프지 않고 울지만 않으면 만족했어요. 하지만 정작 본인은 절망적인 상태였지요. 서방님은 슬퍼했지만 한탄하진 않았어요. 울거나 기도하지도 않고 대신 저주하면서 하나님께 맞섰지요. 하나님과 인간을 다 저주하면서 완전히 무절제하고 방탕한 생활에 빠졌답니다.

하인들은 그의 독선적이고 악한 행동을 견디지 못해 다들 떠났고, 결국 조지프 영감과 저만 남게 되었지요. 제가 맡은 아이를 포기할 수 없는 데다가 서방님은 저에게 양오빠나 다름이 없었기에 낯선 사람들과 달리 그의 행동을 이해할 수 있었거든요.

조지프 영감은 세입자와 일꾼들을 마음대로 부릴 속셈으로 남았어요. 그 사람은 꼬투리를 잡아 다른 사람들의 잘못을 책망하는 것을 자신의 천직으로 여기거든요.

서방님의 옳지 않은 생활 태도와 주위의 나쁜 친구들은 캐서린 아가씨와 히스클리프에게도 안 좋은 영향을 미쳤어요. 서방님은 히스클리프에게 마치 성인일지라도 악마로 변할 수 있을 정도로 심하게 굴었거든요. 정말로 당시 그 애는 악마에게 홀려 있는 듯 보일 정도였답니다. 서방님이 점점 더 구렁텅이 속으로 빠져들어 가는 모습을 즐기는 듯했고, 성격도 점점 더 야만스러울 정도로 음침하고 포악스러워졌지요.

집안도 이루 다 말할 수 없을 정도로 지옥으로 변했어요. 목사님도 발을 끊었고 마침내 점잖은 사람들은 아예 얼씬거리지도 않는 곳이 되고 말았어요. 에드거 린턴이 아가씨를 찾아오는 걸 빼면 말입니다. 캐시 아가씨는 열다섯 살이 되자 이 마을에서 최고의 아름다움을 뽐낼 정도로 예쁘게 성장했어요. 그러면서 더 거만하고 고집불통인 아가씨로 변했고요! 어린 시절 이후로 전 아가씨를 별로 좋아하지 않았어요. 거만한 태도를 없애려 하다가 종종 그녀를 화나게 했지만, 캐시 아가씨는 그래도 저를 잘 대해 줬어요. 오래 알고 지내 온 사람들에게는 놀랄 정도로 애착을 갖고 있었거든요. 히스클리프도 변함없이 그녀의 사랑을 받아 왔으니까요. 에드거 도련님은 아무리 내세울 것이 많았어도 아가씨에게 히스클리프만큼 깊은 인상을 주기가 쉽지 않다는 걸 알았답니다.

에드거 도련님은 제 전 주인이신데, 벽난로 위에 걸린 게 그분 초상화예요. 그분 초상화와 아가씨 초상화가 양쪽에 걸려 있었는데 이제 아가씨 건 없어졌어요. 봤으면 아가씨가 어떤 분이었는지 알 수 있었을 텐데. 저 초상화 보이세요?

딘 부인이 촛불을 들어 올리자 부드러운 인상을 한 얼굴이 드러났다. 워더링 하이츠에서 봤던 젊은 여인과 많이 닮았지만 더 사려 깊고 온화한 표정에 보기 좋은 모습이었다. 관자놀이 위로 밝은 색의 긴 머리가 약간 곱슬거렸고 큼지막한 눈은 진지해 보였는데 전반적으로 매우 우아한 모습이었다. 이런 남자였다면 캐서린이 첫 남자 친구를 잊게 된 것도 별로 놀랄 일이 아닌 듯했고, 오히려 이런 외모에 어울리는 마음씨를 가진 남자가 어떻게 내가 생각하는 캐서린 언쇼라는 인물을 사랑할 수 있었는지가 의문이었다.

"아주 보기 좋은 초상화네요."딘 부인에게 말했다."실물과 닮았나요?"

"네."그녀가 대답했다. "하지만 활기찬 모습이 더 보기 좋았어요. 저 모습은 보통 때의 얼굴 모습이에요. 대체로 활기가 부족한 분이었죠."

캐시 아가씨는 린턴네 사람들과 5주를 같이 보낸 후 이들과 죽 친하게 지냈답니다. 이들과 어울릴 때는 자기의 거친 면을 내보이지도 않았고, 늘 예의 바르게 살아가는 사람들과 같이 지내다 보니 자기가 무례하게 보이는 걸 창피하게 여겼어요. 결국 자기도 모르게 이들을 천진난만하게 다정히 대하다 보니 결국 린턴 씨 내외를 속인 꼴이 되고 말았어요. 이사벨라는 아가씨의 이런 모습에 감탄했고 오빠인 에드거는 마음뿐 아니라 영혼까지 아가씨에게 사로잡혔답니다. 야심이 많았던 아가씨로서는 이렇게 환심을 사게 되자 우쭐해 했어요. 남들을 속이려는 의도는 없었지만 결국 앞뒤가 다른 성격을 갖게 되었답니다.

그 집에서 히스클리프를 두고 '친한 어린놈'이니 '짐승만도 못한 놈'이라고 부르는 통에 거기 있을 때는 아가씨도 그렇게 행동하지 않으려고 조심했어요. 하지만 집에 돌아오면 예의를 지켜 봤자 웃음만 살 게 뻔하고 말괄량이 본성을 억눌러 봤자 점수를 따거나 칭찬을 듣는 것이 아니기 때문에 제멋대로 행동했지요.

에드거 도련님은 드러내 놓고 워더링 하이츠에 찾아올 용기가 없었어요. 워낙 악명이 높은 힌들리 서방님인지라 마주치는 것조차 무서워했기 때문이죠. 하지만 도련님이 올 때면 우리는 최선을 다해 공손하게 맞았어요. 서방님도 왜 방문한 줄 알기 때문인지 도련님의 기분을 상하게 하지는 않았습니다. 예의 바르게 대하지 못할 상황 같으면 아예 자리를 피하기도 했어요. 제가 보기에 캐시 아가씨는 에드거 도련님이 오는 걸 탐탁지 않게 여겼던 것 같았어요. 아가씨는 자기 감정을 꾸미는 성격도 아니었기에 자기의 두 친구가 맞닥뜨리는 걸 원치 않았어요. 에드거 도련님이 있는 자리에서 히스클리프가 그의 흉을 보게 된다면 도련님이 자리에 없을 때처럼 맞장구를 칠 수도 없었고, 반대로 에드거 도련님이 히스클리프를 두고 반감이나 증오감을 드러내도 자기 소꿉친구를 욕하는 게 아무렇지도 않은 듯 그냥 있을 순 없었기 때문이었죠.

당황하고 말도 못 한 채 고민하는 아가씨의 모습을 보니 내심 너무 고소해서 저는 여러 번 웃곤 했지요. 이런 저를 두고 나쁘다고 할 수도 있겠지만 아가씨가 너무 거만하게 굴었기에 그녀가 겸손해질 때까지는 이런 모습을 그저 가엾다고 볼 수만은 없었답니다.

아가씨는 결국 제게 고민을 털어놓았지요. 아가씨가 조언자로 여길 수 있는 사람이 저 말고는 아무도 없었거든요.

어느 날인가 힌들리 서방님이 오후에 외출하시니까 히스클리프가 이 기회에 자기도 쉬겠다고 했어요. 히스클리프가 열여섯이 되던 해라고 기억하는데, 그는 외모도 괜찮고 지력도 남 못지않지만 일부러 남들에게 혐오감을 주는 행동을 하곤 했어요. 지금은 그런 모습을 찾아볼 수는 없지만요.

우선 그즈음에는 어릴 때처럼 교육받을 기회를 박탈당했고, 대신 이른 아침부터 늦은 저녁까지 계속 힘든 일만 하다 보니까 지식을 좇으며 느꼈던 호기심이나 뭐라도 읽고 배우고 싶은 마음도 다 없어졌지요. 돌아가신 언쇼 나리께서 돌봐 주면서 불어넣었던 우월감 같은 것도 다 사라졌고요. 예전에 공부할 때는 캐시 아가씨에게 뒤처지지 않으려고 기를 썼지만, 이제는 통한의 감정으로 애석해하다가 결국 완전히 포기하고 말았지요. 히스클리프는 예전보다 더 뒤처질 수밖에 없다는 걸 알게 되었고, 저 역시 그래도 자신의 실력을 키워야 한다고 히스클리프를 설득할 수 없게 되었답니다. 지적인 면에서 쇠퇴하자 그의 외모도 보조를 맞추듯 쇠퇴하더군요. 걷는 자세도 구부정하고 표정도 야비해졌어요. 원래 내성적이던 그는 이제는 바보 같을 정도로 지나치게 비사교적이고 음울하게 변해갔고 몇몇 안 되는 지인에게도 호의적으로 평가받기보다 반감을 사는 걸 더 반겼어요.

히스클리프는 일을 끝내고 쉴 때는 캐시 아가씨와 여전히 친구로 지냈답니다. 하지만 이제는 더 이상 아가씨를 좋아한다는 말을 하지 않았어요. 게다가 캐시 아가씨가 천진난만하게 그를 쓰다듬으려 해도 마치 사랑하는 감정을 받아 보았자 아무 소용이 없다는 것처럼 화를 내고 의심의 눈길을 보내면서 이를 회피했습니다. 히스클리프가 아무 일도 하지 않고 쉬겠다고 말한 그날, 저는 아가씨의 옷을 챙겨 주고 있었어요. 아가씨는 히스클리프가 일하지 않고 집에서 쉰다는 것을 아예 염두에 두지 않아서 그날은 온 집을 혼자 독차지할 수 있다고 생각하고 있었던 거예요. 오빠가 그날 집에 없다는 것을 어찌어찌해서 에드거에게 알리고는 그를 맞을 준비를 하고 있었던 거지요.

"캐시, 오늘 오후에 할 일 있어?" 히스클리프가 물었어요. "어디 갈 데 있냐고?"

"아니. 비가 오잖아." 아가씨가 대답했지요.

"그런데 비단옷은 왜 입고 있어?" 히스클리프가 물었어요. "누가 오는 건 아니겠지?"

"난 아는 게 없는데." 아가씨가 더듬거리며 말했어요. "근데 히스클리프, 밭에 있어야 하는 거 아냐? 식사가 끝난 지도 한 시간이나 지났잖아. 난 네가 나간 줄 알았어."

"빌어먹을 힌들리가 늘 집에 있어서 우리끼리 자유롭게 지낼수도 없었잖아." 히스클리프가 말했지요. "오늘은 더는 일하지 않고너랑 같이 지낼 거야."

"에고, 조지프가 다 일러바칠 텐데. 나가는 게 좋을걸." 아가씨가 넌지시 말했어요.

"조지프는 페니스턴 절벽 저쪽에서 석회를 싣고 있어. 어두울때까지 해야 하니까 여기 일은 알 수가 없지."

그렇게 말하고선 느긋하게 불가로 다가가 앉았지요. 아가씨는얼굴을 찌푸리며 곰곰이 생각하다가 손님 맞을 준비를 해야겠다고생각한 모양이에요. "이사벨라와 에드거가 오늘 오후에 올 것처럼말하던데." 잠깐의 침묵을 깨고 아가씨가 말했어요. "비 때문에 올것 같지는 않지만 혹 올지도 몰라. 그러면 괜스레 네가 야단맞을 일이 생길 수도 있잖아."

"캐시, 엘런을 시켜 네가 바쁘다고 전해 주면 되잖아." 히스클리프가 고집을 피웠지요. "그 한심하고 멍청한 친구들 때문에 나를 내쫓진 않겠지! 가끔 그 녀석들에 대해 불평하고 싶었어. 하지만 관두겠어."

"그 애들이 어쨌다고?" 아가씨가 심란한 표정으로 히스클리프를 쳐다보며 소리를 질렀어요. "넬리!" 아가씨가 자기 머리를 매만지던 내 손을 뿌리치며 언짢은 듯 말했어요. "머릴 그렇게 빗으면 기껏 말아 놓은 게 다 풀리잖아. 그만해, 내버려 두라고. 히스클리프, 대체 불평하려는 게 뭔데?"

"아무것도 아냐. 하지만 저 벽에 있는 달력을 봐." 그는 창문 옆에 걸려 있는 액자 속 달력 종이를 가리키며 말했어요. "십자 표시는 네가 린턴네 애들과 보낸 날들이고, 점이 찍힌 것은 나랑 같이 보낸 날들이야. 알겠어? 내가 매일 표시해 뒀다고."

"정말 멍청한 짓을 했네. 내가 관심이나 있을 줄 알고!" 짜증스러운 투로 아가씨가 말했어요. "대체 무슨 의미가 있는데?"

"내가 신경 쓴다는 걸 보여 주려고." 히스클리프가 대답했어요.

"내가 늘 너랑 같이 있어야 한다는 거니?" 더욱 짜증스럽다는 듯이 아가씨가 대꾸했어요. "내가 얻는 건 뭔데? 네가 무슨 얘기를 할 수 있냐고? 나를 즐겁게 해 주려고 무슨 말을 하거나 무슨 짓을 해도 너는 벙어리 아니면 어린애와 다를 바 없다고!"

"캐시, 넌 여태까지 내가 너무 말이 없다고 말한 적도 없고 내가 옆에 있는 게 싫다고 한 적도 없었어!" 히스클리프가 당황하며 말했다.

"아무것도 모른 채 아무 말도 안 하면 그건 같이 있는 게 아니지."아가씨가 중얼거리더군요.

그녀의 친구가 벌떡 일어났어요. 하지만 진입로의 판석을 밟는 말발굽 소리가 들리는 바람에 더 이상 자기 생각을 말할 시간도 없었지요. 조용히 노크 소리가 들리더니 에드거가 환한 얼굴로 들어왔어요. 예기치 않은 초청이기에 기뻤던 모양입니다.

한 명은 들어오고 한 명은 나가는데 캐시 아가씨 눈에도 두 사람의 차이는 분명했지요. 둘 간의 비교는 황량하고 울퉁불퉁한 석탄 지역이 멋지고 비옥한 계곡으로 바뀌는 것과 마찬가지였지요. 에드거가 말하는 투와 반기는 방식도 히스클리프와는 정반대였어요. 듣기 좋은 나직한 목소리는 록우드 선생님 같았어요. 이곳 사람들처럼 투박하지 않고 한결 부드러웠지요.

"너무 일찍 온 건 아닌가?"제게 시선을 맞추며 에드거 도련님이 말했어요. 저는 접시를 닦으면서 서랍장이 있는 한쪽 모퉁이에서 서랍을 정리하고 있었답니다.

"아니."아가씨가 대답했지요."넬리, 거기서 뭐 하고 있는 거야?"

"제 할 일이요."제가 대답했어요(힌들리 서방님이 제게 주문하길 도련님이 방문하면 꼭 두 사람 곁을 떠나지 말고 곁에 있으라고 했거든요).

아가씨가 제 뒤로 다가와 신경질적으로 속삭이더군요."걸레 들고 어서 사라져. 손님들이 집에 오시면 하녀들은 손님이 계신 방을 닦거나 청소하는 게 아니라고!"

"서방님도 안 계시니 이 기회에 청소하면 좋지요."제가 크게 떠들었어요."집에 계실 때 이런 거로 번잡하게 굴면 싫어하시거든요. 에드거 도련님도 이해해 주시겠죠."

"내가 있을 때 번잡하게 구는 건 나도 싫은데."도련님이 대답할 기회도 안 주고 아가씨가 제게 고압적인 투로 말했어요. 히스클리프와 언쟁을 벌인 후라 평정심을 잃은 상태였거든요.

"미안해요, 아가씨" 이렇게 대답하고 열심히 일을 계속했지요.

아가씨는 도련님이 못 볼 거라 생각하고는 제게서 걸레를 빼앗고는 악의에 차서 제 팔을 잡아 지그시 비틀며 꼬집었어요.

제가 아가씨를 별로 좋아하지 않는다고 아까 말씀드렸지요. 그래서 전 가끔은 아가씨의 허영심에 상처 주는 걸 즐겼었지요. 그땐 정말 세게 꼬집더군요. 저는 벌떡 일어나 고함을 질렀어요.

"아가씨, 그런 나쁜 짓을 하면 안 돼요. 절 꼬집으면 안 되죠. 저도 참지 않을 거예요."

"요 거짓말쟁이, 내가 언제 꼬집었다고!" 저를 또 꼬집으려고 손을 들면서 아가씨가 소리를 질렀어요. 화가 난 나머지 귀까지 벌겋게 변했더군요. 자신의 감정을 숨기질 못하는 성격이라 화가 나면 얼굴 전체가 새빨갛게 달아오르거든요.

"그럼 이건 뭐예요?" 아가씨의 말을 반박하는 결정적인 증거로 시퍼렇게 멍든 제 팔을 들어 올렸어요.

아가씨는 발을 구르면서 잠시 머뭇거리더니 그놈의 거만한 성격을 못 이기겠는지 별안간 제 뺨을 후려쳤어요. 눈물이 터져 나올 정도로 세게 말이죠.

"캐서린! 이봐, 캐서린!" 자기가 좋아하는 여자가 거짓말하고 폭력까지 저지르는 두 가지 실수를 범하자 에드거 도련님이 뛰어들었어요.

"엘런, 당장 여기서 나가!" 온몸을 부들부들 떨면서 아가씨가 외쳤어요.

저를 졸졸 따라다니는 어린 헤어턴이 거실 바닥에 앉아 있다가 제가 눈물을 흘리는 것을 보고 따라 울기 시작했어요. 그러면서 "나쁜 캐시 고모"라고 흐느끼며 말하는 통에 이번에는 아가씨의 분노가 아이에게로 향했어요. 아가씨가 아이의 어깨를 잡더니 새파랗게 질릴 때까지 애를 잡아 흔들더군요. 에드거 도련님은 애를 구할 생각에 아무 생각 없이 아가씨의 손을 잡았어요. 그 순간 한 손을 비틀어 빼낸 아가씨가 느닷없이 도련님의 뺨을 후려치고 말았지요. 도저히 장난이라고 볼 수 없을 정도였어요.

놀란 도련님이 뒤로 물러섰어요. 저는 헤어턴을 안고 얼른 부엌으로 사라졌어요. 그리고 두 사람이 이 충돌을 어떻게 해결하는지가 궁금해 말소리가 들릴 만큼만 문을 조금 열어 두었어요.

모욕을 당한 방문객은 창백해진 얼굴로 입술을 떨면서 자기 모자를 놔둔 곳으로 가더군요.

"잘됐다!" 저는 혼잣말을 했어요. "경고로 알고 돌아가라고! 친절하게도 아가씨가 제 본 모습을 알려 준 셈이네."

"어디 가는데?" 캐시 아가씨가 문 앞으로 가면서 물었어요.

에드거 도련님은 옆으로 몸을 피해 지나치려 했어요.

"가면 안 돼!" 아가씨가 목에 힘을 주며 소리쳤어요.

"가야 해. 갈 거라고!" 차분한 목소리로 도련님이 말하더군요.

"안 돼." 아가씨가 문고리를 잡고는 고집을 부렸어요. "벌써 가면 안 돼, 에드거. 앉아 봐. 그런 기분으로 가면 안 돼. 난 오늘 밤 내내 괴로울 거야. 너 때문에 괴로워하고 싶진 않아!"

"너한테 맞고도 여기 있을 거라고 생각해?" 린턴이 물었지만 아가씨는 말이 없었어요.

"난 네가 무섭고 창피해졌어." 린턴이 계속 말했지요. "다시는 오지 않을 거야."

아가씨는 눈물을 글썽이며 눈꺼풀을 깜빡거렸어요.

"게다가 넌 고의적으로 거짓말을 했어." 도련님이 말했어요.

"안 그랬다고!" 아가씨가 다시 울며 말하더군요. "일부러 그런 건 아니라고. 좋아, 갈 테면 가 봐. 가 보라고. 그러면 난 울어 버릴 테니까. 병이 날 때까지 울고 말 테니까!"

아가씨는 의자 옆에 무릎을 꿇고 앉더니 정말로 소리 내어 흐느끼기 시작했어요. 에드거 도련님은 앞마당으로 나갈 때까지는 돌아가겠다는 자기 결심을 지켰지요. 하지만 거기서 주저하더군요. 제가 나서서 어서 가라고 도련님을 부추겼어요.

"도련님, 아가씬 만사를 제멋대로 하는 변덕쟁이에요." 제가 소리쳤어요. "응석받이처럼 군답니다. 어서 말을 타고 돌아가세요. 안 그러면 아프다느니 하면서 우리 속을 썩일 거예요."

마음이 약한 그는 창문을 통해 곁눈질로 안을 들여다보더군요. 고양이가 잡은 쥐새끼나 새들을 절반만 먹다가 떠날 수 없는 것처럼 그 역시 자리를 떠나지 못하는 거예요.

'아, 저 사람을 구할 방도가 없네.' 저는 마음속으로 생각했답니다. '결국 파멸로 가는 운명인 거야!'

과연 그대로였습니다. 그는 별안간 돌아서서 거실 안으로 들어와 문을 닫더군요. 조금 후 힌들리 서방님이 고주망태가 돼서 돌아왔으니 집을 박살 낼 만큼 난리를 칠 것 같다고 — 실제로 고주망태일 경우 늘 일을 벌일 수 있었으니까요 — 알려 주러 가 봤더니 언쟁 때문에 오히려 둘이 더 가까워졌다는 걸 알았지요. 순진한 젊은이들에게서 흔히 보이는 부끄러움의 껍질 같은 것이 사라져 버리고 서로 사랑을 고백한 모양이었어요.

힌들리 서방님이 돌아왔다는 소식이 들리자 에드거 도련님은 서둘러 말이 있는 곳으로 돌아갔고 아가씨도 자기 방으로 갔어요. 저도 헤어턴을 숨긴 후, 서방님 사냥총에서 총알을 빼냈지요. 술에 취해 흥분하면 자기를 건드리거나 자기 눈에 띄는 사람에게 총을 겨누곤 했거든요. 그래서 총까지 쏘는 지경이 되더라도 피해가 없게끔 총알을 빼놓기로 마음먹었던 겁니다.

9장

　　들기에도 끔찍한 욕설을 퍼부으며 서방님이 들어왔어요. 그러다가 제가 부엌 벽장에 자기 아들을 숨기는 걸 보았지요. 헤어턴은 아버지가 짐승 같은 사람으로 변해 자기에게 애정을 쏟아붓든 미친 사람처럼 화풀이를 하든, 어쨌든 간에 술 취한 아버지와 마주치는 걸 무서워했어요. 사나운 짐승처럼 변하면 자기를 껴안고 죽도록 키스할 것이 분명하고, 미친 사람으로 돌변할 경우 자기를 불 속에 집어 던지거나 아니면 벽에다 집어 던질 것 같았기 때문이었지요. 불쌍한 어린것은 내가 아무 데든 숨겨 놓기만 하면 쥐 죽은 듯 조용히 있었답니다.

　　"봐, 결국 내가 찾아냈잖아!" 서방님이 개의 목을 잡듯이 제 목을 잡아 뒤로 당기며 소리쳤어요. "너희들, 내 아들을 죽이기로 모의한 거지! 이제 알겠네. 어쩐지 내 눈에 늘 띄지 않더라니. 넬리, 사탄의 힘을 빌려서라도 네가 꼭 식칼을 삼키게 만들 거다. 웃을 일이 아냐. 내가 방금 케네스 자식을 블랙호스 늪에다 대가리부터 거꾸로 처박아 놨거든. 하나 죽이나 둘 죽이나 마찬가지인데 너희 중 누군가를 죽이고 싶어. 그래야 내 맘이 편해지거든!"

"서방님, 전 식칼은 싫어요." 제가 대꾸했어요. "빨간 청어를 잘라 냄새가 나거든요. 괜찮으시면 총으로 쏘세요."

"그래, 내가 지옥으로 보내 주지!" 서방님이 말했어요. "그렇게 해 주마. 영국에는 자기 집의 기강을 바로잡는 걸 반대하는 법은 없거든. 그런데 바로 내 집이 엉망이지! 자, 입을 벌려."

서방님이 손에 칼을 들고는 제 이빨 사이로 칼끝을 밀어 넣으려 했어요. 하지만 저는 이런 짓에는 전혀 겁먹지 않거든요. 저는 침을 뱉으면서 칼맛이 너무 끔찍해 절대로 먹지 않겠노라고 버텼죠.

"오호!" 서방님이 저를 놓아주면서 말했어요. "저 사악한 작은 놈은 헤어턴이 아니야. 넬리, 미안한 말이지만 저놈이 내 아들이라면 아비를 맞으러 나오지도 않고 날 보고 도깨비라도 본 것처럼 소리를 질러 대니 산 채로 가죽을 벗겨야 마땅하다고. 인정머리 없는 놈. 이리 오지 못해! 마음씨가 착해서 잘 속아 넘어가는 제 아비를 골탕 먹이면 어떻게 되는지 내가 가르쳐 주마. 어때, 이놈 귀를 잘라 버리면 더 멋지지 않을까? 개도 귀를 자르면 더 사나워진다고. 그리고 난 사나운 게 좋거든. 가위 좀 가져오게. 사납고 단정하게 해 줄 테니. 게다가 인간이 귀를 소중히 여기는 건 다 지독한 허세야. 다 악마 같은 자만심이라고. 인간은 귀가 있든 없든 천성 다 바보일 뿐이지. 뚝, 이 녀석. 뚝 그치지 못 해! 에고, 그러고 보니 내 새끼였네! 자 그만 울어라, 눈물 닦고. 예쁘지, 아빠에게 뽀뽀해야지. 뭐! 안 하겠다고? 뽀뽀해, 헤어턴! 빌어먹을, 뽀뽀하지 못 해! 세상에나, 내가 이런 괴물을 키울 거 같아! 내 목숨이 붙어 있는 한 기필코 이 녀석

목을 분지르고 말 테다."

가엾은 헤어턴은 아버지 품에서 벗어나려고 온 힘을 다해 발로 차고 소리를 질렀어요. 서방님은 애를 안고 이층으로 올라가더니, 애를 번쩍 들어 난간 위에 올려놓았어요. 그러자 애가 배나 더 큰 소리로 울어댔어요. 애가 놀라 발작을 일으키겠다고 제가 소리를 지르며 헤어턴을 구하러 따라 올라갔지요.

제가 도착했을 때 서방님은 아래에서 들려오는 소리에 난간 밖으로 몸을 내밀었어요. 손에 아기를 들고 있다는 사실도 잊은 채 말이지요.

"저게 누구지?" 누군가 계단으로 올라오는 소리를 듣고 제게 물었어요.

저도 난간 밖으로 몸을 기울였지요. 익히 알고 있는 히스클리프의 발소리가 나기에 들어오지 말라고 알려 주려고 했던 거예요. 그런데 제가 잠시 헤어턴에게서 눈을 뗀 그 순간 자기 아빠의 허술한 손아귀에서 벗어나려고 몸부림치던 헤어턴이 그만 난간 아래로 떨어지고 말았어요.

끔찍한 공포감을 느낄 겨를도 없이 다행스럽게도 우리는 불쌍한 어린것이 무사하다는 것을 알게 되었지요. 결정적인 순간에 히스클리프가 난간 아래에 와 있었고, 떨어지는 어린것을 자기도 모르게 받았던 거예요. 아이를 바닥에 놓은 후, 누가 그런 짓을 했나 보려고 위를 올려다보더군요.

힌들리 서방님의 모습을 본 히스클리프의 표정은 행운의 복권을 5실링에 팔아넘기고 바로 다음 날 5천 파운드에 당첨된 것을 알고 망연자실한 구두쇠보다도 더 허망해 보였답니다. 히스클리프는 자기가 복수할 수 있는 기회를 스스로 놓쳐 버린 것을 너무 억울해하며 어떤 말로도 대신할 수 없는 걸 얼굴 표정으로 말하고 있던 거지요. 주위가 어두웠더라면 이런 통한의 실수를 만회하기 위해서라도 헤어턴의 머리를 바닥에다 내동댕이쳤을 겁니다. 저는 아래로 곧장 내려가 아이를 가슴에 안았어요.

술이 조금 깼는지 서방님이 건들대며 머쓱해하는 표정으로 내려오더군요.

"엘런, 당신 실수야." 그렇게 말했어요. "그 애를 내 눈에 안 띄게 했어야지. 내게서 떼어 놓았어야 했다고! 어디 다친 데는 없어?"

"다친 데가 없냐고요?" 제가 화를 내며 소리를 질렀어요. "죽지 않았다면 바보 천치가 됐겠지요! 이 애 엄마가 서방님이 애를 대하는 걸 봤다면 땅속에서 벌떡 일어났을 거예요. 자기 피붙이를 이런 식으로 대하는 걸 보면 서방님은 분명 야만인보다도 못한 사람이에요!"

제 품에 안기자 공포에 떨며 울던 아이가 이내 울음을 그쳤어요. 그런데 아이를 만지려고 서방님이 다가와 손을 대자마자 전보다 더 큰 소리로 울면서 마치 경기 들린 아이처럼 몸부림을 쳤어요.

"애를 건드리지 마세요!" 제가 연이어 소리쳤어요. "애가 서방님을 싫어하잖아요. 모두가 싫어한다고요. 그게 사실이고요! 그러니 얼마나 행복한 가정이에요. 집안 꼴도 얼마나 보기 좋습니까!"

"더 꼴 보기 좋은 곳이 될걸, 넬리." 마음이 비뚤어진 그가 다시 완고한 태도를 보이며 웃더군요. "지금 당장은 당신이나 저 애나 다 여기서 나가 주었으면 해. 그리고 히스클리프, 너도 잘 들어! 너도 당장 내 눈앞에서 꺼져. 오늘 밤엔 널 죽이지 않을 거다. 혹 내가 집에 불을 지른다면 모를까. 내 기분대로라면 당장 그러고 싶긴 하지만 말이다."

이렇게 말하는 순간에도 그는 찬장에서 1파인트짜리 브랜디 한 병을 꺼내 큰 잔에 따르는 겁니다.

"안 돼요. 그만 드세요!" 제가 애원하듯 말했어요. "힌들리 서방님, 제발 제 말 좀 새겨들으세요. 서방님을 위해서 그럴 수 없다면 적어도 이 가엾은 아이를 생각해서요!"

"누가 키워도 내가 키우는 것보다는 낫겠지." 그가 이렇게 대꾸하는 겁니다.

"서방님 영혼도 생각해야죠." 제가 그의 손에서 잔을 빼앗으려고 애쓰며 말했어요.

"천만에! 정반대지. 난 조물주를 벌하기 위해서라도 내 영혼을 파멸시켜 버릴 거야." 서방님이 불경스럽게 대답하더군요. "자, 내 영혼의 파멸을 위해!"

그는 브랜디를 입안에 털어놓고는 짜증 부리듯 우리에게 나가라고 했어요. 그러면서 다시 되뇌거나 떠올리기도 끔찍한 악담을 퍼부으며 말을 끝냈어요.

"저렇게 처마시는 데도 뒈지지 않으니 애석할 뿐이지." 문을 닫고 나올 즈음 히스클리프도 악담으로 되받아치면서 중얼거렸어요. "암만 저래도 타고난 체질 때문에 견디는 것 좀 보라니까. 케네스 선생님이 그랬거든. 운이 좋아 사고로 뒈지지만 않는다면 저 인간은 기머턴 사람 그 누구보다 오래 살다가 백발이 성성한 늙은 죄인으로 땅속에 묻힐 거라고. 자기 암말을 걸고 맹세하겠다고 했어."

저는 불쌍한 어린 것을 다독여서 재우려고 부엌으로 건너가 앉았어요. 히스클리프는 헛간으로 갔다고 생각했는데, 나중에 보니 불가에서 떨어져 있던 등받이 의자 쪽으로 가서 아무 말도 없이 벽 옆에 있던 의자에 벌렁 누워 있었더군요.

헤어턴을 무릎에 올려놓고 다독이면서 제가 자장가를 불러 주었지요.

> 깊은 밤에 아이들이 울면,
> 무덤 속 엄마가 그걸 듣고.

그때 방 안에서 이런 소동을 듣고 있던 캐시 아가씨가 밖으로 나와 머리를 내밀며 제게 속삭이듯 말했어요. "넬리, 혼자 있지?"

"네, 아가씨." 제가 대답했어요.

그녀가 들어와 불가로 다가왔어요. 뭔가 제게 말하려는 낌새가 있기에 저도 쳐다봤지요. 뭔가 심란하고 걱정이 있는 듯한 표정이었어요. 무슨 말을 하려는 건지 입을 반쯤 벌리고 숨을 내쉬더군요. 하지만 말 한마디 못 하고 한숨만 내쉬는 거예요.

조금 전에 한 짓이 생각나 전 모르는 체하고 계속 노래만 흥얼거렸어요.

"히스클리프는 어디 있어?" 제 노래에 끼어들면서 아가씨가 묻더군요.

"마구간에서 일하겠죠." 제가 대답했어요.

거실 안에 있던 히스클리프가 내 말을 듣고도 가만히 있었어요. 아마 깜빡 졸았던 모양이에요.

캐시 아가씨가 다시 긴 한숨을 내쉬기에 돌아보니 뺨에서 흘러내린 눈물 두어 방울이 바닥에 떨어지는 게 보이는 거예요.

저는 혹시 자기가 한 짓이 창피해서 저러는가 싶어 의아했어요. 전에는 본 적 없던 행동이지만 '말하고 싶은 게 있으면 먼저 말을 걸겠지, 난 가만히 있을 거야!' 하고 생각했지요.

그런데 그게 아니었어요. 그녀는 자기 문제가 아닌 다른 일로 걱정을 하고 있던 거예요.

"아, 어쩌지!" 마침내 그녀가 말을 꺼내더군요. "난 정말이지 불행해!"

"안됐네요." 제가 한마디 했죠. "행복할 리가 있나요. 친구도 많고 걱정거리 하나 없는데도 만족할 줄 모르니 말이죠!"

"넬리, 비밀을 지켜 주겠어?" 내 옆에 무릎을 꿇고 앉더니 아가씨가 제게 물었어요. 예쁜 눈으로 저를 쳐다보는데 화를 내고 싶어도 도저히 못 하겠더군요.

"지킬 만한 비밀인가요?" 화를 좀 삭이고 제가 대꾸했어요.

"그럼. 그리고 너무 걱정이 돼서 털어놓는 거야! 어떻게 해야 할지 모르겠어. 에드거 린턴이 오늘 내게 청혼하기에 대답하긴 했는데, 청혼을 받아들였는지 거절했는지 밝히기 전에 내가 어떻게 해야 했는지 말해 줄 수 있겠어?"

"아니, 아가씨, 제가 그걸 어찌 알겠어요?" 제가 대답했어요. "아까 오후에 에드거 도련님이 집에 있을 때 아가씨가 한 짓을 생각하면 거절하는 게 맞다고 봐요. 그런데도 청혼한 걸 보니 정말 멍청한 이가 아니면 무모한 얼간이일 겁니다."

"그렇게 대답하면 더 이상 말하지 않을 거야." 제 말에 토라졌는지 아가씨가 자리에서 벌떡 일어나며 말했어요. "넬리, 내가 승낙

했다고. 그러니 그게 맞는 건지 아닌지 빨리 말해 달라고!"

"승낙했다면서 도대체 더 얘기해서 무슨 소용이 있어요? 이미 약속했으니 다시 취소할 수도 없잖아요."

"하지만 내가 그렇게 한 게 맞는 건지 빨리 말해 줘. 빨리!" 아가씨는 얼굴을 찡그리고 손바닥을 비비며 짜증 나는 어투로 날 추궁했어요.

"그 질문에 제대로 대답하기 전에 먼저 생각해야 할 게 많다고 봐요." 제가 아주 간결하게 대답해 주었지요. "우선, 에드거 도련님을 사랑하세요?"

"어떻게 사랑하지 않을 수 있겠어? 물론 사랑하고말고." 그녀가 대답했어요.

그리고 제가 다음과 같이 문답식으로 따져 물었지요. 그 당시 저는 스물두 살이었는데 그 나이치고는 제법 지혜롭게 군 셈이지요.

"아가씨, 왜 도련님을 사랑하세요?"

"뭔 소리야. 사랑한대도. 그거면 충분하잖아."

"아니죠. 이유를 대야 해요."

"글쎄, 잘생겼고 같이 있으면 기분이 좋아."

"이유가 마땅치 않네요." 제 의견을 말했지요.

"게다가 젊고 명랑하잖아."

"아직도 마찬가지예요."

"그리고 날 사랑해 주고."

"이제야 그걸 얘기하는 걸 보니 그것도 시원치 않은 이유네요."

"그리고 재산도 많이 받을 거야. 그러면 나는 이 마을에서 제일 근사한 부인이 될 테고, 그런 남편을 둔 게 자랑스러울 테지."

"최악이네요. 자, 이제는 얼마나 사랑하는지 말해 봐요."

"다른 사람들과 마찬가지야. 넬리, 멍청한 질문 좀 하지 마."

"아니에요. 대답해 봐요."

"난 그 사람이 서 있는 땅, 그 사람 머리 위의 하늘, 그가 만지는 모든 것, 그리고 그가 말하는 모든 것 —그 사람 생김새, 하는 짓, 그 사람의 모든 것을 사랑한다고. 자, 됐지!"

"왜죠?"

"아니, 지금 나랑 농담하자는 거야? 정말 못됐네! 농담이 아니라고!" 아가씨는 눈살을 찌푸리다가 불 쪽으로 고개를 돌리며 말했어요.

"캐서린 아가씨, 저도 농담하는 게 아니에요." 제가 대답했어요. "아가씨는 에드거 도련님이 잘생기고 젊고 명랑한 데다가 돈도 많고 아가씨를 사랑하기 때문에 사랑한다고 했지요. 하지만 마지막 이유는 적절하지 못해요. 도련님이 아가씨를 사랑하지 않더라도 아가씨는 도련님을 사랑할 것이고, 설사 도련님이 아가씨를 사랑한다고 해도 도련님에게 앞의 네 가지 매력이 없다면 도련님을 사랑하지 않을 거 아녜요."

"그럼, 아니고말고 —그저 가엾게만 여기겠지 — 못생기고 멍청했으면 어쩌면 싫어했을 수도 있어."

"하지만 세상에는 잘생기고 돈 많은 남자가 많거든요. 도련님보다 더 잘생기고 더 돈이 많은 사람 말이에요. 그러면 왜 그런 사람들을 좋아할 수 없는 거죠?"

"있다고 해도 지금 내 앞에는 없잖아. 난 에드거 같은 사람을 본 적이 없거든."

“몇 명쯤 만나게 될 수도 있지요. 그리고 에드거 도련님이 늘 잘생기고 젊고 부자라는 법도 없어요.”

“지금을 말하는 거야. 난 지금 관심이 있는 거라고. 좀 더 조리 있게 말해 봐.”

“좋아요. 그러면 됐네요. 아가씨가 현재만 생각한다면 린턴 도련님이랑 결혼하세요.”

“넬리의 허락을 바라는 게 아냐. 난 에드거와 결혼하게 될 거야. 그런데 왜 내가 잘한 건지 아닌지 대답을 안 해 주는 거야.”

“아주 잘했어요. 만약 사람들이 현재만 보고 결혼하는 게 맞는다면 말이죠. 그러면 이제 아가씨가 왜 행복하지 못한 건지 들어 봅시다. 힌들리 서방님도 좋아하실 테고, 린턴 씨 내외분도 반대하지 않으실 테고, 아가씨는 이 지저분하고 불편한 집을 떠나 돈 많고 점잖은 곳으로 갈 텐데 말이죠. 또 아가씨와 에드거 도련님 모두 서로를 사랑할 것이고, 모든 게 순조롭게 진행될 텐데 대체 문제 될 게 뭐가 있어요?”

“바로 여기! 그리고 여기 있다고.” 한 손으로는 자기 이마를, 다른 한 손으로 자기 가슴을 치며 아가씨가 대답했어요. “영혼이란 게 대체 어디 있는 건지는 모르겠지만 내 영혼 속 깊이, 아니 내 가슴 속 깊이 분명 내가 잘못하고 있다는 생각이 드는 거야!”

“그거참 이상하군요! 전 이해가 안 돼요!”

“이건 나만의 비밀이야. 날 비웃지 않겠다면 내가 다 말해 줄게. 구체적으로 말할 순 없지만 내가 어떻게 느끼는지 말해 줄게.”

아가씨는 다시 제 곁에 와 앉았어요. 더 슬프고 침울해 보이더군요. 꼭 잡은 두 손은 떨고 있었어요.

"넬리, 넬리는 이상한 꿈을 꿔 본 적이 있어?" 잠시 생각에 잠기더니 아가씨가 별안간 제게 묻는 거예요.

"이따금 꾸지요." 제가 대답했어요.

"나도 그렇거든. 내 머릿속에 계속 남아 내 생각까지 바꿔 버리는 그런 꿈을 꿨다고. 그리고 점차 내 속으로 들어온다니까. 마치 물에다 포도주를 섞은 것처럼 내 마음의 색깔을 바꿔 버린다고. 이게 그런 꿈이야. 말해 줄게. 하지만 무슨 얘길 들어도 절대 웃지는 마."

"아가씨, 그럼 절대 말하지 마세요!" 제가 소리쳤어요. "우릴 혼란스럽게 하는 귀신이니 환영이니 하는 것들을 부르지 않아도 우리는 이미 우울할 대로 우울하거든요. 자, 아가씨답게 밝게 웃어 봐요! 저 어린 헤어턴을 봐요. 저 애는 우울한 꿈을 절대 안 꾸잖아요. 자면서 저렇게 예쁘게 웃는 걸 보세요!"

"그래. 그리고 이 애 아버지라는 자가 혼자 있을 때 저주하는 꼴 역시 얼마나 보기 좋은데! 제 아빠가 꼭 쟤처럼 통통하던 때를 넬리는 기억하지. 순진한 어린 시절 말이야. 하지만 넬리, 내 꿈 이야기를 들어 주면 고맙겠어. 길지 않아. 그리고 오늘 밤은 기분이 좋을 수가 없네."

"듣지 않을래요. 듣고 싶지 않아요." 제가 반복해 대답했어요.

저는 그 시절에도 꿈에 대한 미신을 믿었고 지금도 믿거든요. 아가씨가 유별나게 우울해 보여서 저는 꿈 얘기를 듣고 혹 불길한 조짐을 느끼거나 끔찍한 재앙을 예견하게 될까 봐 무서웠어요.

아가씨는 짜증 내면서도 곧장 꿈 이야기를 꺼내진 않았어요. 다른 이야기를 꺼내더니 얼마 있다 다시 화제를 꿈 이야기로 돌리더군요.

"넬리, 내가 천당에 가면 난 정말 불행할 게 뻔해."

"아가씨는 천당에 갈 자격이 없어요." 제가 대답했어요. "죄인들은 죄다 천국에서 불행할 겁니다."

"그런 얘기가 아니야. 난 천당에 갔던 꿈을 꾼 적이 있어."

"아가씨, 꿈 이야기라면 안 들으렵니다. 잠이나 자러 갈래요." 제가 아가씨의 말에 끼어들었어요.

아가씨가 웃으면서 자리에서 일어나려는 저를 붙잡았어요.

"별 얘기 아냐." 그녀가 말했어요. "단지 천당은 내가 갈 곳이 아닌 것 같다고 말하고 싶었을 뿐이라고. 난 다시 이 땅으로 돌아오고 싶어서 목 놓아 울었다니까. 그랬더니 천사들이 화를 내면서 나를 여기 황야 한가운데 있는 워더링 하이츠로 내던지는 거야. 너무 기뻐서 울다가 잠에서 깼어. 이 꿈 이야기가 다른 어떤 이야기들만큼이나 내 비밀을 잘 설명해 줄 거야. 내가 천당에 있을 필요가 없는 만큼이나 내가 에드거 린턴과 결혼할 필요가 없는 게 아닌가 싶어. 그리고 저 방에 있는 악당이 히스클리프를 상스러운 사람으로 만들지만 않았다면 나는 에드거와 결혼할 생각조차 안 했을 거야. 이젠 히스클리프와 결혼하는 것이 내 수준을 낮추는 꼴이 돼 버린 거야. 그는 내가 자길 얼마나 사랑하는지도 몰라. 그건 걔가 잘생겼기 때문이 아니야. 히스클리프는 나보다 더 나 같은 친구야. 우리 영혼이 어떻게 만들어졌는지는 모르겠지만 우리의 영혼은 하나야. 나에게 린턴의 영혼은 마치 달빛이 번개와 다르듯이, 아니 찬 서리와 뜨거운 불이 다르듯이 완전 별개란 말이야."

이 말이 다 끝나기 전에 저는 히스클리프가 거실에 있다는 것을 알아차렸어요. 누군가 움찔하는 모습이 눈에 띄어 돌아보니 그가 의자에서 일어나 소리도 없이 밖으로 나가는 거예요. 아가씨가 자기와 결혼하는 게 아가씨의 수준을 낮추는 게 되는 거라는 얘기까지 듣고는 더 이상 들을 수 없었는지 자리를 뜬 거지요.

바닥에 앉아 있던 캐시 아가씨는 등받이 의자 때문에 히스클리프가 있던 것도 떠난 것도 보지 못했어요. 하지만 그 모습을 보고 놀란 제가 아가씨에게 입을 다물라고 했지요!

"왜 그래?" 아가씨가 걱정스러운 듯 주위를 둘러보며 제게 물었어요.

"조지프가 왔어요." 때마침 진입로를 따라 마차 바퀴가 굴러가는 소리가 나기에 제가 말했어요. "그리고 히스클리프도 같이 들어올 거예요. 혹시 문 앞에 있었던 건 아닌지 걱정되네요."

"세상에, 히스클리프가 문 앞에서 엿들은 건 아니겠지!" 그녀가 말했어요. "헤어턴은 내게 맡기고 넬리는 식사 준비를 해. 준비가 되면 같이 먹자고 날 부르라고. 이런 불편한 내 마음을 숨기고 싶고, 히스클리프도 이 모든 사실을 전혀 눈치채지 못했을 거라고 믿고 싶어. 못 들었겠지, 그렇지? 사랑이 어떤 건지 그 애는 모르겠지?"

"아가씨는 뭔지 아는데 히스클리프는 모른다는 건 맞지 않아요." 제가 대꾸했지요. "그리고 만약에 그 애가 아가씨를 사랑하고 있다면 가엾게도 이 세상에서 가장 불행한 사람이 되는 거지요. 아가씨가 린턴 부인이 되는 순간 그는 친구와 사랑, 모든 걸 잃는 겁니다! 아가씨도 그와 헤어지는 걸 어떻게 견뎌 낼지, 그리고 히스클리프가 이 세상에서 완전히 버림받는다는 걸 어떻게 견뎌 낼지 생각해 봤어요? 왜냐하면 아가씨……."

"완전히 버림받는다고! 게다가 우리가 헤어진다고!" 성을 내며 아가씨가 소리를 질렀어요. "누가 우릴 갈라놓는데? 그랬다가는 밀로² 꼴이 되고 말걸. 내가 살아 있는 한 우리는 절대 헤어지지 않아. 그 누굴 위해서도 그렇게는 안 해. 린턴가의 모든 사람이 다 녹아 없어지는 한이 있어도 히스클리프를 저버릴 수는 없다고. 그건 내 의도도 아니고, 그럴 생각도 없단 말이야! 그런 대가를 치르면서 내가 린턴 부인이 되는 건 말도 안 돼! 지금껏 그래왔듯이 히스클리프는 내게 소중한 사람이라고. 에드거도 그에 대한 반감을 털어 내고 용서해 줘야 해. 히스클리프에 대한 나의 진정한 마음을 알게 되면 그도 그렇게 할 거야. 이제 보니 넬리, 넬리는 나를 아주 이기적인 계집으로 생각하고 있던 거네. 하지만 내가 히스클리프와 결혼하게 되면 둘 다 거지 신세가 될 거란 생각은 안 해 본 거야? 린턴과 결혼하면 적어도 히스클리프가 오빠의 손아귀에서 벗어나게 내가 도와줄 수 있단 말이야."

"남편의 돈으로 그렇게 한다는 거지요, 아가씨?" 제가 물었어요. "린턴 도련님이 아가씨 생각처럼 그렇게 호락호락한 사람일 것 같아요? 그리고 제가 뭐라고 할 건 아니지만, 아가씨가 그런 생각을 갖고 린턴 도련님과 결혼한다면 그건 아주 잘못된 거라고 생각합니다."

"그렇지 않다니까." 아가씨가 제 말을 반박하며 말했어요. "이게 가장 좋은 이유라니까! 다른 이유는 다 내 변덕스러운 마음을 만족시키기 위한 거였어. 에드거를 만족시키기 위한 것이기도 했고.

---

2 Milo. 기원전 6세기에 활동한 고대 그리스의 유명한 장사로, 힘자랑하려고 나무 틈에 손을 넣어 나무를 쪼개려다가 손이 끼어 꼼짝 못 한 채 늑대에게 물려 죽었다.

그렇지만 이번 이유는 에드거를 향한 내 마음과 나 자신까지 모두 이해하고 있는 사람을 위한 거라고. 뭐라고 말로 설명하긴 힘들지만, 넬리뿐 아니라 모든 사람이 자기 말고 다른 사람들 속에 자기의 분신이 존재할 수 있고 또 존재한다는 생각을 하잖아. 내 존재가 이 몸속에만 있다면 내가 창조된 보람이 어디 있겠어? 이 세상에서 내가 겪은 가장 큰 고통은 바로 히스클리프가 겪었던 고통이었다고. 처음부터 난 그 애가 겪은 모든 고통을 지켜보며 같이 느껴 온 거야. 여태껏 살아오면서 내 생각의 대부분은 히스클리프에 대한 것이었어. 모든 게 사라져도 그 애만 있다면 나도 존재하는 거야. 반대로 모든 게 남아 있고 그 애만 사라진다면 이 세상은 아마 나에겐 낯선 곳이 되고 말 거야. 난 세상 사람이 아닌 게 되는 거지. 린턴을 사랑하는 내 마음은 숲속에 있는 나무 이파리와 같아. 겨울이 오면 변하듯이 세월이 흐르면 그 사랑도 변할 걸 난 알아. 하지만 히스클리프를 사랑하는 마음은 나무 아래 영원히 자리 잡은 바위와 같은 거라고. 보이지 않기에 전혀 즐거움을 주진 않지만, 없어서는 절대 안 되는 거지. 넬리, 내가 바로 **히스클리프야**. 그 애는 늘 내 마음속에 있었어. 기쁨을 주지 못한다고 해도 말이야, 마치 내가 나 자신에게 늘 기쁨을 주는 존재가 아닌 것과 마찬가지야. 내 마음속에 바로 나 그 자체로 남아 있단 말이야. 그러니 다시는 우리가 헤어진다는 말은 하지 마. 그건 벌어질 수 없는 일이야. 그리고……."

아가씨가 잠시 말을 끊더니 제 옷자락에 얼굴을 파묻더군요. 저는 제 옷자락을 홱 잡아 뺐어요. 그런 어리석은 생각을 참을 수 없었거든요.

"아가씨의 말 같지 않은 말을 내가 조금이라도 이해했다면, 아가씨는 결혼을 하면 어떤 의무가 뒤따르는지를 전혀 모르거나, 아니면 아무런 도리도 모르는 나쁜 계집애나 다름없어요. 그러니 더 이상 비밀 같은 거로 절 힘들게 하지 말아요. 그런 비밀은 지키지 않을 테니까요."

"비밀은 지켜 줄 거지?" 아가씨가 끈질기게 묻더군요.

"아니요, 약속 못 해요." 제가 다시 말했지요.

약속을 지켜 달라고 집요하게 달라붙는 순간 조지프 영감이 들어오는 바람에 우리는 대화를 중단했어요. 하는 수 없이 아가씨는 구석으로 자리를 옮겨 헤어턴을 돌봐 주었고 전 저녁 준비를 했지요.

저녁 준비를 마치자 저와 조지프는 누가 힌들리 서방님한테 저녁을 가져갈 건지를 두고 실랑이를 벌였어요. 결국 음식이 식을 때까지 결정을 내리지 못했지요. 서방님이 먹고 싶으면 먼저 말할 테니 그때까지 기다리기로 했어요. 특히 서방님이 얼마간 혼자 있을 때 모두 그 앞에 가기를 꺼렸거든요.

"그런디 이 잡놈은 왜 아직껏 들판에서 안 들어오는 거여? 뭔 일 있는 거 아녀? 게으른 놈 같으니라고!" 히스클리프를 찾으려고 두리번거리면서 조지프가 떠들었어요.

"내가 불러올게요. 분명 헛간에 있을 거예요." 제가 말했어요.

헛간으로 가서 불러 보았지만 아무런 대답이 없었어요. 돌아오자마자 아가씨에게 말했지요. 아가씨가 한 말을 상당 부분 들은 게 분명하고, 힌들리 서방님이 히스클리프에게 못되게 군다고 얘기하는 순간 부엌문을 빠져나가는 걸 내가 봤다고 했어요. 아가씨는 제 말에 화들짝 놀라더니 그 즉시 헤어턴을 의자에 내려놓고 히스클리프를 찾아 나선다고 밖으로 나갔어요. 왜 그렇게 허둥대는지, 자기가 한 무슨 말이 히스클리프에게 어떤 영향을 주었는지 생각해 볼 겨를도 없이 말이죠.

아가씨는 한동안 돌아오지 않았어요. 결국 조지프 영감이 그만 기다리고 저녁을 먹자고 했어요. 영감은 자기가 길게 기도하는 걸 피하려고 둘이 돌아오지 않는 거라고 제 맘대로 생각하면서 둘 다 "어떤 못된 짓이라도 할 애들이여" 하고 단언하더군요. 결국 그날은 15분간의 식전 기도에다가 둘을 위한 보충 기도까지 덧붙이겠다고 했어요. 그 순간 아가씨가 급하게 뛰어 들어오지 않았다면 보충 기도까지 마쳤을 겁니다. 아가씨는 다급하게 조지프 영감에게 길 아래로 달려가 히스클리프가 어디를 돌아다니는지 알아보고 즉시 데려오라고 했어요!

"말할 게 있다고, 위층에 올라가기 전에 꼭 말해야 해." 그녀가 말했어요. "정문이 열려 있는 걸 보니 우리 목소리가 안 들리는 데로 간 모양이야. 내가 양 우리 꼭대기에서 아무리 소릴 질러도 대답이 없어."

조지프 영감이 처음에는 싫다고 거부하다가 아가씨가 반대하는 걸 용납하지 않고 집요하게 말하자 결국 모자를 쓰고 구시렁대면서 밖으로 나갔어요.

그동안 아가씨는 거실을 오가며 한탄했어요.

"대체 어디 간 거야? 어디 있을 데가 있다고! 넬리, 내가 뭐라고 했지? 나도 잊었어. 아까 점심때 내가 화가 나서 한 말 때문에 짜증이 난 건 아닐까? 어쩜 좋아! 내가 히스클리프의 마음을 아프게 한 게 뭔지 말해 봐! 돌아왔으면 좋겠는데. 제발 돌아와야 한다고!"

"아무 일도 아닌 것 갖고 웬 호들갑이에요?" 저도 마음이 편치 않았지만 아가씨에게 이렇게 말했어요. "별것도 아닌 것 갖고 겁을 먹기는! 히스클리프가 달밤에 황야를 혼자 거닌다고 해서, 그리고 화가 나 우리에게 말도 안 하고 건초 더미에 누워 있다고 해서 놀랄 게 뭐가 있어요. 틀림없이 거기 숨어 있을 거예요. 내가 못 찾나 두고 봐요."

저도 다시 찾아보려고 밖으로 나갔어요. 하지만 실망하며 돌아왔고, 조지프 영감 역시 마찬가지였어요.

"고 녀석 점점 더 안 좋아지네유!" 거실로 들어오면서 영감이 투덜거렸어요. "문을 활짝 열고 나가 버리는 바람에 아가씨 조랑말이 옥수수밭을 두 이랑이나 짓뭉개 버리곤 초원으로 내빼 버렸어유! 서방님이 낼 아침에 보면 경을 치실 거라구유. 그럴 만도 허구유! 그렇게 제멋대로하는 쓸모없는 인간을 그냥 냅두시는 걸 보면 엄청나게 참으시는 거라니께유. 참을 인 자 그거라니께유! 허지만 계속 그러실 수는 없지유. 모두 두고 보세유! 더 이상 건드리면 곤란할 일이 생길 거라구유!"

"이 멍청한 영감 같으니, 히스클리프는 찾았어?" 아가씨가 말을 막고 물었어요. "내가 시킨 대로 찾기는 한 거야?"

"차라리 내뺀 조랑말을 찾는 게 나아유." 그가 대답했어요. "그게 더 현명하지유. 허지만 이렇게 깜깜한 밤엔 말이고 사람이고 찾을 수 없어유. 칠흑같이 어둡잖아유! 글고 그 녀석은 내가 휘파람을 분다고 나올 놈이 아니여유. 아가씨가 부르면 혹 그 녀석 귀에 더 잘 들릴 순 있겠네유!"

여름 저녁치고는 매우 어두운 밤이었어요. 먹구름이 낀 게 곧

천둥이 칠 것 같으니 다들 안에 앉아 기다려 보자고 제가 말했어요. 비가 내리면 더 이상 고생하지 않고 나타날 게 뻔하다고 했지요.

하지만 캐서린 아가씨는 전혀 진정될 기미가 없어 보였어요. 쉬지도 않고 흥분한 상태로 계속 서성이고, 정문과 현관문을 왔다 갔다 하는 거예요. 그러다가 길가 벽 쪽에 붙어 서서는 제가 아무리 타이르고 천둥소리가 커지면서 빗방울이 굵어지기 시작해도, 그냥 앉아 간간이 히스클리프를 소리쳐 부르거나 다시 귀를 기울이다가 소리 내어 우는 거예요. 감정이 폭발해 울 때는 헤어턴이나 다른 어떤 아이 울음소리도 상대가 안 될 정도로 크게 소리 내 울었어요.

자정이 될 때까지 우리는 자지 않고 기다리고 있었는데, 하이츠를 집어삼킬 정도로 폭풍우가 점점 강해지는 거예요. 천둥에 바람까지 세게 불더니 건물 모퉁이에 있던 나무 한 그루가 바람에 쪼개지면서 큰 가지가 건물 지붕을 덮쳤어요. 결국 동쪽 굴뚝 일부가 붕괴되고 돌조각과 검댕이 부엌 난로 속으로 와르르 쏟아져 내렸어요. 우리는 집 가운데에 벼락이 떨어진 줄 알았답니다. 조지프 영감은 무릎을 꿇고는 이스라엘의 족장 노아와 롯을 기억해 달라고 하면서 의인을 구하시고 악인은 치시라고 기도하더군요. 저 역시 하나님이 우리에게 심판을 내리는 거라고 생각할 정도였어요. 요나[3]가 다름 아닌 힌들리 서방님일 것 같은 불안한 마음이 들어 그가 살아 있는지 확인하러 방으로 가 문고리를 흔들었어요. 서방님은 우리가 듣게끔 큰 소리로 대답했고, 조지프 영감은 더 큰 소리로 자기 같은

---

3 구약성서에 나오는 인물로 하나님의 명령을 거역하고 달아나다가 바다에서 폭풍을 만나 물속에 던져진다.

의인과 서방님 같은 악인을 따로 구별해 주십사 하고 소리를 질렀어요. 한 20분 정도 지나자 폭풍은 지나갔고 모두 무사할 수 있었지요. 하지만 아가씨는 폭우를 피하라는 말도 듣지 않고, 모자도 쓰지 않고 숄도 걸치지 않은 채 고집스럽게 빗속에 서 있어서 머리며 옷이며 비에 흠뻑 젖었답니다.

그렇게 흠뻑 젖어 거실에 들어와서는 긴 의자에 기대더니, 의자 등 쪽으로 얼굴을 돌리고 두 손으로 얼굴을 가린 채 누웠어요.

"세상에나, 아가씨!" 아가씨의 어깨에 손을 얹으며 제가 소리쳤어요. "설마 죽으려고 그러는 건 아니죠? 지금이 몇 시인 줄 아세요? 12시 반이에요. 자! 어서 침대에 누워요. 그 멍청한 녀석을 뭐 하러 기다려요. 아마 기머턴에 가서 자고 올 거예요. 이 늦은 시간까지 우리가 기다리는 줄도 모르고. 아니 힌들리 서방님만 깨어 있는 줄 알고 서방님이 문을 열어 주는 걸 피하려는 거지요."

"아녀, 아녀. 그 녀석은 기머턴에 간 게 아녀." 조지프가 끼어들었어요. "그놈은 지금쯤 어디 구덩이에 빠졌을 거여. 하나님이 괜히 노하시는 게 아녀. 아가씨도 조심하셔야 해유. 다음 차례가 될지도 모르니께 말이지유. 우리 모두 하나님께 감사해야 해유! 쓰레기 가운데서 가려낸 선택받은 자들을 위해 모든 게 합력해 선을 이룬다고 하셨어유! 성경에서 그렇게 말씀하시잖아유."

그리고 성경 구절 여러 개를 끌어와 그게 몇 장 몇 절에 있는지 떠들어 대는 거예요.

고집스러운 아가씨는 당장 일어나 젖은 옷부터 갈아입으라고 암만 내가 말해도 듣지 않고 그저 벌벌 떨고 있었어요. 하는 수 없이 아가씨를 그냥 내버려 두고, 조지프 영감이 설교하듯 떠드는 가운데 저는 헤어턴을 안고 자리 들어갔어요. 아이는 세상 모르게 곤히 자고 있었어요.

영감이 성경을 읽는 소리가 얼마간 들리더군요. 그런 다음 그가 천천히 사다리를 타고 올라가는 소리가 들렸어요. 저도 이내 곯아떨어졌답니다.

평상시보다 좀 늦게 일어나 내려와 보니, 덧창 틈새로 들어오는 햇살에 캐서린 아가씨가 여전히 벽난로가에 앉아 있는 게 보였어요. 거실문은 열려 있었고, 열려 있는 창문으로 햇빛이 들어왔어요. 서방님이 내려와서는 초췌하고 잠이 덜 깬 얼굴로 부엌 난롯가에 서 있더군요.

"캐시, 무슨 문제라도 있어?" 제가 막 들어가려는데 서방님이 아가씨에게 묻더군요. "꼴이 무슨 물에 빠진 강아지 새끼처럼 형편없구나. 얘야, 몸은 왜 그리 젖어 있고 얼굴은 창백한 거니?"

"비를 맞았어." 아가씨가 마지못해 대답하더군요. "그리고 추워서 그래."

"세상에, 정말 말을 안 들어요!" 서방님이 술이 깨어 말짱하다는 걸 알고는 제가 크게 떠들었어요. "어젯밤 폭우에 흠뻑 젖었어요. 그리고 밤새껏 저기 앉아 있었다고요. 아무리 말해도 저렇게 꼼짝않고 있다니까요."

서방님이 놀란 눈으로 저희를 쳐다보더군요. "밤새껏이라니." 제 말을 되풀이하며 서방님이 다시 물었어요. "뭐 때문에 잠도 안 자고 있는 거야? 설마 천둥소리 때문은 아닐 테지. 이미 오래전에 멈췄잖아."

저나 아가씨나 숨길 수만 있다면 히스클리프가 없어졌다는 사실은 말하고 싶지 않았답니다. 그래서 아가씨가 왜 밤새 안 잤는지 저도 모른다고 대답했고 아가씨도 잠자코 있었어요.

아침 공기가 신선하고 시원했어요. 창문을 열자 정원에서 풍겨 오는 달콤한 꽃향기가 거실을 채우더군요. 하지만 아가씨가 제게 벌컥 짜증을 내며 이렇게 말하는 거예요.

"엘런, 당장 닫아. 얼어 죽겠다고!" 아가씨가 거의 꺼져 가는 난롯불에 더 가까이 가 몸을 웅크리고는 벌벌 떨고 있더군요.

"애가 아픈가 보네." 서방님이 아가씨 손목을 잡더니 말했어요. "그래서 자기 방에도 못 간 모양이네. 제길! 이 집구석에 더 이상 아픈 사람이 없었으면 좋겠는데, 넌 대체 비가 오는데 왜 나간 거냐?"

"여느 때처럼 남자 놈들 쫓아 댕길려고 그랬것지유." 조지프 영감이 우리가 머뭇거리는 걸 보고는 어느새 그놈의 혓바닥을 놀렸어요.

"주인님, 저 같았으면 그놈들 신분이 높든 낮든 간에 면전에서 그냥 문을 콱 닫아 버렸을 거예유. 주인님이 집만 비우시면 린턴인가 하는 도둑고양이가 하루도 빠짐없이 기어들어 왔다니께유. 글고 저 훌륭한 넬리 양께서 서방님이 오시나 망을 보지유. 그러다가 서방님이 이 문으로 들어오시면 그놈은 저 문으로 내뺀다니께유. 그러면 우리 아가씨께서는 아가씨대로 연애를 하러 나가시구요! 자정이 지나도록 히스클리프라는 그 망할 놈의 더러운 집시 녀석이랑 들판에 숨어서 뛰어노는 게 증말 잘하는 짓 아니것요! 제가 모르는 줄 아는가 보는디 아니유, 다 알고 있어유! 린턴 녀석이 오가는 것도 다 보고 있다니께유. 그리고 너 말여(저를 지적하며 말하더군요). 이 아무 짝에도 쓸모없고 헤픈 계집 같으니라구! 길에서 주인님 말발굽 소리만 들리면 언능 들어와 다 일러바치잖아.”

“이 염탐꾼 같은 영감, 입 닥치지 못해!” 아가씨가 소리를 질렀어요. “내 앞에서 그런 못된 말을 하다니! 오빠, 에드거 린턴은 어제 우연히 우리 집에 왔었어. 그래서 그냥 가라고 말한 건 나라고. 오빠가 취한 상태로 린턴을 만나는 걸 싫어한다는 걸 알고 있으니까.”

“캐시, 너 분명히 거짓말하고 있는 거지.” 오빠가 말했어요. “넌 정말 멍청이야. 지금은 린턴 얘기는 관두기로 하고. 너 어젯밤 히스클리프랑 있었지? 솔직히 대답해. 그 녀석을 감싸고 돌 필요 없어. 나도 그 앨 싫어하지만 얼마 전에 내게 좋은 일을 했으니 양심상 모가지를 분지르는 일은 하지 않겠어. 대신 그런 일이 없도록 오늘 아침 그놈을 내쫓아 버리겠어. 그리고 그 녀석이 사라진 다음엔 모두 조심하라고. 내 울화통이 다 너희들에게 돌아갈 테니까.”

“어젯밤엔 히스클리프를 보지도 못했어.” 이렇게 말하면서 아가씨는 슬프게 흐느끼기 시작했어요. “그리고 만일에 오빠가 그 애를 내쫓으면 나도 나가 버릴 거야. 하지만 그럴 기회조차 없을지 몰라. 그 애가 사라진 것 같단 말이야.” 이렇게 말하면서 아가씨는 너무 가슴이 아팠던지 울음을 터트렸어요. 그다음 말은 통 알아들을 수가 없을 정도였지요.

서방님이 아가씨에게 경멸을 담은 욕설을 마구 퍼붓고는 당장 자기 방으로 올라가라고 호통을 치면서, 안 그러면 눈에서 불꽃이 튈 정도로 혼을 내겠다고 했어요. 제가 오빠 말대로 하라고 이르고는 아가씨를 방으로 데려갔어요. 그때 아가씨가 슬퍼했던 광경을 전 영원히 못 잊을 겁니다. 정말 무서웠어요. 전 아가씨가 미친 줄 알고 조지프 영감에게 당장 가서 의사 선생님을 불러 달라고 부탁할 정도였으니까요.

이게 정신 착란의 시작이었어요. 케네스 선생님은 아가씨를 보자마자 대단히 위험한 상태라고 진단하셨어요. 열병에 걸린 겁니다.

선생님은 아가씨의 피를 뽑고 나더니 저에게 당분간 유장4과 미음만 먹이라고 하면서, 계단 아래나 창밖으로 몸을 던지지 않게 보살피라고 이르고 떠나셨어요. 의사 선생님은 이 마을에서 할 일이 너무 많은 데다가 집들이 대개 서로 약 2~3마일씩이나 떨어져 있어서 서둘러야 했거든요.

저는 그리 싹싹한 간병인 역할은 하진 못했답니다. 조지프 영감과 주인 나리는 말할 것도 없고요. 환자인 아가씨는 우리를 성가시게 굴고 고집도 피웠지만 그럭저럭 병세를 견뎌 냈답니다.

린턴 부인께서 여러 번 다녀가셨지요. 이것저것 일을 바로잡고 우릴 꾸짖기도 하면서 일 지시도 하셨답니다. 캐서린 아가씨가 어느 정도 회복되자 그녀를 스러시크로스 그레인지로 데려가야겠다고 하시는 거예요. 일을 덜게 돼서 저희는 고맙게 생각했습니다. 하지만 애석하게도 그렇게 호의를 베푼 걸 후회하게 만든 일이 가엾은 린턴 부인에게 벌어지고 말았답니다. 아가씨의 열병이 두 내외에게 옮아 며칠 사이로 두 분 모두 돌아가신 거예요.

아가씨는 결국 다시 저희에게 돌아왔는데, 이전보다 더 건방을 떨고 성질을 부리고 거만해졌어요. 히스클리프는 천둥이 친 날 이후로 아무런 소식이 없었어요. 그러다가 어느 날, 그날따라 아가씨가 날 너무 화나게 하기에 히스클리프가 사라진 게 다 아가씨 탓

---

4 우유가 응고할 때 생기는 묽은 물질.

이라고 내뱉고 말았답니다(그녀도 알고 있는 사실이긴 했어요). 그때부터 아가씨는 제게 가정부로만 대하며 지시하는 것 말고는, 몇 달간이나 제게 아무런 말도 하지 않았어요. 조지프 영감과도 말을 섞지 않았고요. 그 영감은 매번 하고 싶은 말을 다 하면서 아가씨를 마치 어린애 대하듯이 설교조로 말하곤 했거든요. 아가씨는 이제 자신도 어른이자 안주인이라고 여겼고, 최근 아팠던 후로는 자기를 특별하게 대해 주길 바랐답니다. 의사 선생님도 남이 간섭하는 걸 못 참을 수 있으니 맘대로 하도록 내버려 두라고 하셨어요. 그 누구라도 아가씨한테 맞서서 대꾸라도 하려 들면 그녀는 자길 죽이려고 하는 것과 매한가지라고 보았답니다.

아가씨는 힌들리 서방님이나 그의 친구들과 거리를 두고 지냈어요. 힌들리 서방님도 케네스 선생님에게 들은 말도 있고 해서 그런지 아가씨가 화를 내면 발작이 수반되는 걸 무서워하면서 그녀가 요구하는 건 다 들어 주었어요. 그리고 아가씨의 성미를 건드리는 건 되도록 피했답니다. 너무 관대하다 싶을 정도로 아가씨의 비위를 맞춰 주었습니다. 서방님은 아가씨가 린턴 가문과 혼인함으로써 집안에 명예를 가져다주길 고대하고 있었거든요. 그리고 아가씨가 서방님 일에 간섭하지만 않으면, 저희를 노예처럼 부리든 말든 상관하지도 않았어요!

수많은 사람이 예전에도 그랬고 앞으로도 그럴 테지만, 에드거 린턴은 사랑에 빠졌습니다. 그는 어느 날 아가씨를 기머턴 교회로 인도하면서 자신이 세상에서 가장 행복한 사람이라고 믿었지요. 그건 두 어른이 돌아가신 지 3년이 지난 후였답니다.

저는 전혀 내키지 않았지만 아가씨를 따라서 워더링 하이츠를 떠나게 되었어요. 어린 헤어턴은 그때 다섯 살이었고 저는 아이에게 막 글자를 가르치고 있었거든요. 헤어턴과 헤어지는 게 너무 슬펐지만 캐서린 아가씨의 눈물이 더 강한 힘을 발휘했던 것이지요. 제가 가지 않겠다고 하고, 아가씨가 아무리 날 달래도 제가 버티자 그녀는 오빠랑 남편에게 가서 호소했어요. 린턴 도련님은 저한테 넉넉한 보수를 주겠다고 절 설득했고, 힌들리 서방님도 당장 짐을 싸라고 제게 명령했어요. 여주인도 없는 집에 더 이상 여자가 있을 필요가 없다는 거였지요. 헤어턴은 머지않아 목사보에게 맡길 거라고 하더군요. 저는 명령에 따를 도리밖에 없었어요. 저는 주인 나리에게 괜찮은 사람들을 쫓으면 집안이 더 빨리 황폐해질 거라고 말했어요. 헤어턴과 작별 입맞춤을 하면서 잘 있으라고 했지요. 그 이후로는 헤어턴에 대한 소식은 전혀 듣지 못했답니다. 그런데 아무리 생각해도 이상한 건 그 애가 엘런 딘이라는 이름을, 그리고 세상에서 자신이 제겐 가장 소중한 아이였고 자신한테도 제가 가장 소중한 사람이었다는 사실을 완전히 잊었다는 겁니다.

　가정부는 여기까지 얘기하고 나서 무심코 벽난로 위에 있는 시계로 시선을 돌렸다. 그리고 바늘이 1시 반을 가리키고 있는 걸 보고 깜짝 놀라며, 단 1초라도 더 머무르려 하지 않았다. 나 또한 후속 이야기는 다음번에 듣고 싶었던 참이었다. 그녀는 자러 들어갔고, 나도 한두 시간 이런저런 생각을 하느라 머리와 온몸이 쑤셔서 잠자리에 들기로 했다.

10장

은둔 생활의 기막힌 서막이라니! 4주간 마치 고문을 당하듯 몸이 아파 뒤척이며 잠도 제대로 자지 못했다! 세상에나, 쓸쓸한 바람과 황량한 북녘 하늘, 끊긴 도로와 꾸물대는 시골 의사들! 사람 얼굴조차 볼 수 없는 이 적막강산! 그리고 무엇보다도 끔찍한 건 봄이 올 때까지는 외출할 생각을 하지 말라는 케네스 의사 선생의 엄포였다.

히스클리프 씨가 나를 찾아와 주었다. 한 1주일 전에는 마지막 사냥 시즌에 잡은 거라며 뇌조 한 쌍을 내게 보내 주었다. 망할 놈 같으니! 내가 이렇게 앓게 된 것이 그자에게도 책임이 있었기에 대놓고 말할까 생각도 했었다. 하지만 내 옆에 족히 한 시간가량이나 앉아서 알약이나 물약, 고약과 치료용 거머리 얘기뿐 아니라 다른 얘기까지 해 줄 정도로 마음을 베푸는 데 내가 어찌 그자의 기분을 상하게 할 수 있겠는가!

지금은 그나마 몸이 좀 편해졌다. 책을 읽을 수 있을 정도의 상태는 아니었지만 무언가 재미있는 일을 다시 시작할 수 있겠다는 생각이 들었다. 딘 부인을 위층으로 불러 얘기를 계속 듣고 싶은 마음이 들었다. 그녀가 얘기해 준 것 중에 주요한 사건이 다 떠올랐다. 맞아, 남자 주인공이 도망가 3년간 아무 소식도 없었고, 그동안 여자 주인공이 결혼을 했던 기억이 났다. 그래, 종을 쳐서 딘 부인을 불러야지. 그녀도 내가 즐겁게 담소를 나눌 수 있는 모습을 보면 좋아하겠지.

딘 부인이 올라왔다.

"약을 드시려면 아직 20분 더 있어야 해요." 그녀가 말했다.

"그놈의 약 얘기는 관둬요!" 내가 대답했다. "내가 원하는 건……."

"의사 선생님이 가루약은 그만 드시라고 했어요."

"제발! 내 말은 끊지 말고 이리 와 앉아요. 그놈의 물약에선 손 떼고. 자, 뜨개질감이나 꺼내 놓고, 그래요. 지난번 얘기하다가 그친 데부터 지금까지의 히스클리프 씨 이야기나 해 줘요. 대륙으로 건너가 공부를 마치고 신사가 돼서 돌아온 건가요, 아니면 대학에서 장학생이라도 되었나요? 혹 미국으로 건너가 자기를 키워 준 나라를 팔아 명예를 얻기라도 했나요? 아니면 영국에서 노상 강도질로 일확천금이라도 번 건가요?"

"록우드 씨, 아마도 조금씩은 다 해 봤겠지요. 확실한 건 아무것도 없어요. 지난번에 말했듯이 어떻게 돈을 모았는지도 모르겠고 어떻게 이전의 야만적인 무지에서 벗어나 교양인이 되었는지도 알 수 없답니다. 하지만 제 이야기가 재미있고 지루하지 않다면 얘기를 계속해 드릴게요. 오늘 아침은 기분이 좀 나아진 모양이네요?"

"많이 좋아졌어요."

"좋은 소식이네요."

캐서린 아씨와 저는 스러시크로스 그레인지로 거처를 옮겼어요. 아씨는 제가 기대했던 것보다 훨씬 더 몸가짐을 잘했지요. 제 예상과는 달랐지만 다행히도 린턴 서방님을 지나칠 정도로 좋아했고 이사벨라에게도 엄청난 애정을 보여 주었어요. 그리고 두 사람 역시 아씨가 편하게 지내게 신경을 써 주었지요. 가시나무가 인동덩굴 쪽으로 끌렸다기보다는 인동덩굴이 가시나무를 감싸 안았다고나 할까요. 서로 양보한 것은 아니었고, 한쪽이 버티면 다른 쪽이 양보하는 식이었지요. 서로에게 반대하거나 무관심한 것도 아닌데 뭐 하러 못되게 대하거나 성질부리거나 하겠어요.

저는 에드거 서방님이 혹 아씨의 성질을 잘못 건드릴까 봐 꽤나 신경 쓴다는 걸 알았어요. 그러면서도 아씨에겐 안 그런 척했어요. 혹 제가 아씨에게 거칠게 대꾸하는 걸 듣거나 다른 어떤 하인이 아씨의 고압적인 명령에 인상을 찌푸리면 불쾌하다는 듯 얼굴을 찡그렸지요. 자기 일 때문에 인상을 찡그린 적이 한 번도 없는 서방님인데 말이죠. 뽀로통한 저를 볼 때마다 여러 번 엄하게 절 나무라셨어요. 아씨가 가슴 아파하는 모습을 보면 마치 자기 가슴을 칼로 찌르는 것보다 더 심한 고통을 느낀다고 말씀하시더군요.

착하신 서방님 마음을 아프게 해 드리지 않으려고 저도 성질을 죽이는 법을 배워 나갔지요. 한 반년 동안은 화약을 폭발시킬 만한 불같은 기폭제가 옆에 없었기 때문인지 화약은 그냥 잔잔한 모래 같아 보였어요. 전혀 위험하지 않았다고나 할까요. 아씨가 이따금 우울해하고 말없이 계신 적은 있었어요. 그럴 때면 린턴 서방님이 옆에서 아무 말 없이 같이 가슴 아파하면서 아씨를 이해하려 했어요. 이전에는 한 번도 우울해한 적이 없었던 아씨가 그렇게 된 건 단지 심하게 앓아 체질이 변했기 때문이라고 하더군요. 환하게 해가 뜬 것처럼 아씨의 기분이 돌아올 때면 서방님도 기분 좋은 모습으로 아씨를 대해 주었어요. 두 분 다 행복에 푹 젖어 있었다고 감히 말할 수 있을 정도였다니까요.

하지만 그것도 끝이 났지요. 인간이란 결국 자기 본위로 사는 수밖에 없는가 봐요. 유순하고 관대한 사람은 남을 지배하려는 사람보다 단지 조금 더 정당하게 이기적이라고나 할까요. 상황이 변해 나의 주된 관심사가 다른 사람의 주된 관심 사항이 아니라고 느낄 때 행복은 끝나는 겁니다.

날씨가 포근한 9월 어느 저녁때였어요. 저는 딴 사과로 가득 찬 무거운 바구니를 들고 집으로 돌아오고 있었지요. 날도 어둑어둑해지고 마당의 높은 벽 너머로 달빛이 비치면서 건물의 돌출된 구석들 여기저기에 형체를 알 수 없는 그림자가 숨어 있는 것처럼 보일 때였어요. 부엌문 옆 계단에 바구니를 내려놓고는 잠시 쉬면서 부드럽고 달콤한 저녁 공기를 마시고 있었지요. 현관문을 등진 채 달을 보고 있는데 등 뒤에서 누군가가 저를 부르는 소리가 들렸어요.

"넬리, 당신 넬리 맞지?"

처음 듣는 굵은 목소리였는데 내 이름을 부르는 투가 어디선가 많이 들어 본 것 같은 소리였어요. 문은 닫혀 있었고 계단 쪽으로 오는 사람도 없었기에 겁이 났지만, 누군가 궁금해 뒤돌아보았지요.

현관 쪽에서 누군가 움직이며 제게 다가왔어요. 어두운 옷차림에 머리와 얼굴색이 검고 키가 큰 사람이었어요. 현관 옆에 기대어서서 문을 열려고 하는 것처럼 문고리에 손을 얹고 있었어요.

'누구지? 언쇼 서방님? 아닌데. 목소리가 전혀 다른데.' 저는 생각했어요.

"한 시간이나 기다렸어." 제가 계속 쳐다보자 그가 다시 말했어요. "그동안 주위가 쥐 죽은 듯 조용하던데. 그래서 안으로 들어가진 않았어. 나를 모르겠어? 자, 보라고. 낯선 사람이 아니라고!"

한줄기 달빛이 그 사람을 비추었지요. 혈색이 나쁜 뺨의 반은 검은 구레나룻으로 덮여 있었고, 찡그린 눈썹에 움푹 들어가 있는 두 눈이 특이해 보였어요. 그 눈이 기억나더군요.

"뭐라고?" 이 세상 사람 같지 않아 보여서 제가 소리를 질렀어요. 그런 다음 너무 놀란 나머지 두 손을 위로 치켜들었지요. "뭐야! 돌아온 거야? 히스클리프 맞아?"

"맞아, 히스클리프야." 히스클리프는 저를 쳐다본 다음 달빛이 비치는 창문으로 시선을 돌리며 대답했어요. 창문 안으로는 불이 다 꺼져 있었어요. "사람들이 집에 없나 보지? 캐시는 어디 있어? 넬리, 내가 반갑지 않아? 그렇게 당황하지 말라고. 캐시는 여기 있어? 말해 봐! 캐시에게 한마디만 하고 싶어서 그래. 당신 여주인 말이야. 들어가서 기머턴에서 온 사람이 보길 원한다고 전해 줘."

"캐시 아씨가 무척 놀랄 텐데!" 제가 이렇게 대꾸했어요. "아씨가 어떻게 하실까? 나도 정신이 다 없는데, 아씨도 넋이 다 나갈 거야! 당신 히스클리프가 맞기는 한 거야? 모습이 변했네! 도대체 어찌 된 영문인지 알 수가 없네. 군대라도 갔다 온 거야?"

"어서, 내 말을 전해 달라고." 안달이 난 모습으로 그가 계속 말하더군요. "내 말을 전해 줘야만 내가 지옥 같은 고통에서 벗어날 수 있다고!"

그가 문고리를 들어 올렸고 제가 안으로 들어갔어요. 그런데 아씨와 서방님이 계신 거실 안으로는 못 들어가겠더라고요. 결국 저는 촛불을 켜야 하지 않겠냐고 묻는 걸 구실 삼아 안으로 들어가기로 했지요.

두 사람은 격자 창문가에 앉아 있었어요. 창문 밖으로는 정원의 나무와 우거진 푸른 숲 너머로 기머턴 계곡이 보였는데, 계곡 맨 위까지 안개가 길게 피어오르고 있었어요. (록우드 씨도 보셨겠지만, 교회를 지나면 늪지에서 시작된 개울이 골짜기를 따라 흐르는 물줄기와 만나요.) 워더링 하이츠 지역은 은빛 안개 위로 솟아 있지만 보이지는 않아요. 집이 반대편 등성이 아래쪽에 있거든요.

거실과 안에 있는 사람들, 그리고 이들이 바라보는 광경 모두가 너무 평화롭게 보여서 심부름하는 게 내키지 않았어요. 히스클리프의 말을 전하지 않고 나오려다가 어리석다는 생각이 들어 다시 들어가 중얼거리며 말했어요.

"아씨, 기머턴에서 오신 분이 만나고 싶어 하네요."

"뭔 일인데?" 린턴 부인이 제게 물었어요.

"이유는 묻진 않았어요." 제가 대답했어요.

"알았어. 넬리, 커튼 좀 닫고 차 좀 갖다줘." 아씨가 말했지요. "금방 다녀올 테니까."

아씨가 방을 나가자 서방님이 무심코 누가 왔냐고 제게 묻더군요.

"아씨가 전혀 기대하지 않던 사람이에요." 제가 대답했어요. "히스클리프라고 기억나시죠? 언쇼 서방님 댁에 살던 친구 말입니다."

"뭐라고! 그 집시 녀석, 아니 시골 촌놈 말하는 건가?" 서방님이 놀라 소리쳤어요. "왜 캐서린에게 그렇다고 말하지 않았어?"

"쉿! 서방님, 그런 식으로 부르면 안 돼요." 제가 말했지요. "그렇게 말씀하시는 걸 아씨가 들으면 정말 마음 아파하실 거예요. 그 친구가 사라졌을 때 정말 가슴 아파했거든요. 돌아온 걸 보면 엄청나게 반가워할 겁니다."

서방님이 뜰을 내려다보려고 거실 반대편 창문가로 가 창문고리를 열고는 밖으로 머리를 내밀더군요. 두 사람이 아래에 보였는지 이내 소리쳤어요.

"여보, 거기 서 있지 말고 특별한 손님이면 안으로 모셔요!"

곧이어 문 여는 소리가 들리더니 급하게 허겁지겁 계단을 날아 올라오는 듯한 아씨의 발걸음 소리가 들렸어요. 무척 흥분했는지 표정만 보면 꼭 무슨 끔찍한 일이라도 난 건 아닌가 생각했을 겁니다.

"세상에! 에드거, 에드거!" 숨을 헐떡이며 아씨가 서방님의 목을 껴안았어요. "여보, 히스클리프가 돌아왔어요. 정말이에요!" 그러면서 서방님의 목을 더 세게 껴안았답니다.

"자, 자." 서방님이 짜증스러운 투로 말했어요. "그렇다고 내 목까지 조를 건 없잖아! 내겐 그렇게 멋진 친구로 보이지 않는다고. 그러니 그렇게 난리 칠 필요까지야 없겠지."

"당신이 그 사람을 싫어한다는 건 나도 알아요." 반가운 기색을 죽이면서 아씨가 말했어요. "하지만 날 위해서라도 이젠 친구가 되어 줘요. 내가 가서 올라오라고 할까요?"

"여기로?" 서방님이 대꾸했어요. "거실 안으로 말인가?"

"여기 말고 갈 데가 어디 있어요?" 아씨가 되물었어요.

서방님이 신경질적으로 대꾸하면서 그자에게는 부엌이 더 어울리지 않냐고 말했지요.

반은 화가 난 듯, 그리고 반은 남편의 까탈스러운 모습을 비웃는 듯 린턴 부인이 이상한 표정을 지었어요.

그러다가 잠시 후 "안 돼요" 하고 한마디 하더라고요. "부엌에 있을 수는 없어요. 엘런, 탁자 두 개를 준비해. 하나는 높으신 양반들, 당신 주인 나리랑 이사벨라 양이 앉고 다른 하나에는 낮은 계급인 히스클리프와 내가 앉을 테니까. 여보, 그러면 되겠어요? 아니면 아예 다른 곳에다 불을 지필까요? 그렇게 하고 싶으면 명령만 내리세요. 저는 내려가서 제 손님부터 모실게요. 너무 행복해서 꿈이 아닌가 싶을 정도에요."

아씨가 막 뛰어 내려가려고 하자 서방님이 이를 말렸어요.

"넬리, 당신이 내려가서 그자를 들여보내요." 서방님이 저를 보고 말씀하셨어요. "그리고 캐서린, 당신 기뻐하는 건 괜찮지만 너무 우스꽝스럽게 굴진 말아요. 도망친 하인을 마치 친형제처럼 환영하는 모습을 우리 가족 모두가 볼 필요는 없잖아."

아래로 내려갔더니 히스클리프가 마치 집 안으로 초대받는 걸 기대하기라도 한 것처럼 문 앞에서 기다리고 있더군요. 그는 아무 말 없이 제가 안내하는 대로 서방님과 아씨가 있는 곳으로 따라왔어요. 그사이에 말다툼을 했는지 두 사람 안색이 벌겋게 달아올라 있더군요. 아씨는 친구가 문 앞에 등장하자 다시금 얼굴이 벌게졌는데 이번에는 반가움의 기색이었지요. 곧바로 튀어 나가 친구의 양손을 잡고는 그를 남편에게 소개했어요. 그런 다음 서방님이 머뭇거리는데도 그의 손을 잡아 히스클리프의 손에 쥐어 주더군요.

벽난로 불빛과 촛불 아래서 완전히 새사람으로 변한 히스클리프의 모습을 보고선 전 정말 놀랐습니다. 훤칠한 키에 건장한 체격이 제대로 균형 잡힌 모습이었지요. 옆에 서 있는 서방님의 모습은 연약한 데다가 마치 아이 같았어요. 꼿꼿이 서 있는 히스클리프의 모습은 군대에 다녀온 것 같다는 생각이 들 정도였어요. 단호한 얼굴 표정은 린턴 서방님보다 훨씬 어른다웠지요. 지적으로 보였고 이전의 천한 모습은 전혀 찾아볼 수 없었어요. 하지만 찌푸린 미간과 경멸하는 듯 보이는 음울한 눈빛에는 아직 순화되지 않은 잔인성 같은 게 숨어 있었어요. 이전보다 순화되어 보이긴 했지만 말입니다. 태도 역시 위엄이 있었어요. 우아하다고 하기엔 다소 딱딱해 보였지만, 예전의 거친 모습은 거의 찾아볼 수 없었답니다.

서방님 역시 저만큼이나, 아니 저보다 더 놀란 표정이었어요. 예전에 촌놈이라고 불렀던 이 친구를 이제 어떻게 불러야 할지 몰라 잠시 망설이더군요. 히스클리프가 쥐고 있던 서방님의 가냘픈 손을 내려놓고는 서방님이 말을 꺼낼 때까지 가만히 쳐다보고 있었어요.

"자, 앉으시죠." 마침내 서방님이 말을 꺼내더군요. "제 아내가 예전 모습을 떠올리면서 당신을 반갑게 맞아 달라고 하더군요. 물론 그녀를 즐겁게 해 줄 수만 있다면 저는 만족합니다."

"저도 그렇습니다." 히스클리프가 대답했어요. "특히 제가 도울 수 있는 일이라면 말이죠. 기꺼이 한두 시간 있다 가겠습니다."

그는 아씨 맞은편에 앉았어요. 아씨는 잠시라도 그에게서 눈을 떼면 혹 사라지는 건 아닐까 하는 걱정 어린 시선으로 히스클리프를 계속 뚫어지게 쳐다보고 있었어요. 히스클리프는 그 정도로 시선을 마주하지는 않았고 이따금 힐끔힐끔 쳐다보기만 했지요. 하지만 매번 반갑다는 표정을 노골적으로 드러내며 아씨가 자기를 쳐다볼 때마다 기쁨을 자신 있게 드러냈답니다.

너무 기뻐한 나머지 두 사람은 어색한 분위기를 느낄 틈도 없었지요. 하지만 에드거 서방님은 그렇지 않았지요. 점점 짜증이 어리고 안색도 창백해지기 시작하더니만, 아씨가 일어나 카펫을 가로질러 가더니 히스클리프의 손을 잡고 마치 정신이 나간 사람처럼 웃기 시작하자 짜증이 극에 달했지요.

"내일이면 오늘 일이 꿈이었다고 생각할 거야!" 그녀가 소리쳤어요. "다시 너를 만나 손잡고 같이 말을 나눴다는 사실을 믿기 어려울 거야. 하지만 히스클리프, 너무 잔인했어! 너는 이런 환영을 받을 자격이 없어. 3년 동안 사라져 아무 연락도 없었고, 내 생각을 전혀 하지도 않았으니 말이야!"

"네가 날 생각한 것보다는 내가 널 더 많이 생각했을걸!" 그가 중얼거렸어요. "얼마 전에 네 결혼 소식을 들었어. 아래에서 기다리는 동안 이런 계획을 세웠어. 놀란 척, 아니 반가운 척하면서 마지막으로 네 얼굴을 본 다음 힌들리에게로 가 복수할 생각이었지. 그리고 법의 심판을 받기 전에 스스로 목숨을 끊는 거지. 그런데 네가 날 반갑게 맞는 바람에 이 계획이 다 틀어졌어. 다음번에 만날 때 다른 표정으로 날 대해서는 안 돼! 아니지, 절대로 날 다시 쫓아내진 않겠지. 나 때문에 많이 슬퍼했을 테니까. 그럴 만도 해. 마지막으로 네 목소리를 듣고 난 이후 난 꽤 힘들게 지냈어. 넌 나를 용서해 줘야 해. 내가 여기까지 버틴 건 다 너를 위해서니까!"

"캐서린, 차가 식기 전에 어서 식탁으로 와요." 린턴 서방님이 평정심을 유지하는 척하면서 정중한 투로 둘 사이의 대화에 끼어들었어요. "오늘 어디에서 묵든 간에 히스클리프 씨도 먼 길을 가야 한다고. 목도 마를 테고 말이야."

캐서린 아씨가 찻잔 앞으로 오고, 벨 소리를 들은 이사벨라 아가씨도 나왔지요. 저는 의자들을 앞으로 당겨 놓은 다음 거실에서 나왔습니다.

차를 마시는 시간은 10분도 걸리지 않았어요. 아씨는 먹지도 마시지도 못할 정도라 자기 찻잔을 아예 채우지도 않았어요. 서방님 역시 차받침 위에 차를 엎지르고 한 모금이나 마셨을까 싶을 정도였어요.

손님이 한 시간 넘게 머물지는 않았어요. 그가 떠날 때 기머턴으로 가는 길이냐고 제가 물었어요.

"아니, 워더링 하이츠로 가. 오늘 아침 들렀을 때 언쇼 씨가 날 초대했거든." 히스클리프가 이렇게 말했어요.

언쇼 서방님이 그를 초대했다니! 그리고 이자가 서방님 댁을 방문했다니! 히스클리프가 떠난 후 저는 곰곰이 이 말을 생각해 보았지요. 혹시 완전히 위선자로 돌변해 은밀하게 흉계를 꾸미려는 것은 아닌가? 이런 예감과 함께 마음 한구석에서 히스클리프가 차라리 멀리 떨어져 있던 게 나은 건 아닌지 하는 생각이 들었답니다.

그날 밤 한밤중에 아씨가 제 방으로 슬며시 들어오는 바람에 막 잠이 들다가 깨고 말았어요. 침대 머리에 앉더니 절 깨우려고 제 머리채까지 잡아당겼답니다.

"엘런, 도무지 잠이 안 와." 그녀가 변명이라도 하듯 내게 말했어요. "이런 행복한 순간에는 누군가 내 옆에 있어 줘야 한다고! 에드거는 자기가 관심도 없는 일에 내가 좋아서 호들갑을 떤다고 입이 나와 있어. 말도 안 하고 뿌루퉁해서 바보 같은 얘기만 한다니까. 몸도 안 좋고 졸리기까지 한데 내가 떠든다고 이기적이고 잔인하다나. 그 사람은 조금만 화가 나도 매번 아프다는 핑계를 댄다고! 히스클리프를 칭찬하는 말을 몇 마디 하니까 질투심에 아픈 건지 아니면 골치가 아픈 건지 울기 시작하는 거야. 그래서 일어나 나와 버렸어."

"서방님 앞에서 히스클리프를 칭찬해서 대체 뭔 소용이 있어요?" 제가 물었죠. "어릴 적에도 서로 앙숙이었잖아요. 서방님을 칭찬하는 소리를 들으면 히스클리프도 마찬가지일 겁니다. 인간이란 그런 거예요. 두 사람이 노골적으로 논쟁하는 걸 원치 않으면 제발 그분을 그냥 내버려 둬요."

"그렇지만 그건 자신이 못났다는 걸 보여 주는 것 아냐?" 그녀가 마치 누굴 추궁하듯 제게 말했죠. "난 절대 질투하진 않아. 난 이사벨라가 금발에 피부가 뽀얗다거나, 화사할 정도로 우아하고 가족의 사랑을 듬뿍 받는다고 해서 상처받지는 않거든. 그리고 이사벨라와 내가 논쟁을 벌일 때 넬리도 즉시 그녀 편을 들잖아. 난 그저 모자란 엄마처럼 양보하고 말지. 예쁘다고 해 주면서 그녀의 기분을 달래 준단 말이야. 우리가 친하게 지내는 모습을 보면 에드거가 행복해하고 결국 나도 행복해지거든. 하지만 둘 다 똑같아. 꼭 버릇없는 애들 같다고. 마치 세상이 다 자기들 편하라고 있는 줄 생각한다니까. 적어도 나는 두 사람의 비위를 맞추려고는 하지만, 실은 따끔하게 혼이 나야 사람이 나아지는 법이라고."

"아씨, 오해하고 계시네요." 제가 말했지요. "그분들이 아씨 비위를 맞추고 있는 거예요. 그렇게 안 했다면 무슨 일이 벌어졌을지 나는 다 알아요. 그분들이 아씨가 바라는 걸 미리 짐작해 다 해 주니까 이따금 그분들이 변덕을 부려도 아씨가 다 받아 주는 거지요. 하지만 양쪽 모두에게 똑같이 중요한 일이라면 서로 갈라서서 다투게 될 수도 있어요. 그러면 아씨가 약하다고 말하는 그분들이 아씨만큼 고집을 피울 수도 있게 되는 거예요"

"그러면 죽도록 싸우게 되는 거지. 그렇지, 넬리?" 그녀가 웃으며 제 말에 대꾸했어요. "아니야! 내가 장담컨대 린턴은 분명히 날 사랑한다니까. 그 사람은 설사 내가 자길 죽이려 든다고 해도 결코 내게 복수하려 들지 않을 사람이야."

서방님이 그 정도로 아씨를 사랑하고 있다면 그만큼 더 그분을 소중히 여겨야 할 거라고 제가 충고했지요.

"사랑하고 있다니까." 그녀가 대답했어요. "그래도 하찮은 일에 저렇게까지 징징댈 건 없잖아. 꼭 애들처럼 말이야. 이제 히스클리프가 누가 봐도 멋지고 이 지역 최고의 신사도 그와 친구가 되는 걸 명예롭게 여길 거라고 내가 말했다고 해서 징징 짜면 어떡해. 오히려 자기가 나를 위해 그런 식으로 말하면서 기뻐해야 하는 거잖아. 이제는 히스클리프와 친해지고 서로 좋아해야 하는 거지. 에드거를 싫어할 수밖에 없는 히스클리프를 봐. 오늘 하는 거 봤지? 얼마나 처신을 잘하냐고!"

"그런데 그가 워더링 하이츠로 가는 건 어떻게 생각해요?" 제가 물었지요. "분명히 모든 면에서 완전히 바뀌었고, 기독교인이 다 되긴 했던데. 사방에 있는 원수에게 우정의 손길을 내밀기까지 하면서 말입니다!"

"그가 내게 다 말해 줬어." 그녀가 대답했어요. "나도 넬리처럼 궁금하긴 해. 아직 넬리가 거기 사는 줄 알고, 넬리에게 내 소식을 들으려고 워더링 하이츠에 갔다고 하더라고. 조지프가 오빠에게 히스클리프가 왔다고 전하니까 대체 무엇을 하다 왔냐, 어떻게 지내다 왔냐고 조지프에게 묻다가 결국 히스클리프를 들여보내라고 했다는 거야. 카드 게임을 하던 사람들이 있었고 히스클리프도 같이 했다는데, 결국 오빠가 히스클리프에게 돈을 다 잃었대. 그리고 그에게 돈이 많다는 걸 알고는 저녁에 다시 오라고 했고, 히스클리프도 온다고 했다는 거야. 오빠는 워낙 자기 멋대로 하는지라 친구를 제대로 고르지도 못하잖아. 자기가 그렇게 학대했던 사람이니 좀 조심해야 할 텐데, 그런 건 전혀 생각도 안 하는 거지. 히스클리프는 자기를 학대했던 사람과 다시 연을 맺는 이유가 그레인지 저택에서 쉽게 걸어 다닐 수 있는 곳에 거처를 마련하고 싶고, 우리가 함께 살았던 곳에 대한 애착 때문이라고 했어. 또한 워더링 하이츠에 있으면 기머턴에 머물 때보다 내가 자기를 더 자주 볼 수 있으리라고 생각했다는 거야. 하이츠에 머무는 대가로 돈을 후하게 지불하겠다고 한 모양이야. 욕심 많은 오빠니까 당연히 허락했겠지. 한 손으로 움켜쥔 돈을 다른 손으로 다 써 버리면서도 돈에 욕심 많은 건 여전하니까."

"젊은 사람이 자기의 거처로 쓰기에 맞는 곳이긴 한가요!" 제가 한마디 했죠. "이 일이 어떤 결과를 가져올지 걱정도 안 되세요?"

"히스클리프라면 아무 문제 없어." 그녀가 대답했지요. "그는 정신이 강해서 아무 위험도 없을 거야. 다만 힌들리 오빠는 조금 걱정이 돼. 정신적으로는 점점 더 나빠질 게 뻔해. 내가 몸뚱이만이라도 건사하게 도와줘야겠지. 오늘 저녁 일로 인해 나는 하나님과 모든 사람을 다 받아들이게 됐어! 여태껏 신의 섭리에 대해 반대해 왔었거든. 넬리, 난 정말 힘들게 괴로움을 견뎌 왔어! 에드거가 내가 얼마나 힘들었는지 알았다면 괜히 토라져서 내가 이런 고통에서 벗어나 기쁨을 누리는 일을 방해하진 않았을 거야. 그 고통을 나 혼자 견뎌 낸 것도 그이에 대한 배려 때문이었다고. 그렇게나 자주 겪었던 고통을 내가 그대로 다 보여 줬다고 치자. 아마 그이도 나만큼이나 절실하게 내가 그 고통에서 벗어나기를 바랐을 거야. 하지만 이제 다 끝났어. 그이가 어리석게 군다고 해서 내가 똑같이 대하진 않을 거야. 이젠 어떤 고통도 다 참아 낼 수 있게 됐다고! 누군가 비열하게 내 뺨을 때린다고 해도 난 다른 뺨까지 때리라고 할 거야. 그리고 그런 상황을 만든 내 잘못에 대해 용서부터 빌고. 그 증거로 당장 가서 에드거와 화해해야지. 잘 자. 난 천사라도 된 기분이야!"

아씨는 이렇게 스스로 만족하고 자신감을 내보이며 밖으로 나갔어요. 이튿날 보니 아씨의 결단이 제대로 이루어졌다는 것이 확실했어요. 린턴 서방님도 투정 부리는 짓을 그만두기로 했을 뿐 아니라(물론 지나치게 생기 있는 캐서린의 모습 때문에 기분이 가라앉아 보이긴 했지요) 오후에 아씨가 이사벨라 양을 데리고 워더링 하이츠에 다녀오는 것에 반대하지도 않더군요. 이런 린턴 서방님의 변화에 보답하기 위해 캐시 아씨도 여름 날씨처럼 부드럽고 다정하게 그를 대했어요. 며칠간 집 안이 천국 같았고 집주인이나 하인들이나 모두 햇빛을 계속 보는 듯한 따스한 분위기였어요.

히스클리프 — 이제부터는 히스클리프 씨라고 불러야 해야 할 것 같긴 한데 — 는 처음에는 스러시크로스 그레인지를 자유롭게,

그러면서도 아주 조심스럽게 드나들곤 했어요. 마치 자기의 방문에 대해 집주인의 인내심을 확인하려는 듯 보였어요. 캐시 아씨 또한 그를 맞을 때 과하게 기뻐하는 태도를 삼가는 게 현명하다고 생각한 것 같아요. 이렇게 해서 히스클리프는 서서히 자신의 방문을 당연한 것으로 만들어 놓았지요.

그는 어린 시절부터 유별나게 말이 없었는데 여전히 과묵해서 자기의 감정을 과하게 드러내지 않는 데 도움이 되었어요. 덕분에 린턴 서방님의 불안감도 당분간 사라졌어요. 하지만 이후에 일어난 일 때문에 그의 불안감은 다른 방향으로 쏠리게 되었지요.

새로이 발생한 문젯거리는 겨우 손님이 된 히스클리프에게 별안간 불가항력으로 끌리게 된 이사벨라 아가씨가 보여 준 전혀 예상치 못했던 불행한 행동이었지요. 당시 그녀는 열여덟 살의 매력적인 아가씨였어요. 꽤나 날카로운 기지와 예민한 감수성을 지닌 그녀는 성이 나면 날카롭게 굴었지만, 하는 짓은 여전히 성숙하지 못한 어린애였어요. 여동생을 극진히 사랑했던 린턴 서방님은 여동생이 이렇게 터무니없게 애착을 보이는 걸 보면서 깜짝 놀랐답니다. 성조차 없는 사내와 결혼해 자기의 지위를 격하시키는 문제와 자기에게 대를 이을 아들이 없을 경우 재산이 그런 자의 손아귀에 들어갈 수 있다는 문제는 차치하더라도, 서방님은 히스클리프의 본심을 알아차릴 정도의 식견이 있었던 거예요. 사람이 외양은 바뀌어도 본심은 절대 바뀔 수도, 바뀌지도 않는다는 것이지요. 서방님은 그의 본심이 무서워졌고 그 생각만 해도 치를 떨었어요. 이사벨라를 그런 사내의 손에 맡긴다는 불길한 생각은 하고 싶지도 않았을 거예요.

게다가 이런 이사벨라의 사랑이 그 사내가 먼저 구애해서 시작된 것도 아니고, 상대편에게는 전혀 통하지 않는 혼자만의 짝사랑이라는 사실을 서방님이 알았더라면 더 외면했을 겁니다. 이사벨라의 사랑을 알게 된 순간 서방님은 이를 히스클리프가 의도적으로 꾸민 짓으로 보고 그를 비난했던 겁니다.

우리는 얼마간 이사벨라 아가씨가 무언가 골똘히 생각하고 안절부절못하는 모습을 봐 왔답니다. 그녀는 점점 더 성격이 까다로워졌고 수심에 잠겨 있었지요. 캐서린 아씨를 툭툭 건드리면서 계속 말을 함부로 했고 참을성이 없는 아씨의 한계를 시험하곤 했어요. 우리는 몸이 안 좋아서 그런다고 생각하면서 어느 정도까지는 눈감아 주었답니다. 점점 쇠약해지는 게 우리 눈에 보일 정도였어요. 그러다가 어느 날, 아침 식사도 거부하고 유달리 제멋대로 하면서 마구 불평을 늘어놓기 시작했지요. 하인들이 자기가 시킨 대로 하지 않는다는 둥, 새언니도 자기가 집 안에서 아무 짓도 못 하게 한다는 둥, 오빠도 자기한테 무관심하다는 둥, 문을 열어 놔서 자기가 감기에 걸렸다는 둥, 자기를 약 올리려고 거실 난롯불을 일부러 꺼트렸다는 둥, 백 가지도 더 넘게 말도 안 되는 불만을 늘어놓았어요. 아씨는 이사벨라에게 방에 가서 쉬라고 단호하게 말하고선 의사를 부르겠노라고 겁을 주었지요.

케네스 의사 말이 나오자마자 이사벨라는 그 즉시 몸 상태는 멀쩡하고 다만 새언니가 자기에게 심하게 구는 바람에 자신이 불행해졌다고 하는 거예요.

"이런 건방진 아가씨를 봤나, 어떻게 내가 심하게 대했다고 말할 수 있어요?" 이사벨라의 말도 안 되는 주장을 듣고 캐시 아씨가 소리를 질렀어요. "정말 정신이 흐려지는 모양인데, 대체 내가 언제

심하게 했다는 건지 말해 봐요."

"어제 그랬잖아요. 그리고 지금도 그래요." 이사벨라 아가씨가 흐느끼며 말했어요.

"어제라고?" 캐시 아씨가 외쳤어요. "대체 언제?"

"들판을 걸을 때요. 새언니는 히스클리프 씨랑 산책하면서 저 보고는 맘대로 다니라고 했잖아요!"

"그걸 가지고 심하게 했다는 거예요?" 캐시 아씨가 이사벨라의 어이없는 말에 웃었지요. "아가씨가 같이 있어서 방해가 된다는 뜻은 아니었잖아요. 아가씨가 같이 있든 없든 무슨 문제가 있겠어요. 히스클리프가 하는 얘기가 아가씨에게 아무 의미도 없다고 생각한 것뿐이라고요."

"세상에." 아씨가 눈물을 흘렸어요. "내가 그 사람이랑 같이 있는 걸 좋아한다는 걸 알고는 멀리 보내려고 그랬잖아요!"

"제정신인가?" 제게 호소하는 투로 린턴 부인이 말했어요. "아가씨, 우리가 나눴던 대화를 한마디도 빼놓지 않고 다시 말해 줄 테니 재미있다고 생각되는 부분이 하나라도 있다면 말해 봐요."

"두 사람의 대화는 관심 없어요." 아가씨가 대답했어요. "전 그저 같이 있고 싶었단 말이에요……."

"그래서요?" 그녀가 말을 끝내질 못하는 걸 알고는 캐서린 아씨가 말했어요.

"그 사람이랑 같이요. 이제는 쫓겨 다니지만 않을 거예요." 더욱 흥분한 채 이사벨라가 말했어요. "언니는 꼭 여물통에 들어가 앉은 샘 많은 강아지 같아요. 자기 말고는 그 누구도 사랑받는 꼴을 못 보잖아요."

"이런 건방진 아이를 봤나!" 놀란 나머지 캐서린 아씨가 맞받아쳤어요. "하지만 이런 멍청한 얘기를 어찌 믿겠어! 히스클리프가 사랑해 주길 바라는 건 말도 안 돼요. 그자를 멀쩡한 사람으로 여기다니! 이사벨라, 정말 내가 잘못 들었기를 바라요!"

"아니요, 제대로 들은 거예요." 사랑에 빠진 아가씨가 말했어요. "언니가 오빠를 사랑하는 것만큼이나 그 사람을 사랑한다고요. 언니가 가만 놔둔다면 그 사람도 나를 좋아할 거고요."

"하지만 내게 왕국을 준다고 해도 아가씨처럼 되고 싶지는 않아요!" 캐서린 아씨가 강하게 되받아치더군요. 그리고 진심 어린 투로 말하는 것 같았어요. "넬리, 정신 나간 짓이라고 이사벨라에게 말해 줘. 히스클리프가 누군지 말해 주라고. 세련되지도 않고, 교양도 없고 길들여지지 않은 인간이라고. 그리고 가시 돋친 풀과 단단한 돌만 있는 메마른 황무지 같은 자라고 말이야. 그자에게 마음을 주라고 할 바에야 차라리 어린 카나리아 새끼를 겨울날 숲으로 내보내는 게 낫지! 그런 꿈을 갖는 건 그 사람의 성품을 너무 몰라서 그런 거예요. 진지한 듯 보이는 그 사람의 외면 아래에 자비로운 마음이나 애정이 숨어 있다고 생각해선 안 돼요! 그 사람은 다이아몬드 원석이 아니예요. 진주를 품고 있는 진짜 조개가 아니라고. 그는 거칠고 무자비한 늑대 같은 사람이에요. 난 그에게 '이런저런 상대를 그냥 둬요. 그들을 해치는 건 무자비하고 잔인한 짓이니까'라고 말하지 않아요. '그들을 그냥 놔둬요. 왜냐하면 그 사람들이 잘못되는 걸 내가 진정 싫어하니까'라고 말하지. 이사벨라, 아가씨가 귀찮은 짐이 될 때 그 사람은 참새알 터트리듯 아가씨를 쥐어 터트릴 거예요. 그자는 린턴가 사람을 사랑할 수 없다는 걸 난 잘 알고 있어요. 다만 아가씨 재산과 유산을 보고 결혼하려는 것뿐이라고요! 내가 보기엔 탐욕이 그를 에워싸고 점점 커지고 있는 거예요. 난 그 사람의 친구라고요. 그래서 그 사람이 아가씨를 차지하려고 마음먹었다면 난 그저 입 다물고 아가씨가 덫에 걸리는 걸 보고 있어야 할 수밖에 없다니까요."

이사벨라 아가씨는 잔뜩 화가 난 표정으로 새언니를 쳐다보았어요.

"창피한 줄 아세요! 창피한 줄 알라고요!" 성난 소리로 두 번씩이나 외쳤어요. "새언니는 적을 스무 명 합친 것보다 더 나빠요. 친구라며 이렇게 독할 수가 있다니!"

"오, 내 말을 안 믿겠다는 거지요?" 캐서린이 말했어요. "내가 이기적으로 나쁜 마음에서 이러는 것으로 생각하는군요?"

"그렇고말고요." 이사벨라 아가씨가 되받아쳤어요. "언니를 보면 치가 떨릴 정도예요!"

"좋아요!" 아씨가 소리쳤어요. "그렇게 생각한다면 마음껏 해 보든가. 더 이상 내가 할 말은 없어요. 이번 논쟁은 아가씨의 오만함에 양보하지요."

"나는 언니의 이기심 때문에 속절없이 당하기만 해." 린턴 부인이 나가자 이사벨라 아가씨가 흐느끼며 말했어요. "모두 다 내 적이라고. 언니는 내게 유일하게 위로가 되는 걸 망쳐 버렸어. 그런데 다 거짓말이야, 그런 거지? 히스클리프 씨가 악마라니. 그 사람은 점잖고 진실한 사람이야. 아니면 어떻게 아직도 새언니를 마음에 둘 수 있겠어?"

"아가씨, 그 사람을 잊으세요." 제가 말했어요. "그는 불길한 사

람이에요. 아가씨의 짝이 아니라고요. 캐시 아씨가 심하게 말하긴
했지만, 저도 그 말을 반박할 수는 없어요. 아씨는 저나 그 누구보다
더 히스클리프의 마음을 잘 알거든요. 그 사람을 실제보다 더 나쁘
게 말할 리가 없어요. 점잖은 사람들은 자신이 한 일을 숨기지 않아
요. 우리는 그 사람이 그간 어떻게 지냈는지, 어떻게 돈을 벌었는지
전혀 몰라요. 그리고 왜 워더링 하이츠에, 자신이 극도로 싫어하는
사람의 집에 머물려고 하는 거죠? 그 사람이 돌아온 이후 힌들리 서
방님은 점점 더 안 좋아지신다고 해요. 매일 밤새껏 같이 도박을 하
는데, 서방님은 이제 땅까지 저당 잡아 돈을 빌려 도박을 한다네요.
술만 드시면서 말이죠. 지난주에는 기머턴에서 조지프를 만났는데
이렇게 말하더라고요.

'넬리. 이제 우리 집 사람들이 시체 검시관의 조사를 받게 될지
도 몰라. 한 사람은 무슨 송아지라도 잡을 듯이 자기 몸에 칼을 꽂으
려고 하고, 다른 사람은 말리다가 손가락을 잘릴 뻔했다니께. 목숨
을 끊으려 한 사람이 바로 주인이셔. 어서 최후의 심판을 받고 싶어
못 견디겠는지 그 난리라고. 최후의 심판관들, 바울이나 베드로, 요
한이나 마태도 안 무섭다는 듯이 말이지! 뻔뻔한 얼굴로 그분들과
마주하고 싶은 모양이여! 그리고 히스클리프 녀석, 알고 있어? 정말
독종이여! 악마의 장난쯤 히죽대고 웃을 정도로 악마보다 한술 더
뜨는 고약한 놈이라니께. 여기서 지내는 이야기는 가서 전하지 않았
나 보지? 이런 식으로 보낸다고. 해 질 무렵에 일어나서는 놀음하고
술 퍼먹고 노느라고 다음 날 낮이 될 때까지 촛불을 켜 놓고 덧창
을 닫고 잔다니께. 그러면 어리석은 주인은 욕지거리와 미치광이같
이 헛소리를 하면서 자기 방으로 돌아가는데, 제정신이 있는 사람이

라면 부끄러워 손으로 자기 귀를 막아 버릴 정도여. 그리고 그 악당은 돈을 세고 먹고 쉬다가는 이웃집으로 건너가 남의 마누라랑 수다를 떠는 거지. 캐서린 아씨에게 아버지 돈이 어떻게 자기 주머니로 들어오게 되는지, 그 아버지의 아들이 어떻게 멸망의 길로 빠지는지, 그리고 자기가 앞질러 가서 멸망에 이르는 문을 열어 놓겠다고 그녀에게 다 이야기하겠지.' 보세요, 이사벨라 아가씨. 조지프는 낫살 먹은 늙은이긴 하지만 거짓말은 안 한답니다. 히스클리프에 대한 얘기가 사실이라면 그런 사람을 남편감으로 여길 수는 없을 거예요, 그렇죠?"

"넬리, 당신도 다른 사람과 한패구나!" 내 말에 그녀가 이렇게 대꾸했어요. "당신들의 중상모략은 이젠 안 들을 거야. 이 세상에 행복이 없다고들 말하니 대체 무슨 악의를 품고 그러는 건지, 정말!"

그냥 내버려 두었다면 과연 이사벨라 아가씨가 이런 터무니없는 환상에서 벗어났을지, 아니면 이런 환상을 계속 마음속에 품고 있었을지 그건 저도 몰라요. 그녀도 이걸 생각해 볼 겨를이 없었답니다. 이튿날 이웃 마을에서 치안 판사 모임이 있었어요. 린턴 서방님도 참석해야 했지요. 히스클리프 씨는 서방님이 안 계신 걸 알고는 다른 때보다 일찍 찾아왔어요.

캐서린 아씨와 이사벨라는 서로 적대적인 상태로 말없이 서재에 앉아 있었어요. 이사벨라는 최근에 경솔한 행동을 한 데다가 감정이 격해져 한순간 자신의 속마음을 내보인 것 때문에 스스로도 놀란 상태였고, 캐서린도 좀 더 곱씹어 보고는 시누이 문제로 기분이 더 상해 있었어요. 그래서 시누이가 다시 건방지게 굴면, 이번에는 단지 그녀를 비웃는 거로 끝내지 않을 작정이었어요.

캐서린은 창문 밖으로 히스클리프가 지나가는 모습을 보자 웃음을 짓더군요. 그때 저는 안에서 난로를 청소하고 있는 터라 아씨의 입가를 스치는 짓궂은 미소를 보았지요. 이사벨라는 책에 열중하고 있었는지 아니면 생각에 잠겨 있었는지, 문이 열릴 때까지 가만히 앉아 있었어요. 할 수만 있다면 기꺼이 자리를 피했겠지만 그러기엔 너무 늦었던 거예요.

"어서 와. 마침 잘 왔어" 불가로 의자를 당기며 아씨가 반갑게 소리쳤어요. "마침 불행하게도 여기 우리 두 사람의 관계가 냉랭해져서 그걸 풀어 줄 제삼자가 필요했거든. 그리고 우리 둘 모두가 선택할 사람이 바로 너였어. 히스클리프, 나보다 더 심하게 너한테 빠져 있는 사람을 네게 소개해 줄 수 있어서 자랑스러워. 우쭐하겠네. 아니, 넬리가 아니야. 넬리 쪽을 보지 말라고! 나의 가엾은 아가씨가 너의 멋진 모습과 성품을 생각만 해도 가슴이 아프다는군. 에드거의 매제가 되는 건 네가 하기 나름이야! 이사벨라, 안 되지요. 도망가지 마요." 성난 표정으로 일어나 나가려는 이사벨라를 막아서며 마치 장난이라도 치는 것처럼 아씨가 말했어요. "우리는 너 때문에 꼭 고양이 새끼들처럼 싸우고 있단다. 그런데 히스클리프, 너에 대한 헌신과 칭찬은 감히 이길 수가 없더군. 게다가 내가 정중하게 비켜 주기만 하면 내 적수 — 자기가 내 적수라고 하니까 말이야 — 가 네 가슴에 사랑의 화살을 쏘아 널 영원토록 자기 걸로 만들고 내 모습을 완전히 잊어버리게 하겠다는 거지."

"새언니." 단단히 잡고 있던 캐시의 손을 뿌리치려 하다가 자존심이 상했던지 자신을 추스르며 이사벨라가 대답했어요. "농담이라도 나를 비방하지 않고 사실을 말해 주었으면 좋겠어요! 히스클리프 씨, 당신의 친구에게 제발 저를 놓아 주라고 말해 주시면 고맙겠습니다. 당신과 내가 친한 사이가 아니라는 걸 잊었나 봅니다. 그리고 새언니는 이런 일이 재미있나 본데 제게는 말도 할 수 없을 정도로 고통스럽답니다."

손님인 히스클리프가 아무런 대답도 없이 그저 자리에 앉아 그녀가 자기에 대해 어떤 감정을 품든 말든 완전히 무관심한 듯이 있자 이사벨라는 고개를 돌려 자기를 괴롭히는 아씨에게 애걸하듯이 자기를 제발 봐 달라고 나지막한 소리로 말했어요.

"안 되고말고!"캐서린 아씨가 소리쳤어요. "다시는 내가 여물통 속의 개새끼라는 말은 듣지 않겠어요. 아가씬 이제 여기 있어야 해요! 히스클리프, 내가 전해 준 즐거운 소식을 듣고 왜 기뻐하지 않는 거지? 이사벨라가 말하길 네게 품은 자기의 사랑에 비하면 나에 대한 에드거의 사랑은 아무것도 아니라는 거야. 분명히 이런 식으로 말했다고. 엘런, 내 말 맞지? 그리고 어제 산책을 다녀온 이후로 내가 자기를 너랑 같이 있지 못하게 했고 이런 나의 행동 때문에 분하고 억울하다며 계속 단식 중이었다고."

"그건 거짓말이겠지."두 사람을 마주 보려고 의자를 돌리며 히스클리프가 말했어요. "어쨌든 지금은 나와 함께 있고 싶어 하지 않잖아!"

그런 다음 마치 역겹고 이상한 짐승을 바라보는 시선으로 ― 마치 인도에서 가져온 지네를 보고 혐오감을 느끼면서도 호기심 때문에 쳐다보는 식으로 ― 대화의 상대인 아가씨를 뚫어지게 봤어요.

불쌍한 이사벨라는 더 이상 참지 못하고 얼굴이 창백해졌다가 붉어졌다가 하다가 속눈썹에 눈물이 맺혔어요. 그러곤 캐서린의 손아귀에서 벗어나고자 조그만 손가락에 힘을 주더군요. 그러다가 새언니의 한 손가락을 풀면 다른 손가락이 감겨 와 결국 손아귀에서 벗어나지 못한다는 것을 알자 손톱을 썼지요. 이내 캐서린의 손에는 날카로운 손톱이 만들어 낸 붉은 핏자국이 생기고 말았어요.

"이런 잔인한 여자를 봤나!" 이사벨라를 놓아주며 린턴 부인이 소리쳤어요. 그녀는 고통스러워 손을 흔들었지요. "제발 내 눈앞에서 사라져. 그리고 그놈의 여우 같은 얼굴도 치우고! 히스클리프 앞에서 손톱을 드러내다니. 그 사람이 어떤 결론을 내릴지 생각도 못 하나 봐? 히스클리프, 저 정도면 대단히 무서운 무기 아니겠어? 네 눈도 조심해야 할걸."

"나를 위협하면 다 뽑아 버리면 돼." 이사벨라가 문을 닫고 나가 버리자 히스클리프가 야만스럽게 툴툴댔지요. "그런데 캐시, 왜 그런 식으로 저 여자를 놀리는 거지? 내게 거짓말하는 거지?"

"사실이라니까." 아씨가 대답했어요. "지난 몇 주간 너 때문에 얼마나 애를 태웠는지 몰라. 오늘 아침에는 너를 너무 띄우기에 그놈의 열정을 좀 가라앉히려고 네 결점을 다 말해 주었거든. 그랬더니 내게 온갖 욕을 해 대는 거야. 하지만 더 이상 신경 쓰지는 마. 그저 중뿔나게 나서는 걸 혼내 준 것뿐이니까. 히스클리프, 난 이사벨라를 정말 사랑한다고. 그러니까 네가 그녀를 사로잡아 삼키게 놔둘 순 없어."

"나도 그런 짓을 할 정도로 그녀를 좋아하지는 않아." 그자가 말했어요. "혹 잔인한 방식이라면 모를까. 저렇게 감상적이고 창백한 얼굴을 한 여자와 단둘이 살면 이상한 소문이 날 거야. 그나마 멀쩡한 소문이라면 1주일에 하루나 이틀은 그녀의 흰 얼굴이 시퍼렇게 멍이 들었다거나 푸른 눈도 시커멓게 멍이 들었다는 그런 이야기가 되겠지. 그녀의 눈은 징그러울 정도로 제 오빠 눈을 닮았더군."

"그건 매력적인 거지!" 캐서린이 말했지요. "그건 비둘기의 눈이지. 천사의 눈이라고!"

"저 여자가 오빠의 상속인이겠지, 그렇지?" 잠시 말이 없던 그자가 다시 묻더군요.

"그렇게 생각하면 유감인데." 아씨가 대답했어요. "조카가 대여섯 명 생겨 상속권이 없어지게 될걸! 그런 생각일랑 절대 해선 안돼. 너는 남의 재산을 너무 탐내는 경향이 있어. 이 이웃집 재산은 내 거라는 사실을 잊으면 안 돼."

"내 것이라고 해도 다 네 것이잖아." 히스클리프가 대답했어요. "하지만 이사벨라 린턴이 어리석은 구석이 있긴 해도 미치진 않았으니까. 어쨌든 네 말대로 이 문제는 넘어가자고."

두 사람은 더 이상 이 문제를 입에 담지 않았어요. 캐서린 아씨의 마음속에서도 이 문제가 사라졌지요. 하지만 그 사람에게는 분명 그날 저녁 내내 이 문제가 계속 떠올랐을 겁니다. 그자가 혼자 웃고 있는 걸, 아니 비웃는 걸 봤거든요. 캐서린 아씨가 일 때문에 방을 비울 때마다 음흉한 생각에 잠긴 모습을 보았지요.

전 그자가 어떻게 하는지 지켜보기로 마음먹었어요. 전 아씨 편이라기보다 늘 주인 나리 편이었거든요. 친절하고 믿을 만한, 그래서 존경할 만한 분이었어요. 아씨는 이와 정반대라고 할 수는 없지만 자기 마음이 내키는 대로 행동하곤 해서 그녀의 원칙에 믿음이 안 갔고 그녀의 감정에도 공감할 수 없었어요. 저는 무슨 수를 써서라도 워더링 하이츠나 스러시크로스 그레인지가 히스클리프의 손아귀에서 벗어나길 바랐고, 모든 게 다시 그 사람이 나타나기 전처럼 되기를 바랐답니다. 그자의 방문은 제게는 계속 악몽 같았어요. 아마 서방님에게도 그랬을 겁니다. 워더링 하이츠에 머문다는 사실 자체도 형언할 수 없는 부담으로 느꼈어요. 마치 하나님께서 그곳에 사는 길 잃은 양 한 마리를 홀로 헤매게 놔두시자 사악한 짐승이 양을 순식간에 덮쳐 삼키려고 집과 주위를 어슬렁거린다는 생각이 들을 정도였답니다.

11장

혼자서 이런 생각에 잠기다 보면 이따금 불현듯 공포감에 젖어 자다가도 벌떡 일어나곤 했어요. 그러고는 워더링 하이츠가 궁금해 모자를 쓰고 길을 나서기도 했지요. 마을 사람들이 힌들리 서방님이 하는 짓을 보고 어떻게 생각하는지 경고성으로 알려 주는 게 양심적으로 봐도 제 임무라는 생각이 들었거든요. 하지만 이미 나쁜 습관으로 굳어졌는데 이래 봤자 무슨 도움이 될까 하는 생각이 들어 그놈의 음침한 집구석으로 다시 들어가기가 꺼려졌답니다. 또한 설득해 보았자 내 말이 먹힐 리도 없을 것 같기도 했고요.

한번은 기머턴 가는 길에 일부러 길을 틀어 그 집 문 앞을 지나가 보았어요. 아마 제가 이야기하고 있는 이맘때쯤이었을 겁니다. 햇빛은 있지만 몹시 추운 오후 시간이었어요. 대지는 황량하고 길은 단단하게 굳어 있었지요.

저는 큰길에서 왼쪽으로 가면 황야로 들어서는 길목에 돌기둥 하나가 서 있는 곳에 도착했어요. 그 돌은 거친 사암으로 된 기둥 모양의 표지석이었는데 북쪽으로는 W. H. 글자가 새겨져 있었고 동쪽으로는 G., 남서쪽으로는 T. G.가 새겨져 있었어요. 워더링 하이츠, 기머턴 마을, 스러시크로스 그레인지 방향을 가리키는 거지요.

해가 돌기둥 상부를 노랗게 비추고 있어서 꼭 여름 같은 기분이었어요. 왜인지 모르겠지만 별안간 어린 시절의 감회가 몰려오더군요. 20여 년 전 힌들리 서방님과 저는 이곳을 제일 좋아했거든요.

비바람에 닳은 큼직한 바윗덩어리를 바라보다가 허리를 굽혀 내려다보니 바위 아래에 있는 구멍이 문득 눈에 띄었어요. 아직도 달팽이 껍데기와 조약돌이 그 속에 가득 차 있더군요. 서방님과 제가 시간이 지나면 삭아서 없어질 것들과 함께 모아 두었던 거였어요. 어릴 적 같이 놀던 서방님이 메마른 잔디에 앉아 각진 까만 머리를 숙이고 납작한 돌로 흙을 파내던 모습이 눈앞에 선했어요.

"불쌍한 힌들리 서방님." 저도 모르게 한숨을 쉬다가 순간 깜짝 놀랐어요.

어린 힌들리가 얼굴을 들고 저를 빤히 쳐다보고 있는 모습이 보인 거예요. 금세 그 모습은 사라졌어요. 순간 충동적으로 워더링 하이츠에 가고 싶다는 생각이 밀물처럼 밀려 오더군요. 미신 같은 생각을 잘하는 저는 이러한 충동을 따르지 않을 수 없었어요. 서방님이 돌아가셨으면 어떡하나! 아니, 곧 돌아가시는 건 아닌가, 이게 혹시 죽음의 전조는 아닐까! 별생각이 다 들었어요.

집에 가까이 갈수록 점점 더 불안해졌지요. 막상 집이 보이자 온몸이 부들부들 떨렸어요. 문설주에 헝클어진 머리에 안색이 불그스레하고 갈색 눈을 한 아이가 기대어 서 있는 모습이 보이더군요. 혹시 방금 본 환영이 저를 앞질러 와 문밖으로 저를 쳐다보는 건 아닌가 하는 생각이 들 정도였지요. 다시 보니 다름 아닌 헤어턴이었어요. 제가 돌보던 헤어턴 말이죠. 열 달 전 제가 이 집을 떠난 후로 별로 변하지 않았더군요.

"얘야, 네게 하나님의 축복이 있기를!" 그런 후 바보 같은 두려움을 떨쳐 버리고 크게 소리쳤지요. "헤어턴, 넬리야! 너를 키웠던 넬리라니까!"

아이가 제게서 벗어나 뒤로 물러나더니 큼지막한 돌맹이를 집어 들었어요.

"네 아버지를 보러 왔단다." 아이의 기억 속에 남아 있는 제 모습이 지금 모습과 다를 것 같아 제가 다시 말했지요.

돌맹이를 집어 던지려고 손을 위로 올리기에 애를 달래기 위해 제가 계속 말을 했지요. 하지만 이내 제게 돌을 던졌고 그게 제 보닛에 명중했답니다. 그러고 나서도 조그만 아이의 입으로 말뜻을 아는지 모르는지 떠듬거리며 욕설을 퍼붓는 거예요. 욕을 많이 해 봤는지 목에 힘까지 주며 말하는 아이의 일그러진 표정 때문에 오싹할 정도로 기분이 섬뜩했답니다.

말할 것도 없지만 이런 모습에 화가 나기보다는 마음이 너무 아팠지요. 울고 싶은 심정이었지만 좀 달래 보려고 주머니에서 오렌지를 꺼내 애에게 주었지요.

아이는 주저하면서도 제 손에서 오렌지를 얼른 낚아채더군요. 제가 약만 올리고 안 줄 거라고 생각했나 봅니다.

저는 아이의 손이 안 닿을 정도로 또 한 개를 꺼내 들었어요.

"우리 아이에게 누가 이런 예쁜 말을 알려 줬을까?" 제가 물었지요. "목사보 선생님이 그랬나?"

"목사랑 당신 다 꺼져! 오렌지나 줘." 아이가 대답하더라고요.

"어디서 배웠는지 가르쳐 주면 이걸 주지." 제가 말했지요. "누가 선생님이지?"

"악마 같은 아빠." 헤어턴이 대답했어요.

"아빠한테 무얼 배우지?" 제가 계속 물었어요.

오렌지를 빼앗으려고 펄쩍 뛰었지만 제가 오렌지를 더 높이 들었어요. "대체 네게 무얼 가르치는데?" 재차 물었지요.

"아무것도 없어." 그 애가 대답했어요. "눈앞에서 꺼지라는 말 빼고는. 내가 욕을 하기 때문에 아빠가 나 보는 걸 싫어해."

"오호! 그럼 악마가 네 아빠한테 욕하라고 가르치던?" 제가 다시 물었지요.

"아 ― 아니." 아이가 말을 끌면서 대답했어요.

"그럼 누가 가르쳐 줬어?"

"히스클리프."

혹 그 사람을 좋아하냐고 제가 물었죠.

"그럼!" 그 애가 그렇다고 대답했죠.

왜 좋아하는지 알고 싶었지만 대충 이런 말만 들었어요. "나도 몰라. 아빠가 내게 뭐라 그러면 아저씨가 아빠에게 똑같이 해 줘. 내게 욕하면 그대로 아빠한테 욕을 해 주거든. 아저씨는 내가 하고 싶은 대로 하게 내버려 둬."

"목사님은 글 읽고 쓰는 법을 네게 안 가르쳐 주던?" 제가 다시 물었죠.

"아니. 목사보라는 사람이 우리 집 문지방을 넘어오기만 하면 이빨을 다 부숴 목구멍 속에 쑤셔 넣는다고 했거든! 히스클리프 아저씨가 약속했어."

저는 아이 손에 오렌지를 쥐여 주고는 넬리 딘이라는 여자가 찾아와 아빠를 보려고 대문에서 기다린다 전해 달라고 했어요.

헤어턴이 길을 따라 올라가 집으로 들어갔어요. 그런데 그 순간 힌들리 서방님이 아니라 히스클리프가 현관 앞 섬돌 위에 나타났어요. 저는 방향을 돌려 쏜살같이 길 아래쪽으로 내달렸답니다. 곤히 자고 있는 도깨비를 깨운 것 같은 무서운 마음에 표지석이 나타날 때까지 달렸어요.

이번 방문 때 겪은 일은 이사벨라 아가씨의 짝사랑에는 별반 영향을 주진 않았지만, 앞으로 히스클리프가 오는 걸 더욱더 경계해야겠다고 마음먹게 되었죠. 캐시 아씨의 즐거움을 제가 막으면 집안에 대단한 폭풍이 일겠지만, 그래도 그레인지에 악영향을 미치는 것을 막는 데 최선을 다해야겠다고 마음먹었지요.

히스클리프가 다시 그레인지를 방문했을 때 이사벨라 아가씨가 때마침 마당에서 비둘기에게 모이를 주고 있었어요. 새언니와는 사흘 동안이나 한마디도 안 했지만 짜증을 부리거나 불만을 드러내지 않았기에 다들 나름대로 편안하게 지낼 수 있었어요.

제가 알기로 히스클리프는 이사벨라 아가씨에게 괜스레 공손하게 말을 거는 사람이 아니었어요. 그런데 그날은 아가씨를 보자마자 조심스레 집 안쪽을 한번 힐끗 훑어보는 것이었어요. 저는 부엌 창문 옆에 있어서 눈에 띄지 않았지요. 그러더니 길 건너 아가씨에게 다가가 뭐라고 말을 걸더라고요. 당황한 나머지 아가씨가 자리를 피하려 하자 그녀의 팔을 잡더라고요. 아가씨가 얼굴을 돌리자 분명 뭐라고 묻는 것 같았는데 아가씨는 대답할 마음이 없는 듯 보였어요. 다시 집을 힐끔 쳐다보고 아무도 없다는 걸 확인하자 이 망할 자가 이번에는 뻔뻔하게도 아가씨를 껴안기까지 하더라고요.

"유다 같은 놈, 배신자." 이걸 보며 제가 툭 내뱉었어요. "위선자 같으니라고! 교묘한 사기꾼이야."

"넬리, 누군데 그래?" 그 순간 제 옆에서 캐서린 아씨가 물었어요. 두 사람에게 몰두하다가 아씨가 안으로 들어오는 모습을 못 본 거지요.

"저기 형편없는 친구 말이죠." 제가 흥분한 채 대답했어요. "우리 집에 몰래 들어온 악당 말이에요. 오, 안으로 기어들어 오는 걸 보니 저희를 보았나 보네요! 아씨한테는 분명 이사벨라 아가씨를 싫어한다고 해 놓고선 연애를 거는 걸 보니 대체 어떤 핑계를 댈지 궁금하네요."

캐서린 아씨는 이사벨라가 그 자리를 벗어나 울며 숲으로 가는 모습을 보았어요. 그리고 잠시 후 히스클리프가 문을 열고 나타났어요.

화가 치민 저 역시 이 분노를 어떻게 참을지 고심하고 있었는데, 아씨가 저보고 가만히 있지 않고 주제넘게 그 방자한 주둥아리를 놀리면 밖으로 쫓아내겠다고 으름장을 놓는 거예요.

"사람들이 네가 말하는 걸 들으면 네가 주인인 줄 알 거야!" 아씨가 제게 소리쳤어요. "자기 분수를 지켜야 하는 거 아냐! 그리고 히스클리프, 이런 소동을 벌이다니 대체 어쩌자는 거야? 이사벨라를 내버려 두라고 했잖아. 이 집에 발을 들이기 싫다면 모를까, 제발 그만둬. 내 남편이 널 여기 들어오지도 못하게 문고리라도 내리길 원하는 거야?"

"한번 그렇게 해 보라지!" 악당 같은 그자가 대꾸하데요. 그때는 그자가 정말 싫었답니다. "가만히 참고 있으라고 해! 난 하루하루 그자를 하늘나라로 보내고 싶어 미칠 지경이니까!"

"쉿!" 안쪽 문을 닫으며 캐서린이 말했어요. "날 괴롭히지 마. 내 부탁을 왜 안 들어주는 거야? 이사벨라가 일부러 네게 다가간 건 아니잖아?"

"그게 너랑 뭔 상관인데?" 히스클리프가 으르렁대더라고요. "그녀가 원한다면, 나도 그녀에게 키스할 권리가 있다고. 너도 반대할 권리가 없어. 나는 네 남편도 아니고, 너도 내게 질투할 이유가 없어!"

"너 때문에 질투하는 게 아냐." 캐서린 아씨가 맞받아쳤어요. "널 위해 질투하는 거지. 얼굴 좀 펴. 내게 인상 쓸 필요는 없잖아! 이사벨라를 사랑하면 결혼해도 돼. 하지만 사랑하지 않잖아? 분명히 말해, 히스클리프! 대답 못 하잖아. 넌 사랑하지 않는 게 분명하다고!"

"게다가 린턴 서방님이 여동생을 저 사람과 결혼시킬 것 같아요?" 제가 거들었지요.

"내가 허락하도록 만들겠어." 아씨가 제 말을 받으며 단호하게 말하더군요.

"그자가 그런 수고까지 할 필요가 있나." 그 사람이 말하데요. "그자의 허락 없이도 잘해 낼 수 있어. 캐시, 이왕 얘기가 나왔으니 네게도 한두 마디 할 말이 있어. 네가 나한테 가혹하게 대했던 사실을 내가 알고 있다는 사실을 알아야 해. 정말 비참하게 만들었지. 내 말 듣는 거야? 내가 모를 거라고 스스로 위안하고 있다면 넌 바보야.

달콤한 말로 날 위로할 수 있다고 생각하면 천치고. 복수하지 않을 거라고 생각하나 본데 두고 봐. 내가 그렇지 않다는 걸 보여 줄 테니! 하지만 시누이에 대한 비밀을 얘기해 줘서 고마워. 내가 그걸 최대로 활용할 테니 넌 지켜보기나 해!"

"대체 이 새로운 모습은 뭐람?" 히스클리프의 말에 놀란 린턴 부인이 말했죠. "내가 널 가혹하게 대했고, 네가 복수를 하겠다니! 배은망덕해도 유분수지. 대체 어떻게 하겠다는 건데? 그리고 내가 널 가혹하게 대했다니?"

"너에게 복수하겠다는 건 아니야." 좀 누그러진 어투로 히스클리프가 말했어요. "그럴 계획은 아니야. 아무리 폭군이 신하를 괴롭힌들 신하가 등을 돌리지는 않잖아. 차라리 자기 아래 있는 사람들에게 분풀이하는 법이지. 네가 재미 삼아 날 고문해도 좋아. 하지만 내가 같은 식으로 분풀이하는 걸 방해하진 마. 그리고 제발 더 이상 날 모욕하지 마. 내 궁전을 허물고 대신 오두막을 세워 놓고선 그걸 집으로 주었다는 식으로 네 관대함을 내세우면서 우쭐해하진 말라고. 내가 이사벨라와 결혼하는 걸 진정 네가 원했다면 차라리 칼로 내 목을 찌르고 죽고 말겠어!"

"오호라, 문제는 내가 질투하지 않는 게 나쁘다는 거네?" 캐서린 아씨가 소리를 질러댔어요. "좋아, 다시는 네 결혼 중매를 하지 않겠어. 그건 악마에게 타락한 영혼을 대령해 주는 거나 같으니까. 너나 악마나 남에게 고통을 가하면서 즐거워하는 건 매한가지야. 네 행동이 이를 입증하고 있어. 네가 온다는 소식에 심술을 부렸던 에드거도 이제는 평정심을 되찾았고, 나도 이제 마음이 안정되고 편해졌다고. 우리가 잘 지내는 걸 알고는 문제를 일으키겠다고 마음먹었구나. 좋아, 히스클리프. 원하면 에드거랑 한판 붙어. 그리고 그 여동생도 유혹하고. 그러면 내게 제대로 복수하는 게 될 거야."

여기서 대화가 멈췄어요. 린턴 부인은 흥분한 채 우울한 모습으로 난롯가에 주저앉았어요. 열을 올리게 했던 기운을 억누를 수 없자 이제 진정시킬 수도 조절할 수도 없게 된 거죠. 히스클리프는 못된 생각을 하면서 팔짱을 낀 채 난로 옆에 서 있었어요. 두 사람을 이렇게 남겨 둔 채 저는 주인 나리를 찾으러 올라갔습니다. 아래로 내려간 캐시 아씨가 너무 오래 머물러 있자 주인 나리가 걱정하기 시작하던 참이었어요.

"엘런." 들어가자마자 린턴 서방님이 절 불렀어요. "부인을 본 적 있소?"

"예, 부엌에 있어요." 제가 대답했어요. "히스클리프가 하는 짓 때문에 불쌍하게도 화가 잔뜩 나셨어요. 정말이지, 이제 저 사람이 이 집에 오는 걸 다시 생각해 봐야 할 것 같아요. 너무 부드럽게 대해 주다 보니 이 지경에 이른 겁니다." 저는 앞뜰에서 벌어진 일을 할 수 있는 한 사실대로 말씀드렸어요. 아가씨에게 해가 될 게 없다고 보았거든요. 혹시 나중에라도 린턴 부인이 그 사람을 변호하려고 달리 말하지만 않는다면 말입니다.

서방님은 제 이야기를 끝까지 듣기가 불편했던 모양이에요. 첫 마디부터 자기 부인도 책임이 없는 게 아니라고 하시는 거예요.

"참을 수가 없네!" 그렇게 외치더군요. "그런 자를 친구로 삼는 것 자체가 창피스러운 일이지. 게다가 나보고 그런 자와 사이좋게 지내라고까지 하니! 엘런, 가서 하인 두 사람을 불러와요. 캐서린이 저런 불한당이랑 논쟁이나 하게 놔두면 안 되겠어. 더 이상 그녀의 기분만 맞출 수는 없어."

서방님은 내려가서 하인들에게 기다리라고 하고는 저를 따라 부엌으로 갔어요. 두 사람이 다시 불같은 논쟁을 시작했더군요. 캐시 아씨가 다시 힘을 내 히스클리프를 몰아세우자 히스클리프가 풀이 죽었는지 창가로 자리를 옮겨 고개를 숙인 채 있었어요.

히스클리프가 서방님이 나타난 걸 먼저 알아차리고는 아씨에게 조용히 하라고 손짓을 하데요. 아씨도 상황을 알아차리고는 별안간 말을 끊었어요.

"대체 어찌 된 거요?" 린턴 서방님이 아씨에게 말했어요. "저 불한당 같은 자가 당신에게 이렇게 함부로 말을 하는데도 여기에 계속 있다니 이게 대체 무슨 예법이란 말이오? 저자의 평상시 말투가 저런 식이다 보니 당신에겐 아무렇지도 않은 모양인데, 그건 당신이 저런 저급함에 익숙해져 있기 때문이오. 이러다가 나도 익숙해질 것 같다는 생각이 들어요."

"에드거, 문밖에서 우리 얘기를 엿들은 거예요?" 아씨가 되물었어요. 마치 남편이 함부로 짜증을 내고 자기들을 무시한다고 지적하면서 그를 자극하려는 듯이 말하더군요.

서방님의 말 때문에 눈살을 찌푸렸던 히스클리프도 아씨의 지적에 서방님을 비웃듯 쳐다보더군요. 그렇게 해서 일부러 서방님을 자극하려고 한 것 같았어요.

의도한 대로 되었지만, 서방님은 감정을 폭발시켜 그를 즐겁게 해 줄 마음은 없었어요.

"여태껏 당신이 하는 짓을 참아 왔습니다만." 서방님이 차분하게 말하더군요. "당신의 그 야비하고 비천한 됨됨이를 몰라서 그런

게 아니라 그것이 당신 탓만은 아니라고 생각했기 때문이오. 그리고 캐서린이 당신과의 관계를 유지하고 싶어 했기 때문에 어리석게도 나도 이에 동의했소. 하지만 당신이라는 사람은 가장 고결한 성품을 지닌 사람조차 도덕적으로 오염시킬 수 있는 독소 같은 존재요. 그러기에 더 이상 사태를 악화되는 걸 막기 위해 앞으로 당신이 이집에 출입하지 못하게 하겠소. 그리고 당장 이 집에서 나가 주시오. 3분 이상 지체될 경우 창피하겠지만 억지로 끌려 나가게 될 거요."

히스클리프가 이 말을 하는 서방님을 경멸스러운 눈초리로 위아래로 훑어보며 이렇게 말했어요.

"캐시, 새끼 양 같은 네 남편이 마치 황소라도 된 것처럼 말을 하는데 그러다가 자칫 내 주먹에 머리가 박살이 나는 수가 있어. 린턴 양반, 당신은 내가 박살 낼 만한 가치도 없어서 정말 유감이오!"

서방님이 통로 쪽을 힐끔 쳐다보더니 하인들을 데려오라고 제게 눈짓을 보냈어요. 그는 히스클리프를 직접 상대할 마음이 없었지요. 제가 움직이자 아씨가 그제야 사태를 알아차리고 저를 쫓아왔어요. 막 하인들을 부르려는데 절 잡아끌고는 문을 닫고 잠가 버렸어요.

"흥, 정정당당한 방법이군요!" 놀란 린턴 서방님이 화가 난 표정으로 쳐다보자 아씨가 이렇게 비꼬더군요. "저 사람을 공격할 용기가 없으면 차라리 사과하거나 한 대 맞고 끝내요. 그러면 용기도 없이 허세나 떠는 게 고쳐질 겁니다. 안 돼요, 열쇠를 빼앗으려고 하면 제가 삼킬 거예요! 당신과 이사벨라 두 사람에게 잘 대해 줬는데 이제 그 보답을 하니 고맙네요! 당신의 나약한 성품과 이사벨라의 고약한 성품을 다 받아 주었더니 어이없게도 배은망덕한 게 뭔지 보여 주는 두 경우를 보고 말았네요! 에드거, 난 당신과 당신의 가족을 지켜 주고 있었어요. 그런데 나를 나쁘게 생각하다니 당신은 히스클리프에게 혼이 날 정도로 한번 맞아야 해요.”

서방님을 아프게 하는 데는 매질도 필요 없었지요. 캐서린이 움켜쥔 열쇠를 서방님이 빼앗으려 하자 아씨는 열쇠를 불 가운데로 집어 던졌어요. 그러자 서방님의 얼굴이 창백해지더니 와들와들 떨기 시작하는 거예요. 굴욕스럽고 비통한 감정이 함께 섞여 감정을 주체할 수가 없었나 봅니다. 결국 의자 등에 기대더니 두 손으로 얼굴을 감쌌어요.

“세상에나! 옛날 같았으면 이 정도면 기사 작위를 받았겠네요!” 아씨가 외쳤어요. “우리가 졌어요! 우리가 졌다고! 황제가 생쥐 떼를 치우려고 군대를 보내지 않는 것처럼 히스클리프도 당신에게 손가락 하나 까딱하지 않을 거예요. 힘내요! 당신은 무사할 테니! 당신 같은 사람은 새끼 양이 아니라 젖먹이 토끼예요.”

“캐시, 저런 젖비린내 겁쟁이를 남편으로 삼은 행운을 즐기길 빌어.” 캐시의 친구가 말했어요. “저런 남편을 고른 네 취향에 찬사를 보내는 바야. 침을 흘리며 벌벌 떨고 있는 저 사람이 바로 나 대신 선택한 사람이지! 내 주먹으로 때리기도 아까워. 차라리 발로 차 버리고 만족하는 게 나을 것 같아. 울고 있는 건지, 아니면 겁에 질려 기절한 건지도 모르겠어.”

그러고는 서방님이 기대어 앉은 의자로 다가가 뒤로 확 밀었어요. 하지만 다가가지 않는 게 좋을 뻔했어요. 서방님이 재빨리 몸을 일으키더니 히스클리프의 목덜미를 후려쳤거든요. 약한 사람이었으면 쓰러졌을 거예요.

히스클리프가 잠시 숨을 못 쉬더라고요. 이러는 동안 린턴 서방님은 뒷문으로 나가 마당을 통해 정문으로 빠져나갔어요.

"거봐! 이제 너도 이 집에 그만 오라고." 캐서린이 울면서 말했어요. "이제 가. 남편이 총을 갖고 대여섯 사람을 데리고 올 거야. 우리 얘기를 엿들었다면 너를 용서하지 않을 거야. 그 사람의 원한을 산 거라고. 히스클리프! 제발 가, 서둘러! 난 에드거보다 네가 곤경에 빠지는 걸 못 보겠어."

"목덜미가 얼얼한데 내가 그냥 갈 거라고 생각해?" 그자가 고함을 질렀어요. "절대, 안 되지! 내가 이 집 문지방을 넘어 나가기 전에 썩은 호두 부수듯 그놈의 갈비뼈를 부숴 버릴 거야! 지금 안 그랬다가는 나중에는 죽이게 될지도 몰라. 그자가 살아 있길 원하면 지금 잠게 내버려 두는 게 좋을 거야."

"나리는 안 와요." 제가 거짓을 꾸미며 끼어들었지요. "저기 마부와 정원사 두 명이 오네요. 설마 길바닥으로 내쫓길 원하시진 않겠죠! 둘 다 몽둥이를 들고 있어요. 나리는 거실 창문에서 이 사람들이 임무를 완수하는지 내려다보실 거고요."

정원사들과 마부가 밖에 와 있더군요. 그러나 나리도 함께 말이죠. 이미 마당 안으로 들어오고 있었어요. 히스클리프는 다시 생각해 보더니 하인 세 명과의 싸움은 피하기로 했는가 봐요. 사람들이 막 들어오는 순간 부지깽이를 집어 들더니 안쪽 문 자물쇠를 부수고 밖으로 빠져나갔답니다.

캐서린 아씨는 너무 흥분한 나머지 저에게 위층으로 데려가 달라고 하더군요. 그녀는 이러한 소동에 내가 얼마나 기여했는지 모르고 있었어요. 저는 혹시 알게 될까 봐 두려웠어요.

"넬리, 거의 미칠 것 같아!" 소파에 몸을 던지며 아씨가 외쳤어요. "천 명이나 되는 대장장이가 망치로 내 머리를 때리는 것 같아! 이사벨라에게 내 눈에 띄지 말라고 해 줘. 이 난리도 다 그 애 때문이야. 그리고 이 순간 그녀건 누구건 간에 내 화를 돋우기만 하면 난 미쳐 버리고 말 거야. 그리고 오늘 밤 에드거를 만나게 되면 꼭 전해 줘. 내가 정말 심하게 아플 것 같은 느낌이 든다고 말이야. 정말 그렇게 됐으면 하는 마음이야. 그이가 나를 정말로 놀라게 하고 슬프게 했다니까! 나도 그이를 놀라게 하고 싶어. 게다가 내게 와서 또 하소연하면서 불만을 털어놓을지 몰라. 그러면 나도 맞받아칠 테고, 결국 다 끝장나는 거지! 그러니 착한 넬리가 내가 아프다는 말을 꼭 전해 줘야 해. 넬리도 알지만 이번 일에 난 아무런 잘못이 없잖아. 대체 그이는 뭘 일 때문에 우리 얘기를 엿들으려고 했을까? 넬리가 자리를 뜬 후 히스클리프가 말을 심하게 했거든. 하지만 이사벨라에 대한 그의 관심을 내가 다 돌려놓을 수 있었어. 나머지 이야기는 별것도 아니었어. 그런데 바보 같은 인간이 자기에 대한 얘기를 엿듣고 싶어 하는 바람에 이젠 모든 게 잘못되었어. 꼭 마귀에 홀린 것처럼 그렇게 하고 싶어 하는 사람들이 있잖아! 에드거가 우리 대화를 듣지 않았다면 이렇게까지 되진 않았을 거야. 내가 자기를 위해 목이 쉴 때까지 히스클리프를 야단쳤는데 바보처럼 기분 나쁜 소리를 나한테 해 대는 통에 이제 둘 사이가 어떻게 돼도 난 몰라. 게다가 이 일이 어떻게 끝나든 간에 히스클리프와 영원히 떨어져 지내야 한다니! 히스클리프를 친구로 둘 수 없다면 — 에드거가 이런 식으로 야비하게 질투할 거라면 — 내가 내 심장부터 부숴 두 사람 마음에 못을 박아 버릴 거야. 이렇게 끝까지 몰리면, 그게 모든 걸 끝내는 가장 빠른 방법이겠지. 하지만 마지막 희망을 걸어 보면서 이 방법은 남겨 두겠어. 이런 식으로 린턴을 놀라게 하고 싶진 않기 때문이야. 여태 나를 자극하지 않으려고 그 사람이 얼마나 조심해 왔는데. 지금까지 해 왔던 걸 포기하면 정말 위험할 거라고 넬리가 전해 줘. 그리고 내 불같은 성질은 잘못 건드리면 미쳐 버린다는 걸 알려 줘. 제발 그런 냉담한 표정만 짓지 말고, 좀 더 날 걱정하는 척이라도 해."

제가 아씨의 지시를 못마땅하게 받아들여서 분명 화가 났을 겁니다. 상당히 진지하게 부탁했었거든요. 하지만 감정을 폭발해 발작을 일으키는 걸 자기 목적에 맞게 이용할 줄 아는 사람이라면 발작이 일어나도 잘 조절할 수 있다고 저는 믿고 있었어요. 게다가 그녀의 말대로 서방님을 '놀라게' 하고 싶지도 않았고, 아씨의 이기적인 마음을 위해서 서방님에게 걱정을 끼치고 싶지도 않았어요.

그래서 거실로 오고 있는 나리를 만나서도 아무 말도 하지 않았답니다. 하지만 두 사람이 혹 다시 논쟁을 벌일지 알고 싶어 다시 돌아와 엿들었지요. 나리가 먼저 말을 꺼내더군요.

"캐서린, 거기 있어요." 화는 나지 않았지만, 꽤 비통한 소리로 주인 나리가 말했어요. "오래 있지는 않겠소. 언쟁하려고 온 것도 아니고 화해하려고 온 것도 아니요. 다만 오늘 저녁에 이런 일이 있었는데도 계속 친하게 지낼 것인지 알고 싶을 뿐이오. 그 사람……."

"오, 제발." 발을 구르며 아씨가 말했지요. "더 이상 그 사람 이야긴 하지 말아요! 당신의 피는 너무 차가워서 나처럼 끓어오르지 않아요. 마치 얼음물로 채운 것 같죠. 하지만 내 피는 부글부글 끓고 있어요. 차가운 당신의 피 앞에서 내 피는 미친 듯 춤추고 있단 말이에요."

"나를 여기서 나가게 하려면 내 질문에 대답부터 해요." 서방님이 고집을 피웠어요. "답해야 해요. 그렇게 과격하게 굴어도 난 겁나지 않아요. 난 당신이 마음만 내키면 언제라도 냉정할 수 있다는 걸 알아요. 자, 히스클리프를 포기할 거요, 아니면 날 포기할 거요? 나와 지내면서 동시에 그자와 지낼 순 없어요. 난 당신이 어느 편인지 기필코 알아야겠어요."

"혼자 있고 싶어요." 화가 치민 아씨가 말했어요. "나가요! 내가 서 있기도 힘든 거 안 보여요? 에드거, 날 내버려 둬요!"

아씨가 종을 마구 흔들었고 결국 쨍하며 종이 깨지고 말았어요. 저는 여유를 부리며 안으로 들어갔어요. 비상식적으로 화를 내는 모습 앞에서는 아마 성자라도 견디지 못했을 겁니다! 그녀가 누운 채로 소파 팔걸이에다가 자기 머리를 처박으면서 이빨을 북북 갈고 있더군요. 그러다가 이빨이 다 부서지겠더라고요!

린턴 나리는 자책감과 두려움에 싸여 그런 아씨를 바라보고 있었어요. 제게 가서 물을 가져오라고 하더군요. 아씨는 숨이 차서 말도 못 하고 있었어요. 제가 한 잔 가득 물을 담아 가져왔어요. 물을 마시려 하지 않아서 제가 아씨 얼굴에다가 물을 끼얹었어요. 조금 있자니 아씨의 몸이 뻣뻣하게 굳더니 눈이 뒤집히고 뺨이 납빛으로 변하면서 마치 숨이 멎은 사람처럼 보였어요.

린턴 나리는 소스라치게 놀랐어요.

"걱정하실 필요 없어요." 제가 속삭였지요. 저도 내심 무서웠지만 나리가 굴복하는 걸 원치 않았기 때문이지요.

"입술에 피가 나잖아!" 나리가 떨면서 말하더군요.

"걱정하지 마세요!" 제가 퉁명스럽게 대답했어요. 그리고 나리가 들어오기 전 아씨가 발작을 일으키겠노라고 단언했던 걸 슬쩍 전해 주었어요.

그런데 제가 실수로 크게 떠드는 바람에 아씨가 제 말을 듣고 말았어요. 아씨가 벌떡 일어났는데, 어깨 위로 머리채가 나부끼고 눈은 번뜩이고 목과 팔의 근육이 비정상적으로 불거졌어요. 저는 적어도 뼈가 몇 개 부러질 각오를 했어요. 그녀는 잠시 주위를 노려보더니 밖으로 뛰쳐나갔어요.

나리께서 빨리 따라가라고 하셔서 침실 문 앞까지 갔지만, 들어오지 못하게 문을 꼭 닫는 바람에 어쩔 수가 없었어요.

이튿날 아침 식사에도 내려오지 않기에 제가 먹을 걸 올릴지 물어봤지요.

"안 먹어!" 그녀가 단호하게 거부하더군요.

저녁 식사와 차 시간에도, 그리고 다음 날에도 같은 질문을 했지만 같은 대답만 돌아왔어요.

나리께서는 서재에서 지내시며 아씨가 어떻게 지내는지 묻지도 않으셨어요. 여동생인 이사벨라와는 한 시간쯤 얘기를 나누었는데, 히스클리프의 접근이 끔찍하지 않겠느냐는 반응을 이끌어 내려고 해도 여동생이 애매하게 대꾸하는 통에 아무런 결과도 얻지 못한 채 대화를 끝내고 말았어요. 하지만 그 허접한 구혼자에게 헛된 기대감을 주는 정신 나간 짓을 하면 오누이의 인연이 끊어질 거라는 엄숙한 경고를 덧붙였답니다.

12장

    그동안 이사벨라는 침울한 모습으로 말없이 정원과 숲을 서성거렸고 매번 눈물짓는 모습을 보였답니다. 이사벨라의 오빠는 오빠대로 제대로 펼쳐 본 적도 없는 책들 속에 파묻혀 지냈고요. 제 추측으로는, 주인 나리는 캐서린 아씨가 행동을 반성하고 자기 발로 용서를 구하러 와 화해를 청하겠거니 하며 막연히 기대하며 지내신 것 같았어요. 한편 캐서린 아씨는 에드거가 홀로 식탁에 앉아 목이 메어 식사도 제대로 못 하면서도 자존심 때문에 달려와 무릎 꿇지 못하는 거라고 여기면서 끈질기게 단식을 감행했어요. 저는 이 집안에 제정신인 사람이 저뿐이라고 생각하며 집안일을 돌봤답니다.

    저 역시 이사벨라 아가씨를 일부러 찾아가 위로하지도 않았고, 캐서린 아씨를 타이르지도 않았어요. 아내의 목소리도 들을 수 없었던 에드거 서방님이 혹 아씨 이름이라도 들어 볼까 해서 제 앞에서 한숨을 쉬곤 했지만 모르는 체했어요.

    저는 결국 자기들이 원하면 무슨 일이라도 하겠지 하는 마음으로 지켜만 봤지요. 그 과정이 꽤나 오래 걸리긴 했지만, 제가 생각했던 대로 여릿하게나마 가능성이 보이기에 기뻤답니다.

사흘째 되던 날 아씨가 먼저 방문을 열었어요. 물 주전자와 물병을 다 비우고 새로 채워 달라고 하더군요. 죽을 거 같다고 하면서 죽 한 그릇도 같이 달라고 하고요. 죽을 거 같다는 하는 건, 저보고 에드거에게 전해 달라고 하는 말이지요. 하지만 전혀 그렇게 보이지 않았어요. 그래서 저 혼자만 알고, 차와 버터를 바르지 않은 빵을 갖다주었어요.

아씨는 게 눈 감추듯 먹고 마시더니 다시 베개를 베고 누워 주먹을 움켜쥔 채 신음을 내더라고요.

"아, 난 죽을 거야. 내게 관심을 보이는 사람이 없어. 저것도 괜히 먹었나 봐."

그러고는 한참 있다가 다시 중얼거리는 거예요.

"아니, 절대 죽을 수 없어. 그 사람이 더 좋아할걸. 날 전혀 사랑하지 않잖아. 날 그리워하지도 않을 거야!"

"아씨, 시키실 일이 있어요?" 창백한 얼굴에 말하는 것도 이상하고 과장하는 듯했지만 저는 아무 일도 없다는 듯이 물어봤어요.

"냉정한 그 인간은 뭐 하고 있어?" 여윈 얼굴에서 헝클어진 머리카락을 걷어 내며 그녀가 다그쳐 묻더군요. "혼수상태인 거야, 아니면 죽기라도 했나?"

"둘 다 아닌데요." 제가 대꾸했지요. "에드거 나리를 두고 말씀하시는 거라면 나리는 다른 때보다 공부에 몰두하셔서 그렇지, 아주 잘 계세요. 같이 지낼 사람이 없다 보니 계속 책에만 묻혀 지낸답니다."

실제로 그녀의 몸 상태가 안 좋았다는 걸 알았다면 그렇게 대답하지 말았어야 했어요. 하지만 전 그녀가 꾀병을 부린다는 생각을 지울 수가 없었거든요.

"책에 묻혀 지낸다고!" 놀란 나머지 그녀가 소리를 질렀어요. "내가 죽어가는데 말이지! 이제 곧 무덤으로 실려 갈 판인데! 세상에! 그 사람은 내가 이런 몰골이라는 걸 알기나 하나?" 아씨는 반대편 벽에 걸려 있던 거울 속에 비친 자기 모습을 뚫어지게 바라보며 계속 말했어요. "저 모습이 캐서린 린턴이라니? 그 사람은 아마도 내가 일부러 토라진 척하는 줄 알 거야. 이게 다 사실이라고 넬리가 그 사람에게 알려 줄 수 없어? 넬리, 이미 너무 늦은 게 아니라면 그 사람이 진정 어떻게 느끼는지 알아본 다음, 둘 중 하나를 선택할 거야. 당장 굶어 죽든 ─ 그 사람이 매정하다면 그건 벌이 되지도 않겠지 ─ 아니면 몸이 회복된 후 여길 떠나 버릴 거야. 그 사람 이야기는 다 사실인 거지? 잘 생각해서 말해. 정말 내가 살든지 죽든지 관심이 없단 말이지?"

"아니에요, 아씨." 제가 대답했어요. "나리께선 아씨가 정신이 나갔다는 것도 모르시고, 아씨가 굶어서 죽을 거라는 걱정도 안 하고 계세요."

"안 하고 있다고? 내가 굶어 죽을 거라고 말해 줄 수 없어?" 그녀가 말하더군요. "설득해 보라고! 넬리 생각이 그렇다고 전하라니까. 확실히 내가 죽을 거 같다고 말해 달라고."

"아씨, 오늘 저녁에 식사를 맛있게 하셨으니 내일이면 그 효과를 볼 수 있을 거예요." 제가 넌지시 말했어요.

"내가 죽으면 그이도 따라 죽을 게 확실하다면." 그녀가 내 말을 가로막았어요. "당장 이 자리에서 죽을 수 있어! 끔찍했던 지난 사흘 동안 난 눈 한 번 감지도 못 했다고. 정말 고통스러웠어! 넬리, 난 계속 가위에 눌렸다고! 그런데 넬리도 날 좋아하지 않는 것 같다는 생각이 드는 거야. 이상도 하지! 모두 서로를 증오하고 무시하지만 나를 사랑할 수밖에 없다고 생각했었거든. 그런데 몇 시간 안에 그 사람들이 다 적으로 변한 거야. 이 집 사람들 말이야. 냉정한 얼굴들에 둘러싸여 죽음을 맞게 되면 정말 끔찍할 거야! 이사벨라는 새 언니가 죽는 게 너무 무섭고 역겨워 이 방에 들어오려고 하지도 않을 거야. 에드거는 장례만 끝나기 기다리다가 이 집안에 평화를 회복시켜 주셨다고 하나님께 감사 기도하며 다시 책에 파묻힐 거고! 대체 감정이 조금이라도 남아 있는 사람이라면 내가 죽는 마당에 무슨 놈의 책을 읽겠다는 거야?"

제가 전한 나리의 모습, 즉 나리께서 차분하게 체념하고 계시다는 걸 그녀는 참을 수가 없었던지 몸을 뒤척이며 곤혹스러워하다가 거의 광적인 상태로 변했어요. 그녀는 베개를 이로 물어뜯다가 몸이 불덩이처럼 뜨겁다면서 일어나더니 창문을 열어 달라고 했어요. 한겨울이라 북동풍이 강하게 불고 있기에 제가 안 된다고 했지요.

하지만 그녀의 얼굴에 스치는 표정 변화와 감정의 기복 때문에 벌컥 겁이 났지요. 게다가 예전에 그녀가 아팠던 기억과 의사 선생님이 절대 성미를 건드려선 안 된다고 했던 말이 떠올랐어요.

1분 전만 해도 거칠게 굴던 그녀가 이제 한 팔을 괴고 누워 창문을 열면 안 된다는 내 말에는 전혀 아랑곳하지 않고 마치 어린애가 장난하듯 방금 만들어 낸 베개 구멍에서 깃털을 꺼냈어요. 그런 다음 시트 위에 종류별로 늘어놓는 거예요. 이런저런 생각들이 연이어 떠올랐던가 봅니다.

"이건 칠면조 털이네." 그녀가 혼자 중얼거렸어요. "이건 들오리, 그리고 이건 비둘기 털이야. 세상에 비둘기 털을 베갯속에 넣었네. 어쩐지 죽을 수가 없더라니!⁵ 다시 누울 때 다 꺼내 바닥에 던질테야. 그리고 붉은 들꿩 깃털도 있네. 이건 ― 아무리 새털이 많아도 이건 알 수 있지 ― 댕기물떼새 깃털이야. 멋진 새지. 황야 한복판에서 우리 머리 위를 빙빙 돌다가 구름이 언덕 위를 덮고 비가 올 것 같으면 둥지로 돌아가려고 하지. 이 털은 황야에서 주운 거네. 사냥한 새가 아니야. 한번은 겨울에 둥지 안이 온통 조그마한 뼈들로 수북한 걸 봤어. 히스클리프가 둥지 위에 덫을 놓는 바람에 어미 새들이 접근하질 못했기 때문이야. 히스클리프에게 앞으론 절대 댕기물떼새는 쏘지 않겠다고 맹세하라고 했고, 히스클리프는 내 말을 따랐어. 맞아, 여기 더 있네! 넬리, 히스클리프가 결국 내 댕기물떼새를 쏜 모양이야. 그중에 붉은 털도 있어? 한번 보자고."

"애기 같은 짓 그만해요!" 베개를 치우며 제가 끼어들었지요. 구멍 난 부분을 매트리스 쪽으로 놓아 더 이상 깃털을 한 줌씩 빼지 못하게 했어요. "자, 누워서 눈을 감아요. 정신이 혼미해서 그래요. 다 난장판이 됐어요! 깃털이 눈처럼 날리잖아요."

제가 여기저기 흩어진 깃털을 주워 모았어요.

"넬리, 넬리에게서 나이 든 여자 모습이 보여." 마치 꿈꾸듯 아씨가 말을 계속했어요. "머리도 희고 어깨도 굽었어. 이 침대는 페니

---

5 노아의 홍수 때 비둘기가 희망의 소식을 전한 것과 관련해 비둘기 털을 베개 속에 넣으면 오래 산다는 미신이 있다.

스턴 절벽 아래 있는 요정 동굴인데, 넬리는 암소들을 해치려고 화살촉을 모으고 있고. 내가 곁에 가면 양털을 모으는 척하지. 그게 50년 후의 넬리 모습이야. 지금은 그런 모습이 아닐 테지만 말이야. 내 정신이 혼미하다고? 넬리가 잘못 본 거야. 정신이 혼미했다면 넬리가 진정 다 늙어 빠진 노파고 내가 페니스턴 절벽 아래 있다고 생각할 거라고. 난 지금이 밤중이라는 걸 알아. 테이블에 있는 촛불 두 개가 까만 옷장을 빛나게 하는 것도 알고."

"까만 옷장이라니요? 그게 어디 있어요?" 제가 물었지요. "아씨는 지금 꿈속에서 말하고 있어요."

"늘 그랬듯이 벽에 있잖아." 그녀가 대답했어요. "그런데 이상도 하지. 그 안에서 얼굴이 보이네!"

"이 방엔 옷장이 없어요, 있었던 적도 없고요." 저는 그녀를 잘 보려고 커튼을 말아 올린 뒤 다시 앉으며 말했어요.

"저 얼굴이 안 보여?" 거울을 뚫어져라 바라보며 그녀가 제게 물었어요.

제가 뭐라 한들 그게 거울에 비친 자기 얼굴이라는 걸 이해시킬 수 없기에 저는 일어나 숄로 거울을 덮었어요.

"그래도 그 뒤에 있잖아." 그녀가 걱정스러운 표정으로 집요하게 말하더군요. "움직이잖아. 대체 누구야? 넬리가 간 뒤에 거기서 나올까 두려워. 넬리, 이 방은 귀신에 홀린 방이야! 혼자 있기 무섭다고!"

아씨의 손을 잡고 마음을 달래려고 했지요. 아씨는 부들부들 떨고 온몸에 경련이 일어나는데도 계속 거울을 뚫어지게 쳐다보려 했어요.

"여긴 우리밖에 없어요!" 제가 큰 소리로 말했어요. "아씨, 그건 아씨 자신의 모습이에요. 좀 전만 해도 알고 있었잖아요."

"내 모습이라고?" 그녀가 숨 가쁘게 말했어요. "12시 종이 울리네! 그러면 내가 맞나 보네! 정말 끔찍해!"

그녀는 손으로 옷을 움켜잡더니 눈을 가리는 거예요. 저는 나리를 부르려고 몰래 문 앞으로 다가가려 했는데, 그 순간 날카로운 비명이 나는 통에 다시 돌아왔어요. 거울을 가리던 숄이 바닥으로 떨어진 거예요.

"대체 무슨 일이에요?" 제가 외쳤어요. "겁쟁이는 나리가 아니고 아씨네요. 정신 차려요! 저건 유리일 뿐이에요. 거울이라고요, 아씨. 아씨도 보이고 그 옆에 저도 보이잖아요."

당황한 나머지 벌벌 떨며 그녀가 나를 꼭 잡았어요. 하지만 얼굴에서 공포감이 점차 사라지면서 창백했던 얼굴도 부끄러웠던지 붉게 바뀌었답니다.

"세상에! 난 내가 저 윗집에 있는 줄 알았어." 그녀가 한숨을 쉬며 말했지요. "워더링 하이츠의 내 방에서 누워 있는 줄 알았다니까. 몸이 허약해지니까 정신이 다 없네. 나도 모르게 소리나 지르고. 아무 말 말고 나랑 같이 있어 줘. 잠드는 게 무서워. 그리고 꿈을 꾸면 가위에 눌린다고."

"푹 자고 나면 나아질 거예요." 제가 대답했어요. "그리고 이런 고통을 겪었으니 이제는 굶겠다고 하지는 않겠지요."

"아, 우리 집에 있는 내 침대에 누워 봤으면!" 그녀가 두 손을 비틀며 애잔하게 말했어요. "그리고 창틀 옆 전나무에서 들리는 바람 소리를 들어 봤으면. 그 바람을 느끼게 해 줘. 황야를 통해 이리로 곧장 내려오니까 한 번만 들이마시게 해 줘."

그녀를 달래려고 나는 잠시 창문을 열어 놓았어요. 하지만 찬 바람이 들어오기에 다시 창문을 닫고 제자리로 돌아갔어요.

그녀는 가만히 누워 있었는데 얼굴이 온통 눈물로 젖어 있었어요. 지친 나머지 완전히 넋 나간 사람 같았어요. 성미가 불같던 캐서린 아씨는 이제는 칭얼대는 아이 같았답니다.

"여기에 틀어박혀 지낸 지 얼마나 된 거야?" 별안간 정신이 든 것처럼 그녀가 내게 물었어요.

"월요일 저녁부터예요." 제가 대답했어요. "목요일 밤, 아니 지금은 거의 금요일 새벽인 셈이에요."

"뭐라고! 같은 주 금요일이라고?" 그녀가 놀라 소리쳤어요. "겨우 그것밖에 안 되었어?"

"냉수만 마시고 성질만 부리면서 지내기엔 제법 긴 시간이었지요." 제가 한 소리 했어요.

"그래, 꽤나 지루하게 오랜 시간을 보낸 줄 알았는데." 그녀가 못 믿겠다는 듯 말했어요. "더 오래된 것 같은데. 두 사람이 다툰 후 내가 거실에 있었던 게 기억나고, 에드거가 야비하게 날 자극하는 바람에 내 방으로 뛰어 들어왔다고. 문을 잠그고 나니 눈앞이 깜깜해졌고 그 바람에 바닥에 쓰러졌어. 에드거가 날 계속 괴롭히는 통에 발작이 날 것 같고 미친 사람처럼 날뛸 게 틀림없었지만 그걸 설명해 줄 수도 없었다고! 난 말도 못 하고 생각도 멈춘 것 같았어. 그래서 그 사람은 내가 그런 고통을 받고 있다는 걸 아마 눈치채지도 못했을 거야. 나는 그이로부터, 아니 그이 목소리가 안 들리는 곳으로 도망치자는 생각뿐이었어. 정신이 들어 앞도 보이고 소리도 들리기에 주위를 보니 동틀 무렵이었어. 넬리, 내가 무슨 생각을 했는지 말해 줄게. 내가 혹 정신 나간 건 아닌가 생각할 정도로 머릿속에 계속 뭔가가 떠올랐어. 탁자 다리에 머리를 기댄 채 희미한 회색빛의 네모난 창을 보면서 자리에 누워 있는데, 마치 옛집에 있던 참나무 판자 침대 방에 갇혀 있다는 생각이 들더군. 그리고 마음이 상당히 아팠는데 방금 깨어났기 때문에 그 이유를 모르겠는 거야. 대체 무슨 이유인지 캐려고 곰곰이 생각해 봤지. 그런데 이상하게도 지난 7년이라는 세월이 완전히 공백처럼 되어 버린 거야! 그런 기간이 있었다는 것조차 생각이 안 났어. 나는 어린애였고 아버지는 막 땅에 묻히셨어. 힌들리가 나와 히스클리프를 떼어놓으려 하는 바람에 내 불행이 시작됐지. 난생처음 혼자 누워 있었어. 밤새껏 울고 나서 울적한 채 졸다가 일어났어. 그러곤 미닫이문을 옆으로 밀려고 손을 뻗었는데 탁자 위를 치게 된 거야! 손으로 양탄자를 쓰다듬자 난데없이 기억이 밀려왔어. 조금 전의 근심 걱정이 극도의 절망감 속에다 묻혀 버렸지. 왜 그렇게 참담했는지 나도 몰라. 잠시 정신 착란이 일었던 것 같았어. 아무런 이유가 없었거든. 하지만 열두 살이었던 내가, 당시에 히스클리프가 그랬던 것처럼 워더링 하이츠와 어린 시절 가졌던 모든 것에서 떨어져 나와 단숨에 낯선 사람의 아내가 되어 스러시크로스 그레인지의 여주인인 린턴 부인이 되었다고 생각해 봐. 내 세상으로부터 완전히 떨어져 나와 버림받은 신세가 되었다고 생각해 보라고. 그러면 내가 나락에 떨어져 허우적대던 걸 조금이라도 이해할 수 있을 거라고! 넬리, 마음껏 고개를 저어도 좋아. 하지만 내 마음을 혼란스럽게 만든 데 한몫한 건 바로 넬리야! 에드거에게 말했어야지, 말했어야 했다고. 에드거가 내 신경을 건드리지 못하게 했어야 했어! 아, 온몸이 불덩이야! 제발 밖으로 나갔으면 좋겠어! 예전처럼 내 맘대로 마구 놀던 어린애였으면 좋겠어. 상처를 받아도 웃어넘기고 지금처럼 미친 듯 성질을 부리진 않았단 말이야! 왜 이렇게 된 거야? 몇 마디만 들어도 피가 끓어 올라 발작을 하는 거지? 다시 한번 저 언덕 너머 황야로 돌아가면 분명히 나 자신으로 돌아갈 수 있을 거야. 창문을 활짝 열어 놓으라니까. 닫히지 않게 고정해 놓으라고! 빨리! 왜 가만히 있는 거야?"

"아씨가 감기 들어 죽게 할 순 없으니까요." 제가 대답했어요.

"넬리는 결국 내게 살 기회를 안 주겠다는 거지." 아씨가 말했지요. "하지만 난 아직 움직일 수 있다고. 내가 열 테야."

그녀는 제가 막기도 전에 침대에서 미끄러지듯 내려오더니 몹시 비틀거리며 방을 가로질러 갔어요. 창문을 열어젖힌 후 칼날처럼 살을 에는 찬바람에도 아랑곳하지 않고 밖으로 몸을 내밀었어요.

처음에는 그러지 말라고 사정하다가 할 수 없이 강제로 뒤로 물러서게 했지요. 하지만 환각 상태에 빠진 아씨가 저보다 힘이 더 세다는 걸 깨달았어요(연이어 소리 지르며 하는 행동을 보고 저는 아씨가 환각 상태였다는 걸 알았지요). 달도 없는 날이라 모든 게 어슴푸레한 어둠 속에 묻혀 있었고 인근의 어느 집에서도 불빛이 보이지 않았어요. 모든 불은 꺼져 있었고 워더링 하이츠의 불빛도 전혀 보이지 않았어요. 하지만 아씨는 그 불빛이 보인다고 우기는 것이었어요.

"저기 봐!" 아씨가 신이 나서 소리쳤어요. "촛불이 켜져 있는 게 내 방이고 그 앞의 나무들이 흔들리잖아. 다른 촛불은 조지프의 다락방에 켜진 거야. 조지프가 늦게까지 안 자는 거 알지? 내가 돌아올 때까지 기다렸다가 문을 잠그잖아. 그래, 좀 더 기다려야 할 거야. 길도 험하고 마음도 울적하니까. 게다가 그 길로 가려면 기머턴 교회를 지나가야 하거든! 우리는 툭하면 귀신에 맞서 싸웠어. 무덤 위에 서서 귀신을 불러내는 대담한 짓을 하곤 했지. 히스클리프, 너 지금 한번 해 볼래? 그러면 난 너를 잡아 둘 거야. 나 혼자 거기 누워 있진 않을 테니까. 나를 12인치나 깊이 묻고 그 위에 교회를 세운다고 해도 네가 내 옆에 있어야 쉴 수 있어. 정말이야!"

그녀가 잠시 멈추더니 이상한 미소를 지으며 다시 말을 이어 갔어요. "히스클리프가 생각해 보겠다네. 차라리 나보고 자기에게 오라는데! 그러면 방법을 찾아 봐야지! 교회 길 말고. 넌 느리단 말이야! 구시렁대지 마. 늘 내 뒤를 따라왔잖아!"

제정신이 아닌데 따져 봐야 별 소용이 없다는 걸 알았어요. 그래서 한 손으로 그녀를 붙잡고는 어떻게 해야 몸에 두를 걸 가져올 수 있을까 생각해 봤지요. 열려 있는 창가에 그녀를 홀로 놔둘 수는 없었거든요. 그 순간 놀랍게도 문고리가 덜커덕거리는 소리가 들리더니 린턴 나리가 들이닥쳤어요. 그는 서재에서 나와 복도를 지나치다가 우리 대화를 듣고는 호기심 반 두려움 반의 심정으로 이 늦은 시간에 무슨 일인가 싶어 들어왔다는 겁니다.

"아, 서방님!" 싸늘한 방과 자기 앞에 있는 캐서린의 모습을 보고 비명을 지르려는 서방님을 막아서며 제가 소리쳤어요. "가엾게도 아씨께서 병이 나셨는데 도통 제 말을 안 듣는군요. 어찌할 도리가 없어요. 제발 아씨한테 침대에 가 쉬라고 설득해 주세요. 노여움도 푸시고요. 아씨가 자기가 원하는 대로만 행동하니 어찌할 수가 없어요."

"캐서린이 아프다니?" 서방님이 허겁지겁 우리에게 다가오며 말했어요. "엘런, 창문부터 닫아요! 캐서린! 도대체……."

서방님은 할 말을 잃은 듯 보였어요. 아씨의 초췌한 모습 앞에서 말문이 막힌 거죠. 충격을 받고 놀란 서방님은 아씨와 저를 번갈아 쳐다볼 뿐이었어요.

"이 방에서 속 썩이고 있었어요." 제가 연이어 말했어요. "아무것도 안 먹고, 아무런 불평도 안 하면서 말이죠. 지금껏 아무도 방 안에 못 들어오게 하는 바람에 서방님께도 아씨 안부를 전할 수 없었어요. 우리도 아무것도 몰랐으니까요. 하지만 별건 아니에요."

제가 봐도 제 설명이 어설픈 듯했고, 에드거 나리도 이내 인상을 찌푸렸어요. "엘런 딘, 이게 별것 아니라고 했어?" 그가 준엄하게 절 나무라더군요. "내가 이런 사실을 전혀 모르고 지낸 이유를 분명하게 설명해야 해!" 그리고 아내를 품에 안더니 걱정스러운 눈빛으로 쳐다봤어요.

처음에는 아씨가 서방님을 알아보는 기색이 전혀 없었어요. 그녀의 멍한 눈길 앞에 서방님이 보이지 않았던 거지요. 하지만 완전히 정신이 나간 건 아니었어요. 멍하니 어두운 바깥을 바라보던 시선을 서서히 거두고는 서방님께 시선을 맞추기 시작했어요. 마침내 자기를 안고 있는 사람이 누구인지 알게 되었지요.

"아, 마침내 오셨네요. 에드거 린턴 씨?" 분노가 되살아나는 것처럼 그녀가 말했어요. "당신은 필요 없을 때는 옆에 있고, 절실하게 원할 때는 절대 찾을 수 없는 그런 사람이지요! 이제 우리에게 한탄할 일이 많이 생길 거예요, 그렇게 될 겁니다. 하지만 내가 땅 밑 좁은 집으로 들어가는 걸 막진 못할 거예요. 제가 쉴 곳이죠, 봄이 다 가기 전에 가야 할 곳이에요! 린턴가 사람들 틈, 바로 교회당 안이 아니라 탁 트인 저 야외의 묘비 아래 있겠죠. 당신은 당신 가문 사람들에게 가든지 아니면 내게 오든지, 당신 좋을 대로 하세요!"

"캐서린, 대체 어찌 된 거요?" 나리가 말하기 시작했어요. "당신에게 난 더 이상 아무것도 아니란 말이오? 그놈을 좋아하는 거요, 그 망할 놈의 히스……."

"쉿!" 아씨가 소리쳤어요. "당장 그만두세요. 그 이름을 입 밖에 내는 순간 창문에서 뛰어내려 모든 걸 끝내 버릴 테니까! 지금은 당신이 나를 당신 품에 안고 있을 순 있겠지만, 당신이 다시 내 몸에 손을 대기 전에 제 영혼은 저 언덕배기에 가 있을 거예요. 에드거, 더 이상 당신을 원치 않아요. 이제 그 시절도 끝났어요. 당신은 책이 있는 서재로 돌아가세요. 그나마 위안거리가 있으니 다행이네요. 하지만 내 안에 남아 있던 당신은 이제 다 사라졌어요."

"서방님, 아씨가 정신이 없어서 그래요." 제가 끼어들었죠. "저녁 내내 저렇게 말도 안 되는 얘기를 하고 있어요. 안정을 시키고 제대로 보살피면 회복될 거예요. 이제부터라도 아씨 기분을 건드리지 않게 조심해야겠어요."

"더 이상 자네의 조언을 구하지 않겠네." 서방님이 말씀하시더군요. "자네 안주인의 성미를 잘 알면서도 그녀를 괴롭히도록 날 부추기질 않았나. 게다가 지난 사흘간 그녀가 어떤지 내게 전혀 알려 주지도 않았다니! 몇 달간 아팠어도 저 정도가 되지는 않았을 걸세!"

저는 다른 사람의 고약한 성격 때문에 책망을 듣는 게 억울해 제 입장을 변호했지요.

"캐서린 아씨의 성격이 오만한 데다 제멋대로인 건 이미 알고 있었어요. 하지만 서방님이 아씨의 거친 성질을 건드리려고 할 줄은 몰랐네요! 아씨의 기분을 맞추기 위해 히스클리프가 하는 짓을 보고도 못 본 체했어야 한다는 것도 미처 몰랐고요. 저는 충실한 하인으로서 임무를 다하기 위해 말씀드린 건데, 충직한 하인은 이런 식으로 보답을 받게 되는군요! 네, 이제부터는 조심하라는 거로 알겠습니다. 그리고 앞으로 모든 정보는 직접 챙기셨으면 해요!"

"다음번에 다시 내게 고자질하면 그땐 이 집에서 나가는 거야, 엘런 딘." 서방님이 이렇게 대답하더라고요.

"린턴 서방님, 그렇다면 앞으론 아무 이야기도 듣지 않겠다는 거군요?" 제가 대답했어요. "히스클리프가 이사벨라 아가씨한테 구혼하러 오는 것도 허락하고, 서방님이 집을 비울 때마다 집에 들러 아씨를 꾀어내 서방님께 등을 돌리게 하는 것도 허락하시는 거죠?"

아씨는 정신이 혼미한 데도 우리의 대화에 신경 쓸 만큼 정신은 있었는가 봐요.

"아하! 넬리가 배반자였군." 그녀가 격분한 채 소리쳤어요. "넬리, 마귀 같은 년. 네가 내부의 적이었다니! 진정 우리를 해치려고 화살촉을 찾고 있었구나! 자, 저년이 뉘우치도록 만들 테니 날 놓아줘요! 저년이 울부짖으면서 잘못했다고 빌게 만들겠어요!"

미친 사람의 광기 같은 것이 아씨의 두 눈에서 번뜩이면서 서방님의 품에서 벗어나려고 안간힘을 쓰더군요. 저는 거기 계속 남아 사태가 어떻게 진행될지 알고 싶은 마음이 없어서 의사의 도움이 필요하겠다는 생각에 그 자리를 떠났답니다.

큰길로 나가려고 숲을 지나는데, 말을 매는 쇠고리가 달린 담장에서 뭔가 허연 게 바람 때문은 아닌데 마구 움직이는 거예요. 서두르는 와중에도 뭔지 알아보려고 멈춰 섰지요. 혹 나중에라도 저승에서 온 괴물일 거라는 생각이 내 머릿속에 확실히 각인될까 봐 두렵기도 했고요.

잘 보이지 않아 가서 손으로 만져 보니 다름 아닌 이사벨라 아가씨의 사냥개인 패니였어요. 누군가 손수건으로 개 목을 묶어 고리에 매달아 숨이 넘어갈 지경이더군요.

급히 손수건부터 풀어 준 후 숲에 놓아주었어요. 이사벨라가 방으로 갈 때 따라 올라가는 걸 봤었는데 어떻게 여기에 나와 있는지, 그리고 어떤 수상한 자가 이런 짓을 했는지 의아했지요.

고리에 걸려 있던 매듭을 풀고 있는데 저 멀리서 말발굽 소리가 계속 들려왔어요. 새벽 2시에 말발굽 소리가 들리는 게 이상했지만, 생각해야 할 게 너무 많은 터라 더 이상 신경 쓰지 않았지요.

큰길로 나갔을 때 운 좋게도 케네스 선생님도 마을의 환자를 보려고 집을 나서는 중이었습니다. 캐서린 아씨의 증세를 설명하자 즉시 길을 돌려 저를 따라나섰지요.

그는 소박하고 솔직한 사람이었어요. 아씨의 병이 다시 도진 걸 두고, 이전처럼 자기 처방을 잘 따르지 않는다면 아무래도 이겨 내기가 쉽지 않을 거라고 솔직하게 말씀하시더군요.

"넬리 딘, 다시 발병한 데는 분명히 다른 이유가 있을 거로 보는데." 선생님이 제게 물었어요. "그 집안에 무슨 일이 있었던 건 아닌가? 우리도 이상한 이야기를 들었거든. 캐서린처럼 강하고 억센 여자가 사소한 일로 누울 리가 없거든. 그리고 그런 사람들은 병에 걸리면 안 돼. 열병 같은 병에 걸리면 이겨 내기가 여간 힘들지 않거든. 이번 일의 발단이 무언가?"

"나리께서 말씀해 주실 겁니다." 제가 대답했어요. "하지만 선생님은 언쇼 가문 사람들의 격한 성질을 알고 계시잖아요. 그중에서 아씨가 제일 그렇다는 것도요. 제 설명은 이렇습니다. 발단은 말싸움이었어요. 감정이 격해졌을 때 아씨에게 일종의 발작이 일어난 거지요. 적어도 아씨 말은 그랬어요. 감정이 최고로 격해졌을 때 아씨는 방으로 들어가 문을 잠가 버렸거든요. 그런 다음 식사를 거부했어요. 지금은 헛소리를 하다가 정신을 잃곤 합니다. 주위 사람들을 알아보긴 하지만 마음이 온통 별 이상한 생각과 환상으로 차 있어요."

"린턴 씨가 마음이 안 좋으시겠네?" 선생님이 알고 싶은 듯이 저에게 묻더군요.

"마음이 안 좋다고요? 정말 뭔 일이라도 벌어지면 가슴이 찢어질 듯 아파하실 거예요!" 제가 대답했어요. "필요 이상으로 나리를 놀라게 하진 마세요."

"그래, 내가 조심하라고 했는데." 선생님이 말씀하셨어요. "내가 주의를 줬는데 그걸 지키지 않았으면 그 결과를 감내해야겠지! 최근에도 히스클리프와 가깝게 지내는가?"

"그 사람이 그레인지에 자주 찾아옵니다." 제가 대답했어요. "린턴 서방님이 같이 지내는 걸 좋아하기 때문은 아니에요. 어린 시절 아씨를 잘 알고 지냈다는 이유 때문이지요. 하지만 이제는 방문할 수 없게 됐어요. 뻔뻔하게도 이사벨라 아가씨에게 마음을 품고 있다고 본인 입으로 밝혔기 때문이에요. 이제는 절대 집에 발을 들여놓지 못할 겁니다."

"이사벨라 아가씨는 그 사람에게 쌀쌀맞게 대하는가?" 선생님이 다시 이렇게 물었다.

"제가 그 마음을 어찌 아나요?" 제가 이렇게 대답했어요. 더 이상 그 문제를 들먹이고 싶지 않았거든요.

"그렇겠지. 속을 알 수 없는 여자 아닌가!" 고개를 저으며 선생님이 말했어요. "절대 속마음을 내보이지 않는 여자지! 하지만 정말 바보 같은 사람이야. 어젯밤(멋진 밤이었겠지!) 그녀가 히스클리프와 당신네 집 뒤 숲속에서 두 시간 이상을 같이 다녔다는 이야기를 확실한 소식통을 통해 들었네. 그자가 집에 돌아가지 말고 자기 말을 타고 함께 멀리 떠나자고 했던 모양이야! 내게 이 얘기를 해 준 사람 말에 따르면 다음번 다시 만날 때 그 약속을 지키겠다고 하면서 그를 물리친 모양이야. 그런데 다음번이 언제인지는 듣지 못했어. 자네가 그녀 오빠에게 정신 바짝 차리라고 전해 주게!"

이 이야기를 듣고 나니 제 마음이 새로운 두려움으로 가득 찼답니다. 저는 케네스 선생님을 앞질러 집까지 거의 뛰어오다시피 했어요. 아까 풀어 준 개가 아직도 숲에서 짖고 있었어요. 잠시 걸음을 멈추고 그 녀석이 안으로 들어가게끔 문을 열어 주었어요. 하지만 녀석이 집 안으로 들어가지 않고 풀냄새를 맡으면서 여기저기 마구 뛰어다녔어요. 제가 안아서 데리고 가지 않았다면 큰길로 내뺐을 거예요.

이사벨라의 방으로 올라가자마자 저는 제 추측이 맞았다는 걸 알았지요. 방이 텅 비어 있는 겁니다. 제가 몇 시간만 빨리 들여다봤더라도 아가씨는 새언니가 아프다는 걸 알았을 테고 그러면 이렇게 성급하게 굴진 않았을 텐데 하는 생각이 들더군요. 하지만 이제 어쩔 도리가 있나요? 즉각 그들을 쫓아간다고 해도 따라잡을 가능성이 희박한 데다가 제가 쫓아갈 수도 없었어요. 게다가 온 집안을 다 뒤집어 놓을 수도 없었고요. 린턴 서방님이 연이어 슬픈 일을 감당할 수 있는 마음의 여유도 없는데 대놓고 이 얘기를 할 형편도 아니었지요!

제게는 입을 꾹 닫고 있는 것 말고 다른 방법이 없었어요. 그리고 사태가 진행되는 대로 놔둘 수밖에 없었고요. 케네스 선생님이 도착하자 저는 엉망인 얼굴을 한 채 선생님이 오셨다는 말을 전하러 올라갔어요.

캐서린 아씨가 힘든 표정으로 잠들어 있더군요. 다행히도 서방님이 극도의 발작 상태인 캐서린 아씨를 안정시켰던 모양이에요. 그녀의 머리맡에 앉아 고통스럽게 일그러진 그녀의 얼굴에 드러난 온갖 그늘과 변화를 보고 있더군요.

진찰을 마친 후, 선생님은 그녀 주위에서 가족들이 절대적으로 그리고 꾸준하게 안정을 취하게 해 준다면 좋은 결과가 있을 거라고 서방님께 말씀하셨어요. 저에게는 아씨에게 정말 위험한 것은 죽고 사는 문제가 아니라 영원히 착란 상태에 빠질 수 있다는 거라고 일렀고요.

그날 밤 전 밤새 눈을 붙이지 못했어요. 린턴 서방님도 마찬가지고요. 침대에 눕지도 못한 셈이죠. 아침이 되자 하인들이 여느 때보다 일찍 일어나서는 발소리를 죽이며 왔다 갔다 했고 어쩌다가 마주치기라도 하면 수군대곤 했죠. 모두 일어나 각자 일을 하는데 이사벨라만 안 보였어요. 그래서 사람들은 아마 깊이 잠든 모양이라고 생각했어요. 린턴 서방님도 동생이 일어났냐고 묻고는, 그녀가 보이지 않으니까 새언니가 저렇게 아픈데 걱정도 안 하는 걸 두고 섭섭해하면서 빨리 일어나길 기대하는 눈치였어요.

저는 혹시 저보고 올라가서 이사벨라 아가씨를 데려오라고 할까 봐 마음이 조마조마했어요. 다행히도 여동생이 야반도주했다는 사실을 처음 발설해야 하는 수고는 덜게 되었지요. 철없는 하녀한 명이 기머턴에 심부름을 갔다 와서는 입을 헤벌리고는 허겁지겁 2층으로 올라와 소리를 질렀어요. "세상에! 대체 다음엔 뭔 일이 생길는지! 서방님, 서방님, 우리 아가씨께서……."

"조용히 못 해!" 하도 호들갑을 떨기에 제가 벌컥 화내며 야단을 쳤지요.

"메리, 목소리 낮춰. 대체 뭔 일인데?" 린턴 서방님이 말했어요. "이사벨라가 어쨌다는 거야?"

"사라졌어요, 사라졌다고요! 히스클리프란 사람이랑 같이 도망을 쳤다고요." 숨을 헐떡이며 그녀가 말했지요.

"설마 그럴 리가!" 황급히 자리에서 일어나며 서방님이 외쳤어요. "그럴 리 없어. 어째 그런 생각을 한 거야? 엘런 딘, 가서 찾아봐. 믿을 수 없어. 그럴 리도 없고."

이렇게 말하면서 하녀를 문 쪽으로 데리고 가 그런 주장을 하는 이유가 뭔지 따져 묻더군요.

"글쎄, 큰길에서 우유 배달하는 애를 만났거든요." 하녀 애가 더듬거리며 설명했어요. "그 애가 혹시 그레인지에 별일 없냐고 묻는 거예요. 저는 주인아씨 아픈 걸 묻는가 생각했지요. 그래서 별일 없다고 대답했더니 이렇게 말하는 거예요. "누군가 그 사람들을 뒤쫓아 갔겠지요?" 제가 멀뚱히 쳐다보니 그 애는 제가 아무것도 모른다는 걸 알았는지 설명하는 거예요. 자정이 좀 지난 시간에, 기머턴에서 한 2마일 정도 떨어진 외곽에서 어떤 신사분이랑 숙녀 한 분이 말굽에 편자를 박아 달라고 대장간에 들렀다는 거예요. 대장간 집 딸아이가 누군지 보려고 내다봤는데 한눈에 알아봤답니다. 누가 봐도 알 정도로 남자는 분명히 히스클리프였는데 자기 아버지에게 1파운드짜리 금화를 주더래요. 여자분은 망토로 얼굴을 가렸는데 물 한 모금을 달라고 했답니다. 물을 마시려고 망토를 젖힐 때 얼굴을 분명히 봤다는 거예요. 히스클리프는 말에 올라타 고삐를 둘 다 잡더니 마을을 등지고 험한 길을 냅다 달려갔대요. 여자애는 아버지에게는 아무 말도 하지 않고 아침이 되자 기머턴으로 달려가 죄다 떠벌렸다고 합니다.

저는 달려가서 이사벨라 아가씨의 방 안을 들여다보는 척한 뒤 돌아와서 하녀 아이 말이 사실이라고 전했지요. 린턴 서방님은 침대 옆에 다시 앉아 있더군요. 그러고는 망연자실한 제 모습을 보고 모든 걸 알았는지 아무 말도 없이, 아니 아무런 지시도 없이 바닥만 내려다봤어요.

"쫓아가서 아가씨를 데려오는 방도를 찾아볼까요?" 제가 여쭈었어요. "어떻게 할까요?"

"자기가 원해서 나간 거야." 서방님이 말했어요. "자기가 원하면 갈 권리가 있지. 더 이상 그 애 문제로 신경 쓰지 말자고. 지금부터 걔는 이름만 내 동생이야. 내가 의절해서가 아니라 그 애가 나와 의절했기 때문이야."

아가씨 가출 문제는 그것으로 끝이었어요. 서방님은 더 이상 알고 싶어 하지도 않았고 아가씨의 이름을 언급하지도 않았어요. 다만 저보고 그 애가 어디에 있든 간에 거처를 알면 그 애 물건을 다 보내라고 지시하셨답니다.

13장

도망친 두 사람은 두 달간 나타나지 않았습니다. 그사이에 캐서린 아씨는 소위 뇌척수막염이라고 알려진 병 때문에 생기는 최악의 발작 상태를 맞았지만 다행히 이를 극복했답니다. 하나뿐인 자식을 돌보는 엄마도 할 수 없을 정도로 에드거 서방님이 아씨를 극진히 돌봤지요. 밤낮으로 지켜보면서 아씨가 예민하게 굴고 말도 안되는 소리로 상처 주고 짜증을 내도 이 모든 걸 이겨 냈어요. 의사 선생님이 다행히 죽음은 면했지만 서방님이 아무리 간호한다고 해도 앞으로도 끝없이 걱정거리가 생길 뿐이라고 말했지만 ― 사실 서방님의 건강과 기력은 폐인이나 다름없는 환자를 살려 내느라 희생된 셈이에요 ― 서방님은 아씨가 위험에서 벗어났다는 소식에 너무 감사하고 기뻐했답니다. 매시간 아씨 옆에 자리를 잡고 앉아 육체적으로 서서히 회복되는 모습을 지켜봤으며, 아씨가 정신적으로도 올바른 균형을 되찾아 예전의 모습으로 돌아올 거라는 지나치게 낙관적인 희망을 품고 자신을 위로했답니다.

아씨가 처음으로 방 밖으로 나온 것은 이듬해 3월이 시작될 무렵이었어요. 서방님은 아침 일찍 황금빛 크로커스꽃 한 다발을 아씨 머리맡에 갖다 놓았지요. 잠에서 깬 아씨는 그 꽃들을 보고는 한동안 즐거운 빛이라곤 전혀 찾아볼 수 없었던 두 눈을 반짝이며 즐거워했습니다.

"워더링 하이츠에서 가장 일찍 피는 꽃이네." 그녀가 즐거운 듯 말했어요. "이 꽃들을 보면 부드러운 이른 봄바람과 따스한 햇살, 거의 다 녹은 눈이 생각나요. 에드거, 남풍이 불지 않아요? 눈은 다 녹았어요?"

"여보, 이 근처 눈은 다 녹았어요." 서방님이 대답했어요. "황야 전체를 둘러봐도 눈이 남아 있는 데는 한두 곳 본 게 다야. 하늘도 푸르고 종달새도 지저귀고, 개울물이나 시냇물 모두 넘쳐흐르고 있어요. 캐서린, 기억나? 지난봄 이맘쯤에 당신을 우리 집에 데리고 오고 싶어 했잖아. 그런데 지금은 당신이 저 언덕을 1~2마일 올라갈 수 있었으면 하는 마음이야. 향기로운 그곳 공기를 마시면 당신 건강이 좋아질 테니까."

"그곳에 단 한 번 올라갈 일밖에 없어요." 환자가 대답했어요. "당신은 날 두고 내려갈 테고, 저만 영원히 거기에 있게 되겠죠. 다음 해 봄이 되면 당신은 내가 다시 이 지붕 아래 있었으면 하고 바랄 거고, 오늘 일을 생각하면서 그때는 행복했었지 하고 생각하겠죠."

그러는 아씨를 서방님은 정말 다정하게 안아 주면서 사랑스러운 말로 기분을 북돋아 주려고 애썼어요. 하지만 멍하니 꽃들을 바라보던 아씨의 속눈썹에 눈물이 맺히더니 뺨을 타고 흘러내리더군요.

우리는 아씨가 그나마 많이 회복되었다는 걸 알았어요. 아씨가 의기소침해 있는 것도 아마도 너무 오랫동안 한곳에 갇혀 지냈기 때문이고, 거처를 바꾸면 어느 정도 나아질 거라고 보았어요.

서방님은 저를 시켜 몇 주나 비워 두었던 응접실에 불을 지피고 햇살이 들어오는 창가에 안락의자를 갖다 놓으라고 하고는, 아씨를 아래층으로 데리고 내려왔지요. 그녀는 포근한 온기를 즐기며 한동안 앉아 있었어요. 그리고 우리가 기대했던 대로 주위에 있는 것들을 보며 차츰 건강을 회복했답니다. 평상시 보던 친숙한 것들이었지만, 자기 방 병상에 묻어 있던 음산한 분위기를 떠올리지 않았기 때문입니다. 저녁 시간에는 아씨가 상당히 지쳐 보였지만, 아무리 말해도 자기 방으로 올라가려 하지 않았어요. 그래서 다른 방이 준비될 때까지 응접실 소파를 침대로 대신 쓰게 했어요.

계단을 오르내리는 수고를 덜기 위해 우리는 응접실과 같은 층에 있는, 지금 록우드 선생님이 계신 방을 침실로 꾸몄어요. 얼마 지나지 않아 아씨는 서방님의 팔에 의지해 여기저기 돌아다닐 수 있을 정도로 기력이 생겼답니다.

그토록 극진한 간호를 받았으니 당연히 건강이 회복되었을 거라고 전 생각했어요. 아씨가 회복되길 바란 데는 또 다른 이유가 있었어요. 그녀가 살아야 또 한 생명도 태어날 수 있기 때문이었죠. 우리는 머지않아 상속인이 태어나 린턴 서방님의 마음을 기쁘게 하고, 또한 낯선 사람의 손아귀에서 그의 대지가 안전하게 지켜지기를 원했지요.

이사벨라가 집을 나간 지 6주가 지난 후 히스클리프와 결혼했다는 사실을 알리는 짧은 편지를 오빠에게 보냈다는 이야기를 해 드려야겠네요. 매우 냉담하고 무미건조한 것이었지만, 맨 끝에는 미안하다는 투의 글과 자신의 처신이 오빠를 언짢게 했더라도 좋게 생각해 달라고 화해를 청하는 내용이 담겨 있었답니다. 또한 자기도 어쩔 수 없었고, 이미 벌어진 일이니 이제 돌이킬 수도 없다는 내용이 연필로 적혀 있었어요.

서방님은 이 편지에 답장을 보내지 않았을 겁니다. 그리고 약 2주가 지난 후, 저도 편지를 받았는데 막 신혼여행을 다녀온 신부가 썼다고 생각하기엔 다소 이상한 내용을 담고 있었어요. 제가 아직도 갖고 있는 편지니 읽어 드릴게요. 생전에 소중하게 여겼던 사람들이라면, 그분들이 남긴 유품 역시 소중하니까요.

사랑하는 엘런에게(이렇게 시작돼요),

어젯밤에 워더링 하이츠로 돌아왔어. 그리고 새언니가 많이 아팠고 지금도 그렇다는 얘기를 이제야 처음 듣게 되었어. 새언니에게 편지를 쓸 수가 없더군. 게다가 오빠 역시 너무 실망했거나 아니면 너무 화가 났기 때문인지 내가 보낸 편지에 답장을 쓸 수 없었나 보더군. 하지만 난 그게 누구든 내 소식을 전해야 했고, 내게 남은 사람은 엘런밖에 없어.

오빠에게는 어쨌든 꼭 한번 보고 싶다고 전해 줘. 집을 떠난 지 하루도 안 돼 다시 스러시크로스 그레인지로 가고 싶었어. 지금 이 순간에도 내 마음은 오빠와 새언니에 대한 따뜻한 감정으로 가득 차 그곳에 가 있어! 하지만 내 마음을 따를 순 없어(이 말을 강조했어요). 그러니 내가 가길 기대할 필요는 없다고 전해. 결론은 어떻게 내려도 좋은데, 내 의지가 약해서 아니면 애정이 없어서 그레인지에 가지 못한다고 생각하진 말아 줘.

나머지는 엘런에게 쓴 거야. 우선 두 가지만 묻고 싶어.

첫째는, 앨런은 어떻게 이 사람들과 교감을 나눌 수 있었어? 난 여기 있는 사람들과 전혀 교감을 나누지 못하고 있어.

두 번째는 내가 가장 관심 갖고 있는 문제인데, 바로 이거야.

히스클리프가 과연 사람이긴 해? 만약 그렇다면 미친 건 아닌가? 그게 아니라면 혹 마귀는 아닌지? 이런 질문을 하는 이유는 말할 수 없어. 다만 내가 어떤 자랑 결혼한 건지 제발 설명해 줬으면 해. 여기 방문할 때 말이야. 조만간 꼭 방문해 줘. 편지 쓰지 말고 꼭 와야 해. 그리고 오빠로부터 어떤 소식이라도 갖다주기 바라.

이제부터는 내가 나의 새로운 집, 이제부터는 워더링 하이츠가 내 새로운 가정이 될 거라 믿었으니까 이곳에서 어떤 대접을 받았는지 알려 줄게. 지내기가 불편했다는 문제만 갖고 말할 수 있다면 그건 다만 나 자신을 위로하려고 하는 말일 거야. 외적인 편안함은 그게 있었으면 하고 아쉬워할 때가 아니면 전혀 관심도 없어. 그런 게 부족해서 내가 정말 불행하고 나머지는 한갓 억지스러운 꿈에 불과하다면 난 너무 좋아서 웃고 춤도 출 거야!

우리가 황야로 돌아왔을 무렵 그레인지 뒤로 해가 지고 있었어. 그걸 보고 대략 6시라고 생각했지. 내 동반자는 반 시간 동안이나 머물며 숲과 정원, 그리고 할 수 있는 한 이곳 전체를 자세히 둘러보더군. 판석 깔린 하이츠의 안뜰에 도착해 말에서 내릴 때가 되니 사방이 어두워지더군. 엘런과 꽤 오래 같이 지냈던 조지프란 자가 수지 양초를 들고 와 우리를 맞았지. 그의 명성에 걸맞게 정말 날 정중하게 맞더군! 날 보자마자 그놈의 촛불을 내 얼굴 앞에 들이대고 기분 나쁘게 쳐다보더니 아랫입술을 삐죽대며 가 버리는 거야.

그리고 마구간으로 말 두 마리를 데리고 사라졌다가, 다시 나타나 마치 우리가 오래된 고성에 살기라도 하듯 바깥 대문을 잠가 버리더군.

그자와 할 말이 있는지 히스클리프가 밖에 있기에 나 먼저 부엌으로 들어왔어. 더럽고 지저분한 토굴 같더군. 넬리는 아마 못 알아볼걸. 넬리가 맡았을 때와는 천지 차이니까.

난롯가 옆에 못되게 생긴 애가 있었어. 지저분한 옷차림에 팔다리는 단단하고, 눈가와 입 주변은 새언니를 닮았더군.

'애가 오빠의 처조카로군. 그러면 내게도 조카뻘인 셈이니 악수를 해야겠지. 그리고 입맞춤도 해 주고.' 나는 이렇게 생각했지. '첫 만남부터 서로 잘 이해해 보려는 게 좋은 거지.'

그 애의 통통한 손을 잡으려고 다가서며 인사를 했지. "애야, 만나서 반갑구나."

그 애가 이상한 말로 대꾸했는데, 도통 무슨 말인지 알아들을 수가 없었어.

"헤어턴, 우리 친구가 되어 보지 않을래?" 내가 다시 말했지.

참을성 있게 다가선 내 노력에 대해 그 애는 당장 꺼지지 않으면 스로틀러를 풀어놓겠다고 날 협박하면서 악담을 늘어놓았어.

"야, 스로틀러. 이리 와." 그 꼬마가 구석의 개집에 있는 잡종 불도그를 부르면서 위압적인 태도로 내게 말했어. "자, 이래도 나가지 않을 거야?"

내 목숨이 아까워 그 애 말을 따를 수밖에 없었어. 나는 문밖으로 나와 다른 사람들이 들어오기만 기다렸어. 히스클리프는 어디로 갔는지 보이지도 않았어. 조지프는 내가 마구간까지 따라가 같이 들어가 달라고 부탁하는데도 날 쩨려보고 혼자 중얼대더니 코를 찡그리면서 이렇게 대답하는 거야. "흥! 흥! 흥! 기독교인치고 저런 말을 알아듣는 사람이 어디있겠누? 으스대고 폼이나 잡고! 댁 말을 내가 어찌 알아듣겠냐고."

"내 말은 저랑 같이 집 안으로 들어가자는 겁니다!" 그자가 귀가 먹었나 싶어 크게 말을 한 건 맞지만, 그자의 무례한 태도 때문에 상당히 기분이 상한 것도 있었어.

"안 되쥬! 난 또 할 일이 있으니께." 그자는 이렇게 대답하고는 하던 일을 계속했어. 그러면서도 길쭉한 턱을 움직여 가며 내 옷차림과 얼굴을(옷차림이야 아주 멋있었겠지만 얼굴은 그자가 원할 정도로 불쌍해 보였을 거야) 매우 경멸하는 표정으로 쳐다보더군.

나는 마당을 돌아 쪽문을 통해 다른 문이 있는 데로 가 좀 더 예의 바른 하인이 나타나길 기대하면서 문을 두드렸어. 잠시 마음이 조마조마했는데 큰 키에 호리호리한 사람이 문을 열어 주더군. 그는 목에 두르는 네커치프도 없이 지저분한 모습이었어. 얼굴 생김새는 어깨까지 내려온 수북한 머리털 때문에 보이지 않았어. 그 사람의 눈은 새언니의 눈을 빼닮았지만 아름다움이라곤 없고 흐릿해 보이더군.

"여기서 뭐 하는 겁니까?" 그가 험상궂은 표정으로 물었어. "대체 댁은 누구요?"

"결혼 전에는 이사벨라 린턴이었죠"라고 내가 대답했어. "전에 절 보신 적이 있죠? 전 최근에 히스클리프 씨와 결혼했어요. 그래서 절 이리로 데려온 거예요. 제 생각엔 당신의 허락을 받았을 겁니다."

"그럼 그가 돌아왔단 말이오?"그 은둔자가 마치 굶주린 늑대처럼 눈을 부라리며 내게 묻더군.

"네. 우린 방금 돌아왔어요."내가 말했지."근데 그 사람이 절 부엌문 앞에 버려두고 갔어요. 안으로 들어가려니까 댁의 아이가 집 지키는 파수꾼처럼 행동하며 불도그를 풀어 절 쫓아내더군요."

"그 빌어먹을 놈이 약속은 지켰네!"앞으로 내 집주인이 될 사람은 이렇게 인상을 쓰며 말하고는, 마치 히스클리프를 기다렸다는 듯이 내 등 뒤의 어둠 속을 살펴보는 것이었어. 그러곤 혼잣말로 '악마 같은 놈'이 자길 속였다면 가만 놔두지 않았을 거라고 욕지거리를 퍼부으며 위협적인 말을 하더군.

괜히 이쪽 문으로 들어왔나 싶어 후회막심이었어. 그래서 그 자가 욕설을 끝내기 전에 몰래 나가려고 했는데 나보고 들어오라고 하는 바람에 그러지도 못했지. 그는 문을 닫더니 다시 걸어 버렸어.

큼지막한 난롯불이 넓은 방에 있는 유일한 빛이라 그런지 바닥 전체가 잿빛이었고 어린 시절 내 시선을 사로잡았던 백랍 접시들 역시 녹슬고 먼지가 쌓여서 거무스레했어.

나는 하녀를 불러 침대 방으로 날 안내해 주면 어떠냐고 물었지. 하지만 언쇼 씨는 묵묵부답이었어. 내가 있다는 걸 완전히 잊은 듯 주머니에 손을 넣고는 왔다 갔다만 하는 거야. 깊은 생각에 빠진 듯했고 전체적으로 너무 어두운 분위기여서 두 번 다시 말을 걸고 싶지 않았어.

엘런, 내가 숨 막힐 정도로 우울하다고 해도 놀라진 않겠지! 누구도 날 반기지 않는 이런 소굴에 들어와서, 게다가 세상에서 내가 제일 사랑하는 사람들이 살고 있는 따스한 내 집에서 겨우 4마일 떨어져 있는데, 그 4마일이 마치 우리를 갈라놓는 대서양 바다 같은 데다 거길 건널 수도 없다고 생각해 봐!

나 자신에게 물어봤지. 대체 어디서 위안을 찾아야 하지? ― 꼭 명심해야 할 건 이런 일을 절대 오빠나 새언니에게 말해선 안 된다는 거야 ― 무엇보다 슬픈 것은 히스클리프와 맞서 싸울 때 내 편이 되어 줄 사람이 아무도 없다는 거지!

난 정말 기쁜 마음으로 워더링 하이츠에서 내 피난처를 찾았던 거야. 그건 그 사람과 단 둘이 지내야만 하는 생활에서 구제받았다고 느꼈기 때문이거든. 하지만 그는 이 집 사람들을 잘 알고 있기에 이들이 암만 간섭을 한다고 해도 전혀 두려워하지 않는 거야.

나는 수심에 잠겨 자리에 앉아 이런저런 생각을 해 봤지. 시계가 8시, 다시 9시를 알리더군. 언쇼 씨는 간간이 신음 소리나 무언가 한탄하는 소리를 낼 뿐, 아무런 말도 없이 고개를 가슴에 묻고 왔다 갔다 하기만 했어.

그동안 혹 집 안에 여자 소리가 들릴까 해서 귀를 기울이면서도 엄청난 후회와 불길한 예감 속에 앉아 있었어. 그러다가 마침내 나오는 한숨과 울음을 참지 못하고 남에게 들릴 정도로 크게 터뜨렸지.

얼마나 크게 소리쳤는지는 모르겠지만 맞은편에서 한결같이 왔다 갔다 하기만 하던 언쇼 씨가 놀란 시선으로 나를 쳐다보더군. 내게 관심을 보인다는 걸 알자 내가 외쳤어.

"오느라고 너무 지쳐서 가서 눕고 싶어요! 하녀 좀 불러 주세요. 하녀가 오지 않으면 그녀가 있는 데로 차라리 절 데려가 주든지요!"

"하녀가 없소. 그러니 알아서 해야 하오." 그가 말했어.

"그러면 전 어디서 자야 하나요?" 내가 흐느끼며 말했지. 피곤하고 비참한 나머지 체면이고 뭐고 없었어.

"조지프가 히스클리프의 방을 보여 줄 거요. 저 문을 열어 봐요. 조지프가 그 안에 있을 거요."

그 말을 따르려고 하는 순간, 별안간 그가 날 막으면서 이상한 한마디를 덧붙이는 거야.

"문을 잠그고 빗장을 걸어요. 절대 잊으면 안 돼요."

"그래요." 내가 말했지. "언쇼 씨, 그런데 대체 그 이유가 뭐죠?" 난 문을 잠그고 히스클리프와 단둘이 지내야 한다는 게 싫었거든.

"여길 봐요!" 외투에서 이상하게 생긴 총을 꺼내 내게 보여 주며 말하더라고. 총신에 용수철이 달린 양쪽 날이 있는 칼이 붙어 있었어. "자포자기한 사람에겐 상당히 끌리는 물건이요, 그렇지 않소? 매일 밤 이걸 들고 올라가 그놈의 방문을 확인하곤 한다오. 문이 열려 있는 순간 그놈은 끝난 거요. 골백번이나 그러면 안 되는 이유를 떠올리면서도 매번 그 짓을 합니다. 그렇게 하면 내 모든 계획이 다 어긋난다는 걸 알면서도 악마가 나타나 그놈을 죽이라고 시킨단 말이오. 당신은 그자를 사랑할 테니 그놈의 악마에 맞서 한번 싸워 보시오. 때가 되면 하늘의 천사들이 그자를 살리려고 해도 안 될 때가 올 것이오!"

나는 호기심에 그 무기를 살펴보았어. 그런데 이상한 생각이 들더군. 내게 이런 무기가 있다면 얼마나 마음이 든든할까! 그래서 그 총을 잡고는 칼날을 만져 보았지. 언쇼 씨는 잠시 내 얼굴에 스친 표정을 보고 기겁하더군. 마치 질투라도 하듯 총을 획 잡아채더니 칼을 접어 숨기더라고.

"그놈에게 말해도 상관없어요." 언쇼 씨가 내게 말하더군. "그놈에게 조심하라고 일러 주고 당신도 잘 감시해야 할 거요. 우리 사이를 잘 알고 있을 거 아니요. 그놈이 위험하다고 말해 줘도 당신은 놀라지 않는군."

"대체 히스클리프가 무슨 짓을 했는데요?" 내가 물었지. "이 정도로 끔찍하게 싫어할 만한 나쁜 짓이라도 한 거예요? 차라리 집에서 나가라고 하는 편이 낫지 않나요?"

"안 되지!" 언쇼 씨가 버럭 소리를 질렀어. "날 떠나겠다고 하면 그는 이미 죽은 목숨이오. 그놈을 떠나도록 부추긴다면 당신도 살인자가 되는 셈이오! 나더러 되찾을 기회도 없이 모든 걸 잃어버리라고? 헤어턴보고 거지나 되라는 거요? 세상에, 빌어먹을 일이! 난 다 되찾을 거요. 그놈이 가진 금도 되찾고, 그놈의 피도 볼 거요. 그놈은 지옥에나 떨어질 거고! 지옥도 그런 놈이 떨어지게 되면 이전보다 몇 배나 더 암울한 곳이 될 겁니다."

엘런, 옛 주인의 습관이 어떤지 내게 알려 준 적이 있지. 거의 미치기 일보 직전까지 가더군. 어젯밤엔 정말 그랬다고. 옆에 있기가 무서웠어. 차라리 예절도 모르고 뚱한 하인들이랑 같이 있는 게 낫겠더라고.

언쇼 씨는 음울한 기분으로 방 안을 다시 왔다 갔다 하기 시작했어. 그 틈에 나는 빗장을 열고 부엌으로 도망쳐 나왔지.

조지프가 화덕에 몸을 숙이고 거기 걸려 있는 큼지막한 냄비를 들여다보고 있었어. 그 옆의 긴 의자 위엔 오트밀이 담긴 나무 그릇이 있었어. 냄비가 끓기 시작하자 그는 나무 그릇에 음식을 뜨려고 몸을 돌렸어. 아마 저녁 준비를 하는구나 하고 생각했지. 나도 배가 고팠던 참이라 이왕이면 먹을 만하게 만들어야겠다고 생각하고는 "내가 죽을 만들게요!" 하고 힘주어 말했지. 그러고는 그릇을 그의 손이 안 닿는 쪽으로 밀어 놓고 모자와 승마복을 벗으려고 했지. "언쇼 씨가 자기 일은 알아서 해야 한다고 해서 그렇게 하려고요." 내가 말했어. "굶어 죽지 않으려면 여기선 숙녀인 체하진 않을 겁니다."

"제기랄!" 조지프가 투덜댔지. 그는 앉아서 긴 양말을 무릎에서 발목까지 만지고 있었어. "또 이래라저래라 명령하는구먼. 두 주인을 섬기는 데 겨우 익숙해질 만허니께 말이여. 여주인까정 모셔야 하믄 이제 관둘 때가 된 거여. 이놈의 집을 떠날 생각일랑 한 번도 안코 지냈는디. 허나 이제 때가 된 것 같혀!"

난 이런 탄식을 모르는 체하고 발 빠르게 일하기 시작했지. 이 모든 것을 재미 삼아 했던 시절이 생각나 한숨이 나왔지만 그런 추억을 얼른 떨쳐 버리기로 했어. 행복했던 지난 시절을 떠올리면 너무 힘들어서 지난 시절의 환영이 마구 떠오르려고 하면 할수록 죽을 젓는 주걱을 더 빨리 움직였지. 그리고 오트밀 가루를 더 빨리 집어넣었어.

내가 요리하는 모습을 보고 있자니 조지프가 점점 화가 더 치밀었나 봐.

"저것 좀 봐!" 조지프가 소리를 질렀어. "헤어턴 도련님, 오늘 저녁 오트밀 죽은 못 먹게 생겼슈. 안 풀린 덩어리가 내 주먹만 하니께 말여유. 나 같으면 그릇이고 뭐고 다 집어 던져 불고 말걸요. 저 봐, 떠오르는 찌꺼기만 건져 내면 다 된 건디. 쿵, 쿵 찧기만 허니, 그래도 냄비 밑창이 안 빠지는 거이 다행이여!"

고백건대 그릇에 담고 나니 정말 엉망진창인 거야. 어쨌든 네 그릇은 나왔어. 그리고 목장에서 큰 주전자로 우유를 담아 왔는데 헤어턴이 그걸 잡더니 입을 크게 벌리고 질질 흘리며 마시는 거야.

나는 그렇게 마시지 말고 자기 컵에 마셔야 한다고 타이르면서, 나도 우유 맛을 봐야 하니까 지저분하게 마시면 안 된다고 말했어. 비꼬기를 좋아하는 조지프 영감이 내가 까다롭게 구는 것 때문에 기분이 언짢았는지 이 아이도 나하고 '같은 신분'이고, 나만큼이나 '몸도 마음도 건강하다'고 계속 떠들면서 뭐 그리 잘난 척하느냐고 하는 거야. 그러는 동안에도 그 녀석은 계속 입을 주전자에 대고 침 흘리며 마시며 반항하는 눈빛으로 날 쳐다보더군.

"전 딴 방에 가서 식사할게요"라고 내가 말했어. "응접실 같은 곳이 없나요?"

"응접실이라고!" 조지프가 날 따라 하면서 비웃는 거야. "응접실! 우린 응접실 같은 거 없슈. 우리랑 같이 있기 싫으면 주인 나리 방이 있고, 주인 나리도 싫으면 우리와 함께 있는 거여."

"그럼 전 위층으로 올라갈래요." 내가 대꾸하며 말했지. "방 좀 보여 주세요."

나는 내 그릇을 쟁반에 올리고, 가서 우유를 더 따랐어.

조지프가 몹시 구시렁대면서 일어나더니 앞장서서 계단을 올라가더라고. 지붕 바로 밑층으로 올라갔는데 이따금 문을 열고 안을 들여다보더군.

"여기 방이 있구먼유." 마침내 경첩이 흔들리는 판자문을 열어젖히면서 그가 말했지. "죽 좀 먹는 데 이 정도면 충분허구먼유. 구

214

석에 그런대로 깨끗한 옥수수 부대가 있긴 한데. 혹 멋진 비단옷 버릴까 걱정되면 손수건을 펼치면 돼유."

그 '방'은 엿기름과 곡식 냄새가 코를 찌를 정도로 심하고 여기저기 곡식 담은 부대가 쌓여 있는 잡동사니 방으로, 그나마 가운데가 비어 있는 창고 같은 곳이었어.

"아니, 이봐요." 나는 화가 잔뜩 난 얼굴로 그 사람에게 소리를 질렀지. "여긴 잘 곳이 못 돼요. 내 침실을 보고 싶어요."

"침실이오?" 그가 조롱하는 투로 날 흉내 내더군. "여기 있는 침실이 다에유. 저건 제 침실이구유."

그 사람이 두 번째 다락방을 가리켰는데, 벽에 빈 곳이 더 많다는 것과 커튼이 없고 남색 누비이불이 덮여 있는 낮고 큼지막한 침대가 한쪽 구석에 놓여 있다는 것을 빼고는 첫째 방과 다를 바가 없었어.

"당신 방을 봐서 뭐 하게요?" 내가 퉁명스럽게 대꾸했지. "설마 히스클리프 씨가 지붕 밑에 묵는 건 아니겠지요, 그렇죠?"

"아! 히스클리프의 방을 말하는 거유?" 마치 그가 몰랐던 사실을 알았다는 듯이 크게 외쳤어. "진작 그렇다고 말씀하셨어야쥬. 그랬으면 이런 수고도 안 하고 그 방은 볼 수 없다고 했었을 틴디. 항시 잠가 놓아서 자기 말고 그 누구도 얼씬거리지 못하게 한다고유."

"정말 멋진 집이네요, 조지프." 참다못해 내가 한마디 했어. "참 훌륭한 사람들이고. 내 운명이 이 집 사람들의 운명과 엮인 날, 세상의 모든 광기의 진수가 내 머릿속에 자리 잡게 된 거야! 하지만 그런 건 지금 따질 문제가 아니고. 다른 방들이 있을 거 아니에요. 제발 서둘러요, 어디라도 자리만 잡게 해 줘요!"

내가 이렇게 간청하는데도 그는 아무 말 없이 고집스럽게 나무 계단을 내려가더라고. 그러다가 어느 방 앞에서 멈췄지. 그 앞에 멈춰 서는 모양이나 방 안 가구들의 고급스러운 모습에 나는 이 방이 이 집에서 가장 훌륭한 방이라 생각했지.

바닥에 훌륭한 카펫이 있었지. 물론 먼지 때문에 문양은 보이지 않더군. 벽난로에는 오려 낸 종이가 찢어진 상태로 달려 있었고 비싼 재질로 만든 큼지막한 진홍색 커튼이 처진 멋진 참나무 침대도 있었어. 현대식 침대였지. 그런데 험하게 쓴 게 분명한지 장식용 커튼이 고리에서 떨어져 있었고, 고리가 걸려 있는 쇠막대 역시 활처럼 휘어져 있는 바람에 커튼 천이 바닥에 끌렸어. 의자들도 망가져 있었고 어떤 건 거의 다 부서져 있더군. 벽의 판자도 보기에 흉할 정도로 깊게 파여 있었어.

그래도 나는 들어가 이 방이라도 차지하려고 마음을 먹고 있었지. 그런데 이 바보 같은 안내인이 이렇게 떠드는 거야.

"이 방은 나리 거예요."

저녁 죽도 다 식고 입맛도 싹 가신 터라 내 인내심도 바닥이 난 상태였어. 나는 즉시 안전한 공간을 마련해서 쉬게 해 달라고 우겼지.

"빌어먹을, 어딜 말하는 건지 모르겠네유?" 신앙심 깊은 척하는 그 노인네가 퍼붓기 시작하더군. "하나님, 저희에게 축복을. 하나님 저희를 용서해 주셔유! 대체 어딜 가겠다는겨? 귀찮은 인간 같으니라고! 헤어턴 방 빼곤 다 봤시유. 이 집에는 더 이상 누울 곳이 없단 말이유!"

너무 짜증이 난 나머지 난 들고 있던 그릇과 죽을 바닥에 내동댕이쳤어. 그러곤 계단 꼭대기에 주저앉아 손으로 얼굴을 가리고 울어 버렸지.

"에고! 에고!" 조지프가 소리쳤지. "잘하는 짓이구먼요! 나리께서 깨진 그릇에 걸려 자빠지기라도 하면 야단 법석이 날틴디. 두고보시유. 전혀 도움이 안 되네! 화가 치민다고 하나님이 주신 양식을 발아래 던지다니 당신은 크리스마스 때까지 굶어도 싸요! 그 성질을 오래 부리진 못할 거유. 히스클리프 양반이 그런 짓을 하게 놔둘 것 같이 보여유? 이렇게 성질부리는 걸 주인 양반이 봤어야 할 긴데. 제발 그랬으면 좋겠구먼."

그런 다음 아래층 자기 소굴로 내려가면서 계속 욕지거리를 해 댔어. 촛불을 갖고 내려가는 통에 난 어둠 속에 남아 있을 수밖에 없었어.

이런 어리석은 짓을 하고 생각해 보니 앞으로 내 자존심을 죽이고 화도 참아야겠다는 생각이 들었지. 나는 즉시 내가 벌려 놓은 걸 깨끗이 치워야겠다고 생각했어.

기대하지도 않았었는데 스로틀러란 놈이 와서 날 돕더라고. 가만히 보니 우리가 키우던 스컬커의 새끼였던 거야. 새끼 때 우리집에서 자라던 놈인데 아버지가 언쇼 씨에게 주었지. 날 알아보는 것 같았어. 날 안답시고 내게 코를 비비더니, 이내 바닥에 쏟아진 죽을 허겁지겁 핥아먹기 시작하는 거야. 그사이에 나는 계단을 더듬으며 깨진 그릇 조각을 모았고 손수건으로 난간에 튄 우유를 닦았어.

한참 닦고 있는데 바깥에서 언쇼 씨가 걸어오는 소리가 들리는 거야. 스로틀러가 꼬리를 감추며 벽에 붙었고 나도 가까운 문간으로 숨었어. 언쇼 씨에게서 도망가려던 스로틀러가 가다가 잡혔는지 깨갱거리며 내빼는 소리와 함께 불쌍하게 울부짖는 소리가 들렸어. 다행히 그는 날 보지 못했어. 날 지나치고 자기 방으로 들어가 방문을 닫더군.

곧이어 조지프가 헤어턴을 재우려고 올라왔어. 그런데 내가 피해 들어간 방이 하필 헤어턴의 방이었어. 날 보자 조지프 영감이 이렇게 말하는 거야.

"댁과 댁 자존심에 걸맞은 방은 거실이유. 거기가 비었으니 혼자 지내시면 되유. 혹 누가 같이 있어 봤자 성질 더러운 사람을 졸졸 따라다니는 악마것지유."

난 즐거운 마음으로 이 말을 받아들였지. 거실로 가 난롯가 옆 의자에 몸을 던지자마자 무섭게 졸면서 이내 잠에 빠져들었지.

깊고 달콤한 잠이었는데 금세 깨고 말았어. 히스클리프가 날 깨우는 거야. 이제야 들어와서는 특유의 사랑하는 척하는 말투로 여기서 무얼 하냐고 묻더군.

우리 방 열쇠를 그 사람이 갖고 있어서 늦게까지 들어가지도 못하고 깨어 있었던 사정을 얘기했지.

'우리'라는 말에 끔찍이 화내면서 이전부터 우리 방이 아니었고 절대 내 방이 될 수도 없다고 하면서, 그 사람이……. 그 사람의 말을 여기 적지 않겠어. 또 그 사람이 평상시 내게 어떻게 하는지도 쓰지 않겠어. 그는 교묘한 방법으로 늘 내 미움을 사거든! 때론 그 경악스러울 정도의 교묘함에 놀라 두려움마저 잊을 정도야. 하지만 분명한 건 호랑이나 독사도 그 사람만큼 날 공포에 떨게 하진 못할 거야. 새언니가 아픈 게 다 오빠 때문이라고 하면서 오빠를 손에 넣을 때까지 그 고통을 내가 대신 겪게 해 주겠다고 날 겁박하는 거야.

난 그 사람이 정말 끔찍해. 비참해. 정말 어리석었어! 이런 이야기는 집에 있는 그 누구에게도 하지 마. 엘런이 와 주기를 기다리겠어. 제발 날 실망시키지 마!

이사벨라

14장

이 편지를 꼼꼼히 읽고 나서, 저는 즉시 서방님에게 갔어요. 여동생이 워더링 하이츠에 무사히 도착해 제게 편지를 보냈는데, 새언니가 처한 상황 때문에 마음이 아프다는 말과 함께 오빠가 자기를 용서한다는 소식을 저를 통해 빨리 전해 달라는 내용이 담겨 있다고 알려 주었지요.

"용서라니! 엘런, 난 그 애를 용서할 게 없어. 괜찮다면 자네가 오늘 오후라도 워더링 하이츠로 건너가서 내가 화가 난 게 아니라 동생을 잃어 마음이 아프다고 전해 줘. 무엇보다도 그 애가 행복하지 않을 거 같아서 그러는 거야. 하지만 내가 그 애를 보러 가는 건 말도 안 돼. 우린 영원히 갈라 선 거라고. 만약 그 애가 진정 내게 고마워하는 마음이 있다고 한다면 자기와 결혼한 그 불한당을 내 고장에서 떠나게끔 설득하라고 해."

"서방님, 아가씨에게 짧은 편지라도 써 주시겠어요?" 제가 부탁하는 투로 물었지요.

"아니." 그가 대답했어요. "그런 건 필요 없다고. 그자가 우리 집에 편지를 보내지 않는 것처럼 나도 그놈 집안과는 소통하지 않는 게 좋아. 그런 일은 없을 거야."

서방님이 너무 냉정하게 대답하는 바람에 전 정말 우울했지요. 집을 나서서 워더링 하이츠로 가는 동안 저는 냉정한 서방님의 말씀을 어떻게 해야 좀 더 다정하게 전할 수 있을지, 그리고 동생을 위로해 주는 몇 마디조차 거절한 걸 어떻게 해야 좀 더 부드럽게 전할 수 있을지 고민했습니다.

이사벨라 아가씨는 아침부터 내가 오는 걸 지켜보고 있었던 모양이에요. 그녀는 제가 정원 진입로로 들어가는 모습을 창문으로 보고 있더군요. 제가 고개를 끄덕이며 아는 체하자 아가씨는 혹시 다른 사람의 눈에 띌까 봐 두려운지 뒤로 물러서더군요.

저는 노크도 하지 않고 안으로 들어갔어요. 전에는 활기가 넘치던 집이었는데 정말 더없이 쓸쓸하고 음산하더군요! 제가 아가씨 입장이었다면 적어도 난로에 있는 재도 쓸고 탁자의 먼지도 닦았을 겁니다. 하지만 그녀는 어느새인가 집안에 퍼진 게으른 분위기에 젖어 버린 듯했어요. 고왔던 얼굴의 핏기도 사라지고 맥도 없어 보였어요. 머리 손질도 안 해서 몇 가닥은 힘없이 늘어져 있었고, 몇 가닥은 이마에 감겨 있었어요. 옷은 전날 입은 걸 그대로 입고 있는 것 같았고요.

힌들리 서방님은 보이지 않더군요. 히스클리프는 탁자에 앉아 수첩에 든 종이쪽지를 뒤적이고 있었어요. 제가 들어가자 자리에서 일어나 다정한 투로 어떻게 지냈느냐고 안부를 묻고는 앉으라고 의자를 내밀었어요.

그 집에서 그나마 품위 있게 보이는 사람은 히스클리프뿐이었어요. 그 어느 때보다 좋아 보이더군요. 환경이 사람을 바꾸는지는 모르겠지만 그를 모르는 사람들에겐 히스클리프가 타고난 신사로, 그리고 제대로 교육받은 신사로 보였을 테고 아씨는 아주 채신머리 없는 여자로 보였을 거예요!

아씨가 날 맞으려고 앞으로 다가와 기다리던 편지를 받으려고 한 손을 내밀었어요.

제가 고개를 저었지요. 하지만 눈치를 못 챘는지 모자를 벗어 놓으려고 찬장으로 가자 거기까지 날 따라와 가져온 걸 빨리 달라고 귓속말로 조르더군요.

히스클리프는 아가씨가 왜 이러는지 다 알고 있다는 듯이 이렇게 말했어요. "이사벨라에게 줄 게 있으면 주라고. 넬리, 분명 줄 게 있을 거야. 비밀로 할 거 없어. 우리 사이에 비밀은 없으니까."

"줄 건 없어요." 저는 그냥 사실을 말하는 게 최고라고 생각하며 말했어요. "우리 집 서방님께서 아가씨에게 말하길, 지금은 볼 생각은커녕 편지도 기대하지 말라고 하셨어요. 다만 아가씨에게 사랑한다면서 행복을 빈다고 하셨어요. 아가씨로 인해 마음이 아팠지만 그것도 다 용서한다고 하면서, 두 집안 간에 왕래해 봤자 좋을 게 없으므로 앞으로 서로 아무런 왕래가 없었으면 한다고 하셨어요."

히스클리프 부인은 입술을 바르르 떨며 창가 자리로 돌아갔지요. 그녀의 남편은 제 옆에 있던 벽난로 재받이돌 위에 서서는 캐서린 아씨에 대해 묻기 시작했어요.

아씨가 아픈 사실에 대해서 제가 생각하는 한 적당한 정도까지 알려 주었어요. 그랬더니 아씨가 아픈 원인이 뭔지 저에게 자세히 따져 묻더군요.

저는 아씨가 아픈 게 다 본인 탓이라고 했어요. 사실 그럴 만도 했고요. 그러고는 히스클리프 씨도 우리 서방님처럼 좋든 싫든 앞으로 남의 집안일에 관여하지 않았으면 좋겠다고 하면서 말을 맺었답니다.

"아씨는 이제 막 회복 중이세요." 제가 말했어요. "다행히 목숨은 건졌지만 건강이 결코 예전 같지는 않을 거예요. 히스클리프 씨가 아씨를 조금이라도 생각한다면 다시는 그녀 앞에 나타나지 않았으면 해요. 아니, 여길 아주 떠나셨으면 좋겠어요. 혹 미련을 두실까봐 말씀드리는 건데요, 저기 젊은 부인이 저와 다른 것처럼 캐서린 아씨 역시 히스클리프 씨가 친구로 알고 있던 캐서린 언쇼와는 완전 다르답니다. 성격은 물론이고 모습도 완전히 다르게 변했어요. 어쩔 수 없이 그녀의 친구로 남을 수밖에 없는 사람들 또한 이제부터는 그녀에 대한 예전 추억 때문에, 아니 인정이나 의무감 때문에 애정을 유지해 나가는 겁니다!"

"그럴 만하겠지." 그가 애써 침착한 체하며 말하더군요. "당신 주인은 인정과 의무감에 의지할 수밖에 없겠지. 하지만 당신은 나 역시 캐서린을 의무감이나 인정에 맡겨 둘 거라고 보는 거야? 그리고 캐서린에 대한 내 감정을 감히 당신 주인에게 견준단 말이야? 당신이 여길 떠나기 전에 캐서린을 만나게 해 주겠다는 약속을 받아 내야겠어. 약속을 하든 안 하든 결국 난 그녀를 만날 거야! 그러니 어디 한번 말해 보라고."

"히스클리프 씨, 저는 그래서는 안 된다고 봅니다. 그리고 제가 만남을 주선할 일은 결코 없을 겁니다. 두 분이 다시 마주치는 날엔 우리 아씨는 진짜로 돌아가시고 말 거예요."

"당신이 도와주면 그건 피할 수 있을 거야." 그가 계속 말했어요. "만약 그런 일이 벌어질 위험이 있다면 — 에드거가 캐시의 생명에 조금만이라도 더 위해를 가할 일이 생긴다면 — 내가 극단적으로 일을 벌인다고 해도 다 정당화될걸! 에드거를 잃으면 캐시가 진정 고통스러워할 것이지만 내게 솔직히 말해 주면 돼. 나는 그녀가 그렇게 될까 봐 두려운 것뿐이야. 이것만 봐도 나와 에드거가 얼마나 다른지 알 수 있잖아. 그 사람이 내 입장이고 내가 그 사람 입장이었다고 해 봐. 난 내 인생을 고통스럽게 만든 그자를 정말 싫어한다고 해도 난 그자에게 손끝 하나 대지 않았을 거야. 넬리가 내 말을 못 믿어도 좋아! 캐시가 그자와 있기를 원한다면 난 절대로 캐시의 곁에서 그자를 떼어 내지 않을 테니까. 캐시가 더 이상 그에게 관심이 없는 순간, 그자의 심장을 뜯어내 그 피를 마시고 말 거야! 하지만 그때까지는 — 넬리가 날 못 믿겠다면 그만큼 날 모르는 거야 — 그자의 머리털 한 가락도 건드리지 않을 거야. 차라리 내가 조금씩 말라 죽는 걸 택하겠어!"

"하지만 아씨가 당신을 거의 잊어 가고 있는 마당에 다시금 당신을 떠올리게 해서 아씨가 완전하게 회복될 희망을 다 밟아 버리고, 그녀를 다시 불화와 실망 가운데로 몰아넣을 정도로 양심이 없진 않겠지요?" 그의 말을 가로막으며 제가 말했지요.

"당신은 캐시가 날 거의 잊었다고 보는 거야?" 그가 다시 말했어요. "오, 넬리! 그렇지 않다는 걸 잘 알면서! 캐시가 에드거 린턴을 한 번 생각할 때마다 내 생각을 천 번 이상 했다는 걸 나만큼 잘 알잖아! 내 평생 가장 비참했던 시절, 난 그녀가 날 완전히 잊었다고 생각한 적이 있었지. 지난여름 이곳에 돌아왔을 때 그런 생각이 머리에서 떠나지 않았어. 하지만 이젠 그녀가 자기 입으로 그렇다고 단언하지 않는다면 결코 그런 끔찍한 생각을 받아들이지 않을 거야. 만약 날 정말 잊었다고 한다면, 린턴이고 힌들리고 내겐 다 아무 의미도 없는 거지. 내가 품었던 모든 꿈도 마찬가지고. 내 삶의 미래는 단 두 단어, 죽음과 지옥으로 요약되는 거야. 그녀를 잃은 내 삶은 지옥 그 자체니까.

잠시나마 난 어리석게도 그녀가 나보다 에드거와의 관계를 더 소중히 여긴다고 생각한 적이 있었어. 설령 그가 그 빈약한 몸으로 온 힘을 다해 그녀를 80년 동안 사랑한대도 내가 하루 사랑한 것에도 못 미칠 거야. 캐시는 나만큼이나 마음이 깊은 사람이야. 그녀의 사랑을 그가 독차지할 수 있다고 생각하는 것은 마치 바닷물을 모든 말구유에 담을 수 있다고 생각하는 것과 마찬가지야. 흥! 캐시에게 그자는 사랑하는 개나 말 정도로 소중할 뿐이야. 그자에겐 나처럼 사랑받을 만한 무언가가 없거든. 그자에게 없는 걸 어떻게 캐시가 사랑할 수 있겠냐고?"

"캐서린 언니와 오빠는 여느 사람들처럼 서로 좋아하고 있어요." 이사벨라가 갑자기 기운을 내며 말했어요. "그런 식으로 말할 자격은 아무에게도 없다고요. 그런 식으로 우리 오빠를 얕보는 걸 그냥 듣고 있진 않겠어요."

"당신 오빠는 당신도 끔찍이 사랑했지, 그렇지?" 비꼬듯 그가 말했어요. "그러니까 그렇게나 빨리 당신이 떠돌이 신세가 되게 놔두는 거고."

"오빠는 내가 힘들어하는 걸 전혀 몰라요." 그녀가 대꾸하더군요. "그런 말은 하지도 않았으니까요."

"뭔가 말하긴 한 모양이군. 편지를 보냈지?"

"그래요, 내가 결혼했다는 소식을 전하려고 편지를 보냈어요. 당신도 그걸 봤잖아요."

"그 뒤로는 안 했고?"

"안 했죠."

"우리 이사벨라 아가씨는 환경이 바뀌어서 그런지 더 안돼 보여요." 제가 옆에서 거들었지요. "분명 누군가의 사랑이 부족한 건데, 누구라고 짐작은 가지만 말은 안 하겠어요."

"부족한 건 아마 그녀의 사랑이겠지." 그가 말했어요. "이젠 남편도 버리는 여자가 돼 버렸어! 날 즐겁게 하는 걸 이상하리만치 싫어하거든. 당신이 믿을지 모르겠지만, 결혼한 다음 날부터 울며 집에 가겠다고 했어. 하지만 저렇게 채신머리가 없는 게 이 집과 더 어울릴지도 모르지. 하여튼 밖으로 나대며 날 망신시키지 않게끔 조치를 취할 거야."

"글쎄요." 제가 대꾸했지요. "히스클리프 부인께서는 누가 돌봐 주고 시중들어 주는 데 익숙했던 분이란 걸 아실 거라고 봐요. 모두 시중을 드는 귀한 외동딸처럼 자랐거든요. 하녀를 둬서 아가씨를 깔끔하게 꾸며 주고 히스클리프 씨도 상냥하게 대해 주면 되죠. 에드거 서방님을 어떻게 생각하시든 간에 아가씨의 깊은 사랑을 의심하시면 안 돼요. 아니면 이런 을씨년스러운 곳에서 히스클리프 씨와 지내려고 우아하고 안락했던 집과 친구들을 다 버리고 왔을 리가 없지요."

"뭔가 착각에 빠진 거겠지." 그가 말하더군요. "집사람은 나를 로맨스의 주인공으로 착각하고는 기사다운 끝없는 헌신으로 자기가 원하는 걸 다 들어 주길 바랐던 거야. 난 집사람이 이성적인 사람이라는 생각이 전혀 안 들어. 나라는 사람에 대해 터무니없는 환상을 고집하고 자기가 품은 잘못된 인상에 따라 행동하더군. 하지만 이제야 날 제대로 보기 시작했나 봐. 결혼 초기에 바보처럼 웃거나 인상을 찌푸려서 날 기분 나쁘게 했었는데 이제는 안 그러는 걸 보니 말이지. 그리고 나에 대한 환상을 품지 말고 자기 모습이나 제대로 보라고 내가 진지하게 이야기해 줘도 도무지 진의를 파악하지 못하는 그 무분별한 모습도 없어졌는걸. 그나마 내가 자기를 사랑하지 않는다는 사실을 알게 된 것도 엄청난 통찰을 통해 가능했지. 한때는 아무리 일러 줘도 안 될 줄 알았거든! 하긴 아직도 제대로 깨닫지 못한 것 같아. 오늘 아침에도 마치 놀랄 만한 사실을 깨닫기나 한 것처럼 말하는 거야. 내가 결국 자기가 날 혐오하게끔 만드는 데 성공했다나! 틀림없이 헤라클레스의 무용담만큼이나 대단한 일이지! 실제 그런 엄청난 일을 해냈다면 감사할 일이지. 이사벨라, 당신의 주장을 믿어야겠지? 날 혐오한다는 게 맞소? 혹시 반나절만 혼자 있게 놔두면 한숨을 내쉬며 내게 달려와 아양 떠는 건 아니겠지? 이사벨라는 내가 당신 앞에서라도 아주 다정한 척해 주었으면 하고 바랄 거야. 사실이 알려지게 되면 허영심에 상처를 입거든. 이 모든 게 일방적으로 날 좋아해서 생긴 일이라는 게 알려져도 난 아무 상관 없어. 이 점에 대해서는 거짓말한 적이 없거든. 난 한 번도 부드럽게 대하는 척하며 저 여자를 속인 적이 없어. 그레인지에서 가출할 때 내가 자기의 조그만 애완견을 목매다는 걸 저 여자도 봤거든. 개를 풀어 달라고 했을 때, 내 첫마디는 한 명 빼놓고 이 집안 모두를 목매

달고 싶다는 거였지. 아마 그 한 명이 자기인 줄 알았던 모양이지. 잔인한 짓을 해도 저 여자는 싫어하지 않았어. 저 여자는 천성적으로 자기만 괜찮으면 아무리 잔인한 짓이라도 다 즐기는 모양이야! 자, 저 불쌍하고 노예근성에 젖은 천박한 여자가 내가 자길 사랑한다고 꿈꾸는 것이 멍청함, 아니 부조리의 극치 아니겠어? 넬리, 내 평생 이렇게 자존심이 없는 사람은 본 적이 없다고 당신 주인에게 가서 전하라고. 린턴가의 명예에 똥칠을 하고 있다고 말이야. 이따금 어떻게 해야 저 여자가 견딜 수 없을지 새로운 방법을 생각하다가 그만둘 때가 있는데, 그러면 그 즉시 내게 다시 들러붙는다니까! 하지만 가서 린턴에게 오빠로서 그리고 치안판사로서 신경 쓸 건 없다고 전해 줘. 내가 엄밀히 법 테두리를 벗어나지 않을 정도로 하고 있으니까 말이지. 지금껏 나와 헤어질 것을 요구할 만한 어떤 법적인 빌미를 준 적도 없지. 게다가 누가 우리를 떨어뜨려 놓아도 저 여자는 고마워하지 않을 거야. 가고 싶으면 가도 돼. 저 여자를 괴롭혀 얻는 재미보다 저 여자가 내 곁에서 날 귀찮게 하는 괴로움이 더 크니까 말이지!"

"히스틀리프 씨, 이건 미친 사람이나 할 소리예요." 제가 말했지요. "당신 부인께서는 아마 당신이 미쳤다고 생각할 거예요. 그래서 지금까지 잘 참아 온 거고요. 하지만 이제 가도 좋다고 했으니 분명 이 집을 나갈 거예요. 아가씨도 본인이 원해서 이런 사람과 같이 지낼 정도로 정신이 나간 건 아니겠죠?"

"엘런, 저 사람 조심해!" 화가 치민 듯 눈을 부라리며 아가씨가 대답했어요. 그녀 표정으로 보아 자기를 혐오의 대상으로 만들려는 히스클리프의 계략이 적중했다고 생각하지 않을 수 없었지요. "저 사람 말은 한마디도 믿지 마. 저 사람은 거짓말이나 늘어놓는 악마이자 괴물이야. 인간이 아니라고! 이전에도 가도 좋다고 내게 말했거든. 내가 그렇게 하려고 한 적도 있었지만 다시는 그런 짓 안 할 거야! 엘런, 오빠나 새언니에게 이 사람이 지껄인 끔찍한 말들을 한마디도 전하지 않겠다고 약속해 줘. 저이는 무슨 짓을 해서라도 오빠를 절망에 빠뜨리려고 하는 거야. 나와 결혼한 것도 오빠를 이겨 보려고 그런 거라고. 하지만 결코 안 될걸. 그전에 내가 죽어 버릴 테니까! 내가 원하는 건 저 사람이 악마처럼 머리만 굴리지 말고 그냥 먼저 날 죽이는 거야! 내가 생각할 수 있는 유일한 기쁨은 내가 죽거나 아니면 저이가 죽는 걸 보는 거라고!"

"자, 그쯤 하지!"그 사람이 말했지요. "넬리, 혹 법정에 불려 나오면 지금 저 말을 잘 기억해 두라고! 그리고 저 표정도 잘 보고. 이젠 제법 나와 잘 어울리잖아. 이사벨라, 맞아. 당신은 스스로를 지킬 수 없어. 암만 지겨워도 당신의 법적 보호자인 내가 당신을 맡아야 한다고. 어서 위층으로 올라가. 엘런 딘과 사적으로 말할 게 있으니까. 그쪽 말고, 위층이라니까! 위층으로 가는 길은 여기잖아!"

그는 아가씨를 붙잡아 방에서 내쫓았으면서 중얼대더군요.

"내겐 연민이 없어! 내겐 연민이 없다고! 벌레가 꿈틀대면 그 창자까지 다 짓뭉겨 버리고 싶거든! 이건 정신적인 이갈이 같은 거라고. 고통이 더해질수록 더 세게 이를 갈고 싶거든."

"대체 연민이 무슨 말인지 알기나 해요?"서둘러 모자를 집어 들며 제가 말했어요. "살면서 연민이라는 감정을 한 번이라도 느껴 본 적이 있냐고요?"

"모자 내려놔!"내가 떠나려는 걸 알고 그가 막아섰어요. "아직 가면 안 돼. 넬리, 이리 와 봐. 캐서린을 만나야 하는데 넬리를 설득하든 아니면 억지로라든 도움을 받아야 하거든. 그것도 당장 말이야. 해를 끼칠 마음은 전혀 없어. 린턴 씨를 당황케 하거나 화나게 하거나 모욕할 생각도 없어. 단지 지금은 캐서린이 어떤지, 왜 아팠는지, 그리고 내가 해 줄 수 있는 건 없는지 알고 싶을 뿐이야. 지난밤에도 그 집 정원에서 여섯 시간이나 서성거렸어. 오늘 밤도 가 볼 거고. 매일 밤 거기 갈 거야. 들어갈 기회를 찾을 때까지 말이야. 에드거와 마주치게 되면 그땐 녀석을 때려눕히고 내가 머무르는 동안 꼼짝 못 하게 만들 거야. 하인 녀석들이 맞서면 이 총으로 겁을 줘 다 내쫓을 거라고. 어때, 그놈들과 마주치거나 그 집주인과 마주치지 않는 게 좋지 않겠어? 당신이라면 쉽게 할 수 있잖아. 내가 도착해서 신호를 주면 캐서린이 혼자 있을 때 내가 몰래 들어갈 수 있게 해 주고, 내가 떠날 때까지 지켜보면 돼. 말썽을 미리 막는 일이니 양심에 꺼릴 것도 없잖아."

저는 주인집에서 그런 배반 행위를 할 수는 없다고 버텼지요. 그리고 자기만족을 위해 에드거 서방님을 뒤흔들어 놓는 건 잔인하고 이기적인 짓이라고 했어요.

"아씨는 아주 하찮은 일에도 놀라 고통스러워해요. 너무 예민해서 당신을 보면 분명 기절할 겁니다. 그러니 제발 고집 피우지 마세요! 고집 피우시면 저도 서방님에게 말씀드릴 수밖에 없어요. 그러면 그런 식의 부당한 침입에 대비해 집과 식구들을 보호하려고 모든 조처를 취할 게 뻔하고요!"

"그렇다면 난 자넬 여기 잡아 둘 수밖에 없어!" 히스클리프가 버럭 소리를 지르더군요. "내일 아침까지 여길 떠날 수 없어. 캐서린이 날 보면 안 된다니, 그건 어리석은 말이야. 캐서린을 놀라게 하는 건 원하지 않아. 당신이 내가 가는 걸 미리 알게 해 줘야겠지. 캐서린에게 내가 가도 되냐고 미리 물어보는 거야. 캐서린이 내 이름을 한 번도 말한 적이 없고 집 안에서도 내 이름을 거론한 적이 한 번도 없다고 했지. 아니 그 집에서 나에 대해 말하는 게 금기시됐는데 대체어떻게 캐서린이 내 이름을 입에 올리겠냐고? 캐서린은 식구들 모두를 다 첩자로 여기는 거야. 세상에나, 그러니 거기가 지옥일 수밖에! 다른 건 차치하고라도 말 한마디도 안 하는 캐서린의 심정을 알기냐하냐고. 자주 불안해하고 걱정스러운 표정을 짓는다고 말하면서 어떻게 캐서린이 편안하게 있다고 지껄인단 말이야? 캐서린이 불안해질 수 있다고 했지. 끔찍하게 갇혀 있는 그런 상황에서 어떻게 불안하지 않을 수 있겠냐고? 게다가 그런 멍청하고 하찮은 인간이 그저인정에 끌려 의무적으로 간호한답시고 옆에 있는데 말이야! 연민과 동정심이라고! 그런 어설픈 간호로 캐서린의 기력을 되살리려고 하느니 차라리 화분에다가 참나무를 심고 잘 자라길 기다리는 게 낫지않겠어? 자, 결정하라고. 당신이 여기 있을 동안 내가 가서 린턴과 그 하인 놈들을 때려눕힐까? 아니면 이제껏 해 왔듯이 내 편이 돼내가 시킨 대로 할 거야? 선택하라고! 당신이 고집스럽게 버틴다면나도 이렇게 지체할 시간이 없어!"

　　록우드 씨, 저는 말다툼까지 하며 불평을 늘어놓았고, 50번 정도 안 된다고 잘라서 말했지요. 하지만 결국 그 사람 요청에 응할 수밖에 없었어요. 그 사람이 아씨에게 주는 편지를 전해 주기로 했고, 아씨가 괜찮다고 하면 히스클리프에게 서방님이 집을 비우는 때를 알려 주기로 했어요. 그리고 언제 들어올 수 있을지도 말이죠. 그때는 저도 나가 있고 집 하인들도 똑같이 나가 있기로 했어요.

잘한 건가요, 아니면 잘못한 걸까요? 그땐 어쩔 수 없었지만 이게 아니구나 하는 생각은 들었어요. 그 사람의 요구에 응함으로써 또 다른 충돌을 막았다고 보았고, 아씨의 정신병이 회복될 좋은 기회라고 보았어요. 한데 서방님이 저더러 말을 옮기고 다닌다고 혼냈던 기억도 났지요. 저는 서방님에 대한 배신행위도, 그것이 배신이라는 말을 쓸 만큼 심한 짓이라고 해도, 이것이 마지막이라고 다시 다짐하면서 심란한 제 마음을 달랬답니다.

여하튼 워더링 하이츠로 갈 때보다 집으로 올 때 마음이 더 아팠어요. 그리고 아씨 손에 그 편지를 전달해 주자고 마음먹기까지 무척 망설였답니다.

근데 케네스 선생님이 오셨나 봅니다. 전 내려가서 록우드 씨가 많이 좋아지셨다고 전해 드릴게요. 제 이야기는 이곳 사람들 말로는 애잔하다고 할 수 있지만, 제 이야기를 들으며 아침나절 시간 보내시긴 괜찮을 겁니다.

애잔하고, 음울하고! 이 훌륭한 여인이 의사를 맞으러 내려가 있는 동안 곰곰이 생각했다. 내게 들려준 이야기는 그냥 단순히 재미 삼아 들을 이야기는 아닌 것 같았다. 하지만 그러면 어때! 약초같이 쓴 딘 부인의 이야기에서 내가 알아서 몸에 좋은 것만 건지면 되지. 무엇보다 하이츠에서 본 캐서린 히스클리프의 매력적인 반짝이는 두 눈에 빠져들지 않게 조심해야겠다는 생각이 들었다. 자기 엄마를 똑 닮았다고 하는데 자칫 내가 그 젊은 여자에게 마음을 뺏긴다면 난처한 입장에 처할 수 있겠다는 생각이 들었기 때문이다.

2권

1장

또 한 주가 지났다. 그만큼 몸도 회복되었고, 봄도 한 주나 가까워졌다! 넬리가 중요한 일 틈틈이 짬을 내서 여러 차례 이야기해 준 덕분에 이웃들에 대해 다 알게 되었다. 이 모든 이야기들을 약간 줄이긴 하겠지만 다시 넬리의 말로 계속해 볼까 한다. 워낙 이야기를 잘하는 넬리이기에 내가 살을 덧붙일 필요가 없을 성싶다.

워더링 하이츠에 다녀온 날 저녁(그녀가 말했다), 저는 직접 보지는 못했지만 히스클리프가 집 주위에 있다는 걸 알았어요. 그래서 밖에 나가는 걸 피했지요. 아직 그 사람이 아씨에게 주는 편지를 품에 지니고 있었기에 괜스레 협박이나 받으며 괴롭힘을 당하기 싫었거든요.

저는 서방님이 외출하신 후에 아씨에게 전해 주려고 마음먹었지요. 캐서린 아씨가 편지를 받고 어떻게 반응할지도 걱정이 됐고요. 하여튼 사흘간 편지를 전하지 못했어요. 사흘째 되는 날이 일요일이었어요. 가족들이 다들 교회에 간 틈에 올라가 편지를 아씨 방에 갖다 놓았어요.

남자 하인과 제가 남아 집을 봤는데, 보통 예배 보러 간 동안 저희는 대개 모든 방을 잠가 놓았어요. 그날따라 날씨가 워낙 포근하고 상쾌한지라 문을 활짝 열어 놓고는 누가 올지 이미 알고 있었고 약속했던 것도 지킬 겸해서 하인을 시켜 아씨가 오렌지를 몹시 먹고 싶어 하니 마을로 달려가 돈은 내일 준다고 하고 몇 개 사 오라고 시켰어요. 그가 나가자마자 전 위층으로 올라갔지요.

린턴 부인이 헐렁한 흰옷 차림에 어깨에는 가벼운 숄을 걸친 채, 여느 때처럼 열려 있는 창가 구석 자리에 앉아 있었어요. 아프기 시작하면서 풍성하고 긴 머리를 조금 잘랐는데, 그냥 빗질만 한 머리칼이 관자놀이와 목덜미로 흘러내리고 있었죠. 히스클리프에게 말했던 것처럼 겉모습도 변했어요. 하지만 차분할 때는 그 와중에도 이 세상 사람 같지 않은 아름다움이 남아 있었지요.

아씨의 눈은 반짝거리다가도 몽환적이고 우울해 보였는데, 주위 사물을 향한 게 아니라 저 너머를 물끄러미 바라보는 듯했어요. 이 세상 너머를 본다고나 할까요. 창백한 얼굴 ―그나마 살이 오르면서 초췌한 모습은 사라졌지만 ― 과 그녀의 정신 상태에서 나오는 이상한 표정은 보기만 해도 금세 이유를 알 수 있을 정도로 뭔가 애처롭고 짠한 느낌을 주었지요. 이런 아씨의 모습을 본 사람들은 저를 포함해 누구나 다 그녀가 회복하고 있는 표시라고 본다기보다는 오래 살지 못할 거라는 인상을 받았답니다.

책 한 권이 그녀 앞 창턱에 놓여 있었는데, 거의 느끼지 못할 정도의 바람이 불어 책장이 이따금 펄럭거렸어요. 아마도 아씨의 기분을 바꿔 보려고 린턴 서방님이 놔두신 듯했어요. 아씨는 책을 읽거나 뭔가에 몰입해서 분위기를 바꾸려 하지 않았거든요. 서방님께서는 예전에 아씨가 좋아하던 일에 관심을 돌리게 하려고 몇 시간이고 애쓰곤 했어요.

그런 서방님의 마음을 아신 아씨는 기분이 괜찮을 때는 남편이 애쓰는 걸 차분하게 보고 있기도 했지만, 이따금 한숨을 쉬며 다 부질없다는 걸 드러내기도 했어요. 결국엔 애처롭게도 그에게 웃음을 지으며 입맞춤을 하면서 모든 걸 그만두게 했지요. 어떤 때는 언짢은 표정으로 얼굴을 돌린 채 두 손으로 얼굴을 가렸고, 심지어 화를 내며 서방님을 밀쳐 내기도 했어요. 그러면 서방님은 모든 게 소용없다는 걸 알았는지 아씨를 혼자 있게 해 주었지요.

기머턴 교회의 종소리가 계속 들렸고, 넘실거리며 부드럽게 흐르는 개울물 소리도 마음을 달래듯 귓가를 스쳤어요. 여름이 되면 들려오는 무성한 나뭇잎들이 소곤거리는 소리를 대신하는 듯했어요. 나뭇잎들이 그레인지를 덮을 때가 되면 개울물 소리가 안 들렸지요. 워더링 하이츠에서는 눈이 엄청 녹거나 장마철이 지난 뒤 적막한 시절이 오면 어김없이 개울물 소리가 들렸어요. 그 소리를 들으며 아씨는 분명 워더링 하이츠 생각을 하고 있었을 겁니다. 아씨가 생각을 하거나 소리를 들을 수 있다면 말이지요. 하지만 아씨는 아까 말했듯이 넋이 나간 듯 멍한 표정이었어요. 마치 귀에 들리거나 시야에 들어오는 주위 것들을 전혀 알아보지 못하는 것 같았어요.

"아씨, 편지가 와 있어요." 제가 무릎 위에 올려놓은 그녀의 손에 편지를 살며시 쥐여 주며 말했어요. "답장해야 하는 편지니 지금 즉시 읽어야 해요. 제가 열어 볼까요?" "그래" 하고 그녀가 대답하기에 즉시 열어 봤지요. 짧은 글이더군요. "자, 읽어 봐요." 제가 다시 말했지만 그녀가 손을 빼는 바람에 편지가 바닥에 떨어지고 말았어요. 제가 편지를 다시 그녀의 무릎 위에 올려놓고 그녀가 내려다보고 싶은 마음이 들 때까지 서서 기다렸어요. 하지만 너무 오래 지체하고 있기에 다시 말했어요. "아씨, 제가 읽을까요? 히스클리프가 보낸 거예요."

그녀는 잠시 놀라며 추억을 되살리는 듯하더니 생각을 다잡으려고 노력하는 모습을 보였어요. 그러더니 편지를 들고 꼼꼼히 읽는 것 같았어요. 마지막에 적힌 히스클리프의 서명을 보더니 한숨을 내쉬더군요. 하지만 편지의 내용을 이해한 것 같지는 않았어요. 제가 대답을 해 달라고 하니 그녀는 단지 그 이름만 가리키면서 애처로우면서도 궁금해하는 표정으로 절 쳐다보았어요.

"그 사람이 아씨를 보기 원해요." 편지의 뜻을 해석해 주길 바라는 듯 보이기에 제가 한마디 했지요. "지금쯤 내가 어떤 답을 갖고 올지 마음을 졸이면서 숲에 와 있을 거예요."

이러는 순간, 저는 창문 아래 양지바른 풀밭에 누워 있던 덩치 큰 개 한 마리가 짖을 태세로 귀를 쫑긋 세우는 걸 봤어요. 그러더니 다시 귀를 내리며 꼬리를 치더군요. 아마도 누군가 아는 사람이 오고 있었나 봅니다.

아씨가 궁금했던지 몸을 숙이며 숨죽이며 듣더군요. 조금 있다가 복도를 지나는 발소리가 들렸어요. 대문이 열려 있었기에 히스클리프는 안으로 들어오고 싶은 유혹을 참을 수 없었겠지요. 그리고 제가 대답을 주겠다는 약속을 저버렸다고 보고 위험을 무릅쓰고 직접 찾아오기로 마음먹었던가 봅니다.

238

캐서린은 긴장된 표정으로 문 쪽을 쳐다봤지요. 히스클리프가 방을 제대로 찾지 못한 것처럼 보이자 아씨가 들어오게 하라고 제게 손짓했어요. 하지만 제가 문 쪽으로 달려가기도 전에 그 사람이 방을 찾아 안으로 들이닥쳤어요. 한두 걸음에 어느새 아씨 곁에 다가와 아씨를 와락 끌어안더라고요.

아무 말 없이 한 5분쯤 안고 있었는데, 그사이에 제가 보건대 평생 할 입맞춤을 다 해 버릴 정도로 아씨에게 입을 맞추더군요. 하지만 먼저 입을 맞춘 건 분명히 아씨였어요. 히스클리프는 너무 마음이 아팠던지 그녀의 눈을 바라보지도 못했어요! 품에 안는 순간, 그 사람은 제가 느꼈듯이 아씨가 더 이상 회복할 가망이 없고 죽을 운명이라는 걸 느꼈나 봅니다.

"세상에, 캐시! 내 생명과도 같은 캐시! 내가 어떻게 견딜 수 있겠어?" 그가 던진 첫 마디에 너무나 애처로운 감정이 묻어 있었어요.

그리고 뚫어지게 아씨를 쳐다보기에 눈물을 흘릴 줄 알았는데, 너무 애처로워서 그랬는지 눈물을 흘리는 대신 비통함에 흠뻑 젖어 있더군요.

"어쩌려고?" 아씨는 이런 그의 시선에 갑자기 이마를 찌푸리더니 몸을 뒤로 젖히며 말했어요. 마치 풍향계의 방향이 바뀌듯 아씨의 기분은 수시로 변했지요. "히스클리프, 너랑 에드거 때문에 내 가슴이 찢어졌어! 그런데 두 사람 다 자기들이 불쌍한 사람인 척하면서 내게 와 통곡하는구나! 난 절대 너희를 불쌍하게 여기지 않을 거야. 너희는 날 죽이고 잘 살 거야. 잘 지내고 있잖아! 내가 죽은 다음 얼마나 더 오래 살려고?"

아씨를 끌어안으려고 무릎을 꿇고 있던 히스클리프가 일어나려고 하자 아씨는 그의 머리를 움켜잡고 다시 자리에 앉혔어요.

"우리 둘 다 죽을 때까지 널 이렇게 붙들고 있을 거야!"아씨가 비통하게 말을 이었어요."네가 어떤 고통을 겪던 난 신경 쓰지 않을 거야. 네가 고통스러워해도 모르는 체할 거라고. 너라고 고통스럽지 말라는 법이 있어? 난 어떤데! 넌 날 잊을 거니? 내가 땅에 묻혀도 행복하겠어? 20년 후 이렇게 말할 수 있겠어?'캐서린 언쇼가 저기 묻혔어. 오래전에 사랑했었지. 그녀를 잃고 정말 참담한 심정이었어. 하지만 이제 다 지난 일이야. 그 후로 많은 사람을 사랑했거든. 지금은 그녀보다 내 아이들이 더 소중해. 내가 죽어서 그녀 곁으로 간다고 해도 즐겁진 않겠지. 내 아이들을 떠나야 하는 거니까!' 넌 이렇게 말할 거지, 히스클리프?"

"그만 괴롭혀. 나도 너처럼 미쳐 버릴 것 같아."히스클리프는 그녀의 손에 잡힌 머리를 잡아 빼더니 이를 꽉 물고 말했어요.

멀쩡한 사람에게는 두 사람의 모습이 섬뜩할 정도로 이상하게 보였을 겁니다. 이승에서 하직할 때 육신과 함께 그녀의 성격까지 버리지 않는다면 그녀에겐 천국도 그저 귀양을 간 곳에 지나지 않을 것 같았어요. 뺨은 창백하고 입술에도 핏기가 전혀 없고, 번뜩이는 눈은 사나운 복수심에 불타 이글거렸거든요. 움켜쥔 손에는 히스클리프의 머리털이 한 움큼이나 남아 있었고요. 한 손으로 몸을 일으킨 히스클리프는 다른 한 손으로는 아씨의 팔을 잡고 있었어요. 하지만 허약한 그녀의 몸을 조심해서 부드럽게 다뤄야 한다는 걸 잠시 잊었는지 잡았던 그녀의 팔을 놓자 핏기 없는 그녀의 피부에 서너 군데나 시퍼렇게 멍 자국이 생겼더군요.

"귀신이라도 들린 거야? 죽어가면서도 내게 그런 식으로 말할 수 있냐고?" 그가 매몰차게 몰아붙이더군요. "지금 한 말들이 내 기억에 남아 네가 날 떠난 다음에도 영원히 날 괴롭힐 거라는 걸 몰라? 내가 널 죽였다는 게 거짓이라는 걸 잘 알잖아. 캐서린, 내가 살아 있는 한 널 잊지 못한다는 것도 잘 알잖아! 그래, 네가 땅속에서 편히 있을 동안 지옥 같은 고통 속에서 내가 몸부림치리라는 사실로는 네 지독한 이기심이 충족되지 않는 거야?"

"내가 편히 있을 거라고?" 별안간 심장이 마구 뛰면서 몸이 아프다는 걸 깨달았는지 아씨가 신음하며 말했어요. 지나치게 흥분한 나머지 심장이 뛰는 소리가 귀에 들리고 박동이 눈에 띌 정도로 심장이 요동쳤지요. 그녀는 발작 상태가 지나갈 때까지 아무 말 없이 있다가 한결 부드럽게 말했어요.

"히스클리프, 난 네가 나보다 더 고통스러운 걸 원치 않아. 우리가 헤어지지 않기를 바랄 뿐이야. 내가 한 말이 훗날 널 가슴 아프게 한다면, 나도 저 밑에서 같이 아파할 거라고 생각하고 제발 날 용서해 줘! 이리 와서 여기 아래 앉아 봐! 넌 평생 날 괴롭히지 않았어. 그렇게 화를 키우면 훗날 내가 한 모진 말을 들은 것보다 더 마음이 아파 후회하게 될 거야! 이리 오지 않겠어? 오란 말이야!"

히스클리프는 아씨 의자 뒤쪽으로 가서 몸을 숙였어요. 하지만 자기 얼굴이 안 보일 정도로 숙이더군요. 그 사람 얼굴은 감정에 북받쳐서 납빛이었어요. 아씨가 몸을 돌려 그를 보려 했지만 그는 보지 못하게 했어요. 그러다가 별안간 몸을 돌려 난롯가로 걸어가더니 우리에게 등을 돌린 채 말없이 서 있었어요.

그녀가 의아해하는 눈초리로 그를 쫓았어요. 그의 움직임 하나하나가 캐서린에게 새로운 감정을 일으키는 듯했지요. 한참을 쳐다보더니 이번에는 그녀가 화가 나고 실망한 어투로 제게 말을 하더라고요.

"이것 봐, 넬리. 저 사람은 내가 죽음의 문턱에 있어도 한 번도 양보하지 않잖아. 저런 식으로 날 사랑했다니까! 하지만 걱정 마. 저 사람은 내가 사랑하는 히스클리프가 아니니까. 난 내 안의 히스클리프를 사랑할 거고 땅속까지 같이 갈 거야. 그 사람은 내 영혼 속에 있다니까." 그녀가 생각에 잠긴 듯 말을 이어 나갔어요. "나를 가장 짜증 나게 하는 건 이 부서진 감옥 같은 몸뚱이야. 여기 갇혀 지내는 게 너무 힘들어. 저 영광스러운 세상으로 도피해 영원히 그곳에 있고 싶어. 눈물 때문에 거길 희미하게밖에 보지 못하거나 가슴 아프게 그리워하는 게 아니라 정말 그 속에 있고 싶어. 넬리는 건강하고 기력도 있으니까 나보다 더 행복하고 운이 좋다고 생각하겠지. 내가 불쌍하게 보이겠지. 하지만 머지않아 그것도 바뀔 거야. 내가 넬리를 불쌍하게 여길걸. 비할 바 없이 높은 저곳에 가 있을 거야. 그런데 저이는 왜 내 곁에 안 오는 거야!" 이제는 혼자 중얼거렸어요. "날 원하는 줄 알았는데. 사랑하는 히스클리프! 그렇게 시무룩하게 있지 마. 내게로 오라니까."

그녀는 고집스럽게 일어나더니 의자 팔걸이에 몸을 기댔어요. 그녀의 진지한 호소에 히스클리프가 아씨에게 고개를 돌렸는데 그 모습이 정말 절망적이었지요. 크게 뜬 두 눈은 눈물로 흠뻑 젖었고, 아씨를 향해 무섭게 번뜩이고 있었어요. 가슴도 숨 가쁘게 오르내리고 있었지요. 그러다가 저도 모르는 순간에 떨어져 있던 두 사람이 다시 껴안고 있더군요. 아씨가 몸을 던지니까 히스클리프가 얼른 붙잡았는데, 둘이 얼마나 세게 부둥켜안고 있던지 아씨가 살아서 풀려나지 못할 수도 있겠다는 생각이 들 정도였어요. 제 눈에는 그녀가 그 즉시 기절한 것 같았지요. 그는 가까운 의자로 몸을 던졌어요. 혹시 그녀가 기절했나 싶어 제가 급하게 다가갔더니 그는 저를 향해 이를 악물며 미친개처럼 거품을 물면서 혹 빼앗길까 봐 그러는 건지 더 세게 그녀를 끌어당기는 거예요. 순간 히스클리프가 저와 같은 인간이 아닐 수도 있겠다는 생각이 들었습니다. 제가 무슨 말을 해도 그 사람이 알아들을 것 같지도 않고 너무 당혹스럽기도 해서 저는 아무 말 없이 멀리 떨어져 있었어요.

캐서린이 몸을 움직이는 바람에 이내 마음을 좀 놓았습니다. 그녀가 손을 들어 그의 목을 안았고 그가 붙잡자 그 사람 뺨에 얼굴을 맞대더군요. 그 사람도 미친 듯이 캐서린을 부둥켜안고는 정신없이 말했어요.

"네가 얼마나 내게 잔인하게 ― 잔인하고 못되게 ― 굴었는지 나는 알게 됐다고. 왜 나를 무시했어? 캐시, 왜 네 마음을 속이면서 그렇게 했냐고? 난 한마디도 너를 위로해 주고 싶지 않아. 너도 당해야 해. 네가 너 자신을 죽인 거라고. 그래, 내게 입 맞추고 울어도 좋아. 그리고 내게서도 키스와 눈물을 쥐어짜 보라고. 내 키스와 눈물이 널 파멸시킬 거야. 널 저주할 거란 말이야. 넌 날 사랑했어. 그런데 무슨 권리로 날 버린 거야? 무슨 권리로. 대답해 봐. 린턴에게 하찮은 환상을 품었기 때문이야? 아무리 가난해도, 신분이 떨어진다고 해도, 그리고 죽는다고 해도, 아니 신이나 악마가 우리에게 해를 끼친다 해도 우리를 갈라놓을 순 없었어. 그런데 네가, 너 스스로 그런 짓을 한 거야. 난 네 마음을 아프게 하지 않았어. 네가 스스로 그런 거라고. 네 마음을 아프게 하면서, 넌 내 마음도 짓밟았어. 아프지 않던 내가 더 비참했던 거야. 내가 살고 싶을 것 같아? 네가 —
오, 하나님! — 네가 없는 삶이 무슨 삶이겠냐고? 너 같으면 네 영혼
을 무덤에 묻고 살고 싶겠어?"

"날 가만 놔둬. 놔두라고." 캐서린이 흐느끼며 말했어요. "내가
잘못했다면 난 그것 때문에 죽는 거야. 그걸로 됐다고! 너도 날 버
리고 떠났잖아. 하지만 난 널 책망하지는 않았어. 나는 널 용서했어.
그러니 너도 날 용서해!"

"네 눈을 보고 너의 야윈 손을 잡고서 널 용서하기는 어려워."
그가 말했지요. "내게 입 맞춰 줘. 네 눈은 안 볼 거야! 네가 한 짓은
용서해 줄게. 난 나를 죽인 사람을 사랑한다고. 하지만 너를 죽인 사
람은 어떡하라고! 어떻게 그런 사람을 용서할 수 있겠어?"

둘 다 서로 얼굴을 묻은 채 말없이 있었고 흘러내리는 눈물에
얼굴이 다 젖었어요. 양쪽 다 울었던 것 같았어요. 히스클리프도 이
럴 땐 눈물을 흘리는구나 하고 생각했지요.

그러는 동안 저는 점차 불안해지기 시작했지요. 오후 시간이
많이 지났고 제가 심부름 보낸 하인도 돌아왔거든요. 계곡 위 서편
으로 넘어가는 햇살 아래 많은 사람이 기머턴 교회 밖으로 나오는
모습이 보였어요.

"예배가 끝났어요." 제가 두 사람에게 알렸어요. "서방님이
30분 내에 도착하실 거예요."

히스클리프가 신음하듯 욕설을 내뱉으며 아씨를 더 꼭 껴안
았어요. 아씨도 꼼짝하지 않고 있었고요.

조금 있으니 하인들 몇 명이 길을 따라 올라와 부엌 쪽으로 오
는 게 보였어요. 서방님도 조금 떨어져 따라오고 있었어요. 서방님

이 대문을 열고 들어와 천천히 걸어오는 모습이 보였어요. 아마도 여름처럼 부드러운 바람이 부는 아름다운 오후 시간을 즐기는 듯했어요.

"서방님이 도착했어요." 제가 소리쳤어요. "제발, 서둘러요! 앞쪽 계단으로 가면 아무도 마주치지 않을 거예요. 빨리요. 서방님이 완전히 안으로 들어올 때까지 숲에 숨어 있어요."

"캐시, 이제 가야 해." 아씨의 팔을 풀면서 그가 말했어요. "목숨이 붙어 있는 한 네가 잠들기 전에 꼭 다시 올게. 창가에서 5미터도 떨어져 있지 않을 거야."

"가면 안 돼!" 온 힘을 다해 그를 잡고는 캐서린이 말했어요. "널 보내지 않을 거야."

"한 시간이면 돼." 그이가 애원하듯 말했어요.

"1분도 안 돼." 아씨가 받아쳤어요.

"가야 해. 린턴이 곧 올라올 거야." 당황한 침입자가 계속 말했지요.

히스클리프가 일어나 아씨의 손을 풀어내려 했지만 아씨는 숨을 몰아쉬며 더 세게 붙잡았어요. 정신 나간 사람이 단호하게 고집 피우는 것 같았지요.

"안 돼!" 이젠 비명까지 질러 댔어요. "오, 제발. 가지 마. 이번이 마지막이라고! 에드거가 우릴 해치지 않을 거야. 히스클리프, 난 죽게 될 거야! 죽는다고!"

"젠장맞을 녀석! 저기 오는군." 히스클리프가 소리치며 다시 의자에 주저 앉았어요. "쉿, 내 사랑! 캐서린, 가만히 있어! 여기 있을게. 녀석의 총에 맞아 죽더라도 축복 기도나 하며 죽으면 되겠지."

그런 다음 둘은 다시 서로를 꺼안았어요. 서방님이 계단을 오르는 소리가 들리자 제 이마에서 진땀이 흐르더군요. 전 정말 겁이 났어요.

"아씨가 정신이 나가서 하는 소리인데 뭘 다 들으려 하는 거예요?" 흥분한 채 제가 말했어요. "아씨는 자기가 지금 무슨 말을 하는지도 몰라요. 정신이 나가 어쩌지도 못하는 아씨를 망칠 셈이에요? 일어나요! 즉시 여길 떠날 수 있잖아요. 당신이 한 짓 중에 이게 가장 끔찍한 짓이에요. 서방님이고 아씨고 하인이고 간에 우리 모두 다 끝장난다고요."

두 손을 움켜잡고 제가 소리를 질렀어요. 그 소리에 놀라 서방님이 뛰어올라 왔어요. 전 당황스러운 와중에도 캐서린 아씨가 고개를 푹 숙이고 팔을 아래로 내려뜨리고 있는 모습을 보고 오히려 안심했어요.

'기절했거나 죽었을 거야.' 전 그렇게 생각했어요. '차라리 잘된 거야. 살아서 짐이나 되고 주위 사람들에게 불행이나 심어 주는 존재로 남느니 죽어 버리는 게 훨씬 낫지.'

불청객과 마주친 서방님은 놀라고 화가 난 나머지 하얗게 질린 얼굴로 그 사람에게 덤벼들었어요. 그리고 어떻게 할 작정이었는지는 저도 알 수 없었어요. 하지만 히스클리프가 마치 죽은 듯 축 늘어진 아씨를 서방님 품에 안기자 그 즉시 아무런 감정도 드러내지 않더군요.

"이것 봐요!" 히스클리프가 말했어요. "우선 캐서린부터 살리고 봅시다. 그다음에 저랑 얘기하자고요!"

그런 다음 응접실로 나가 앉더군요. 린턴 서방님이 안에서 절 불렀어요. 이것저것 해 보다가 어렵사리 그녀의 의식을 돌려놓았어요. 의식은 돌아왔지만 정신을 못 차리고 신음과 함께 한숨만 내쉬었는데 우리를 알아보지도 못했어요. 아내가 너무 걱정됐는지 서방님은 그렇게 증오하던 히스클리프조차 잊고 있었어요. 하지만 저는 틈이 나자마자 얼른 그 사람에게 가서 아씨가 좀 나아졌으니 어서 여길 떠나라고 했지요. 아씨가 그날 밤을 어떻게 견디셨는지는 내일 아침에 알려 주겠다고 하면서 말이죠.

"집에서는 나가겠어." 그 사람이 그렇게 말하더군요. "하지만 정원에서 기다리겠어. 그리고 넬리, 내일 약속도 꼭 지켜야 해. 저기 낙엽송 아래 가 있을게. 내 말 명심해야 해. 아니면 린턴이 있든 말든 다시 올 거야."

그는 반쯤 열린 방문을 통해 안쪽을 힐끔 쳐다보더니 제가 전한 말이 거짓이 아니라는 걸 확인했나 봅니다. 조금 후 그 불길한 존재가 집에서 사라져 버리더군요.

2장

    그날 밤 자정 무렵 선생님께서 워더링 하이츠에서 봤다던 그 캐서린이 태어났답니다. 조그만 칠삭둥이 여자 아기였어요. 그리고 두 시간 후 아이 엄마가 숨을 거두었어요. 히스클리프를 그리워하거나 서방님을 알아볼 만큼 의식도 회복하지 못한 채 세상을 떠나고 말았지요.

    아씨가 숨을 거둔 후 서방님의 참담한 심정은 차마 말로 옮길 수 없을 정도였어요. 얼마나 슬퍼했는지는 그 후 어떻게 보냈는지 보면 알 수 있지요.

    제가 보기에, 더 큰 불행은 유산 상속인이 될 아들을 낳지 못하고 아씨가 돌아가셨다는 거예요. 엄마 잃은 허약한 어린 아기를 바라볼 때마다 저는 가슴이 아팠어요. 그리고 돌아가신 린턴 어른께서 아무리 친자녀에게 정이 끌리셨다 해도 모든 재산을 당신 손녀가 아니라 딸인 이사벨라에게 물려 주신 것[6]을 마음속으로 원망했답니다.

그러니 이 불쌍한 것은 태어날 때부터 대접받지 못할 운명인 셈이었어요! 태어난 후 몇 시간 동안 울다가 지쳐 죽어 버리더라고 누구 한 사람도 거들떠보지 않았을 거예요. 물론 그 후엔 잘해 주었지만, 태어날 당시 누구 하나 봐 줄 사람이 없었고 아마 죽을 때도 그럴 거라는 생각이 들더군요.

다음 날 아침이 밝자 ─ 밝게 갠 날이었지요 ─ 정적이 감든 방의 차양 사이로 햇살이 들어와 침상에 누워 있는 아씨의 시신을 부드럽고 은은한 빛으로 감쌌습니다.

린턴 서방님은 베개를 베고 누운 채 눈을 감고 계시더군요. 젊고 잘생긴 서방님은 마치 옆에 누운 시신의 모습처럼 너무 창백했고 움직임도 전혀 없었어요. 아씨의 시신이 완전히 평온을 되찾은 모습이었다면 서방님은 상심한 채 탈진한 모습이었어요. 숨을 거둔 아씨는 이마가 매끈했고 입을 다문 채 웃고 있는 모습이었지요. 하늘의 천사보다 더 예쁜 것 같았어요. 아씨가 보인 무한한 평온함에 저도 한결 마음이 고요해졌어요. 천상의 평온함 속에서 편하게 누워 있는 아씨의 모습을 물끄러미 바라보는 그 순간은 더없이 경건한 마음이 들었거든요. 저도 모르게 몇 시간 전에 아씨가 했던 말이 떠올랐답니다. '비할 바 없이 높은 저곳에 가 있겠지! 아씨의 영혼이 아직 지상에 있든 천국으로 갔든, 하나님의 품에 안긴 거야!'

저만 그런 건지는 모르지만, 미친 듯이 슬퍼하거나 애통해하는 조문객만 없다면 저는 시신이 있는 방을 지킬 때만큼 행복한 적

---

6 에드거 린턴의 아버지가 에드거가 아들을 낳지 못할 경우, 유산을 에드거의 여동생인 이사벨라에게 물려주기로 한 것을 말한다.

이 없어요. 이승이나 저승도 감히 건드리지 못할 평온함을 느낄 수 있거든요. 그리고 끝도 없고 그림자도 없는 저 세계 ─ 죽은 자들이 들어가는 영원한 세계 ─ 가 확실히 보일 것 같았어요. 거기는 영원히 사는 곳이고 서로 사랑을 나누고 즐거움을 만끽하는 곳이에요. 이렇게 아씨가 축복받은 곳으로 가셨는데도 서방님이 슬퍼하는 모습을 보면 아씨에 대한 서방님의 사랑에도 이기적인 면이 있구나 싶었어요!

제멋대로 성질부리며 살던 아씨가 평화로운 피난처로 갈 자격이 있을까 걱정되는 것도 사실이었어요. 냉정하게 생각해 보면 그런 의문도 품을 수 있겠지만, 아씨의 시신 앞에서는 그런 의구심이 전혀 들지 않았어요. 시신이 너무 평온해 보여서 그 안에 머물던 영혼도 평온함을 얻은 듯 보였거든요.

"선생님도 저 세계 사람들이 행복하다고 믿습니까? 정말 알고 싶어서 그래요."

나는 딘 부인의 질문에 대한 대답을 회피했는데, 뭔가 이단 같다는 기분이 들었기 때문이다. 딘 부인이 이어 말했다.

아씨의 삶을 돌아보면 글쎄 저세상에서 행복할 수 있을까 하는 의문이 들기도 해요. 어쨌든 그건 하나님만이 아시겠죠.

서방님은 주무시는 것처럼 보였어요. 동이 튼 후 저는 방에서 나와 상쾌한 공기를 쐬러 밖으로 빠져나왔어요. 하인들은 내가 오랫동안 아씨 시신을 지키다가 졸음이 오는 걸 쫓으려고 나갔다고 생각했지만 실은 히스클리프를 보려고 나온 거였어요. 혹시 기머턴으로 소식을 전하러 간 사람의 말발굽 소리를 듣고 눈치챘다면 모를까, 밤새껏 낙엽송 아래서 서성거렸다면 아마도 그는 그레인지 저택에서 일어난 소동은 전혀 듣지 못했을 겁니다. 집 가까이 왔었다면, 이리저리 등불이 움직이고 바깥문이 열렸다 닫혔다 하는 걸 보고 뭔일이 일어난 것을 알았을 수도 있었겠죠.

저는 그를 보려고 나가긴 했지만 한편 만나는 게 두렵기도 했어요. 끔찍한 소식을 전해야만 한다고 마음먹고는 어서 끝내자고 생각했지요. 하지만 어떻게 말해야 할지 몰랐어요.

그 사람이 거기 있더군요. 적어도 숲의 안쪽으로 몇 야드 들어가서 모자를 벗은 채, 오래된 물푸레나무에 기대 서 있었어요. 싹이 막 튼 가지에 맺혀 있던 이슬이 주위로 떨어지는 통에 머리는 흠뻑 젖어 있더군요. 한자리에 오래 서 있었는지, 지빠귀 한 쌍이 3피트도 안 되는 곳에서 둥지를 짓느라 바삐 오가면서도 바로 옆에 있는 그를 마치 나무토막으로 여기듯 했으니 말이지요. 제가 다가가자 새들이 날아가 버렸어요. 그자가 눈을 들어 제게 말하더군요.

"결국 죽었지! 그 소식을 들으려고 널리를 기다린 게 아냐. 손수건 따위는 집어치워. 내 앞에서 흐느끼지 말라고. 빌어먹을 것들! 캐시는 너희들이 눈물을 흘리길 바라지 않아!"

저는 아씨뿐 아니라 그 사람 때문에도 울었습니다. 우리는 가끔 자기 자신이나 남에게 연민을 느끼는 못하는 사람을 보면 가슴이 아프잖아요. 그 사람 얼굴을 보니 이미 비참한 죽음에 대한 소식을 알고 있고 있다는 것을 짐작했어요. 입술을 달싹거리면서 바닥을 바라보고 있는 걸 보고 전 엉뚱하게도 그 사람이 마음을 가라앉히고 기도를 한다고 생각했지요.

"네, 아씨가 돌아가셨어요!" 울음을 멈추고 눈물을 닦으며 제가 말했어요. "하늘나라로 가셨겠죠. 우리 모두 하나님의 경고에 귀기울이고 악을 떠나 선을 좇으면 아씨를 따라 천국에 갈 수 있을 거예요!"

"그렇다면 캐시가 경고에 귀를 기울였다는 거야?" 비웃는 투로 그가 말하더군요. "성인들처럼 죽음을 받아들인 거냐고? 자, 어떻게 됐는지 제대로 말해 줘. 어떻게……."

그는 차마 아씨의 이름을 입 밖에 낼 수 없었는지 입을 틀어막으면서 애절한 속마음을 드러내지 않으려고 애쓰더라고요. 그러다가 동정 같은 건 필요 없다는 듯 꼼짝하지 않고 뚫어지게 절 쳐다보며 재차 묻더군요.

"어떻게 죽었냐고?" 그가 대담한 성격인 건 알고 있었지만, 그때는 누군가 그를 지탱해 줘야 할 것 같았어요. 그렇게 애를 쓰더니만 자기도 모르게 손가락 끝까지 떨 정도로 온몸을 부들부들 떨고 있는 거예요.

'불쌍한 사람 같으니.' 전 이런 생각이 들었어요. '당신도 남들처럼 가슴으로 느끼면서 아파하고 있잖아. 왜 그렇게 숨기려 드는 거지? 아무리 자존심을 내세워도 하나님은 못 속인다고! 자기가 정말 그렇게 느끼는지 한번 시험해 보라고 하나님에게 맞서지만 하나님은 결국 당신을 무릎 꿇려 눈물 흘리게 만들잖아!'

"어린양처럼 말없이 고이 가셨지요!" 제가 큰 소리로 대답했어요. "한숨을 쉬고선 잠에서 막 깬 아이처럼 기지개를 켜더니 이내 잠들었어요. 그러고는 5분 후 가슴이 한 번 약하게 뛰더니 그게 끝이었어요!"

"캐시가 한 번이라도 날 부르긴 했어?" 주저하며 묻더군요. 자칫 자기가 가만히 참고 들을 수 없는 대답이라도 나올까 봐 마음이 조마조마했나 봅니다.

"끝까지 의식이 돌아오지 않았어요. 당신이 나간 후 아무도 알아보지 못했지요." 제가 대답했어요. "얼굴에 미소를 머문 채 누워 있었어요. 마지막 순간에 즐거웠던 어린 시절이 떠올랐나 봐요. 온화한 꿈을 꾸며 생을 마감한 셈이죠. 제발 저승에서 이렇게 행복하게 깨어나길 빌어요!"

"고통 속에서 깨어나야 한다고!" 괴로워하며 신음하더니 갑자기 발을 구르면서 겁날 정도로 격렬하게 그가 외쳤어요. "제길, 죽는 순간까지 거짓말하다니! 어디로 간 거야? 거기가 아니야. 천국이 아니라고, 죽어서 사라진 게 아니란 말이야. 그러면 어디로 간 거지? 아! 넌 내가 괴로워해도 상관하지 않는다고 했지! 난 한 가지만 기도하겠어. 내 혀가 굳을 때까지 계속할 거야. 캐서린 언쇼, 내가 살아 있는 한 넌 거기서 쉬면 안 돼! 내가 널 죽인 거라고 했잖아. 그러면 내 주위에 있어야 해! 죽은 사람은 필히 자기를 죽인 사람 옆에 출몰한다는 걸 난 믿어. 귀신이 돼도 이승에서 떠돌아다닌다는 걸 안다고. 늘 내 곁에 남아 줘. 어떤 모습이라도 괜찮아. 날 미치게 하라고! 제발 널 볼 수 없는 이곳에 날 내버려 두진 마! 이건 말도 안 돼! 내 생명이자 영혼인 캐시 없이 제가 어찌 살란 말이야!"

그는 옹이 진 나무에 머리를 마구 박았습니다. 그러더니 눈을 치켜뜨며 울부짖는데, 그 모습이 사람이 아니라 마치 창이나 칼에 찔려 죽음으로 내몰린 산짐승 같았어요.

나무껍질 여기저기에 핏자국이 보였고, 이마와 손도 온통 피투성인 걸 보니 아마도 방금 제가 본 행동을 밤새껏 하지 않았나 싶었어요. 그 모습에 동정심을 느끼기보다 겁이 날 정도였지요. 하지만 그를 그런 상태로 둔 채 떠날 수 없어 곁에 있었어요. 그러다가 그가 별안간 정신이 들었는지 옆에서 제가 보고 있다는 걸 깨닫고는 당장 꺼지라고 고함을 치더군요. 그래서 그 자리를 떠났답니다. 저로서는 그 사람을 진정시키거나 위로할 순 없었거든요.

린턴 부인의 장례식은 임종 후 첫 금요일로 잡혔지요. 그때까지 관 뚜껑은 열려 있었고 꽃과 향내 나는 잎을 뿌려 넓은 거실에 놓아두었답니다. 서방님은 마치 뜬눈으로 자리를 지키는 보초처럼 밤낮으로 거기서 지냈어요. 그리고 저만 안 사실이지만, 히스클리프도 매일 밤 바깥에서 서방님처럼 잠시도 눈을 붙이지 않은 채 보냈답니다.

그사이 저는 히스클리프와 연락하진 않았어요. 하지만 틈만 있으면 안으로 들어오려는 걸 전 알고 있었죠. 날이 막 저문 화요일 저녁, 서방님이 피곤에 겨워 몇 시간 쉬러 가기에 제가 방으로 들어가서 창문 하나를 열어 두었지요. 끈기 있는 그의 모습이 제 마음을 움직인 거죠. 저는 그에게 이제 사라지는 자기의 우상에게 마지막 인사라도 할 기회를 주고 싶었답니다.

그는 이 기회를 놓치지 않았지요. 자기가 왔다 간 걸 아무도 눈치채지 못할 정도로 재빠르고 조심스럽게, 정말 아무런 흔적도 없이 다녀갔답니다. 시신의 얼굴을 덮었던 천이 헝클어지고 은실로 묶은 엷은 색 머리카락 뭉치가 바닥에 떨어져 있는 걸 보지 못했다면 그가 다녀갔다는 사실조차 모를 뻔했답니다. 자세히 보니, 그건 아씨의 목에 걸려 있던 로켓[7]에서 빼낸 것이 틀림없었어요. 히스클리프는 로켓을 열어 안에 든 것을 빼고 대신 자기 머리카락 뭉치를 넣어 둔 것이에요. 저는 두 개를 함께 묶어 그 안에 두었어요.

힌들리 서방님에게 연락해 여동생 장례식에 참석해 달라고 했지만, 그는 못 온다는 답신도 없이 나타나지 않았어요. 결국 문상객은 서방님 말고는 소작인들과 하인들이 전부였어요. 이사벨라는 초청도 안 했지요.

캐서린 아씨가 묻힌 곳은 교회 안 린턴 가문의 묘석 아래도 아니고, 교회 바깥 그녀의 친척들이 묻힌 묘지도 아니어서 마을 사람들이 놀라워했지요. 그녀는 교회 마당 한구석에 있는 푸른 언덕배기에 묻혔답니다. 그곳은 담장이 너무 낮아서 히스며 월귤나무가 들판으로부터 기어 올라와 있었고, 이탄으로 덮여 있는 곳이었어요. 지금은 린턴 서방님도 거기에 묻혀 있지요. 수수한 모양의 묘비가 양쪽 무덤 위에 서 있고, 무덤 표시로 평범한 잿빛 상석 하나가 놓여 있지요.

---

7 목걸이에 매달아 거는 작은 금합. 사랑하는 사람의 사진이나 머리카락을 담아 놓았다.

3장

장례식이 있던 화창한 금요일을 마지막으로 한 달간 지속되었던 온화한 날씨가 끝났습니다. 저녁이 되자 궂은 날씨로 변했어요. 남쪽에서 불어오던 바람이 북동풍으로 바뀌면서 처음에는 비를 가져오더니 점차 진눈깨비와 눈으로 바뀌었어요.

이튿날 아침이 되자 3주간 여름 날씨가 지속되었다는 게 믿기지 않을 정도로 날씨가 변했어요. 앵초와 크로커스는 차가운 눈 더미에 덮였고, 지저귀던 종달새들도 사라졌어요. 일찍 순이 돋아난 나무들도 눈을 맞고는 꺼멓게 변해 버렸어요. 음울한 데다가 춥고 을씨년스러운 아침 냉기가 엄습하더라고요! 서방님은 방에 틀어박혀 있었고, 저는 쓸쓸한 거실을 독차지하다시피 하면서 아기방으로 바꾸어 놓았답니다. 저는 울음보 인형처럼 칭얼대는 아기를 무릎에 올려놓고 달래면서, 커튼이 없는 창문에 눈송이가 날려 와 쌓이는 모습을 보고 있었어요. 그때 문이 열리더니 웬 여자가 숨을 헐떡이며 들어와 마구 웃기에 정말 놀랐어요! 놀랐다기보다는 화가 치밀었죠. 저는 하녀 한 명이 들어온 줄 알고 "그만 웃어!" 하고 소리를 질렀어요. "감히 그런 채신머리없는 짓을 하다니. 린턴 서방님이 들으면 뭐라고 하시겠어?"

"미안해!" 익숙한 목소리였지요. "오빠가 아직 자고 있는 거 알고 있어. 그리고 나도 어쩔 수 없어서 그래."

그 말과 함께 익숙한 목소리의 주인이 옆구리에 손을 얹고는 헐떡이며 불가로 다가왔지요.

"워더링 하이츠에서 여기까지 달려왔다고!" 그녀는 잠시 말이 없다가 다시 떠들기 시작했어요. "이따금 마치 날듯이 달려오기도 했지만 몇 번을 넘어졌는지 몰라. 안 아픈 데가 없어! 놀라지 마! 숨 좀 돌리면 다 말해 줄 테니. 그리고 나가서 날 기머턴으로 데려갈 마차 좀 준비해 줘. 하인을 시켜 내 옷장에서 옷 몇 벌 챙겨 주고."

히스클리프 부인인 이사벨라 아가씨였어요. 그녀의 처지가 웃을 상황이 아니란 것은 확실했어요. 어깨 위로 휘날리는 머리에서는 눈가루와 물방울이 떨어지고 있었지요. 평상시처럼 처녀 같은 차림이라 나이에는 어울렸지만 결혼한 여자의 차림새는 아니었어요. 소매가 짧은 드레스를 걸치고 머리와 목엔 아무것도 두르지 않았어요. 얇은 비단 드레스는 젖어서 몸에 들러붙어 있었고 얇은 슬리퍼를 신고 있었어요. 게다가 한쪽 귀밑으로 깊은 상처가 나 있었지요. 추위에 얼어서 그랬는지 피는 많이 흐르지 않았어요. 하얀 얼굴은 상처와 멍투성이였고, 피곤해서 몸도 제대로 가누지 못했지요. 그러니 제가 이사벨라 아가씨라는 걸 확인하고 나서도 애초 놀랐던 마음이 진정되지 않은 걸 짐작하실 거예요.

"사랑스러운 우리 아가씨." 제가 외쳤어요. "젖은 옷을 갈아입을 때까지 아무 소리 마세요. 저도 한 발짝도 안 움직일 테니까요. 어서 마른 옷으로 갈아입어요. 오늘은 기머턴에 가지 못하니 마차를 준비시킬 필요도 없고요.”

“걸어가든 말 타고 가든 필히 가야 해.” 아가씨가 말했어요. “하지만 점잖은 옷으로 갈아입을게. 에고, 목에서 피가 흐르네! 불을 쬐니까 더 아파.”

그녀는 자기가 시킨 대로 해 주지 않으면 자기 몸에 손도 못 대게 하겠다고 고집을 피웠어요. 결국 마부에게 채비하라고 시키고 하녀 하나가 옷을 챙겨 준 후에야 제가 그녀 상처에 붕대를 감고 옷 갈아입는 걸 거들 수 있었죠.

“엘런.” 제 일을 마치자, 아가씨도 차 한 잔을 들고 벽난로 옆 안락의자에 앉아 말을 꺼내더군요. “캐서린 언니의 아기는 놔두고, 내 앞에 좀 앉아 봐. 아기는 저리 치워. 보기 싫단 말이야! 내가 호들갑을 떨며 들어왔다고 해서 새언니 생각을 전혀 안 했다고 여기면 안 돼. 너무 애통해서 나도 많이 울었어. 내겐 그 누구보다도 애통해할 이유가 있다고. 기억하지? 내가 새언니와 화해하지 못하고 헤어졌다는 거. 나 자신도 내가 용서가 안 돼. 그렇다고 해도 히스클리프 그 인간만큼은 동정해 주고 싶은 마음이 없어. 짐승 같은 인간! 엘런, 부지깽이 좀 줘 봐! 이게 마지막 남은 그 인간 거야.” 그녀가 자신의 세 번째 손가락에서 금반지를 빼 바닥에 내팽개쳤어요. “다 부숴 버릴 거야!” 마치 어린아이가 분풀이하듯 부지깽이로 반지를 마구 두들겼어요. “그리고 불태워 버릴 거야!” 그러더니 다 망가진 반지를 집어다가 불 속에다 던지더군요. “두고 봐! 날 잡아 집으로 끌고 가면, 또 하나 사 내놓으라고 할 거야. 그 인간은 오빠를 건드릴 목적으로 분명 날 잡으러 이리 올 위인이거든. 그 악독한 인간이 그런 생각을 품지 못하게 하려면 내가 여기 있으면 안 돼! 게다가 오빠도 나한테 못되게 대했잖아? 오빠한테 도움을 구하러 여기 온 건 아냐. 오빠를 힘들게 하고 싶은 마음도 없고. 어쩔 수 없어서 여기로 온 것뿐이야. 오빠가 자는지 모르고 거실에 있다고 생각했다면, 난 그저 부엌에나 잠시 들러 얼굴이나 씻고 몸이나 녹인 다음 넬리한테 내 걸 갖다 달라고 했을 거야. 그러곤 즉시 그 저주받을, 사람의 탈을 쓴 그 악마의 손이 닿지 않는 곳으로 떠났을 거라고! 얼마나 성질을 부렸는지 말도 마! 만일 내가 붙잡혔다면 어찌 됐을까! 불쌍하게도 힌들리는 힘으로는 그 인간한테 상대가 안 돼. 힌들리에게 힘이 있었다면 그 인간이 망가지는 꼴을 보고 나서 내가 도망쳐 나왔겠지!"

"아가씨, 천천히 말해요!" 제가 끼어들었죠. "그러다가 동여맨 손수건이 다 풀려서 피가 다시 흐르겠어요. 차부터 들고 숨 좀 돌리세요. 그리고 웃지는 말아요. 안타깝지만, 이 집 상황이나 아가씨가 처한 상황이 웃음과는 안 어울린답니다!"

"맞는 말이야." 그녀가 대답했어요. "저 아기 좀 봐! 계속 울어 대잖아. 내가 오래 있진 않을 테니 제발 한 시간만 저 소릴 안 듣게 해 줘."

그래서 종을 울려 하녀 하나를 불러서 아기를 맡겼지요. 그런 다음 도대체 뭣 때문에 그런 흉한 모습으로 워더링 하이츠를 빠져나오게 됐는지, 그리고 우리와 함께 있지 않으면 대체 어디로 갈 작정인지 물었어요.

"에드거 오빠도 위로해 주고 아기도 돌본다는 두 가지 이유만

봐도 내가 여기 있어야 하고, 있고 싶기도 하지. 여긴 내 집이기도 하
잖아. 하지만 그 인간이 날 그냥 놔둘 리가 없거든! 내가 다시 살이
오르고 쾌활해지는 모습을 그 인간이 가만히 보고 있을 것 같아?
우리들이 평온하게 지내는 꼴을 보고만 있을 것 같냐고? 내가 눈에
띄거나 내 목소리만 들려도 그 인간이 엄청나게 짜증스러워한다는
걸 확인한 것만으로도 나는 만족해. 내가 자기 옆에 나타나기만 해
도 증오심 때문에 자기도 모르게 안면 근육이 뒤틀릴 정도라니까.
한편으로는 내가 자기를 증오할 만한 충분한 이유가 있다는 걸 알
고 있기 때문이고, 다른 한편으로는 그 인간이 원래부터 내게 품었
던 혐오감 때문이지. 날 싫어하는 게 그 정도니 내가 감쪽같이 사라
져 버려도 그 인간이 날 찾아 영국 곳곳을 찾아다니진 않을 게 분명
하다고. 그러니까 정말 멀리 가 버려야 해. 맨 처음엔 차라리 그 인
간 손에 죽었으면 했는데 그 마음은 사라지고 이젠 그 인간이 스스
로 죽기만 바랄 뿐이야! 그자에게 품었던 애정을 정말 제대로 없애
버린 셈이지. 이제는 마음이 편안해. 내가 그 인간을 얼마나 사랑했
는지 기억이 나긴 해. 그리고 확실치는 않지만 아직도 그자를 다시
사랑할 수도 있겠지 하고 생각할 때도 있어. 만약…… 아냐, 절대 안
되지! 그자가 정말 내게 반했다고 해도 그놈의 악마 같은 성질은 언
젠가는 본색을 드러냈을 테니까. 새언니는 그자를 그렇게 잘 알면서
도 사랑한 걸 보면 정말로 취향이 별난 거지. 괴물이야! 이 세상에
태어나지 말았어야 할 사람이지. 내 기억에서 영원히 사라졌으면 좋
겠어!"

"쉿! 그만해요. 그도 사람인 걸요." 제가 대꾸했어요. "마음을
넓게 가져요. 그 사람보다 더 못된 사람도 있다고요."

"그자는 사람이 아냐." 아가씨가 내 말을 맞받아쳤어요. "그자는 내게 연민을 바랄 수 없어. 내가 마음을 주었더니 그걸 받곤 죽을 때까지 괴롭히다가 이제 다시 내게 내동댕이친 거야. 엘런, 사람들은 마음으로 느끼는 게 있잖아. 근데 그자가 내 마음을 파괴하는 바람에 난 동정이나 연민을 느낄 수 없는 거야. 그 인간이 죽는 순간까지 새언니 때문에 아파하고 피눈물을 흘리더라고 난 동정하지 않을 거야! 아니, 정말 난 그렇게는 안 할 거야." 아가씨가 흐느끼기 시작하더군요. 그러다가 속눈썹에 맺힌 눈물방울을 훔쳐 내면서 다시 이야기를 시작했어요.

"내가 도망친 이유를 물었지? 평소에 심통 부리는 것 이상으로 화를 내게끔 내가 신경을 건드렸거든. 그래서 그 인간을 피해 올 수밖에 없었어. 불에 벌겋게 달군 핀셋으로 신경줄을 집어내려면 주먹으로 머리통을 때릴 때보다 더 신중해야 하는 법이지. 자기가 자부하던 악마 같은 침착성을 잃게끔 내가 건드렸더니 날 죽일 듯이 폭력을 쓰는 거야. 난 그자를 화나게 만들면서 쾌감을 느꼈어. 이런 쾌감이 자기 보호 본능을 일깨워 준거지. 그래서 속박을 끊고 뛰쳐나올 수 있던 거야. 그 인간 손에 다시 잡히면, 그땐 날 잡아먹든지 맘대로 복수하라고 하면 돼.

실은 어제 언쇼 씨도 새언니 장례식에 오려고 했었어. 그래서 술도 안 먹었거든. 비교적 멀쩡했었어. 저녁 6시경에 술에 취해 자다가 미친 사람처럼 자정쯤 일어나는 짓은 하지 않았다고. 그런데 깨고 나니 자살하고 싶을 정도로 기분이 우울해진 거야. 댄스파티에 갈 기분이 아니듯이 장례식에 가고 싶은 마음도 안 났던 거야. 결국 난롯가에 앉아 진인지 브랜디인지 잔에 가득 따라 계속 들이키더군.

"히스클리프 ― 이름만 불러도 치가 떨리네! ―그 인간은 지난 일요일부터 오늘까지 집에서 통 보이지 않았어. 천사에게 먹을 걸 얻어먹었는지 아니면 그 인간과 같은 지옥에 있는 무리가 떠먹였는지 한 주 동안 우리와 식사도 하지 않았다고. 동틀 무렵 집에 와 자기 침실로 올라가곤 했어. 누가 같이 자길 바랄 거라고 문까지 잠그고 말이지! 거기서 자기가 무슨 감리교 신자라도 되는 것처럼[8] 꼬박 기도만 하는 거야. 다만 기도드린 신이라는 게 머지않아 흙이나 먼지로 바뀔 새언니일 뿐이라는 거지. 그 인간이 하나님을 찾을 때는 이상하게도 자기가 찾는 악마와 혼동하고 있더군! 나름 소중한 기도를 마치면 ― 대개 목이 쉬고 목소리가 안 나올 때까지 하거든 ― 다시 밖으로 나가 매번 그레인지로 직행하는 거야! 난 오빠가 경찰을 불러 그 인간을 감옥에 왜 안 처넣는 건지 모르겠어! 새언니가 죽어서 슬펐지만 덕분에 수치스러운 굴욕에서 벗어날 기회가 주어져 휴가라도 받은 기분이었다고.

이젠 조지프 영감의 끝없는 잔소리에도 울지 않고 견딜 수 있을 정도로 기운을 차렸고, 겁먹은 도둑놈처럼 걷지 않고도 위아래층을 오르내릴 수 있어. 엘런은 조지프 영감이 내게 뭐라 한다고 해서 내가 울 것까지는 없다고 생각하겠지. 하지만 그 영감과 헤어턴은 같이 지내기 정말 싫은 사람들이야. 그 '어린 주인'과 그를 확실히 따르는 못된 영감과 같이 있기보다는 차라리 힌들리와 같이 앉아 그 사람 얘기를 듣는 게 낫지! 히스클리프가 집에 오면, 나는 부엌으

8 18세기 영국에서 감리교 창시자인 존 웨슬리가 엄격하게 종교 생활을 하는 걸 두고 '규칙쟁이methodist'라고 불렀듯이, 여기서도 히스클리프의 태도를 조롱하는 표현이다.

로 가 사람들과 지내든가 아무도 없는 축축한 방에서 그냥 굶곤 하거든. 이번 주처럼 그 인간이 집에 없을 때는 난롯가 한쪽에다가 탁자와 의자를 가져다 놓고 힌들리가 무슨 일을 하는지 신경 안 쓰고 지내지. 그 사람도 내가 하는 일에 끼어들지 않거든. 아무도 건드리지만 않으면 이전보다 말수도 없고 더 시무룩하고 우울해 보이지만 화는 덜 내는 것 같아. 조지프 영감은 힌들리가 완전히 다른 사람이 되었다고 난리야. 하나님의 성령이 임해서 '불 속에서 살아 나온 사람들처럼' 구원을 받았다는 거지. 나 역시 긍정적인 변화 조짐을 보고 놀랐어. 하지만 내가 상관할 바는 아니야.

어제저녁에는 내 구석 자리에 앉아 자정이 될 때까지 낡은 책들을 읽고 있었어. 위층에 올라가려니 기분이 우울했고, 밖엔 거친 눈발이 날리고 있더라고. 게다가 계속 교회랑 새 무덤 생각만 떠오르는 거야! 책에서 눈만 떼면 그 즉시 무덤 생각이 나는 거야.

힌들리는 내 앞에서 턱을 괴고 앉아 있었어. 나랑 같은 생각을 하고 있었는지도 모르지. 취해서 정신이 나갈 지경이 되기 전에 그만 마시더니 두세 시간을 아무 말도 안 하고 꼼짝하지 않고 앉아 있는 거야. 구슬프게 우는 바람 소리에 이따금 창문이 덜컹거렸고, 희미하게나마 석탄이 타들어 가는 소리, 내가 타들어 가는 촛불 심지를 이따금 가위로 자르는 소리만 들렸어. 헤어턴과 조지프 영감도 이미 곯아떨어진 것 같았어. 정말 서글픈 밤이었지. 책을 보면서도 한숨만 나오더군. 꼭 모든 즐거움이 이 세상에서 다 사라져 버려 다시는 찾을 수 없을 것만 같은 기분이었어.

그때 부엌문 쪽에서 빗장을 열려고 건드리는 소리가 나서 마침내 슬픈 정적이 깨지고 만 거지. 아마 별안간 폭풍우가 치는 통에 히스클리프가 다른 때보다 일찍 밤샘을 끝내고 돌아온 거 같았어. 문이 잠겨 있는 걸 알고 다른 쪽으로 들어오려고 돌아가는 소리가 들리더군. 내 마음속에 이는 분노 같은 것을 입술에 드러내면서 자리에서 일어났는데, 문 쪽을 뚫어지게 쳐다보던 힌들리가 고개를 돌려 나를 쳐다보는 거야.

'저놈을 5분간 밖에 세워 둘 거요.' 그 사람이 내게 소리치데. '반대하지는 않겠지요?'

'그럼요, 밤새껏 세워 놔도 상관없어요.' 내가 대답했어. '어서! 문부터 잠그고 빗장을 채워요.'

그자가 앞문으로 오기 전에 힌들리가 빗장을 채워 버렸지. 그러고는 자기 의자를 내 탁자 반대편에 들고 와 탁자 위로 기대면서 자기 눈에 불타오르는 증오심을 나도 느끼는지 확인하려는 건지 내 눈을 쳐다보는 거야. 그 사람은 꼭 남을 몰래 죽일 것 같았고 실제 그러고 싶은 마음도 있었으니 내 눈에서 똑같은 모습을 발견하긴 힘들었겠지. 하지만 이렇게 말할 정도로 뭔가 비슷한 걸 내 눈에서 본 모양이야.

'당신이나 나나 밖에 있는 저자랑 각각 청산해야 할 큰 빚이 있지! 우리가 겁만 없앤다면, 함께 힘을 합해 빚을 청산할 수도 있을 거요. 당신 오빠처럼 연약하기만 한 거요? 끝까지 참기만 하고 한 번이라도 복수해 볼 생각은 없는 거요?' 힌들리가 말하더군.

'저도 이제 참는 게 지겨워요.' 내가 대답했지. '보복만 안 당한다면 저도 좋아요. 하지만 배신과 폭력은 양날의 검 같아서 적에게 휘두르면 자신도 결국 그보다 더한 상처를 입게 마련이거든요.'

'배신과 폭력은 반드시 배신과 폭력으로 보복해야 한다고!' 힌들리가 소리쳤어요. '히스클리프 부인, 부인에겐 아무것도 요구하지 않을 테니 그저 말없이 가만히만 있으면 돼요. 그럴 수 있겠소? 저 악마의 종말을 보게 되면 당신도 나만큼 기뻐할 거요. 당신이 먼저 선수 치지 않으면 저놈이 당신을 죽이고 말 거요. 나 역시 파멸로 몰고 갈 테고. 빌어먹을 악마 같은 놈! 문 두드리는 거 봐요. 제가 벌써 이 집 주인인 듯 굴잖소! 입 다물고 있겠다고 약속해요. 그럼 저 시계가 다시 울리기 전에 — 지금 1시 3분 전이니 — 1시가 되기 전에 당신은 자유의 몸이 될 거니까!'

그러고는 내가 편지에서 말했던 그 무기를 품에서 꺼내더니 촛불을 끄려고 하는 거야. 하지만 내가 촛불을 낚아채면서 그 사람 팔을 붙잡았어.

'입 다물고 있을 순 없어요!' 내가 소리쳤어. '저자에게 손대면 안 돼요. 그냥 문 닫고 가만히 있어요!'

'아니! 난 이미 결심했소. 기어코 해치우고 말겠소!' 힌들리가 마치 모든 것을 다 건 사람처럼 외치더군. '당신이 원하지 않아도 내가 좋은 일을 할 거고, 헤어턴에게도 정의를 보여 줄 거요! 날 감싸려고 신경 쓸 것도 없소. 내 여동생 캐서린은 이미 죽었고, 지금 목숨을 끊는다고 해도 날 위해 슬퍼하거나 창피해할 사람도 없소! 지금이 바로 모든 걸 끝낼 시간이란 말이오.'

난 저 사람이랑 싸우느니 차라리 곰과 싸우는 게 낫다고 생각했거든. 아니면 정신 나간 사람과 말싸움하는 게 낫다고 본 거지. 이제 내가 할 일은 창문 쪽으로 달려가 힌들리가 복수하려는 자에게 그의 운명을 알려 주는 거라고 생각했어.

'오늘 밤은 딴 곳에서 자는 게 좋겠어요!' 내가 의기양양한 목

소리로 알려 줬지. '안으로 들어오려다가는 힌들리 총에 맞아 죽을지 몰라요.'

'당신, 당장 문 여는 게 좋을걸. 이……' 다시 되뇌고 싶지 않은 고상한 욕을 내게 퍼부으며 그 인간이 떠들어 댔어.

'난 상관 안 할 거야.' 내가 다시 한마디 했지. '들어와 총에 맞아 죽든 말든 알아서 해요. 내 할 일은 이게 전부니까.'

그렇게 말하고는 창문을 닫고 불가 옆 내 자리로 돌아왔어. 그 인간에게 닥칠지도 모르는 위험을 걱정해 주는 척하기에는 위선적인 면이 한계에 부딪혔거든. 힌들리도 내게 그런 인간을 아직도 사랑할 마음이 있느냐고 하면서 내게 비겁하다고 온갖 욕설을 퍼부어 대더군. 내 속마음은(양심에 거리낄 것도 없고) 차라리 히스클리프가 힌들리를 해치워 그를 이런 불행에서 벗어나게 해 주는 게 오히려 그에게는 축복일 것이고, 또 한편으로는 힌들리가 그 인간을 지옥에 처넣어 준다면 나에게도 축복일 거라고 생각했지! 이런 생각을 하고 있는데 별안간 내 뒤 창문이 뻥 하면서 히스클리프의 주먹 한 방에 바닥에 떨어진 거야. 그리고 불쑥 그 인간의 흉측한 얼굴이 나타났어. 창틀이 너무 좁아서 어깨가 빠져나오지 못했어. 난 무사하겠다는 생각에 웃음이 나왔어. 머리와 옷에는 하얗게 눈이 덮여 있었고, 어둠 속에서 추위와 분노로 떨며 식인종 같은 날카로운 이빨을 드러내고 있더군.

'이사벨라, 문 열어. 아니면 후회하게 될걸!' 그 인간이 조지프 표현대로 '으르렁대고' 있었어.

'사람을 죽이는 걸 내버려 둘 순 없어요.' 내가 대답했어. '당신을 죽이려고 힌들리가 칼 달린 총을 들고 서 있는데.'

266

'부엌문으로 들어가게 해 줘.' 그이가 말했어.

'힌들리가 나보다 먼저 가 있을걸요.' 내가 대꾸했지. '한 차례 내리는 눈보라도 참지 못할 정도면 그 사랑도 초라한 사랑이네요! 여름 달빛 아래서는 우리를 평온하게 자게 놔두더니 차가운 눈보라가 치자마자 피할 곳을 찾아 들어오다니요! 히스클리프, 내가 당신이라면 난 무덤가에 누워서 충견처럼 그 곁에서 죽어 버릴 거예요. 이제 살아갈 이유가 없지 않나요? 캐서린 때문에 그나마 당신이 살아간다는 걸 내가 아는데, 이제 그녀도 가고 없는데 당신이 어떻게 살아남을 생각을 하는지 모르겠어요.'

'그 자식 거기 있지?' 힌들리가 창문이 떨어져 나간 곳으로 달려오며 소리쳤어요. '팔만 뻗을 수 있으면 그 녀석 정도는 해치울 수 있을 거야!'

엘런, 날 악독한 여자로 생각하겠지. 하지만 내 사정을 잘 모를 테니까 그렇게 판단하진 말아 줘. 난 그이를 죽이는 걸 돕거나 부추기지는 못해. 하지만 그자가 죽어 버렸으면 하고 바랄 수밖에 없었어. 그래서 그자가 팔을 뻗어 힌들리의 손에서 총을 빼앗았을 때 난 그를 약 올린 것도 있고 해서 정말 무섭고 절망적인 기분이 들었어.

총이 발사되고 그 반동으로 칼이 튀겨져 나오면서 힌들리의 손목에 박히고 말았어. 히스클리프가 칼을 힘껏 잡아당기는 바람에 살이 다 찢겨져 나갔지. 그이가 피가 뚝뚝 떨어지는 칼을 주머니에 집어넣더군. 그러곤 돌맹이를 집어 들고는 창문 사이 칸막이를 부서 트리고 안으로 뛰어들어 왔어. 그의 상대는 동맥인지 정맥인지에서 피를 질질 흘리며 의식을 잃고 말았지.

그 인간이 깡패처럼 힌들리를 발로 차고 짓밟더니 머리를 잡아 바닥 판석에다 계속 짓찧었어. 다른 한 손으로는 날 꼼짝 못 하게 붙잡고 조지프 영감을 못 부르게 했어.

그나마 초인적인 인내심을 발휘해 힌들리를 죽여 버리고 싶은 유혹은 참아 내더라고. 유혹을 뿌리치고 나서는 실신한 사람을 긴 의자에 올려놓았어.

그러고는 그 사람의 외투 자락을 찢어 상처 난 곳을 거칠게 동여맸어. 그렇게 하면서도 발로 찰 때와 같은 기세로 침을 뱉고 온갖 욕설을 퍼붓더라고.

나는 그의 손아귀에서 풀려나자마자 조지프 영감을 찾으러 갔지. 내가 급하게 전하는 얘기를 서서히 알아듣더니 영감이 한 번에 두 계단씩 내달려 헐레벌떡 아래로 내려왔어.

'이게 뭔 일이여? 뭔 일이 벌어진 거여?'

'뭔 일이긴. 바로 이런 거지.' 히스클리프가 소리를 질렀어. '네 주인은 미쳤다고. 다음 달에도 목숨이 붙어 있으면 정신병원에 처넣고 말 거야. 그리고 어쩌자고 문을 안 열어 주고 날 내쫓으려 한 거야, 이 이빨 빠진 사냥개 같은 영감탱이야! 거기서 중얼거리며 씨부렁 대지 말고 이리 와. 난 저놈을 간호하고 싶지 않으니까 영감탱이가 저 인간이나 씻기라고. 그리고 저 인간의 피는 반 이상이 브랜디니까 촛불 불똥이 튀지 않게 조심이나 하라고!'

'주인님을 죽이려 한 거여?' 영감이 놀란 나머지 양손을 쳐들고 하늘을 보며 외쳤어. '이런 끔찍한 광경은 처음이여! 주여!'

히스클리프가 영감을 떠밀어 피가 흥건한 바닥에 꿇어앉히고는 수건을 던져 주었지. 영감은 피를 닦는 대신 양손을 모아 기도하기 시작했는데, 그 말투가 하도 이상해서 웃음이 터지더라니까. 나는 이미 뭘 봐도 놀라지 않는 상태가 돼 버린지라 마치 교수대 아래 서 있는 사형수처럼 올 테면 와 보라는 기분이었어.

'아, 널 잊고 있었네.' 그놈이 내게 말했어. '너도 주저앉아 피나 닦아. 이 독사 같은 년, 저 인간이랑 짜고 감히 날 공격해? 자, 너에겐 이게 맞는 일이지!'

그 인간이 이가 떨릴 정도로 날 잡고 흔들어 댔어. 그리고 날 영감 옆에 앉혔어. 영감은 꿋꿋하게 기도를 마치고 일어나더니 당장 그레인지로 가겠다고 선언했어. 오빠가 치안판사니까 마나님이 한 명이 아니라 50명이 돌아가시는 한이 있어도 이번 건만은 조사해야 한다는 거야.

영감이 집요하게 물고 늘어지니까 히스클리프도 사건의 전말을 내 입으로 말하는 게 편하다고 생각한 모양이야. 그 인간이 요구하는 통에 어쩔 수 없이 무슨 일이 벌어졌는지 설명해 주었지. 그러는 동안에도 아직 증오심이 남았는지 씩씩거리며 날 쩨려보더군.

자기가 먼저 도발한 게 아니라는 걸 영감에게 설득시키느라 꽤 나 힘이 들었겠지. 더군다나 내가 억지로 대답했으니 말이야. 하지만 힌들리가 아직 살아 있다는 기미를 보이자 영감은 그에게 독한 술 한 모금을 들이켜게 했고 그 덕분인지 조금 후 몸을 움직이면서 의식을 되찾기 시작했어.

상대방이 기절한 사이에 실컷 얻어맞았다는 사실을 모르고 있다는 걸 눈치채자 그 인간은 힌들리가 정신 나갈 정도로 술에 취했었다고 하면서 그가 저지른 끔찍한 짓을 모른 척할 테니 그만 자러 가라고 타일렀어. 그럴싸한 충고를 하더니 이내 자기 방으로 들어가 버리는 바람에 기뻤지 뭐야. 힌들리도 난롯가 옆 돌판 위에 벌렁 드러눕더라고. 어렵지 않게 그 자리를 벗어나게 되었다는 사실에 사뭇 놀라며 내 방으로 건너갔지.

　오늘 아침 11시 30분쯤 아래층으로 내려오니까 힌들리가 몹시 아픈 표정을 하고 불가에 앉아 있더군. 그리고 그에게는 악마 같은 존재인 히스클리프도 창백하고 수척한 모습으로 굴뚝에 기대 서 있더라고. 둘 다 식사하고 싶은 마음이 없어 보였어. 결국 식탁 위의 음식이 다 식을 때까지 기다리다가 나 혼자 먹고 말았지.

　못 먹을 이유도 없고 해서 난 식사를 실컷 즐겼어. 말도 없이 가만히 있는 두 사람을 바라보며 일종의 우월감과 만족감을 느꼈고, 양심상 꺼릴 것도 없어서 마음도 편했어.

　식사를 마친 다음, 나는 여느 때와 달리 용기를 내어 불가로 다가갔지. 힌들리가 앉아 있는 곳을 돌아 그의 옆으로 가 구석 쪽에 무릎을 꿇고 앉았어.

　히스클리프가 내 쪽으로는 눈길도 안 주더군. 마치 돌로 변한 사람 같아 보였어. 그래서 난 대담하게 고개를 들어 그의 모습을 빤히 쳐다보았지. 한때는 정말 남자답게 생겼다고 생각했던 이마는 이제는 악마의 이마 같았고, 무거운 구름으로 그늘진 모습이었어. 바실리스크[9]의 눈 같던 눈동자도 오래 잠을 못 자서인지 아니면 눈가가 축축한 거로 봐 너무 많은 눈물을 흘려서인지 윤기가 없었고, 입술 또한 말 못 할 슬픔 때문인지 냉소적인 비웃음도 사라졌더군. 다른 사람이 그런 모습을 하고 있었다면 그런 비통한 모습 앞에서 고개를 돌렸을 텐데, 그 인간이라 그런지 오히려 속까지 후련하더라고.

9　basilisk. 전설 속의 도마뱀으로 한 번 노려보면 사람이 즉사했다고 한다.

쓰러진 적에게 모욕을 주는 게 점잖지 못한 짓이라 해도 나는 복수의 기회를 놓칠 순 없었어. 악은 악으로 갚는 맛을 볼 수 있는 최적기는 바로 그때처럼 그 인간이 약해졌을 때니까."

"저런, 저런. 그만해요, 아가씨!" 제가 끼어들었어요. "남이 들으면 평생 성경을 한 번도 펴본 적이 없는 줄 알겠어요. 하나님께서 원수를 벌하시면 그걸로 되는 거예요. 아가씨까지 처벌하는 건 비겁하고 주제넘은 일이에요!"

"엘런, 여느 때라면 나도 그렇게 생각할 거야. 하지만 내가 직접 관여치 않는다면 그 인간이 어떤 불행한 일을 당한다 한들 내게 무슨 소용이 있겠어? 내가 직접 그 인간을 고통스럽게 만들고 내가 했다는 걸 그 인간이 알기만 한다면 그가 지금보다 고통을 덜 당해도 괜찮아. 난 정말 그 인간에게 너무 많이 당했어. 눈에는 눈, 이에는 이라고 한 가지 조건이 충족되어야 용서할 수 있어. 내가 받은 쓰라린 고통은 모조리 다 갚아야 하니까 그 인간도 나랑 똑같은 처지가 돼야 해. 먼저 날 아프게 한 것부터 내게 용서를 빌어야지 ─그렇다면 ─ 엘런, 그런 다음이라면 내가 어느 정도 관용을 베풀 수 있겠지. 그런데 이런 복수가 가능하기나 하겠어? 그러니 용서가 안 되는 거지. 그때 힌들리가 물을 마시고 싶다고 하기에 내가 물잔을 갖다주고 좀 어떠냐고 물었지.

'내가 원하는 만큼 아프지는 않소.' 그 사람이 대답하데. '그런데 팔이야 그렇다고 쳐도, 무슨 꼬마 도깨비 떼랑 싸운 것처럼 온몸 구석구석 안 아픈 데가 없어!'

'당연하죠.' 그게 내 다음 대답이었어. '새언니는 자기가 가운데 서 있는 덕분에 힌들리가 몸 성히 잘 있는 거라고 자랑하곤 했어요. 자기의 기분을 상하게 할까 봐 이런저런 사람들이 오빠를 해치지 못한다고 말했지요. 무덤 속에서 사람들이 정말로 일어나지 않아서 다행이지, 캐서린이 일어났다면 어젯밤 당신이 당하는 끔찍한 장면을 보았을 거예요! 멍든 데는 없어요? 가슴이랑 어깨에 상처는 없어요?'

'모르겠소.' 그가 대답했어. '그런데 그게 무슨 소리요? 내가 기절했을 때 저자가 날 패기라도 했단 말이오?'

'발로 밟고 찼어요. 그러곤 바닥에 던졌고요.' 내가 귀에 대고 말해 줬지. '당신을 이로 찢어 죽이고 싶은지 군침까지 삼키더라고요. 하기야 저자는 절반쯤만 인간이잖아요. 아니, 절반도 아니죠. 거의 악마인 셈이죠.'

힌들리와 나는 공동의 적인 그 인간의 얼굴을 올려다봤어. 그 인간은 슬픔에 푹 젖어 주위를 전혀 신경 쓰지 않고 서 있었는데, 오래 서 있을수록 포악함이 얼굴에 더 드러나더군.

'하나님께서 내가 죽는 그 순간에도 저 인간을 죽일 힘만 주신다면 난 지옥에 떨어지는 한이 있더라도 즐거워할 거야.' 참지 못하겠는지 힌들리가 신음하듯 말하며 일어나려고 애쓰다가 힘으로는 도저히 안 되겠는지 실망스러운 표정으로 다시 주저앉더군.

'아니요, 저자가 당신 가족 가운데 한 명 죽인 거로 충분해요.' 내가 큰 소리로 말했어. '히스클리프가 없었다면 당신 여동생이 살아 있었을 거라는 걸 그레인지 저택 사람들은 다 알고 있어요. 결국 저 인간에게 사랑받느니 미움을 받는 게 나아요. 저자가 돌아오기 전까지 우리가 얼마나 행복했었는지 — 캐서린 언니도 얼마나 행복했었는지 — 전 그날이 저주스럽기만 해요.'

히스클리프는 이런 말을 한 사람이 누구인지보다는 무슨 말인지를 알아들은 것 같았어. 정신이 돌아온 것 같았지. 가만히 보니까 벽난로 잿더미 위로 눈물을 떨어뜨리면서 숨이 막히는지 한숨을 내쉬고 있는 거야.

난 그런 모습을 뚫어지게 바라보면서 비웃어 주었지. 그 순간 구름이 낀 듯 흐려 보이던 지옥의 창문 같던 그의 눈동자가 날 향해 번뜩이는 거야. 보통 때 같으면 악마같이 쳐다보던 눈길인데 눈물에 가리고 너무 눈빛이 흐리기에 난 겁도 없이 다시 한 번 비웃었어.

'일어나! 내 눈앞에서 꺼지라고.' 슬픔에 빠져 있던 그 인간이 내게 소리쳤어.

무슨 말인지 정확하지는 않았지만 내게는 그렇게 들렸어.

'죄송하네요.' 내가 대답했지. '저도 캐서린 언니를 사랑했어요. 그리고 언니의 오빠인 힌들리도 돌봐야 하고요. 이제 언니는 없지만 그 오빠에게서 새언니 모습을 보는 것 같아요. 힌들리 눈은 언니 눈과 똑같은걸요. 당신이 그의 눈을 후벼 파려고 해서 꺼멓게 멍이 들고 충혈되지만 않았다면 말이죠. 게다가, 언니는⋯⋯.'

'이 멍청한 계집 같으니라고, 밟아 죽이기 전에 당장 일어나지 못 해.' 그이가 소리치며 다가오기에 나도 움찔하며 물러섰지.

'그런데.' 도망칠 준비를 하며 내가 계속 말했어. '불쌍한 캐서린 언니가 당신을 믿고 히스클리프 부인이라는 우스꽝스럽고 체면 구기는 한심한 호칭을 갖게 되었더라도 곧 나와 비슷한 처지가 됐을 거예요. 언니는 당신의 가증스러운 행동을 가만히 참고 지내진 않았겠지. 당신이 밥맛없는 지겨운 인간이라고 소릴 질렀을 거라고.'

긴 나무 의자와 힌들리가 사이에 있는 바람에 그는 나를 쫓는 대신 부엌 탁자에 있던 식사용 나이프를 들어서 내 머리 쪽으로 던졌어. 내 귀밑에 나이프가 박히는 바람에 난 말을 멈출 수밖에 없었지. 하지만 그걸 뽑은 후, 문 쪽으로 달아나면서 그 인간이 내게 던진 나이프보다 더 깊은 상처를 주길 바라는 마음으로 한마디를 더 했지.

　　마지막으로 본 모습은 미친놈처럼 성을 내며 내게 달려오는 장면이었는데 힌들리가 껴안고 막는 바람에 서로 엉켜 난로 쪽으로 넘어졌어. 부엌으로 빠져나가다가 조지프 영감한테 어서 주인에게 가보라고 일렀지. 나오다가 문 앞에서 강아지들을 의자 등에 매달아 장난치고 있던 헤어턴을 자빠트리고 말았어. 난 마치 지옥에서 탈출한 축복받은 인간처럼 가파른 길을 냅다 뛰어 달아났어. 꾸불꾸불한 길을 피해 황야를 가로질러 오다가 둑에서 구르기도 하고 늪지를 건너기도 하면서 그레인지의 불빛 쪽으로 치달린 거야. 워더링 하이츠의 지붕 아래서 하루를 지내는 것보다 차라리 영원히 지옥에서 지내라고 저주받는 편이 낫다고 생각했거든.”

　　이사벨라는 말을 멈추고 차 한 잔을 들이켰어요. 그리고 제가 가져온 숄과 모자를 씌워 달라고 하더군요. 한 시간만 더 있어 달라는 제 부탁은 들은 척 만 척하면서 의자에 올라가 오빠와 언니 초상화에 입을 맞췄어요. 저에게도 비슷한 작별 인사를 하고는 마차가 있는 곳으로 내려갔어요. 주인을 다시 만나 기뻐하면서 패니가 짖으며 따라가더군요. 아가씨는 다시는 이 동네로 돌아오지 않았고 그렇게 떠나갔답니다. 다른 곳에 정착한 후 서방님과 정기적으로 편지를 주고받았지요. 새로 정착한 곳은 남쪽 지방인데 런던 근처였어요. 이렇게 하이츠에서 도망쳐 나간 지 몇 달 후 아들을 낳았지요. 린턴이라고 이름을 지었는데, 처음부터 병치레도 많고 칭얼대는 아이라고 소식을 전해 왔어요.

하루는 마을에서 히스클리프를 만났는데 이사벨라 아가씨가 어디 사느냐고 제게 묻더군요. 제가 말할 수 없다고 했지요. 그자가 말하길 어디 있는 건 그리 중요치 않지만 오빠를 찾아올 때는 조심해야 할 거라고 말했어요. 설사 자기가 아가씨를 부양할 책임이 있다고 해도 오빠와는 같이 살게 내버려 두진 않을 거라고 했어요.

내가 어떤 정보도 주지 않았지만 히스클리프는 결국 하인들 몇 명을 통해 아가씨 주소도 받고 아들을 낳았다는 것도 알아냈지요. 하지만 아가씨를 괴롭히진 않았어요. 그 사람이 이렇게 자제력을 보이는 것도 아가씨에 대한 혐오감 때문으로 여기며 오히려 감사해야 할 일이지요.

날 볼 때마다 그 사람은 아들에 대해 종종 묻더군요. 아들의 이름을 알고선 섬뜩하게 웃으며 한마디 했어요.

"내가 그 아기도 미워하길 바라겠지, 안 그런가?"

"아기에 대해선 당신이 전혀 몰랐으면 한답니다." 제가 대답했어요.

"하지만 내가 원할 때 아기를 데려올 거야." 그렇게 답하더군요. "어디 두고 보자고!"

다행인 건지 아기 엄마는 그런 때가 오기 전에 세상을 떠나고 말았어요. 캐서린 아가씨가 세상을 떠난 지 13년쯤 후인데, 린턴이 한 열두 살 정도 되었을 때였지요.

이사벨라 아가씨가 예고도 없이 찾아왔던 날, 저는 서방님께 아가씨의 방문을 알릴 기회가 없었어요. 남과 말하기를 피하셨기에 아무것도 의논할 수 없었지요. 드디어 아가씨 소식을 전하자 남편에게서 도망친 걸 듣고 좋아하셨어요. 유순한 성격의 서방님이신데 저희도 믿을 수 없을 정도로 히스클리프를 몹시 증오했어요. 그 혐오감이 얼마나 심하고 예민했던지 히스클리프가 언급되거나 그의 모습이 보일 수 있는 곳이라면 아예 근처에도 가질 않았어요. 아내를 잃은 슬픔까지 더해지자 서방님은 두문불출하기 시작했어요. 치안판사 직도 집어치우고 교회도 나가지 않더니 모든 마을 행사를 피하기 시작하더군요. 남들을 피해 그저 숲 언저리나 집 근처에만 숨어 지내셨고 홀로 황야를 걷는다거나 남들이 아직 밖에 나오지 않는 이른 아침이나 저녁 시간에 캐서린 아씨 무덤에 가는 게 전부였어요.

그렇지만 성품이 좋으신 분이라 불행한 채로 그렇게 오래 지내지만은 않았어요. 서방님은 아내인 캐서린의 영혼이 다시 나타나길 빌거나 하진 않았어요. 세월이 약이라고 점차 체념하기 시작했고 일상적인 즐거움을 대신해 뭔가 달콤해 보이는 우울함이 보였어요. 강렬하면서도 부드러운 애정으로 아씨의 모습을 떠올렸고, 자기도 그녀가 갔다고 확신하는 좋은 세계로 가게 되길 바랐어요.

게다가 이 세상에서도 위로도 받고 사랑도 받을 수 있게 되었어요. 아까도 말했지만 며칠간은 돌아가신 아씨가 두고 떠난 아기에게 전혀 신경을 쓰지 않는 것 같았는데 그런 차가운 마음도 마치 4월에 눈 녹듯 녹아 버렸어요. 그 조그만 것은 말도 하기 전에, 그리고 발걸음을 떼기도 전에 이미 서방님 마음을 사로잡았어요.

아기에게 캐서린이란 이름을 지어 주었지만, 서방님은 이름 그대로 부른 적이 없었어요. 아기 엄마를 생전에 절대 캐시라는 애칭으로 부르지 않던 것과 다르게 말이죠. 아마도 그건 히스클리프가 자기 아내를 매번 애칭으로 불렀기 때문일 거예요. 아기는 늘 캐시로 불렀어요. 그래야 엄마와 구별이 되면서 연관이 되기도 했으니까요. 아기에 대한 애착은 자기 아기 때문이라기보다 캐서린의 아기라는 것 때문이었지요.

저는 서방님과 힌들리 언쇼를 비교해 보곤 했어요. 두 사람이 같은 상황에서 왜 정반대로 행동하는지 이해해 보려고 했지만 만족할 만한 설명이 안 돼 난감한 적도 있었어요. 둘 다 다정한 남편이고 아이들을 사랑했어요. 그런데 왜 좋건 나쁘건 서로 다른 길을 가는 건지 모르겠어요. 하지만 저는 생각하길, 겉으로 보기엔 힌들리 씨가 더 꿋꿋한 정신을 지닌 듯 보이지만 애석하게도 더 나쁘고 더 약한 인간이라고 보았어요. 배가 암초에 부딪히게 되었을 때 선장이 배를 버린 거나 마찬가지인 셈이지요. 선원들 역시도 배를 구하기보다는 난리를 치고 혼란에 빠져 불쌍한 배를 버린 셈이에요. 반면에 린턴 서방님은 진솔하고 믿음직스러운 영혼이 지닌 진정한 용기를 보여 주었지요. 그는 하나님을 믿었고, 하나님의 위로를 받았어요. 한 사람은 소망했고 다른 한 사람은 절망한 거지요. 각자 자기 운명을 선택했으니 그 운명을 견디며 살아갈 도리밖에 없어요.

록우드 선생님, 주제넘게 제가 설교하듯 이야기한 거 같아요. 저 못지않게 판단을 잘하실 테니 그냥 알아서 판단하세요. 적어도 그렇게 하시리라고 믿어요. 힌들리의 죽음은 이미 예상한 것이었어요. 여동생이 죽자마자 숨을 거두었지요. 한 6개월 차이도 안 났어요. 그레인지에서는 힌들리가 죽기 전에 어떤 상태였는지 확실히 아는 게 없어요. 제가 소식을 접한 건 장례식 준비를 거들러 갈 때였어요. 케네스 선생님이 서방님에게 소식을 알려 주러 왔지요.

"넬리." 어느 날 선생님이 아침 일찍 말을 타고 들어오시면서 절 부르셨는데, 너무 이른 시간이라 안 좋은 소식일 거라는 예감이 들었지요. "이제는 자네와 내가 문상을 가야 하네. 누가 세상을 떠났다고 생각하나?"

"누구예요?" 그 소식에 당황한 제가 물었어요.

"글쎄, 알아맞혀 보시게!" 말에서 내려 문 옆 고리에 굴레를 걸어 매면서 제게 되물었어요. "아마 앞치마 단을 잡아 올려 눈물 닦을 준비를 해야 할 거야. 그럴 필요가 있을 테니까 말이지."

"히스클리프는 분명 아니지요?"

"뭐라고! 그자를 위해 흘린 눈물이 있다는 건가?" 의사 선생님이 말하더군요. "히스클리프는 건장한 젊은 친구야. 오늘 보니 더 좋아 보이더군. 지금 막 보고 왔는걸. 부인이 집을 나간 후 오히려 몸이 더 불었더구먼."

"케네스 선생님, 그럼 누구예요?" 참지 못하고 제가 재삼 물었어요.

"힌들리 언쇼! 자네의 옛 친구 말일세." 선생님이 대답하시더군요. "짓궂은 내 친구이기도 하지. 오랫동안 정말 거친 친구이기는 했지만 말일세. 그거 봐! 내가 눈물이 날 거라고 했지. 하지만 힘내자고! 그답게 몹시 만취한 채로 세상을 떠났다네. 불쌍한 친구! 나도 정말 애석하다네. 오랜 친구가 그리울 수밖에 없어. 정말 상상하기 어려운 못된 버릇이 있었지만 말이야. 날 골탕 먹인 적도 여러 번 있었어. 아직 스물일곱도 안 된 것 같은데. 자네 나이와 같지. 둘이 한 해에 태어났다고 하면 누가 믿겠냐고?"

고백하건대 힌들리 서방님의 죽음은 캐서린 아가씨의 죽음보다 제게 더 큰 충격이었어요. 예전 기억이 제 가슴에 남아 있었거든요. 케네스 선생님은 다른 하인을 시켜 린턴 서방님께 모셔 드리고, 저는 의자에 주저앉아 마치 제 피붙이가 죽기나 한 듯이 큰 소리로 엉엉 울었답니다.

　　무슨 변고가 있었던 건 아닐까 하는 생각이 계속 떠올랐고, 어떤 일을 하든지 간에 그런 생각이 떠오르면서 저를 힘들게 했답니다. 하도 끈질기게 이 생각이 떠올라 결국 워더링 하이츠에 다녀오겠다는 허락을 얻고는, 고인이 된 힌들리 서방님에게 마지막 봉사를 하기로 마음먹었지요. 린턴 서방님은 제가 가는 걸 꺼려서 허락하지 않으려 했지만, 힌들리 서방님이 아무도 없이 혼자 누워 계신다는 걸 호소하면서 제발 보내 달라고 부탁했어요. 제 전 주인이자 같이 젖을 먹고 자란 형제 같은 힌들리 서방님이기에 린턴 서방님을 모시는 것만큼 돌봐야 한다고 말했어요. 게다가 이제 처조카인 헤어턴을 돌봐 줄 사람도 없으니 서방님이 보호자 역할을 해야 할 뿐 아니라 유산은 어떻게 되었는지 알아봐야 하고, 고인이 된 처남의 뒷일도 봐줘야 한다는 사실을 일깨워 줬어요.

　　그 당시 린턴 서방님은 그런 일에 관심을 둘 여력이 없었기에 저보고 변호사에게 알려 주라고 하시곤 제가 대신 다녀오라고 허락했어요. 린턴 서방님의 변호사는 힌들리 언쇼의 변호사이기도 했어요. 마을에 들러 변호사에게 워더링 하이츠에 함께 가자고 했더니 머리를 저으며 말하길, 히스클리프를 그냥 내버려 두는 게 좋을 거라고 충고하는 거예요. 사실이 공개되면 헤어턴이 거지나 다름없다는 게 밝혀질 거라고 말하면서 말입니다.

"그 애 아버지는 빚만 남기고 죽었다네." 그렇게 말하는 거예요. "모든 부동산은 저당 잡혔고 이제 상속자에게 남은 유일한 기회라는 건 채권자들의 마음을 움직여 관대하게 처리하게끔 하는 것뿐일세."

하이츠에 도착해서 저는 장례 관련 일들이 제대로 진행되는지 보러 왔다고 말했어요. 몹시 상심한 조지프 영감이 내가 오자 좋아했어요. 히스클리프는 대체 제가 왜 필요한지 모르겠다면서도 원한다면 남아서 장례식 절차나 잘 챙기라고 하면서 이렇게 말하더군요.

"제대로 한다면, 저 바보의 시신은 장례식 같은 것 필요 없고 사거리 가운데에 묻혀야 한다고.[10] 어제 오후 내가 한 10분간 나갔다 왔더니 그사이에 날 골탕 먹이려고 거실문 두 개를 다 잠가 버렸어. 그러고는 죽으려고 그랬는지 일부러 밤새껏 술을 처먹은 거야! 오늘 아침에 꼭 말이 코 고는 소리 같은 게 들리기에 문을 따고 안으로 들어가 봤더니 긴 의자에 뻗어 누워 있더군. 살가죽을 벗기거나 머리 가죽을 벗긴 데도 깨어날 것 같지 않더군. 그래서 케네스 씨를 불러왔는데 그땐 짐승 같은 저 인간이 이미 썩은 몸이 돼 버린 뒤였어. 숨이 넘어갔고 몸도 식어 굳어 버렸더라고. 그러니 법석을 떨어 보았자 무슨 소용이 있겠어!"

늙은 조지프 영감은 이 말이 맞는다고 하면서도 뭐라고 중얼대더군요.

"히스클리프가 직접 의사를 불렀으면 더 나을 것인디. 내가 남

아 주인님을 더 잘 살펴 드릴 수 있었을 티구만. 내가 나갈 땐 목숨이 붙어 있었단 말여. 절대로 죽지 않았었다니께."

여하튼 장례식만이라도 흉하지 않게 치러야 한다고 제가 고집을 피웠어요. 히스클리프는 내 맘대로 하라면서도 모든 장례 경비가 자기 호주머니에서 나간다는 걸 잊지 말라고 하데요. 장례식 내내 그는 기쁘거나 슬퍼하는 표정 없이 무관심하면서도 냉정한 태도로 일관했어요. 다만 어려운 일을 무사히 끝내고 냉철하게 만족하는 모습을 보이긴 했어요. 딱 한 번 즐거워하는 모습을 본 것 같아요. 관이 집 밖으로 나갈 때였지요. 죽음을 애도하는 척 위선을 떨며 헤어턴과 함께 관을 따라 나가기 전에 그 불행한 아이를 탁자 위에 올려 놓더니 뭔가 묘한 어투로 흡족한 듯 이렇게 말하는 거예요.

"이 녀석아, 이제부터 넌 내 거다! 휘어져라 불어 대는 바람에도 네가 다른 나무처럼 휘지 않고 자랄 수 있나 어디 한번 두고 보자!" 무슨 소린지도 모르는 아이는 그저 좋아했어요. 그자의 구레나룻을 만지작거리며 뺨을 쓰다듬더라고요. 전 그게 무슨 소리인지 알아차리고 한마디 쏘아붙였어요.

"저 애는 저랑 함께 스러시크로스 그레인지로 가야 해요. 저 애만큼은 당신과 아무런 관계가 없지요!"

"린턴이 그렇게 말하던가?" 그자가 묻더군요.

"물론이죠. 저보고 데려오라고 하셨어요." 제가 대꾸했어요.

"좋아." 그 악당 같은 자가 말하더군요. "지금은 논쟁할 때가 아니지. 하지만 나도 애 하나쯤 키워 보고 싶은 마음이 있거든. 애를 빼내 가면 대신 그 자리는 내 애로 채울 거라고 전해 주고. 이 애를 그냥 보내지도 않겠지만, 내 자식만은 분명 여기로 데려올 거야! 꼭 전해 줘."

이러한 암시만으로 우리는 아무런 손도 쓸 수 없게 된 거죠. 돌아오자마자 서방님께 이 말을 전해 드렸어요. 처음부터 별 관심이 없었던 서방님은 더 이상 관여하지 않겠노라고 말하더군요. 하긴 뭔가 할 생각이 있다고 해도 그걸 제대로 해낼 수 없었을지도 모르지만요.

워더링 하이츠의 객이 이제는 주인이 돼 버렸지요. 그는 집안을 휘어잡았어요. 그런 다음, 힌들리가 도박에 미쳐서 그 밑천을 대느라고 저당 잡힌 땅의 저당권자가 바로 자기라는 걸 변호사에게 입증했고, 변호사는 이 사실을 린턴 씨에게 다시 입증했어요.

이렇게 해서 이 마을에서 으뜸가는 신사가 돼야 했을 헤어턴은 자기 아버지의 철천지원수에게 기대어 살아야 할 처지로 전락하고 만 거예요. 자기 집에서 임금도 제대로 못 받는 하인 신세로 지내면서, 아무 친구도 없고 자기가 부당하게 당했다는 것도 모르기 때문에 정당한 지위를 되찾을 수도 없게 된 거랍니다.

4장

  그 어두운 시기가 지난 후 12년 동안은 저에게는 가장 행복한 시절이었지요. (딘 부인이 얘기를 계속했다.) 가장 힘든 문제가 있었다고 한다면 그건 어린 아가씨의 잔병치레 정도였는데, 그 정도야 있는 집 아이나 없는 집 아이나 다 겪어야 할 과정이었지요.

  첫 6개월이 지나자 마치 낙엽송 자라듯 쑥쑥 크더니 캐서린 아가씨 무덤가에 히스꽃이 두 번째 필 즈음에는 혼자 설 줄도 알고 말도 하곤 했답니다.

  캐시 아가씨는 쓸쓸했던 집안에 따스한 햇볕을 가져오는 더없는 귀염둥이였어요. 예쁜 얼굴에다가 언쇼 가문의 멋진 검은 눈, 린턴 가문의 뽀얀 피부와 오목조목한 생김새에 금발 곱슬머리까지 타고났어요. 기운이 넘쳤지만 거칠지 않았고, 감성적이고 생기발랄해 지나칠 정도로 다정다감했어요. 사랑에 푹 빠지는 성질은 엄마를 떠올리게 했지만 닮은 건 아니었지요. 비둘기처럼 순하고 상냥한 데다가 목소리도 부드럽고 생각에 잠긴 듯한 표정이었거든요. 심하게 화내지도 않았고, 남을 좋아하는 마음도 격렬하다기보다 부드럽고 다정했어요.

하지만 이런 장점들을 상쇄시키는 단점도 있었어요. 남들에게 건방지게 굴곤 했고 성격이 좋든 아니든 응석받이 아이들이 대개 그렇듯이 고집을 피웠지요. 혹 하인들이 귀찮게 굴 때면 항시 "아빠에게 이를 테야!"라고 했고, 혹여나 아빠가 꾸짖거나 그럴 기색만 비쳐도 가슴이 무너진 듯 서러워했어요. 제 기억에 서방님은 단 한 번도 심한 말을 해 본 적이 없었어요.

캐시 교육은 서방님 혼자서 맡아서 했고 그걸 즐겼답니다. 다행스럽게도 어린 아가씨는 호기심도 많고 영리해서 모든 걸 금세 알아들었고 서방님도 가르치는 보람을 느낄 수 있었지요.

열세 살이 될 때까지 캐시는 혼자 숲 밖으로 나간 적이 없었어요. 특별한 경우에 서방님과 같이 한 1마일 정도 밖에 나간 적은 있어도, 서방님은 다른 사람에게 아가씨를 맡기지를 않았어요. 기머턴은 그저 말로만 듣던 곳일 뿐이고 집 말고 아가씨가 접근했다거나 들어가 본 건물은 교회뿐이었지요. 워더링 하이츠나 히스클리프라는 이름은 아예 존재하지도 않았어요. 완전히 고립된 삶이지만 아주 만족하며 지냈어요. 물론 창밖 시골 풍경을 보면서 이따금 이렇게 말하긴 했지요.

"엘런, 저 언덕 꼭대기까지 걸어가려면 얼마나 걸릴까? 저 너머엔 뭐가 있는 거야? 바다일까?"

"아가씨, 아니에요. 여기처럼 언덕만 있어요." 전 이렇게 대답하곤 했어요.

"그리고 저 황금빛 바위를 밑에서 쳐다보면 대체 어떤 모습일까?" 한번은 이렇게 묻더군요.

특히 페니스턴 절벽의 가파른 낭떠러지가 아가씨의 관심을 끌었는데, 석양빛이 절벽과 그 꼭대기에 비치고 옆 풍경들이 어둠 속에 잠겨 있을 때가 유달리 맘에 들었나 봐요. 저는 절벽은 그저 바윗덩어리일 뿐이고 거기엔 조그만 나무 한 그루가 살 만한 흙도 없다고 설명했지요.

"그런데 여기가 저녁이 된 후에도 왜 그쪽은 오랫동안 계속 환한 거야?"

"여기보다 훨씬 높으니까 그렇지요." 제가 대답해 주었어요. "거긴 너무 높고 가팔라서 올라갈 수도 없어요. 겨울엔 여기에 서리가 내리기 훨씬 전부터 거긴 서리가 내리지요. 그리고 북동쪽에 있는 어두운 골짜기에는 한여름에도 눈이 보일 때가 있다니까요."

"어머, 엘런은 거기 가 봤구나!" 캐시가 매우 기뻐하며 말했어요. "그럼 나도 크면 갈 수 있겠네. 아빠도 가 봤어?"

"아빠가 말씀해 주시겠죠." 제가 허둥대며 답했어요. "그런데 거긴 가 볼 가치가 없어요. 아빠랑 같이 걷는 들판이 훨씬 좋아요. 그리고 스러시크로스 그레인지 숲이 세상에서 최고지요."

"하지만 이 숲은 다 알아도 거기는 내가 모르잖아." 아가씨가 혼잣말로 중얼거렸어요. "그 높은 곳에서 주위를 바라보면 얼마나 좋을까. 내 조랑말 미니가 언젠가는 날 태우고 갈 수 있겠지."

하녀 중 한 명이 요정의 동굴에 대해 말해 주는 바람에 캐시 아가씨는 절벽 방문 계획을 꼭 실천해 보겠다는 마음을 품었답니다. 아가씨는 린턴 서방님을 계속 졸라 댔고, 결국 서방님은 좀 더 크면 갈 수 있다고 허락해 주었죠. 그런데 아가씨는 달수로 나이 계산을 할 정도로 가고 싶어 했고, "이제 페니스턴 절벽에 갈 만큼 컸지요?" 라는 말을 입에 달고 다녔답니다. 절벽으로 가는 길은 워더링 하이츠 가까이 돌아가는 길이기에 서방님은 가고 싶어 하지 않았어요. 그래서 서방님의 대답은 늘 같았지요. "우리 귀염둥이 아가씨, 아직 안 돼요. 안 되고말고."

히스클리프 부인이 남편에게서 도망친 후 열두 해 정도 살다 숨을 거두었다고 말했지요. 린턴가 사람들은 연약한 체질을 타고났답니다. 그녀나 서방님 모두 이 지역 사람에게서 볼 수 있는 건강한 체질이 아니었어요. 그녀가 어떤 병 때문에 죽었는지는 확실하진 않지만 제 짐작에 둘 다 일종의 열병으로 숨을 거둔 것 같았어요. 처음에는 대수롭지 않은 증상으로 시작했다가 치료도 안 되고 급작스럽게 삶을 마감하는 병이죠.

그녀는 오빠에게 편지를 보내 마지막 넉 달간 고통 속에 살다가 이제는 삶을 마감할 때가 되었다고 알려 준 모양이에요. 마지막으로 여러 가지 정리할 게 있고 오빠와 마지막 작별 인사도 나누고 싶고, 특히 아들인 린턴을 마음 편히 오빠에게 맡기고 싶다면서 꼭 한번 와 달라고 부탁했나 봅니다. 그녀는 린턴이 자기와 지냈던 것처럼, 이제는 오빠와 지낼 수 있기를 바랐어요. 그 애 아빠인 히스클리프는 애를 잘 먹이지도 가르치지도 않을 거라고 확신하고 있었나 봅니다.

서방님은 부탁을 들어 주기로 하고, 예삿일 같았으면 안 갔겠지만 이번에는 그 즉시 달려갔어요. 제게는 자신이 없는 동안 캐시 아가씨를 각별히 돌보라고 하면서 제가 같이 있다고 해도 절대 숲 바깥으로 나가게 해서는 안 된다고 재삼 당부했지요. 동반자 없이는 절대 혼자 나가선 안 된다는 거였죠.

　서방님은 3주간 집을 비우셨어요. 처음 하루 이틀 동안 캐시는 너무 슬펐는지 책을 읽거나 놀지도 않고, 서재 구석에 앉아 지냈어요. 그렇게 조용히 지낼 때는 아무런 문제가 없었지요. 하지만 곧 따분해하고 짜증을 내기 시작하더군요. 저는 너무 바쁜 데다가 나이를 먹어서인지 아래위층을 뛰어다니면서 캐시와 놀 수는 없었어요. 그래서 아가씨 혼자 놀 방법을 생각해 냈답니다.

　아가씨 혼자서 숲 여기저기를 다니게 한 거죠. 때로는 말을 타거나 걸어 다니게 했고 돌아오면 아가씨가 실제로 한 일이나 머릿속에서 상상한 이야기를 열심히 들어 주는 역할을 하면서 그녀를 만족시켰어요.

　여름 햇살이 절정에 이른 때였어요. 캐시는 혼자 산책하는 데 취미를 붙였는지 종종 아침부터 차를 마실 시간까지 밖에 나가 있곤 했어요. 저녁 시간은 자기가 상상한 이야기들을 해 주면서 보냈어요. 정문은 대개 잠겨 있었기에 저는 그녀가 집 밖으로 나갈까 하는 걱정은 하지 않았어요. 혹 열려 있다고 해도 혼자 나갈 엄두를 못 낼 거라고 생각했거든요.

　불행하게도 저의 이런 자신감은 근거 없는 것이 되고 말았어요. 어느 날 아침 8시경 캐시가 제게 와서는 그날은 자기가 아라비아 상인이 되어 대상을 이끌고 사막을 건너간다고 하는 거예요. 그래서 말 한 마리와 낙타 세 마리, 그리고 자기가 먹을 식량을 준비해 달라고 하더군요. 낙타 세 마리는 큰 사냥개 한 마리와 포인터 두 마리로 대신한다는 거지요.

　저는 맛있는 걸 듬뿍 마련해 바구니에 담은 후 조랑말 안장 한쪽에다 걸어 주었어요. 아가씨가 7월의 뜨거운 햇살을 피하기 위해 챙 넓은 모자와 얇은 베일로 걸치고, 요정처럼 사뿐히 말에 올라타더군요. 그러고는 달리지 말고 늦지 않게 돌아오라는 제 말을 비웃듯이, 아주 빠른 속도로 말을 타고 떠났어요. 개구쟁이 아가씨는 차를 마실 시간에도 돌아오지 않았어요. 나이를 먹어 편안하게 쉬는 걸 좋아하는 사냥개만 돌아왔지요. 하지만 캐시, 조랑말, 두 마리 포인터는 어디에도 안 보이는 거예요. 전 여기저기로 사람을 보내 그녀의 행방을 수소문했고 저도 찾으러 나갔지요.

정원 근처 농장 울타리에서 일하고 있는 일꾼 한 사람이 있기에 혹시 아가씨를 봤느냐고 물어봤어요.

"아침에 봤어요." 그 사람이 대답하더군요. "나더러 개암나무 가지 하나를 쳐 달라고 하더니 조랑말을 타고 가장 나지막한 울타리를 넘어가데요. 그리고 말을 타고 사라졌어요."

그 말을 듣고 제가 어쨌을지 상상이 가세요? 그 말을 듣자마자 틀림없이 페니스턴 절벽으로 갔다는 생각이 떠올랐지요.

'아가씨가 변을 당하면 어쩌지?' 저는 그 사람이 손질하고 있던 울타리 틈새로 빠져나가 곧장 큰길로 나갔어요.

그러곤 마치 내기라도 하는 사람처럼 몇 마일을 걸어갔어요. 마침내 길을 돌아 나가니 앞에 워더링 하이츠가 보이더군요. 하지만 근처에 아가씨 모습은 보이질 않았어요.

절벽은 하이츠를 지나 약 1마일 반 정도 더 가야 했지요. 집에서는 약 4마일 정도 되는 거리니까 혹시 거기 도착하기 전에 날이 어두워질까 봐 걱정이 앞섰어요.

'바위를 올라가다가 혹 미끄러져서 떨어져 죽었거나 뼈라도 부

288

러졌으면 어쩌지?'

불안해 죽을 지경이었지요. 그런데 하이츠를 막 지나가다가 같이 갔던 두 마리 포인터 가운데 사나운 녀석인 찰리가 머리가 붓고 귀에 피를 흘리며 창가 아래에 누워 있는 모습이 보이는 거예요. 순간 안도의 한숨이 나오더라고요.

저는 쪽문을 열고 현관문으로 뛰어 들어가 들어가게 해 달라고 문을 마구 두드렸어요. 그러자 제가 알고 있던 여자가 대답하더군요. 전에 기머턴에 살았던 여자인데, 언쇼 서방님이 돌아가신 후 거기서 하인으로 일하기 시작한 사람이에요.

"네, 귀염둥이 아가씨를 찾으러 오셨군요? 걱정하지 마세요. 여기 잘 있습니다. 주인 나리가 아니라 다행이네요."

"주인은 집에 안 계신 모양이지요?" 급히 걸어오느라 힘들고 놀라기도 해서 숨을 헐떡거리며 제가 물었어요.

"네. 조지프와 같이 나갔어요. 아마 금방 돌아오시진 않을 거예요. 들어와서 우선 좀 쉬세요."

들어가 보니 길 잃은 어린양이 벽난로 옆에서 자기 엄마가 어린 시절에 앉곤 했던 자그마한 흔들의자에 앉아 몸을 앞뒤로 흔들고 있더군요. 모자는 벽에 걸려 있었고 더없이 기분 좋은 모습으로 헤어턴과 웃으며 떠들고 있었는데 그지없이 편안해 보였어요. 헤어턴은 이제 열여덟 살이나 된 건장한 청년으로 자랐더군요. 호기심에 찬 놀란 눈초리로 아가씨를 쳐다보고 있던 헤어턴은 쉬지 않고 떠들어 대는 아가씨의 수다와 질문 공세를 전혀 알아듣지 못하는 듯 보였어요.

"참 잘한 일이네요, 아가씨!" 찾아서 기쁘긴 했지만 짐짓 화난 표정으로 제가 소리를 질렀어요. "아버님이 돌아오실 때까지 이제부터는 절대 말을 태워 드리지 않겠어요. 우리 말괄량이 아가씨, 이제부턴 문지방만 넘어간다고 해도 절대 안 믿을 거예요."

"어머나, 엘런!" 아가씨가 의자에서 뛰어 내려와 제 옆으로 오며 명랑하게 말하더군요. "오늘 저녁에 해 줄 이야기가 정말 많아. 그리고 어쨌든 날 잘 찾았잖아. 엘런은 이 집에 와 본 적이 있어?"

"우선 모자부터 쓰고 집으로 돌아가요." 제가 말했어요. "캐시 아가씨, 아가씨 때문에 얼마나 겁이 나고 슬펐는지 몰라요. 정말 잘 못한 짓이에요! 뿌루퉁해서 울어 봤자 소용없어요. 제가 온 마을을 쑤시며 아가씨를 찾아다닌 건 누가 보상해 줄 건가요? 아버님이 떠나시면서 아가씨를 잘 보살피라고 한 걸 생각해 봐요. 그런데 몰래 빠져나가다니요! 여우처럼 잔꾀나 부리는 아가씨 말을 이제 누가 믿겠어요?"

"내가 뭘 어쨌다는 거야?" 그녀가 멈칫하더니 흐느끼기 시작했어요. "아빠는 내게 아무 말도 안 했다고. 그런데 왜 날 혼낸다는 거야. 엘런, 아빠는 엘런처럼 화를 낸 적도 없어!"

"자, 이리로 와요!" 제가 다시 말했어요. "리본을 매 줄 테니까. 토라질 건 없어요. 아이고, 창피해라! 열세 살이나 됐는데 아이처럼 구네요!"

캐시가 모자를 벗어 버리고 내게서 벗어나려고 굴뚝 쪽으로 도망을 가기에 제가 말한 거지요.

"저런." 옆에 있던 하녀가 말했어요. "딘 부인, 귀여운 아가씨를 너무 심하게 야단치진 마세요. 우리가 여기 있게 했어요. 부인이 불안해한다고 그냥 가겠다는 거예요. 그래서 헤어턴 도련님이 같이 가 주겠다고까지 했어요. 언덕을 넘어 가는 길이 워낙 험하니까요."

　이런 대화를 나누는 동안, 헤어턴 도련님은 말하기가 어색했는지 호주머니에 손을 찌른 채 서 있기만 했어요. 표정으로 봐선 제가 찾아온 걸 마땅치 않게 여기는 것 같았어요.

　"얼마나 더 기다려야 해요?" 그 여자의 참견에도 제가 계속 말했지요. "10분 후면 어두워져요. 아가씨, 조랑말은 어디 있어요? 피닉스는요? 서두르지 않으면 전 그냥 갈 테니 맘대로 하세요."

　"말은 앞마당에 있어." 아가씨가 대답했어요. "피닉스는 저기 갇혀 있고. 물렸거든. 찰리도 마찬가지고. 말하려고 했는데 엘런이 화만 냈잖아. 그래서 말하고 싶지도 않아."

　저는 아가씨의 모자를 집어 들고는 다시 씌워 주려고 가까이 갔어요. 하지만 이 집안사람들이 자기편을 드는 걸 보고 방 안을 이리저리 뛰어다니기 시작했어요. 제가 쫓아가자 쥐새끼처럼 가구를 뛰어넘고 그 뒤와 밑에 숨는 바람에 제가 쫓아봤자 다 헛수고였죠.

　헤어턴 도련님과 그 여자가 깔깔거리며 웃자 아가씨도 따라 웃으며 점점 더 짓궂게 구는 거예요. 결국 제가 심하게 짜증을 내며 이렇게 말했죠.

　"좋아요. 아가씨가 여기가 누구의 집인지 알게 되면 얼른 나가려고 할걸요."

　"여기 너네 아빠 집이지?" 아가씨가 헤어턴 도련님을 쳐다보며 말했어요.

　"아니." 헤어턴이 바닥만 내려 보면서 수줍은지 얼굴을 붉히며 말했어요.

　그는 계속 쳐다보는 아가씨의 눈길을 마주 보지 못하더군요.

그런데 두 사람 눈이 정말 닮았더라고요.

"그럼 누구 집인데? 너희 주인집이야?"

이번엔 그의 얼굴이 다른 감정으로 붉어지면서 중얼중얼 욕을 하며 외면해 버렸어요.

"주인이 누구야?" 성가신 아가씨가 제게 계속 다그쳐 묻더군요. "저 애가 '우리 집'이니 '우리 식구들'이니 해서 주인집 아들인 줄 알았단 말이야. 그리고 한 번도 나를 '아가씨'라고 부르지도 않았어. 하인이라면 그렇게 하는 게 당연한 거 아냐?"

헤어턴은 이런 어처구니없는 말에 짙은 구름이 끼듯 얼굴색이 어두워졌어요. 저는 이런 질문을 하는 아가씨의 어깨를 툭 쳐서 마침내 떠날 채비를 마쳤어요.

"자, 가서 내 말을 준비해 줘." 아가씨는 마치 그레인지의 마구간 하인을 대하듯이 헤어턴이 자기 사촌오빠인 것도 모른 채 명령하더군요. "그리고 날 따라와 줘. 마귀 사냥꾼이 산다는 늪지도 보고 싶고, 네가 도깨비라고 부른 것들에 관한 얘기도 듣고 싶어. 서둘러! 뭐 해! 조랑말을 준비하라니까."

"네 하인 노릇을 하기 전에 저주받는 꼴이나 보겠다!" 헤어턴이 으르렁댔어요.

"내가 뭐 하는 걸 본다고!" 놀란 나머지 캐시가 되물었어요.

"저주나 받으라고, 이 망할 놈의 계집애야!" 헤어턴이 대꾸했지요.

"캐시 아가씨, 봤죠! 이만하면 제법 훌륭한 친구를 만난 걸 알겠지요." 제가 끼어들었지요. "어린 숙녀에게 참 좋은 말을 쓰네요! 저 친구와 말도 섞지 말아요. 자, 미니부터 찾아서 여길 뜨자고요."

"하지만 엘런." 너무 놀란 나머지 절 뚫어지게 쳐다보며 아가씨가 외쳤어요. "어떻게 내게 저렇게 말할 수 있는 거지? 내가 시키면 그대로 해야 하는 거 아냐? 넌 짐승 같은 놈이야. 네가 한 말을 다 아빠한테 이를 테야. 두고 봐!"

헤어턴은 이런 협박에도 전혀 흔들리지 않았어요. 화가 치민 아가씨가 눈물을 글썽거렸지요. 아가씨는 그 집 여자 하인을 향해 소리쳤어요. "내 조랑말을 가져 와. 그리고 내 개도 당장 풀어 주고!"

"아가씨, 부드럽게 말씀하세요." 그 여자가 말했어요. "교양 있게 말해서 손해 볼 게 없어요. 헤어턴 도련님이 주인 나리의 아들은 아니지만 아가씨의 사촌이에요. 그리고 전 아가씨를 모시려고 일하는 게 아니에요."

"저자가 내 사촌이라고?" 캐시가 비웃으며 말했어요.

"정말로 그렇다니까요." 캐시를 나무란 그 하녀가 말을 받더라고요.

"엘런! 저 사람들이 저런 말 좀 못하게 해 줘." 아가씨가 곤란에 처한 듯 연이어 말하더군요. "아빠가 런던에 있는 내 사촌을 데리러 갔단 말이야. 그리고 내 사촌의 아빠는 신사야. 내……" 아가씨는 말을 멈추고 별안간 울음을 터뜨렸어요. 저런 광대 같은 녀석하고 사촌지간이라는 말에 마음이 상했나 봐요.

"뚝, 조용히!" 제가 조용히 말했어요. "아가씨, 사촌은 여러 명일 수도 있고 여러 부류일 수도 있어요. 그렇다고 나쁠 것도 없고요. 다만 마음에 들지 않거나 나쁜 사람이면 같이 지내지 않으면 되는 거예요."

"엘런, 저 애는 아니야. 내 사촌이 아니라고!" 다시 생각해도 서러웠는지 캐시는 계속 떠들었어요. 결국 그런 생각조차 싫었는지 제 품에 안기더라고요.

전 캐시와 하녀 둘 다 안 해도 될 말을 했다는 생각에 몹시 짜증이 났어요. 특히 린턴 서방님이 머지않아 돌아오신다고 캐시가 털어놓는 통에 이 말이 필경 히스클리프의 귀에 들어갈 게 뻔했고, 자기에게 무례하게 군 헤어턴이 캐시의 사촌이라고 폭로한 걸 두고 서방님이 오시자마자 아가씨가 따질 게 뻔했으니까요.

하인으로 취급당한 것에 대한 분노를 대충 삭인 헤어턴은 아가씨가 슬퍼하는 모습이 안 됐는지 자기가 가서 조랑말을 문 앞에 데려놓았고 아가씨를 달래려는지 다리가 휜 예쁜 테리어 강아지 한 마리를 개집에서 들고 와 아가씨 손에 놓아주었어요. 그러면서 캐시에게 별로 나쁜 뜻으로 한 말이 아니니 눈물을 그만 그치라고 하더군요.

아가씨는 울음을 멈추고 두렵고 놀란 표정으로 강아지를 쳐다봤어요. 그러더니 다시 울음을 터트렸어요.

저는 이 불쌍한 친구에게 반감을 표시하는 캐시의 모습에 웃음이 절로 나오더군요. 헤어턴은 균형 잡힌 체격에 건장한 청년이었고 외모도 잘 생겼지만, 농장에서 일하거나 토끼나 사냥감을 쫓으며 황야에서 돌아다니는 일에 적합한 옷차림이었어요. 하지만 그의 인상으로 보아 아버지인 힌들리 서방님보다 훨씬 훌륭한 자질을 가졌다는 걸 어렵지 않게 알 수 있었답니다. 훌륭한 자질이 제대로 크지 못하고 지나치게 자란 우거진 잡초들 가운데에 묻힌 셈이죠. 그럼에도 불구하고 좋은 환경에서 자랐더라면 풍요로운 결실을 거둘 수 있는 비옥한 토질의 소유자인 건 분명했죠. 히스클리프는 헤어턴을 육체적으로 거칠게 다루지는 않았어요. 헤어턴의 겁 없는 성격 때문에 그런 식으로 억누르고픈 유혹은 느끼지 않았나 봅니다. 히스클리프가 판단하건대, 헤어턴이 소심하거나 예민한 성격이 아니기에 그런 식으로 혼내 봤자 아무 소득이 없다고 본 것이죠. 그는 차라리 헤어턴을 야만인으로 만들려고 앙심을 품은 것 같았어요. 왜냐하면 헤어턴은 글을 읽거나 쓰는 법을 전혀 배우지 못했거든요. 자기를 언짢게만 하지 않는다면 어떤 나쁜 습관을 갖는다 해도 내버려 두었어요. 도덕심 같은 건 아예 가르치지도 않았고, 나쁜 짓을 하면 안 된다고 단 한 번도 타이른 적도 없었던 거지요. 제가 들은 바로는 조지프 영감도 헤어턴이 그렇게 되는 데 일조했다고 해요. 영감의 좁은 소견으로 헤어턴이 어릴 때부터 오래된 가문의 종손이라면서 비위나 맞추고 편애한 거예요. 캐서린 언쇼와 히스클리프를 늘 나쁘게 말하곤 했는데, 힌들리 서방님이 분통이 터져서 폭음을 한 것도 그들의 '고약한' 행동 때문이라고 말하곤 했답니다. 또한 헤어턴의 모든 잘못도 그의 돈을 횡령한 히스클리프 때문이라고 한 거예요.

애가 욕지거리를 하거나 괘씸한 짓을 해도 히스클리프는 나무라지 않았고, 잘못된 길로 들어서는 걸 보면 오히려 만족감을 느꼈던가 봅니다. 헤어턴이 결국 타락하고 영혼도 지옥에 떨어질 거라고 믿은 거지요. 모든 책임은 히스클리프에게 있고, 헤어턴을 타락시킨 책임이 반드시 히스클리프에게 돌아갈 거라는 생각이 조지프 영감에게는 큰 위안이 되었던 겁니다.

조지프 영감은 헤어턴에게 이름과 가문에 대한 자부심도 심어 주었답니다. 마음만 먹었으면 지금의 집주인과 헤어턴 간에 증오심을 불어넣었을 테지만, 영감은 미신 수준으로 집주인을 무서워했어요. 히스클리프에 대한 악감정을 말할 때도 투덜대며 비꼬거나 혼잣말로 저주하며 욕지거리를 하는 정도였답니다.

그즈음 워더링 하이츠 사람들이 대략 어떻게 지냈는지를 제가 잘 알고 있었다고 말하는 건 아닙니다. 직접 보진 못했고 들은 바를 얘기하는 겁니다. 마을 사람들은 히스클리프가 인색한 구두쇠라고 했고 소작인들에게도 냉정할 정도로 차갑게 대했다고 했어요. 정작 집에서는 여자가 살림을 했기 때문에 예전의 안락함을 되찾았고, 힌들리 서방님이 살아 있을 적에 흔히 있었던 소란은 이제 벌어지지 않았지요. 다만 주인은 너무 우울해 보였고 누구와도 교제하려 들지 않았어요. 지금도 그렇게 지낸답니다.

제 이야기가 딴 길로 빠졌군요. 캐시는 평화를 맺자는 의미로 헤어턴이 건네준 강아지를 받는 대신 자기 개인 찰리와 피닉스를 달라고 했어요. 두 마리가 고개를 숙인 채 절뚝거리며 왔고 저희들도 풀이 죽어 기운 하나 없이 집으로 향했어요.

저는 아가씨가 그날 어떻게 시간을 보냈는지 알려고 해 봤지만 알아낼 수가 없었어요. 다만 제 추측대로 아가씨의 목적지가 페니스턴 절벽이었다는 것과 워더링 하이츠 앞까지는 별 탈 없이 갔는데, 우연하게도 그때 헤어턴이 개들을 데리고 나왔고 그 개들이 아가씨 일행에게 덤벼들었다는 겁니다.

주인이 개들을 떼어놓을 때까지 한바탕 격렬한 싸움이 있었고 그러는 바람에 서로 인사를 나누게 되었다는 거죠. 캐시가 자기가 누구라고 밝힌 후 행선지를 말하면서 가는 길을 알려 달라고 했기에 결국 같이 가게 됐다는 거예요.

헤어턴은 캐시에게 요정 동굴에 얽힌 신기한 얘기를 해 주고

20여 곳 진기한 데를 보여 주었답니다. 캐시는 제가 얼마나 미웠는지 자기가 보고 들은 재미있는 이야기를 하지 않더군요.

추측건대 그때까지는 안내인이 마음에 들었던 모양인데, 캐시가 헤어턴을 두고 하인이라고 부르는 통에 헤어턴의 감정이 상했고 그 말을 들은 하녀가 헤어턴이 아가씨의 사촌이라고 하는 바람에 캐시의 감정이 상했던 거지요.

그리고 헤어턴이 내뱉은 욕으로 상처받았고, 집에서 '예쁜이,' '귀염둥이,' '공주님,' '천사' 등으로 불렸던 아가씨는 낯선 사람에게 모욕받은 셈이 된 거죠! 그녀는 그걸 이해하지 못했어요. 저는 아버지에게는 이런 슬픈 이야기를 절대로 하지 않겠다는 약속을 받아 내느라 고생했습니다.

저는 린턴 서방님이 워더링 하이츠의 사람들을 얼마나 싫어하는지, 그리고 아가씨가 거기에 갔었다고 말하면 서방님이 얼마나 가슴 아파할지 설명해 주었어요. 그리고 제가 제일 집요하게 말한 것은 만일에 아가씨를 잘 보라고 부탁했는데 제가 소홀히 했다는 걸 아버지가 알게 되면 아마도 굉장히 화를 내시고 저를 쫓아낼 거라는 거였어요. 캐시에게 제가 없다는 건 생각조차 할 수 없는 일이었기 때문이죠. 아가씨는 약속을 지키겠다고 맹세하고는 제 말대로 했어요. 어쨌든 귀엽고 착한 아이지요.

5장

린턴 서방님이 검정색 테가 둘린 편지에 돌아올 날짜를 적어 보냈어요. 이사벨라 아가씨가 결국 숨을 거둔 것이었습니다. 제게는 아가씨가 입을 상복을 준비하고 어린 조카를 데려갈 테니 거처를 마련하고 이런저런 준비를 하라고 부탁했죠.

캐시는 아빠를 맞이한다는 소식에 기뻐 어쩔 줄 몰라 했어요. 그리고 진짜 '사촌'은 수도 없이 많은 장점을 가졌을 거라고 기대하며 희망에 부풀어 있었어요.

드디어 도착한다고 했던 날 저녁이 되었지요. 이른 아침부터 캐시는 저에게 이것저것 챙겨 달라고 재촉하느라 바빴답니다. 그러고 나서 새로 만든 상복을 입고 ― 가엾게도 고모가 돌아가셨다는 소식이 캐시에게는 그다지 슬프게 다가오지 않았는가 봅니다 ― 대문까지 나가서 아빠를 마중하자고 줄곧 저를 졸랐어요.

"린턴이 나보다 여섯 달 늦게 태어났대." 이끼 긴 잔디가 울퉁불퉁 자라고 있는 나무 그림자 아래 풀밭에서 한가롭게 거닐면서 캐시가 말하더군요. "같이 놀 친구가 생겨 얼마나 좋은지 몰라. 이사벨라 고모가 아빠에게 그 애의 고운 머리카락을 보냈거든. 내 머릿결보다 더 밝더라고. 담황색에다가 나처럼 가는 머리카락이었어. 내가 조그만 유리 상자에 소중히 넣어 두었지. 빨리 머리카락 주인을 봐야 할 텐데. 아! 너무 기뻐. 아빠, 사랑하는 아빠! 어서, 엘런, 달려가자고! 어서 오라니까."

캐시는 제가 느린 걸음으로 대문에 다가가기도 전에 이미 여러 번을 왔다 갔다 했어요. 그러다가 길옆 잔디 위에 앉아 차분하게 기다리는 것 같더니 1분도 못 버티고 이내 일어났지요.

"왜 이렇게 오래 걸리는 거야!" 캐시가 소리쳤어요. "아, 저기 길에 먼지가 나는 게 보이네. 오신다! 아니네! 대체 언제 오는 거야? 조금 더 가 보자. 반 마일만, 엘런. 딱 반 마일만 가면 안 될까? 그렇게 하자고 대답해 줘. 저 모퉁이 자작나무 숲까지만!"

제가 단호하게 거절했지요. 그런데 마침내 조바심을 끝낼 수 있게 됐어요. 저 멀리 마차가 달려오는 게 눈에 보였어요.

캐시는 소리를 질렀고, 마차 창밖으로 서방님의 얼굴이 보이자마자 양팔을 벌리며 좋아했어요. 서방님도 캐시 못지않게 아가씨가 보고 싶었던지 허둥지둥 마차에서 내렸어요. 자기들 이외에 다른 사람이 있다는 걸 깨닫는 데는 시간이 좀 걸렸답니다.

서로 부둥켜안고 있는 동안 저는 린턴을 찾으려고 마차 안을 들여다봤어요. 마차 한구석에 마치 겨울 추위를 피하기라도 하듯 모피로 안감을 댄 따스한 외투에 싸인 채 자고 있더군요. 꼭 계집애처럼 핏기 없이 예민해 보이는 사내아이였는데, 서방님과 너무 닮아서 서방님 막냇동생으로 오해할 정도였답니다. 하지만 서방님한테

서 볼 수 없는 병약하고 까다로운 모습이 보이더군요.

마차 안을 들여다보는 제 모습을 보시곤 서방님은 저와 악수한 후 문부터 닫아 달라고 부탁하셨어요. 여행에 너무 지쳤으니 그냥 내버려 두라는 거였어요.

캐시도 한번 보고 싶어 했지만 서방님이 어서 오라고 불러서 같이 숲을 걸어서 올라갔어요. 저는 하인들을 준비시키느라고 먼저 앞장섰어요.

"자, 우리 공주님." 현관 앞 계단에 이르자 서방님이 따님에게 말했어요. "네 사촌 동생은 너만큼 튼튼하지도 쾌활하지도 않단다. 너도 기억하지? 네 고모님이 얼마 전에 돌아가신 거. 그러니 그 애가 당장 너와 같이 뛰어다니며 놀 거라고 생각하면 안 된다. 너무 말을 시켜 귀찮게 해서도 안 된다. 오늘 밤만은 조용히 지내게 놔둬야 한다. 알겠지?"

"알았어요, 아빠." 캐시가 대답했어요. "그런데 한번 보고는 싶어요. 저 애가 아직 한 번도 밖을 내다보지 않았거든요."

마차가 멈추자 서방님이 막 깨어난 애를 들어 땅에 내려놓았어요.

"린턴, 이 아이는 네 사촌 캐시란다." 서방님이 두 아이의 손을 서로 잡게 하며 말했어요. "쟤는 널 벌써 좋아해. 네가 울면 캐시가 마음 아파할 테니 오늘 밤은 울면 안 돼. 자, 이젠 기분을 풀어야지. 여행도 끝났으니 이제는 쉬면서 네 마음대로 즐기면 되는 거야."

"그러면 전 침대로 갈래요." 캐시가 인사를 하려고 하자 그 애가 몸을 움츠리며 뒤로 빼더군요. 막 흘러내리는 눈물을 손으로 훔치면서 말이지요.

"자, 자, 착하지."그 애를 안으로 들이며 제가 속삭였지요."그러면 캐시도 울어요. 도련님 때문에 아가씨가 마음 아파하는 것 보이지요!"

전 린턴 때문에 캐시가 마음 아파하는 건지는 알 수 없었지만, 하여튼 아가씨는 그 애만큼이나 슬픈 표정을 지으며 서방님께 돌아갔어요. 셋 모두 안으로 들어와 차를 준비해 놓은 서재로 향했어요.

모자와 외투를 벗기려고 아이를 탁자 옆 의자에 앉혔어요. 그런데 의자에 앉자마자 다시 울음을 터트리는 거예요. 서방님이 대체 왜 그러냐고 물었어요.

"저는 의자에는 못 앉아요."아이가 흐느끼며 말했어요.

"그럼 소파로 가거라. 엘런이 차를 갖다줄 거다."서방님은 인내심을 갖고 대하시더군요.

여행 내내 신경질적이고 병약한 애를 맡아 데려오느라 서방님이 정말 고생하셨다는 걸 알 수 있겠더군요.

린턴은 자기 몸을 질질 끌고 가듯이 움직이더니 가서 소파에 누웠어요. 캐시가 자기 발받침과 찻잔을 갖고 그 애 옆으로 다가갔어요.

처음에는 가만히 있었지만 그게 오래갈 리가 있나요. 캐시는 자기가 바라던 대로 그 애를 애완동물 대하듯 데리고 놀 작정이었지요. 옆에 앉아서 사촌의 곱슬머리를 만지고 볼에 입맞춤하고, 마치 아기 다루듯 자기 찻잔에다 차를 따라 먹이려 했어요. 그 애 또한 갓난아기나 진배없어서 이를 좋아하더군요. 눈물을 닦고는 살짝 웃음을 띠더니 얼굴이 환해졌어요.

"그래, 잘 해낼 거야."잠시 둘을 지켜보던 서방님이 제게 말했지요. "우리가 데리고 있을 수 있다면 말이지. 엘런, 자기 나이 또래 친구가 있으면 금세 기운이 날 거고. 기운이 났으면 하고 바라면 정말로 좋아질 거야."

'에이, 저 애를 우리가 데리고 있어야 가능한 이야기지요.' 속으로 생각했지요. 그런데 그럴 가능성이 별로 없겠다는 불길한 생각이 들었어요. 그리고 저 허약한 애가 워더링 하이츠에서 버틸 수나 있을지 걱정이 앞섰지요. 히스클리프와 헤어턴이 과연 린턴에게 어떤 선생, 또는 어떤 놀이 친구가 될지 궁금했던 거지요.

이런 걱정은 제가 예상했던 것보다 일찍 현실이 되어 버렸어요. 차를 다 마신 다음, 아이들을 위층으로 데리고 올라가 린턴이 잠이 드는 걸 보고 내려올 때였어요. 그 애는 잠이 들 때까지 절 내려가지 못하게 했어요. 에드거 서방님에게 침대 촛불을 켜 갖다주려고 거실 탁자 옆에 서 있는데 하녀 한 명이 부엌에서 나오더니 제게 할 말이 있다고 하는 거예요. 히스클리프의 하인인 조지프가 문간에 와 있는데, 서방님께 드릴 말씀이 있다는 거지요.

"뭘 원하는지 내가 먼저 물어보마." 말하면서도 가슴이 몹시 뛰었답니다. "너무 늦은 시간이고, 게다가 서방님은 이제 막 긴 여정에서 돌아오셨잖아. 주인님은 만날 수 없어."

이런 말을 하고 있는데 조지프 영감이 어느새 부엌을 통해 현관으로 들어오고 있었어요. 주일날 복장으로 왔는데 성인군자처럼 근엄한 표정으로, 한 손엔 모자를 다른 한 손엔 지팡이를 들고 매트에서 구두를 털고 있더군요.

"안녕하세요, 조지프 영감." 저는 냉랭하게 말했어요. "무슨 일로 이 밤중에 왔어요?"

"린턴 씨께 드릴 말씀이 있어." 네까짓 것은 필요 없다는 투로 팔을 저으며 제게 말하더군요.

"린턴 씨는 침실에 들어가셨어요. 특별한 게 아니면 만나지 않으실 게 뻔해요." 제가 이어서 말했어요. "거기 앉아서 전할 말을 말해 봐요."

"그분 방이 어디여?" 닫힌 있는 문들을 죽 둘러보면서 계속 묻는 거예요.

제가 중재하는 걸 거부하겠다는 게 확실히 보였어요. 하는 수 없이 서재로 올라가 때아닌 방문객이 왔다는 걸 전하면서, 내일 다시 오라고 하는 게 나을 거라고 서방님께 귀띔했어요.

서방님이 그렇게 하라고 말할 틈도 없이 어느새 조지프가 절 따라와서는 안으로 들어왔어요. 탁자 끝에 자리를 잡고는 두 주먹을 지팡이 손잡이에 포갠 채 마치 반대할 걸 예상한다는 투로 큰 소리로 떠들기 시작했죠.

"히스클리프 씨가 아드님을 데려오라고 절 보냈어유. 갤 꼭 데려가야 하것시유."

에드거 서방님이 잠시 말없이 있더군요. 슬픔으로 얼굴이 어두워졌어요. 자기 자신도 그 애가 가엾다고 생각했지만 이사벨라의 소망과 우려, 아들에 대한 걱정 어린 당부, 오빠가 꼭 이 애를 맡아달라고 부탁했던 걸 생각하니 린턴을 넘겨줘야 하는 게 가슴 아프고 참담했던 것입니다. 어떻게 피할 방도는 없을지 생각하는 듯 보였지만, 아무런 묘안도 없었나 봅니다. 아이를 데리고 있고 싶다는 걸 히스클리프가 알게 되면 더 강하게 요구할 테니 그냥 넘겨주는 수밖에 없었지요. 하지만 서방님은 자는 애를 당장 깨우긴 싫었어요.

"히스클리프에게 가서 내일 워더링 하이츠로 보내겠다고 전하게." 서방님이 차분하게 말씀하시더군요. "지금 자고 있네. 그리고 너무 힘들어 거기까진 갈 수도 없어. 그리고 그 애 엄마도 내가 자기 애를 데리고 있길 원했다고 전해 주게. 애 건강도 아주 위험한 상태라고 전하고."

"안 돼유!" 지팡이로 바닥을 툭 내리치며 당당한 투로 영감이 말했어요. "안 된다고유. 그건 말도 안 된다니께유. 히스클리프 씨는 엄마고 나리고 관심 없어유. 자기 아들을 찾길 바란다니께유. 그 앨 데려가야만 허유. 이제 아시것슈!"

"오늘 밤은 안 돼!" 서방님이 단호하게 말했어요. "당장 내려가지 못 해. 가서 내가 한 말 그대로 전하라고. 엘런, 이 자를 내보내게. 꺼지라고."

그리고 서방님은 성이 난 영감의 팔을 붙잡아 방 밖으로 밀어냈어요.

"좋아유!" 물러나면서 영감이 떠들었어요. "내일 우리 주인이 직접 오니께, 어디 그때도 한번 쫓가내 보시오."

6장

실제로 이런 식의 위협이 현실이 될 걸 우려해서 린턴 서방님은 아침 일찍 그 애를 캐시 아가씨의 조랑말에 태워 보내라고 하시면서 제게 이렇게 말씀하였어요.

"잘 되건 안 되건 앞으로 이 애의 운명은 우리의 손을 떠난 거야. 그러니 절대로 캐시에게 이 애가 어디로 갔는지 말하면 안 되고 앞으로는 서로 만날 수 없을뿐더러 얘가 근처에 산다는 사실도 숨기는 게 좋을 거야. 그렇지 않으면 캐시의 마음이 흔들려서 하이츠에 가고 싶어 할 수 있으니 말일세. 캐시에게는 급작스럽게 그 애 아버지가 데려오라고 하는 바람에 떠날 수밖에 없었다고 말해 주면 되네."

린턴은 새벽 5시에 잠자리에서 일어나고 싶은 마음이 없었지요. 게다가 다시 떠날 준비를 해야 한다는 말에 놀라더군요. 하지만 제가 이제 린턴의 친아버지인 히스클리프와 함께 지내게 될 거라고 하면서 마음을 달랬어요. 아버지가 린턴을 너무 보고 싶어 해서 여독이 다 풀릴 때까지 마냥 기다릴 수는 없다고 해서 어쩔 수 없이 보낸다고 했지요.

"아버지라니!" 그 애가 아버지라는 말이 낯선지 당황하더군요. "엄마는 내게 아버지가 있다는 말을 안 했어. 대체 어디 사는데? 난 그냥 외삼촌과 지낼래."

"그레인지에서 그리 멀지 않은 곳에 사셔요." 제가 대답해 줬어요. "저 언덕 너머에. 그리 멀지 않으니까 도련님이 건강해지면 여기로 걸어올 수도 있어요. 그리고 집에 가서 아버지를 만나면 얼마나 좋겠어요. 엄마를 사랑했듯이 아빠도 사랑하면 되는 거예요. 그러면 아버지도 도련님을 예뻐하실 거고요."

"그런데 왜 한 번도 아버지 소식을 들어본 적이 없는 거지?" 아이가 말하더군요. "왜 다른 사람들처럼 엄마는 아빠와 같이 살지 않았어?"

"도련님 아버지는 이곳 북쪽 지방에서 할 일이 있어요." 제가 대답했지요. "그리고 엄마는 건강 때문에 남쪽 지역에서 지내야 했고요."

"그런데 왜 엄마가 아빠에 대해 한 번도 얘기를 안 해 준 거야?" 애가 집요하게 묻더군요. "외삼촌 얘기는 많이 들어서 이전부터 좋아하게 됐어. 하지만 한 번도 얘기를 들은 적이 없는 아빠를 어떻게 좋아해. 알지도 못하는데."

"그렇지만 누구든 엄마, 아빠는 좋아하게 돼요." 제가 말했어요. "엄마는 아빠 얘기를 너무 많이 하면 도련님이 아빠랑 살겠다고 할까 봐 그랬을 거예요. 자, 서둘러요. 이렇게 날씨가 좋은 아침엔 한 시간 더 자는 것보다 일찍 말을 타는 게 좋아요."

"그 여자애도 같이 가? 어제 본 애 말이야." 린턴이 제게 물었어요.

"지금은 못 가요." 제가 대답했어요.

"외삼촌은?" 린턴이 연이어 물었어요.

"아니. 제가 같이 거기로 갈 거예요." 제가 대답했지요.

린턴이 베개에 도로 누워 잠시 멍하니 있더군요.

"외삼촌이 안 가면 나도 안 가." 마침내 입을 열더니 제게 이렇게 외치는 거예요. "날 어디로 데려갈지도 모르잖아."

저는 아버지를 만나는 걸 꺼리는 건 버릇없는 일이라고 설득하려 했지만, 린턴은 고집을 피우며 옷을 갈아입는 것도 거부했어요. 하는 수 없이 서방님께 애가 침대에서 나오게끔 구슬려 달라고 부탁했지요.

그 가엾은 것은 오래 가 있지 않을 거라는 둥, 외삼촌과 캐시가 찾아갈 것이라는 둥의 별 근거 없는 외삼촌의 약속을 믿고 침대에서 일어났어요. 워더링 하이츠로 가는 도중에도 저 역시 여러 번 근거 없는 약속을 꾸며 댔어요.

히스꽃 향기가 나는 맑은 공기와 밝은 햇빛 아래서 조랑말이 서서히 걷는 덕분에 침울했던 린턴의 기분도 나아졌답니다. 그러더니 활기를 되찾고는 새로 갈 집과 그곳에 사는 사람들에 대해 더욱 관심을 갖고 제게 묻기 시작했어요.

"워더링 하이츠도 스러시크로스 그레인지만큼 좋은 곳인가?" 린턴이 옅은 안개가 피어올라 푸른 하늘 가장자리에 양털 구름을 만들어 놓은 골짜기를 마지막으로 돌아보며 제게 묻더군요.

"나무숲에 파묻혀 있지도 않고 그리 넓지도 않지만, 주위 전

원 풍경을 다 볼 수 있어요. 그리고 공기가 맑고 신선해서 도련님 건강에 좋아요. 처음엔 집이 낡고 어둡게 보일지 모르지만 이 마을에서는 그레인지 다음으로 아주 훌륭한 곳이에요. 또한 황야를 산책할 수도 있어요. 헤어턴 언쇼라고 캐시의 다른 사촌도 살아요. 도련님에게도 사촌뻘이 되는 셈인데, 멋진 곳을 다 보여 줄 거예요. 날씨가 좋은 날엔 책도 가져가서 녹음이 우거진 골짜기에서 맘껏 읽을수 있지요. 이따금 외삼촌과 함께 산책할 수도 있을 거예요. 외삼촌도 저 언덕 너머로 산책하러 가시거든요."

"우리 아빠는 어떻게 생겼어?"서방님이 제게 물었어요. "외삼촌처럼 젊고 멋지게 생겼어?"

"아버지도 젊으셔요."제가 대답했어요. "그런데 머리와 눈이까맣고 더 엄해 보이시죠. 키와 덩치도 더 크신데, 처음엔 다정하거나 친절해 보이지 않을 수 있지만 원래 성격이 그러신 것뿐이에요. 하지만 도련님은 아버지에게 솔직하고 따뜻하게 대해 드려야 해요. 그러면 당연히 외삼촌이 도련님을 좋아한 것보다 훨씬 더 도련님을 좋아하시게 될 거예요. 도련님은 그분의 아들이니까요."

"머리랑 눈이 까맣다니!"린턴이 생각하더니 묻더군요. "난 상상이 안 돼. 난 아빠를 닮지 않았나 봐?"

"많이 닮진 않았어요."제가 대답했어요. 린턴의 하얀 피부와 가냘픈 몸, 그리고 생기 없는 큰 눈을 바라보면서 유감스럽게도 전혀 닮지 않았다고 속으로 생각했어요. 엄마의 눈을 닮았지만 병적인 예민함 때문에 잠깐 반짝일 때를 빼곤 제 엄마의 활기찬 눈빛을 전혀 찾아볼 수 없더군요.

"그런데 엄마와 나를 만나러 온 적이 없다니 이상도 하지!"린턴이 중얼거렸어요. "날 본 적은 있나? 있다면 아마 내가 아기였을 때였을 거야. 난 아빠에 관한 기억이 아무것도 없거든!"

"도련님." 제가 말했어요. "3백 마일은 먼 거리예요. 그리고 어른들에게 10년이란 세월은 어린 도련님이 느끼는 것과는 다르답니다. 히스클리프 씨는 아마도 여름마다 가려고 했다가 적절한 기회를 놓쳤을 겁니다. 그러다가 늦어진 거죠. 그러니 이런 문제로 아버지를 괴롭히지 마세요. 좋을 것도 없고 아버지만 난처하게 하는 겁니다."

말을 타고 가는 내내 린턴은 혼자 생각에 푹 빠져 있었어요. 그러다가 하이츠의 대문 앞에 도착했어요. 저는 도련님이 받은 첫인상이 어떤지 보려고 얼굴을 지켜보았어요. 조각이 새겨진 정문과 음침한 격자 창, 제멋대로 자란 까치밥나무와 휘어진 전나무들을 진지하게 살펴보더니 고개를 가로젓는 거예요. 새로운 거처의 외관이 마음에 들지 않았나 봅니다. 하지만 들어가면 의외로 좋은 게 있을지 모른다는 기대감 때문인지 불평을 늘어놓지는 않더군요.

린턴이 말에서 내리기 전에 제가 먼저 가서 문을 열었어요. 아침 6시 반경이었는데 가족들이 방금 식사를 마친 모양이더군요. 하인이 식탁을 정리하며 닦고 있었어요. 조지프 영감이 주인 의자 옆에서 말이 발을 전다는 이야기를 하고 있었고, 헤어턴은 건초 밭에 갈 채비를 하고 있었어요.

"어이, 넬리!" 저를 보자마자 히스클리프가 말하더군요. "내가 직접 행차해서 내 물건을 직접 가져와야 하나 걱정했었는데, 당신이 가져왔네? 어디 쓸 만한지 보자고."

그가 일어나 문 쪽으로 성큼성큼 다가왔어요. 헤어턴과 영감도 호기심에 입을 헤 벌린 채 따라오더군요. 린턴은 세 명의 얼굴을 휘둥그레진 눈으로 훑어 봤어요.

"맞네." 조심스레 쳐다보던 조지프가 말했어요. "주인님, 바꿔치기 했구면유. 이 애는 그 집 딸내미에유."

히스클리프가 자기 아들을 노려보았고, 그 바람에 린턴은 겁이 나 어쩔 줄 몰라 했어요. 그러자 히스클리프는 비웃듯 웃음을 터트렸어요.

"맙소사! 예쁜 녀석이네! 참 귀엽고 매력 있는 물건이야!" 그가 소리쳤어요. "넬리, 애를 달팽이랑 사워밀크만 먹여 키운 건 아니겠지? 이런 빌어먹을! 내가 예상했던 것보다 더 최악일세. 하기야 나도 별 기대를 하진 않았지만 말이야!"

저는 어쩔 줄 몰라 떨고 있는 아이를 데리고 안으로 들어갔어요. 애는 자기에게 무슨 말을 하는 건지 제대로 알아듣지 못했고, 그게 자기를 두고 한 말인지도 몰랐어요. 무뚝뚝하고 비웃기만 하는 그 낯선 사람이 자기 아버지인지 확신하지도 못했어요. 하지만 점점 더 떨면서 저를 꼭 잡았지요. 히스클리프가 자리를 잡고는 "이리 와 봐" 하고 말하자 이윽고 내 어깨에 머리를 파묻고 울기 시작했어요.

"쯧쯧!" 히스클리프는 한 손을 뻗어 우는 애를 자기 무릎 사이로 거칠게 끌어당겼어요. 그런 다음 아이의 턱을 잡고는 이렇게 말하더군요. "그렇게 훌쩍대지 마! 널 아프게 하려는 게 아냐. 린턴, 그게 네 이름이니? 넌 네 어미를 꼭 빼닮았구나! 이 울보 녀석아, 대체 나를 닮은 데는 어디란 말이냐?"

그는 아이 모자를 벗기곤 숱 많은 담황빛 머리를 뒤로 넘기더니 연약한 팔뚝과 가냘픈 손가락을 만져보더군요. 그러는 동안 울음을 멈춘 린턴은 파란 눈을 들어 자기 몸을 만져 보는 히스클리프를 찬찬히 쳐다봤어요.

"너 날 알겠니?" 모든 팔다리가 허약한 약골인 것을 확인하고 나서 그가 애에게 다시 물었어요.

"아니오." 멍하니 두려운 표정으로 그를 쳐다보며 린턴이 말했지요.

"그러면 아마 들어보긴 했겠지?"

"아니오." 애가 다시 말했어요.

"아니라고! 아비에 대한 존경심을 전혀 일깨워 주지 않은 네 엄마는 창피한 줄 알아야 해! 넌 내 아들이다. 내 말 알겠지? 네 어미는 너에게 어떤 아버지가 있다는 걸 전혀 가르쳐 주지도 않은 고약한 여자야. 겁먹지 말고, 얼굴 붉히지도 마! 그나마 네가 피는 희지 않은 걸 보니 안심은 되는구나. 말 잘 들어야 한다. 그러면 내가 잘 돌봐줄 거다. 넬리, 힘들면 앉아도 돼. 아니면 집으로 돌아가든가. 가서 그레인지의 못난 사람에게 넬리가 보고 들은 얘기를 전하라고. 당신이 곁에서 꾸물거리고 있으면 이 애가 마음을 잡지 못할 거야."

"알겠어요." 제가 대답했지요. "히스클리프 씨, 애한테 잘해 주리라 믿어요. 그렇지 않으면 오래 데리고 있지 못할 거예요. 세상에서 혈육은 이 애밖에 없다는 걸 잘 아실 테지요."

"아주 잘할 테니 걱정할 필요 없어." 그가 웃으면서 대답하더군요. "다만 나 외에 다른 사람은 이 애한테 잘해 주면 안 돼. 내가 이 애의 사랑을 독차지할 테니까 말이야. 조지프! 애한테 아침 식사부터 챙겨 줘. 헤어턴, 이 병신 같은 녀석아. 가서 일하지 못해." 다들 떠나자 제게 다시 말하더군요. "넬리, 내 아들이 장차 그레인지 저택의 주인이 될 거야. 그러니 내가 이 녀석한테서 그 집을 물려받기 전에 애가 죽게 둘 수는 없지. 게다가 애는 내 거잖아. 내 후손이 당당하게 그 집의 주인이 되는 모습을 보고 싶다고. 내 아들이 그 집 애들에게 품삯을 주면서 한때 지들 아버지 땅이었던 곳에서 밭을 갈게 하는 모습 말이야. 그게 바로 내가 이런 어린 녀석을 참고 봐주는 유일한 이유지. 난 내 자식이 저런 약골인 게 싫지만, 저 녀석이 옛 기억을 되살리기에 더 싫거든! 하여튼 나에겐 그런 속셈이 있으니까 다른 건 아무래도 좋아. 그래, 나랑 있으면 저 녀석은 안전해. 당신 주인이 자기 자식한테 잘해 주듯이 나도 저 녀석에게 잘해 줄 테니까. 위층에다 저 녀석이 지낼 방을 이미 멋지게 꾸며 놨다고. 그리고 저 녀석이 배우고 싶은 거 가르쳐 주려고 이미 20마일이나 떨어진 곳에서 한 주에 세 번 오는 가정교사도 고용했어. 헤어턴 녀석도 애 말에 복종하라고 시켰고. 저 녀석이 또래 애들보다 나은 우월한 소질과 신사다운 품위를 갖게 하려고 모든 걸 준비했어. 그런데 저런 녀석에게 이런 수고를 할 가치가 있을까 싶어. 이 세상에서 내가 바라는 축복은 자랑할 만한 자식을 보는 거였는데, 저렇게 희멀건 얼굴에 칭얼거리기만 하는 바보 같은 녀석이 내 아들이라니!"

이렇게 떠드는 동안 조지프 영감이 우유죽이 든 그릇을 가지고 돌아왔어요. 린턴 앞에 갖다 놓자 아이는 못마땅한 표정으로 엉망인 죽을 휘저어 보더니 못 먹겠다고 하는 거예요.

그러자 늙은 하인도 제 주인이 린턴을 비웃듯 애를 깔보는 것 같더군요. 하지만 히스클리프가 집안 하인들에게 자기 아들에게 제대로 모시라고 명령했기에 그런 감정을 드러내지 않았어요.

"못 먹겠다고?" 영감이 애 얼굴을 쳐다보며 방금 애가 한 말을 되뇌더군요. 그래도 혹 주인이 들을까 봐 속삭이듯 말했어요. "헤어턴 도련님도 어릴 적에 이것밖에 먹은 게 없는디. 적어도 전 헤어턴 도련님이 먹을 정도면 도련님도 먹을 수 있다고 보는디요!"

"난 안 먹을 거야!" 린턴이 퉁명스럽게 말했어요. "저리 치워."

영감은 화가 치민 나머지 음식을 냉큼 집어 들고 저희가 있는 쪽으로 가져왔어요.

"이 죽에 머 잘못된 거라도 있슈?" 히스클리프의 코 밑에 죽을 갖다 대고는 영감이 이렇게 묻는 거예요.

"뭐가 잘못됐다는 거야?" 그가 대답했어요.

"거 봐유!" 영감이 대꾸하는 거예요. "고상하신 아드님께서 못 드시겠다는 거예유. 그도 그럴 것이 도련님 어머니도 딱 저랬다니께유. 아씨가 드실 빵을 만들 밀을 키우기에는 저희가 너무 더럽다고 봤기 때문이었어유."

"내 앞에서 저 애 엄마 얘기를 들먹일 것 없어." 주인이 화를 내며 말하더군요. "먹을 수 있는 걸 갖다주면 되잖아. 넬리. 평상시 쟤가 먹는 게 뭐야?" 제가 끓인 우유나 차가 좋다고 하자 가정부에게 그것을 준비하라고 했어요.

잘하면 아버지의 이기심 때문에라도 저 애가 편안하게 지낼 수 있겠구나 하는 생각이 들었어요. 애가 워낙 연약하다는 걸 알기에 너그럽게 보살펴야 한다는 것을 안 거지요. 저는 히스클리프의 마음이 그런 쪽으로 동한다는 것을 도련님에게 알려 줘 마음을 편히 해 줘야겠다고 생각했어요.

더 이상 머물 이유가 없기에 린턴이 자기에게 다가오는 순하게 생긴 양치기 개를 겁내면서 쫓아내느라 정신이 없는 틈을 타 그 집을 빠져나왔어요. 그런데 린턴도 혹 속아 넘어가는 건 아닌가 싶어 계속 주위를 살피고 있었는가 봅니다. 제가 문을 닫는 순간 린턴이 우는 소리가 들리더니 미친 듯 연신 외치는 소리가 들렸어요.

"날 두고 가지 마! 여기 있기 싫어! 있기 싫단 말이야!"

그러고는 빗장이 올라갔다가 떨어지는 소리가 들렸지요. 도련님이 밖에 나가게 내버려 두지 않겠다는 뜻인 거였죠. 저는 미니에 올라타 급히 달려왔답니다. 그 애의 보호자 역할은 그렇게 끝이 났습니다.

7장

그날 우리는 어린 캐시를 달래느라 힘든 시간을 보냈어요. 외사촌과 같이 놀려고 기분 좋게 일어난 캐시는 그 애가 떠났다는 말에 통곡하듯 울면서 슬퍼했답니다. 하는 수 없이 서방님은 도련님이 곧 돌아올 거라며 아가씨를 달랬지요. 하지만 한마디 덧붙였어요. "내가 데려올 수만 있다면 말이다." 그건 이루어질 일이 아니었거든요.

이 약속만으로는 캐시의 충격을 가라앉힐 수는 없었어요. 그러나 세월이 약이라고 이따금 린턴이 언제 돌아오느냐고 서방님께 묻곤 했지만, 시간이 흐르면서 다시 봐도 알아보지 못할 정도로 기억조차 희미해졌답니다.

어쩌다 기머턴에 일이 있어 방문했다가 워더링 하이츠의 가정부를 만나기라도 하면 저는 어린 도련님이 어떻게 보내는지 묻곤 했어요. 캐시 아가씨와 마찬가지로 거의 집 안에만 있었기 때문에 통 볼 수가 없었거든요. 가정부 얘기를 대충 정리하면, 건강은 계속 나빠지고 있고 집에서도 귀찮은 식구가 되었다는 것이었어요. 히스클리프도 감추려고 애는 쓰지만 점점 더 그 애를 싫어하는 것 같다고 말하더군요. 그 애 목소리만 들어도 싫어할 정도라 그 애랑 같은 자리에 몇 분 이상 같이 있지도 못한다는 거예요.

둘 사이에 말도 거의 없고 린턴은 가정교사와 지내거나 저녁에는 소위 응접실이라고 부르는 조그만 방에서 지낸다는 겁니다. 아니면 계속 기침을 하거나 감기며 통증이며 온갖 아픈 증세 때문에 하루 종일 누워 있다는군요.

가정부가 한마디 더 하더군요. "그렇게 마음이 약한 아이도 처음이고, 제 몸을 아끼는 애도 처음이에요. 저녁 시간에 제가 조금만 늦게 창문을 닫기만 해도 늘 징징대요. 세상에! 밤공기 때문에 죽을 것 같다나요! 한여름에도 난롯불 없인 못 지내요. 조지프의 파이프 담배 연기는 독이라고 하지 않나, 여하튼 늘 단 거나 맛난 게 있어야 하고 매번 우유만 찾지요. 나머지 가족이 겨울 날씨에 고생하든 말든 털외투로 몸을 감싸고 난롯불 옆 자기 의자에 앉아서 토스트나 물 등 마실 걸 난로 시렁에 올려놓고 홀짝거려요. 어쩌다 헤어턴 도련님이 불쌍해서 뭔가 재미있게 해 주려고 다가가는 날이면 ─ 헤어턴 도련님은 거칠지만 착한 분이거든요 ─ 한 명은 욕지거리를 해 대고 또 한 명은 울면서 헤어지지요. 주인님은 자기 아들만 아니었다면 헤어턴 도련님이 그 애를 죽도록 두들겨 패도 좋아했을 겁니다. 그리고 그 애가 자기 몸만 사리는 아이라는 걸 반만 알았어도 내쫓아 버렸을 겁니다. 다만 그런 유혹에 빠질까 봐 미리 피하는 것뿐이지요. 응접실에는 아예 들어가지도 않거든요. 그리고 자기가 있는 자리에서 그런 식으로 굴 땐 그 즉시 위층으로 올려 보낸답니다."

이 말을 듣고서 저는 어린 히스클리프가 원래부터 그런 애가 아니었다면, 아마도 자기에게 마음을 열어 주는 사람이 아무도 없으니 더 이기적이고 무뚝뚝한 성격이 된 게 아닌가 생각했어요. 그런 얘기를 듣다 보니 그 애의 사나운 팔자 때문에 마음이 아팠고 차라리 저희랑 같이 지냈어야 했다는 생각도 들었지만, 어쨌든 그 애에 대한 제 관심도 점차 사라져 버렸지요.

서방님은 저더러 린턴이 어떻게 지내는지 더 알아보라고 했어요. 조카 생각이 많이 났나 봅니다. 위험을 무릅쓰고 직접 보려고도 했지요. 한번은 제게 부탁하기를 그 집 가정부에게 린턴이 마을에 나온 적이 있느냐고 물어보라는 거예요.

가정부 말로는 히스클리프와 함께 말을 타고 두 번 나오긴 했는데, 두 번 다 다녀온 후에 사나흘 동안 녹초가 된 척하더라는 거예요.

제 기억이 맞는다면 그 가정부는 린턴이 집에 온 후로 2년 만에 그만두고 지금은 저도 모르는 가정부가 살고 있습니다.

여느 때처럼 그레인지의 평화로운 시간은 흘러갔고 어느새 캐시 아가씨도 열여섯 살이 되었답니다. 그녀가 태어난 날은 캐시 엄마가 세상을 떠난 날이기도 했기에 우리는 생일 축하 잔치를 하지 않았어요. 주인 나리는 이날만큼은 늘 서재에서 홀로 시간을 보내셨어요. 해가 질 무렵이면 기머턴 교회까지 걸어가 종종 자정이 넘을 때까지 머물다 돌아오곤 했지요. 그래서 생일날 캐시가 자기 마음대로 시간을 즐기게끔 내버려 두게 된 셈이 되었지요.

그해 3월 20일은 날씨가 화창한 봄날이었기에 캐시 아가씨는 주인 나리가 서재로 들어가시자마자 외출복으로 갈아입고 내려와서는 저와 같이 황야 근처까지 산책하자고 했어요. 린턴 서방님이 멀지 않은 곳이고 한 시간 내에 돌아올 수 있는 곳이면 다녀와도 된다고 하셨거든요.

"자, 서둘러, 엘런!" 그녀가 제게 외쳤어요. "가고 싶은 곳이 있다고. 난 뇌조 떼가 어디에 터를 잡는지 알아. 벌써 둥지를 틀었는지 가서 보자고."

"거긴 꽤나 먼 데예요." 제가 대답했지요. "뇌조는 황야 가장자리에서는 알을 안 낳거든요."

"아니라니까. 멀지 않아. 아빠랑 근처까지 가 봤다니까." 그렇게 말하더군요.

그래서 저도 아무런 생각 없이 얼른 모자를 집어 들고 아가씨를 따라나섰답니다. 마치 어린 그레이하운드 사냥개처럼 그녀는 앞서 달리다가 돌아오곤 했어요. 산책 초기에는 여기저기서 들려오는 종달새 소리도 듣고 향기롭고 따스한 햇살도 받으며, 내 귀염둥이이자 기쁨이기도 한 캐시 아가씨를 즐겁게 바라보았지요. 아가씨의 금빛 곱슬머리는 뒤로 나부끼고 있었고, 두 볼은 활짝 핀 야생 장미꽃처럼 부드럽고 티 한 점 찾아볼 수 없었어요. 눈동자 역시 구름 한 점 없이 즐거움으로 빛났어요. 행복한 아가씨 모습이 마치 천사 같아 보였어요. 다만 아가씨가 현재 생활에 만족하지 못한다는 게 아쉬울 뿐이었지요.

"좋아요, 캐시 아가씨. 뇌조가 어디 있지요?" 제가 물었어요. "지금쯤 봤어야 하는 거 아닌가요. 그레인지의 넓은 숲 울타리도 이젠 까마득히 멀어졌어요."

"아, 조금만 더. 조금만 더 가면 돼, 엘런." 계속 그렇게만 대답하더군요. "저 작은 언덕 너머 둑을 지나 반대편 언덕에 도착하면 새들이 나타날 거야."

하지만 넘어갈 언덕과 둑이 너무 많았어요. 결국 지쳐 버린 제가 그만 멈추고 돌아가자고 했지요.

아가씨가 절 앞질러 저 멀리 가기에 제가 소리를 질렀어요. 하지만 듣는 둥 마는 둥 하며 혼자 계속 뛰어갔어요. 저는 쫓아갈 수밖에 없었어요. 마침내 아가씨가 골짜기로 사라졌다가 다시 제 눈에 뜨일 즈음이 되자 이젠 집보다 워더링 하이츠가 2마일이나 더 가까운 곳에 있게 된 거예요. 그때 두 사람이 아가씨를 세우는 걸 봤지요. 제가 보기에 그중 한 명은 히스클리프가 분명했어요.

캐시가 뇌조 알을 훔치기나 둥지를 찾다가 걸린 모양이었어요. 하이츠 근방은 히스클리프의 땅이었으니 밀렵꾼을 혼내고 있었던 겁니다.

"전 아무것도 훔치지 않았고 그 무엇도 찾지 못했어요." 제가 힘겹게 다가가 보니, 캐시가 그 증거로 양손을 펴 보이며 말하고 있었어요. "가질 생각이 없었다니까요. 아빠가 여기 많다고 하시기에 그저 알을 보고 싶었던 것뿐이에요."

히스클리프가 상대방이 누군지 다 알고 있었다는 식의 심술맞은 표정으로 절 쳐다보더군요. 그리고 적의를 품고는 캐시에게 '아빠'가 누구냐고 묻는 거예요.

"스러시크로스 그레인지의 린턴 씨예요." 아가씨가 대답했어요. "아저씨가 절 모르시는 모양인데, 아신다면 그런 식으로 말씀하실 리가 없어요."

"너는 네 아빠가 상당히 훌륭하고 존경받는 분이라고 생각하는구나?" 조롱하는 투로 그가 물었어요.

"대체 누구세요?" 그렇게 말하는 사람이 누군가 궁금해하며 캐시가 물었지요. "저 애는 전에 봤었는데, 혹 아저씨 아들이에요?"

캐시는 옆에 서 있는 헤어턴을 지목했어요. 그는 두 살 더 먹는 동안 덩치가 더 커지고 힘이 더 세졌을 뿐 예전 모습 그대로였어요. 여전히 거칠고 어줍게 보였지요.

"캐시 아가씨." 제가 끼어들었지요. "산책한 지 한 시간이 아니라 세 시간이나 되었어요. 당장 돌아가야 해요."

"아니야. 저 사람은 내 아들이 아니다." 저를 옆으로 밀치면서 그가 대답하더군요. "내게도 아들 한 명이 있어. 너도 이전에 본 적이 있고. 네 유모가 서두르지만 두 사람 모두 잠깐 쉬었다 가면 오히려 더 빨리 집에 갈 수 있을 거다. 황야 맨 꼭대기를 돌아서 우리 집으로 가는 게 좋겠다. 따뜻한 대접을 받을 수 있을 거야."

저는 귓속말로 아가씨에게 절대로 그런 제안에 응하면 안 된다고 말했고, 그건 말도 안 되는 제안이라고 했어요.

그런데 아가씨가 "왜?" 하고 큰 소리로 제게 묻는 거예요. "뛰는 바람에 지치기도 했고, 바닥이 축축해 앉지도 못하잖아. 엘런, 같이 가자. 게다가 내가 아저씨 아들을 본 적도 있다고 하잖아. 오해겠지만 말이야. 근데 난 저 아저씨가 어디 사는지 알 것 같아. 언제가 페니스턴 절벽에 갔다 오다가 들렀던 집 알잖아. 제 말 맞지요?"

"맞아. 자, 넬리. 입 다물어. 집에 들르는 건 저 애한테도 즐거운 일일 거야. 헤어턴, 저 애랑 앞서가거라. 넬리는 나랑 걷자고."

"안 돼요. 아가씨는 그런 곳에 안 갑니다." 저는 그가 붙잡은 제 팔을 뿌리치려고 애쓰면서 크게 소리쳤어요. 하지만 아가씨는 황급하게 내달려 언덕 꼭대기를 돌아 어느새 집 앞 판석 깔린 곳까지

가 있었어요. 같이 가기로 되어 있던 헤어턴은 어색한지 길옆으로 피해 걷다가 이미 사라지고 없었어요.

"히스클리프 씨, 이건 아주 잘못된 일이에요." 제가 다시 말했어요. "좋은 뜻으로 이러는 건 아니잖아요. 집에 가면 린턴을 보게 될 거고, 집에 돌아가자마자 다 말할 게 뻔할 텐데 그러면 결국 저만 혼날 거라고요."

"저 애에게 린턴을 보여 주려고 해." 그가 대답했어요. "요 며칠 간 좀 나아진 것 같기에 보여 줘도 괜찮다고 생각해. 그리고 여기 들른 걸 비밀로 해 달라고 설득할 거고. 그런데 해가 될 게 뭐가 있다고 그래?"

"해가 될 게 뭐냐고요? 제가 아가씨를 이 집에 들어오게 했다는 걸 주인님이 아시면 절 미워하실 거예요. 게다가 아가씨를 부추기는 걸 보면 뭔가 나쁜 꿍꿍이가 있는 게 분명하고요." 제가 대꾸했지요.

"내 의도는 지극히 순수하다고. 내가 모든 계획을 알려 줄게." 그가 말했어요. "두 사촌끼리 사랑에 빠져 결혼하는 거야. 난 당신 주인한테 관용을 베푸는 거고. 저 여자애는 아무런 유산도 없잖아. 내가 원하는 걸 들어 주기만 하면 린턴과 함께 단번에 상속자 자리를 얻게 되는 거라고."

"만약 린턴이 죽으면요." 제가 대꾸했지요. "도련님이 얼마나 더 살지도 모르잖아요. 그러면 캐시 아가씨가 다음 상속자가 될 거라고요."

"아니, 그건 아니지." 그가 말했어요. "유언에는 그렇게 하라는 말이 없어. 재산은 나에게 오는 거야. 하지만 분쟁을 막으려고 두 아이의 결혼을 바라는 것뿐이야. 그렇게 하기로 이미 마음먹었고."

"저는 다시는 아가씨를 이 집 근처에 얼씬도 못 하게 하기로 마음먹었어요." 정문 앞에 도착할 무렵 제가 히스클리프의 말에 대꾸했지요. 캐시가 문 앞에서 우리들 오기를 기다리고 있더군요.

히스클리프가 제게 잠자코 있으라고 하면서 우리를 진입로로 이끌더니 먼저 올라가 서둘러 문을 열더군요. 대체 히스클리프를 어떻게 생각해야 할지 모르겠는지 아가씨가 그를 자주 쳐다봤는데, 아가씨와 눈이 마주칠 때마다 그는 미소 지으며 부드러운 목소리로 말을 걸었어요. 어리석게도 저는 아가씨 엄마에 대한 기억 때문에 캐시에게 해코지하고 싶은 마음이 사라지나 보다고 생각했지요.

린턴이 난롯가에 서 있었어요. 모자를 쓴 걸 보니 들판에 나갔다 들어온 모양인데, 조지프를 부르더니 마른 신발을 가져오라고 하더군요.

린턴 도련님은 열여섯 살이 되려면 아직 몇 달 남았지만 그 나이치고는 키가 큰 편이었어요. 잘생긴 용모는 그대로였고, 눈과 안색은 상쾌한 공기와 따스한 햇볕 덕에 잠시 생기를 띠며 빛났는지 제가 기억했던 것보다 더 밝았어요.

"자, 저게 누구지?" 히스클리프가 캐시에게 고개를 돌리며 물었어요. "누군지 알겠어?"

"아드님?" 캐시는 의아한 듯 두 사람을 번갈아 훑어보며 말했어요.

"맞아, 맞아." 그가 말했지요. "저 아이를 본 게 이번이 처음이 아니지? 잘 생각해 봐! 기억력이 나쁘구나. 린턴, 네 외사촌을 알아보겠니? 네가 보고 싶다고 졸라 댔잖아."

"뭐, 린턴이라고요?" 그 이름에 캐시가 기뻐 놀라워하면서 소리쳤어요. "저 애가 그 꼬마 린턴이란 말이야? 나보다 더 큰데! 너 린턴 맞니?"

그 소년이 앞으로 걸어와 자기가 린턴이라고 밝혔어요. 캐시가 미친 듯 입맞춤을 했지요. 둘은 시간이 서로의 모습을 변하게 한 걸 보고 신기해하면서 서로를 꿰뚫어지듯 쳐다봤어요.

캐시는 이제 다 커서 풍만하면서도 날씬했고, 강철처럼 탄력 있는 모습이었어요. 전반적으로 생기가 있고 건강이 넘쳐 반짝반짝 빛이 났지요. 린턴은 생김새와 움직임이 매우 힘없어 보이고 몸도 아주 연약해 보였지만, 그의 태도에는 어딘가 이러한 결점을 보완하면서 괜찮은 인상을 주는 우아함이 보였어요.

린턴과 이런저런 정담을 나눈 캐시는 히스클리프에게 갔습니다. 그는 문 앞에서 서성이면서 안팎을 신경 쓰는 듯 보였지만, 실은 밖에 신경 쓰는 척하면서 안쪽만 주시하고 있었어요.

"그러면 아저씨가 제 고모부인 거네요!" 인사를 하려고 그에게 다가서면서 캐시가 말했어요. "심술궂게 대했지만 처음부터 저는 아저씨가 좋았어요. 그런데 린턴이랑 같이 그레인지에는 왜 안 오셨어요? 오랫동안 이렇게 가깝게 살면서 한 번도 못 보다니 이상하잖아요. 대체 왜 그러신 거예요?"

"네가 태어나기 전에는 지나칠 정도로 자주 갔단다." 그가 대답했어요. "자, 그만! 입맞춤할 거면 이제 린턴에게 해 주렴. 나한테 낭비하지 말고."

"엘런은 나빠!" 캐시가 소리치면서, 이제는 저에게 입맞춤하려고 했어요. "못됐어! 여길 못 오게 하다니. 이제부턴 매일 아침 올 테야. 고모부, 그래도 되죠? 가끔 아빠랑 같이 오고. 그렇게 보게 되면 좋지 않겠어요?"

"물론이지." 찾아오겠다고 캐시가 말한 두 명의 방문객에 대한 싫은 감정 때문에 인상이 찌푸려지는 걸 억지로 참으면서 그가 대답했어요. "한데 잠깐만." 캐시를 향해 그가 말하더군요. "지금 생각해보니 네게 말해 줄 게 있구나. 네 아빠는 내게 편견을 갖고 있단다. 한때 네 아빠랑 몹시 심하게 싸운 적이 있었어. 그래서 같이 오겠다고 말하면 너까지 못 오게 할 거야. 그러니 네 사촌을 안 볼 거라면 몰라도 네 아빠께 말하지 않는 게 좋을 거다. 오고 싶을 때 어느 때고 와도 좋지만 아빠에게 말하지 않았으면 해."

"왜 싸우셨어요?" 캐시가 기가 푹 죽은 채 묻더군요.

"네 아빠는 내가 너무 가난해서 네 고모와 결혼할 수 없다고 생각했거든." 그가 말했어요. "그래서 네 고모와 결혼한 걸 못마땅해했어. 자존심에 상처를 입은 거지. 그래서 용서하지 못하는 거란다."

"그건 아빠가 잘못한 거네요." 캐시가 말했어요. "언제든 제가 그렇다고 아빠에게 말씀드릴게요. 하지만 저는 두 분 싸움과는 아무런 관계가 없잖아요. 그러니까 제가 오는 대신 린턴이 그레인지로 오면 돼요."

"나한테는 너무 먼 곳이야." 린턴이 조그만 소리로 말했어요. "4마일을 걸으면 난 죽을 거야. 그러지 말고 이따금 캐서린 양이 여기로 와 줘. 매일 아침, 아니면 한 주에 한두 번만이라도."

그 말에 아버지인 히스클리프가 지독하게 경멸하는 눈초리로 아들을 쳐다보더군요.

"넬리, 내 노력도 다 물거품이 된 것 같네." 그가 제게 중얼거리더군요. "저 바보가 제 사촌을 캐서린 양이라고 부르는 것 좀 봐. 그래, 캐서린 양이 저 바보 녀석이 별거 아니란 걸 알게 되면 퇴짜를 놓을 게 뻔해. 헤어턴이었어야 해! 내가 하루에도 스무 번이나 저 너저분한 헤어턴 녀석을 탐내는 걸 알기나 해? 저 녀석이 그놈의 아들만 아니었더라도 내가 좋아했을 거야. 헤어턴이 캐서린의 마음에 들진 않겠지만, 저 멍청이 같은 녀석이 기운을 차려서 제대로 하지 못한다면 헤어턴 놈과 경쟁을 시킬 거야. 저 물건은 열여덟 살까지도 못 버틸 거라는 생각이 들어. 저런 맥 빠진 놈 같으니라고! 자기 발을 말리느라고 캐시는 쳐다보지도 않는 거 좀 보라지. 린턴!"

"예, 아버지." 소년이 대답했어요.

"네 사촌에게 보여 줄 데 없니? 하다못해 토끼나 족제비 굴 같은 곳 말이다. 신발을 갈아 신기 전에 정원에라도 가 보지. 마구간에 가서 네 말을 보여 주든지."

"여기 앉는 게 어때?" 린턴이 다시 밖에 나가고 싶지 않다는 투로 캐시에게 말을 건넸어요.

"글쎄." 문 쪽을 아쉬운 눈길로 쳐다보며 캐시가 대답했어요.

린턴은 자기 자리에 앉아 불가를 향해 몸을 웅크렸어요. 히스클리프가 벌떡 일어나더니 부엌을 통해 뒤뜰로 나가더니 헤어턴을 찾더군요. 헤어턴이 대답하는 소리가 들리고 이어서 두 사람이 같이 안으로 들어왔어요. 볼이 상기되고 머리카락이 젖은 걸 보니 젊은 친구가 씻고 있었던 모양이에요.

"참, 고모부께 여쭤볼 게 있어요." 그 집 하녀가 했던 말이 떠올라 캐시 아가씨가 물었어요. "저 사람은 제 사촌이 아니지요?"

"사촌이 맞단다." 그가 대답해 줬어요. "네 엄마의 조카야. 왜?

저 친구가 싫어?"

캐시가 이상한 표정을 짓더군요.

"멋진 청년이잖아?" 그가 연이어 말했지요.

그 말을 듣고는 이 무례한 아가씨가 까치발을 하고 서서 히스클리프 귓가에 대고 뭐라고 속삭였어요.

히스클리프는 웃음을 보였지만 헤어턴의 안색은 어두워졌지요. 혹 자기가 무시당하는 건 아닌가 해서 예민해졌을 것이고 어렴풋하나마 자기가 열등하다는 생각이 든 게 분명했을 겁니다. 그런데 주인, 아니 후견인이 이렇게 떠들어 대며 헤어턴의 찡그린 표정을 싹 지워 버리더군요.

"헤어턴! 네가 최고로 인기 있을 거다. 저 애가 너한테…… 뭐라고 했더라? 그래, 뭔가 기분 좋은 말을 했어. 자! 저 애랑 나가서 농장을 돌아보고 오너라. 그리고 신사처럼 행동하는 거 잊지 말고! 나쁜 말 쓰지 말고. 저 젊은 아가씨가 쳐다보지 않을 때 빤히 쳐다보면 안 돼. 저 애가 널 쳐다볼 땐 넌 얼굴을 돌려야 해. 그리고 말은 천천히 하고, 호주머니에 손 넣지 말고. 자, 가 봐라. 그리고 할 수 있는 한 저 애를 최고로 기분 좋고 재미있게 해 줘야 한다."

그는 두 사람이 창문을 지나 걸어 나가는 모습을 지켜봤어요. 언쇼 도련님은 아가씨에게서 아예 얼굴을 돌리고 걸었어요. 마치 주위의 낯익은 풍경을 낯선 사람이나 예술가가 관심 있게 바라보는 듯한 표정으로 걷더군요.

캐시 아가씨는 도련님을 별로 마음에 들어 하지 않는 표정으로 힐끔 쳐다볼 뿐이었어요. 그런 다음 뭔가 재미있는 일이 없을까 하고 혼자서 경쾌하게 뛰어다녔죠. 대화 대신 가볍게 노래를 흥얼거리면서 말이죠.

"내가 저 녀석의 입을 틀어막았어." 히스클리프가 말했어요. "저 애는 내내 한마디도 하려 들지 않을 거야! 넬리, 저 녀석 나이일 때 내 모습 기억나? 아니, 좀 더 어렸을 때 말이야. 나도 저렇게 멍청했을걸. 조지프 영감 표현대로 '미련퉁이'였을 거야."

"그보다 더했죠." 제가 대꾸했어요. "더 시무룩했었거든요."

"난 저 녀석 때문에 즐거워." 히스클리프가 과거를 돌이켜 보며 큰 소리로 말했어요. "저 녀석은 내 기대감을 만족시켜 주거든. 만약 저 녀석이 바보로 태어났다면 난 지금보다 반도 못 즐겼을 거야. 그런데 저 아이는 바보가 아니거든. 난 저 녀석의 기분에 다 공감할 수 있어. 나도 다 느껴 봤어. 예컨대 지금 저 녀석이 겪는 고통을 난 정확히 알고 있지. 하지만 앞으로 겪을 고통의 시작일 뿐이지. 저 녀석은 야만과 무지라는 구덩이에서 절대 빠져나오지 못할 거라고. 제 아비가 내게 했던 것보다 더 비천한 상태로 저 녀석을 잡아 놨거든. 자기가 야만스럽다는 걸 자랑할 정도라니까. 게다가 동물적이지 않은 건 다 연약하고 어리석은 거라고 내가 가르쳤거든. 혹 힌들리가 다시 살아나 자기 아들을 보면, 마치 내가 내 자식을 자랑스러워하는 것처럼 자랑스러워하지 않을까? 하지만 차이는 있지. 한 놈은 금덩어리인데 도로포장에 쓰인 셈이고, 다른 한 놈은 양철일 뿐인데 닦아서 은처럼 쓰이는 셈이지. 내 자식 놈은 아무 쓸모가 없어. 하지만 보잘것없는 거라도 갈 때까지는 가게 내버려 둘 뿐이고, 저 녀석은 훌륭한 자질을 갖고 태어났지만 이젠 다 사라지고, 쓸모없는 정도가 아니라 더 형편없는 놈이 된 거야. 나야 그렇다고 쳐도 그 아비라는 인간은 나만 아는 그런 후회할 일이 많겠지. 그런데 최고로 재미있는 건 헤어턴 녀석이 날 지독하게 좋아한다는 거야! 그 점에 있어선 내가 힌들리를 이겼다는 걸 넬리 당신도 인정할 거야. 그 인간이 무덤에서 일어나 자기 아들을 막 대했다고 날 비난했다가는 자기 자식이 아비에게 대드는 재미있는 꼴을 보게 될 거라고. 헤어턴은 성을 내면서 세상에서 둘도 없이 가까운 사람에게 감히 욕을 하나고 덤벼들 거란 말이지!"

그는 이런 생각을 하며 악마처럼 낄낄거렸어요. 제 반응을 기대하는 말이 아닌 걸 알기에 저는 아무런 대꾸도 하지 않았답니다.

그러는 동안에 우리 대화가 안 들릴 정도로 멀리 떨어져 있던 린턴이 뭔가 불안해하는 눈치를 보였어요. 조금 피곤하다고 해서 캐시와 같이 즐겁게 어울릴 수 있는 기회를 스스로 거부한 걸 후회하나 싶었지요.

린턴이 창문 쪽을 두리번거리면서 모자를 집어 들 건지 망설이는 모습이 히스클리프의 눈에 들어왔지요.

"이 게으른 녀석 보게, 어서 일어나!" 그가 다정한 척 말하더군요. "두 사람을 쫓아가 봐! 이제 막 벌통을 지나 모퉁이로 갔다고."

린턴이 힘을 내 벽난로 옆을 떠났어요. 격자문이 열리면서 린턴이 나갈 때, 캐시가 무뚝뚝한 헤어턴에게 현관문 위에 새겨진 글자가 무어냐고 묻는 소리가 들렸어요.

글자를 쳐다보던 헤어턴은 마치 무지한 촌사람처럼 머리를 긁적이더군요.

"빌어먹을 놈의 글씨겠지." 그가 대답했지요. "난 글을 읽을 줄 몰라."

"못 읽는다고?" 캐시가 소리쳤어요. "난 읽을 수 있어. 우리말로 쓰여 있잖아. 그런데 내가 알고 싶은 건 왜 저기에 쓰여 있냐는 거야."

린턴이 낄낄거리며 웃었지요. 그날 처음으로 보여 준 즐거워하는 모습이었지요.

"그 앤 글자를 못 읽어." 린턴이 캐시에게 말했어요. "저렇게 덩치 큰 멍청이가 있다는 걸 믿을 수 있겠어?"

"정말 못 읽어?" 캐시가 심각한 표정으로 물어봤어요. "혹 모자란 거 아냐? 비정상 아니냐고? 두 번씩이나 물어봤지만 매번 멍한 얼굴이라서 내 말을 못 알아듣는 것 같아. 나도 저 애 말이 도무지 이해가 안 가."

린턴이 다시 웃음을 터트리며 마치 약을 올리듯 헤어턴을 쳐다봤어요. 헤어턴은 그 순간 대체 무슨 일인지 이해하지 못한 게 분명했어요.

"아무 일도 아니야. 단지 게으른 게 문제지. 안 그래, 언쇼?" 린턴이 말했어요. "내 사촌이 널 바보라고 생각한다고. 네가 늘 말하는 그놈의 '글공부'를 무시해서 이렇게 된 거야. 캐시, 저 애의 끔찍한 요크셔 억양 들어 봤어?"

"대체 그놈의 글공부가 뭔 소용이라고?" 헤어턴이 같이 지내는 린턴에게는 말대꾸하기가 편했는지 이내 투덜대면서 말했어요. 그는 좀 더 말을 하고 싶었지만 두 사람이 깔깔거리며 웃는 바람에 그만둘 수밖에 없었지요. 캐시 아가씨도 그의 별난 말투를 웃음거리로 삼아 재미있어하면서 경박하게 굴더군요.

"그 말을 하는데 그놈이라는 말이 왜 필요해?" 린턴이 킥킥거리며 말했어요. "아빠가 그런 나쁜 말은 하지 말라고 했잖아. 그런 말을 안 쓰면 입도 뻥끗 못 하지. 신사처럼 굴어. 제발 그렇게 해 보란 말이야!"

"네 녀석이 계집애 같지만 않았어도 널 당장 때려눕혔을 거다. 당장 말이다. 이 말라깽이 같은 놈아!" 화가 치민 촌뜨기는 뒤로 물러나면서 이렇게 대거리하더군요. 모욕당한 건 알지만 어떻게 화풀이를 해야 할지 몰라 분노와 수치심으로 얼굴이 벌겋게 달아오른 채 말이지요.

히스클리프나 저는 우연히 이들의 대화를 듣게 되었답니다. 그는 헤어턴이 물러나는 모습을 보고는 웃음을 지어 보였어요. 하지만 이내 문간에서 시시덕거리며 경박스럽게 구는 두 아이를 몹시 못마땅한 듯 쳐다보더군요. 린턴은 헤어턴의 모자라는 점이나 약점, 그가 하는 짓거리 등을 말하면서 생기를 되찾고 있었지요. 캐시 또한 시건방지고 악의에 찬 린턴의 말에서 비뚤어진 심보를 눈치채지 못하고 그저 즐거워하고 있었어요. 린턴을 가엾게 여겼던 저는 이런 모습을 보자 그 애가 싫어지기 시작했어요. 자기 아들을 허접하게 여기는 히스클리프의 마음도 이해가 되더라고요.

우리는 거기에 오후까지 머물렀어요. 캐시 아가씨를 빨리 데리고 나올 수 없었어요. 다행히도 주인 나리가 서재 밖으로 나오지 않았기에 우리가 오랫동안 나가 있는 걸 눈치채지 못했어요.

집으로 오면서 저는 캐시 아가씨에게 방금 떠나온 그 집 사람들의 인물 됨됨이에 대해 제대로 알려 주려고 했답니다. 하지만 아가씨는 제가 그 사람들에게 편견을 갖고 있다고 믿고 있더군요.

"에이!" 캐시가 말했어요. "엘런은 아빠 편을 드는 거지. 편파적이라고. 그러니까 지난 몇 년을 린턴이 여기에서 아주 먼 곳에 있다고 날 속인 거야. 정말 화가 많이 났었어. 내가 오늘 기분이 좋아서 내색을 안 할 뿐이라고! 하지만 고모부에 대해선 이런저런 말을 하지 말아 줘. 내 고모부잖아, 알겠지. 난 아빠에게 왜 고모부랑 싸웠냐고 한마디 해 줄 거야."

아가씨가 잘못 알고 있다고 이야기하려 했지만, 그녀가 계속 떠들어 대는 통에 결국 포기하고 말았어요.

그날 밤은 린턴 서방님을 못 봤기 때문에 캐시 아가씨는 워더링 하이츠에 다녀온 얘기를 하지 못했어요. 다음 날 모든 게 밝혀지면서 저만 창피하게 되었지요. 하지만 다행스럽기도 했어요. 아가씨를 지도하고 주의를 주는 일은 저보다는 서방님이 하는 게 더 효과적이라고 생각해 왔기 때문이에요. 서방님은 아가씨가 워더링 하이츠 사람들과 교제하는 걸 피했으면 한다고 말하면서도 아가씨가 만족할 만한 분명한 이유를 대지는 못했거든요. 모든 걸 자기 뜻대로 해 오던 캐시 아가씨는 모든 제약에는 걸맞은 이유가 있어야 한다고 믿었어요.

"아빠!" 아침 인사를 마치자마자 캐시가 말했어요. "내가 어제 들판을 걷다가 누굴 봤는지 맞혀 보세요. …… 에이, 깜짝 놀라시네요! 아빠가 잘못하신 거죠, 그렇죠? 전 알아요. 자, 들어 보세요. 그러면 제가 어떻게 알게 됐는지 알게 되실 거예요. 엘런도 아빠랑 짜고는 제가 린턴이 돌아오길 바라면서 매번 슬퍼하고 있을 때 나를 불쌍히 여기는 척한 거예요!"

아가씨는 어제 산책하러 갔던 일이며 어떤 일이 있었는지 서방님께 사실대로 얘기했어요. 그는 여러 번 책망하는 눈빛으로 저를 보면서도 아가씨가 말을 마칠 때까지 듣고만 있었어요. 그러더니 서방님이 따님을 끌어당기면서 린턴이 가까운 이웃에 산다는 사실을 왜 숨겼는지 그 이유를 아냐고 묻더군요. 아가씨가 그저 아무런 문제 없이 린턴과 놀 수 있는 걸 아빠가 왜 막았겠냐고 물은 거지요.

"그건 아빠가 히스클리프 고모부를 싫어하셨기 때문이겠죠." 아가씨가 대답하더군요.

"얘야, 넌 이 아빠가 네 기분보다 내 기분을 먼저 챙긴다고 생각하니?" 그가 물었어요. "아니야. 그건 내가 네 고모부를 싫어해서가 아니라 그 사람이 날 싫어했기 때문이란다. 그 사람은 기회가 주어지기만 하면 자기가 싫어하는 사람을 망치고 나쁜 짓을 즐겨하는 정말 몹쓸 사람이야. 난 네가 린턴과 알고 지내려면 그자와 알고 지낼 수밖에 없다는 걸 알고 있었지. 그리고 나 때문이라도 널 싫어할 거고. 그래서 진정 널 위해서 린턴과 만나면 안 된다고 한 거야. 네가 좀 더 크면 말해 주려고 했는데, 오히려 이렇게 미룬 게 후회스럽구나."

"하지만 아빠, 히스클리프 아저씨는 굉장히 다정한 분이었어요." 아빠 말을 못 믿겠다는 듯이 캐시가 끼어들었어요. "그리고 사촌끼리 만나는 것도 고모부는 반대하지 않았어요. 언제든지 마음이 내키면 오라고 하셨어요. 단지 아빠와는 다툰 적고 있고 이사벨라 고모와 결혼한 것도 아빠가 받아들이지 않으니 말씀드리지 말라고 했어요. 아빤 용서하지 않으실 거죠? 아빠에게 책임이 있네요. 고모부는 그래도 우리가 ― 린턴과 저 말이에요 ― 친구처럼 지내길 바라세요. 아빠는 그렇지 않으시잖아요."

고모부의 몹쓸 성질에 대한 얘기를 캐시가 믿지 않는다는 걸 안 서방님은 그 사람이 이사벨라 고모에게 한 짓과 워더링 하이츠가 그 사람 소유로 바뀌게 된 과정을 대충 말해 주었어요. 그는 이런 주제로 오래 얘기하는 걸 견딜 수가 없었어요. 평상시 말은 안 했지만, 아내가 죽은 이후부터 서방님의 마음을 사로잡고 있던 옛 원수에 대한 두려움과 증오심이 여전히 남아 있었기 때문입니다. "그놈만 없었다면 캐서린이 아직도 살아 있을 텐데!" 그는 지금도 이런 쓰라린 생각을 품고 있었어요. 그러니 히스클리프가 그의 눈에는 살인자나 다름없는 셈이지요.

급한 성격에 이따금 말도 안 듣고 억지를 쓰며 흥분하기도 했지만 절대 몹쓸 짓은 안 하는 캐시 아가씨는 몇 년 동안 복수심을 품고는 아무런 양심의 가책도 없이 복수 계획을 실행해 나가는 사람에 대한 이야기를 듣고 진정 놀란 눈치였어요. 이런 새로운 인간을 접하고 캐시 아가씨가 심하게 충격을 받은 듯 보이자 — 자기가 여태껏 공부하고 생각하던 것과 딴판이었거든요 — 에드거 서방님은 더 이상 이 문제를 얘기할 필요가 없다고 생각하고는 한마디만 덧붙였어요.

"얘야, 왜 내가 그 집과 그곳 사람들을 멀리하는지 앞으로 더 잘 알 수 있을 거야. 자, 평소처럼 지내고 이제 거기는 잊어야 한다."

캐시 아가씨는 아빠에게 입맞춤하고는 여느 때처럼 조용히 앉아 두 시간 동안 공부를 했어요. 그런 다음 평소처럼 아빠를 따라 정원으로 나섰고, 이런 식으로 하루를 마감했지요. 하지만 저녁에 자기 방으로 돌아간 뒤 제가 잠옷을 챙겨 주러 갔더니 침대 옆에 앉아 무릎에 얼굴을 파묻고 울고 있는 거예요.

"창피하기도 해라, 어리석게 울기는!" 제가 큰 소리로 말했어요. "정말로 마음 아픈 일이 생겨 봐요. 사소한 일 때문에 이렇게 우는 게 창피하다는 걸 알게 될 거예요. 캐시 아가씨는 한 번도 정말로 가슴 아픈 일을 겪어 본 적이 없어요. 잠시라도 아버님과 제가 이 세상에 없고 아가씨 혼자라고 생각해 봐요. 그땐 어떻겠어요? 지금의 상황을 그런 가슴 아픈 경우와 비교해 보세요. 그리고 더 많은 친구를 원하기보다 지금 옆에 있는 사람들에게 감사할 줄 알아야 해요."

"나 때문에 우는 게 아냐, 엘런." 그녀가 대답했어요. "그 애 때문이라고. 내일 나를 다시 보기를 기대하고 있는데 얼마나 실망하겠어. 날 기다리는데 내가 못 가다니!"

"말도 안 되는 소리 말아요." 제가 소리쳤어요. "아가씨가 린턴을 생각하는 것만큼 그 애가 아가씨를 생각할 거 같아요? 그 애한테는 헤어턴이 있잖아요. 오후에 딱 두 번 본 사람을 다시 못 본다고 우는 사람이 어디 있어요? 린턴 도련님도 어찌 된 상황인지 짐작할 테고 아가씨 때문에 고민하는 일은 없을 거예요."

"하지만 내가 왜 못 가는지 편지를 써 보내면 안 될까?" 아가씨가 자리에서 일어나며 제게 묻더군요. "그리고 빌려주겠다고 했던 책들을 보내 주고. 그 애가 가진 책은 내 책만큼 좋지 않아. 내가 재미있다고 했더니 얼마나 갖고 싶어 했는 줄 알아. 엘런, 그러면 안 될까?"

"안 돼요, 절대로 안 돼요!" 제가 단호하게 말했어요. "그러면 린턴이 다시 답장을 보낼 거고, 그럼 끝도 없을 거예요. 캐서린 아가씨, 안 돼요. 이제 알고 지내는 건 끝이에요. 아빠도 그러길 바라시고, 저도 그렇게 되는 걸 지켜볼 거예요."

"하지만 짧은 편지일 뿐인데?" 그녀가 애원하는 얼굴로 제게 다시 말했어요.

"그만!" 제가 말을 가로막았지요. "편지 이야긴 그만 해요. 자, 그만 자요."

아가씨가 절 아주 고약한 표정으로 쳐다보더군요. 어찌나 고약한지 처음에는 잘 자라는 입맞춤 인사도 하고 싶지 않을 정도였어요. 그래서 침대보를 덮어 주고는 불쾌한 표정을 지으며 방을 나왔어요. 하지만 너무했나 싶어서 가다 말고 다시 조용히 돌아갔지요. 그랬더니 세상에나! 캐서린 아가씨가 탁자 위에 빈 종이를 놓고는 연필을 들고 있는 거예요. 제가 들어가자 양심에 찔리는 게 있는 듯 그것들을 감추더군요.

"아가씨, 그 편지는 그 누구도 안 전해 줄 거예요." 제가 말했죠. "쓰겠다고 고집하면 당장 촛불을 끌 거예요."

제가 촛불 덮개를 덮으려고 하니까 아가씨가 제 손을 찰싹 때리면서 성난 소리로 "심술쟁이!"라고 하더군요. 다시 그녀 방을 나오자 언짢고 짜증 난다는 듯이 아가씨가 문을 걸어 잠그더군요.

결국 그렇게 쓴 편지는 우유를 받으러 마을에서 온 아이의 손을 거쳐 목적지로 배달되었어요. 전 얼마 지나고 나서야 그 사실을 알게 되었어요. 몇 주가 지나자 아가씨의 기분이 좀 나아졌어요. 하지만 슬며시 구석으로 가 혼자 앉아 있는 걸 좋아하기 시작했고, 혹 책을 읽는 아가씨 곁에 별안간 다가가기라도 하면 흠칫 놀라며 분명히 뭔가를 숨기기라도 하듯 책을 덮었는데 책갈피 사이로 종이가 삐져나와 있는 게 보였지요.

또한 아침 일찍 내려와 부엌에서 서성이며 무언가를 기다리곤 했어요. 서재에 있는 장식장에 아가씨가 쓰는 조그만 서랍이 있는데 그 앞에서 몇 시간이고 뭔가 만지작거리기도 했어요. 서재를 나설 때는 여지없이 서랍 열쇠를 챙겼지요.

하루는 아가씨가 서랍을 들여다보고 있었는데, 제가 보니 아직껏 그 안에 있던 놀잇거리며 장신구들은 사라지고 접힌 종이쪽지들이 있는 게 보이는 거예요.

당연히 호기심과 의구심이 발동했지요. 결국 아가씨가 숨겨 두고 아끼는 보물들을 훔쳐 보기로 마음먹고는 밤중에 아가씨와 서방님이 모두 위층으로 올라가자마자 열쇠 꾸러미를 뒤졌어요. 집 열쇠가운데 서랍 자물쇠에 잘 맞는 걸 어렵지 않게 찾아냈지요. 서랍을따고는 안의 것을 몽땅 앞치마에 쏟아부은 다음 천천히 보려고 제방으로 가져왔어요.

수상쩍다고 생각했지만 편지 보따리를 보고는 다시 놀랄 수밖에 없었어요. 린턴 히스클리프가 거의 매일 편지를 보낸 거였어요. 아가씨가 보낸 편지에 대한 답장이었죠. 처음 보내온 것은 당혹스럽다는 내용의 짧은 편지였지만 점차 장문의 연애편지로 바뀌었더군요. 어린 사람들이 쓴 편지인지라 유치했지만 여기저기 경험이 많은 사람 글에서 끌어온 듯 보이는 것도 있었어요.

어떤 편지들은 마치 어린 학생이 자신이 상상하는 실체 없는 연인에게 쓰는 편지처럼 강렬한 감정으로 시작하다가 가식적이고 장황한 투로 끝맺는 식으로, 마치 열정과 밋밋함이 이상할 정도로 섞여 있기도 했어요.

캐시가 이런 편지를 보고 마음에 들어 했는지는 저도 모르겠지만 제가 보기에는 허접한 편지였답니다.

저는 이 편지들을 적당히 읽은 뒤 손수건으로 한데 묶어 따로 놔두고는 빈 서랍은 다시 잠가 버렸답니다.

여느 때처럼 아가씨가 일찍 내려와 부엌으로 왔지요. 저는 어떤 소년이 오는 걸 기다리다가 아가씨가 문간으로 나가는 걸 유심히 지켜보았어요. 소젖 짜는 하녀가 소년이 가져온 통에 우유를 따를 동안, 아가씨는 뭔가를 소년의 외투 주머니에 집어넣고는 다시 뭔가를 꺼내더군요.

저는 정원을 돌아나가 심부름꾼 소년이 나오기를 기다렸어요. 그 애가 맡은 물건을 지키려고 용을 쓰는 바람에 우유를 쏟고 말았지만 결국 편지를 뺏는 데 성공했지요. 소년에게는 빨리 돌아가지 않으면 큰일이 벌어질 거라고 엄포를 놓아 돌려보내고는, 담벼락 옆에 남아 아가씨의 애정 어린 편지를 꼼꼼하게 읽어 보았지요. 아가씨의 글은 린턴의 글보다 명료하면서도 더 그럴싸했어요. 귀엽기도 하고 우습기도 한 글이었지요. 저는 고개를 저으며 생각에 잠겨 집 안으로 들어갔어요.

비가 오는 날씨라 숲에서 산책하며 지낼 수 없었는지 아가씨는 아침 공부가 끝나자마자 서랍에서 위안을 얻으려고 했지요. 서방님은 서재 탁자에서 책을 읽고 계셨어요. 저는 일부러 창문 커튼 아랫단 가장자리의 터진 곳을 꿰매면서 아가씨가 어떻게 하는지 지켜봤어요.

둥지 가득 지저귀는 새끼들을 두고 나갔다가 돌아와 빈 둥지를 발견한 어미 새도 아가씨처럼 그렇게 절망적으로 외치며 퍼덕대진 않았을 겁니다. "세상에나!" 하는 외마디 소리와 함께 지금껏 행복해 보였던 아가씨의 표정은 완전히 바뀌었어요. 놀란 서방님이 아가씨를 쳐다봤지요.

"애야, 대체 왜 그래? 어디 다친 거야?" 서방님이 말했어요.

아가씨는 이런 서방님의 말투와 표정을 보고는 아빠가 편지를 발견한 게 아니라는 걸 알아차렸지요.

"아빠, 아무 일도 아녜요!" 아가씨가 숨을 헐떡이며 대답하더군요. "엘런! 엘런! 위층으로 와 봐. 몸이 안 좋아!"

그녀의 부름에 응하고는 그녀를 따라나섰지요.

"엘런! 엘런이 갖고 있지?" 우리만 있게 되자 아가씨가 무릎을 꿇으며 제게 말했어요. "제발 돌려줘. 다신 그러지 않을게! 아빠에게 말하면 안 돼. 엘런, 말 안 했지? 안 그랬다고 말해 줘. 잘못했어. 앞으론 절대 그런 일 없을 거야!"

저는 제 나름대로 매우 엄하게 대하면서 아가씨에게 일어서라고 말했어요.

"그러고 보니 두 사람이 상당히 친해진 것 같더군요. 아가씬 창피한 줄 알아야 해요! 할 일 없을 때 볼 만한 그런 쓰레기 뭉치였더군요. 인쇄하지 그랬어요! 이걸 아버지에게 보여 드리면 뭐라고 하실 것 같아요? 아직 보여 드리진 않았지만, 아가씨의 어리석은 비밀을 제가 지켜 줄 거라고 생각해선 안 돼요. 망측도 하지! 이런 말도 안 되는 걸 아가씨가 먼저 쓰기 시작한 게 분명해요. 린턴이 먼저 했을 리가 만무하죠."

"내가 먼저 한 건 아냐! 아니라니까!" 아가씨가 가슴이 무너지듯 울며 말했어요. "그 애를 사랑할 거라고 한 번도 생각해 본 적이 없었단 말이야. 그런데……"

"사랑이요?" 사랑이라는 말 자체를 조롱한다는 듯이 제가 말했어요. "사랑이라니! 세상에 이런 경우가 어디 있어요! 차라리 1년에 딱 한 번 밀을 사러 여기 오는 방앗간 주인을 사랑한다고 하는 게 낫겠네요. 세상에 그런 알뜰한 사랑이 어디 있어요! 둘이 두 번 만나 같이 있던 시간을 다 합해도 네 시간도 안 되잖아요! 자, 이게 바로 그런 유치한 쓰레기예요. 제가 서재로 가져가 서방님께 보여 드릴 거예요. 과연 아가씨가 말하는 **사랑**에 대해 뭐라고 하시나 들어 봅시다."

캐시는 귀중한 편지 뭉치를 잡으려고 펄쩍 뛰었지만, 제가 머리 위로 들어 올렸지요. 아가씨는 차라리 태워 버리라며 미친 듯 애걸복걸하며 제게 빌었어요. 절대 보여 드리진 말라는 거예요. 야단을 치고 싶었지만 웃음이 나왔기에 ― 이런 게 다름 아닌 소녀다운 허영심이라고 생각했거든요 ― 마침내 마음을 좀 풀고 이렇게 물었어요.

"내가 다 태워 버리겠다고 하면 앞으론 편지든 책이든(이미 책도 보낸 걸 알고 있었거든요), 머리 타래든 반지든 놀잇거리든 절대 아무것도 보내지도 받지도 않을 겁니까?"

"우린 놀잇거리는 안 보내." 창피하기보다 자존심이 상했는지 캐시가 소리쳤어요.

"아가씨, 어쨌든 아무것도 안 보내겠다는 거지요?" 제가 물었어요. "약속하지 않으면 아버님한테 가겠어요."

"약속할게, 엘런!" 내 옷을 잡아당기며 아가씨가 말했어요. "그래, 다 불 속에 넣어. 넣으라고!"

하지만 제가 부지깽이로 편지 넣을 곳을 만들자 캐시는 그 편지들이 희생되는 게 너무 마음이 아팠는지 제발 한두 통만 남겨 달라고 애원하더군요.

"제발, 한두 통만. 엘런, 린턴을 위해 간직하려는 거야!"

저는 손수건을 풀고 한쪽으로 기울여 편지를 떨어뜨리기 시작했지요. 그러자 불꽃이 굴뚝으로 피어오르더군요.

"몰인정한 여자 같으니! 하나는 꼭 갖겠어!" 그렇게 소리치며 아가씨가 불 속으로 손을 집어넣었어요. 그러고는 손을 데는 것도 무릅쓰고 반쯤 타다 남은 조각을 들어냈어요.

"좋아요. 그럼 저도 아버님한테 몇 장이라도 보여 드리지요!" 남은 편지를 다시 손수건에 싸서 문 쪽으로 향하며 제가 말했어요.

아가씨는 검게 탄 조각을 다시 불 속에 털어 넣고 제게 손짓하며 나머지도 다 태우라고 했어요. 모든 게 그렇게 끝났지요. 저는 재를 뒤집고 그 위에 석탄 한 삽을 다시 덮었어요. 아가씨는 마치 마음의 상처를 엄청나게 받은 것처럼 아무 말 없이 자기 방으로 돌아갔어요. 저는 아래로 내려가 아가씨가 아픈 기운은 다 사라졌지만 잠시 누워 있는 게 좋을 것 같다고 서방님께 말씀드렸지요.

아가씨는 식사도 안 하려 했어요. 하지만 차 마실 시간이 되자 창백한 얼굴에 눈가도 불그스레했지만, 겉으로는 아주 평온한 모습으로 아래로 내려왔어요.

다음 날 아침 종이 한 장에 제가 답장을 대신 써서 보냈어요. "린턴 양은 더 이상 히스클리프 도련님의 편지를 받지 않을 것이니 더 이상 보내지 않았으면 합니다." 그 후부터 우유 소년은 빈 주머니로 왔답니다.

8장

여름이 다 지나 초가을이 되었어요. 성 미카엘 축일[11]도 지나 갔고, 그해 추수가 늦은 편이라 우리 밭에도 아직 추수가 안 끝난 곳이 있었지요.

린턴 서방님과 아가씨는 종종 추수꾼들 사이로 산책하러 나가곤 했어요. 마지막 밀 다발을 들여오던 날은 두 분이 해질 때까지 나가 계셨는데 그날 저녁 따라 날씨가 차갑고 습기가 많아서인지 서방님이 독한 감기에 걸리신 겁니다. 독감이 집요하게 진행되더니 폐까지 건드리는 바람에 서방님은 겨우내 집 안에만 머물러 있을 수밖에 없었어요.

별것 아닌 연애 사건 때문에 겁을 먹었던 가엾은 캐시 아가씨는 연애를 포기하고 난 이후 더 슬프고 침울해 보였어요. 서방님은 아가씨에게 책을 덜 읽고 운동을 더 하라고 계속 말씀하셨지요. 서

11 Michaelmas. 9월 29일.

방님이 더 이상 같이 놀아 줄 수 없기에 가능한 한 그 역할을 대신하는 것이 제 할 일이라고 생각했지요. 하지만 매일 할 일이 너무 많았기에 기껏해야 한두 시간 정도 아가씨 뒤를 따라다닌 게 전부였어요. 친구를 대신한다고 말할 수 없을 정도였지요. 게다가 저랑 지내는 것이 아버지와 같이 지낼 때보다 덜 재미있는 게 사실이었고요.

10월 말, 아니면 11월 초였어요. 시원하지만 습기가 많은 어느 날 오후였어요. 잔디밭과 길 위에 축축한 낙엽이 쓸려 다니고 한기 가득한 푸른 하늘이 반쯤 구름에 덮여 있어서 한 줄기 검은 잿빛 구름이 서쪽에서 급하게 몰려와 폭우가 동반될 것 같은 날이었어요. 폭우가 쏟아질 게 뻔하니 제가 아가씨에게 산책하러 나가지 말라고 했어요. 하지만 제 말을 안 들더군요. 하는 수 없이 저도 외투를 걸쳐 입고 우산을 들고는 사냥터 숲 끝까지 산책하는 아가씨를 따라나섰어요. 기분이 우울해지면 가던 산책길이었어요. 게다가 에드거 서방님의 상태가 다른 때보다 더 안 좋았어요. 정작 본인은 그런 말을 입 밖에 내지 않지만 저와 아가씨는 점차 서방님의 말수가 줄고 안색이 더 우울해지는 걸 보고 짐작할 수 있었지요.

바람이 차서 한바탕 달리고 싶기도 하건만 아가씨는 뛰거나 달리지 않고 시무룩하게 걷기만 했어요. 곁눈질로 보니 아가씨가 종종 손을 들어 흘러내리는 눈물을 훔치는 거예요.

전 아가씨의 기분 전환을 위한 게 있을까 해서 주위를 돌아봤어요. 길 한편으로 울퉁불퉁한 높은 언덕이 있었는데, 개암나무와 자라다 만 떡갈나무가 뿌리를 반쯤 드러낸 채 간신히 서 있었어요. 떡갈나무가 자라기에는 토양이 너무 물렀나 봅니다. 게다가 강풍 때문에 거의 쓰러져 있는 모양이었어요. 여름이 되면 아가씨는 이 나무를 즐겨 타고 올라가서는 6미터나 되는 높은 가지 위에 앉아 있곤 했답니다. 몸도 날쌔고 애처럼 천진난만하게 노는 아가씨의 모습이 보기는 좋았지만, 그런 모습을 볼 때마다 제가 야단을 쳤지요. 하지만 내려오지 않아도 괜찮을 정도로 혼내는 걸 아가씨도 알고 있었어요. 식사 후 차 시간이 될 때까지 아가씨는 바람에 흔들리는 요람에 누워 어릴 때 제가 불러 주었던 옛 노래나 전래 동요를 흥얼거리거나, 나무에 둥지를 틀고 사는 새들이 새끼에게 먹이를 주면서 하늘을 날게 이끄는 모습을 물끄러미 쳐다보곤 했어요. 아니면 눈을 감고 편안히 누워 반은 생각에 잠긴 듯, 반은 꿈을 꾸듯 더없이 행복한 모습으로 있곤 했답니다.

"아가씨, 이것 좀 봐요!" 굽은 나무뿌리 아래 구석진 곳을 쳐다보며 제가 소리쳤어요. "여긴 아직 겨울이 안 왔나 봐요. 저기 꽃 핀 것 좀 보세요. 7월경에 저 잔디 계단을 보랏빛 안개처럼 덮었던 그 많던 블루벨 가운데 마지막 남은 꽃인가 봐요. 하나 따서 아버님께 보여 드리세요."

아가씨가 흙에 덮인 채 외롭게 떨고 있는 한 떨기 꽃을 한참 쳐다보더니 이렇게 대답하는 거예요.

"아니. 안 꺾을 거야. 얼마나 쓸쓸해 보여. 안 그래, 엘런?"

"맞아요." 제가 대답했어요. "꼭 아가씨처럼 춥고 축 처져 보이네요. 아가씨 뺨도 핏기가 없어요. 우리 같이 손잡고 달려 봐요. 제가 아가씨를 따라잡을 수 있을 정도로 맥 빠져 보이니까요."

"싫어." 아가씨는 재차 제 제안을 거부하면서 계속 어슬렁거리기만 했어요. 그러다가 이따금 걸음을 멈추고는 생각에 잠긴 듯 이끼나 색이 변한 잔디밭, 갈색 이파리 사이로 밝은 오렌지빛을 띠는

버섯 같은 것들을 바라보았지요. 그리고 가끔 얼굴을 돌린 채 손으로 눈물을 훔쳤어요.

"아가씨, 왜 울어요?" 다가가서 어깨에 손을 올리며 제가 물었지요. "아빠가 감기 드셨다고 울면 안 돼요. 그나마 다행이라고 생각해야죠."

그러자 캐시 아가씨는 더 이상 눈물을 참지 못하고 숨이 막힐 듯 흐느끼는 거예요.

"아냐, 더 중한 병일 거야." 아가씨가 말했어요. "아빠랑 엘런이 내 곁을 떠나면 난 어쩌지? 나 혼자 되는 거잖아? 난 엘런이 한 말을 잊을 수가 없어. 내 귓가에 항상 들리거든. 아빠랑 엘런이 없으면 내 삶은 어떻게 될까, 얼마나 쓸쓸하겠냐고."

"아가씨가 우리보다 먼저 저 세계로 갈지 누가 알아요." 제가 대꾸했지요. "나쁜 일을 예상하는 건 잘못이에요. 아직 수많은 세월이 우리 앞에 있다고 기대하자고요. 아빠도 젊고 저도 젊어요. 전 아직 마흔다섯도 안 됐어요. 제 어머니도 여든 살까지 사셨고, 마지막 순간까지 쌩쌩하셨어요. 가령 아버님이 예순 살까지 사신다면 아가씨가 살아 온 햇수보다 더 오래 사시는 거예요. 20년이나 앞당겨 미리 불행한 일을 슬퍼하는 건 어리석은 일이에요."

"하지만 이사벨라 고모도 아빠보다 젊은 데도 돌아가셨잖아." 아가씨가 좀 더 위로받고 싶은 눈초리로 절 쳐다보며 말하더군요.

"이사벨라 고모는 아가씨나 제가 돌보지 않았잖아요." 제가 대답했어요. "고모는 아버지만큼 행복하지 못했어요. 살아갈 만한 보람이 없었던 거예요. 아가씨가 해야 할 일은 아버지를 잘 보살피고 아가씨의 밝은 모습을 보여 줘서 아버지를 즐겁게 해 드리는 거예요. 그리고 무슨 일이든 걱정 끼쳐 드리면 절대 안 돼요! 솔직히 말씀드리면 아버지가 죽길 바라는 사람의 아들에게 어리석게도 말도 안 되는 애정을 품고 아가씨 멋대로 하거나, 아버지가 옳다고 판단해 두 사람의 교제를 끊게 하신 걸 두고 아가씨가 이렇게 속을 끓이는 걸 아시면 아버지는 아마 오래 못 사실 겁니다."

"아빠가 아픈 거 말고는 내가 속을 끓이는 건 아무것도 없어." 아가씨가 대답하더군요. "아빠 빼고는 내 마음에 두는 게 없다니까. 난 결코 — 절대로 — 정신이 있는 한 아빠 마음을 아프게 하는 말이나 행동을 하지 않을 거야. 엘런, 난 아빠를 나보다 더 사랑한다고. 매일 밤 내가 아빠보다 더 오래 살게 해 달라고 기도하는 거 보면 알잖아. 그건 내가 먼저 죽어서 아빠 가슴을 아프게 하는 것보다 내가 가슴 아파하는 게 낫기 때문이지. 이 정도면 내가 나보다 아빠를 더 사랑한다는 걸 알겠지?"

"훌륭한 말이네요." 제가 대답했어요. "하지만 말보다 행동으로 보여 줘야 해요. 그리고 아버지 병이 다 나은 후에도 지금처럼 아버지 걱정을 하면서 마음먹은 걸 잊어선 안 돼요."

이런 대화를 나누다가 큰길로 나서는 문 앞까지 오게 되었어요. 다시 기분이 좋아진 아가씨는 담 위에 올라앉아 담 너머 큰길 쪽에 그늘을 만들어 주는 들장미의 맨 윗가지에 달린 진홍빛 열매 몇 개를 따려고 손을 뻗었어요. 아랫부분에 열린 열매는 이미 다 사라졌지만, 위쪽 열매는 새들이 아니면 캐시가 있는 위치에서나 손에 닿았답니다.

그런데 열매를 따다가 그만 캐시의 모자가 아래로 떨어진 거예요. 문이 잠겨 있었기에 모자를 집으려고 아가씨가 담을 타고 아래로 내려갔지요. 저는 떨어지지 않게 조심하라고 일렀고, 아가씨가 재빨리 아래로 내려갔어요.

하지만 다시 올라오는 게 쉽지 않았어요. 돌이 미끄러운 데다가 촘촘하게 쌓은 탓에 들장미 넝쿨이나 검은딸기 덩굴을 잡고 올라오는 데 아무 도움이 되지 않았어요. 그녀가 아래서 웃으며 말했어요.

"엘런, 가서 열쇠를 가져와야 해. 아니면 문지기네 집까지 갔다 와야 한다고. 이쪽에서 올라갈 수는 없겠어." 그녀의 말을 듣고서야 뒤늦게 내가 열쇠 꾸러미를 갖고 있다는 게 생각났어요.

"거기 가만히 있어요." 제가 말했지요. "호주머니에 열쇠 꾸러미가 있으니까 맞는 게 있는지 볼게요. 없으면 다녀오고요."

제가 큰 열쇠들을 하나씩 맞춰 볼 동안, 아가씨는 문 앞에서 몸을 앞뒤로 흔들며 춤을 추고 있었어요. 마지막 열쇠까지 맞춰 봤지만 아무것도 맞지 않더군요. 결국 거기 가만히 있으라고 다시 이르고는 집으로 돌아가려던 참이었어요. 그런데 누군가 다가오는 소리가 들렸어요. 빠른 걸음으로 달려오는 말발굽 소리였어요. 캐시도 춤을 멈추었지요.

"대체 누구람?" 제가 나지막한 소리로 물었어요.

"엘런, 어서 문을 열어 주면 좋겠어." 아가씨도 걱정스러운 듯 제게 속삭였어요.

"오, 캐시 양!" 말을 탄 사람의 낮은 목소리가 들렸어요. "만나게 돼서 반가워. 너무 서둘러 들어가려고 하지 말아요. 내가 말할 게 있고 캐시 양에게 들어야 할 것도 있다고."

"전 말하지 않을 거예요, 히스클리프 씨." 아가씨가 대답하는

346

소리가 들렸어요. "아빠 말이 아저씨는 나쁜 사람이래요. 저랑 아빠 모두를 싫어한다고 했어요. 엘런 말도 같아요."

"그건 중요한 게 아니지." 히스클리프가 말했어요(바로 그 사람이었어요). "적어도 난 내 아들을 사랑하거든. 그리고 네게 관심을 보여 달라고 부탁하는 것도 바로 그 애랑 관련된 일이야. 그래! 네게도 얼굴을 붉힐 만한 이유는 있겠지. 하지만 두세 달 전부터 넌 린턴에게 편지를 보내곤 했었지? 그래, 장난삼아 연애한 거니? 그런 일이라면 너희 둘 다 맞아야 마땅하지! 나이를 더 먹은 네가 더 뻔뻔하더구나. 난 네가 보낸 편지를 갖고 있어. 조금이라도 버르장머리 없게 굴면 이 편지들을 네 아버지에게 다 보여 줄 테다. 아마도 즐기다가 지겨울 때가 되니까 관둔 모양이지, 그렇지? 그래, 네가 그러는 바람에 린턴은 절망의 늪에 빠져 있어. 걔는 진심이었어. 그 애는 정말로 너 때문에 죽을 거야. 네가 변심하는 바람에 가슴이 무너지는 모양이더라. 과장이 아니라 실제로 그렇단다. 6주 내내 헤어턴이 그러는 녀석을 비웃고, 나도 그런 어리석은 짓은 하지 말라고 아무리 겁을 줘도 매일 더 나빠지는구나. 네가 살려 놓지 않으면 아마 여름이 오기 전에 땅에 묻히고 말 거다!"

"어떻게 가엾은 아가씨한테 그런 터무니없는 거짓말을 하세요?" 제가 안에서 소리를 질렀어요. "그냥 가세요! 어떻게 그런 허접한 거짓말을 고의로 지어낼 수 있어요? 캐시 아가씨, 내가 돌로 쳐서 자물쇠를 부술 테니 저런 말도 안 되는 이야기는 믿지 마세요. 한두 번 본 낯선 사람 때문에 상사병에 빠져 죽는다는 게 말이 안 된다는 걸 아가씨도 잘 알잖아요."

"우리 얘기를 엿듣는 사람이 있다는 걸 몰랐네." 제게 딱 걸린 악당이 투덜댔어요. "훌륭하신 딘 부인, 난 당신을 좋아하지. 하지만 겉과 속이 다른 당신의 행동은 좋아하지 않아." 그가 큰 소리로 덧붙였어요. "당신은 어떻게 내가 '가엾은 아가씨'를 싫어한다는 그런 허황된 거짓말을 하고, 또 그런 터무니없는 말로 이 애가 우리 집 문턱에도 못 오게끔 할 수 있지? 캐서린 린턴 ─ 그 이름만 들어도 마음이 따뜻해지는데 ─ 우리 예쁜 아가씨, 이번 주 내내 내가 집을 비울 테니 내 말이 사실인지 와서 직접 확인해 보거라. 꼭 그렇게 해 줘, 그래야 착한 아가씨지! 한 번 네 아버지와 내 입장을, 그리고 린턴과 네 입장을 바꿔 생각해 봐. 네 아버지가 린턴에게 부탁하는데 린턴이 널 달래 줄 마음이 쥐뿔도 없다고 대꾸한다면 그런 야박한 연인을 넌 어떻게 생각하겠어. 그러니 제발 미련하게 같은 실수를 하면 안 돼. 분명히 말하지만 땅에 묻힐 수밖에 없는 그 애를 구할 사람은 너밖에 없단다!"

자물쇠를 겨우 부수고 제가 밖으로 나갔어요.

"린턴이 죽어가고 있다고." 히스클리프가 절 쳐다보며 말했어요. "너무 슬프고 실망한 나머지 죽음을 재촉하고 있어. 넬리, 저 애를 보내지 못하겠다면 당신이 직접 와 봐. 난 다음 주 이맘때까지 돌아오지 않을 거야. 그리고 당신 주인 양반도 저 애가 사촌한테 가는 걸 굳이 반대하진 않을 테니까."

"자, 들어갑시다." 캐시 아가씨의 팔을 잡고 반쯤 억지로 안으로 떠밀며 제가 말했어요. 아가씨가 걱정 어린 눈으로 상대방을 쳐다보며 주저했기 때문이지요. 히스클리프가 너무 당당하게 말했기 때문에 그 사람 마음속에 숨긴 거짓이 전혀 드러나지 않았거든요.

그는 말을 몰아 우리에게 가까이 와서는 허리 숙여 아가씨에게 이렇게 말했어요.

"캐서린 양, 고백하건대 이제 나도 인내심이 극에 달했어. 헤어턴과 조지프는 말할 것도 없고. 린턴은 거친 사람들과 지내고 있어. 그래서 사랑뿐 아니라 따뜻한 정을 찾고 있는 거지. 캐시 양이 해 주는 다정한 말이 그 애에겐 최고의 치료제가 될 거야. 딘 부인의 매정한 경고를 맘에 두지 말고 마음을 열고 그 애를 만나 줬으면 해. 그 애는 밤낮으로 너만 생각하고 있어. 그리고 네가 편지도 쓰지 않고 오지도 않는 게 자기가 싫어서 그러는 게 아니라고 아무리 말해 줘도 내 말을 듣지 않아."

저는 얼른 문을 닫고는 망가진 자물쇠로는 잠글 수 없기에 문에 돌맹이를 기대 놓았어요. 그러고는 우산을 펼쳐 아가씨를 그 안으로 끌어당겼어요. 우는 소리를 내는 나뭇가지 사이로 빗방울이 떨어져 내리면서 더 이상 지체하면 안 된다고 경고했기 때문이지요.

서둘러 집으로 돌아오느라 히스클리프와 만난 일에 대해 서로 얘기할 틈이 없었지만, 캐시 아가씨의 마음이 이전보다 더 깊은 어둠 속에 묻혔다는 걸 직감적으로 알겠더군요. 너무 슬퍼하는 모습이 마치 딴 사람 같아 보일 정도였어요. 자기가 들은 말들을 모두 진실로 받아들이는 눈치였어요.

귀가해 보니 서방님은 벌써 당신 방으로 들어가셨더군요. 아빠 몸이 괜찮은지 보려고 캐시가 아빠 방으로 살며시 들어갔지만 이미 주무시더라는군요. 그녀는 돌아오더니 저를 서재로 불러 잠깐 앉으라고 했어요. 같이 차를 마시고 나서 캐시 아가씨가 카펫 위에 눕더니 너무 지쳤으니 아무 말도 하지 말자고 하더군요.

저는 책을 들고 읽는 척했지요. 아가씨는 제가 아무 말 없이 책 읽기에 열중하고 있는 게 섭섭했는지 말없이 흐느끼기 시작했어요. 그때는 우는 게 제일 좋은 기분 전환 방법이었나 봅니다. 저도 아가씨가 한동안 그냥 울면서 기분을 풀게 내버려 뒀어요. 그런 다음 아가씨를 타이르면서 린턴을 두고 히스클리프가 떠들어 댄 걸 비웃으며 조롱했지요. 아가씨도 제 마음과 같을 거라고 믿었거든요. 하지만 애석하게도 제게는 히스클리프가 아가씨에게 미친 영향을 지울 만한 말재간이 없었답니다. 그자가 노린 대로 된 셈이었죠.

"엘런 말이 맞을진 모르겠지만, 직접 볼 때까진 내 마음이 편치 않을 것 같아." 아가씨가 말하더군요. "편지를 안 쓴 게 내 잘못이 아니라는 걸 꼭 린턴에게 전해 줄 거야. 그리고 내 마음이 변하지 않았다는 것도 알려 줄 거고."

이렇게 순진하게 믿는 아가씨에게 제가 화내고 반대한들 무슨 소용이 있었겠어요? 결국 그날 밤 우리는 다툰 채로 헤어졌지요. 하지만 다음 날 저는 고집스러운 아가씨를 태운 조랑말을 따라 워더링 하이츠로 가고 있었답니다. 창백하고 기가 죽은 얼굴에 퉁퉁 부은 눈을 한 애처로운 아가씨의 모습을 도저히 볼 수 없었거든요. 린턴이 우리를 맞이하는 모습을 아가씨가 직접 보게 되면 그자가 말한 게 얼마나 사실과 다른지를 다 알게 될 거라는 막연한 희망을 품고 가기로 한 거지요.

9장

어젯밤 내린 비 때문에 반은 서리 같고 반은 가는 비 같은 아침 안개가 우리를 맞았어요. 고지대에서 흘러내린 빗물이 모여 실개천을 이루어 길을 가로질러 흘러내렸지요. 발이 흠뻑 젖었고, 짜증이 나고 울적했어요. 이런 불편한 방문을 더 언짢게 만드는 기분이었지요.

히스클리프가 자기 말대로 정말 외출했는지 보려고 우리는 부엌을 통해 집 안으로 들어갔습니다. 저는 그 사람 말을 전혀 신뢰하지 않았거든요.

조지프 영감이 이글거리는 불가에서 마치 천국이 따로 없다는 표정으로 거무스레한 짧은 담배 파이프를 입에 물고 혼자 앉아 있었어요. 바로 옆 탁자에는 1쿼트짜리 에일 맥주 한 병과 구운 귀리 빵이 잔뜩 놓여 있었어요.

캐시 아가씨가 몸을 녹이려고 얼른 벽난로로 달려갔어요. 주인 나리가 안에 계시냐고 제가 물었지요. 한동안 아무런 대답이 없기에 전 영감이 귀가 먹었나 싶어 더 큰 소리로 물었어요.

"없서!" 그는 마치 으르렁대듯이 콧바람을 뿜으며 제게 소리를 지르더라고요. "없으니 다시 돌아가."

"조지프!" 제가 묻는 것과 거의 동시에 안에서 누군가 짜증 섞인 소리로 불렀어요. "내가 몇 번을 불러야 해. 이제 벌건 잔불밖에 없잖아. 조지프! 당장 오란 말이야."

담배를 뻑뻑 빨며 난로 받침쇠만 뚫어지게 쳐다보는 영감 모습이 린턴이 아무리 소리를 질러도 상관하지 않겠다는 투였어요. 가정부와 헤어턴은 보이지 않았는데 아마 한 명은 심부름 때문에, 다른 한 명은 일 때문에 나간 것 같았어요. 린턴의 목소리라는 걸 알고 있기에 우리는 안으로 들어갔습니다.

"영감 같은 사람은 다락방에서 뒈져 버려야 해!" 우리가 다가가자 조지프 영감으로 착각했는지 린턴이 저희를 향해 소리쳤어요.

착각한 것을 알고는 린턴이 말을 멈추더군요. 캐시가 그에게 달려갔어요.

"린턴 양!" 큼지막한 의자 팔걸이에 머리를 기대고 있던 린턴이 고개를 들며 말하더군요. "아니, 입맞춤은 하지 마. 숨차단 말이야. 세상에나! 네가 올 거라고 아빠가 말하긴 했지만." 아가씨의 포옹에서 풀려난 린턴이 연이어 말했어요. 아가씨는 너무 세게 안은 걸 후회하는 표정으로 옆에 서 있었어요. "미안하지만 문 좀 닫아 줄래? 저놈의, 저 끔찍한 인간은 석탄도 안 갖다준다니까. 정말 추운데 말이야!"

저는 난로 속의 재를 뒤적이고는 직접 석탄을 통째 들고 왔어요. 병약한 린턴이 재가 날린다고 불평하며 성질을 부리더군요. 하지만 힘들게 기침을 하는 데다가 열이 나고 아파 보이기에 성질을 부려도 아무런 대꾸도 하지 않았어요.

"그래, 날 다시 봐서 기쁜 거야? 내가 너에게 해 줄 게 뭐가 있을까?" 린턴이 찌푸렸던 이마를 펴자 캐시가 속삭이듯 물었어요.

"왜 이제야 왔어?" 린턴이 묻더군요. "편지를 보내는 대신 네가 왔으면 했어. 그놈의 긴 편지를 쓰는 것도 힘들었거든. 차라리 말로 전하고 싶었어. 이젠 말할 힘도 없고 아무것도 견뎌 낼 힘도 없어. 질라는 대체 어디 간 거야! (절 쳐다보며 말하기를) 부엌에 있는지 한번 가 봐."

난로 건에 대해서 저에게 고맙다고 한 적도 없고, 그 애가 명령한다고 왔다 갔다 하기도 싫고 해서 그냥 이렇게 대답했지요.

"거기엔 조지프 영감밖에 없어요."

"물 좀 마시고 싶은데." 린턴이 고개를 돌리며 짜증을 내더군요. "질라는 아빠가 나간 후 연일 기머턴에 가 어슬렁거린다고. 너무 힘들어! 그래서 내가 내려와야 했다니까. 위층에서 암만 불러도 모두 대답하지 않기로 했나 봐."

"도련님, 아버님께선 잘해 주시나요?" 린턴에게 다정하게 대하다가 머뭇대는 아가씨의 모습을 보며 제가 물었어요.

"잘해 주냐고? 저 사람들에게 내게 더 신경을 쓰라고 하시긴 해." 그가 말했어요. "망할 것들! 저 무식한 헤어턴은 날 비웃는다니까! 정말 싫어! 모두 다 싫다고. 끔찍한 것들이야."

캐시가 물을 찾으러 나가더니 조리대에서 주전자를 발견하고는 큰 컵에 물을 채워 가져왔어요. 린턴이 탁자 위에 있는 포도주 병에서 포도주 한 숟가락만 따라서 물에 타 달라고 하더군요. 한 모금 마시고 나더니 기분이 좀 나아졌는지 캐시 아가씨에게 고맙다고 말하더군요.

"그래, 날 보니 좋긴 한 거야?" 아까 물은 걸 다시 물은 아가씨는 린턴의 얼굴에서 옅은 미소를 보고서야 기뻐했습니다.

"당연하지. 네 목소리를 들으니 새롭네!" 그가 대답했어요. "하지만 네가 오지 않는 바람에 너무 힘들었어. 아빠는 다 내 탓이라면서 나더러 멍청하고 한심한 녀석이라고 했어. 그리고 네가 날 멸시한다는 거야. 아빠가 내 입장이었다면 지금쯤 네 아빠보다 더 훌륭하게 그레인지의 주인 노릇을 했을 거라고 그랬어. 날 멸시하는 건 아니지, 린턴 양……."

"그냥 캐서린이나 캐시라고 불러!" 캐시가 린턴의 말을 가로막고 말했지요. "널 멸시하다니 말도 안 돼! 아빠랑 엘런 다음으로 그누구보다 널 좋아한다고. 하지만 네 아빠는 싫어. 그가 돌아오면 난안 올 거야. 그나저나 며칠이나 나가 계신대?"

"며칠은 아닐 거야." 린턴이 대답했어요. "하지만 사냥철이 된후 황야에 자주 나가셔. 아빠가 집에 안 계실 때는 나랑 한두 시간같이 지낼 수 있어. 그렇게 하겠다고 해 줘. 너랑 있으면 짜증도 안부릴 거야. 넌 날 화나게도 안 하고 항상 날 도와 줄 거지?"

"그렇고말고." 부드러운 긴 머리카락을 매만지며 아가씨가 대답했어요. "아빠가 허락만 한다면 내 시간의 절반을 너와 보낼게. 귀여운 린턴, 난 네가 내 동생이었으면 했어."

"그럼 네 아빠만큼 날 좋아하는 거네?" 기분이 좋아진 린턴이다시 묻더군요. "그런데 아빠는 네가 나랑 결혼하면 너희 아빠나 그누구보다도 네가 날 사랑하게 될 거라고 하셨어. 나도 네가 그랬으면 좋겠어."

"그건 안 돼. 그 누구도 아빠보다 더 사랑할 수는 없어." 아가씨가 진지하게 말하더군요. "게다가 가끔 보면 자기 아내를 싫어하는 사람들이 있거든. 하지만 형제자매끼리는 그렇지 않아. 너도 내 동생이 되면 같이 살아도 되고, 아빠도 널 나만큼 사랑하실 거야."

린턴이 자기 부인을 싫어하는 사람은 없다고 하자 캐시는 아니라고 하면서 그 예로 히스클리프 씨가 자기 고모를 싫어한 얘기를 했어요. 아무 생각 없이 아가씨가 마구 내뱉는 말을 제가 막으려 했지만 이미 다 말해 버린 다음이었어요. 화가 난 도련님이 다 거짓말이라고 맞섰어요.

"아빠가 다 말해 줬어. 아빠는 거짓말하지 않거든." 캐시가 단호하게 말했어요.

"우리 아빠는 네 아빠를 싫어하신다고!" 린턴이 되받아치더군요. "비열한 거짓말쟁이라고 하셨다고."

"네 아빠는 정말 나쁜 사람이야." 캐시가 다시 외쳤어요. "네 아빠 말을 그대로 믿는 넌 더 나빠. 이사벨라 고모가 도망간 건 다 나쁜 네 아빠 때문이라고."

"엄마는 도망간 게 아니라니까." 린턴이 말했어요. "내 말이 틀렸다고 하지 마."

"글쎄, 도망친 거라니까!" 캐시가 소리를 질러 댔어요.

"좋아, 나도 너한테 한마디 해 줄게." 린턴이 말했어요. "너희 엄마도 네 아버지를 싫어했대, 알겠어?"

"세상에!" 너무 화가 난 캐시가 소리쳤어요.

"우리 아빠를 더 좋아했다고." 린턴이 덧붙였어요.

"이 거짓말쟁이 같으니라고! 이젠 너도 싫어." 얼굴이 벌게진 캐시가 고함치듯이 말했어요.

"정말이야! 우리 아빠를 좋아했다니까!" 린턴이 노래를 흥얼거리듯이 말했어요. 그는 의자에 깊숙이 앉아 뒤에 서서 자기와 논쟁을 벌이는 캐시가 흥분하는 모습을 보려고 머리를 뒤로 젖혔어요.

"도련님, 그만해요!" 제가 끼어들었지요. "그건 도련님 아버지 얘기일 뿐이에요."

"아냐. 엘런은 잠자코 있어!" 린턴이 말했어요. "정말이야, 정말이라고. 캐시. 우리 아빠를 좋아했다고."

화가 머리끝까지 치민 캐시가 린턴이 앉아 있는 의자를 밀쳤고, 앉아 있던 린턴이 의자 한쪽 팔걸이에 부딪히고 말았어요. 그러자 이내 좋아라 하던 모습은 사라지고 숨도 못 쉴 정도로 기침을 하는 거예요.

너무 오래 기침을 하는 통에 저도 깜짝 놀랐답니다. 캐시도 아무 말도 못 하고 자기가 벌여 놓은 일에 놀라 울었답니다.

전 기침이 그칠 때까지 린턴을 붙잡고 있었어요. 기침이 멎자 린턴이 저를 밀치곤 말없이 고개를 숙이고 있더군요. 캐시도 울음을 멈추고 린턴 맞은편에 앉아 말없이 불만 바라보았어요.

"이제 좀 어때요?" 10여 분 기다렸다가 제가 물었어요.

"저 애도 나처럼 당해 봐야 해." 린턴이 대답했어요. "정말 독하고 잔인해! 헤어턴도 내게 손을 안 대는데. 평생 날 때린 적도 없다고. 오늘은 기침이 좀 잦아든 날인데. 그런데……." 말은 점점 흐느끼는 소리로 바뀌었답니다.

"내가 때리진 않았잖아." 다시 울음이 터져 나올까 봐 입술을 깨물며 캐시가 말했어요.

린턴은 고통이 심해 못 참겠다는 듯이 한숨을 쉬면서 신음 소리를 냈어요. 캐시가 흐느끼는 모습을 볼 때마다 아픈 척하면서 일부러 구슬피 우는 거예요. 캐시가 마음 아파하는 모습을 보려는 건지 한 15분을 그렇게 있더군요.

"린턴, 아프게 해서 미안해." 견디다 못한 나머지 캐시가 먼저 이렇게 말했어요. "나 같으면 그렇게 밀쳤어도 아무렇지도 않았을 거야. 그래서 네가 아플 거라고 생각도 못 했어. 많이 아픈 건 아니지? 그렇지, 린턴? 널 아프게 했다고 후회하면서 집에 돌아가지 않게 해 줘. 말해 봐! 말해 보라고."

"그렇게는 못 해." 린턴이 중얼거렸어요. "네가 날 아프게 하는 바람에 오늘 밤 내내 기침하면서 꼬박 새울 것 같아. 너도 기침해 봐야 알 거야. 내가 옆에 아무도 없이 아파할 때도 넌 잠만 잘 자겠지. 너라면 그런 끔찍한 밤을 어떻게 보낼지 궁금해!" 그러고는 자기를 동정해 달라는 듯 더 크게 울었어요.

"도련님은 그런 밤들을 보내곤 하잖아요." 제가 끼어들었어요. "그러니까 평온함을 깨뜨린 건 우리 아가씨가 아니에요. 아가씨가 안 왔어도 마찬가지였을 거예요. 하지만 다시는 도련님을 괴롭히진 않을 겁니다. 우리가 가고 나면 도련님도 편안해지실 테고."

"내가 가는 게 좋겠니?" 허리를 굽혀 린턴을 보고 있던 아가씨가 애석한 듯 묻더군요. "린턴, 내가 갔으면 좋겠냐고?"

"이미 엎어진 물인데 어떻게 하겠어?" 린턴이 몸을 움츠리며 짜증을 내듯 말하더군요. "날 더 괴롭혀서 열이 펄펄 나게 만들어 사태를 더 악화시킬 수도 있잖아."

"그럼 내가 가는 게 좋겠어?" 아가씨가 다시 물었어요.

"날 좀 가만 내버려 둬." 린턴이 말했어요. "네가 떠드는 건 견딜 수 없단 말이야."

캐시는 한동안 그만 가자는 제 말을 듣지 않고 꾸물거리다가 린턴이 쳐다보지도 않고 말도 하지 않자 마침내 문으로 향하더군요. 저도 따라나섰죠.

그러다가 비명 때문에 다시 돌아갔답니다. 린턴이 긴 의자에서 내려와 벽난로 재받이돌 위에 누워 응석받이처럼 몸을 뒤트는 거예요. 될 수 있는 한 우리를 괴롭히고 골치 아프게 할 작정이었지요.

하는 짓을 보니 그 애의 성격을 알겠더군요. 그래서 저는 도련님 비위를 맞추는 어리석은 짓은 안 하려고 했죠. 그런데 캐시는 그렇지 않았어요. 놀란 나머지 안으로 뛰어 들어가 무릎 꿇고 앉아 울면서 그 애를 달랬어요. 그 애는 캐시를 가슴 아프게 했다는 양심의 가책 때문이 아니라 단지 숨이 찬 나머지 이내 잠잠해지더군요.

"내가 도련님을 긴 의자에 앉힐게요." 제가 말했어요. "그러면 원하는 만큼 뒹굴겠죠. 린턴 도련님을 지켜보느라 계속 여기 있을 순 없어요. 알았죠, 아가씨? 아가씨가 도련님을 도울 수 있는 건 아무것도 없어요. 그리고 몸이 나빠진 것도 아가씨를 보고 싶어서가 아니에요. 자, 이제 됐어요! 갑시다. 저렇게 말도 안 되는 짓을 하면 도와줄 사람이 없다는 걸 알아야 자리에 가만히 누워 있을 겁니다!"

캐시는 린턴의 머리를 쿠션으로 받쳐 주고 물도 갖다주더군요. 물마저 거절한 린턴은 쿠션이 마치 돌멩이나 나무판이나 되기라도 하듯 불편하게 뒤척였어요.

캐시가 쿠션을 편안하게 해 주려고 애썼어요.

"이걸로는 안 되겠어." 린턴이 말했어요. "너무 낮아."

캐시가 쿠션 하나를 더 가져와 그 위에 놓아주었어요.

"너무 높아." 그놈의 잔소리꾼이 투덜댔어요.

"그러면 어떻게 하면 되겠어?" 캐시가 어쩔 줄 몰라 하며 물었어요.

캐시가 의자 옆에서 반쯤 무릎을 꿇자 린턴이 몸을 틀어 아가씨 어깨에 몸을 기대더군요.

"안 돼요. 그건 안 돼." 제가 끼어들었죠. "도련님, 쿠션에 기대세요! 너무 오래 도련님과 있다가 아가씨가 늦겠어요. 이제 5분 이상 여기 머물면 안 돼요."

"아니, 괜찮아. 괜찮다니까!" 캐시가 말했어요. "린턴이 이제 잘 참고 있잖아. 내가 오는 바람에 자기 몸이 더 나빠졌다고 생각하면 분명 오늘 밤엔 내가 자기보다 더 고통스러워할 거라는 걸 알고 저러는 거야. 그러면 내가 여길 어떻게 오겠어. 린턴, 솔직히 말해 봐. 내가 널 아프게 했다면 난 다신 올 수 없잖아."

"날 낫게 해 주려면 네가 와야 해." 린턴이 대답했어요. "네가 날 아프게 했으니까 와야 한다고. 너 때문에 내가 정말 아팠다는 걸 너도 잘 알잖아! 네가 집에 들어올 땐 지금처럼 아프진 않았다니까. 내 말 맞잖아?"

"그건 도련님이 울고 성내다 아프게 된 거지요."

"내가 그런 건 절대 아니야" 아가씨가 말했어요. "그래도 이젠 다 화해했잖아. 넌 날 보고 싶지? 가끔 날 보고 싶은 거지?"

"그렇다고 했잖아!" 린턴이 짜증을 부리며 대꾸했어요. "여기 의자에 앉아. 네 무릎에 기대게 해 줘. 엄마랑 같이 살 때 오후 내내 이렇게 있었거든. 말하지 말고 가만히 있어 줘. 노래할 줄 알면 노래나 해 주고, 아니면 재미있는 발라드나 길게 읊어 줘. 네가 가르쳐 주겠다고 했던 것 중 하나 말이야. 아니면 이야기를 해 주든가. 하지만 지금은 발라드가 좋아. 자, 어서."

캐시가 생각나는 것 가운데 가장 긴 발라드를 들려주었고 둘다 재미있어했어요. 린턴이 하나 더 해 달라고 하기에 제가 성을 내며 반대했지만 아가씨가 하나를 더 읊어 줬어요. 그러다가 정오를 알리는 시계 소리를 듣게 됐고, 점심을 먹으러 안마당으로 들어오는 헤어턴을 보았어요.

"캐서린, 내일도 오는 거지?" 마지못해 아가씨가 일어나려고 하자 린턴이 아가씨의 옷자락을 잡으며 물었어요.

"안 돼요." 제가 대답했어요. "그다음 날도 안 돼요." 하지만 린턴의 얼굴이 밝아지는 걸 보니 캐시가 몸을 숙여 린턴의 귀에 대고 다른 말을 한 게 분명했어요.

"아가씨, 내일 절대 오면 안 돼요, 아시겠지요?" 집 밖으로 나올 때 제가 다시 말했어요. "그런 건 꿈도 꾸지 말아요."

캐시가 웃더군요.

"내가 꼭 지켜볼 거예요." 제가 이어서 말했어요. "자물쇠를 고쳐 놓으면 그곳 말고 빠져나갈 데가 없죠."

"담을 넘어가면 되지." 아가씨가 웃으며 말하더군요. "엘런, 그레인지가 감옥도 아니고 엘런이 날 감시하는 간수도 아니잖아. 게다가 난 열일곱 살이야. 다 큰 성인이라고. 린턴은 내가 잘 돌봐 주기만 하면 분명 곧 회복될 거야. 그 애보다 내가 더 나이도 먹고 더 현명하잖아. 내가 어린애 같진 않잖아? 린턴도 조금 짜증을 부리지만 내가 시키는 대로 따를 거라고. 착할 땐 너무 예쁜 애야. 내 동생이었다면 정말 귀여워해 줬을 텐데. 서로 더 친해지면 절대 싸울 일도 없을 거고. 엘런은 그 애가 싫어?"

"싫어하냐고요?" 제가 소리쳤지요. "열여섯 살이 될 때까지 겨우 살아남은 병약한 아이인데 성질도 사납잖아요. 그 애 아빠가 내다보듯이 그 앤 스무 살도 못 넘길 거예요. 이번 봄이나 제대로 넘길지 알 수 없죠. 하여튼 그 애가 언제 사라져도 이 집에선 별일도 아니고요. 그 애 아빠가 저 앨 데려간 게 얼마나 다행인지. 저 앤 잘 대해 주면 줄수록 더 짜증만 내는 이기적인 애예요. 아가씨, 저런 사람을 남편으로 삼지 않은 게 얼마나 다행인지 몰라요."

이런 말을 들은 아가씨는 더욱 심각한 표정을 지었어요. 린턴의 죽음에 대한 이야기가 아가씨의 마음을 아프게 한 거였어요.

"나보다 어린데." 뭔가 잠시 생각하고 나더니 캐시가 말했어요. "쟤가 제일 오래 살아야 하는 거 아냐? 살 거야. 나만큼 살 거라고. 처음 이곳 북부 지역으로 왔을 때처럼 건강해. 분명하다니까! 감기 때문일 거야. 아빠도 감기를 앓고 있는데 나아질 거라고 했잖아. 그런데 린턴은 아니라고 하는 건 뭐야."

"그래요, 아가씨." 제가 소리쳤어요. "어쨌든 우리가 걱정할 일은 아니에요. 그리고 명심하세요. 만약 아가씨가 나랑 오든 혼자 오든 간에 한 번만 더 워더링 하이츠에 가려고 하면 주인 나리께 다 말씀드릴 겁니다. 아빠가 허락하지 않으면 사촌 간 교제는 그걸로 끝입니다."

"다시 친해진 거 아냐?" 아가씨가 뾰로통해진 채 중얼거렸어요.

"계속 그러면 안 된다고요." 제가 다시 말했죠.

저희는 저녁이 되기 전에 집에 도착했어요. 우리가 숲에서 돌아다녔다고 생각했는지 서방님은 어디에 다녀왔는지 묻지도 않더군요. 집에 들어가자마자 서둘러 젖은 신발과 양말부터 갈아 신었어요. 하지만 워더링 하이츠에 너무 오래 있었던 게 화근이 되었던지 다음 날 아침부터 드러눕고 말았고 제 할 일도 못 하고 3주씩이나 몸져누워 있었답니다. 이전에 한 번도 그런 적이 없었어요. 다행히 그 이후에도 그런 적은 한 번도 없었지요.

귀여운 우리 아가씨는 꼭 천사처럼 아픈 저를 위해 시중을 들어 주고 외로움도 달래 주었어요. 갇혀 지내다 보면 곧잘 우울해지기 마련이거든요. 바쁘게 움직이며 사는 사람에게는 정말 따분할 수밖에 없지요. 아가씨는 서방님 방에서 나오기만 하면 제 침대맡에 나타났어요. 하루 시간이 서방님과 저에게 반씩 나눠진 것 같았어요. 단 1분도 놀지 않았고요. 식사를 거르기도 하고 공부나 놀이까지 다 팽개치고 절 돌봐주었는데 아가씨처럼 다정한 간호사는 없었어요. 아버지를 그렇게 사랑하면서도 저까지 챙기는 걸 보면 정말 마음씨가 고운 아가씨인 게 틀림없지요!

아가씨가 서방님과 저에게 시간을 절반씩 할애했다고 했지만, 실상 서방님은 일찍 방으로 들어가셨고 저도 대개 6시 이후론 시중이 필요 없으니 저녁 시간은 오롯이 아가씨만의 시간이었지요.

저는 차 시간 이후로 우리 가엾은 아가씨가 무얼 하는지 전혀 몰랐어요. 아가씨가 취침 인사를 한다고 들어왔을 때 간혹 볼이 빨갛게 익고 가느다란 손가락이 벌겋게 된 걸 보긴 했어도 설마 추운 황야를 말 타고 달리느라 그렇게 된 거라고는 상상도 못 했지요. 전 그저 서재의 뜨거운 난롯불 때문이라고만 생각했었답니다.

10장

3주가 지날 무렵 저는 겨우 제 방에서 나와 집 안을 거닐 수 있었어요. 저녁 시간에 처음으로 일어나 앉아 있을 수 있게 되자 저는 캐시 아가씨에게 책 좀 읽어 달라고 부탁했어요. 시력이 나빠져서 읽을 수 없었거든요. 서방님은 방으로 올라가셨고 우리는 같이 서재에 남았어요. 아가씨는 마지못해 제 제안을 받아들인 듯했어요. 제가 좋아하는 책이 캐시에게는 맞지 않을 성싶어 그녀가 읽었던 책 가운데 아무거나 골라 읽어 달라고 부탁했어요.

그녀는 자기가 좋아하는 책 한 권을 골라 약 한 시간 동안을 읽어 주었답니다. 그리고 나서 계속 이렇게 묻는 거예요.

"엘런, 힘들지 않아? 이제 침대에 눕는 게 좋을 텐데. 이렇게 늦게까지 일어나 있으면 다시 아파질 거야."

"괜찮아요, 아가씨. 이제 피곤하지 않아요." 저도 계속 이렇게 대답했어요.

제가 꿈쩍하지 않자 아가씨는 책 읽는 게 지겹다는 걸 보여 주려고 이번에는 하품을 하고 기지개를 켜면서 제게 물었어요.

"엘런, 책 읽는 게 힘드네."

"그럼 그만두고 얘기나 해요." 제가 대답했어요.

그게 더 안 좋았는지 이번에는 안절부절못하며 계속 하품만 하더니 8시가 될 때까지 연신 시계를 쳐다보는 거예요. 짜증을 내고 피곤해하면서 끊임없이 눈을 비볐고 졸음에 겨워하다가 결국 자기 방으로 올라가더군요.

다음 날 저녁은 전날보다 더 안절부절못하는 거예요. 제 곁에서 책을 읽어 준 지 사흘째 되던 날에는 머리가 아프다고 불평을 늘어놓더니 나가 버리고 말았어요.

하는 행동이 이상해서 한참을 혼자 앉아 있다가 아가씨가 괜찮아졌는지 보고, 어두운 위층에 있지 말고 내려와 소파에 누우라고 할 겸 올라가 보기로 마음먹었어요.

그런데 그녀가 방에 없는 거예요. 내려와 보니 아래에도 없더군요. 하인들도 못 봤다고 하고요. 혹시나 해서 서방님 방에 귀를 대고 들어도 아무 소리도 나지 않았어요. 다시 캐시의 방으로 가 촛불을 끄고는 창가에 앉았어요.

달빛이 밝았고 땅바닥 여기저기에 눈이 깔려 있었어요. 어쩌면 아가씨가 기분도 풀 겸 정원으로 산책하러 나갔을 수도 있겠다는 생각이 들었어요. 마침 숲 안쪽 울타리를 따라 누군가 살금살금 걸어오는 모습이 보이는 거예요. 그런데 아가씨는 아니었어요. 밝은 곳으로 오기에 봤더니 마부 중 한 명이더군요.

한참을 서서 마찻길을 살피더니 뭔가를 봤는지 빠른 걸음으로 나가는 거예요. 조금 후 아가씨의 조랑말을 끌면서 마부가 다시 나타났어요. 그런데 아가씨가 말에서 막 내려 걸어오고 있었어요.

마부가 조랑말을 끌고 살그머니 풀밭을 가로질러 마구간으로 사라지더군요. 아가씨가 응접실의 여닫이식 창문을 열고 들어오더니 제가 기다리며 앉아 있던 곳으로 소리도 없이 미끄러지듯 들어왔어요. 제가 지켜보는 것도 모른 채 살며시 문을 닫더니 눈이 묻은 신발을 벗고 모자 끈도 풀었어요. 그런 다음 외투를 벗어 놓으려는데 제가 벌떡 일어나 모습을 드러냈더니 순간 혼비백산해서 알아듣지도 못할 소리를 하며 그대로 멈춰 섰어요.

"우리 예쁜 캐시 아가씨." 얼마 전까지 저에게 잘해 준 것 때문에 꾸짖지는 못하고 이렇게 말했지요. "이 시간에 말 타고 어디를 다녀오세요? 그리고 왜 거짓말로 날 속이려는 거지요? 어디 다녀왔어요? 어서 말해요."

"숲 끝 언저리까지 갔다 왔어." 그녀가 더듬거리며 제게 말했어요. "거짓말하는 거 아니야."

"다른 곳은 안 갔어요?" 제가 다그쳤지요.

"아니." 캐시가 우물쭈물하며 대답했어요.

"아가씨!" 제가 마음이 아픈 듯 소리쳤어요. "잘못한 걸 잘 알고 있지요? 그렇지 않다면 이렇게 거짓말을 꾸며 댈 리 없잖아요. 가슴이 아프네요. 이렇게 거짓말하는 걸 듣느니 차라리 다시 누워 앓는 게 낫겠어요."

캐시가 제게 펄쩍 뛰어오더니 눈물을 터트리며 제 목을 껴안았어요.

"제발, 엘런. 엘런이 화를 내니까 정말 무서워." 캐시가 말했어요. "제발 화내지 않겠다고 약속해 줘. 그러면 다 얘기할게. 나도 숨기기 싫어.”

우리는 창가에 앉았어요. 어떤 비밀이 있더라도 절대 혼내지는 않겠다고 제가 먼저 약속했어요. 물론 대충 짐작은 하고 있었지요. 캐시가 고백하더군요.

“워더링 하이츠에 다녀왔어. 엘런이 누운 후로 거의 하루도 빠뜨리지 않고 갔어. 엘런이 누워 있을 때 세 번, 자리에서 일어난 후 두 번 빼고는 매일 갔었지. 저녁마다 마이클에게 책이랑 그림책을 주면서 미니를 준비시키고 다녀와서는 마구간에 다시 넣으라고 했지. 부탁이야, 마이클을 혼내면 절대 안 돼. 한 6시 반쯤 거기 가서 보통 8시 반까지 있다가 급히 달려왔어. 나 좋으라고 간 건 아니야. 일주일에 한 번 정도 기분 좋을 때도 있었지만, 매번 마음이 아팠어. 난 처음부터 내가 린턴과의 약속을 지키게 해 달라고 엘런을 설득하는 게 쉽지 않을 거라고 생각했거든. 린턴과 헤어질 때 다음 날 다시 오겠다고 약속했잖아. 그런데 이튿날 엘런이 아파서 앓아눕는 바람에 고민을 덜게 된 거야. 오후가 됐을 때 마이클이 숲의 문 자물쇠를 고치고 있기에 내가 열쇠를 뺏었어. 그러곤 사촌이 아픈데 날 너무 보고 싶어 하고 그레인지로 오고 싶어 하지만 아빠가 반대해서 그럴 수 없다고 말해 줬어. 그러고 나서 마이클과 조랑말에 대해 협상했어. 마이클은 책을 좋아하거든. 곧 결혼할 계획이 있어 여길 떠날 거고. 그래서 내가 서재에서 책을 꺼내 빌려주기만 하면 내가 원하는 걸 마이클이 다 들어 주겠다는 거야. 내 책을 빌려주겠다고 하니까 더 좋아하더라고.

두 번째 방문하던 날에 린턴의 기분은 좋아 보였어. 그 집 가정부인 질라가 방을 깨끗하게 치워 주고 불도 따스하게 지펴 주었어.

우리보고 조지프는 기도 모임에 나가고 헤어턴도 개를 데리고 나갔으니 — 나중에 보니까 우리 숲으로 꿩 사냥을 간 거였어 — 마음껏 놀라고 하더군.

따뜻한 포도주랑 생강 과자도 갖다주었어. 정말 마음씨가 좋아 보이더군. 린턴은 팔걸이의자에 앉고, 난 벽난로 재받이돌 위에 있는 조그만 흔들의자에 앉아 웃으면서 즐겁게 떠들었지. 할 이야기가 정말 많았어. 어디 갈 건지, 여름엔 뭐 할 건지 등에 관한 계획을 세웠다고. 엘런이 들으면 애들 같다고 할 테니 더 이상 그 얘기는 안 할 테야.

하지만 한번은 싸울 뻔했어. 날씨가 뜨거운 7월의 하루를 가장 즐겁게 보내는 방법을 얘기하고 있었는데, 린턴은 꿈꾸듯 꽃들 사이로 벌들이 윙윙대고 머리 위로는 종달새가 지저귀고 구름 한 점 없는 파란 하늘에는 빛나는 태양이 끝없이 반짝일 때, 황야 한가운데 히스꽃이 피어 있는 비탈에서 아침부터 저녁까지 온종일 누워 있는 게 가장 좋다는 거야. 그게 완벽한 천상의 행복이라나. 내가 즐겁게 지내는 방법은 불어오는 서풍에 흔들리는 푸르른 나뭇가지 위에 올라앉아 머리 위로는 빛나는 하얀 구름이 획 지나가고 사방에서 종달새, 개똥지빠귀, 찌르레기, 홍방울새, 뻐꾸기가 지저귀고 저 멀리 시원하게 그늘진 골짜기로 갈라져 있는 황야가 보이고, 가까이는 산들바람에 물결처럼 굽이치는 긴 풀이 보이는 가운데 숲이며 졸졸 소리 내며 흐르는 물이며 온 세상 모두가 기쁨에 넘쳐 깨어 있는 모습을 보는 것이거든. 그 애가 원하는 건 지극히 평화로운 가운데 누워 있는 거였고, 내가 원하는 건 세상 모든 게 반짝이는 가운데 환희의 춤을 추는 거라고 했지.

그 애가 바라는 천국은 그저 반만 살아 있는 거라고 내가 말했더니, 내가 원하는 천국이야말로 반쯤 술에 취해 있는 거라는 거야. 그 애가 원하는 천국에서는 그저 잠에 떨어질 뿐이라고 했더니 자기는 내가 원하는 천국에서는 숨도 못 쉴 거라면서 마구 짜증을 내는 거야. 결국 우린 날씨가 좋아지면 둘 다 해 보기로 의견의 일치를 보았어. 그러곤 다시 입맞춤하며 화해했지.

한 시간쯤 가만히 앉아 있다가 카펫이 깔리지 않은 매끈한 바닥을 내려다보면서 난 탁자만 치우면 훌륭한 놀이 공간이 되겠다는 생각을 했지. 린턴에게 질라를 불러 도와 달라고 했어. 그리고 함께 눈 가리기 놀이를 하자고 했지. 질라가 눈을 가린 채 우리를 잡으면 되는 거야. 엘런도 해 봐서 알지? 그런데 린턴이 재미없으니 싫다고 하는 거야. 대신 공놀이를 제안하더군. 우리는 벽장에서 팽이, 굴렁쇠, 배드민턴 채와 셔틀콕 등 오래된 장난감 가운데 공 두 개를 찾았어. 하나는 C 표시가 있었고, 다른 하나는 H 표시가 있었어. C가 캐서린의 첫 자니까 내가 C를 원했고, H는 아마도 히스클리프의 첫 자일 테고 린턴의 성이니까 린턴 거였지. 하지만 공에서 밀기울이 새어 나오는 통에 린턴이 별로 좋아하지 않았어.

그런데 게임에서 내가 자꾸 이기니까 다시 화를 내고 기침을 하면서 자기 의자로 돌아가 앉는 거야. 그래도 그날 밤은 쉽게 다시 기분이 좋아졌어. 멋진 노래 두세 개 — 엘런이 불러 줬던 노래 있잖아. 그걸 불러 주었더니 좋아하는 거야. 집에 돌아갈 시간이 되자 그 애가 내일 저녁에 꼭 와 달라고 부탁하더군. 나도 그러겠다고 약속했어.

미니를 타고 마치 바람처럼 날 듯이 집으로 향했지. 그날 밤 내

내 아침에 일어날 때까지 워더링 하이츠와 내가 사랑하는 린턴 꿈을 꿨지.

아침나절에는 기분이 안 좋았어. 엘런이 아프기도 했지만 내가 워더링 하이츠에 가는 걸 아빠가 허락해 주었으면 하는 마음이 들었기 때문이었어. 하지만 차 시간이 지나자 달빛이 아름답게 빛났고 미니를 타고 가다 보니 울적한 마음이 다 풀렸지.

난 오늘도 즐거운 저녁 시간을 보내야겠다고 생각했어. 내 사랑 린턴도 함께 즐긴다고 생각하니 기분이 더 좋았어.

그 집 마당을 급히 내달려 뒤로 가려는데 언쇼라는 친구가 말고삐를 잡더니 앞문으로 들어가라고 하는 거야. 훌륭한 조랑말이라면서 미니의 목덜미를 쓰다듬더군. 내가 한마디 하길 바라는 투였어. 난 내 말에 손대지 말라면서 자칫 발에 차일 수 있다고 했지.

그 애가 특유의 투박한 어투로 이렇게 대답하더군.

'애한테 맞아도 아무렇지도 않을 거야.' 그러고는 웃으면서 미니의 뒷발을 훑어보는 거야.

난 한 대 차게 할까 하는 생각도 했어. 하지만 그 애가 가더니 문을 열어 주더군. 빗장을 풀면서 문 위에 적힌 글자를 쳐다보더니 멋쩍어하면서도 의기양양하기도 한 애매모호한 표정을 지으며 이렇게 말하는 거야.

'캐서린 양! 이젠 나도 읽을 수 있어요.'

'잘됐네!' 내가 감탄한 듯 소리쳤어. '한번 들어나 보자고. 너 정말 똑똑해졌구나.'

그 애가 한 글자씩 음절을 끊어서 '헤어턴 언쇼'라는 이름을 대더군.

'그리고 저 숫자는 뭐지?' 별안간 읽지 못하는 걸 보고 힘을 내라는 뜻으로 내가 다시 물었어.

'그건 아직 몰라.' 그 애가 대답하더군.

'에고, 이 멍청이!' 그걸 보고 내가 마구 웃으며 말했지.

그 바보는 자기도 나처럼 웃어야 할지 모르겠는지 입가에는 웃는 표정을, 눈가에는 찌푸리는 표정을 지으면서 날 쳐다보더군. 내가 자기에게 친밀감을 표시한 건지, 아니면 자길 비웃는 건지 의아해하는 표정이었지.

난 그 애의 의구심을 그 자리에서 풀어 주었어. 갑자기 정색하면서 널 보러 온 게 아니라 린턴을 보러 왔으니 어서 꺼지라고 말한 거지. 달빛 아래서 그 애 얼굴이 벌게지는 걸 봤어. 그 애가 빗장에서 손을 떼더니 체면을 잃은 듯 슬금슬금 뒤로 물러났어. 아마 자기 이름을 읽을 줄 알고 나니 이제 자기도 린턴만큼 아는 게 많다는 생각이 들었던 모양인데, 내가 절대 그렇게 생각하지 않는 걸 보고는 아주 당황했던 거지."

"아가씨, 잠깐만!" 제가 아가씨 말에 끼어들었어요. "꾸짖는 건 아니지만 난 아가씨의 언행이 잘못되었다는 생각이 들어요. 헤어턴도 히스클리프 도련님처럼 아가씨와 사촌 간인데 그렇게 행동하는 건 적절하지 않아요. 헤어턴이 린턴처럼 배움을 얻고 싶어 하는 건 칭찬해 줄 만한 일이지요. 게다가 헤어턴은 단지 남에게 보이고 싶은 마음에서 배우는 건 아닐 거예요. 아가씨는 이전에도 헤어턴이 무식하다고 모멸감을 주었어요. 헤어턴은 그걸 극복해 아가씨를 기쁘게 해 주고 싶었던 거예요. 완벽하게 배우지 못했다고 그를 비웃는 건 아주 교양 없는 짓이에요. 아가씨가 헤어턴과 같은 환경에서 자랐더라면 무례하게 굴지 않았을 거 같아요? 헤어턴도 아가씨 못지않게 명민하고 똑똑한 아이였어요. 그놈의 야비한 히스클리프가 그 애를 제대로 키우지 않는 바람에 애가 멸시당하는 모습을 보면 제 가슴이 미어진답니다."

"알았어. 그걸로 눈물까지 흘리면 어떡해?" 제 진지한 태도에 놀란 캐시가 큰 소리로 말했어요. "조금 더 들어 봐. 날 기쁘게 하려고 ABC를 외웠는지, 그리고 그렇게 망나니 같은 애한테 예의 바르게 굴어야 하는지 알게 될 테니까. 하여튼 내가 집 안으로 들어갔더니 긴 의자에 누워 있던 린턴이 날 맞으려고 반쯤 일어나더군.

'오늘은 몸이 안 좋아, 캐서린. 그러니 네가 말하는 걸 듣고만 있을게.' 린턴이 그렇게 말했어. '자, 옆에 앉아. 약속을 지킬 줄 알았지. 오늘도 돌아가기 전에 다시 오겠다고 꼭 약속해 줘야 해.'

린턴이 몸이 안 좋다고 하니까 오늘은 성가시게 하지 말아야겠다고 생각했어. 그래서 말을 부드럽게 하고 그 애 말에 토도 달지 않았고, 성가시게 하는 일은 되도록 피했지. 그날은 집에서 좋은 책을 몇 권 가져갔는데 그중 한 권을 좀 읽어 달라고 하더군. 그래서 막 읽어 주려는데 언쇼가 문을 박차고 들어오는 거야. 생각해 보니 내 말에 화가 났는지 우리에게 다가오더니 린턴의 팔을 붙잡고는 바닥으로 밀치는 거야.

'너희들 방으로 꺼져!' 화가 났는지 도무지 알아들을 수 없는 소리로 우리에게 소리를 질렀어. 얼굴도 분노로 가득 차 보였어. '저 애가 널 보러 왔으면 네 방으로 데려가. 너희들 때문에 내가 여길 비울 순 없어. 둘 다 당장 꺼지라고!'

그 애가 우리에게 마구 욕을 해 댔고 린턴에게 대답할 시간도 안 주고 그를 부엌으로 밀어 버렸어. 나까지 때려눕히려는 건지 내가 린턴을 따라 나가자 주먹을 불끈 쥐더군. 순간 겁이 나서 책 한 권을 떨어뜨렸어. 그러자 그걸 발로 차면서 우릴 쫓아 버렸어.

그런데 난롯가에서 누군가 껄껄대며 악의에 찬 웃음소리를 내고 있는 거야. 돌아보니 망할 놈의 조지프가 깡마른 손을 비비며 거기 서서 쳐다보고 있었어.

'우리 도련님이 너휠 혼쭐낼 줄 알았지! 도련님은 기백이 있어! 여기 주인이 누구인지 도련님은 나처럼 다 알고 있다니께. 헤헤헤! 도련님이 너희를 제대로 쫓아낸 거지! 헤헤헤!'

'어디로 가야 해?' 늙은 영감이 주접떠는 걸 무시하고 내가 린턴에게 물었어.

린턴은 얼굴이 창백해져서 벌벌 떨고 있었어. 엘런, 그땐 보기가 끔찍했어. 정말이야! 너무 겁이 난 표정이었어. 야윈 얼굴이랑 그 큰 눈에 잔뜩 겁이 나 어찌할 수 없는 분노만 서려 있더군. 린턴이 문고리를 잡고 마구 흔들었지만 이미 안에서 잠가 버린 후였어.

'날 들여보내 주지 않으면 다 죽여 버릴 거야! 들여보내 주지 않으면 죽여 버릴 거라고!' 그건 말이라기보다는 비명에 가까웠어. '이 악마들! 죽여 버릴 거야! 죽여 버린다고!'

조지프가 다시금 목쉰 소리로 꺽꺽대며 웃더군.

'저것 좀 봐, 제 아비의 본성이 나타나는 거여!' 그가 소리쳤어요. '그 아버지에 그 아들이라니께! 다들 부모 피 중 하나를 타고나는 거여. 헤어턴 도련님, 걱정 말어유. 겁내지 말랑께유. 린턴이 도련님께 손도 못 댈 거니께유!'

내가 린턴의 손을 잡고 문고리에서 떼어 내려고 했어. 하지만 너무 비명을 지르는 통에 더 이상 아무것도 할 수 없었어. 결국 비명을 지르다가 사레들린 듯 기침을 하고 숨을 잘 못 쉬다가 피를 토하고 바닥에 쓰러지고 말았어.

난 너무 무서워서 안뜰로 뛰어나가 목청을 높여 질라를 불렀어. 헛간 뒤 외양간에서 젖을 짜고 있던 질라가 내 고함 소리를 듣고 일하다 말고 급히 달려왔어. 대체 무슨 일이냐고 묻더군.

숨이 차 설명하기도 힘들기에 질라를 데리고 안으로 들어와 린턴부터 찾았어. 언쇼가 자기가 저지른 짓이 걱정됐는지 살펴보려고 나와 있더군. 그러더니 린턴을 안고 위층으로 올라가는 거야. 질라와 내가 따라 올라갔어. 그런데 언쇼 녀석이 계단 맨 꼭대기에 서서 날 막는 거야. 난 방에 들어갈 수 없다는 거지. 나더러 집에 돌아가라는 거야.

난 고함을 치면서 이 애가 린턴을 죽였다면서 들어가야겠다고 고집을 피웠어.

조지프가 문을 잠그더니 나더러 '그런 짓' 하면 못 쓴다고 하면서 나도 '저 애처럼 미친 짓을 하려고 하느냐'고 묻는 거야.

난 하도 어이가 없어서 가정부가 방에서 나올 때까지 서서 울고 있었지. 가정부가 말하길 조금 있으면 린턴이 괜찮아질 거라고 했고, 내가 소리 지르고 고함치면 린턴에게 좋지 않을 거라고 했어. 그녀가 날 붙들고는 거의 안다시피 해서 아래로 내려왔어.

엘런, 난 내 머리채를 다 쥐어뜯고 싶었어! 너무 울어서 거의 앞도 안 보일 지경이었다고. 그런데 엘런이 동정하는 그 깡패 같은 놈은 반대편에 서서 이따금 건방지게도 '조용히 해'라고 하면서 제 잘못이 아니라고 떠드는 거야. 내가 아빠한테 다 일러서 감옥에 처넣고 교수형에 처하게 할 거라고 떠드니까 그제야 놀라서 훌쩍거리기 시작하더군. 그러더니 겁쟁이처럼 군 게 창피했던지 서둘러 밖으로 나가더라고.

하지만 그 애가 완전히 사라진 건 아니었어. 사람들이 나를 집으로 돌려보내는 바람에 집을 벗어나 몇 백 야드 정도 왔을 때였어. 길가의 그늘진 곳에서 별안간 그 애가 뛰어나오더니 미니를 세우고는 나를 붙잡는 거야.

'캐서린 양, 나도 몹시 마음이 아파.' 그렇게 말하면서 이렇게 덧붙였어. '하지만 너도 좀 심했어.'

혹 날 죽이려고 쫓아온 건 아닌가 싶어 난 말채찍으로 그 애를 한 대 때렸어. 그러자 끔찍한 저주를 퍼붓고는 나를 놓아주더군. 나도 반쯤 정신이 나간 채 집으로 말을 몰았어.

그날 밤은 엘런에게 잘 자라는 인사도 못 하고 다음 날엔 워더링 하이츠에도 가지 못했어. 정말 가고 싶었지만 이상할 정도로 마음이 불안했고, 어떤 때는 린턴이 죽었다는 소식을 들을까 봐 겁이 났다가 또 어떤 때는 헤어턴이란 놈을 만나게 될까 봐 겁이 났어.

사흘째 되는 날 용기를 냈어. 더 이상 궁금해 참을 수 없어서 다시 한번 몰래 집을 빠져나갔지. 5시에 걸어서 거기에 간 거야. 그래야 몰래 집으로 들어가 아무도 모르게 린턴의 방으로 올라갈 수 있다고 생각했어. 하지만 개들이 내가 오는 걸 알고 짖는 바람에 질라가 나를 맞으며 이렇게 말하더군. '도련님은 조금 나아졌어요.' 질라가 나를 카펫이 깔린 깔끔하고 조그만 방으로 안내했는데 글쎄, 정말 반갑게도 그 방에서 린턴이 조그만 소파에 누워 내가 준 책을 읽고 있는 거야. 그런데 엘런, 이상하게도 린턴이 한 시간 동안이나 내게 말도 안 걸고 쳐다보지도 않는 거야. 기분이 안 좋았던 거지. 게다가 당혹스럽게도 마침내 입을 열며 기껏 한다는 소리가 그날은 나 때문에 소동이 벌어진 거고 헤어턴에겐 아무런 잘못이 없다고 하는 거야.

화를 내지 않고선 도무지 대꾸할 수 없기에 난 그냥 일어나 방을 나와 버렸어. 그 애가 나가는 날 보고 다 죽어 가는 소리로 '캐서린!' 하고 부르더군. 내가 그렇게 반응하리라곤 생각하지 못했던 거지. 하지만 난 뒤를 돌아보지 않았어. 그다음 날이 내가 두 번째로 집에 남아 있던 날인데, 다시는 그 애를 보러 가지 않겠다고 마음먹고는 집에 있었어.

하지만 잠자리에 들었다가 아침에 깨면 그 애의 안부를 전혀 알지 못한다는 게 너무 마음이 아팠어. 결국 결심을 굳히기도 전에 다 풀어지고 만 거지. 전에는 그곳에 가는 게 잘못이라고 생각했는데 이제는 가지 않는 게 잘못이라고 생각되는 거야. 마이클이 와서는 미니에게 안장을 채울지 묻는데 그만 '그래' 하고 대답했어. 그리고 언덕 너머 워더링 하이츠로 가면서 나는 할 일을 하는 것뿐이라고 생각했지.

안뜰로 가려면 그 집 창문 앞을 지나쳐야 하기에 내 모습을 감추려고 해도 소용이 없었지.

'도련님은 거실에 계세요.' 응접실 쪽으로 향하는 나를 보고는 질라가 말했어.

들어갔더니 언쇼도 함께 있었는데 이내 자리를 뜨더군. 린턴이 큼직한 팔걸이의자에 앉아 반쯤 잠들어 있었어. 나는 벽난로 쪽으로 다가가서 진지하게 이렇게 말했어. 어느 정도는 진심이기도 했어.

'네가 날 좋아하지도 않고, 널 골탕 먹이려고 내가 여기 온다고 생각하는 데다가 실제 그렇다고 여기니까 우리 더 이상 만나지 말자. 이제 서로 작별 인사나 하자고. 네 아버지를 만나 네가 날 보고 싶은 마음이 없다고 말씀드리고 더 이상 이 문제로 거짓말하지 말아 달라고 할 거야.'

'캐서린, 우선 앉아서 모자부터 벗어.' 그 애가 말했어. '넌 나보다 훨씬 행복한 아이야. 그리고 실제로 더 행복해야 하고. 아빠는 내 단점만 말하고 비웃기만 해서 나 스스로 날 의심하는 게 자연스러운 일이 되고 말았어. 아빠가 내게 자주 말씀하듯이 난 아무런 가치도 없는 사람이라는 생각이 들어. 그러니까 화만 내고 남을 싫어하는 거지. 난 모두를 증오한다고! 난 아무 가치도 없고 성질도 안 좋고 언제나 기분이 안 좋아. 그러니 네가 원하는 대로 작별 인사를 해도 좋아. 나같이 귀찮은 존재는 어서 털어 버리라고. 하지만 캐서린, 이 점만은 믿어 줘. 나는 행복하거나 건강해지는 것보다 너처럼 상냥하고 친절하며 착한 사람이 되길 원했다는 걸 믿어 줘. 네가 친절하게 대해 주는 바람에 내가 그런 사랑을 받을 자격이 있는지도 모르면서 널 더 사랑하게 되었다는 것도 믿어 줘. 네게 타고난 내 못된 성질을 보여 줄 수밖에 없었고 지금도 그렇게 하면서도 후회하며 뉘우치고 있어. 그리고 내가 죽는 날까지 후회하고 뉘우칠 거라는 것도 믿어 줘.'

난 그 애가 진심을 말한다고 느꼈어. 그래서 용서해 줘야겠다고 생각했어. 다시 만나 말다툼하는 한이 있더라도 다시 용서해 줘야겠다고 말이야. 우린 화해하고 같이 있던 시간 내내 둘 다 눈물을 흘렸어. 꼭 슬퍼서만은 아니었어. 하지만 난 린턴이 그런 비뚤어진 성격을 가졌다는 게 슬펐어. 그 애는 남들을 편하게 해 주지 못하지만 자기 자신도 결코 편안하지 못하거든!

그날 밤 이후, 난 항상 린턴이 있는 조그만 방으로 갔어. 그 애 아버지가 바로 다음 날 돌아왔기 때문이지. 첫날 저녁처럼 즐겁고 희망에 찼던 적은 세 번 정도였을 거야. 나머지는 모두 쓸쓸하고 힘들었어. 어떤 때는 이기적이고 심술을 부리는 그 애 때문이었고, 어떤 때는 그 애가 아프기 때문이었어. 하지만 그러다가 그 애가 이기적이고 심술을 부릴 때도 마치 그 애가 아플 때처럼 별로 화내지 않고 지낼 수 있게 됐어.

히스클리프 고모부는 일부러 우리를 피했어. 본 적도 별로 없었지. 지난 일요일인가는 평소보다 일찍 돌아오더니 불쌍한 린턴을 심하게 혼내는 거야. 전날 밤 잘못한 것 때문이었어. 누구에게 듣지 않고서야 고모부가 그런 걸 다 어떻게 알게 된 건지 난 정말 궁금했어. 린턴이 남을 기분 나쁘게 행동한 건 사실이야. 하지만 그건 나하고만 상관있는 일이었거든. 그래서 내가 고모부가 훈계하는 도중에 끼어들어 그 말을 했지. 고모부는 껄껄 웃더니 내가 그런 생각을 한다니 다행이라면서 그냥 나가셨어. 그런 일이 있고 난 후, 린턴더러 나에게 심한 말을 할 때는 꼭 조그만 소리로 하라고 일렀어.

엘런, 내가 할 얘기는 이게 다야. 워더링 하이츠에 날 못 가게 하면 두 사람에게 고통을 주는 셈이 되고, 아빠에게 말하지만 않으면 내가 거기 가는 것 때문에 그 누구도 불편하진 않을 거야. 그러니 아빠한테 이르지 않을 거지? 아빠에게 이른다면 엘런은 정말 매정한 사람이야."

"캐서린 아가씨, 그 문제는 내가 내일 결정할게요." 제가 대답했어요. "나도 생각을 좀 해 봐야겠어요. 그러니 아가씨는 가서 쉬어요. 나도 가서 생각해 볼 테니까요."

생각해 본다는 게 결국 서방님 앞에서 큰 소리로 생각한 셈이 되었답니다. 곧장 서방님에게 달려가 아가씨가 린턴과 나눈 대화랑 헤어턴에 대한 얘기만 빼고 모든 이야기를 전해 주면서 이 문제를 논의했으니까요.

서방님은 제게 내색하진 않았지만 놀라고 실망한 모습이었어요. 다음 날 아침 아가씨는 제가 그녀의 비밀을 다 털어놓았다는 사실과 비밀 방문이 이젠 끝났다는 것을 알게 되었지요.

방문 금지 명령 때문에 울면서 떼쓰고 린턴에게 동정심을 베풀어 달라고 했지만 아무 소용이 없었어요. 위안받은 것이라고는 아버지가 린턴에게 편지를 보내 원할 때 그레인지에 와도 좋다고 약속한 것뿐이었어요. 하지만 더 이상 워더링 하이츠에서 캐서린 보기를 기대하지 말라고 했어요. 서방님이 린턴의 성질이나 건강 상태를 알았다면 아마도 그런 빈약한 약속조차도 하지 않는 게 낫겠다고 생각했을 겁니다.

11장

"이게 다 지난겨울에 일어난 일이었어요." 딘 부인이 말했다. "1년 남짓 되었지요. 지난해만 해도 열두 달이 지난 후에 제가 낯선 분에게 이런 이야기를 할지 전혀 몰랐답니다! 하지만 선생님이 언제까지 낯선 사람으로만 남을지 누가 알 수 있겠어요? 이렇게 혼자 만족하며 지내기는 너무 젊으세요. 전 캐서린 아가씨를 보고 사랑에 빠지지 않는 사람은 없을 거라고 생각해요. 웃으시네요. 그런데 제가 아가씨 얘기를 할 때 왜 그렇게 밝아 보이면서 관심 있어 하셨어요? 그리고 아가씨 그림을 왜 선생님 벽난로 위에 걸어 달라고 하셨어요? 그리고 왜……?"

"부인, 이제 그만하세요." 내가 큰 소리로 말했다. "내가 그녀를 사랑하는 건 가능할지 몰라도 그녀가 절 사랑할 수 있겠어요? 전 그런 유혹 속으로 뛰어들어 지금의 조용한 생활을 포기할 생각은 없습니다. 그리고 전 여기 살지도 않고요. 저는 바쁜 세계에서 온 사람이고 다시 그 품속으로 돌아가야 합니다. 이야기나 계속해 주세요.

캐서린은 아빠의 명령을 순순히 따랐나요?"

"따랐지요." 가정부는 이야기를 계속했다.

아빠를 사랑하는 마음은 그녀 가슴속에 있는 최우선 감정이
었거든요. 서방님도 화내면서 말씀하신 게 아니었어요. 마치 자기의
보물을 적들에게 둘러싸인 위험한 상황에 남겨 놓고 떠나는 사람처
럼 애절한 마음으로 캐시에게 진솔하게 말한 거지요. 캐시를 바르게
이끌 마지막 수단이 이제 딸에게 남길 말뿐이라는 걸 알고 계셨죠.

며칠 후, 서방님이 제게 물었어요.

"엘런, 그 조카 녀석이 내게 편지를 쓰거나 한 번 들러 줬으면
좋겠는데. 자네가 그 애를 어떻게 생각하는지 솔직히 말해 주게. 좀
나아졌는가, 어른으로 제대로 클 만한 가능성은 있는 건가?"

"도련님은 아주 허약한 체질이에요." 제가 대답했어요. "어른
이 될 때까지 살 수 있을지 모르겠어요. 하지만 이건 말씀드릴 수 있
어요. 도련님은 제 아비와는 딴판입니다. 혹시라도 아가씨가 도련님
과 결혼하게 된다고 해도 아가씨 마음대로 도련님을 이끌 수는 있
을 거예요. 아가씨가 어리석게도 너무 지나치게 도련님께 빠지지만
않는다면 말이지요. 하지만 서방님, 도련님에 대해 알아볼 시간이나
아가씨와 맞을지 여부를 살필 시간이 아직 많이 남아 있잖아요. 도
련님도 성인이 되려면 아직 4년 이상 남았어요."

에드거 서방님이 한숨을 내쉬더니 창가로 가 기머턴 교회를
쳐다보더군요. 안개가 긴 오후 시간이었는데 2월의 태양 빛이 약해
서인지 안뜰에 있는 전나무 두 그루와 드문드문 있는 묘비만 보일
뿐이었어요.

"난 어차피 내게 다가올 죽음이라면 빨리 오기를 자주 기도했어." 서방님이 혼잣말 비슷하게 말했어요. "이제는 그것이 올까 봐 겁이 나고 피하게 되네. 새신랑이 되어 저 골짜기를 내려오던 때가 기억나지만, 그래도 그 경험이 내가 몇 달 안에 아니 몇 주 내 저 외로운 골짜기로 이끌려 가게 되길 기다리는 마음보다 달콤하지 않을 거라고 생각했어! 엘런, 난 우리 귀여운 캐시와 행복했네. 겨울이나 여름 밤낮으로 내 옆에서 살아갈 희망을 주던 아이였지. 하지만 저 낡은 교회 비석들 가운데서 홀로 생각에 잠긴 때도 그것 못지않게 즐거웠어. 기나긴 6월의 저녁나절 캐서린의 무덤가에 누워 나도 그 아래 같이 눕게 될 날이 오기를 고대했다네. 하지만 우리 캐시를 위해 내가 뭘 해 줘야 하지? 어떻게 캐시 곁을 떠나야 하느냐고? 나를 잃은 캐시를 위로해 줄 수만 있다면 린턴이 히스클리프의 아들이건, 내게서 캐시를 빼앗아 가건 상관이 없어. 히스클리프가 자기 목적을 성취하고 내 마지막 축복인 캐시를 앗아 가는 승리를 맛본다고 해도 괜찮아! 하지만 린턴이 그만한 가치도 없는, 그저 제 아비의 지시를 받는 도구에 지나지 않는 쓸모없는 녀석이라면 어찌 그 애에게 캐시를 맡기겠나! 캐시의 마음을 꺾는 게 힘들지만 내가 살아 있는 한 그 애 마음을 아프게 할 걸세. 그리고 내가 떠날 때도 외롭게 혼자 남겨둘 거고. 내 귀염둥이! 차라리 하나님에게 맡기고 싶은 심정이야. 나보다 먼저 저 땅속에 눕히고 싶은 심정이라고."

　"서방님, 하나님께 맡기세요." 제가 대답했어요. "혹 하나님의 가호 속에 서방님을 잃게 되더라도 — 하나님께서 그렇게 놔두시지 않으리라고 봅니다만 — 제가 아가씨 곁에 남아 죽는 날까지 돌봐 드릴 겁니다. 캐시 아가씨는 훌륭한 사람이에요. 전 그녀가 잘못된 길로 갈 거라고 걱정하지 않아요. 그리고 자기 일을 잘하는 사람은 결국 보상받게 돼 있거든요."

봄이 성큼 다가왔어요. 따님과 같이 다시 정원을 산책하기 시작했지만 서방님은 기력을 완전히 되찾지 못했어요. 세상 경험이 적은 아가씨에게는 서방님이 회복되는 거로 보였지요. 서방님의 볼이 달아오르면서 눈빛이 더 밝아지셨으니 틀림없이 회복한 것으로 보인 거죠.

서방님은 아가씨의 열일곱 생일날에는 묘지에 가지 않았답니다. 비가 오기에 제가 물었지요. "오늘 밤은 안 나가시지요?"

서방님이 대답했어요.

"그래. 올해는 좀 미루겠네."

서방님은 다시 린턴에게 편지를 보내 한번 보고 싶다고 하셨어요. 환자가 외출할 정도만 되었어도 분명 히스클리프가 이를 허락했을 겁니다. 그런 상태가 아니기에 제 아비가 시킨 대로, 아버지가 그레인지에 가는 걸 반대한다는 내용을 담아 린턴이 답장을 보내왔더군요. 외삼촌께서 친절하게도 자기를 기억해 줘서 고맙고 언젠가 산책하러 나갔다가 만나 뵙기를 원한다고 썼어요. 그리고 캐시와 자기가 사촌지간에 이렇게 장시간 만나지 못하며 지내지 않게 되길 바란다고 했어요.

이 부분은 내용이 단순한 것으로 보건대 아마 린턴이 직접 쓴 것 같았어요. 히스클리프는 자기 아들이 캐서린과 같이 있고 싶어 하는 마음을 제대로 전달할 줄 알았던 거지요.

그런 다음 린턴은 "전 캐시가 이곳에 오는 걸 요청하는 건 아니에요"라고 써 내려갔지요. "하지만 제 아버지가 제가 그곳에 가는 걸 금하고 외삼촌이 캐시가 여기 오는 걸 금해서 결국 볼 수 없게 되는 건가요? 외삼촌이 캐시와 같이 가끔 워더링 하이츠 쪽으로 말을 타고 오셨으면 해요. 그러면 외삼촌이 함께하는 자리에서 우리가 몇 마디 나눌 수 있잖아요! 저희가 이렇게 만나지 못하는 것은 우리 책임이 아니에요. 외삼촌은 저에게 화가 나지 않으셨지요. 외삼촌도 아시다시피 절 싫어하실 이유가 전혀 없잖아요. 사랑하는 외삼촌, 내일 반가운 소식을 보내 주세요. 스러시크로스 그레인지 말고 외삼촌이 좋아하시는 어떤 곳이라도 좋으니 만날 수 있게 해 주세요. 저랑 얘기하시다 보면 제가 아버지와는 성격이 다르다는 걸 아시게 될 거예요. 아버지는 제가 아들이라기보다 외삼촌의 조카라고 하세요. 캐서린의 상대가 안 될 정도로 저는 결점이 많지만 캐서린은 그걸 다 용서해 줬어요. 캐서린을 위해 외삼촌도 절 용서해 주세요. 제 건강이 궁금하실 텐데, 전 좋아지고 있어요. 하지만 제가 모든 희망을 잃고 외롭게 지내면서 절 좋아한 적도, 좋아하지도 않을 사람들과 함께 지낼 운명이라면 어떻게 힘을 내며 살아 나갈 수 있겠어요?"

에드거 서방님은 린턴을 가여워했지만, 그 애가 원하는 걸 들어 줄 수가 없었어요. 캐서린과 함께 갈 수 없었거든요.

여름쯤에 서방님은 드디어 둘이 만날 수 있을 거라고 하셨어요. 그동안 서방님은 린턴이 처한 힘든 상황을 알기에 이따금 린턴이 편지를 보내 주길 바랐고, 자신 역시 편지를 보내 린턴의 마음도 편하게 해 주고 도움말도 주곤 했어요.

린턴도 이에 따랐지요. 혼자 답장을 쓰게 내버려 뒀다면 아마도 온갖 불평과 한탄으로 내용을 채워서 엉망이 되었을 겁니다. 하지만 그 애 아버지가 뒤에서 다 검열했지요. 서방님이 보낸 글은 모조리 훑어본 게 당연하지요. 그래서 린턴은 자기에게 항상 가장 큰 관심사였던 개인적인 고통이나 실망감에 대해 쓰는 대신 자기의 벗이자 사랑하는 사람인 캐시와 떨어져 지내야 하는 가혹한 처지에 대해서만 장황하게 적었어요. 그리고 머지않아 둘이 만나 얘기할 수 있게 외삼촌이 허락해 주었으면 한다고 넌지시 썼더군요. 그렇지 않으면 외삼촌이 헛된 약속으로 자기를 고의로 속였다는 양심의 가책을 갖게 될지 모른다고 했어요.

집안에서는 캐시가 열렬하게 린턴의 편을 들었어요. 결국 두 사람은 서방님을 설득해 제가 지켜보는 가운데 그레인지 근처 황야에서 일주일에 한 번 같이 말을 타거나 산책하는 게 허용되었답니다. 6월이 되면서 서방님의 건강이 더 악화되었기에 같이할 수가 없었거든요. 매년 자기 수입의 일부를 아가씨 몫으로 떼어 놓았지만, 서방님은 아가씨가 대대로 내려오던 이 집을 소유할 수 있게 — 적어도 시집간 후라도 곧 이 집으로 돌아올 수 있도록 — 해 주고 싶은 마음이 있었죠. 그리고 이렇게 할 수 있는 유일한 방법은 아가씨를 자신의 상속인과 결혼시키는 것이라고 생각했어요. 서방님은 자신의 상속인 역시 자기만큼 급하게 건강이 악화되고 있다는 걸 모르고 있었어요. 아니, 그걸 아는 사람은 아무도 없었지요. 하이츠를 방문하는 의사도 없었어요. 히스클리프가 아들의 건강 상태에 대해 말하는 걸 본 사람이 없었거든요.

저 자신도 제가 쓸데없는 걱정을 하고 있다고 생각했었답니다. 말을 타고 산책을 한다고 하면서 자기가 원하는 걸 열심히 좇는 것 같아 전 린턴이 기운을 회복하고 있는 줄 알았답니다.

죽어 가는 아들에게 폭군처럼 못되게 구는 아버지의 모습을 저는 상상할 수 없었거든요. 히스클리프가 아들 린턴을 그렇게 대했고, 또한 린턴을 열성적으로 보이게끔 했다는 건 나중에 알게 되었답니다. 자기의 탐욕스럽고 냉혹한 계획이 린턴이 죽으면 다 물거품이 될 거 같기에 히스클리프는 둘을 결합시키려고 공들인 겁니다.

12장

에드거 서방님이 마지못해 그들의 간청을 받아들이고, 캐시 아가씨와 제가 린턴 도련님을 만나러 처음으로 말을 타고 갔을 때는 한여름도 지난 때였어요.

그날은 햇빛은 없었지만 숨 막힐 정도로 무더웠고, 하늘엔 구름이 끼고 안개도 짙었지만 비가 내릴 것 같지 않았지요. 우리는 사거리 옆 표지석 앞에서 만나기로 했지요. 그런데 도착해 보니 심부름꾼으로 왔다는 어떤 양치기 소년이 이렇게 말하는 거예요.

"린턴 도련님이 하이츠 쪽에 계시는데 조금만 더 올라오면 고맙겠다고 하셨어요."

"그렇다면 린턴 도련님은 외삼촌께서 말씀하신 첫 번째 주의 사항을 잊으신 모양이네." 제가 말했어요. "절대로 우리가 그레인지 땅에서 벗어나면 안 된다고 하셨는데, 여기서부터는 우리 숲을 벗어나게 되는 거라고."

"좋아, 린턴을 보자마자 말머리를 다시 돌리면 되잖아." 아가씨가 말하더군요. "우리 집 쪽으로 거닐면 되는 거야."

하지만 린턴이 있는 곳에 가 보니 거긴 자기 집 대문에서 약 4분의 1마일도 채 안 되는 곳이었어요. 린턴이 말도 타지 않고 나와 있더군요. 하는 수 없이 저희도 말에서 내렸어요. 말들은 풀을 뜯게 놓아두었고요.

린턴에게 다가가 보니 황야에 누워 저희를 기다리고 있는 거예요. 저희가 거의 다다를 때까지 일어나지 않다가 힘없이 일어나 걷는데 너무 창백해 보였어요. 그래서 그 모습을 보자마자 제가 말했어요.

"도련님, 오늘 아침엔 산책을 즐길 상태가 아니네요. 정말 안 좋아 보여요!"

캐시 아가씨도 걱정스럽고 놀란 표정으로 그를 쳐다보았어요. 반갑다는 말이 입 밖으로 나오려다 이내 놀란 한숨으로 바뀌었어요. 정말 오랜만에 만나 반갑다는 인사말이 그만 이전보다 더 나빠진 게 아니냐고 걱정스레 안부를 묻는 거로 바뀐 거죠.

"아니, 좋아졌어. 좋아지고말고!" 숨을 헐떡이고 부들부들 떨며 말하는 동안, 도련님은 마치 기댈 곳이 필요한 듯 아가씨의 손을 붙들고 있었어요. 린턴이 둥그런 파란 눈으로 초조한 듯 소심하게 아가씨를 쳐다보았어요. 이전의 나른해 보이던 두 눈은 움푹 꺼져 수척하고 거칠어 보였어요.

"더 나빠졌네." 아가씨가 다시 말했어요. "지난번 마지막으로 봤을 때보다 몸도 여위고 더 건강이 안 좋아졌어. 게다가……."

"피곤해서 그래." 린턴이 서둘러 말을 막았어요. "걷기엔 너무 더워. 여기 잠시 쉬었다 가자. 그리고 아침에는 내가 몸이 더 안 좋은

데 아버지는 내가 너무 빨리 자라서 그렇다고 해."

전혀 납득이 안 되는 말이지만 캐시가 따라 앉자 린턴이 그 옆에 눕더군요.

"여기는 마치 네가 말한 천국 같은데." 명랑한 척 애쓰면서 캐시가 말했어요. "우리가 저마다 가장 즐겁다고 생각하는 장소와 방법으로 하루씩 보내기로 했던 것 기억하지? 여기는 구름만 있다 뿐이지 네가 말한 천국 같구나. 그런데 아주 부드럽고 고운 구름이라 햇빛보다 더 좋은데. 다음 주에는 할 수만 있다면 그레인지 숲까지 말을 타고 가서 내가 생각하는 천국을 경험해 보자."

린턴은 캐시 아가씨가 말한 내용도 제대로 기억하지 못하는 것 같았고, 너무 힘들어해서 어떤 대화도 계속할 수 없어 보였어요. 아가씨는 자신이 어떤 말을 해도 아무 관심이 없고 자기를 즐겁게 해 주지도 못하는 걸 보고 실망하지 않을 수 없었지요. 그 애의 몸이나 태도에 어딘가 변화가 있었어요. 비위만 맞추면 짜증을 내다가도 응석을 부렸던 성격이 이제는 아무 욕망도 없는 무감각한 상태로 변한 거지요. 남에게 위로받을 목적으로 짜증을 내고 했던 어린이 같은 기질은 줄어들고 오랫동안 병시중을 받은 사람처럼 이기적이고 까다로운 태도만 강해졌더군요. 남들이 위로해도 이를 거부하고 남들이 기분 좋아하는 걸 보면 자기를 모욕하는 것으로 여겼어요.

게다가 저희랑 같이 있어서 린턴이 흡족해하는 게 아니라 오히려 이를 벌로 여긴다는 걸 저는 물론이고 캐서린도 눈치챘답니다. 아가씨는 결국 곧 여길 떠나겠노라고 린턴에게 알렸어요.

그 말에 린턴은 무기력한 상태에서 깨어나더니 이상하게도 당황하기 시작했어요. 두려운 표정으로 집이 있는 쪽을 쳐다보면서 적어도 30분만 더 있어 달라고 사정하는 거예요.

"하지만 내 생각에 넌 여기 앉아 있기보다 집에 가서 쉬는 게 더 편안할 거야." 캐시가 말했어요. "그리고 오늘은 내가 아무리 네게 얘기를 들려주고 노래해 주고 수다를 떨어도 별 재미가 없을 것 같아. 지난 여섯 달 동안 네가 너무 어른스러워졌나 봐. 이젠 내가 재미있게 해 줘도 별 흥미를 못 느낄 거라고. 내가 널 재미있게 해 줄 수 있다면야 기꺼이 여기 더 머물다 가지."

"그냥 쉰다고 생각하고 있어 줘." 린턴이 대답했어요. "그리고 내 몸이 아주 안 좋아 보인다고 말하지도 말고, 그렇다고 여기지도 마. 기운이 없는 건 단지 날씨가 안 좋고 덥기 때문이야. 네가 오기 전에 오래 산책했어. 외삼촌한테도 내가 꽤 좋아 보인다고 전해 드려. 꼭 그렇게 해 줘."

"린턴, 네가 그렇게 말했다고 전해 드릴게. 하지만 난 네가 정말 그런지 믿지 못하겠어." 뻔한 거짓말을 집요하게 하는 게 이상해서 아가씨가 한마디 했어요.

"그리고 다음 목요일에 다시 와 줘." 의심쩍어하는 아가씨의 시선을 피하면서 린턴이 말했어요. "외삼촌에게 만날 수 있게 해 줘서 고맙다고 전해 주고. 내가 정말 고마워하더라고 말이야. 그리고 혹시 우리 아버지를 만났을 때 아버지가 나에 대해 물어보면 절대로 내가 바보처럼 말도 없이 있었다고 생각하지 않도록 말해 줘. 지금처럼 슬프고 실망한 표정을 짓지 마. 그러면 아버지가 화내신다고."

"화내도 상관없어." 캐시가 히스클리프가 자기에게 화내는 모습을 상상하면서 크게 말했어요.

"난 상관있다고." 린턴이 벌벌 떨며 캐시에게 말했어요. "캐서린, 내 문제로 아버지를 자극하지 마. 아버지는 엄하신 분이거든."

"도련님, 아버님이 엄하시다고요?"제가 물었지요. "도련님의 응석을 받다 주다가 이제 지친 모양이네요. 그래서 뒷전에서 싫어하다가 이젠 대놓고 싫어하는 거군요?"

린턴이 저를 쳐다보더군요. 하지만 아무 말도 하지 않았어요. 캐시를 자기 옆에 앉힌 후 다시 10분이 지났지만 고개를 떨군 채 졸고 있었고, 지친 건지 아픈 건지는 모르겠지만 아무 말도 없이 고통을 참는 건지 신음 소리만 내고 있었어요. 심심해하던 캐시는 월귤나무를 찾아다니면서 열매를 따와 제게 나눠 주었어요. 린턴한테는 주지 않았는데 열매를 주며 말을 붙여 봤자 그가 귀찮아하고 피곤해할 것 같았기 때문이지요.

"엘런, 30분 지난 거 아냐?"이윽고 캐시가 내 귀에 대고 속삭이듯 물었어요. "왜 여기 있어야 하는지 모르겠어. 애는 자고 있고 아빠는 우리가 오길 기다릴 텐데 말이야."

"글쎄, 그래도 자는 걸 놔두고 그냥 갈 순 없어요."제가 대답했어요. "깨어날 때까지 참을성 있게 기다려 보죠. 아가씨는 그렇게도 애타게 오고 싶어 하더니 이젠 가엾은 린턴을 보고 싶은 마음이 다 사라졌군요!"

"그런데 린턴은 왜 날 보고 싶어 하는 거지?"캐서린이 말했어요. "예전에 얘가 그렇게 까다롭게 굴어도 지금처럼 이상하게 굴 때보다 더 좋아했었어. 지금은 나랑 만나 대화하는 게 마치 자기 아빠한테 야단맞지 않으려고 억지로 하는 것 같아. 린턴에게 이런 힘든 일을 시키는 이유가 뭔지 모르겠지만, 여하튼 난 고모부를 즐겁게 해 드리고 싶지 않아. 몸이 나아졌다고 하니 좋긴 한데, 별로 즐거워 보이지도 않고 나에 대한 사랑도 식은 것 같아서 마음만 더 아플 뿐이야."

"그럼 아가씨는 도련님 건강이 나아진 것으로 보여요?" 제가 물었죠.

"그럼." 아가씨가 대답했어요. "엘런도 알다시피 항상 아프다고 울기만 했잖아. 아빠에게 전해 드리라고 한 것처럼 회복된 건 아니지만 좀 좋아지긴 한 것 같아."

"캐시 아가씨, 제 생각은 달라요." 제가 말했지요. "분명히 더 나빠졌을 거예요."

그 순간 린턴이 뭐가 두려운지 놀라 잠에서 깨 누가 자기를 불렀냐고 묻더군요.

"아니." 캐시가 대답했어요. "꿈을 꾼 모양이구나. 그런데 어떻게 아침부터 집 밖에 나와 줄 수 있는지 난 도무지 이해가 안 간다."

"아버지 목소리를 들었다고 생각했는데." 우리들 머리 위로 솟아 있는 언덕배기를 올려다보며 숨 가쁜 소리로 린턴이 말했어요. "아무도 부르지 않은 게 분명해?"

"그렇다니까." 캐시가 대답했어요. "엘런이랑 네 건강에 대해서 얘기했을 뿐이라고. 그런데 지난겨울 헤어질 때보다 네 몸이 좋아지긴 한 거니? 그렇다고 해도 분명 이것 하나만은 약해진 게 맞아. 나를 생각하는 네 마음 말이야. 내 말 맞지?"

그 순간 린턴이 눈물을 왈칵 쏟으며 대답하는 거예요. "아냐, 절대 아냐." 하지만 아직도 상상 속의 소리가 들리는지 마치 그 목소리의 주인을 찾기라도 하듯 린턴이 사방을 두리번거렸어요.

캐시가 자리에서 일어나 말했어요. "오늘은 이만 가야 해. 그리고 이건 너 말고는 아무한테도 얘기하진 않겠지만, 오늘 만남은 애석하게도 실망이란다. 네 아빠가 무서워서 그러는 건 아냐."

"쉿." 린턴이 나직이 말했어요. "제발, 조용히 하라니까! 아빠가 오시잖아." 마치 캐시를 못 가게 하려는 듯이 린턴이 캐시의 팔에 매달리더군요. 하지만 캐시는 그 말을 듣자마자 그를 뿌리치고는 휘파람을 불어 미니를 불렀어요. 강아지처럼 그 즉시 미니가 달려왔지요.

"다음 주 목요일에 올게." 안장에 오르면서 캐시가 소리쳤어요. "잘 있어. 엘런도 서둘러!"

그렇게 우린 린턴을 떠나왔어요. 그 애는 우리가 떠나는 것도 모를 정도로 자기 아빠가 올 거라는 생각에 빠져 있었어요.

집에 도착할 무렵 캐서린이 느꼈던 불쾌감은 린턴에 대한 동정심과 애석함이 함께 떠오르면서 조금 누그러졌답니다. 그리고 린턴의 몸 상태와 그가 처한 환경에 대해 불안한 의구심을 품게 되었지요. 저도 같은 마음이었지만, 다음번에 가 보면 더 확실히 알 수 있을 테니 서방님께는 자세히 말씀드리지 말자고 했어요.

서방님이 다녀온 얘기를 해 달라고 하더군요. 조카가 고맙다고 하더라는 말은 제대로 전했고 나머지는 캐시 아가씨가 대충 알려 드렸어요. 저 역시 무얼 감추고 무얼 알려야 할지 몰라 서방님이 알고 싶어 하는 것에 별 도움을 드리지 못했지요.

13장

한 주가 흘러갔습니다. 하루하루 서방님의 몸 상태는 급격하게 달라지고 있었어요. 이전에는 한 달 동안 진행된 악화 정도가 이제는 몇 시간 안에 벌어질 정도였답니다.

우리는 캐시에게 이런 사실을 숨기려 했지만 워낙 기민한 아가씨인지라 숨길 수가 없었어요. 아가씨는 영리한 머리로 남몰래 눈치를 채고는 설마설마하면서도 점차 현실로 굳어지는 과정을 묵묵히 바라보았답니다.

목요일이 돌아왔지만 그녀는 아빠에게 워더링 하이츠에 간다고 말할 용기가 나지 않았습니다. 그래서 제가 대신 서방님께 말을 전하고는 아가씨를 데려가라는 서방님의 명령을 받아 냈습니다. 왜냐하면 아가씨에게는 서방님이 매일 잠시 들르는 서재 ─그나마 앉아 견딜 수 있는 동안만이라도 말이죠 ─ 와 서방님의 침실이 자기 세계의 전부였거든요. 아빠 곁에 앉거나 머리맡에서 시중을 드는 시간이 아니면 1초도 아까워했어요. 아빠를 돌보고 슬픔에 빠져 지내면서 아가씨의 안색이 창백해지자 서방님은 그녀가 밖에 나가 다른 사람과도 어울리는 것이 좋을 거라고 생각하고 그녀를 내보낸 것이죠. 서방님은 자기가 세상을 떠나도 아가씨 혼자 지내지 않으리라는 기대감에서 위안을 얻었답니다.

서방님이 여러 번 말씀하신 것으로 봐서는 조카인 린턴의 생김새가 자길 닮았으니 마음씨도 자길 닮았을 거라고 확신하는 것 같았습니다. 이 모두가 편지를 통해서는 린턴의 잘못된 됨됨이를 거의, 아니 전혀 알 수 없기 때문이었어요. 저도 마음이 약한 탓에 서방님이 잘못 알고 있다고 말하지 못했습니다. 그가 사실을 알아봤자 수습할 힘도, 그럴 기회도 없는데 서방님의 마지막 순간을 어지럽게 해 봤자 무슨 소용이 있겠나 하는 생각이 앞섰기 때문이지요.

오후가 되어서야 우리는 방문길에 올랐습니다. 황금빛 햇살로 가득 찬 8월의 오후였어요. 언덕배기에서 부는 바람에도 생명의 기운이 넘치는 것 같아 이 공기를 마시면 누구든, 심지어 죽어 가는 사람도 다시 살아날 것 같은 느낌이 들 정도였답니다.

주위 풍경은 캐서린의 표정처럼 밝았다가 금세 다시 어두워질 정도로 계속 햇빛과 그늘이 교차했지요. 하지만 어두운 그늘이 오래 지속된 반면, 햇빛처럼 밝은 아가씨의 표정은 금세 사라졌어요. 가엾게도 아버지에 대한 걱정을 잠시 잊기만 해도 자신을 책망하곤 했기 때문이지요.

지난번에 자신이 정해 앉아 있던 바로 그 장소에서 저희를 바라보는 린턴의 모습이 보이더군요. 아가씨가 말에서 내리면서 제게 말하기를, 잠깐만 있다가 올 테니 말에서 내리지 말고 있으라는 거예요. 저는 안 된다고 했지요. 단 1분도 아가씨의 모습을 놓칠 순 없었거든요. 결국 둘이 같이 히스꽃 언덕을 걸어 올라갔답니다.

이번에는 린턴 도련님이 이전보다 생기 있는 모습으로 저희를 반겼어요. 하지만 반가워서 기분이 좋다기보다는 뭔가 두려움에 싸인 모습이었어요.

"늦었네!" 린턴이 힘에 겨운 듯 짧게 말했어요. "너희 아버지가 매우 아프시다며? 난 네가 못 오는 줄 알았어."

"넌 왜 솔직하지 못하니?" 캐시가 인사 대신 한마디 했어요. "날 보고 싶지 않다고 왜 똑바로 말하지 못하는 거야? 두 번씩이나 날 이리로 데려오다니 이상하잖아. 분명 우리 둘 다 골탕 먹이려고 그런 거 아니면 뭐겠어!"

린턴이 떨면서 반은 호소하듯이 그리고 반은 창피한 듯이 캐시를 쳐다봤어요. 하지만 이런 이상한 행동을 견딜 만큼 그녀에게 참을성이 있는 건 아니었어요.

"우리 아빠는 몹시 편찮으시다고." 캐시가 말했어요. "그런데 왜 아빠 침대 곁을 떠나 날 여기로 오게 하는 거야? 내가 약속을 지키지 않기를 바라면서 왜 약속을 지키지 않아도 된다고 편지에 쓰지 않는 거야? 자! 설명해 봐. 놀고 장난칠 생각은 없다고. 이제 나도 너의 가식적인 행동에 놀아나지 않아!"

"가식적인 행동이라니!" 린턴이 중얼거렸어요. "그게 뭔 소리야? 캐서린, 그렇게 무섭게 보지 마! 원하면 날 멸시해도 좋아. 난 아무 가치도 없는 비겁한 놈이니까. 날 실컷 경멸해. 난 네가 화낼 상대도 못 돼. 우리 아버지를 미워하고, 난 그저 멸시당하는 거로 족해."

"말도 안 돼!" 흥분한 캐시가 소리쳤어요. "멍청한 애 같으니라고! 꼴 좀 보라지! 벌벌 떨고 있잖아. 내가 손이라도 댈까 봐 그래?

멸시당하고 싶다고 했지? 널 보면 누구라도 네가 원하는 만큼 멸시하고 싶은 마음이 생긴다니까. 당장 꺼져! 난 돌아갈 거야. 벽난로에 있는 널 끌어다 나오게 하고, 뭔가 해 보려 한 것 자체가 바보짓이었어. 대체 하긴 뭘 하겠다는 건지. 내 옷자락 놔! 울고불고 겁보처럼 군다고 해서 내가 널 불쌍히 여긴다면 넌 그런 식의 동정을 모욕으로 여겼어야 해. 엘런, 저렇게 구는 게 얼마나 창피한 건지 얘한테 말 좀 해 줘. 일어나라고. 제발 바닥을 기어 다니는 파충류처럼 비굴하게 굴지 말란 말이야! 그만두지 못해!"

린턴은 기운이 하나도 없는지 몸뚱이를 바닥에 내던지면서 질질 눈물을 짜고 고통스러운 표정을 지었어요. 너무 겁이 나 벌벌 떠는 것 같았어요.

"제발!" 린턴이 흐느끼며 말했어요. "캐서린, 더는 못 견디겠어. 난 널 속였어. 하지만 그 이유를 말할 순 없어! 네가 가 버리면 난 죽게 된다고! 내 **사랑** 캐서린, 내 목숨이 네 손에 달려 있다고. 날 사랑한다고 했잖아. 너에게 해가 되진 않을 거야. 안 갈 거지? 나에게 친절하고 다정하게 대해 줬잖아! 그리고 아마 너도 받아들이게 될 거야. 그러면 아버지도 내가 너랑 같이 지내다 숨을 거두게 해 줄 거야!"

너무 고통스러워하는 린턴의 모습에 아가씨는 그를 일으켜 세우려고 몸을 숙였어요. 짜증스러운 감정이 사라지고 응석을 받아 주곤 하던 예전의 다정한 감정이 돌아왔다고나 할까요. 진정으로 마음이 흔들렸는지 린턴의 모습을 걱정하더군요.

"내가 뭘 받아들인다고?" 아가씨가 물었어요. "여기 더 있겠다는 거 말이야? 네가 한 이상한 말이 무슨 뜻인지만 알려 주면 내가 더 있어 줄게. 네 말은 모순덩어리라 어리둥절할 뿐이야! 자, 차분히 솔직하게 네 마음에 걸리는 걸 다 말해 봐. 린턴, 내게 나쁜 짓을 하려는 건 아니겠지? 나쁜 사람이 내게 못된 짓을 하려고 들면 네가 막아 줄 거지? 넌 겁쟁이지만 비겁하게 친한 친구를 속이진 않을 거잖아."

"하지만 아빠가 날 협박했어."린턴은 가느다란 손가락을 마주 잡고는 숨을 헐떡이며 말했어요."난 아빠가 무서워. 무섭다고! 더는 말할 수 없어!"

"그래, 알았다고!"캐서린이 딱하다는 듯이 조롱 투로 말했어요."네 비밀이나 잘 지켜. 난 겁쟁이는 아니니까. 너나 걱정해. 난 하나도 겁나지 않아!"

캐시의 이런 너그러운 태도에 린턴이 다시 흐느꼈어요. 그리고 자기를 일으켜 세우려는 캐시의 손에 입맞춤했어요. 하지만 서럽게 울면서도 겁이 났는지 비밀을 토로할 용기를 내지 못했지요.

대체 그게 무엇일지 저도 생각해 봤어요. 그리고 내가 괜히 도와주겠다고 섣불리 나섰다가 린턴이나 다른 사람에게는 도움이 되지만 아가씨에게는 고통이 되는 일은 절대 하지 않겠다고 다짐했어요. 그때 히스 덤불 사이로 부스럭거리는 소리가 나 쳐다봤더니 히스클리프가 집에서 내려와 어느새 우리 곁에 와 있는 거예요. 그는 린턴의 울음소리가 들릴 정도로 가까이 와 있음에도 제 곁에 있는 두 사람은 거들떠보지도 않고, 그 누구에게도 하지 않던 다정한 투로 저를 반겼어요. 전 그런 다정한 태도가 의심스러웠지요.

"넬리, 당신을 우리 집 근처에서 보다니 정말 반갑네. 그레인지는 어때? 그곳 얘기나 들려줘."그가 낮은 소리로 덧붙였어요."듣기로는 에드거 린턴이 오래 못 산다고 하던데. 사람들이 과장해서 하는 소리겠지?"

"아뇨, 오래 못 사실 거예요." 제가 대답했어요. "사실입니다. 우리 모두에게는 슬픈 일이겠지만 본인에게는 축복일 겁니다!"

"얼마나 버틸 것 같아?" 그가 물었어요.

"저도 몰라요." 제가 말했어요.

그는 자신의 눈길에 꼼짝없이 있는 두 사람을 쳐다보며 제게 말했어요. 린턴은 감히 움직이거나 머리조차 들려고 하지 않았고, 그 바람에 캐시조차 꼼짝하지 않고 서 있었어요. "왜냐하면 저기 저 녀석이 날 곤경에 빠뜨리려고 작정한 것 같아서 그래. 쟤 외삼촌이 저 애보다 빨리 세상을 떠야 할 텐데! 저것 봐! 저 애가 내내 저 꼴을 하고 있었어? 훌쩍거리지 말라고 그렇게 혼냈건만. 린턴 양과는 나름 활기차게 이야기를 나누었나?"

"활기가 있었냐고요? 아니요, 무척 힘들어 보였어요." 제가 대답했지요. "모습을 보니 우리 아가씨와 언덕에서 산책하느니 침대에 누워 의사의 치료를 받아야 할 것 같아요."

"하루 이틀 새 그렇게 할 걸세." 그가 중얼거리며 말했어요. "하지만 우선은 일어나지 못해, 린턴! 일어나!" 그가 소리를 질렀어요. "바닥에서 기지 말라고. 당장 일어나!"

아버지의 시선 때문인지 린턴이 다시금 공포에 질려 발작하며 땅바닥에 엎어졌답니다. 제 생각에 그거 말고는 저렇게까지 굴욕적인 모습을 보이는 별다른 이유를 알 수 없었거든요. 아버지의 명령대로 움직이려고 몇 번이나 애썼지만 그나마 남은 힘도 다 쓴 건지 신음을 내며 다시 자빠지고 말았어요.

히스클리프가 다가가 린턴을 일으키더니 풀밭 둔덕에 기대어

놓더군요.

"자." 성질을 누르며 그가 말했어요. "참는 데도 정도가 있지. 네 겁쟁이 근성을 이기지 못하면 ― 빌어먹을 녀석! 당장 일어나!"

"알겠어요, 아버지." 린턴이 말했어요. "지금은 절 가만두세요. 쓰러질 것 같아요. 아버지 원하는 대로 했잖아요. 캐서린이 말해 줄 거예요. 제가 기분 좋게 있었다고요. 오! 캐시, 내 곁에 있어 줘. 날 좀 도와 달라고."

"내 손을 잡아라." 히스클리프가 말했어요. "네 발로 서라고! 자, 저 애가 널 부축할 거야. 그렇지, 저 애를 보라고. 린턴 양, 이런 공포 분위기 때문에 날 악마로 생각하는 건 아니겠지? 저 애를 우리 집으로 데리고 가 줄 수 있겠어? 내가 건드리기만 하면 저렇게 벌벌 떠니 어쩌겠어."

"린턴!" 캐서린이 속삭이듯 말했어요. "난 워더링 하이츠로 갈 수 없어. 아빠가 가면 안 된다고 하셨어. 네 아빠가 널 해칠 것도 아닌데 왜 이렇게 무서워하는 거야?"

"난 저 집에 절대 다시 들어갈 수 없어." 린턴이 말했어요. "너 없이는 절대 들어갈 수 없다고!"

"그만해!" 그 애 아버지가 호통을 치더군요. "아버지를 위하는 캐시 양의 마음을 존중해 줘야지. 넬리, 저 애 좀 안으로 데려가 줘. 당신 말대로 당장 의사를 부르겠어."

"그러시는 게 좋을 거예요." 제가 대답했어요. "하지만 전 우리 아가씨 곁에 있어야 해요. 당신 아들을 거두는 건 제 일이 아니에요."

"매우 고집이 세구먼." 그가 말했어요. "나도 그건 알고 있지. 하지만 내가 저 애를 괴롭히면 저 애는 고함을 지를 테고, 그러면 결국 당신이 연민의 정을 느낄 수밖에 없을 거야. 자, 우리의 영웅, 이만 움직여 볼까? 내 호위를 받으며 집으로 돌아가자고."

그는 다시 린턴에게 다가가 그 연약한 아이의 팔을 잡으려는 시늉을 했어요. 하지만 린턴이 놀라 뒤로 물러서며 캐시를 붙들고는 자기와 같이 가 달라고 애원하더군요. 미친 듯이 집요하게 물고 늘어지는 통에 거부하기 힘들 정도였어요.

아무리 제가 반대해도 캐시를 막을 순 없었어요. 아가씨라고 어떻게 그 손을 뿌리칠 수 있었겠어요. 대체 뭐가 그리 두려운지 저희는 도통 알 수가 없었답니다. 하지만 이미 공포에 사로잡힌 린턴은 맥이 다 빠진 나머지 자칫 건드리기만 해도 놀라 정신이 나갈 정도가 되었답니다.

어느새 우리는 현관 문지방 앞에 도착했고, 캐서린이 걸어 들어갔지요. 저는 아가씨가 정신 나간 그 애를 의자에 앉히고 즉시 나오길 바라며 밖에서 기다렸어요. 그때 히스클리프가 저를 안으로 떠밀며 이렇게 말하는 거예요.

"넬리, 우리 집이 전염병이 퍼진 집은 아니야. 오늘은 손님들에게 잘 대해 주고 싶은 마음이야. 문부터 닫을 테니 우선 앉아."

그가 문을 닫고는 아예 잠그는 바람에 화들짝 놀랐지요.

"돌아가기 전에 차라도 한잔하고." 그자가 덧붙여 말했어요. "집에 나밖에 없어. 헤어턴은 소 먹이러 목장으로 나갔고, 질라와 조지프는 놀러 나갔어. 혼자 있는 게 일상이지만, 할 수만 있다면 재미있는 손님들과 같이 있고 싶어. 캐시 양, 가서 저 애 옆에 앉아. 내가 가진 걸 줄 테니까. 선물이야 별거 아니지만 다른 게 뭐 있어야지. 네게 린턴을 주는 거야. 겁나서 날 째려보는 꼬락서니 좀 보라지! 난 날 두려워하는 것처럼 보이면 이상하게도 사나워지고 싶다니까! 내가 법을 대충 지켜도 되는 곳이나 취향이 고상하지 않은 곳에서 태어났다면, 재미 삼아 저 둘을 천천히 산 채로 칼로 도려내며 놀았을 텐데."

그가 숨을 들이쉬며 탁자를 치더니 혼잣말로 욕을 하더군요.

"빌어먹을! 난 저놈들이 싫어."

"전 당신이 무섭지 않아요." 캐시는 소리를 지르는 통에 그자가 한 끔찍한 말의 마지막 부분을 듣지 못했나 봅니다.

아가씨가 분노와 단호함이 번뜩이는 눈초리로 그를 쏘아보며 옆으로 바짝 다가갔어요.

"열쇠 주세요. 어서 달라니까요!" 캐시가 말했어요. "굶어 죽는 한이 있어도 여기선 먹지도 마시지도 않겠어요."

탁자 위에 놓인 히스클리프의 손에는 열쇠가 있었어요. 캐시가 대담하게 굴자 히스클리프도 약간 놀란 듯 아가씨를 쳐다봤어요. 어쩌면 아가씨의 목소리와 눈길에서 캐시에게 그걸 물려 준 사람의 모습이 떠올라 놀랐을지도 모르죠.

느슨하게 열쇠를 쥐고 있던 그의 손에서 열쇠를 빼앗을 뻔한 그 순간에 문득 정신을 차렸는지 히스클리프가 급하게 열쇠를 움켜쥐었답니다.

"자, 캐서린 린턴." 그가 경고하듯 말했어요. "물러서, 안 그러면 내게 맞는 수가 있어. 그러면 딘 부인 마음도 아프겠지."

이런 경고에도 불구하고 아가씨가 그의 손안에 있는 열쇠를 빼내려고 했어요.

"집에 갈 거야!" 캐시가 다시 외치면서 단단한 그의 손가락을 풀려고 안간힘을 썼어요. 손톱으로 할퀴어도 아무 소용이 없자 이제는 물어뜯으려 했지요.

제가 끼어들지 못하게 하려고 그자가 제게 눈길을 보내더군요. 캐시는 그의 손만 주목하느라 그의 얼굴을 보지 못했어요. 그 와중에 그자가 별안간 손을 벌려 문제의 열쇠를 내놓더군요. 하지만 캐시가 열쇠를 잡기도 전에 손으로 캐서린을 번쩍 들어 무릎에 앉히더니 다른 손으로 캐시의 양쪽 뺨을 사정없이 때리기 시작했어요. 아가씨가 서 있었더라면 그자가 경고했듯이 한 대만 맞았어도 바닥에 쓰러졌을 겁니다.

이런 끔찍한 폭력을 본 나는 화가 치밀어 그에게로 달려갔죠.

"이 악당 같으니!" 제가 울며 소리쳤어요. "이 악당 같은 놈아!"

그러다가 가슴을 한 대 맞고는 말문이 막혔어요. 뚱뚱한 편이라 금세 숨이 막힌 거죠. 화는 나는데 숨이 막히자 전 뒤로 주춤대며 물러났고, 곧 질식해 쓰러지거나 혈관이 터지는 줄 알았답니다.

이 모든 난리가 벌어지는 데 2분도 채 걸리지 않았지요. 그의 손아귀에서 벗어난 캐서린은 관자놀이에 두 손을 얹고는 자기 귀가 제대로 붙어 있는지 확인하는 모습이었어요. 가엾은 아가씨는 사시나무 떨듯 떨었고 어쩔 줄 몰라 탁자에 기대서 있었어요.

"난 애들을 다룰 줄 안다고." 악당 같은 놈이 바닥에 떨어진 열쇠를 다시 챙기려고 몸을 굽히면서 이렇게 말하는 거예요. "내가 말한 대로 린턴한테 가 보라니까. 그리고 울든지 말든지 네 마음대로 해! 내일이면 내가 네 시아버지가 될 테니까. 며칠 지나면 네 아비는 나밖에 없을 거다. 그러면 넌 허구한 날 이런 벌을 받게 될 거고. 다행히 넌 재처럼 약하지 않으니까 잘 참아 낼 수 있겠지. 다시 그런 고약한 표정으로 날 쳐다보기만 해 봐라. 그러면 너는 매일 매맛을 보게 될 거야!"

캐시가 린턴 대신 제게 달려와 바닥에 꿇어앉고는 달아오른 뺨을 제 무릎에 대고 흐느껴 울었어요. 사촌이란 녀석은 긴 의자 한 구석에 쥐새끼처럼 말 한마디 없이 웅크리고 앉아 있었지요. 제가 보기에 그놈의 매질이 자기가 아니라 다른 사람에게 떨어진 걸 다행스럽게 여기는 꼴이었어요.

히스클리프는 우리가 모두 당황하는 걸 보곤 서둘러 차를 준비하더군요. 찻잔과 접시가 준비되자 한 잔을 따라 제게 건넸어요.

"이거 마시면서 화나 풀지 그래." 그가 말했어요. "그리고 건방을 떠는 당신 강아지와 내 강아지나 돌봐 주라고. 내가 준비한 거지만 독은 타지 않았어. 난 나가서 당신들 말이나 찾아볼 거야."

그가 나가자마자 처음 든 생각은 탈출구를 찾는 거였어요. 부엌문을 보니 밖에서 잠겨 있더군요. 창문도 살펴봤지만 캐시의 작은 몸뚱이도 못 빠져나갈 정도였어요.

"린턴 도련님." 우리가 제대로 갇혔다는 걸 깨닫고는 제가 소리를 질렀어요. "못된 당신 아버지가 뭘 원하는지 알지요? 말하지 않으면 당신 아버지가 캐시에게 한 짓을 내가 당장 당신 뺨에다 할 작정이니 당장 말해요."

"린턴, 어서 말해야 해!" 캐시가 말했어요. "너 때문에 내가 온 거잖아. 말하지 않으면 넌 정말 배은망덕한 사람이야."

"목마르니 차부터 줘. 그럼 다 말할게." 린턴이 대답했어요. "딘 부인은 저리 비켜요. 그렇게 절 내려다보고 서 있는 건 싫거든. 캐서린, 네 눈물이 내 찻잔에 떨어지잖니. 그건 안 마실 거야. 다른 거 갖다줘.”

　캐시 아가씨가 다른 잔을 밀어 주고는 눈물을 닦더군요. 전 린턴이라는 놈이 평정심을 찾은 게 너무 괘씸했어요. 이제 전혀 두려워하지도 않더라고요. 이 집에 돌아오자마자 황야에서 보여 줬던 조바심도 싹 사라졌어요. 그래서 아마도 우리를 집 안으로 끌고 들어오지 못하면 엄청 혼날 거라고 미리 위협받았다는 것을 짐작할 수 있겠더군요. 우리를 안으로 끌어들이고 나자 두려움이 사라진 거지요.

　“아버지는 우리 둘이 결혼하기를 바라고 계셔.”차를 몇 모금 마시더니 말을 이어 나갔어요.“네 아빠가 우리 결혼을 허락하지 않을 거라는 걸 알고는 혹시라도 내가 먼저 죽을까 봐 걱정하는 거지. 내일 아침에 결혼식을 올린다니까 오늘 밤 넌 여기 있어야 해. 아빠가 바라는 대로 하면 내일은 집에 돌아갈 수 있을 거야. 나도 함께 말이지.”

　“도련님이 같이 간다고요? 이 가엾은 못난이 같으니라고!”제가 소리를 질렀어요.“도련님이 결혼을 한다고요? 그 사람은 미쳤군요, 아니면 우릴 바보로 알던가. 도련님은 저렇게 예쁘고 건강하고 해맑은 우리 아가씨가 도련님처럼 다 죽어 가는 원숭이랑 연을 맺을 거라고 생각해요? 아가씨는 고사하고 도련님을 남편감으로 삼고 싶어 하는 사람이 있을 거 같아요? 비겁하게 장난을 쳐서 우릴 여기 데려오다니. 도련님 같은 사람은 좀 맞아야 해요. 그렇게 모르는 척하는 표정 짓지 말아요! 비겁하게 우릴 배신하고는 바보처럼 잘난 척하는 모습을 보면 잡아서 냅다 흔들어 주고 싶은 심정이에요.”

　그런데 그를 잡아서 정말로 슬쩍 흔들었더니 이내 기침을 하면서 여느 때처럼 신음을 내며 흐느끼더군요. 결국 캐시 아가씨가 저에게 그만하라고 했어요.

"밤새 여기 있으라고? 그건 안 돼." 서서히 주위를 둘러보며 아가씨가 말했어요. "엘런, 저 문에 불을 지르는 한이 있더라도 난 나갈 거야."

캐시는 자기가 한 말을 그대로 실행에 옮길 태세였어요. 하지만 린턴이 자기 몸뚱이가 다칠까 싶어 놀라서 일어났어요. 그러곤 가냘픈 팔로 캐시를 안고 흐느끼는 거예요.

"날 받아 줘, 그리고 날 살려 줘. 그레인지에 날 데려가 줘. 사랑하는 캐서린, 너 혼자 가면 안 돼. 우리 아버지 말을 꼭 따라야 해. 꼭 말이야."

"난 우리 아빠 말을 따라야 한다고." 캐시가 대답했어요. "힘들게 마음 졸이고 계실 텐데 가서 편하게 해 드려야 해. 밤새도록 걱정하실 거야! 무슨 생각을 하시겠어? 벌써 걱정하고 계실 거야. 난 문을 부수거나 불을 질러서라도 여길 나갈 거야. 그만해! 넌 아무렇지도 않잖아. 하지만 네가 계속 방해하면……. 린턴, 난 너보다 아빠를 더 사랑한단 말이야!"

린턴은 아버지가 화낼 걸 생각하면 너무 두려운지 비겁하게도 계속 떠들었어요. 캐서린도 거의 제정신이 아니었지요. 집에 가겠다고 고집을 피웠고 이젠 린턴에게 애원하듯 말하면서 자기 힘든 것만 생각하면 안 된다고 린턴을 설득하기까지 했어요.

이렇듯 정신없이 있는 동안 우리를 가둔 사람이 돌아왔어요.

"당신들이 타고 온 조랑말이 사라졌어." 그가 말했어요. "그리고 린턴! 또 훌쩍이는 거냐? 대체 저 애가 네게 뭔 짓을 한 거야? 자,

자. 그만 울고, 가서 자거라. 한두 달 후면 저 애가 지금 너에게 가혹하게 대한 걸 네가 호되게 갚아 줄 수 있을 거다. 지금 넌 순수한 사랑을 원하고 있지, 그렇지? 이 세상에 그것 말고 바라는 게 뭐가 있겠어. 그러니 저 애랑 결혼시킬 거다! 자, 그만 자러 가거라! 오늘은 질라가 없으니 너 혼자 옷 갈아입어. 뚝! 시끄러워! 네 방에 들어가면 네 곁에는 얼씬도 안 할 테니 겁낼 것도 없어. 그나마 운이 좋아서 네가 할 일을 잘 끝냈어. 나머지는 내가 알아서 하마."

이 말을 하면서 그는 자기 아들이 나가게 문을 열어 주었는데, 린턴은 마치 문을 지나갈 때 고의로 문을 닫아 문틈에 끼게 할까 봐 겁내는 스패니얼 강아지처럼 힐끔힐끔 뒤를 쳐다보며 나가더군요.

자물쇠가 다시 채워졌고, 히스클리프는 아가씨와 제가 말없이 서 있던 난롯가로 다가왔어요. 캐서린이 그를 올려다보고는 자기도 모르게 뺨에다 손을 올렸어요. 그가 다가오자 아팠던 기억이 되살아난 거죠. 다른 사람이었다면 아이들이 이렇게 겁내는 걸 보고 매몰차게 굴진 않았을 겁니다. 하지만 그는 캐시를 험상궂게 노려보면서 이렇게 구시렁거렸어요.

"그래! 넌 나 같은 사람은 무섭지 않다고 했지? 그런데 그놈의 용기는 다 어디 갔나. 굉장히 겁먹은 거 같은데."

"이젠 무서워요."캐시가 대답했어요."제가 여기 있으면 아빠가 힘들어하기 때문이에요. 아빠를 힘들게 하긴 싫어요. 아빠가, 아빠가…….. 히스클리프 씨, 집에 좀 보내 주세요! 린턴과 결혼할게요. 아빠도 제가 그렇게 하길 바랐어요. 전 린턴을 사랑한답니다. 제가 기꺼이 할 것을 왜 억지로 시키시는 건지 전 알 수가 없어요."

"한번 억지로 해 보시지요?"제가 소릴 질렀어요."세상에나,

406

이 땅에도 법은 있어요! 비록 외딴 촌구석이지만 법이 있다니까요. 내 자식이라고 해도 고발할 거예요. 목사님 입회 없이 결혼하는 것은 중범죄라고요!"

"입 닥쳐!" 악당 같은 놈이 제게 소리쳤어요. "그따위 헛소린 집어치워! 난 당신이 지껄이는 걸 듣고 싶은 게 아냐. 캐시 양, 네 아버지가 비참할 걸 생각하니 난 기분이 좋은데. 너무 좋아 잠도 안 올 것 같아. 그런 일이 있을 거라고 말해 주는 바람에 이제부터 24시간 동안 우리 집에 갇혀 있게 될 거야. 린턴과 결혼할 거라는 약속은 잘 지키도록 내가 알아서 할 거야. 그걸 지킬 때까지 넌 여길 떠날 수 없을 테니까."

"그러면 내가 무사하다는 걸 아빠에게 알리도록 엘런을 보내 줘요." 슬프게 흐느끼며 캐시가 애원했어요. "아니면 지금 당장 결혼시켜 주세요. 가엾은 우리 아빠! 엘런, 아빠는 우리가 길을 잃었다고 생각할 거야. 어떻게 하지?"

"그럴 리가! 네 아빠는 네가 자기 시중을 들다가 지겨워 놀러 나갔다고 생각할 거다." 히스클리프가 대답했어요. "넌 네 아빠가 우리 집에 가지 말라고 한 걸 무시하고 네 발로 걸어 들어온 걸 부인할 수 없잖니. 그리고 네 나이에 놀러 나가는 건 당연한 거야. 아픈 사람은 고작 네 아빠일 뿐이잖아. 병자를 돌보다 보면 싫증이 나게 마련이란다. 캐서린, 네 아버지의 행복한 시절은 네가 태어난 날 이미 끝났어. 내가 말해 두지만, 네 아버지는 네가 태어난 걸 저주했을 거다(적어도 난 그랬으니까). 이제 네 아버지가 세상을 하직하면서 널 저주하는 것도 나쁘지 않지. 나도 네 아버지와 같은 마음이야. 널 좋아하지 않는다고! 어떻게 내가 널 좋아할 수 있겠니? 실컷 울어라. 내가 보기에 이제부터는 우는 게 네 유일한 소일거리가 될 거니까. 혹 린턴이 네가 잃은 걸 메워 주지 않는 한 말이다. 그런데 선견지명이 있는 네 아비는 린턴이 그렇게 해 줄 거라고 믿는 모양이더라. 린턴에게 충고도 하고 위로도 해 주던 편지들은 내가 아주 재미있게 읽었지. 마지막 편지에서는 내 아들한테 자기 보물을 잘 보살펴 달라고 부탁하더구나. 잘 보살펴 주고 다정하게 대해 주어라. 아버지다운 말씀이지. 그런데 린턴에게는 모든 보살핌과 다정함이 다 자기 몸을 위해 필요하거든. 그놈은 악당 노릇도 제법 한단다. 이빨도 뽑고 발톱도 잘라 낸 고양이라면 때로 있어도 괴롭힐 수 있는 놈이거든. 이번에 돌아가면 우리 애가 네게 보여 준 다정함에 대해 네 아버지에게 잘 전해 줄 거라고 믿는다."

"그건 맞는 말이군요!" 제가 끼어들어 말했어요. "당신 아들의 됨됨이를 제대로 보여 주세요. 당신 닮았다는 걸 보여 달라고요. 그러면 전 아가씨가 그런 독사 같은 인간을 남편감으로 받아들일 건지 다시 생각해 보리라고 믿어요."

"이젠 우리 아들의 그 잘난 상냥한 성격에 대해 말해도 별 상관없어." 그가 대답했어요. "저 애가 우리 아들을 받아들이든가, 아니면 자기 아버지가 숨질 때까지 당신과 함께 여기 갇혀 지내든가 할 테니까 말이야. 난 당신들 둘을 아무도 모르게 여기에 가둬 놓을 수 있어. 못 믿겠으면 저 애한테 자기가 한 말을 취소하라고 해 보라고. 그러면 내 말이 사실인지 확인할 수 있을 테니까."

"취소하지 않을 거예요." 캐서린이 말했어요. "스러시크로스 그레인지로 돌아갈 수 있다면 지금 당장이라도 결혼할 겁니다. 고모부는 잔인하긴 해도 악마는 아니잖아요. 단지 나쁜 마음으로 제 모든 행복을 돌이킬 수 없게 송두리째 파괴하진 않겠지요. 아빠가 제가 고의로 아빠 곁을 떠났다고 생각하며 돌아가신다면, 저는 앞으로 살 수 없을 거예요. 이제 울지도 않겠어요. 고모부 앞에 이렇게 무릎 꿇고 있을게요. 고모부가 저를 똑바로 바라볼 때까지 눈을 떼지 않겠어요! 그렇게 얼굴 돌리지 마세요! 절 봐야 해요! 고모부를 화나게 하지 않을 거고, 고모부를 싫어하지도 않을게요. 절 때렸다고 화내지도 않을 거고요. 고모부는 누굴 사랑해 본 적이 없으신가요? 한 번도요? 오! 한 번만이라도 봐주세요. 참담한 제 모습을 보시면 안쓰럽고 불쌍하다고 여기지 않을 수 없을 거예요.”

“징그러운 네 손 치우지 못 해. 비키라고, 아니면 차 버릴 테니까!”히스클리프가 몰인정하게 아가씨를 밀어내며 말했어요. “차라리 뱀이 날 휘감는 게 낫겠다. 대체 어떻게 내게 아양 떨 생각을 한 거지? 난 네가 혐오스럽다니까!”

그는 어깨를 움찔하며 정말 혐오감 때문에 소름이 돋는 것처럼 몸을 부르르 떨더니 의자를 뒤로 밀치더군요. 저는 즉시 자리에서 일어나 욕을 퍼부으려 했어요. 하지만 한마디만 더 지껄이면 나만 방에 처넣을 거라고 협박을 하는 통에 더 이상 아무 말도 못 했답니다.

날이 저물기 시작했어요. 근데 정원 문 쪽에서 사람들 소리가 들리는 거예요. 집주인이 서둘러 나가더군요. 그는 눈치가 빨랐고 우리는 그렇지 못했어요. 2~3분가량 얘기를 나누는 소리가 들리더니 혼자 돌아오더군요.

“헤어턴 도련님이 돌아온 줄 알았는데.”제가 캐서린 아가씨에게 말했어요. “지금쯤 도착하면 좋을 텐데요! 도련님이 우리 편을 들어줄지 누가 알아요?"

"당신을 찾으려고 그레인지에서 하인 세 명이 왔어."우리가 하는 애기를 듣고는 그가 말하더군요. "창문을 열고 소리쳤어야지. 그런데 저 애는 당신이 그러지 않은 것을 더 기뻐할 거야. 여기 머물게 된 걸 좋아하는 게 분명하다니까."

기회를 놓친 걸 알고는 우리 둘 다 하염없이 눈물을 흘렸답니다. 그는 우리가 9시까지 울 게 내버려 두었어요. 그러고 난 후, 우리더러 부엌을 통해 질라의 방으로 올라가라고 하는 거예요. 아가씨에게 그렇게 하자고 속삭이듯 제가 말했어요. 혹시 창문을 통하거나 다락방으로 들어가 천장에 난 들창문을 통해 밖으로 빠져나갈 방법을 찾을 수 있다고 생각했어요.

하지만 창문은 아래층과 마찬가지로 좁았고, 다락방 들창문은 꿈쩍도 하지 않았어요. 결국 다시 갇힌 셈이지요. 둘 다 눕지도 않았어요. 캐서린은 창가에서 아침을 기다렸어요. 좀 쉬라고 제가 종종 당부했건만 대답 대신 깊은 한숨 소리만 들렸지요.

저는 흔들의자에 앉아 앞뒤로 흔들거리면서 제 임무를 다하지 못했다는 이런저런 자책감에 빠져 있었어요. 제가 제대로 하지 못해 모든 게 시작되었다는 생각이 들더라고요. 실제로 그렇지 않다는 걸 알고 있었지만 그날 밤은 워낙 침울해져서 그런 생각까지 들었어요. 심지어 히스클리프보다 제가 더 잘못했다고 생각했지요.

아침 7시가 되자 히스클리프가 와서는 캐시 아가씨가 일어났냐고 묻더군요.

아가씨가 득달같이 문 앞으로 달려가 그렇다고 대답했어요.

"그래, 그러면" 하고 말하더니 문을 열고 아가씨를 끌어냈어요.

저도 따라 나가려 했지만 그가 문을 다시 잠가 버리더군요. 저
도 나가게 해 달라고 소리쳤지요.

"기다려." 그가 소리쳤어요. "조금 있으면 아침 식사를 올려 줄
거야."

저는 벽을 마구 두드리고 빗장을 세게 흔들었어요. 엘런은 왜
가둬 놓느냐고 캐서린이 묻자 그는 제가 한 시간은 더 있어야 한다
면서 캐서린을 데리고 가 버렸어요.

두세 시간이 지나자 마침내 발소리가 들렸어요. 그런데 그자의
발소리는 아니었어요.

"먹을 것 좀 가져왔어요." 누군가의 목소리가 들렸지요. "문 열
어 봐요!"

얼른 열고 보니 헤어턴 도련님이었어요. 하루 종일 먹을 음식
을 갖고 왔더군요.

"받아요." 쟁반을 제 손에 건네며 그가 말했어요.

"잠깐 있어 봐요." 제가 말을 건넸죠.

"안 돼요." 좀 잡아 두려고 이런저런 애원을 해 봤지만 그는 그
렇게 말하고는 사라졌어요.

그렇게 온종일 그 방에 있었지요. 다음 날도, 그리고 그다음
날, 또 그다음 날까지 갇혀 지냈답니다. 닷새 밤과 나흘 낮 동안 그
렇게 있었던 겁니다. 그동안 매일 아침 헤어턴만 볼 수 있었어요. 정
말 훌륭한 간수였지요. 말 한마디 없이 퉁명스럽기만 하고, 정의감
이나 연민의 정에 호소하려 해도 아예 들으려고 하지도 않더군요.

14장

닷새째 되던 날 아침, 아니 거의 점심때가 되자 다른 발소리가 들렸어요. 더 가볍고 잰걸음이었고, 이번에는 이 사람이 방 안으로 직접 들어왔어요. 질라였어요. 주황색 숄에 검은 실크 모자를 쓰고 팔에는 버드나무 가지로 만든 바구니를 들고 있더군요.

"에고, 이런! 딘 부인!" 그녀가 소리쳤어요. "기머턴에서 부인에 대한 얘기가 돌아다녀요. 두 분이 블랙호스 늪에 빠진 걸 우리 주인 나리가 발견해 여기에 묶게 했다는 말을 들었어요! 세상에! 그나마 늪 가운데 있는 섬에라도 피신해 있었던 모양이지요? 그래, 얼마나 오래 거기에 계셨던 거예요? 딘 부인, 정말 주인 나리가 구해 줬나요? 한데 별로 야위어 보이지도 않네요. 심하게 고생하진 않았나 보지요?"

"당신네 주인은 정말 나쁜 사람이야!" 제가 대답했어요. "언젠가 그 대가를 치를 거야. 그깟 거짓말을 지어낼 필요는 없었을 텐데. 다 밝혀질 거라고!"

"대체 뭔 소리예요?" 질라가 물었어요. "주인 나리가 지어낸 얘기가 아니에요. 마을 사람들이 하는 얘기라고요. 늪에 빠져 실종됐다고 말이에요. 그래서 집에 오자마자 언쇼 도련님에게 말한걸요.

'에고, 헤어턴 도련님, 제가 나간 후에 이상한 일이 벌어졌대요. 그 젊은 아가씨랑 성격 좋았던 넬리 딘 부인이 정말 가엾게 됐어요.'

그랬더니 도련님이 절 쳐다보는 거예요. 그래서 아직 그 소식을 못 들었나 싶어서 이야기해 주었어요.

주인님도 옆에서 듣더니 혼자 웃으며 이렇게 말씀하시는 거예요.

'질라, 늪에 빠졌다 해도 지금은 구조됐어. 넬리 딘은 지금 당신 방에 있어. 당신이 올라가서 이제 집에 가라고 전해. 열쇠는 여기 있어. 늪지 물을 먹는 통에 몸이 안 좋았지. 곧장 집으로 달려가겠다는 걸 정신이 들 때까지 여기 있으라고 잡아 둔 걸세. 올라가서 갈 수만 있다면 곧장 그레인지로 가라고 하게나. 그리고 캐서린은 그 댁 주인어른 장례식에 맞춰 갈 거라고 내가 그러더라고 일러 주고.'"

"에드거 씨가 돌아가시진 않았겠지?" 제가 숨 가쁘게 물었어요. "오! 질라! 질라!"

"아니에요. 부인, 우선 좀 앉으세요." 그녀가 말했어요. "몸이 안 좋으신가 봐요. 아직 돌아가시지 않았는데, 케네스 선생님 말씀으로는 하루 정도는 더 버티실 거라고 해요. 오는 길에 만나서 제가 물어봤거든요."

저는 일어나 모자랑 외투 등 제 물건을 챙기고 아래층으로 내려왔어요. 빗장이 다 풀려 있더군요.

거실로 들어가자마자 아가씨 소식을 알고자 사람을 찾았어요. 거실 안은 햇빛으로 가득 찼고 문도 활짝 열려 있었지만 아무도 보이지 않았어요.

집으로 향할지 아니면 아가씨를 찾아야 할지 망설이고 있는데 난롯가에서 옅은 기침 소리가 났어요.

거실에 린턴 혼자 남아 있더군요. 그는 긴 의자에 누워 막대 사탕을 빨며 무심한 표정으로 제 거동을 살펴보고 있었어요.

"캐서린 아가씨는 어디 있어요?" 제가 무섭게 추궁하듯이 물었어요. 혼자 있는 걸 보고 그렇게 겁을 주면 모든 걸 다 털어놓으리라고 생각했어요.

그 애는 아무것도 모르는 듯 계속 사탕만 빨고 있었어요.

"아가씨는 갔어요?" 제가 물었어요.

"아니." 그렇게 대답하더군요. "위층에 있어. 못 갈걸. 우리가 보내질 않을 테니까."

"멍청이 같으니라고! 보내질 않는다고?" 제가 소릴 질렀어요. "당장 아가씨 방으로 인도해. 안 그러면 혼내 줄 테야."

"그 방에 가기만 해 봐. 아빠가 넬리를 혼내고 말걸." 그가 대답했어요. "아빠 말이 캐서린한테 부드럽게 대하지 말라고 했어. 이제 내 아내니까 내 곁을 떠나려 하는 건 창피한 일이지. 아빠가 그러는데 캐시가 날 싫어하고, 내 돈을 챙기려고 내가 어서 죽기를 바란다는 거야. 하지만 그건 안 될걸. 집에도 못 갈 거야! 암, 절대 못 가지! 울 테면 울라고 해. 그러다가 병나면 자기만 손해지!"

린턴이 잠을 자려는 듯 눈을 감고 다시 막대 사탕을 빨기 시작했어요.

"도련님." 제가 다시 말을 이었지요. "지난겨울 도련님이 아가씨를 사랑한다고 했을 때 아가씨가 얼마나 다정하게 대해 줬는지 잊었어요? 그리고 책도 갖다주고 노래도 불러 주었잖아요. 도련님을 보려고 여러 번 눈보라를 헤치고 왔던 것도 잊었어요? 어느 날 저녁인가는 올 수 없게 되자 도련님이 얼마나 슬퍼하겠냐고 울기까지 했어요. 그때는 아가씨가 도련님에게 백배나 더 잘한다고 생각했잖아요. 그런데 이제는 아버지가 하는 모든 거짓말을 그대로 다 믿는군요. 아버지가 아가씨와 도련님 둘 다 지독하게 싫어하는 걸 알면서도 말이죠. 게다가 아버지 편을 들어 아가씨에게 맞서기까지 하고요. 배은망덕도 유분수네요, 그렇지 않아요?"

린턴은 한쪽 입술 끝을 실룩거리면서 입에서 사탕을 뺐어요.

"도련님을 싫어하는데 아가씨가 워더링 하이츠에 왔겠어요?" 제가 계속 이야기했어요. "생각 좀 해 봐요! 돈 문제도 말이지요. 아가씨는 도련님이 유산을 받는 사실조차 몰랐어요. 그런데 몸도 안 좋은 우리 아가씨를 이놈의 집 안 위층 방구석에다 혼자 남겨 두다니요! 도련님도 혼자 있다는 게 어떤 건지 잘 알잖아요! 도련님이 자기 처지를 슬퍼했을 때 아가씨도 함께 슬퍼했어요. 하지만 이제는 아가씨의 처지를 모르는 체하네요! 보세요, 저도 눈물이 납니다. 이 다 늙은 하녀가 말입니다. 사랑한다고 떠들고 숭배할 만하다고도 했던 도련님은 자기를 위해 흘릴 눈물만 있는 건지 눈물 한 방울도 흘리지 않고 그렇게 마음 편히 누워 있군요. 세상에, 정말 매정하고 이기적이네요!"

"난 그 애랑 같이 못 있겠어." 린턴이 심통이 난 듯 말했어요. "나 혼자는 그 애 곁에 못 있겠다고. 너무 우는 통에 참을 수 없을 정도라니까. 아빠를 부른다고 협박해도 도무지 그치질 않아. 한번은 진짜로 아빠를 불렀다니까. 그만하지 않으면 목을 조르겠다고 위협까지 했지만, 아빠가 방만 나가자마자 울기 시작한다고. 내가 잠도 못 자겠다고 짜증 내고 소리쳐도 밤새 신음하고 우는 거야."

"히스클리프 씨는 나가셨나요?" 이 한심한 녀석이 아가씨가 받는 정신적 고통을 전혀 이해하지 못한다는 생각이 들기에 제가 다시 물었어요.

"안뜰에 계셔." 그가 대답하더군요. "케네스 선생님과 이야기하고 계시는데, 외삼촌이 결국 정말로 돌아가신다네. 잘된 일이야. 그러면 내가 그레인지의 주인이 될 테니까. 캐서린은 매번 그 집이 자기 집이라고 했었지. 이젠 자기 집이 아니라고! 내 거라니까. 아빠 말씀대로 그 애가 가진 건 다 내 거야. 그 멋진 책들도 다 내 거고. 캐서린은 내가 우리 방 열쇠를 얻어서 자길 나가게만 해 주면 책들이랑 예쁜 새들, 미니라는 조랑말까지 나한테 다 준다고 했지만 이제 다 내 것이 되었으니 나한테 줄 게 없다고 말해 줬어. 그랬더니 엉엉 울면서 목걸이에서 조그만 사진을 꺼내 그것도 가지라고 하는 거야. 금합 안에 초상화 두 장이 있더군. 하나는 젊었을 때 자기 엄마고 또 하나는 외삼촌이라는 거야. 어제 일이었지. 그래서 그 사진들도 다 내 거라고 하면서 뺏으려 했는데, 글쎄 그 깜찍한 것이 도통 주질 않는 거야. 오히려 날 밀치고 아프게 하기에 소리를 질렀지. 자기도 그 소리에 놀라더라고. 아버지가 올라오는 소리가 들리니까 경첩을 부셔서 금합을 두 개로 나누더니 자기 엄마 초상화를 나한테 주는 거야. 자기 아빠 거는 감추더군. 아버지가 올라와 무슨 일이냐고 묻기에 내가 다 설명했지. 아버지는 내가 가진 초상화를 뺏더니 캐시더러 자기 거를 나에게 주라고 말했어. 그녀가 싫다고 하니까 아빠가, 아빠가 그 애를 때렸어. 그리고 목걸이 줄에서 그걸 떼어 내 발로 밟아 버리더라고.”

“아가씨가 맞는 걸 보니 좋았어요?”말을 더 붙일 속셈으로 계속 물어봤지요.

“난 눈을 감았다니까.”그가 대답했어요.“아버지가 개나 말을 때릴 때도 난 눈을 감는다고. 정말 세게 때리거든. 처음에 고소하다고 생각했어. 날 밀쳤으니까 맞을 만하다고 생각했어. 아버지가 나가자 캐시가 나를 창가로 부르더니 이에 부딪혀 찢어진 입 안을 보여 주는 거야. 입속은 온통 피투성이였어. 그러고 나서 찢어진 초상화 조각을 다 끌어모으곤 벽 쪽으로 돌아앉더니 그때부터 내게 아무 말도 안 하는 거야. 그래서 나는 아파서 말을 못 하나 보다고 생각했지. 난 그렇게 생각하고 싶진 않지만, 그 애는 울기만 하는 골치 아픈 애야. 안색도 창백하고 사납게 보여서 정말 무섭다니까.”

“그런데 도련님은 마음만 먹으면 그 방 열쇠를 가져올 수 있지요?”제가 물었어요.

“그래, 내가 위층에 있을 땐 가능하지.”그 애가 대답했어요. “한데 지금은 올라갈 수가 없어.”

“어느 방이에요?”다시 물었지요.

“오!”그 애가 소리를 질렀어요.“그건 넬리에게 말해 줄 수 없어. 비밀이거든. 헤어턴이나 질라도 알면 안 돼. 그만! 날 힘들게 하지 말고 그만 가, 가라고!”그러더니 얼굴을 팔에 묻고 다시 눈을 감는 겁니다.

전 히스클리프를 만나지 않고 그레인지로 가서 아가씨를 구할 사람들을 데려오는 게 상책이라고 생각했어요.

집에 도착하니 하인들이 날 보고 놀라면서도 엄청나게 반가워했지요. 아가씨가 무사하다는 소식을 듣자 그중 몇이 서두르면서 에드거 서방님 방으로 가 알려 드리겠다고 하는 거예요. 하지만 제가 직접 소식을 전하겠다고 했지요.

세상에나, 그 며칠 사이에 서방님은 너무 딴사람이 되었더군요! 모든 걸 체념한 슬픈 모습을 한 채 죽음을 앞두고 있었어요. 나이는 서른아홉이었지만 아주 젊어 보여서 사람들이 적어도 10년은 젊게 보았을 겁니다. 아가씨 이름을 중얼거리는 걸 보니 따님 생각을 하고 있었나 봅니다. 저는 서방님 손을 잡고 이렇게 말했어요.

"서방님, 아가씨는 곧 돌아와요!" 서방님 귀에 대고 작은 소리로 다시 말했어요. "잘 지내고 있고요, 오늘 밤에 돌아올 거예요."

제 말을 듣자마자 서방님이 반응하시는 걸 보고 저도 놀랐답니다. 별안간 몸을 반쯤 일으키더니 주위를 둘러보는 거예요. 하지만 이내 정신을 잃고 말았어요.

서방님이 다시 깨어나자마자 저는 하이츠에 끌려 들어가게 된 일과 거기에 머물러 있을 수밖에 없었던 얘기를 했지요. 전적으로 사실은 아니었지만, 히스클리프가 저희를 억지로 끌고 들어갔다고 했어요. 린턴에 관해 좋지 않은 얘기는 되도록 하지 않았어요. 또한 히스클리프의 야만적인 짓거리에 대해서도 얘기하지 않았답니다. 이미 비애감에 흠뻑 젖은 서방님의 마음에 될 수 있는 한 더 이상 아픔을 주고 싶진 않았으니까요.

서방님은 철천지원수 같은 히스클리프란 작자가 의도적으로 자기의 동산뿐 아니라 부동산까지 모두 자기 아들, 아니 자기 몫으로 만들고 있다고 보았어요. 그런데 조카인 린턴이 자기처럼 곧 죽음을 맞게 될 지경이라는 걸 몰랐기 때문에 히스클리프가 왜 자기가 죽을 때까지 기다리지 않고 서두르는지 이해할 수 없었지요.

하지만 서방님은 자기 유언장을 수정할 필요가 있다고 생각했어요. 캐서린의 유산을 아가씨 본인에게 맡기는 것보다는 그녀가 평생 쓰게 하고, 자손이 생기면 그 애들도 쓸 수 있게 법정 관리인에게 맡기기로 마음먹은 거예요. 이렇게 하면 린턴이 죽은 후 히스클리프에게 모든 게 양도되지는 않을 것으로 생각한 거죠.

서방님에게서 이런 분부를 받고는 저는 하인 한 명은 변호사를 부르러 보냈고, 네 명은 쓸모 있는 무기를 갖추게 해서 아가씨를 구해 오라고 시켰답니다. 두 팀 모두 늦게까지 돌아오지 않았어요. 혼자 간 하인이 먼저 돌아왔지요.

그가 말하기를 그린 변호사 댁에 도착하니 이미 외출했다는 거예요. 그래서 돌아오면 만나려고 두 시간을 기다렸는데 돌아와서 기껏 하는 말이 마을에 처리할 일이 있으니 내일 아침 일찍 스러시크로스 그레인지로 오겠다고 했다는 겁니다.

네 사람 역시 그냥 돌아와서는, 캐서린이 몸이 안 좋아 누워 있기 때문에 방 밖으로 나갈 수 없다고 하면서 히스클리프가 만나게 해 주지 않아 그냥 돌아왔다고 하더군요.

그런 얘기를 믿은 어리석은 친구들을 나무라고는 린턴 서방님에게는 이런 얘기를 하지도 않았어요. 내일 동이 트면 한 무리를 하이츠로 몰고 가서 만약 히스클리프가 아가씨를 내놓지 않으면 말 그대로 쳐들어가겠다고 마음을 먹었지요.

그 악마 같은 놈이 순수하게 아가씨를 내놓지 않는다면 그 집 문간에서 그자를 죽이는 한이 있더라도 서방님이 따님을 볼 수 있게 하겠노라고 다짐하고 또 다짐했지요!

하지만 운 좋게도 그 집까지 갈 수고를 널게 되었답니다. 새벽 3시경 물 주전자를 가지러 아래층으로 내려가 현관 앞을 지나가는데 누군가 현관문을 세게 두드리는 바람에 깜짝 놀랐지요.

"오호! 그린 씨인가 보네." 마음을 가라앉히며 제가 말했어요. "그린 씨 말고 누가 있겠어." 하인을 보내 문을 열어 줄 생각으로 저는 그냥 지나갔어요. 그런데 노크 소리가 계속 들리는 거예요. 소리가 크진 않았지만 집요하게 두드리더군요.

계단 난간에 주전자를 놓고는 제가 직접 그린 씨를 맞으려고 나갔어요. 보름달이 밝게 빛나고 있었어요. 그런데 변호사가 아니었어요. 글쎄 우리 예쁜 공주님이 울면서 제 목에 매달리는 거예요.

"엘런, 엘런! 아빠는 어때?"

"괜찮아요." 제가 소리쳤어요. "하느님 아버지, 감사합니다. 물론 잘 계세요. 그나저나 무사히 돌아왔네요!"

숨이 턱에 닿는데도 불구하고 아가씨는 곧장 서방님 방으로 뛰어 올라가려고 했어요. 하지만 제가 우선 의자에 앉아 물 한 모금부터 마시게 하고 창백한 얼굴을 닦아 준 다음 제 앞치마 자락으로 볼을 비벼 희미하게나마 생기가 돌게 했어요. 그런 다음 내가 먼저 들어가 따님이 왔다고 전할 테니 아버지에게는 린턴 도련님과 재미있게 지내겠다고 말해 달라고 부탁했어요. 아가씨는 놀란 눈으로 절 쳐다보다가 제가 왜 그런 거짓말을 부탁하는지 알아차렸는지 절 안심시키며 불평을 늘어놓지 않겠다고 하더군요.

저는 부녀가 만나는 자리에 차마 같이 있을 수가 없어서 문밖에서 15분 정도 서 있었지요. 침대에 가까이 갈 용기도 없었어요.

모든 게 평온했답니다. 서방님이 아무 말 없이 기뻐하신 만큼 아가씨 역시 아무 말 없이 절망감을 받아들였지요. 캐서린은 적어도 겉으로 보기에는 아버지를 차분하게 붙들고 있었고, 서방님은 기쁨으로 더욱 커진 눈을 들어 딸을 쳐다보고 있었어요.

록우드 씨, 서방님은 행복해하며 돌아가셨답니다. 그렇게 이 세상을 떠나신 거지요. 딸의 볼에 입맞춤하며 이렇게 속삭였어요.

"난 네 엄마 곁으로 간단다. 내 사랑스러운 딸, 너도 언젠가는 우리가 있는 곳으로 오게 될 거야." 그러곤 더 이상 움직이지도 않고 말도 하지 않았어요. 서서히 맥박이 약해지고 영혼이 그의 몸을 떠나는 그 순간까지 기쁨으로 빛이 나던 시선은 따님을 향해 있었답니다. 마지막 순간을 너무 조용히 받아들였기에 언제 마지막 숨을 거두었는지도 모를 정도였어요.

아가씨는 눈물이 다 말랐는지 아니면 너무 슬픈 나머지 눈물을 흘릴 경황이 없었는지 동이 틀 무렵까지 눈물 없이 뜬눈으로 아버지 곁에 앉아 있었어요. 오후 내내 자리를 지켰는데, 아마도 제가 끌어내 쉬라고 하지 않았다면 계속 그 자리에 앉아 있었을 겁니다.

캐시 아가씨를 쉬게 한 건 잘한 일이었어요. 점심때가 다 돼서 그린 씨가 나타났거든요. 워더링 하이츠에 먼저 들러 히스클리프의 지시를 받고 온 거지요. 서방님의 호출에 늦게 나타난 것도 히스클리프에게 매수되었기 때문이었어요. 다행스러운 것은 따님이 도착한 이후로는 이런 세상일들로 인해 서방님 마음이 더 혼란스럽지는 않았다는 겁니다.

그린 씨는 그레인지의 모든 것과 그레인지에 속한 모든 사람을 정리하는 일을 맡았답니다. 저를 제외한 모든 하인에게 그만두라는 통지를 했지요. 그는 위임받은 권한을 행사해서 심지어 에드거 린턴 서방님이 부인 옆이 아니라 그의 가문 사람처럼 교회 묘지에 묻혀야 한다고까지 주장할 정도였어요. 하지만 유언장이 있어서 그렇게 하지는 못했지요. 저는 유언장에 적힌 지시를 어겨서는 안 된다고 목청껏 소리 지르며 항의했답니다.

장례식은 서둘러 진행되었고, 이제는 린턴 히스클리프 부인이 된 캐서린 아가씨는 아버지의 시신이 집을 떠날 때까지만 그레인지에 머물 수 있었어요.

아가씨 말은, 자기가 몹시 괴로워하니까 결국 린턴도 위험을 무릅쓰고 자기를 내보내 주었다고 하더군요. 제가 보낸 그레인지 사람들이 문 앞에서 언쟁을 벌이는 걸 듣고 히스클리프가 어떻게 대답할지 대충 짐작이 가기에 더 절망적이었다는 거지요. 하지만 제가 떠난 후 작은 응접실로 자리를 옮긴 린턴 도련님에게 아가씨가 겁을 줘 아버지가 위로 올라오기 전에 열쇠를 챙기게 시켰다는 거예요.

영리하게도 그는 문을 열고는 그냥 열어놓은 채 다시 잠그는 척했다는 거죠. 그리고 잘 시간이 되자 헤어턴 도련님과 같이 자겠다고 해서 허락을 받아 냈답니다.

캐서린은 동트기 전에 그 집을 빠져나왔고 혹 개들이 짖을까봐 정문으로 나가지 않고 빈방을 돌아다니며 창문들을 다 확인해 보았답니다. 다행히도 아가씨의 어머니가 쓰던 방 창문을 통해 어렵지 않게 빠져나올 수 있었고, 창문 옆에 있는 전나무를 타고 내려올 수 있었답니다. 겁이 많은 린턴은 큰 도움을 준 것도 아닌데도 아가씨가 도망치는 걸 도왔다는 이유로 아버지에게 호되게 혼이 났다더군요.

15장

장례식을 치른 날 저녁, 저와 아가씨는 서재에 앉아 서글픈 생각에 잠겼어요. 특히 아가씨는 절망에 빠져 서방님의 죽음을 애석해했고 앞으로 다가올 어두운 앞날에 대해 이런저런 생각을 해 보았지요.

아가씨가 계속 그레인지에 머물 수 있게 허락받는 것이 가장 바람직하다고 저나 아가씨나 생각했어요. 적어도 린턴 도련님이 살아 있는 날까지 그도 캐서린과 같이 여기에 머물고, 저 역시 가정부로 여기에 남아 있는 거였지요. 그렇게만 되면 더 바랄 게 없었어요. 여하튼 그렇게 되길 바랐고, 저 역시 내 집처럼 정이 든 그레인지에서 제가 하던 일을 계속할 수 있게 되길 바랐답니다. 그런데 하인 한 명이 ― 하인 일은 그만두었지만 아직 여길 떠나지 않은 사람이었어요 ― 급하게 뛰어 들어오며 '빌어먹을 히스클리프'가 안뜰로 들어오고 있는데 면전에서 문을 걸어 버릴지 묻는 것이었어요.

그자에 대한 분노 때문에라도 그렇게 하라고 했겠지만, 그럴 시간조차 없었답니다, 그는 문을 두드리지도 않았고 미리 이름을 대거나 하는 예의도 차리지 않았어요, 자기가 주인이기에 주인의 특권을 맘껏 발휘해 아무런 말도 없이 곧장 안으로 들어왔어요. 그러고는 자기의 도착 소식을 전한 하인의 목소리가 들리는 서재 쪽으로 발걸음을 옮겼어요.

그는 들어오자마자 하인에게 나가라는 손짓을 하고는 문을 닫았어요.

이 서재는 바로 18년 전 그가 손님으로 왔을 때 안내받아 들어 왔던 바로 그곳이었어요. 그때처럼 창문 밖으로 달이 밝게 빛나고 있었고 바깥 모습도 그때처럼 가을 풍경이었어요. 아직 촛불을 켜지 않았는데도 집 안이 훤하게 보였고 벽에 걸린 초상화 — 린턴 부인의 눈부신 얼굴과 린턴 서방님의 우아한 얼굴 — 까지 다 보였지요.

히스클리프가 난로 쪽으로 다가오더군요. 세월이 흘렀지만 거의 예전 모습 그대로였어요. 그때와 똑같았지만 다만 그의 검은 얼굴이 다소 여위었고 차분해 보였지요. 몸도 전보다 좀 불었을 뿐 다른 변화는 없었어요.

그를 보자마자 아가씨가 뛰어나가려고 벌떡 일어났어요.

"가만히 있어!" 아가씨의 팔을 잡으면서 그가 말했어요. "더 이상 도망치지 마라! 갈 데가 어디 있다고 그래? 널 집에 데려가려고 온 거야. 그리고 내 아들이 내 말을 거역하게끔 부추기지 말고 착실한 며느리로 지냈으면 좋겠다. 널 도망치게 하는 데 그 녀석도 한몫했다는 걸 알고 이 녀석을 어떻게 혼내야 할지 내가 얼마나 고심한 줄 아니? 잘못 건드리기만 해도 쓰러질 약한 녀석을 내가 어떻게 혼내겠니. 하지만 그 녀석 얼굴을 보면 마땅한 대가를 치렀다는 걸 너도 알게 될 거다! 그제 저녁 그 녀석을 아래층으로 데리고 내려와서는 손 한번 대지 않고 그냥 의자에 앉혀 놓았단다. 헤어턴도 내보내고 우리 둘만 있었거든. 두 시간 같이 있다가 조지프를 시켜 그 녀석을 다시 위층으로 올려 보냈을 뿐이야. 그다음부터는 나만 보면 유령을 본 것처럼 놀라더구나. 내가 옆에 없어도 마치 보이는 것처럼 여기는 거야. 헤어턴의 말에 따르면 자다가도 벌떡 일어나 한 시간 정도 소리를 지른다더구나. 그리고 자길 도와 달라고 널 부른다는 거야. 그러니 그 아일 좋아하든 아니든 간에 네가 가 줘야 하지 않겠니? 앞으로 걔는 네가 책임져야 한다. 그 애한테 쏟던 관심을 다 네게 물려 주려고 한다."

"아가씨를 여기 그냥 있게 해 주세요." 제가 부탁했지요. "린턴 도련님을 여기로 보내면 되잖아요? 당신은 둘 다 싫어하니 그리워하지도 않을 거고요. 인정이 메마른 당신 옆에 둘이 있어 봤자 귀찮은 존재일 뿐일 텐데요."

"그레인지는 세를 줄 거야." 그가 말하더군요. "그리고 우리 애들은 내 옆에 두고 싶어. 게다가 저 애는 자기 밥값을 해야 하고. 저 애 아비가 죽었는데도 빈둥빈둥 호사스럽게 지내면서 먹고 자게 내버려 두지 않을 거야. 서둘러. 출발하자고. 끌고 가게 하지 말고."

"갈 거예요." 아가씨가 말했어요. "이 세상에서 제가 사랑하는 사람은 린턴뿐이니까요. 아무리 당신이 우리 둘을 서로 싫어하게 만들려고 해도 그렇게 되진 않을 거예요! 제가 린턴 곁에 서서 당신이 린턴을 아프게 하면 가만있지 않을 거예요. 절 협박해도 이젠 가만히 있지 않을 거고요."

"넌 정말 제법 잘 지껄이는 애구나." 히스클리프가 이렇게 대꾸했어요. "내가 너 좋으라고 린턴 녀석에게 고통을 주진 않겠지. 그 녀석을 괴롭힐수록 혜택을 보는 건 너일 테니까. 그런데 네가 그 녀석을 싫어하게 만드는 건 내가 아니야. 그건 그 녀석의 성미가 그렇게 생겨 먹어서 그런 것뿐이지. 네가 그 앨 두고 도망을 가는 바람에 자기가 벌 받았다고 널 몹시 원망하고 있지. 네가 그 녀석에게 헌신적으로 군다고 해서 그 애가 고마워할 거로 생각하지 마라. 자기가 나처럼 힘이 세다면 널 이런저런 식으로 혼낼 거라고 질라에게 말하며 즐거워하는 걸 내가 봤거든. 본래 그런 성향이 있는 녀석인 데다가 힘이 없다 보니 힘 말고 다른 식으로 널 괴롭히려고 머리를 쓸 테니까 말이다."

"그 애 성격이 나쁜 건 저도 알아요." 아가씨가 말했어요. "당신 아들이니까요. 하지만 제가 성격이 좋으니까 다 용서할 수 있어요. 또 그 애가 날 사랑한다는 걸 알아요. 그래서 저도 그 앨 사랑하는 거고요. 히스클리프 씨, 그런데 당신을 사랑해 주는 사람은 아무도 없어요. 당신이 아무리 우리를 괴롭혀도 소용없어요. 우리는 우리보다 더 불행한 당신 처지에서 그 잔인한 모습이 나온다는 걸 알고 있기 때문이에요. 당신을 보면 정말 측은하기 짝이 없어요. 암, 그렇고말고요. 악마처럼 친구가 없어 외로운 데다가 남을 시기하기만 하죠. 아무도 당신을 사랑하지 않아요. 당신이 죽을 때 애통해할 사람이 누가 있겠어요! 전 당신처럼 되기 싫어요!"

아가씨가 뭔가 쓸쓸한 승리감을 맛보며 말했지요. 아가씨는 마치 앞으로 자기가 들어가 살 집의 정신을 받아들이기로 작정하고, 원수가 느낄 고통에서 기쁨을 맛보겠다는 듯이 말하더군요.

"1분만 더 거기 그대로 서 있기만 해 봐. 네가 당장 후회하게 만들어 줄 테다." 시아버지인 히스클리프가 소리쳤어요. "이 마귀 같은 년, 어서 가서 네 짐이나 챙기지 못해!"

아가씨가 비웃으며 자리를 피하더군요.

아가씨가 나간 후, 저는 그레인지에서 하던 일을 질라에게 넘기고 대신 워더링 하이츠에서 일하게 해 달라고 부탁했어요. 하지만 제 부탁을 절대 받아들이지 않더군요. 저더러 가만히 있으라고 하더니 처음으로 방 안을 둘러보다가 초상화에다가 눈길을 주는 거예요. 린턴 부인의 초상화를 눈여겨보더니 이렇게 말했어요.

"저건 내가 가져갈게. 꼭 필요한 건 아니지만……."

그러다가 별안간 벽난로를 쳐다보면서, 글쎄 적합한 말을 못 찾겠지만 미소 짓는 듯한 표정으로 계속 말하는 거예요.

"내가 어제 뭘 했는지 말해 줄게! 린턴의 무덤 자리를 팠던 묘지기를 찾아가 캐서린의 관 뚜껑에 있는 흙을 치우라고 했지. 그리고 뚜껑을 열어 보았지. 한때는 나도 그 속에 있고 싶은 적이 있었어. 캐서린의 얼굴을 보니 아직 그대로더군! 날 비키게 하느라고 묘지기가 꽤나 애를 먹었어. 시신이 공기에 노출되면 변한다고 하기에 할 수 없이 관 한쪽 널판을 느슨하게 하고 다시 흙으로 덮었어. 빌어먹을 린턴 놈이 누워 있는 쪽이 아니고! 그놈은 납땜질한 관속에 처넣었어야 하는 건데. 그리고 묘지기에게 돈을 주고는 내가 거기에 묻히게 되면 캐서린의 관 널판을 느슨하게 한 것처럼 내 관도 느슨하게 열어 놓아 달라고 했어. 그렇게 해 놓으면 린턴이란 놈의 관이 다 썩어 우리 쪽으로 넘어 올쯤이 되면 누가 누군지 알 수도 없을 테니 말이야!"

"정말 못된 사람이네요, 히스클리프 씨!" 제가 소리를 질렀어요. "땅에 묻힌 사람을 건드리다니 창피하지도 않아요?"

"넬리, 난 아무도 건드리지 않았어." 그가 대답하더군요. "마음의 평화만 좀 얻었을 뿐이라고. 이제 난 마음이 훨씬 편해질 거야. 죽어도 편안하게 누워 있을 수 있으니까 말이야. 내가 캐서린을 건드렸다고? 천만에! 지난 18년간, 아니 바로 어젯밤까지도 밤낮으로 끊임없이 그리고 가차 없이 날 괴롭힌 건 바로 캐서린이라고. 어젯밤에 비로소 평안을 얻은 거야. 난 그녀 옆에서 심장이 멈춘 채 얼어붙은 내 뺨을 그녀의 뺨에 맞대고 마지막 잠을 자는 꿈을 꾸었어."

"그러다가 캐서린 아가씨가 썩어 흙이 되어 버리거나 더 안 좋은 상태가 되면 그땐 무슨 꿈을 꾸려고요?" 제가 물었어요.

"캐서린과 같이 흙이 되는 꿈이지. 그게 더 행복한 거야!" 그가 대답했어요. "내가 그깟 썩는 걸 무서워할 줄 아나? 관 뚜껑을 열면서 난 캐서린이 이미 그렇게 변했을 거로 기대했었어. 하지만 내가 죽어서 함께 묻힌 후 같이 흙이 될 수 있다는 생각에 더 기뻤어. 더욱이 무표정한 캐서린의 얼굴에서 특별한 인상을 받지 않았더라면 그런 이상한 느낌은 아마도 쉽사리 사라지지 않았을 거야. 그 느낌은 참 기이한 순간에 시작되었어. 그녀가 죽은 후 내가 얼마나 정신이 나갔는지 넬리도 알 거야. 그리고 동틀 때부터 해가 질 때까지 그녀의 영혼만이라도 돌아와 달라고 기도했다고! 나는 귀신이 있는 걸 믿거든. 귀신이 우리와 함께 있을 수 있다고. 아니 있는 게 분명하다니까!

그녀가 땅에 묻히던 날은 눈이 내렸지. 저녁에 난 교회 묘지로 갔어. 한겨울처럼 거친 바람이 불었고 사방이 쥐 죽은 듯 조용했어.

바보 같은 린턴 녀석이 그 늦은 시간에 골짜기까지 올라와 어슬렁거릴 리 없었어. 다른 사람들이야 무슨 일로 거길 오겠어.

나 혼자였지. 그리고 우리를 가로막고 있는 게 기껏해야 2야드 정도밖에 안 되는 엉성한 흙더미란 걸 알고 있었어. 그래서 나 자신에게 이렇게 말했어.

'그녀를 다시 품에 안아 보자! 몸이 식었다면 그건 내 몸에 한기를 불어 넣는 바로 이 북풍 때문일 거고, 그녀가 움직이지 않는다면 그건 그녀가 잠들었기 때문이라고 생각하자.'

난 연장 창고에서 삽을 가져와서는 있는 힘껏 파 내려갔어. 삽이 관에 닿더군. 그때부터 손으로 파헤쳤어. 나사못 때문인지 관 뚜껑이 삐걱대는 소리가 나기 시작하더군. 드디어 내 목적을 성취하나보다고 했는데 그 순간 위에서 누군가 한숨을 내쉬는 것 같은 거야. 무덤 바로 옆에서 고개를 숙이고 말이야. '이 관 뚜껑만 열 수 있다면.' 나 혼자 중얼거렸지. '누구든 우리를 함께 묻고 흙을 덮어 주면 좋겠는데!' 그래서 필사적으로 뚜껑을 뜯어내려고 했어. 이번에는 내 귓가에 대고 누군가 한숨을 쉬는 것 같았어. 진눈깨비가 섞인 바람 대신 따스한 숨결이 느껴졌어. 주위에 아무도 없었거든. 하지만 어둠 속에서 누군가 다가올 때 상대가 누구인지는 모르지만 그 느낌을 알 수 있듯이 난 분명 캐시가 거기 있는 걸 느꼈어. 저 아래 땅속이 아니라 바로 땅 위 내 곁에 말이야.

갑자기 안도감이 심장부터 온몸으로 퍼져 나가더군. 난 고통스러운 작업을 중단한 채 한순간 말 못 할 정도로 위안을 받았어. 그녀가 나와 같이 있었던 거야. 내가 다시 흙을 다시 덮을 동안 그녀는 내내 곁에 있다가 집까지 날 인도했어. 웃어도 좋아. 하지만 난 확실히 그녀를 보았고, 내 옆에 있으니 어찌 내가 말을 건네지 않을 수 있겠냐고.

워더링 하이츠에 도착하자마자 난 문 쪽으로 달려갔어. 잠겨 있더군. 빌어먹을 언쇼 놈과 내 마누라가 날 못 들어오게 하려고 잠가 놓은 거지. 언쇼에게 혼쭐나게 발길질하고선 서둘러 위층, 내 방과 캐시 방으로 올라갔어. 그리고 초조하게 사방을 둘러보았어. 그녀가 내 옆에 있는 걸 느낄 수 있었어. 근데 보일 듯하면서도 볼 수가 없었어! 너무 보고 싶어서 단 한 번이라고 보게 해 달라고 애통하게 그리고 피땀까지 흘려 가며 빌고 또 빌었거든! 하지만 한 번도 보지 못했어. 살아 있을 때 그랬듯이 악마처럼 내 속을 태우더군! 그때 이후로 더하기도 덜하기도 했지만 난 참기 어려운 고통의 노리갯감으로 지냈어! 지옥 같았어. 내 신경줄을 있는 한껏 잡아당겨 날 긴장하게 했지. 내 신경줄이 양 창자처럼 질겼기에 망정이지 아니면 아마도 린턴처럼 이미 옛날에 다 풀어지고 말았을 거야.

헤어턴과 함께 거실에 앉아 있을 때는 밖으로 나가면 캐시를 볼 수 있을 것 같았고, 황야를 걷다 보면 집에 오다가 만날 것 같았어. 그래서 집을 나서면 이내 서둘러 돌아오는 거지. 그녀가 분명 하이츠 어딘가에 확실히 있는 것 같았거든! 그리고 캐시 방에서 자는 날에는 — 견딜 수 없어서 나오긴 했지만 — 누워 있을 수가 없었어. 눈을 감자마자 캐시가 창문에 나타나든가, 판자로 만든 침상 미닫이문을 열어젖히든가, 아니면 어렸을 때처럼 나와 같은 베개에 그 예쁜 머리를 베고 누울 것 같았거든. 그러면 난 눈을 번쩍 뜨고 보는 거야. 하룻밤에도 백 번 이상을 감았다 떴다 했지만 여지없이 실망했지! 날 고문하는 거였어! 내가 하도 자주 끙끙대니까 조지프 영감은 그나마 내 양심이 남아 날 괴롭히는 거라고 믿었을 거야.

　이제 그녀를 보고 나니 마음이 풀렸어. 약간은 말이지. 그리고 사람을 죽이는 방법치곤 정말 기묘한 건 다른 게 아니라, 1인치씩도 아니고 털끝만큼씩 날 말려 죽이는 거야. 지난 18년간 다시 볼 거라는 허깨비 같은 기대감으로 날 속여 왔으니 말이야!"

　잠시 얘기를 멈추더니 그는 이마를 훔쳤어요. 땀에 젖어 머리카락이 이마에 들러붙어 있었고, 두 눈은 벽난로 안의 타고 남은 벌건 불씨를 응시하고 있었어요. 눈썹은 찌푸려지진 않았지만 관자놀이 쪽으로 치켜 올라갔더군요. 얼굴에는 어두운 기색은 줄었지만 독특한 고뇌의 표정과 함께 뭔가에 몰두해 있는 정신적 긴장 상태가 고통스럽게 드러나 보이더군요. 이젠 저를 보고 얘기하는 것도 아니기에 저도 아무 말 않고 있었어요. 저 역시 그 사람 얘기를 듣고 싶은 건 아니었거든요.

　잠시 후 그는 초상화를 보며 생각에 잠기더니 그걸 떼어 더 잘 보이는 곳에 놓고 보려는 듯 소파에 기대 놓더군요. 그때 캐시 아가씨가 들어와 말에 안장만 올리면 출발할 거라고 말했어요.

　"초상화는 내일 보내 줘." 히스클리프가 제게 부탁하더군요. 그러고는 캐시를 쳐다보며 말했어요. "이제 말은 필요 없어. 저녁 날씨도 좋고, 워더링 하이츠에서는 말 같은 건 필요 없거든. 어디를 가든 걸어가면 된다. 자, 가자."

　"엘런, 잘 있어!" 귀여운 공주님이 제 귀에 대고 속삭였지요. 제게 입맞춤하는데 입술이 얼음장처럼 차가웠어요. "날 보러 와 줘야 해, 엘런. 잊으면 안 돼."

　"딘 부인, 그따위 짓은 안 하는 게 좋을 거야!" 캐시의 시아버지가 제게 말했어요. "할 말이 있으면 내가 직접 올 거야. 당신이 우리 집을 기웃거리는 건 원치 않아!"

그가 아가씨에게 앞장서 가라고 손짓하자 아가씨가 그 명령에 따랐어요. 가면서 뒤를 돌아보는 아가씨의 모습에 제 가슴이 미어졌답니다.

저는 창가에서 그들이 정원을 지나는 모습을 물끄러미 바라보았지요. 히스클리프는 아가씨가 싫다고 하는 게 분명한데도 아가씨 팔을 잡았어요. 빠른 발걸음으로 아가씨를 오솔길로 이끌더니 둘의 모습이 이내 사라져 버렸어요.

16장

아가씨가 그레인지를 떠난 후 제가 워더링 하이츠에 한 차례 들렀는데 아가씨를 보진 못했답니다. 아가씨의 안부가 궁금해서 갔는데 조지프 영감이 문을 꼭 잡고 절 들여보내 주지 않는 거예요. 린턴 부인은 '노닥거릴 새가 없고' 주인 나리도 안에 안 계신다고요. 질라가 이들이 어떻게 지내는지 대충 알려 주지 않았으면 전 누가 죽었는지 살았는지도 몰랐을 겁니다.

질라의 말로 짐작건대 그녀는 아가씨가 건방지다고 생각해서인지 별로 좋아하는 것 같지 않았어요. 아가씨가 처음 여기에 도착한 날, 질라에게 무언가 도움을 청한 모양이에요. 그런데 히스클리프가 다들 자기 일이나 하라면서 자기 며느리도 스스로 알아서 할 테니 내버려 두라고 했다더군요. 질라는 속이 좁고 자기만 아는 여자였어요. 그러니 기꺼이 그 지시를 따를 밖에요. 질라가 자기를 무시하자 캐시 아가씨 역시 아이처럼 짜증을 부리고 질라를 무시하면서 복수한 거고요. 그리고 질라가 무슨 큰 잘못이라도 한 것처럼 그녀를 자기 원수 목록에 올렸다는 거예요.

6주 전쯤, 그러니까 록우드 씨가 이곳에 오기 얼마 전이었어요. 황야에서 질라를 만나 장시간 얘기를 나누었는데 제게 이렇게 말하더군요.

"캐서린 린턴 부인이 하이츠에 도착해서 처음 한 일이라고는 저나 조지프에게 반갑다는 인사도 없이 곧장 위층으로 올라간 것이에요. 그녀는 린턴 서방님 방에 처박혀 아침까지 그대로 있었답니다. 그러고는 주인 나리와 헤어턴 도련님이 아침 식사를 하는데, 거실로 들어와 벌벌 떨면서 의사를 부를 수 있냐고 물었어요. 린턴이 너무 아프다고 했어요.

'우리도 다 알고 있어.' 주인 나리가 대답했어요. '하지만 그 애는 살 가치가 없어. 그래서 우리가 한 푼도 투자하지 않는 거야.'

'그럼 전 어찌해야 하죠?' 그녀가 말했지요. '누구라도 돕지 않으면 죽을 것 같다고요!'

'이 거실에서 당장 나가.' 주인 나리가 소리쳤어요. '그리고 그놈 얘기는 한마디도 하지 마! 그놈이 어떻게 되건 신경 쓰는 사람은 여기에서 한 명도 없어. 신경 쓰이면 네가 간호하든가, 아니면 그냥 방에 가둬 놓으라고.'

그러자 아씨가 저를 귀찮게 하는 거예요. 그래서 제가 귀찮은 서방님 때문에 하도 골치를 앓아서 이젠 저도 지쳤다고 했지요. 우리는 각자 할 일이 있고 그녀가 할 일은 린턴 서방님을 돌보는 거라고 하면서, 주인님께서 그 일은 부인 몫이라고 했다고 말했어요.

둘이 어떻게 지냈는지는 저도 몰라요. 보나 마나 서방님은 엄청 짜증을 냈을 거고 밤낮으로 끙끙거렸을 겁니다. 린턴 부인은 제대로 쉬지도 못했을 거구요. 얼굴은 창백해졌고 눈도 제대로 뜨지 못할 지경이 된 걸 보면 알 수 있지요. 가끔 난처한 얼굴로 부엌에 와서는 도와 달라는 눈치를 보였지만 전 주인 나리의 말에 복종하지 않을 수 없었어요. 딘 부인, 제가 어찌 주인 나리 말을 거역하겠어요. 케네스 선생님을 모셔 오지 않은 건 잘못이라고 생각하지만 제가 나서서 조언하거나 불평할 처지는 아니었거든요. 저는 절대 끼어들지 않기로 했으니까요.

모두가 잠든 시간에 한두 번 우연히 제 방문을 열었다가 아씨가 계단 꼭대기에 앉아 울고 있는 걸 보았지만, 괜히 참견하고 싶은 마음이 들까 봐 얼른 문을 닫았어요. 그럴 땐 그녀가 정말 불쌍했어요. 하지만 자칫 제 자리마저 잃을까 봐 어쩔 수가 없었어요. 딘 부인도 잘 아시잖아요.

그러다가 어느 날 그녀가 제 방으로 뛰어 들어와 저를 화들짝 놀라게 하고는 이렇게 말하더군요.

'가서 히스클리프 씨께 자기 아들이 죽어 가고 있다고 전해 줘. 이번엔 진짜라고. 얼른 일어나서 말씀드리라고!'

이렇게 말하고 다시 사라졌어요. 한 15분가량 전 귀를 쫑긋 세우고 벌벌 떨고 있었어요. 아무 일도 일어나지 않았어요. 온 집안이 쥐 죽은 듯 조용하기만 했지요.

'잘못 안 거겠지.' 저 혼자 중얼거렸죠. '서방님이 고비는 넘겼을 거야. 사람들을 다 깨울 필요가 있겠어?' 그러고는 다시 졸음에 빠졌답니다. 하지만 다시 잠에서 벌떡 깨고 말았어요. 이번에는 종소리가 크게 들렸거든요. 종이라곤 단 하나밖에 없었어요. 린턴 서방님이 쓰라고 달아 놓은 거예요. 주인 나리가 절 부르더니 무슨 일인지

가서 알아보고 두 번 다시 종소리가 나지 않게 하라고 하셨어요.

전 아씨가 한 말을 주인 나리께 전했어요. 그가 한바탕 욕설을 퍼붓더니 촛불을 들고 두 사람 방으로 가더군요. 저도 따라나섰답니다. 가서 보니 린턴 부인이 두 손을 무릎 위에 포갠 채 침대 가장자리에 앉아 있었어요. 주인 나리가 다가가 린턴 서방님의 얼굴에 촛불을 비춰 보더니 손으로 만져 보더군요. 그러더니 며느리를 보며 이렇게 말했어요.

'자, 캐서린. 기분이 어떠냐?'

그녀는 말이 없었어요.

'어떠냐고 묻잖니?' 그가 다시 물었어요.

'저이도 이제 편안해졌고, 전 자유의 몸이 되었어요.' 린턴 부인이 그렇게 대답하더군요. '마음이 편해야겠지요. 하지만⋯⋯.' 쓰라린 심정을 드러내며 그녀가 연이어 말하더군요. '당신은 저 혼자 죽음과 싸우게 오랫동안 절 내버려 두었지요. 죽음만을 보고 느끼게 말이지요! 이젠 마치 제가 죽은 것 같아요!'

정말 죽은 사람처럼 보였답니다! 제가 포도주를 조금 따라 주었어요. 종소리와 사람들이 뛰어다니는 소리가 나자 헤어턴과 조지프도 달려왔는데 방 안에서 이야기 소리를 들리자 안으로 들어왔어요. 제 생각에 조지프는 린턴이 유명을 달리했다는 소식에 잘됐다는 표정을 지었고요, 헤어턴은 조금 당황했지만 숨을 거둔 린턴 서방님보다는 아씨를 쳐다보느라 정신이 없더군요. 주인 나리는 헤어턴에게 별다른 도움이 필요 없으니 가서 다시 잠이나 자라고 했어요. 조금 후 조지프를 시켜 시신을 자기 방으로 옮겨 놓으라더니 저보고는 제 방으로 돌아가라고 하더군요. 결국 린턴 부인 혼자 그 방에 남아 있게 된 셈이지요.

　　아침에 주인 나리께서 아씨에게 아침 먹게 내려오라고 전하라기에 올라갔더니 옷을 벗고 누우려 하더군요. 제게 몸이 안 좋다고 하는 거예요. 그럴 만도 했지요. 주인 나리께 그대로 전하니 제게 이렇게 말했어요.

　　'장례식 때까지 내버려 두게. 그리고 가끔 올라가 뭐가 필요한지 살피고 좀 나아진 것 같으면 내게 알려 주고.'"

　　질라 말에 의하면 아가씨는 2주일을 위층에서 보냈다고 합니다. 질라가 하루에 두 번 올라가 보았다는데, 좀 더 다정하게 대해 주고 싶었지만 그럴 때마다 아가씨가 거만한 태도로 즉시 퇴짜를 놓았다는군요.

　　히스클리프는 아들의 유언장을 보여 주려고 딱 한 번 올라갔대요. 린턴은 자기 토지 및 부인 것이었던 동산까지 모두 아버지에게 상속했어요. 그 불쌍한 인간은 외삼촌이 돌아가셔서 캐시가 일주일간 그레인지에 가 있는 사이, 제 아비의 협박과 꾐에 넘어가 그런 짓을 하고 만 거예요. 히스클리프는 린턴이 아직 미성년자였기에 부동산에는 직접 관여하지 못했지만, 결국 모든 토지를 부인이었던 이사벨라와 자기의 권리를 이용해 자기 것으로 설정해 놓았답니다. 법적으로 말이지요. 어쨌든 이제 돈도 친구도 없는 우리 아가씨는 그가 모든 걸 독차지 하는 걸 보고도 어쩔 도리가 없었어요.

　　"그때를 제외하고는 나 말고 아무도 그 방에 가지 않았어요." 질라가 말하더군요. "아씨에게 뭘 물어본 적도 없어요. 그녀가 처음으로 거실에 나타난 건 어느 일요일 오후였어요.

　　식사를 갖고 올라갔더니 추워서 더 이상 못 견디겠다고 울고 불고하는 거예요. 그래서 제가 주인 나리께서는 그레인지에 가려는 참이라고 전하고는 저와 언쇼 도련님은 아씨가 내려오는 걸 상관하지 않는다고 했거든요. 그랬더니 주인 나리가 말을 타고 나가는 소리가 들리자마자 내려온 거예요. 검은 옷차림을 하고 금발 머리는 무슨 퀘이커 교도처럼 귀 뒤로 깔끔하게 땋아 넘겼더군요. 곱슬머리라 빗으로 펼 수 없었던 모양이에요.

조지프랑 저는 주일이면 예배당에 다녔어요(딘 부인이 설명하기를 교회에는 당시에 목사님이 안 계셔서 감리교인지 침례교인지는 모르지만 기머턴에 있는 예배당[12]이라는 곳에 갔다고 했다). 조지프는 예배당에 갔지만 전 집에 있는 게 낫겠다고 생각했어요. 젊은 사람들은 나이 먹은 사람들이 곁에서 돌봐 줘야 탈이 없거든요. 헤어턴 도련님은 수줍음을 타지만 행동거지가 모범적이라고는 할 수 없어요. 사촌이 내려와 같이 지낼 것 같다고 제가 귀띔하면서 아씨는 항상 주일을 지키며 살아왔으니까 그녀가 있는 동안에는 총을 만지거나 집안 잡일은 손대지 않는 게 좋겠다고 도련님에게 당부했지요.

그 말에 헤어턴 도련님이 얼굴을 붉히면서 자기 손과 옷을 훑어보는 거예요. 그러더니 단숨에 고래기름과 탄약을 치워 버렸어요. 저는 도련님이 아가씨의 말동무가 되고 싶고, 하는 행동으로 보아 깔끔하게 보이고 싶어 한다고 짐작했지요. 그래서 주인 나리가 그 자리에 있었다면 그렇게 하지 않았겠지만, 제가 슬며시 웃으며 원하면 도와주겠다고 하고는 당황해하는 그의 모습을 두고 슬쩍 놀렸지

---

12 교회kirk는 그 당시 인정되었던 성공회의 교회를 의미하고, 예배당chapel 은 다른 종파의 예배당을 의미한다.

요. 그랬더니 화가 났던지 제게 욕을 퍼붓는 거예요."

제가 자기가 말하는 태도를 썩 반기지 않자 질라가 이렇게 말했어요. "딘 부인. 아씨가 헤어턴 도련님에게 과분하다고 생각하시고 그게 당연하다고 여길 테지만, 솔직히 말씀드려서 저는 아씨가 자존심을 좀 내려놓는 것이 좋다고 봅니다. 그녀의 지식이나 우아함이 지금 무슨 소용이 있겠습니까? 지금은 그저 딘 부인이나 저처럼 가난하잖아요. 아니면 우리보다 더할지도 모르죠. 부인도 모아 놓은 돈이 있을 테고 저도 조금씩은 모으고 있으니까요."

헤어턴 도련님은 질라에게 좀 도와 달라고 했고, 질라 역시 그의 비위를 맞춰 기분을 풀어 주었다네요. 질라 말로는 캐서린 아씨가 다시 내려왔을 때 헤어턴은 이전에 그녀에게 모욕당했던 기억을 다 잊었는지 잘 대해 주려고 애썼다고 합니다.

"아씨가 걸어 내려오는데, 그 모습이 얼음장같이 냉랭하고 여왕처럼 도도했어요. 제가 일어나서 제가 앉아 있던 팔걸이의자를 권했어요. 그런데 제 호의를 무시하고 고개를 돌리는 거예요. 헤어턴 도련님도 일어나서 불가 옆 긴 의자로 와 앉으라고 청했어요. 추운데서 고생했다고 생각한 거죠.

'난 한 달 이상을 꽁꽁 언 채로 지냈다고.' 그녀는 듣는 사람들을 비웃듯 말 한마디 한마디에 힘주어 말하더군요.

그러더니 자기가 직접 의자를 가져다가 저희 두 사람과 떨어진 곳에다 자리를 잡더군요.

그녀는 추위가 가실 때까지 그렇게 앉아 있더니 이내 사방을 둘러보다가 장식장 안에 책들이 많이 있다는 걸 알았지요. 책을 집으려고 자리에서 벌떡 일어나기는 했는데, 책이 너무 높은 곳에 있었던 거예요. 아씨가 책을 꺼내려고 애쓰는 모습을 얼마간 쳐다보던 도련님이 마침내 용기를 내 도와주었지요. 아씨가 치맛자락을 펼치자 도련님은 제일 먼저 손에 잡힌 책을 담아 주었어요.

그로서는 엄청나게 발전한 모습이었지요. 아씨는 고맙다는 인사도 하지 않았지만 그는 그녀가 자기 도움을 받아들였다는 사실에 만족해했어요. 그런 다음 아씨가 꼼꼼하게 책을 살펴보는 동안 바로 뒤에 서서 몸을 숙여 책 속에 있는 옛 그림 가운데 자기 마음에 드는 걸 손가락으로 가리키기도 했어요. 그녀가 그의 손가락이 닿지 않게 오만한 자세로 책장을 잡아채는데도 개의치 않았답니다. 거리를 두고 뒤로 물러서더니 책보다 그녀를 바라보고 있었어요.

부인은 계속 책을 읽거나 일어나 새로운 읽을거리를 찾았어요. 도련님은 아씨의 비단처럼 고운 짙은 금빛 곱슬머리에 집중하다가 자기도 모르게 거기에 정신이 팔렸지요. 뒤에 서 있던 터라 도련님은 아씨의 얼굴을 볼 수 없었고 그녀 역시 도련님의 얼굴을 볼 수는 없었어요. 마치 촛불에 매혹돼 이끌리는 아이들처럼 자기가 무슨 짓을 하는지도 모른 채 쳐다보고만 있던 그는 결국 손을 뻗어 마치 새를 쓰다듬듯 아씨의 머리를 쓰다듬었답니다. 그러자 그녀가 마치 누군가 자기 목에 칼이라도 들이댄 것처럼 놀라 뒤로 돌아섰어요.

'당장 꺼지지 못해! 감히 내게 손을 대? 거기 왜 서 있는 거야?' 그녀가 진저리 치며 소리쳤어요. '보기 싫다고! 가까이 오면 다시 올라갈 테야.'

도련님은 멍청한 표정으로 뒤로 물러섰지요. 그리고 말없이 의자에 앉았어요. 린턴 부인은 다시금 반 시간 이상 책을 뒤적이더군요. 도련님이 결국 제게 오더니 제 귀에 대고 이렇게 속삭였어요.

'질라, 가서 우리한테 책 좀 읽어 달라고 해 봐. 아무것도 하지 않으니 지루해. 그리고 난 말야, 얘가 읽어 주는 걸 듣고 싶어! 내가 그랬다고 하지 말고 질라가 듣고 싶다고 해 봐.'

'린턴 부인, 헤어턴 도련님이 아씨께서 책을 좀 읽어 주셨으면 하는데요.' 내가 즉시 말을 전했어요. '그런 친절을 베풀어 주시면 고맙겠다고 하네요.'

그녀가 얼굴을 찌푸리며 저희에게 대꾸했어요. '헤어턴 그리고 당신네 모두, 내게 베푸는 척하는 위선적인 친절 따위는 딱 질색이라는 걸 알아 두었으면 해! 난 당신들이 싫고, 당신들과 말하고 싶은 마음도 없어! 당신들의 따스한 말 한마디가 듣고 싶을 때, 아니 당신들 얼굴이라도 한번 보고 싶어 할 때 당신들은 다 날 외면했어. 하지만 그걸 원망하는 건 아냐! 난 당신들을 즐겁게 해 주려고, 아니 당신들과 같이 있고 싶어서 내려온 게 아니라 단지 추위를 못 견뎌서 내려온 것뿐이야.'

'내가 뭘 어쨌다는 거야?' 도련님이 맞받아쳤어요. '뭘 잘못했다는 건데?'

'넌 아니야.' 아씨가 대답했어요. '너 같은 사람이 와 주길 바랐던 건 아니니까.'

그러자 아씨의 건방진 말투에 화가 난 그가 말했어요. '너 대신 밤새 린턴을 지키겠다고 히스클리프 아저씨한테 몇 번이나 말한 줄이나 알아?'

'그만해! 불쾌한 네 목소리를 듣고 있느니 차라리 밖이든 어디든 가 버리겠어!' 그녀가 이렇게 대꾸하더군요.

도련님은 그럴 거면 지옥이나 떨어지라고 투덜거렸답니다. 결국 일요일마다 하던 일을 더 이상 미룰 필요가 없다고 생각했는지 벽에 걸린 총을 내리더군요.

그는 이제 하고픈 말을 마구 해 댔고 아씨도 자기 방으로 다시 돌아가는 게 좋겠다고 생각한 듯했어요. 하지만 날씨가 더 추워져서 자존심은 상하지만 어쩔 수 없이 저희와 같이 있을 수밖에 없었답니다. 저 역시 그녀가 저를 무시하지 못하게 했답니다. 그 후로 저나 그녀나 서로 거만하게 대했고, 그녀를 좋아하거나 따르는 사람은 아무도 없었답니다. 전 그럴 만하다고 생각했어요. 자기한테 한마디만 하면 누구 할 것 없이 냅다 쏴 붙었으니 말입니다. 주인 나리에게도 대들긴 마찬가지였어요. 때릴 테면 때려 보라는 거지요. 그러다가 당하면 더 독해졌어요."

질라에게 이런 이야기를 듣고는 처음에는 이곳을 떠나 오두막 집을 하나 구해 캐서린 아가씨를 데려와 같이 살고 싶었어요. 하지만 히스클리프가 헤어턴 도련님을 따로 살게 놔두지 않듯이 그녀가 나가서 사는 걸 허락해 줄 리 만무했지요. 그녀가 다시 결혼하지 않는 이상 저도 별도리가 없었어요. 그리고 재혼 문제야 제가 결정할 문제는 아니었고요.

딘 부인의 얘기는 이렇게 끝났다. 의사의 예측과는 달리 내 건강이 빠르게 회복된 덕에 하루 이틀 후면 말을 탈 수 있을 것 같았다. 그래서 정월 둘째 주밖에 안 됐지만 워더링 하이츠를 방문하겠다고 마음먹었다. 주인에게 다음 여섯 달을 런던에서 보낼 거라고 알려 주고 10월 이후에는 다른 세입자를 구해도 된다고 전할 작정이었다. 여기서 다시 겨울을 보낼 순 없을 것 같았다.

17장

어제는 바람도 없고 화창했지만 제법 추운 날씨였다. 난 예정했던 대로 워더링 하이츠로 올라갔다. 딘 부인이 가는 길에 아가씨에게 짤막한 편지를 전해 달라고 부탁하는데, 별 거리낌이 없는 걸 보니 아무 문제도 없을 거 같아 그러겠노라고 대답했다.

대문은 열려 있었지만 늘 경계하는 듯한 현관문은 지난번 방문 때처럼 굳게 닫혀 있었다. 나는 문을 두드려 화단에서 일하던 언쇼를 불러냈다. 그가 와서 문을 열어 준 덕에 안으로 들어갈 수 있었다. 시골 사람치고는 제법 잘생긴 이 친구를 이번에는 유심히 살펴보았다. 그는 잘생긴 이목구비를 가지고도 그걸 돋보이게 할 줄 모르는 것 같았다.

히스클리프 씨가 안에 계시냐고 물으니 그는 지금은 없고 식사 시간이 되면 돌아올 거라고 대답했다. 11시경이기에 내가 들어가 기다리겠다고 하자 바로 연장을 내려놓고는 날 따라나섰는데 날 접대하기 위해서가 아니라 감시하기 위해서였다.

안으로 들어가니 캐서린이 보였는데, 점심에 먹을 야채를 다듬고 있었다. 그녀는 내가 처음 보았을 때보다 더 시무룩하고 기운이 없어 보였다. 눈을 들어 날 아는 체하려고도 않았고, 이전처럼 일상적인 인사를 하거나 예의를 차리지도 않고 하던 일만 계속했다. 내가 인사하며 안부를 물었지만 들은 체조차 하지 않았다.

'딘 부인이 내게 말했던 만큼 그리 친절해 보이진 않아.' 난 내심 그렇게 생각했다. '예쁘긴 해도 천사 같진 않군.'

언쇼가 그녀에게 하던 일을 부엌으로 가져가서 하라고 무뚝뚝하게 말했다.

"직접 치우든가." 하던 일을 마치자마자 그녀가 대답했다. 그런 다음 창가 옆 의자로 자리를 옮기더니 순무 껍질을 무릎 위에 놓고는 새나 짐승 모양을 새기기 시작했다.

난 정원을 구경하는 척하며 그녀 곁으로 다가가 딘 부인의 편지를 정확하게 그녀의 무릎 위에 떨어뜨렸다. 헤어턴이 모르게 한 행동이었는데 그 순간 그녀가 큰 소리로 "이게 뭐예요?" 하고 물으며 편지를 바닥에 던졌다.

"당신이 잘 알고 지내던 그레인지의 가정부가 보낸 거예요." 내가 배려한 걸 폭로해 버린 게 괘씸하기도 했고 혹 내가 보낸 편지로 오해할까 봐 큰 소리로 대답했다.

내 대답을 듣고는 그녀가 반가운 마음에 편지를 집으려 했지만, 헤어턴이 한발 먼저 편지를 집어 들고는 히스클리프 아저씨가 먼저 봐야 한다며 자기 외투 주머니에 집어넣었다.

그러자 캐서린이 말없이 고개를 돌리더니 주머니에서 슬며시 손수건을 꺼내 눈가를 훔쳤다. 헤어턴은 인정에 약했던지 마음을 억누르려고 한참 애쓰다가 결국 불쾌하다는 듯 캐서린 옆 마룻바닥에 편지를 집어 던졌다.

캐서린이 편지를 집어 들고는 꼼꼼히 읽더니 옛집에 사는 사람이나 짐승 할 것 없이 모든 식구의 안부를 내게 물었다. 그러더니 언덕을 바라보며 혼잣말로 중얼거렸다.

"저 언덕 아래에서 미니를 타고 싶어! 그리고 저 언덕을 오르고 싶어. 아! 난 지쳤어. 헤어턴, 이제 나도 지긋지긋하단 말이야!"

그러더니 하품인지 한숨인지 숨을 크게 내쉬며 그 예쁜 머리를 창틀에 기댔다. 그녀는 우리가 자기를 보든 말든 신경도 안 쓰고 멍하니 슬픈 표정을 지었다.

"히스클리프 부인." 얼마간 말없이 있다가 내가 말을 꺼냈다. "내가 부인을 잘 알고 있다는 걸 모르시지요? 부인께서 아는 체하며 제게 말을 걸지 않는 게 이상하다고 생각할 정도로 저는 부인을 잘 알고 있답니다. 우리 집 가정부는 제게 늘 부인 얘기와 부인 칭찬을 늘어놓았어요. 부인이 편지를 받고 아무 말도 없었다는 소식만 갖고 제가 돌아간다면 아마도 그녀가 몹시 실망할 거예요!"

이 말을 듣고 그녀는 놀란 듯 내게 이렇게 물었다. "엘런이 당신을 좋아하나요?"

"그렇고말고요." 주저하지 않고 내가 대답했다.

"그러면 꼭 전해 주세요." 그녀가 이어 말했다. "답장을 쓰고 싶어도 쓸 도구가 없다고요. 책장을 찢어 답장을 쓸 만한 책조차 없다고 말이죠."

"책이 없다고요!" 내가 큰 소리로 말했다. "실례를 무릅쓰고 한 말씀 드릴게요. 어떻게 책 한 권 없이 여기서 지낼 수 있단 말입니까? 저는 그레인지에 서재가 있어도 종종 무료하다고 느낄 지경인데요. 책을 치워 버린다면 전 아마 거기서 지내지 못할 겁니다!"

"저도 책이 있으면 항상 읽었어요." 부인이 말했다. "히스클리프 씨는 전혀 책을 안 읽거든요. 그러니까 제 책을 없앨 생각을 한 거죠. 몇 주간 책은 한 권도 구경하지 못했어요. 딱 한 번 조지프 영감이 갖고 있는 신학 관련 서적을 뒤져 본 적이 있는데, 영감이 제게 엄청 짜증을 냈어요. 한번은 헤어턴, 네 방에 몰래 쌓아 둔 책을 본 적이 있어. 라틴어와 희랍어 책, 이야기책과 시집이었지. 내겐 모두 오래된 친구들이고, 이야기책과 시집은 내가 그레인지에서 이곳으로 가져온 것들이야. 네가 다 긁어모아 두었더군. 마치 까치가 은수저 모으듯 그저 훔치는 게 좋아서였겠지! 그런데 너에겐 다 소용없는 것들이야. 결국 남들도 못 읽게 하려는 고약한 심보로 감춰 놓았겠지. 아마도 네가 부러워하니까 히스클리프 씨가 내 보물들을 죄다 빼앗아 갔을지도 몰라! 하지만 난 그 책들을 이미 거의 다 내 머릿속에 옮겨 적었고 내 가슴속에 새겨 놓았다고. 네가 빼앗아 갈 수는 없을걸!"

헤어턴 언쇼는 자기가 몰래 모아놓은 것을 사촌이 다 폭로해 버리자 얼굴이 벌겋게 달아올랐다. 그러고는 화가 치밀어 그녀의 비난이 말도 안 된다고 더듬대며 반박하려고 애썼다.

"헤어턴 씨는 지식을 넓히고 싶은 마음으로 그랬겠지요." 그를 두둔하기 위해 내가 나섰다. "부인을 질투하는 게 아니라 부인이 아는 것만큼 알고 싶어서 그랬을 겁니다. 헤어턴 씨도 수년 내에 책을 다 읽을 수 있을 거예요!"

"그사이에 내가 멍청이가 되길 바라는 거겠지요." 캐서린이 되받아쳤다. "맞아, 혼자서 글도 쓰고 책도 읽는 걸 봤거든요. 한데 엉망진창이에요! 어제처럼 「체비 체이스」[13]를 다시 읽어 봐. 정말 재미있던데. 난 다 들었다고. 어려운 단어를 찾느라 사전을 넘기는 소리도 들었어. 설명을 읽을 줄 몰라서 욕하는 소리까지 다!"

젊은이는 무지하다고 조롱받고 이번에는 무지에서 벗어나려고 애쓰는 것까지 조롱받아야 한다는 게 너무 지나치다고 생각한 게 분명했다. 나도 같은 생각이었다. 그리고 딘 부인에게서 전해 들은 일화, 즉 헤어턴 씨가 아무것도 모르고 무지 속에서 성장했지만 처음으로 그걸 깨치려고 애쓰던 일화가 떠올라 대화에 끼어들었다.

"하지만 히스클리프 부인, 누구나 다 처음이 있습니다. 다들 문턱에서 자빠지고 비틀거리지요. 만약 우리를 지도하는 선생님들이 이런 우릴 돕지는 않고 비웃기만 했다면 우리는 지금도 비틀거리고 자빠졌을 겁니다."

"어머나!" 그녀가 대답했다. "전 헤어턴이 공부하려는 걸 막고 싶은 게 아니에요. 단지 제 것을 맘대로 써서는 안 되고, 저급한 실수와 잘못된 발음으로 제 것을 우스꽝스럽게 만들어도 안 된다는 것뿐이에요! 산문 책과 운문 책 모두 여러 추억이 담겨 있어서 제가 소중히 여기는 것이기에 저 애가 입에 올려 천하게 만들거나 더럽히는 게 싫어서 그런 거예요! 게다가 일부러 복수라도 하는 것처럼 제가 제일 아끼고 자주 읽는 것들만 골라서 읽었단 말이에요!"

헤어턴은 잠시 말없이 가슴만 들먹거렸다. 그는 쉽게 억누를 수 없는 심한 모욕감과 분노에 싸여 씩씩거렸다.

---

13 Chevy Chase. 중세 말기의 영국 발라드.

나는 그의 당혹감을 덜어 주어야겠다는 생각으로 자리에서 일어나 점잖게 문 옆으로 자리를 옮겨 바깥으로 시선을 돌렸다. 그는 나를 따라 거실에서 나가더니 손에 책 대여섯 권을 들고 다시 나타나 그 책들을 캐서린의 무릎 위에 던지면서 큰 소리로 말했다. "가져가! 이제 다시는 이 책들을 보거나 읽거나 생각하기도 싫으니까!"

"나도 필요 없어." 캐서린이 대답했다. "이제는 이 책들이 너랑 연관돼서 싫단 말이야."

그녀는 자기가 자주 보던 책 한 권을 펼치더니 마치 처음 글을 배우는 사람처럼 한 대목을 느릿느릿 읽다가 책을 내던지며 웃음을 터뜨렸다. "자, 들어 보세요." 이번에는 옛 발라드의 한 구절을 같은 식으로 읽으며 헤어턴의 심기를 건드렸다.

하지만 헤어턴의 자존심은 캐서린이 가하는 고문을 더 이상 허락하지 않았다. 순간 그녀의 건방진 말버릇을 제지하려는 듯 찰싹 하고 때리는 소리가 들렸는데, 나는 그럴 만도 하다는 생각이 들었다. 고약한 아가씨가 온갖 수단으로 거칠지만 예민한 사촌의 감정에 상처를 준 것이고, 이 빚을 갚기 위해 헤어턴이 취한 유일한 방법은 육체적인 것이었다. 이것이 바로 그가 고통을 준 사람에게 되갚는 방식이었다.

조금 후 헤어턴은 흩어진 책을 주워 모두 불 속에 집어 던졌다. 그의 얼굴을 보니 홧김에 그런 희생을 치르는 것이 얼마나 괴로운 일인지 알 만할 정도였다. 책들이 화염에 싸이는 동안 그는 그 책들이 자기에게 주었던 희열을 떠올리는 듯했고 그 책들로부터 기대했었던 즐거움과 승리감을 떠올리는 듯 보였다. 난 그가 남몰래 책을 읽으려 했던 이유를 알 수 있을 것 같았다. 캐서린이 자기 앞에 나타나기 전까지 일상의 육체노동과 거친 동물적인 즐거움을 만끽했을 것이다. 하지만 그녀가 이를 조롱하자 창피했고, 그녀에게 인정받고자 애쓴 결과가 결국 그가 책 읽기에 더 열중하게 만든 것이었다. 그런데 그녀의 조롱을 면하고, 그녀에게 인정받고, 나아가 자기를 개발하려는 의도가 정작 정반대의 결과를 가져오고 만 것이다.

"너처럼 짐승 같은 사람이 책에서 배운 게 겨우 이런 거네!" 맞아서 상처가 난 입술을 훔치던 캐서린이 책들이 타고 있는 불길을 화가 난 시선으로 바라보며 한마디 했다.

"당장 그 입을 닥치는 게 좋을 거야." 헤어턴도 거칠게 대꾸했다.

흥분한 나머지 그는 더 이상 말을 잇지 못했다. 그런 다음 서둘러 문 쪽으로 나가는 통에 문 앞에 있던 내가 그가 지나가도록 옆으로 비켜서야 했다. 현관 앞 섬돌을 지나는 순간 그는 포장길을 따라 올라오던 히스클리프와 마주쳤다. 그가 헤어턴의 어깨를 잡고 물었다.

"무슨 일이야?"

"아니에요. 아무 일도 아니에요!" 그는 그렇게 말하고, 마치 혼자 슬픔과 분노를 삭이려는 듯 히스클리프를 뿌리치고 가 버렸다.

그에게 시선을 쫓던 히스클리프가 한숨을 내쉬며 말했다.

"내가 스스로 내 계획을 뒤엎다니 이상도 하지." 내가 바로 뒤에 있다는 걸 모르고 그가 중얼거렸다. "저놈 얼굴에서 제 아비 얼굴을 찾으려 해도 날이 가면 갈수록 캐서린의 얼굴만 보이니! 어쩜 저렇게 닮았을까? 저놈 얼굴을 제대로 바라볼 수도 없을 정도야."

그는 바닥을 내려다보다가 우울한 표정으로 안으로 걸어 들어왔다. 얼굴은 예전과 달리 뭔가 불안하고 걱정스러워 보였고 더 수

척한 듯했다.

창문을 통해 그가 들어오는 모습을 본 며느리는 어느새 부엌으로 피했고 결국 나만 남게 되었다.

"록우드 씨, 이렇게 다시 집 밖에서 볼 수 있게 돼 다행이오." 그가 내 인사를 받으며 말했다. "내 욕심만 차리는 소리 같습니다만 당신 같은 세입자를 이런 황량한 곳에서 구하긴 쉽지 않을 것 같아요. 대체 무슨 일로 여기까지 오게 되었을까 항상 의아하게 생각했지요."

"그저 쓸데없이 변덕스러워 그런 거지요." 나는 그렇게 대답했다. "이렇게 부질없이 떠나는 것도 변덕 때문일 겁니다. 다음 주에 런던으로 출발합니다. 제가 있기로 계약한 12개월이 지나면 스러시크로스 그레인지에 있을 마음이 없다는 걸 알려 드리려고요. 더 이상 거기에서 살지 않을 것 같습니다."

"그러시군요. 세상에서 홀로 떨어져 있는 것에 싫증이 나신 모양이군요." 그가 말했다. "하지만 혹시 안 계신 동안 집세를 내려 달라고 오셨다면 그건 헛수고입니다. 상대가 누구라도 저는 내 몫을 받아 내는 데는 사정을 봐주지 않거든요."

"집세를 내려 달라고 부탁하러 온 게 아닙니다." 기분이 상한 내가 큰 소리로 말했다. "원하신다면 지금 당장 계산하죠." 그런 다음 나는 호주머니에서 수표책을 꺼내 들었다.

"아닙니다. 아니에요." 그가 냉정한 어투로 말했다. "혹 다시 돌아오지 않는다 해도 당신은 집세를 충당할 만큼 여기에 두고 가는 게 있으니 괜찮아요. 그리 급한 상황은 아니니 쉬었다가 저희와 식사나 하고 가시죠. 다시 돌아올 염려가 없는 사람들은 대개 환영을 받는 법입니다. 캐서린! 점심 차려라. 어디 있는 거냐?"

캐서린이 나이프와 포크가 놓인 쟁반을 들고 다시 들어왔다.

"넌 조지프와 같이 먹어. 그리고 손님이 가실 때까지 부엌에 있어야 한다." 히스클리프가 며느리에게 나직이 말했다.

그녀는 그가 시키는 대로 했고, 그걸 거역할 마음도 전혀 없어 보였다. 시골뜨기와 사람을 혐오하는 사람 틈에서 지내다 보니 점잖은 부류의 사람들을 만나도 알아보지 못하는 듯했다.

어둡고 음울한 히스클리프, 벙어리처럼 말이 없는 헤어턴과 같이 별 맛도 없는 식사를 마치고 나서 나는 일찌감치 이들과 헤어졌다. 뒷문으로 나와 마지막으로 캐서린을 한 번 더 보고 조지프라는 영감탱이도 성가시게 한 다음 집으로 출발하려 했는데, 히스클리프 씨가 헤어턴을 시켜 내 말을 끌어오게 하고 본인이 몸소 문 앞까지 배웅하는 바람에 결국 내가 원하는 대로 하지 못했다.

'저런 집구석에서 살면 얼마나 끔찍할까!' 말을 타고 돌아오면서 나는 이런 생각을 했다. '딘 부인이 원한 대로 만약 내가 캐서린과 사랑에 빠져 활기 넘치는 도시로 함께 이주했다면 그녀에게는 동화보다도 더 낭만적인 꿈이 실현되는 셈이 되었을 텐데.'

18장

1802년. 9월경 북부 지역에 사는 친구로부터 자기의 황야 사냥터에 와서 실컷 사냥이나 하자는 초대를 받았다. 친구 집에 가는 길에 우연히 기머턴에서 15마일 떨어진 곳을 지나가게 되었다. 길가 어느 주막에서 마부가 내 말에 물을 먹이려고 물통을 들고 서 있는데, 마침 이제 막 수확한 새파란 귀리를 실은 마차가 지나가자 마부가 내게 이렇게 말을 건넸다.

"저거 기머턴에서 오는 거 맞네요! 그곳 사람들은 다른 지역보다 추수가 한 3주 늦거든요."

"기머턴이라고?" 내가 되물었다. 그곳에 머물렀던 기억이 어느새 흐리고 아련해졌다. "그렇지! 나도 아는 곳이야! 여기서 얼마나 먼가?"

"언덕 너머로 한 14마일 정도 되는데 길이 험해요." 마부가 대답했다.

그 말에 별안간 스러시크로스 그레인지에 가고 싶은 마음이 날 사로잡았다. 아직 정오도 안 된 시간이라 차라리 오늘 밤은 그곳을 여관 삼아 하루를 보내는 게 좋지 않을까 하는 생각이 들었다. 더욱이 집주인을 만나 집세 문제를 정리할 겸 하루를 보내면 될 것 같았고, 그렇게 하면 다시 찾아올 필요도 없기 때문이었다.

잠시 쉰 후, 하인을 시켜 기머턴으로 가는 길을 알아보게 했다. 말들이 힘들어했지만 약 세 시간 걸려 그곳에 도착할 수 있었다.

하인은 마을에 남겨 두고 나 혼자 계곡을 따라 내려가 보았다. 잿빛 교회는 이전보다 더 짙은 색으로 보였고 썰렁한 교회 마당은 더욱 쓸쓸해 보였다. 황야에서 방목하는 양 한 마리가 무덤의 잔디를 뜯고 있는 모습이 보였다. 따스하고 온화한 날씨였지만 여행하기에는 너무 더웠다. 하지만 더위가 계곡 위아래의 아름다운 풍광을 감상하는 걸 방해할 정도는 아니었다. 만약 8월에 가까운 시기였다면 한 달간 이 호젓한 분위기 속에서 지내고 싶은 마음이 들게끔 이 풍광이 날 유혹했을 것이다. 겨울이 되면 이보다 더 쓸쓸한 곳이 없지만, 여름엔 언덕에 둘러싸인 협곡과 깎아 세운 듯 솟은 벼랑, 흐드러진 히스가 있는 이곳보다 더 황홀한 곳을 찾아보기 힘들기 때문이다.

해가 지기 전에 그레인지에 도착한 나는 문을 두드렸다. 부엌 굴뚝에서 가느다랗게 푸른 연기가 피어오르는 것으로 보아 사람들이 뒤편에 가 있어서 아무도 소리를 듣지 못하는 것 같았다.

하는 수 없이 말을 타고 안마당으로 들어섰다. 현관 앞에서 아홉이나 열 살 돼 보이는 계집아이가 바닥에 앉아 뜨개질을 하고 있었고 웬 노파가 계단에 기대 생각에 잠긴 듯 담배 파이프를 빨고 있었다.

"딘 부인이 안에 있나요?" 나는 노파에게 물었다.

"딘 부인이요? 없는데요!" 그녀가 대답했다. "여기 살지 않고 저 위 워더링 하이츠에 있어요."

"그러면 댁이 가정부요?" 내가 이어 물었다.

"네, 제가 이 집을 돌보고 있어요." 그녀가 대답했다.

"그렇군요. 전 록우드라고 합니다. 이 집 세입자입니다. 제가 오늘 묵을 방이 있는지 모르겠네요? 오늘 밤은 여기에 묵고 싶거든요."

"주인 나리시군요!" 그녀가 놀라 소리쳤다. "저런, 주인 나리께서 오시는 걸 어찌 알았겠어요? 미리 기별을 주셨으면 좋았을 텐데요. 깨끗하고 좋은 방은 지금 없는데 어떡하죠?"

그녀는 담배 파이프를 내려놓고 부산을 떨며 안으로 들어갔고 계집아이도 따라 들어갔다. 그들을 따라 나도 안으로 들어갔다. 그녀의 말이 사실이라는 걸 난 금세 알게 되었다. 게다가 주인이라는 자가 알리지도 않고 나타남으로써 가정부라는 사람의 정신을 쏙 빼놓은 꼴이 되고 말았다.

나는 그녀에게 진정하라고 일렀고, 잠깐 산책이나 다녀올 테니 그동안 거실 한구석에 먹고 잘 공간을 마련해 달라고 했다. 쓸거나 털거나 하지 말고, 불을 지피고 축축하지 않은 시트만 있으면 된다고 했다.

노파는 최선을 다해 준비할 의향은 있는 듯 보였지만, 난로 청소용 솔을 부지깽이로 착각해 받침쇠를 쑤시기도 하고 자기가 늘 쓰는 도구들을 엉뚱한 곳에 쓰기도 하면서 허둥댔다. 하지만 산책에서 돌아올 때까지 내가 요구한 대로 쉴 공간을 마련해 줄 거로 믿고 나는 집을 나섰다.

내가 산책하며 가려고 했던 곳은 워더링 하이츠였다. 안마당을 나서다가 문득 생각이 나 다시 집으로 돌아갔다.

"하이츠 식구들은 다들 잘 있나요?" 내가 노파에게 물었다.

"제가 아는 한 그렇다고 합니다!" 벌겋게 달아오른 밑불을 한 삽 들고 허둥거리며 그녀가 대답했다.

나는 딘 부인이 왜 그레인지를 떠났는지 묻고 싶었지만 그런 위험한 순간에 그녀를 잡아 둘 수는 없기에 방향을 돌려 다시 밖으로 나왔다. 석양을 등지고 떠오르는 은은한 달빛을 마주하면서 ― 하나는 지고 하나는 뜨는 가운데 ― 한가로이 거닐며 숲을 벗어났다. 그러면서 히스클리프 씨가 있는 워더링 하이츠로 가는 자갈 깔린 샛길로 들어섰다.

집이 보이는 곳에 도착하기도 전에 해가 저물어 하늘은 노란 석양빛만 비추고 있었다. 하지만 밝은 달빛 덕에 길가의 자갈과 이파리 하나하나가 눈에 들어왔다. 대문을 타고 넘거나 두드릴 필요도 없이 손을 대자 쉽게 열렸다.

'전보다 나아졌는데' 하는 생각이 들었다. 더욱이 코로 전해지는 냄새 덕에 이런 생각이 더 들었는데, 흔한 과실나무 사이로 비단향꽃무와 개망초 향기가 바람에 날려 내 후각을 자극한 것이다.

현관문과 창문도 다 열려 있었고, 석탄이 많은 지역이 대개 그렇듯 활활 타오르는 벌건 불꽃이 벽난로 굴뚝을 비추고 있었다. 이런 불꽃은 바라만 봐도 기분이 좋아서 덥다고 해도 견딜만 했다. 워더링 하이츠의 거실은 뜨거운 열기를 피하려고 멀리 떨어져 앉아 있어도 될 정도로 널찍했다. 그래서인지 식구들이 창가에서 그리 멀지 않은 곳에 자리를 하고 있었다. 들어가기도 전에 식구들 모습이 보이고 떠드는 소리가 들려서 의도치 않게 몰래 훔쳐 보게 된 셈이 되고 말았다. 듣다 보니 호기심이 점차 부러움으로 바뀌었고, 듣고 있으면 있을수록 부러운 마음이 커져갔다.

"컨-트러리!" 은방울처럼 맑은 소리가 들렸다. "벌써 세 번째야, 이 멍청아! 다시는 안 알려 줄 거야. 잘 생각해 봐. 아니면 머리끄덩이 잡아당길 테니까!"

"좋아, 컨트러리." 굵지만 부드러운 목소리가 대답했다. "자, 이제 제대로 했으니까 뽀뽀해 줘."

"안 돼. 실수 한 번 없이 제대로 읽은 다음에."

남자가 다시 읽기 시작했다. 젊은 친구였는데 점잖은 차림으로 탁자에 앉아 책을 읽고 있었다. 즐거워하는 바람에 잘생긴 용모가 더 빛을 발했다. 그는 연신 책에서 자기 어깨에 놓인 뽀얀 작은 손으로 시선을 옮겼는데, 그가 책에 집중하지 못할 때마다 그 손의 주인은 남자의 뺨을 톡톡 쳐서 정신을 차리게 했다.

손의 주인은 남자 바로 뒤에 서 있었다. 남자의 책 읽기를 감독하려고 허리를 숙이면 밝게 빛나는 그녀의 곱슬머리와 남자의 밤색 머리가 가끔 뒤섞여 보였다. 그녀의 얼굴은…… 남자가 그 얼굴을 볼 수 없었기에 망정이지 안 그랬으면 집중할 수 없을 정도로 예뻤다. 나는 그 얼굴을 보고 몰래 입술을 깨물었다. 눈이 부실 정도의 아름다움을 바로 눈앞에서 쳐다보지만 말고 잡을 수 있던 기회를 놓쳐 버린 것에 대한 안타까움 때문이었다.

남자는 몇 번 더 실수했지만 읽기 공부는 끝이 났다. 학생은 보상을 요구했고 적어도 다섯 번 이상은 뽀뽀 세례를 받았고, 그도 그때마다 아낌없이 뽀뽀를 죄다 되돌려 주었다. 공부가 끝나자 둘이 문 쪽으로 나왔다. 대화 내용으로 봐서 밖으로 나가 황야에 산책하러 갈 모양이었다. 만약 그때 헤어턴 언쇼 앞에 운수 사나운 내가 모습을 드러낸다면 그가 입 밖에는 내지 않더라고 마음속으로 지옥 제일 밑바닥에나 떨어지라고 저주할 것 같다는 생각이 들었다. 결국 비참하기도 하고 분하기도 했지만 슬며시 부엌으로 숨었다.

그쪽도 문이 열려 들어갈 수 있었는데, 문 앞에 바로 내 옛 친구인 넬리 딘 부인이 앉아 있었다. 그녀는 바느질하며 노래를 부르고 있었는데, 안쪽에서 누군가 속 좁게 비웃는 소리 때문에 제대로 들리지가 않았다.

"제길, 자네 노래를 듣느니 차라리 저 친구들이 온종일 내게 욕하는 걸 듣는 게 낫겠구먼!" 넬리가 영감한테 뭐라고 했는지 듣지는 못했지만, 부엌에서 영감이 이렇게 대꾸하는 말이 들렸다. "성경을 읽으려고만 하면 온통 영광을 사탄에게 돌리는 노래나 해 대고 온갖 세상의 못된 짓을 노래로 떠드니 되것냐고? 세상에! 자넨 말이야, 정말 쓸모없는 사람이야. 저 여자도 마찬가지고. 가엾게도 우리 젊은 도련님도 너희 두 여자 때문에 필경 타락할 거라고. 에고, 불쌍한 우리 도련님!" 영감이 신음하듯 말했다. "도련님 정신이 사나워지셨다니께. 틀림없다고. 오, 주님, 저들을 심판하소서. 우리를 다스리는 자 중에는 법도 정의도 없으니께요!"

"없고말고요! 있다면 우리가 불타는 장작 위에 올라앉았겠지요." 노래를 부르던 딘 부인이 대꾸했다. "영감은 기독교인답게 성경이나 읽어요. 내 걱정일랑 말고요. 이 노래는 「애니 요정의 결혼」이라는 곡인데 — 얼마나 좋은데요 — 춤추기도 안성맞춤이란 말이에요."

딘 부인이 다시 노래를 시작하려는 순간 내가 앞으로 다가갔다. 순간 날 알아본 부인이 벌떡 일어나며 소리를 질렀다. "어머! 하나님 맙소사. 록우드 씨! 어떻게 이렇게 갑자기 오신 거예요? 스러시크로스 그레인지는 잠가 버렸는데요. 미리 알려 주셨어야죠!"

"내가 머물 동안만 잠자리를 마련해 달라고 얘기했어요." 내가 대답했다. "전 내일 다시 떠납니다. 그런데 딘 부인, 어떻게 여기로 옮겨 오신 건지 궁금하네요."

"록우드 선생님이 런던으로 떠난 후, 질라가 떠나는 바람에 선생님이 다시 돌아올 때까지 히스클리프 씨가 저더러 여기 있으면 좋겠다고 했어요. 어쨌든 우선 안으로 들어오세요! 기머턴에서 걸어오신 거예요?"

"그레인지에서 왔어요." 내가 대답했다. "거기 사람들이 내가 묵을 공간을 마련하는 동안 여기 주인과 일을 마무리하려고요. 다시 이곳으로 올 기회가 쉽게 올 것 같지 않아서요."

"어떤 일이신데요?" 나를 집 안으로 안내하면서 딘 부인이 물었다. "지금은 안에 안 계세요. 곧 돌아올 것 같지도 않고요."

"집세 건이에요." 내가 대답했다.

"그러시다면 그건 우리 아가씨와 해결하셔야 해요." 딘 부인이 대답했다. "아니면 저랑 하시든가. 아가씨는 아직 일을 처리하는 법을 몰라서 제가 대신하거든요. 달리 할 사람이 없어요."

내가 놀란 표정을 지었다.

"아, 참! 히스클리프 씨가 세상을 떠난 걸 모르시겠군요." 그녀가 말했다.

"히스클리프 씨가 죽었다고요!" 나는 깜짝 놀라 말했다. "얼마

458

나 되었는데요?"

"석 달 전이에요. 우선 앉으세요. 모자는 절 주고요. 다 말씀드릴게요. 잠깐, 한데 뭐라도 드셨나요?"

"아무것도 먹고 싶지 않아요. 집에다 저녁을 준비해 놓으라 했어요. 그나저나 딘 부인도 앉아요. 그 사람이 죽으리라곤 꿈에도 생각하지 못했어요! 어찌 된 건지 말해 주세요. 그 사람들은 금세 돌아오지 않을 거라고 했죠? 그 젊은 사람들 말이에요."

"네. 매번 너무 늦게 다닌다고 제가 뭐라고 해도 신경도 안 씁니다. 우선, 묵은 맥주라도 한잔 드세요. 피곤해 보이는데 도움이 될 겁니다."

내가 괜찮다고 하기도 전에 딘 부인이 서둘러 맥주를 가지러 갔는데, 조지프가 "저 나이에 남자들을 끌어들이다니 저게 할 짓이여? 나리의 지하실에서 맥주까지 꺼내 주질 않나. 내가 지금까지 살아남아 이런 꼴까지 다 보니 남세스러운 일이여" 하고 떠드는 소리가 들렸다.

딘 부인은 그 말에 아무런 대꾸도 하지 않고 맥주 거품이 보이는 1파인트짜리 은잔을 들고 들어왔다. 나는 그녀의 호의에 걸맞게 맥주가 정말 맛있다고 칭찬해 주었다. 딘 부인이 내게 히스클리프 씨의 뒷얘기를 들려주었다. 그녀 말에 의하면, 그는 '괴이하게' 이 세상을 떠났다.

전 록우드 선생님이 떠나고 2주도 안 돼 워더링 하이츠로 오라는 호출을 받았답니다. 캐서린 아가씨 때문이라도 기쁜 마음으로 그호출에 응했지요.

하지만 아가씨를 만나 이런저런 얘기를 듣다가 전 정말 놀랐고 가슴이 아팠답니다. 아가씨의 모습이 우리가 헤어진 후로 너무 많이 변해 있었어요. 히스클리프는 저를 왜 성급하게 여기로 불렀는지 이유를 말해 주지 않았어요. 그저 내가 있기를 원했고 캐서린을 보는 게 싫증 났기 때문이라고만 했어요. 작은 응접실을 거처 삼아 아가씨와 같이 지내라면서, 자기는 하루에 한두 번 아가씨를 보는 것으로 족하다고 했어요.

아가씨도 이런 결정을 좋아하는 것 같았어요. 저는 그레인지에 살 때 캐서린이 즐겨 읽던 서적이나 물건들을 몰래 들여왔답니다. 그래서 이만하면 그런대로 편안하게 지내게 되었다고 생각하고 기분 좋아했지요.

하지만 이 모든 게 결국 환상에 지나지 않았어요. 처음에는 만족하던 캐서린이 시간이 조금 지나자 짜증을 내고 불안해하기 시작하는 거예요. 그녀는 정원 밖으로 나갈 수 없었는데 봄이 다가오자 이 좁은 공간에 갇혀 지낸다는 것이 너무 힘들었던 모양입니다. 또한 전 집안을 돌보느라 종종 아가씨와 떨어져 지낼 수밖에 없었는데 그럴 때면 캐서린이 너무 적적하다고 하는 거예요. 아가씨는 혼자 평온하게 앉아 지내는 게 아니라 부엌에서 조지프와 다투기 일쑤였어요.

둘이 싸우든 말든 전 상관하지 않았답니다. 하지만 히스클리프가 거실에 혼자 있고 싶어 할 때는 헤어턴 역시 부엌에 자주 나타날 수밖에 없었는데, 그럴 때면 처음에 헤어턴이 다가오면 아가씨가 자리를 피하던가 아니면 제가 하는 일에 동참하던가 해서 그를 쳐다보지도 않았고 말을 걸지도 않았어요. 헤어턴도 침울하니 말이

460

없었지요. 그런데 얼마 후 아가씨가 태도를 바꿔 헤어턴을 혼자 있게 놔두지 않았어요. 말을 걸면서 바보 같다느니 게으르다느니 지적하면서 어떻게 그렇게 지낼 수 있냐고 비난하는 거예요. 어떻게 저녁 내내 벽난로 불길을 쳐다보다가 졸기만 할 수 있냐는 거지요.

"엘런, 저 사람은 꼭 개처럼 굴지 않아?" 아가씨가 언젠가 이렇게 말하더군요. "아니면 마차를 끄는 말인가? 일하고 먹고 잠만 자잖아! 아무 생각도 없는 따분한 사람이야! 헤어턴, 꿈은 꾸니? 무슨 꿈을 꾸는데? 한데 나한테 말하지는 못하겠지!"

그런 다음 헤어턴을 빤히 쳐다봐도 그는 캐서린에게 대꾸하지도, 쳐다보지도 않았어요.

"지금도 꿈을 꾸고 있나 봐." 캐서린이 계속 주절댔어요. "주노가 누굴 물려고 할 때 어깨를 실룩이듯이 저 애도 어깨를 실룩거리잖아. 엘런, 한번 물어 보라고 해 봐."

"아가씨, 그만하지 않으면 헤어턴 도련님이 주인 나리께 말해 아가씨를 이층으로 올려 보낼걸요!" 제가 말했어요. 도련님은 어깨를 실룩일 뿐 아니라 누구를 한 대 칠 듯이 주먹을 불끈 쥐었거든요.

"내가 부엌에 있을 때 왜 헤어턴이 말하지 않는지 난 알지." 한번은 또 이렇게 말했어요. "내가 비웃을까 봐 겁나서 그래. 엘런 생각은 어때? 한번은 자기 혼자 읽기 공부를 했거든. 근데 내가 비웃었더니 책을 다 태워 버리고 그만두는 거야. 그러니 바보 아니야?"

"아가씨가 못되게 군 거 아니에요? 어디 대답해 봐요." 제가 말했어요.

"그랬는지도 몰라." 아가씨가 대답했어요. "하지만 난 저 애가 그렇게 바보처럼 굴진 몰랐어. 헤어턴, 내가 책을 준다면 이젠 받겠어? 자, 한번 시험해 봐야지."

아가씨는 자기가 읽던 책을 헤어턴의 손에 놓았답니다. 헤어턴이 책을 내팽개치듯 던지며 그만두지 않으면 모가지를 분지르겠다고 중얼거리더군요.

"좋아, 그러면 책은 탁자 서랍에 둘게. 난 자러 갈 거야." 아가씨가 말했어요.

그리고 제게 속삭이기를 저 애가 책을 건드리는지 살피라는 거예요. 아가씨는 그런 다음 자리를 떴어요. 헤어턴은 탁자 근처에도 오지 않았어요. 다음 날 아침 아가씨에게 그렇게 말해 주었더니 엄청 실망하는 눈치였어요. 아가씨는 헤어턴이 부루퉁해서 하루 종일 나태하게 지내는 게 안쓰럽게 보였나 봅니다. 너무 망신을 주어 헤어턴이 글공부를 그만두게 한 게 미안하기도 했고요. 그것도 아주 제대로 그만두게 한 셈이 되었으니까요.

하지만 그녀는 망신을 준 걸 보상하려고 머리를 짜냈답니다. 제가 다림질하거나 방 안에 앉아서 일할 수 없어 나와서 일할 때면 재미있는 책을 갖고 와 제가 들을 수 있게 크게 읽어 주었어요. 헤어턴과 있을 때는 대개 흥미로운 부분이 있으면 읽다 그만두고는 책을 놔둔 채 밖으로 나갔어요. 아가씨가 계속 그렇게 했지만 노새처럼 고집이 센 헤어턴은 아가씨의 미끼에 걸리지 않았어요. 비가 오는 날이면 그는 조지프와 난롯가 양쪽에 앉아 마치 자동인형처럼 담배를 피웠지요. 다행히 나이를 먹은 조지프는 귀가 멀어 아가씨가 읽는 사악한 허튼 소리 — 조지프 영감은 그렇게 불렀지요 — 를 알아듣지 못했고, 젊은 친구는 애써 듣지 않으려고 했어요. 날씨가 좋은 날에는 젊은이는 사냥하러 밖으로 나가 버렸어요. 캐서린은 결국 하품을 하고 한숨만 쉬게 되었고 저에게 이야기 좀 해 달라고 졸랐지요. 그래서 제가 무슨 얘기라도 하려 하면 안뜰이나 정원으로 뛰어나갔어요. 그러다가 결국은 울음을 터트리면서 살기가 싫다는 둥 자기 삶이 쓸모없다는 둥 한탄하는 거예요.

점점 더 자기만의 시간을 갖기 시작한 히스클리프는 헤어턴 언쇼조차 거실에서 쫓아냈어요. 3월 초에 벌어진 총기 사고 때문에 언쇼는 며칠 동안 부엌에 틀어박혀 지냈어요. 들판에 혼자 사냥을 나갔다가 총이 폭발하면서 팔에 파편이 박히는 바람에 집에 돌아오는 동안 엄청나게 많은 피를 흘린 적이 있었답니다. 그래서 몸이 회복될 때까지 난롯가에 앉아 안정을 취할 수밖에 없었어요.

아가씨는 헤어턴이 거실 난롯가에 있는 게 좋았나 봅니다. 어쨌든 그 어느 때보다 위층 자기 방에 있는 걸 싫어했어요. 그래서 아래 거실에서 할 일이 있는지 저에게 찾아보라고 하고 절 따라 내려왔지요.

부활절 다음 월요일에 조지프 영감은 소 떼를 몰고 기머턴 장터에 갔어요. 오후 시간에 저는 부엌에서 속옷 빨래를 하느라고 바빴답니다. 언쇼는 여느 때처럼 난로 한구석에 말없이 앉아 있었고 귀여운 우리 아가씨는 유리창에 한가롭게 그림을 그리다가 소리 죽여 노래를 부르기도 하고 혼자 탄식도 하면서 중얼거리고 있었어요. 그러면서도 고집스럽게 담배만 피우며 하염없이 난롯불을 바라보는 헤어턴을 짜증스럽고 안달이 난 표정으로 힐끔힐끔 쳐다보면서 시간을 보냈지요.

창가에 서서 빛을 가리면 어두워서 내가 일을 못한다고 하자 그녀는 벽난로 재받이돌 쪽으로 자리를 옮겼어요. 그녀가 뭘 하고 있는지 별 신경을 쓰지 않았는데, 조금 후 그녀의 말소리가 들려 오더군요.

"헤어턴, 난 깨달았어. 내가 원한다는 걸. 기쁘게 생각한다는 걸. 이제 네가 내 사촌이라는 게 좋아. 네가 거칠게 대하고 화만 내지 않는다면."

헤어턴은 아무 대답도 안 했어요.

"헤어턴, 헤어턴, 헤어턴! 안 들려?" 아가씨가 계속 말했어요.

"꺼지라고!" 헤어턴이 절대 타협하지 않겠다는 듯 으르렁거리며 거칠게 대꾸했어요.

"그 담뱃대 이리 내." 캐서린이 조심스럽게 손을 내밀어 헤어턴의 입에서 담뱃대를 빼내면서 말했어요.

그가 담뱃대를 회수하려 했지만 캐서린이 벌써 이를 부러뜨린 채 불 속으로 집어 던졌답니다. 그는 캐서린에게 욕하면서 다른 담뱃대를 잡았어요.

"피지 마." 그녀가 소리쳤어요. "우선 내 말부터 들어. 그놈의 연기가 내 얼굴 앞에서 아른거리면 말을 못 하잖아."

"저리 꺼져!" 성난 얼굴로 그가 소리를 질렀어요. "날 내버려 두라고!"

"안 돼." 그녀가 고집을 피웠어요. "절대 안 돼. 난 어떻게 해야 네가 내게 말을 걸게 할지 모르겠어. 내 말을 들으려고 안 하잖아. 내가 널 멍청하다고 한 건 그런 뜻이 아니야. 널 깔본 게 아니라고. 자, 날 좀 봐. 넌 내 사촌이잖아. 그러니 날 사촌으로 인정해야 해."

"난 너랑 아무 관계도 아니야. 잘난 척하거나 날 가지고 놀리기만 하고 말이야!" 헤어턴이 받아쳤어요. "내가 너 같은 것한테 곁눈질이라도 할 바에야 차라리 죽고 말 거야. 문에서 비켜. 당장, 비키라니까!"

캐서린이 얼굴을 찡그리더니 입술을 깨물며 창문가로 돌아갔어요. 이상한 곡조로 콧노래를 하는 보니 울음이 나오는 걸 참으려고 애쓰는 거였어요.

"도련님, 사촌끼리는 친하게 지내야 해요." 제가 끼어들었지요. "건방지게 군 걸 저렇게 후회하고 있잖아요. 사이가 좋아지면 도련님께도 좋아요. 아가씨와 친구가 되면 도련님도 아주 다른 사람이 될 거예요."

"친구라고!" 도련님이 소릴 질렀어요. "날 그렇게 싫어하고 거지발싸개처럼 여기는데! 내가 임금이라고 해도 저 애의 호의를 기대하다가 멸시당하는 짓은 안 할 거야."

"내가 널 싫어하는 게 아니라 네가 날 싫어하는 거야." 아가씨가 더 이상 자기의 속상한 마음을 감추지 못하고 울며 말했어요. "넌 히스클리프 아저씨만큼이나, 아니 그 이상으로 날 싫어하잖아."

"넌 지독한 거짓말쟁이야." 언쇼가 말했어요. "수백 번이나 아저씨를 화나게 하면서도 내가 네 편을 들은 이유가 뭔데? 네가 날 비웃고 깔봐도 말이야. 그리고 이런 식으로 날 귀찮게만 해 봐. 내가 거실로 가서 네가 하도 성가시게 굴어서 부엌에 있을 수 없다고 말할 테니까!"

"네가 내 편을 들어 준 줄은 정말 몰랐어." 캐시가 눈물을 훔치며 말했어요. "난 정말 비참했다고. 그래서 모든 사람에게 차갑게 대한 거야. 하지만 이제 고맙다고 말할게. 그리고 그런 날 용서해 줘. 더 이상 어떻게 해야 해?"

캐서린이 난롯가로 돌아가 마음을 터놓고 손을 내밀었어요. 헤어턴은 먹구름이 낀 것처럼 어둡고 찌푸린 얼굴을 하고 두 주먹을 불끈 쥔 채 바닥만 쳐다보았어요. 캐서린은 헤어턴의 이런 고집스러운 행동이 자기를 싫어해서가 아니라 그의 완고한 고집 때문이라는 걸 본능적으로 알아차렸던 게 틀림없어요. 왜냐하면 잠시 머뭇거리다 몸을 숙여 헤어턴의 뺨에 부드럽게 입맞춤했거든요.

장난꾸러기 아가씨는 내가 보지 못한 줄 알았나 봅니다. 다시 돌아와서는 얌전한 척하며 창가 자리에 앉더군요. 제가 고개를 내저으며 그러면 안 된다는 표정을 지었지요. 그러자 얼굴을 붉히면서 나직하게 제게 말하는 거예요.

"다른 방법이 없잖아, 엘런. 악수도 안 하려 하고 날 쳐다보지도 않잖아. 어떻게든 내가 자길 좋아한다는 걸, 아니, 사이좋게 지내고 싶다는 걸 보여 줄 수밖에 없었어."

입맞춤 때문에 헤어턴의 마음이 풀어졌는지는 모르겠지만, 그는 얼마간 얼굴을 숙이고 있었어요. 다시 얼굴을 든 후에도 눈길을 어디에 둘지 몰라 당황스러워하더군요.

캐서린이 예쁜 책 한 권을 흰 종이로 정성스레 포장하더니 리본으로 묶었어요. 그 위에 '헤어턴 언쇼에게'라고 적더니 저보고 전령이 돼 달라는 거예요. 수신인에게 선물을 전달해 달라는 거지요.

"전해 줘. 그리고 이 책을 받고 나면 내가 가서 읽는 법을 알려 주겠다고 말이야." 캐시가 세게 말하더군요. "만약 거절하면 난 위층으로 올라가 버리고, 다시는 귀찮게 하지도 않겠다고 전해 줘."

선물을 준 사람이 옆에서 걱정스럽게 지켜보는 가운데 제가 선물을 들고 가 이 말을 그대로 전했지요. 헤어턴이 손을 펴 선물을 받으려 하지 않기에 무릎 위에 놓았답니다. 하지만 무릎에 놓인 선물을 밀어 버리지 않더군요. 그리고 전 돌아가 제 일을 하고 있었지요. 캐서린은 탁자 위에 머리와 두 팔을 기대고 있다가 책을 싼 포장지가 풀리는 소리가 들리자 살그머니 자리를 옮기더니 아무 말 없이 자기 사촌 옆에 가 앉았어요. 헤어턴이 몸을 떨며 얼굴을 붉히더군요. 무례하게 굴고 화내던 거친 모습도 사라졌어요. 처음에는 궁금한 듯 쳐다보면서 뭐라고 속닥거리며 애원하는 그녀의 모습에 한마디 대답도 못 했어요.

"날 용서한다고 해 줘, 헤어턴. 그 한마디로 날 행복하게 해 줄 수 있단 말이야."

헤어턴이 뭐라고 중얼거렸어요.

"그럼 사이좋게 지내는 거지?" 아가씨가 정말 확인하고 싶은 듯 그에게 묻더군요.

"안 돼. 넌 평생 나를 창피해할 테니까." 헤어턴이 대답했어요. "날 알면 알수록 점점 더 창피해할 거라고. 그건 참을 수 없어."

"그래서 사이좋게 지내기 싫다는 거야?" 헤어턴에게 바짝 붙으면서 꿀처럼 달콤한 미소를 지으며 재차 묻는 거예요.

두 사람의 대화가 더 이상 들리지 않았지만 다시 돌아보니 둘 다 밝은 얼굴로 헤어턴이 선물로 받은 책을 들여다보고 있더군요. 둘 사이에 평화 조약이 체결된 셈이지요. 이젠 적이 확실한 아군으로 변했답니다.

둘이 같이 들여다본 책에는 화려한 그림들이 많았어요. 그림도 좋고 함께 앉은 것도 좋았는지 조지프가 거실에 들어올 때까지 둘 다 꼼짝 않고 그러고 있었답니다. 불쌍한 영감탱이는 캐서린이 헤어턴 언쇼와 의자에 같이 앉아 한 손을 그의 어깨에 얹고 있는 모습을 보고 기겁을 하더군요. 자기가 아끼는 도련님이 캐서린 바로 옆에 앉아 있는 걸 보고 놀란 거지요. 너무 큰 충격이었는지 그 모습을 보고도 한마디도 못 했어요. 다만 엄숙한 표정으로 탁자 위에 큼지막한 성경을 펼쳐 놓고는 그날의 매상고인 더러운 지폐를 호주머니에서 꺼내 그 위에 놓은 뒤 크게 한숨을 내쉬더군요. 그러더니 드디어 헤어턴 도련님을 부르더니 이렇게 말하는 거예요.

"도련님, 이걸 주인 나리께 갖다 드려유. 그리고 그냥 거기 계셔유. 저는 지 방으로 올라갈 거니께유. 여기는 보기도 숭하고 마땅치도 않아 뵈네유. 가서 딴 방이나 알아봐야 하것어유."

"자, 캐시 아가씨." 제가 말했어요. "우리도 가지요. 다림질이 끝났어요. 올라갑시다."

"아직 8시도 안 됐잖아!" 억지로 일어서며 캐시가 말했어요.

"헤어턴. 이 책은 벽난로 선반에 놔둘게. 그리고 내일 더 많이 가져올게."

"놓고 가면 내가 다 거실로 옮겨 놓을 티니께 마음대로 해 보세유. 다시 찾을 수가 있나 두고 보라니께!" 조지프가 말했어요.

캐시는 그랬다가는 조지프 영감의 책도 그냥 두지 않겠다고 으름장을 놨지요. 그런 다음 웃는 얼굴로 헤어턴 앞을 지나 콧노래를 부르며 위층으로 올라갔어요. 제 생각에 맨 처음 린턴을 찾아왔던 때를 빼고는 이 집에 온 이후로 그토록 마음이 가벼운 적은 없었을 겁니다.

두 사람은 급속도로 가까워졌답니다. 물론 잠시 사이가 벌어진 적도 있었어요. 언쇼 도련님이 하루아침에 교양을 갖추게 된 것도 아니었고, 우리 예쁜 아가씨도 현자나 인내심의 화신이 아니었으니까요. 하지만 두 사람 다 마음은 같은 곳을 향했지요. 한 사람은 상대방을 사랑하고 인정하고 싶어 했고, 또 다른 한 사람도 상대방을 사랑하고 인정받고 싶어 했으니까요. 결국 둘 다 그 성과를 얻어 냈지요.

록우드 선생님, 히스클리프 부인의 마음을 사로잡는 건 그리 어렵지 않답니다. 하지만 이제는 선생님이 그런 노력을 하지 않았던 게 오히려 고맙다는 생각이 듭니다. 제가 진정 소망했던 건 두 사람의 결합이었거든요. 두 사람이 결혼하는 날에는 세상에 더 이상 부러울 게 없을 겁니다. 영국 땅에서 저만큼 행복한 사람도 없을 테니까요!

19장

월요일에 두 사람 간에 그런 일이 있은 그다음 날이었어요. 언쇼 도련님은 아직 일상적인 일을 할 몸 상태가 아니었기에 집에 남아 있었어요. 그렇기에 이전처럼 아가씨를 제 곁에 붙잡아 둘 수 없다는 걸 금세 깨닫게 되었답니다.

아가씨가 저보다 먼저 아래층으로 내려가 자기 사촌이 허드렛일을 하는 걸 보려고 정원으로 나가더군요. 아침 식사를 하러 오라고 부르러 갔더니 그녀가 까치밥나무와 구스베리 덤불로 우거진 정원의 넓은 구간을 정리하자고 헤어턴을 설득해 그 자리에다가 그레인지에서 가져온 나무를 심느라 분주한 거예요.

겨우 반 시간 만에 정원을 초토화시킨 걸 보고 전 아연실색했지요. 까만 까치밥나무는 조지프 영감이 가장 귀중하게 여기는 것이거든요. 그곳을 골라 캐시가 화단을 만들어 놓았으니 말입니다!

"세상에! 조지프 영감이 보면 그 즉시 주인 나리께 일러바칠 겁니다!" 제가 놀라서 소리쳤어요. "그리고 정원을 이렇게 맘대로 해 놓고 뭐라고 변명할 거예요? 한바탕 난리가 날 거예요. 도련님은 아가씨가 부탁해도 그렇지, 저렇게 해 놓으면 안 되는 줄 알잖아요!"

"조지프가 가꾼 거란 걸 깜빡했어." 헤어턴이 다소 당황하며 대답했어요. "하지만 내가 그랬다고 하겠어."

우리는 항상 히스클리프와 같이 식사를 했어요. 차를 준비하고 고기를 써는 안주인 역할을 제가 했기에 식탁에는 제가 꼭 있어야 했지요. 캐서린은 항상 제 옆에 앉았는데 그날은 슬쩍 헤어턴 가까이 앉더군요. 아가씨는 적의를 품을 때도 그렇지만 우애를 보일 때도 전혀 주저하지 않는다는 걸 그때 알게 되었답니다.

"아가씨, 사촌에게만 주목하거나 그와 떠들면 안 돼요." 거실로 들어가면서 제가 귓속말로 아가씨에게 주의를 주었어요. "그러면 분명 히스클리프 씨를 짜증 나게 만들 거고, 두 사람에게 화낼 게 뻔해요."

"안 그럴게." 아가씨가 대답했어요.

그러고서 1분도 되지 않아 캐서린은 헤어턴 옆으로 가더니 죽그릇이 놓인 접시에 앵초꽃을 올려놓더군요.

헤어턴은 캐서린에게 아무 말도 하지 않고 눈길도 주려 하지 않았어요. 하지만 아가씨가 계속 장난을 치자 두 번이나 웃음을 터트릴 뻔했지요. 제가 얼굴을 찡그리자 캐서린이 히스클리프를 슬쩍 훔쳐보더군요. 그런데 그의 표정을 보니 식탁에 같이 있다고 할 수 없을 정도로 다른 무언가에 정신이 팔려 있는 거예요. 그의 얼굴을 유심히 관찰하던 아가씨도 순간 진지해졌지요. 하지만 조금 후 캐서린은 얼굴을 돌려 다시 장난을 치기 시작했어요. 헤어턴이 결국 킥킥대며 웃고 말았지요.

깜짝 놀란 히스클리프가 사방을 둘러보자 여느 때처럼 아가씨는 불안하면서도 반항하는 눈빛으로 그의 눈길을 되받았어요. 히스클리프는 그런 캐서린의 표정을 싫어했지요.

"내 손이 안 닿는 곳에 있는 걸 다행인 줄 알아라." 그가 외쳤어요. "대체 무슨 마귀가 씌었기에 그런 독살스러운 눈으로 날 계속 째려보니 거냐? 당장 그만두지 못해! 그리고 넌 항상 없는 듯 있으라고 했지. 웃는 버릇을 내가 없앤 줄 알았는데 그게 아니구나!"

"제가 웃었어요." 헤어턴이 중얼거렸어요.

"뭐라고?" 주인이 물었어요.

헤어턴은 접시만 쳐다볼 뿐 그 말을 되풀이하진 않았어요.

히스클리프는 잠시 헤어턴을 쳐다보다가 다시 말없이 식사하면서 생각에 잠기더군요.

식사가 거의 끝나 가고 두 젊은이는 조심스럽게 서로 떨어져 앉아 있었어요. 그래서 식사하는 동안 더 이상 아무런 소동이 없으리라고 생각했죠. 그런데 그때 조지프 영감이 들어왔는데, 입술을 벌벌 떨고 눈을 부라리는 거로 보아 자기의 소중한 까치밥나무가 파헤쳐진 걸 발견한 것 같았어요.

그걸 발견하기 전에 그 근처에서 캐서린과 헤어턴이 있는 걸 본 게 틀림없었어요. 마치 되새김질하는 소처럼 턱을 떨면서 도무지 알아들을 수 없는 말로 영감이 떠들어 대더군요.

"이제 월급만 받고 이 집을 나가야겠슈! 육십 평생을 지낸 집에서 인생을 마감하려고 했는디 말이유. 그래서 책이랑 나머지 것들도 다락방에 다 옮겨 놓고, 부엌을 저들이 차지하게 비켜 주려고 했시유. 말썽 없이 끝내려고 말이지유. 난롯가 제 자리를 내놓는 게 쉽진 않았지만, 그냥 그렇게 하자고 맴 먹은 거라우! 그런데 이젠 내 정원까정 독차지하다니. 주인 나리, 더 이상은 못 참것서유! 이런 멍에를 짊어지고서 살라지만 전 그런 데 익숙치 않어유. 늙은 놈이 새 짐을 어찌 짊어지것어유. 차라리 길에 나가 막일을 하면서 먹고사는 것이 낫것네유."

"이런 바보 같은 영감탱이!" 히스클리프가 말을 가로막더군요. "짧게 말해! 뭐가 불만이야? 당신과 넬리 사이의 문제라면 난 참견하지 않을 거라고. 넬리가 자넬 석탄광에 처넣는다 해도 난 상관하지 않을 거란 말이야."

"넬리 얘기가 아니에요." 조지프 영감이 대답했지요. "넬리 때문에 나간다는 게 아니구유. 고약한 여자이긴 허지만 사람 맴을 홀릴 정도는 아니니께유! 흘긋거릴 만큼 예쁘진 않응께요. 문젠 저 말괄량이 같은 버릇없는 여자가 뻔뻔스럽게도 우리 도련님을 홀려 부렸지 뭡니까. 시상에나! 제 가슴이 다 메어집니다요! 도련님은 제가 잘해 준 것도 다 잊어버리고는 그 큰 까치밥나무를 홀랑 파냈답니다!" 나무 때문에 상처받고 자기에게 배은망덕하게 군 도련님에게 실망하고, 게다가 아가씨 때문에 도련님이 위태로운 처지에 있다고 생각한 영감은 흐느끼며 서러워했어요.

"이 멍청이가 술에 취했나?" 히스클리프가 되물었어요. "헤어턴, 영감이 문제 삼는 게 너란 말이냐?"

"제가 까치밥나무 두세 그루를 뽑았거든요." 젊은이가 대답했어요. "하지만 다시 심어 놓을 거예요."

"대체 왜 뽑은 거야?" 주인 나리가 물었어요.

캐서린이 아는 척 끼어들며 큰 소리로 말했어요.

"거기에 꽃을 심으려고 했어요. 다 제 책임이에요. 헤어턴에게 해 달라고 부탁했거든요."

"정원에 있는 막대기 하나라도 건드리면 안 된다고 했지. 감히 누가 너더러 손대도 된다고 했단 말이냐?" 그 사람이 아씨에게 추궁하듯 물었어요. 그리고 헤어턴을 쳐다보며 다시 말했어요. "그리고 누가 너더러 저 애 말을 들으라고 하더냐?"

헤어턴이 잠자코 있자 캐서린이 말했어요. "제 땅을 다 뺏어 놓고, 꽃밭을 꾸미느라 몇 평 썼다고 아까워하면 안 되죠!"

"네 땅이라니, 이런 건방진 년이! 넌 아무것도 가진 게 없어." 히스클리프가 외쳤어요.

"그리고 내 돈까지요." 사납게 쳐다보는 그의 눈길을 되받으며 그녀가 대꾸했지요. 그러고는 남은 빵조각을 입에 베어 물더라고요.

"닥쳐!" 그가 소리를 질렀어요. "그만 처먹고 꺼져!"

"게다가 헤어턴 땅에다가 돈까지 모두 가져갔잖아요." 캐서린이 무모하게 대들었어요. "헤어턴과 나는 이제부터 친구니까 당신에 대한 모든 얘기를 다 할 거예요!"

히스클리프가 잠시 당황한 듯 보였어요. 얼굴이 하얘지더니 캐서린을 마치 죽일 듯한 표정으로 뚫어지게 쳐다보더니 자리에서 벌떡 일어났어요.

"때리기만 해 봐요. 그러면 헤어턴이 당신을 때릴 테니까. 그냥 앉아 있는 게 좋을 거예요." 캐서린이 말했어요.

"만일 헤어턴이 널 패서 내쫓지 않으면 내가 대신 저놈을 패 버릴 거다." 히스클리프가 대노해서 소리쳤어요. "나쁜 년 같으니라고! 저 녀석을 사주해 내게 맞서게 해? 저년을 끌어내! 내 말 안 들려? 저년을 부엌에 처넣으란 말이다! 엘런, 저년이 내 눈앞에 얼씬거리기만 하면 아예 죽여 버릴 거야!"

헤어턴이 나지막한 소리로 캐서린을 설득해 나가자고 했지요.

"저년을 당장 끌어내!" 히스클리프가 미친 듯 소리를 질렀어요. "계속 지껄이며 서 있을 테냐?" 그러고는 자기가 직접 끌어내려고 캐서린에게 다가갔지요.

"이제 헤어턴은 당신 말을 안 들을 거야, 이 악당 같으니라고." 캐서린이 받아쳤어요. "이제 저 사람도 나만큼이나 당신을 증오할 테니 두고 보라고요."

"잠자코 있어! 제발!" 마치 나무라듯이 헤어턴이 나지막하게 말했어요. "아저씨한테 그렇게 말하는 건 못 듣겠어. 그만하라고!"

"그럼 날 때리게 그냥 놔둘 테야?" 캐서린이 외쳤답니다.

"어서, 이리 오라니까." 헤어턴이 간절하게 속삭였어요.

하지만 이미 늦었어요. 히스클리프가 캐서린을 붙잡았지요.

"자, 넌 저리 가!" 그가 헤어턴에게 소리쳤어요. "저주받을 년 같으니라고! 이번엔 참을 수 없을 정도로 날 건드렸어. 내가 영원히 후회하게 해 줄 테다!"

그가 캐서린의 머리채를 움켜잡았어요. 그러자 헤어턴이 이번 한 번은 용서해 달라고 빌면서 손을 놓게 하려고 애썼어요. 히스클리프는 까만 눈동자를 번뜩이며 마치 캐서린을 찢어 죽일 듯한 기세를 보였어요. 저도 흥분한 나머지 아가씨를 구하러 갔지요. 그런데 그자가 별안간 아씨의 머리채를 놓고는 캐서린의 손을 잡고 얼굴을 뚫어지게 쳐다보는 거예요. 그러더니 손으로 눈을 가리며 정신을 가다듬듯 한동안 서 있다가, 다시 캐서린을 쳐다보면서 짐짓 차분한 표정으로 이렇게 말했어요.

"날 화나게 하지 않는 법을 배워야겠구나. 아니면 언젠가 내가 널 죽여 버릴 수도 있단다! 넬리와 같이 나가 있어라. 그리고 그 시건 방진 얘기는 넬리에게나 하고. 그리고 헤어턴 언쇼 녀석이 네 말을 듣는 게 내 눈에 띄는 날엔 제 밥은 제가 챙기게 내쫓아 버릴 테다! 네 사랑 때문에 저 녀석이 쫓겨나 거지 신세가 되는 거지. 넬리, 저 앨 데리고 나가. 모두 나 좀 내버려 두고 어서들 나가라고!"

저는 시킨 대로 아가씨를 데리고 나왔어요. 아씨는 거기에서 빠져나온 게 기뻤는지 더 이상 버티지 않았어요. 헤어턴도 뒤따라 나와서 히스클리프는 점심때까지 혼자 있었어요.

저는 캐서린에게 점심 식사는 위층에서 하라고 권했어요. 그런데 식탁에 캐서린이 없는 걸 보자마자 히스클리프가 절 부르더니 아가씨를 불러오라고 하는 거예요. 그러고는 아무 말 없이 점심을 먹는 둥 마는 둥 하더니 저녁 전까지 돌아오지 않는다면서 곧장 밖으로 나가 버렸어요.

히스클리프가 없는 동안 이제 친구가 된 두 사람이 거실을 차지했어요. 캐서린이 히스클리프가 헤어턴의 아버지에게 어떻게 했는지를 낱낱이 밝혀 주겠다고 하자 도련님이 캐서린을 강하게 말리는 소리가 들리더군요.

자기는 히스클리프에 대한 한마디 험담도 참지 않겠다고 하는 거예요. 심지어 마귀였다고 해도 문제없다는 거지요. 자기는 그 사람 편에 서겠다면서 캐서린이 그를 욕하는 걸 듣느니 차라리 캐서린이 예전에 그랬듯이 자길 두고 험담하라고 할 정도였어요.

캐서린도 이 말에 기분이 상했어요. 하지만 헤어턴이 그녀의 말문을 막는 방법을 찾아냈지요. 캐서린에게 자기가 캐서린의 아빠를 험담하면 기분이 어떨 것 같으냐고 되물은 겁니다. 그제야 캐서린은 헤어턴이 히스클리프의 평판을 마치 자기 일인 것처럼 생각하고 있고, 이성적으로는 이해할 수 없을 정도로 두 사람이 엮여 있다는 걸 알게 되었답니다. 그건 마치 습관처럼 굳어진 단단한 쇠사슬 같아서 그걸 풀어헤치려 한다는 건 자체가 잔인한 짓이란 걸 깨닫게 된 겁니다.

그 이후로 캐서린은 히스클리프에 대한 반감이나 불만을 표시하지 않는 착한 마음씨를 보여 주었어요. 그리고 자기가 둘 사이에 이간질하려 했던 걸 후회한다고 제게 고백했어요. 진정, 그 이후로는 헤어턴이 있는 자리에서 자기를 억압한 히스클리프에 대해 아가씨는 한마디도 하지 않았답니다.

이런 사소한 말다툼 끝에 둘은 다시금 친구가 되었고, 선생과 학생으로서의 이런저런 역할을 하느라 바쁘게 지냈지요. 제 일을 마친 후 저도 거실로 가 다 같이 시간을 보냈고, 둘의 모습을 보며 위안을 받고 마음 편하게 지내다 보니 시간 가는 줄도 모를 정도였지요. 아시다시피 어찌 보면 둘 다 내 자식 같았어요. 한 명은 제가 오랜 시간 자랑스럽게 여겨 왔고, 그리고 이제는 다른 한 명도 이에 못지않은 기쁨을 줄 게 분명했으니까요. 솔직하고 따뜻하고 총명한 그의 성품은 자기가 자라 온 무지와 저속함이라는 먹구름을 순식간에 털어 버렸고, 캐서린이 칭찬을 아끼지 않자 공부에 더욱 정진하더군요. 마음이 밝아지자 안색도 환해졌고, 그러다 보니 기백과 품위가 더해졌어요. 캐서린이 절벽을 찾아간 날, 워더링 하이츠에서 우리 귀여운 아가씨를 찾으러 갔을 때 보았던 그 사람과 지금의 헤어턴이 같은 사람이라는 게 전혀 믿기지 않을 정도였어요.

전 둘의 모습을 어여쁘게 바라보았고 둘은 열심히 공부했어요. 그러는 사이 해가 질 시간이 되었고 히스클리프도 집으로 돌아왔어요. 앞문으로 느닷없이 들어오는 바람에 우리가 고개를 들어 쳐다보기도 전에 우리 셋의 모습을 보게 된 겁니다.

맞아요, 제 기억에도 그렇게 즐겁고 순수한 모습을 보기는 처음이었을 정도였어요. 이런 모습을 본 히스클리프가 만약 애들을 나무란다면 그건 진정 부끄러운 짓이었을 겁니다. 벌건 벽난로 불빛이 보기 좋게 두 사람 머리를 비추고 천진난만할 정도로 생기가 넘치는 얼굴을 드러내 주었지요. 하나는 스물셋, 또 하나는 열여덟 살이었지만 아이들처럼 새롭게 느끼고 배울 게 너무 많았던지 두 사람 얼굴에서 아무런 감동도 받지 못하고 환멸에 가득 찬 어른의 모습은 전혀 찾아볼 수 없더군요.

둘 다 동시에 고개를 들었는데 순간 히스클리프의 눈과 마주쳤어요. 아마 이제껏 눈치채지 못했겠지만, 두 사람의 눈은 아주 많이 닮았고 캐서린 언쇼의 눈을 빼닮았답니다. 아가씨는 앞이마가 넓고 콧대가 조금 휘어서 본인 의도와 관계없이 약간 거만하게 보이는 것을 제외하고는 어머니와 닮은 데가 없었어요. 하지만 헤어턴이야말로 닮은 데가 정말 많았지요. 볼 때마다 눈에 띄었는데 그때는 유난히 눈에 더 들어왔어요. 감성이 더 예민해졌고 공부하다 보니 지성도 깨어났기 때문이었죠.

제 생각에는 이렇게 캐서린 언쇼를 닮았기에 히스클리프가 무장해제당한 게 아닌가 싶었어요. 격앙된 모습으로 난롯가로 향하다가 젊은이의 모습을 보자마자 차분해지는 거예요. 아니, 흥분한 모습이 남아 있었는데 흥분의 성격이 바뀌었다고 하는 게 맞을 겁니다.

그는 헤어턴의 손에서 책을 빼앗아 첫 장을 훑어보았어요. 그러고는 아무 말 없이 다시 돌려주었어요. 캐서린에게는 그저 나가라는 손짓만 했고요. 헤어턴도 곧 캐서린 뒤를 따라 나갔어요. 저도 나가려고 했는데 그냥 있으라고 하더군요.

"참으로 초라한 결론이지 않아?" 방금 목격한 모습을 두고 히스클리프가 한마디 하더군요. "그렇게 맹렬하게 애썼건만 이렇게 어처구니없이 끝나는 건가? 두 가문을 뒤집어 놓으려고 지렛대니 곡괭이니 다 준비하고 헤라클레스처럼 힘든 일을 해내려고 내가 얼마나 노력했는데. 이제 힘도 있고 모든 준비도 끝났는데 어느 한 집의 지붕 기와 한 장도 들어내고 싶은 마음이 없으니 말이야! 나의 옛날 적들은 날 쓰러뜨리지 못했어. 지금이 바로 그자들의 후손한테 복수할 때거든. 난 복수할 수도 있어. 그리고 아무도 날 막지 못한다고. 그런데 다 무슨 소용이야? 난 이 애들을 치고 싶지도 않아. 손 하나 올려 때리고 싶은 마음이 없다고! 마치 지금까지 애쓴 게 고작 나의 이런 넓은 아량을 보여 주려고 한 것 같잖아. 실은 절대 그렇지 않아. 난 그저 이들이 파멸하는 모습을 즐기며 볼 수 있는 능력을 잃은 거야. 아무 소용도 없이 남을 파멸시키기에는 만사가 귀찮아.

넬리, 이상한 변화가 다가오고 있어. 나는 지금 그 변화의 그림자 아래 있다고. 난 일상적인 일에 전혀 관심이 없어. 먹고 마시는 것조차 잊고 지낼 정도라고. 방금 여기서 나간 애들만이 내게 확실한 모습으로 다가온다고. 그런데 그 모습이 괴로울 정도로 내게 고통을 준단 말이야. 캐서린 그 애에 대해선 말하고 싶지 않아. 생각하고 싶은 마음도 없고. 다만 내 눈앞에 제발 안 보이기만 바랄 뿐이야. 그 애를 보면 미쳐 버릴 것 같다고. 그런데 저 녀석은 내게 다른 감정을 불러 와. 미쳤다는 말을 듣지 않고 그렇게 할 수 있다면 다신 그 녀석을 보고 싶지 않다고! 넬리는 아마 내가 지금 미쳐 가고 있다고 생각할 거야." 이렇게 말하더니 애써 웃음을 보이며 계속 말하더군요. "저 녀석이 내게 보여 주거나 일깨워 준 지난날의 수많은 기억과 생각을 다 이야기한다면 말이지. 하지만 넬리는 내가 지금 한 말을 남에게 하진 않겠지. 내 마음은 영원히 그 속에 갇혀 있는데 마침내 누구에겐가 말하고 싶은 마음이 생긴 거야.

5분 전까지만 해도 내 눈에 저 녀석은 사람이 아니라 마치 내 젊은 시절의 화신처럼 보였어. 저 녀석에 대해선 여러 가지로 착잡한 심정이 들어서 제정신으로는 도저히 다가갈 수 없을 정도였다고.

우선 캐서린과 너무 닮아서 겁이 날 정도로 그녀 생각을 하게 된다고. 그런데 그 점이 내 마음을 사로잡는 거라고 생각할지 모르지만 실은 그렇지만은 않아. 캐서린의 모습을 떠올리지 않는 게 대체 무엇이 있겠어? 무엇 하나 그녀 생각을 떠올리지 않는 게 있어야 말이지? 이 바닥만 해도 그렇지. 볼 때마다 판석 위에 그녀 모습이 떠오른단 말이야! 구름 한 점마다, 나무 한 그루마다, 밤에는 대기에 퍼져 있고 낮에는 내 눈에 띄는 것마다 그녀가 있어. 난 온통 그녀의 모습에 둘러싸여 있는 거야. 흔한 남녀의 얼굴에서 — 심지어 내 모습에서도 — 그녀와 닮은 게 보여 날 조롱하고 있어. 온 세상 모든 게 그녀가 존재했고 난 그녀를 잃었다는 기억을 담고 있는 끔찍한 저장고란 말이야!

헤어턴의 모습은 내 불멸의 사랑, 안간힘을 쓰며 내 권리를 붙잡으려던 노력, 나의 타락, 나의 자부심, 그리고 나의 고통에 대한 일종의 망령인 셈이야.

　이런 생각을 당신에게 떠들다니 내가 미친 거지. 단지 왜 내가 항상 혼자 있기 싫어하면서도 그 녀석과 같이 있는 것이 도움이 되기는커녕 내가 겪는 고통만 가중되는지를 당신에게 알려 주고 싶어서야. 그리고 그 녀석이 내 며느리와 어울리든 말든 내가 상관하지 않는 것도 일부 그런 이유 때문이야. 더 이상 그 애들 문제에 관여하고 싶지 않아."

　"히스클리프 씨, 그런데 변화가 오고 있다는 게 무슨 말씀이에요?" 그가 판단력을 잃는다거나 죽을 것 같지도 않은데도 그의 태도 때문에 놀란 나머지 제가 물었어요. 제가 보기엔 아주 멀쩡하고 건강해 보였거든요. 제정신인가의 문제는 워낙 어릴 때부터 어두운 것에 집착하거나 이상한 상상을 즐긴 걸 알기에 별것 아니었어요. 그는 죽은 옛 애인 캐서린에 대해서는 편집증적 증상을 보였지만 나머지 다른 면에서는 저랑 별반 다르지 않았거든요.

　"변화가 닥치기 전까진 나도 몰라." 그가 말하더군요. "이제 겨우 어슴푸레 알 것 같아."

　"어디 편찮은 데는 없어요?" 제가 물었어요.

　"아니, 넬리. 그렇진 않아." 그가 대답했어요.

　"그러면 죽음이 두렵지는 않으세요?" 제가 되물었어요.

　"두렵냐고? 천만에!" 그가 대꾸했어요. "두려움도, 불길한 예감도, 그리고 죽음에 대한 소망도 없어. 그럴 이유도 없고. 신체 건강하고 절제 있는 생활에 위험하지도 않은 직업을 가졌잖아. 난 분명히, 아니 어쩌면 검은 머리가 다 사라질 때까지 살아 있게 될 거야. 하지만 이런 상태로 오래갈 순 없을 거야! 가끔 숨을 쉬어야 한다고 날 일깨운다니까. 심장이 고동치는 것도 잊을 정도라 나 자신을 챙겨야 할 지경이라고! 마치 빳빳한 용수철을 억지로 구부리는 것 같다니까. 한 가지 생각에서 비롯된 것이 아니면 아무리 대수롭지 않은 행동이라도 억지로 하고 있어. 온 우주를 뒤덮은 한 가지 생각과 관련이 없는 것은 산 것이든 죽은 것이든 억지로 주목해야 해. 내게는 한 가지 소원이 있고, 내 온몸과 그 기능 하나하나가 그걸 성취하길 바라고 있어. 너무 오래 확고하게 열망해 왔기에 그 소원이 성취될 거라고 확신하고 있지, 곧 말이지. 왜냐하면 그 소원이 나라는 존재를 먹어 삼켜 버렸기 때문이지. 그 소원이 이루어질 거라는 기대감 속에 흠뻑 빠져 있다고.

이렇게 다 털어놓아도 마음이 후련하지 않아. 하지만 이런 고백이 설명할 수조차 없는 내 기분을 이해할 수 있게 도와줄 순 있겠지. 제길! 너무 오랜 싸움이었어. 그만 끝냈으면 싶다고!"

그는 끔찍한 말을 중얼거리며 방 안을 서성이기 시작했어요. 결국 조지프 영감 말대로, 양심의 가책 때문에 그의 마음이 생지옥으로 변한 거라고 믿고 싶었답니다. 도대체 어떻게 끝나게 될지 궁금할 정도였어요.

이제껏 그는 자기 마음을 털어놓은 적도 없고 겉으로 드러낸 적도 없었어요. 늘 그래 왔으니까요. 본인도 그렇게 말했어요. 하지만 그의 행동거지에서 이걸 눈치챈 사람은 아무도 없었을 겁니다. 록우드 씨가 처음 히스클리프 씨를 봤을 때도 전혀 몰랐을 겁니다. 제가 지금 얘기하는 그 무렵에도 그는 똑같았어요. 다만 늘 혼자 지내길 원했고, 남 앞에서 말수가 더 줄어들었을 따름이지요.

20장

그날 저녁 이후 며칠간 히스클리프는 식사 때 저희를 피했어요. 하지만 헤어턴과 캐시를 보고 싶지 않다고 공언한 건 아니었어요. 자기의 감정에 완전히 매몰되는 걸 싫어했기 때문에 차라리 자기가 자리를 피하는 걸 택한 거지요. 그리고 하루 종일 한 끼 식사로 충분히 버티는 것처럼 보였답니다.

어느 날 밤, 가족들이 모두 잠든 후 그가 내려와 바깥으로 나가는 소리가 들리더군요. 다시 들어오는 소리는 듣지 못했으니 아침까지 밖에 나가 있었던 거지요.

그때가 4월이었는데 날씨는 포근하고 따스했어요. 빗줄기와 햇볕 덕에 잔디는 파랬고 남쪽 담벼락 근처의 작은 사과나무에는 꽃이 활짝 피어 있었지요.

아침 식사 후 캐서린이 제게 집 끝자락에 있는 전나무 아래로 의자를 가져와 일을 하라고 조르더군요. 그리고 총 사고에서 완전히 회복한 헤어턴을 시켜 자기의 작은 정원을 꾸미게 했고요. 조지프 영감이 하도 불만을 토로하는 통에 한가운데 만들려던 정원을 구석쪽으로 옮겼답니다.

저는 편안한 마음으로 사방의 봄 내음을 만끽하고, 예쁜 푸른 하늘을 보며 즐기고 있었어요. 그때 정문 앞에 가서 앵초꽃 뿌리 몇 자루를 구하러 뛰어갔던 아가씨가 바구니에 반쯤만 채우고 돌아오면서 히스클리프가 돌아온다고 알려 주었어요.

"그런데 내게 말을 거는 거야." 당황스러운 얼굴로 그녀가 말했이요.

"뭐라고 했는데?" 헤어턴이 물었지요.

"어서 내 눈앞에서 사라지라는 거지." 그녀가 대답하더군요. "그런데 여느 때의 모습과 너무 달라서 잠깐 서서 쳐다보았다니까."

"어떻게 변했는데?" 그가 다시 물어봤어요.

"글쎄, 아주 밝아졌고 다정해졌다고 할까. 아냐, 그 정도까진 아니고 몹시 흥분한 데다 무척 즐거워하는 모습이었어."

"밤 산책 때문에 기분이 좋아지셨나 보죠." 툭 던지듯이 제가 한마디 했어요. 실상은 아가씨만큼이나 저도 놀랐답니다. 그리고 그녀의 말이 정말인지 확인도 하고 싶었어요. 그 사람이 즐거워하는 모습을 보는 건 흔치 않은 일이기에 핑계를 대고는 안으로 들어가 봤지요.

열린 문 앞에 그가 서 있었는데 창백한 얼굴에 온몸을 떨고 있었어요. 하지만 뭔가 기묘한 즐거움으로 눈이 빛나서인지 얼굴이 완전히 딴판이었어요.

"아침 좀 드실래요?" 제가 물었죠. "밤새 돌아다니셔서 시장하실 텐데요!" 대체 어디를 다녀왔는지 궁금했지만 단도직입적으로 묻고 싶지는 않았어요.

"아니, 배고프지 않아." 고개를 저으며 그가 말했어요. 그리고 자기의 기분이 좋은 이유를 내가 캐내려 한다는 걸 짐작했다는 듯이 약간 빈정거리며 말하더군요.

오히려 제가 어찌해야 할지 모르겠더라고요. 뭐라고 조언을 해야 맞는 건지 도무지 알 수 없었어요.

"방에 누워 계시지 않고 집 밖으로 너무 나돌아 다니시는 건 좋지 않아요." 제가 말했어요. "어쨌든 이렇게 습한 날엔 좋은 생각이 아니에요. 그러다가 독감이나 열병에 걸리시면 어쩌시려고요. 지금 무슨 문제가 생긴 거예요."

"아니야. 견딜 만하다고." 그가 대답했어요. "넬리가 날 그냥 내버려 두면 다 견딜 수 있어. 귀찮게 하지 말고 들어오기나 해."

시키는 대로 그를 지나쳐 안으로 들어가다가 저는 그 사람이 마치 고양이처럼 가쁘게 숨을 몰아쉬고 있다는 걸 알게 되었어요.

'맞네! 어디가 안 좋은 모양이네. 대체 무얼 하고 온 거야?' 속으로 생각했어요.

정오가 되자 다 함께 식사하려고 식탁에 앉았답니다. 아침을 거르더니 그걸 보충이라도 하려는 듯 그는 제가 준비한 음식을 접시 가득 받았어요.

"넬리, 난 독감도, 열병도 걸리지 않았어!" 아침에 제가 한 말 때문인지 이렇게 말하더군요. "난 당신이 준비한 음식을 많이 먹을 수 있어."

그러고는 포크와 나이프를 집더니 먹으려 하더군요. 그런데 별안간 먹고 싶은 생각이 사라졌는지 포크와 나이프를 다시 놓고 창문만 쳐다보더니 일어나 밖으로 나가 버렸어요.

우리가 식사하는 동안 그가 정원에서 서성이는 모습이 보였어요. 식사를 왜 안 하는지 물어보겠다며 언쇼 도련님이 밖으로 나갔어요. 그는 우리가 그의 기분을 상하게 한 거라고 생각했던 거지요.

"그래, 들어온대?" 그가 돌아오자 캐서린이 물었어요.

"아니." 도련님이 그렇게 대답했어요. "시장기가 전혀 없다네. 그런데 불쾌해 보이진 않았어. 딱 두 번 물어봤을 뿐인데 그냥 너한테 가라고만 하는 거야. 그러면서 나보고 너 말고 왜 다른 사람이랑 같이 있으려 하는지 모르겠다는 거야."

저는 그의 음식 접시를 데워 놓으려고 벽난로 선반 위에 올려놓았어요. 한두 시간 후, 방에 아무도 없자 그가 다시 안으로 들어오는데 여전히 흥분한 상태였어요. 뭔가 이상했고 — 보기 드물게 이상한 모습이었어요 — 검은 눈썹 아래로 즐거워하는 모습이 보였어요. 창백한 건 여전한데 가끔 웃는 건지 이가 다 드러나 보이더군요. 게다가 온몸을 떨고 있었는데 몸이 약해져서나 추워서가 아니라 마치 팽팽한 밧줄이 떨리듯, 떨린다기보다 가슴이 격심하게 고동치는 것 같았어요.

대체 무슨 일이 있는지 물어봐야겠다고 저는 생각했어요. 저 아니면 누가 묻겠어요? 그래서 제가 물었죠. "히스클리프 씨, 무슨 좋은 소식이라도 들으셨어요? 보기 드물게 활기가 넘쳐 보이네요."

"내게 좋은 소식이 올 데가 어디 있겠어?" 그렇게 대답하더군요. "그저 굶다 보니 활기가 넘치나 보지. 아무것도 먹지 말아야 할까 봐."

"식사를 차려 놓았어요. 어서 드세요." 제가 대답했어요.

"지금은 먹고 싶지 않아." 그가 서둘러 대답하더라고요. "저녁까지 기다려 보지. 그리고 넬리, 한 번 더 부탁하는데 제발 헤어턴과 그 애에게 내게서 떨어져 있으라고 전해 줘. 난 누구의 방해도 받고 싶지 않거든. 난 그저 혼자 있고 싶을 뿐이야."

"이렇게 모두 쫓아 버리는 이유라도 있나요?" 제가 물었죠. "히스클리프 씨, 대체 왜 이렇게 이상하게 구는 건지 말씀 좀 해 보세요. 어젯밤에 어딜 다녀오셨어요? 그저 호기심 때문에 묻는 것만은 아니고……."

"그저 호기심 때문에 묻는 거잖아." 그가 웃으며 내 말을 끊었어요. "그래, 대답해 주지. 어젯밤 지옥 문턱까지 갔다 왔다고. 오늘은 천당이 보여. 바로 앞에 보이잖아. 내 앞에서 불과 몇 발짝도 되지 않아! 자, 이제 그만 가 보는 게 좋겠어! 참견하지만 않으면 당신은 무서운 걸 보지도 듣지도 않을 수 있을 거야."

벽난로를 쓸고 식탁을 닦고 자리를 떠났는데 마음은 더 혼란스러워졌지요.

그날 오후 내내 그는 거실에 있었고, 누구도 혼자 있는 그를 건드리지 않았어요. 8시가 되자 그가 호출한 건 아니지만 촛불과 저녁 식사를 가져다주는 게 좋겠다고 생각하고는 거실로 들어갔어요. 열려 있는 격자창에 히스클리프가 기대서 있었지만 밖을 보는 게 아니라 어둠 속을 보고 있더군요. 난롯불은 이미 재만 남았고 방 안은 구름 낀 저녁의 눅눅하면서도 따뜻한 공기로 차 있었어요. 너무 조용한 나머지 기머턴 쪽으로 흘러가는 시냇물 소리뿐 아니라 잔물결 소리, 조약돌 위로 콸콸 흘러내리는 물소리, 물에 잠기지 않는 큰 바윗돌 사이로 물이 흐르는 소리까지 다 들릴 정도였어요.

저는 불이 다 꺼져 벽난로에 재만 남은 걸 보고 탄식한 뒤 창문을 하나하나 닫기 시작했어요. 그러다 그가 서 있는 곳까지 가게 되었지요.

"이 창문도 닫을까요?" 꼼짝도 안 하고 서 있기에 그를 깨우기라도 할 겸 물어봤어요.

제가 말을 거는 순간 빛이 그의 얼굴에 비쳤어요. 록우드 씨, 그 순간 그의 얼굴 때문에 제가 얼마나 혼비백산했는지 아세요? 푹 꺼진 검은 눈, 웃음, 창백한 얼굴! 히스클리프가 아니라 마치 요괴 같았어요. 너무 무서운 나머지 그만 촛불을 벽 쪽으로 쓰러트리는 바람에 방 안이 깜깜해지고 말았어요.

"그럼, 닫아야지." 여느 때처럼 그가 대답했어요. "자, 자, 허둥거리긴! 왜 촛불을 쓰러뜨리고 난리야? 얼른 다른 거 가져 와."

저는 너무 무서운 나머지 서둘러 방을 나와서 조지프 영감에게 말했지요. "주인어른이 촛불을 가져오고 불도 지피래요." 너무 겁이 나서 다시 들어갈 엄두가 나지 않았거든요.

조지프가 부삽에다가 불씨를 담아 가져갔다가 이내 도로 갖고 나왔고, 다른 한 손엔 식사 그릇까지 들고나왔어요. 그러면서 주인 나리께서 잠자리에 든다고 하면서 내일 아침도 먹지 않겠다고 하셨다는 거예요. 그리고 이내 그가 위층으로 올라가는 소리가 들리더군요. 그런데 자기 방으로 곧장 가지 않고 판자 미닫이가 달린 침대 방으로 들어가는 거예요. 전에도 말씀드렸지만 사람이 들락날락할 정도로 창문이 큰 방이라 혹 우리 모르게 또 밤 산책을 하러 나가려는가 보다 생각했지요.

'대체 시체를 파먹는 귀신인 거야, 아니면 피 빨아먹는 흡혈귀

488

인 거야?' 저는 잠시 생각에 잠겼지요. 어디선가 사람을 탈을 쓴 귀신 이야기를 읽은 적이 있거든요. 그리고 가만히 앉아 어렸을 적에 제가 돌본 것이며 사내애로 커 가던 모습, 그리고 지금까지의 일생을 곰곰이 생각해 봤어요. 그러다 보니 제가 터무니없이 끔찍한 생각을 한다는 생각이 들더군요.

"하지만 그 새까만 어린것이 대체 어디서 왔기에 자기를 데려온 분께 독이 되고 만 걸까?" 졸다가 제 의식이 흐려지면서 이런 미신 같은 이야기를 혼자 중얼거렸죠. 그러다가 비몽사몽간에 그에게 어울릴 만한 족보를 상상해 보기도 하고, 졸기 전에 생각했던 게 떠올라 이런저런 어두운 모습으로 그의 삶을 다시 쫓다가 그의 죽음과 장례식까지 그려 보았지요. 그중 가장 기억나는 것은 그의 비석에 새기는 문구를 제가 지어야 한다는 것과 그 때문에 묘지기랑 의논했던 장면입니다. 성도 모르고 나이도 알 길이 없기에 그냥 단 한 단어, '히스클리프'로 하기로 했답니다. 훗날 실제로 이렇게 되었지요. 그럴 수밖에 없었고요. 교회 마당에 가면 그의 비석에 이름과 사망일만 새겨진 걸 보실 수 있을 거예요.

날이 밝자 저도 정신을 차렸어요. 일어나 정원으로 나가 창문 아래에 혹 사람 발자국이 있나 확인해 보았어요. 아무런 자국이 없더군요. 그래서 '집에 계시는구나. 오늘은 아무 일 없겠지'라고 생각했지요. 여느 아침처럼 식사를 준비하고는 헤어턴과 캐서린에게 히스클리프 씨가 오늘 늦잠을 주무시니까 그분이 내려오시기 전에 둘이 먼저 식사하라고 일렀어요. 둘이 밖에 나가 나무 아래서 식사하겠다고 하기에 제가 작은 탁자 하나에 식사를 차려 주었지요.

다시 안으로 들어갔더니 그 사람이 내려와 있었어요. 조지프와 농사짓는 얘기를 나누고 있더군요. 조지프에게 농사일에 대해 깔끔하고 상세하게 지시하는데 말도 빨리하고 연신 머리를 옆으로 돌리는 게 흥분한 모습은 여전했고 더 심해진 것 같았어요.

조지프가 나가고 그가 늘 앉던 자리에 앉기에 제가 그의 앞에 커피 잔을 갖다 놓았어요. 그는 잔을 앞으로 당기더니 탁자에 팔을 기대고 맞은편 벽면만 바라보고 있었어요. 반짝이면서도 불안한 눈초리로 한쪽만 위아래로 뚫어지게 쳐다보는 것처럼 보였답니다. 게다가 너무 집중하는지라 한 30초 정도 숨도 안 쉬는 것 같았어요.

"자." 빵을 그의 손 쪽으로 밀면서 제가 말했어요. "이거 드시고 뜨거울 때 커피도 마셔요. 차려놓은 지 한 시간이나 지났어요."

그는 제가 온 것도 몰랐지만 여전히 웃음을 짓고 있었어요. 차라리 웃는 것보다 절 보고 욕을 하는 편이 낫겠다는 생각이 들 정도였지요.

"주인 나리!" 제가 소리쳤어요. "제발 귀신을 본 것처럼 쳐다보지 마세요."

"제발 크게 소리 좀 지르지 마." 그가 대답했어요. "자, 둘러봐. 여기 우리뿐이지?"

"물론이죠." 제가 대답했어요. "우리 둘만 있다고요."

하지만 저도 확실치 않았기에 저도 모르게 그의 말에 따라 방을 둘러봤지요.

그는 앞에 놓인 아침상을 손으로 밀어 빈 곳을 만들고는 더 편안하게 보려고 식탁에 몸을 기댔어요.

그때 알았어요. 그가 벽을 바라보는 게 아니라는 걸요. 가만히 주인 나리만 쳐다보고 있자니 분명히 약 2미터 바로 앞에 있는 뭔가를 뚫어지게 쳐다보고 있더군요. 그리고 쳐다보고 있는 게 뭔지는 모르겠지만 극도의 즐거움과 고통을 동시에 주고 있는 게 분명했어요. 적어도 고통스러워 보이면서도 황홀경 속에 빠진 듯한 그의 표정만 봐도 알 수 있을 정도였지요.

환각 속에서 주시하는 것 역시 한자리에 머물러 있지 않았는지 그의 시선이 쉴 새 없이 그걸 쫓고 있었고 거기에서 한 번도 눈을 떼지 않더군요.

저는 그가 오랫동안 식사를 거른 사실을 알렸지만 허사였어요. 제가 간청하는 통에 뭐라도 먹으려고 손을 움직거리고 빵 조각을 잡으려고 손을 뻗기도 했지만 닿기도 전에 다시 오므렸어요. 그리고 손을 왜 뻗은지도 잊은 채 식탁 위에 다시 내려놓더군요.

저는 마치 인내심이 뭔지 보여 주려는 사람처럼 가만히 앉아서 정신을 딴 데 팔고 있는 히스클리프의 관심을 끌어 보려고 했어요. 결국 그가 짜증을 내며 일어나더군요. 그러고는 왜 식사 때마다 자길 내버려 두지 않느냐고 따지면서 다음번에는 절대 옆에 있지 말고 음식을 차려 놓고 나가 있으라고 하더군요.

이렇게 말하고는 그는 밖으로 나갔답니다. 정원 길을 따라 천천히 어슬렁거리더니 정문을 통해 어디론가 사라졌어요.

걱정스러운 가운데 시간은 흘러가고 다음 날 저녁이 되었지요. 저는 늦게까지 자러 들어가지 않았어요. 잠자리에 들어도 잠이 오지 않았어요. 자정이 지나 그가 돌아왔어요. 그런데 자러 가는 대신 거실에 그냥 있더군요. 귀를 기울이며 뒤척이다가 결국 옷을 입고 아래로 내려왔어요. 불안하고 쓸데없는 수백 가지 생각들이 머리를 괴롭히는데 누워 있을 수가 없었어요.

불안한 듯 거니는 히스클리프의 발걸음 소리가 들리더군요. 그러다가 종종 신음하듯이 숨을 깊이 내쉬는 소리도 들렸어요. 드문드문 중얼거리기도 하고요. 알아들을 수 있는 단어라고는 사랑이나 고통과 연관된 어휘와 섞여서 들리는 캐서린이라는 말밖에 없었어요. 마치 앞에 있는 사람에게 말하는 식이었지요. 낮은 목소리로 진지하게, 마치 영혼 저 밑에서 짜낸 소리 같았지요.

저는 곧장 거실로 갈 용기는 없었지만 어쨌든 그의 주의를 돌려 환상에서 꺼내 주고 싶었지요. 그래서 부엌으로 가 난로의 재를 긁어내기 시작했어요. 결국 제 예상보다 빨리 환상에서 그를 끌어낼 수 있었답니다. 그가 대뜸 문을 열더니 제게 말하더군요.

"넬리, 이리 와 봐. 지금이 아침인가? 불 좀 들고 와 보라고."

"4시 종이 울렸어요." 제가 대답했지요. "위에 가져갈 초를 찾으세요. 제가 이 불로 붙여 드릴게요."

"아니, 위에는 올라가고 싶지 않아. 들어와 여기에 불 좀 지펴 줘. 그리고 여기서 할 일이 있으면 하고." 그가 말했어요.

"불을 지피기 전에 먼저 석탄에 불부터 붙여야겠어요." 이렇게 말하고는 의자와 풀무를 갖고 왔지요.

그러는 사이 그는 거의 착란 상태에 빠져든 것처럼 여기저기 서성거렸어요. 깊은 한숨을 연달아 내쉬는 바람에 숨을 쉴 틈도 없을 성싶었어요.

"날이 새면 사람을 시켜서 그린 씨를 좀 오라고 해야겠어." 그가 말했어요. "법률적인 문제를 차분히 다루고 처리할 수 있을 때 그 사람에게 좀 물어봐야겠어. 아직 유언장도 안 썼고 내 재산을 어떻게 처분할지도 결정한 게 없어. 재산 같은 건 그냥 이 지구상에서 깡

그리 없애 버렸으면 좋겠는데 말이야."

"그런 말씀 하지 마세요." 제가 끼어들었죠. "유언장은 잠시 내버려 두세요. 당신이 저질렀던 여러 가지 잘못을 뉘우칠 수 있는 시간적 여유가 더 있을 테니까요! 전 당신의 정신이 이렇게 이상해지리라고는 생각하지 못했어요. 지금으로 봐서는 정말 이상하다고 할 수밖에 없을 정도예요. 그게 모두 당신 잘못 때문이긴 하지만요. 지난 사흘처럼 지내다가는 어떤 장사라고 해도 쓰러지고 말 거예요. 뭘 좀 들고 쉬면서 하세요. 먹고 마시는 게 얼마나 중요한지 어디 한번 거울을 보고 말씀해 보세요. 마치 못 먹고 죽는 사람처럼, 아니 불면증 때문에 눈이 먼 사람처럼 뺨은 푹 꺼졌고 눈에는 핏줄이 서 있다고요."

"내가 못 먹고 못 쉬는 건 내 잘못이 아니야." 그가 대답했어요. "일부러 그러는 게 아니라고. 할 수만 있다면 나도 먹고 쉬고 싶어. 당신이 하는 말은 지금껏 물속에서 허우적대던 사람이 이제 곧 뭍인데 목전에서 손 놓고 쉬라고 하는 것과 같아. 뭍부터 오른 다음에 쉬어야겠지. 그런 씨 건은 관둬. 그리고 내 잘못에 관해서 말하자면 나는 나쁜 짓을 한 적도 없고 회개할 것도 없어. 난 너무 행복하지만 아직 충분한 건 아냐. 더없는 내 영혼의 기쁨이 지금 내 육체를 죽이고 있지만 아직 만족한 건 아니거든."

"행복하다고요?" 제가 큰 소리로 외쳤어요. "참 이상한 행복이네요! 화내지 않는다고 약속하면 제가 더 행복해질 수 있는 조언을 할 수 있는데요."

"그게 뭔데?" 그가 물었어요. "말해 봐."

"히스클리프 씨도 아시다시피." 제가 말하기 시작했어요. "열셋 되던 해부터 이기적이고 기독교인답지 않게 살아왔잖아요. 아마 그동안 성경 한 번 손에 쥐어 본 적도 없을 겁니다. 성경에 무슨 말이 쓰여 있는지 다 잊었겠지요. 그리고 이젠 다시 읽을 시간도 없고요. 지금이라도 누구라도 불러 — 어떤 종파의 목사님이라도 괜찮아요 — 성경 말씀을 들려 달라고 하는 거예요. 그러고는 당신이 성경 말씀과 얼마나 동떨어진 생활을 했는지 듣고, 죽기 전에 회개하지 않으면 절대 천국에 갈 수 없다는 깨닫는 건 어떻겠어요?"

"화를 내다니, 오히려 고마울 따름이지." 그가 말했어요. "내가 어떻게 묻혔으면 하는 걸 떠올리게 해 주었잖아. 우선 내 시신을 저녁 시간에 교회로 옮기는 거야. 당신이 괜찮다면, 당신과 헤어턴이 같이 가 줬으면 해. 그리고 특히 묘지기가 두 개의 관에 대해 내가 지시한 대로 이행하는지 봐 주어야 해! 목사나 기도 같은 것은 필요 없어. 사실 난 거의 나의 천국에 가 있다고. 다른 사람의 천국이야 별 것도 아니고 가고 싶은 마음도 없어!"

"그런데 그렇게 고집스럽게 아무것도 안 먹다가 죽으면, 사람들이 교회 묘지에 묻히는 걸 거부할 텐데요?" 불경스러운 그의 모습을 보고 제가 되물었어요. "어떻게 하실 작정이에요?"

"그럴 수는 없을 거야." 그가 대답했어요. "정말 그렇게 한다면 당신이 사람을 시켜 나를 몰래 옮겨 줘. 만약 넬리가 내 말을 안 들어 주면, 죽은 사람들이 실제로 완전히 사라져 없어지는 게 아니라는 사실을 깨닫게 해 줄 테니까."

다른 식구들이 일어나는 소리가 나자 그는 곧 자기 방으로 들어갔어요. 그래서 저도 안도의 한숨을 쉴 수 있었죠. 그런데 오후 시간에 조지프 영감이랑 헤어턴이 각자 자기 일을 하고 있는데 히스클리프가 다시 부엌에 내려왔어요. 그리고 몹시 흥분한 모습으로 저보고 거실로 와 앉으라는 거예요. 누군가 같이 있었으면 했나 봅니다. 저는 그 사람이 말하는 내용이나 말하는 투가 너무 무서워 솔직히 싫다고 하면서 거절했지요. 저 혼자 옆에 있고 싶지도 않고 그럴 용기도 없다고 말이지요.

"넬리는 날 악마라고 생각하는군!" 음산한 웃음을 지으며 그가 말했어요. "멀쩡한 집안에서 같이 지내기에는 너무 무서운 거야."

그러자 거기 같이 있던 캐서린에게 고개를 돌렸지요. 그가 다가오는 통에 캐서린이 제 등 뒤로 숨자 반은 비꼬는 투로 이렇게 말하더군요.

"얘야! 네가 오련? 널 해치지는 않아. 절대로! 내가 악마보다 더심하게 굴었지. 좋아, 그래도 나와 같이 있는 걸 피하지 않는 사람이 한 명은 있으니까! 세상에! 지독하기도 하지. 제길! 넌 참을 수 없을 정도로 독한 애야, 나 같은 사람에게조차도 말이다."

그는 더 이상 같이 있어 달라는 말은 하지 않았어요. 어두워지자 다시 자기 방으로 가더군요. 밤부터 아침까지 우리는 그가 신음하고 혼자 떠드는 소리를 들었어요. 헤어턴이 들어가고 싶어 했지만, 우선 케네스 선생님을 모셔 온 후에 들어가 보자고 했지요.

케네스 선생님이 오자 제가 들어가게 해 달라면서 문을 열려고 했어요. 그런데 잠겨 있더군요. 히스클리프가 안에서 우리에게 꺼지라고 호통을 치는 거예요. 자기는 많이 좋아졌으니 혼자 있게 놔두라고 했어요. 결국 의사 선생님도 돌아갔어요.

이튿날 밤은 비가 많이 왔어요. 동이 틀 때까지 퍼붓더라고요. 아침 산책을 하는데 보니까 주인 나리 방 창문이 열려 있더군요. 비는 그 안으로 들이치고요.

그럼 침대에 있을 리가 없다고 보았죠. 아니면 들이치는 비에 홀딱 젖었을 테니까요. 일어나 있거나 밖으로 나갔거나 둘 중 하나이니 더 이상 수선 떨지 말고 들어가 봐야겠다고 생각했지요.

다른 열쇠로 방문을 열고 들어가 보니 아무도 없었어요. 그래서 판자 미닫이를 밀고 안을 살펴봤는데, 히스클리프가 그 안에 있는 거예요. 반듯이 누운 상태로 말이지요. 얼마나 사납게 절 째려보던지 화들짝 놀랐지요. 그러고 보니 웃는 것처럼 보이기도 했어요.

그가 죽었다고는 생각지도 못했어요. 하지만 얼굴과 목은 온통 비에 젖었고, 침대보에서 물이 떨어지고 있는데도 꼼짝하지 않고 누워만 있는 거예요. 창틀에 놓인 손은 앞뒤로 흔들리는 창문에 긁혔는지 피부가 벗겨져 있더군요. 그런데 벗겨진 피부에서 피가 한 방울도 안 보이는 거예요. 그래서 제가 만져 보았을 때는 더 이상 의심할 것이 없었어요. 죽어서 몸이 굳은 거예요!

우선 창문부터 닫고는 그 사람의 이마 위로 흘러내리는 길고 검은 머리를 빗겨 주었지요. 그리고 그의 두 눈을, 누가 보기 전에 흥분에 겨워 아직 살아 있는 것 같은 무서운 두 눈을 감겨 주려 했어요. 그런데 눈이 감기지 않는 겁니다. 마치 눈을 감기려는 절 비웃는 것처럼 보였답니다. 벌어진 입과 날카로운 하얀 이 역시 절 비웃는 것 같았어요! 겁을 집어먹은 나머지 저는 소리를 질러 조지프 영감을 불렀어요. 조지프가 발을 질질 끌며 올라와서는 그 모습을 보고 난리를 피우더니만 자기는 더 이상 관여하기 싫다고 하더군요.

"마귀가 영혼을 빼앗아 간 겨." 그가 소리쳤어요. "영혼을 가져가는 김에 송장까정 가져갔어야 허는디, 워쨌든 난 몰러! 시상에나!

496

죽으면서 웃는 건 머여. 두 눈 뜨곤 못 보것어!" 이 고약한 늙은이가 흉내를 내며 조롱하듯 비웃었어요.

조지프 영감이 침대 주위를 돌며 춤을 추려는 건 아닌지 걱정이 되더군요. 하지만 별안간 차분해지더니 무릎을 꿇고 두 손을 들어 올려 정당한 주인이 집을 되찾고 오래된 가문이 권리를 되찾았다고 감사 기도를 하더군요.

끔찍한 죽음 때문에 전 거의 정신이 나갔었지요. 너무 가슴이 아파 먹먹한 심정으로 과거 시절들을 떠올렸어요. 가엾은 헤어턴, 가장 부당한 대접을 받은 헤어턴만이 그의 죽음을 가슴 아파하더군요. 밤새껏 시신 옆에 앉아 진정 서러워하며 울었지요. 시신의 손을 꽉 잡고 다른 사람은 쳐다보기조차 꺼리는, 비웃는 듯한 그의 사나운 얼굴에 입을 맞추기까지 했어요. 그리고 불에 달군 강철처럼 강인한 심장을 지녔지만, 너그러운 마음을 가졌기에 진정 애통하게 그의 죽음을 애도했지요.

케네스 선생님도 대체 어디가 잘못되어 죽은 건지 밝히지 못하고 쩔쩔맸답니다. 저 역시 혹 문제가 될까 두려워 주인 나리가 나흘간 아무것도 먹지 않았다는 사실은 숨겼답니다. 그리고 일부러 안 먹은 게 아니라 이상스러운 병 때문에 그렇게 된 것이지, 안 먹어서 돌아가신 게 아니라고 믿기로 했지요.

이 고장 사람들 모두가 수군거렸지만 우리는 그가 생전에 원했던 식으로 시신을 땅에 묻었어요. 장례식에 참석한 사람은 저와 헤어턴, 묘지기, 그리고 관을 운구할 여섯 명이 다였어요.

관이 무덤 속에 안치되자 여섯 명은 떠났고, 나머지는 관이 묻힐 때까지 남아 있었어요. 헤어턴은 눈물을 줄줄 흘리면서 잔디 뗏

장을 가져다 흙 위에 덮더군요. 지금은 그의 무덤도 옆에 있는 무덤들처럼 떼가 푸르게 고루 자라고 있습니다. 무덤 주인도 그 안에서 고이 쉬고 있을 겁니다. 그런데 물어보면 아시겠지만, 이 고장 사람들은 하나같이 하나님께 맹세코 히스클리프의 유령이 돌아다닌다고 한답니다. 교회 근처에서 봤다고 하는 사람도 있고 황무지에서, 심지어 이 집 안에서 봤다고 하는 이도 있어요. 선생님은 헛소리라고 하시겠죠. 저도 그렇다고 생각합니다만 부엌 벽난로가에 있는 저 영감탱이는 주인 나리가 돌아가신 후 비 오는 날이면 밤마다 그가 거처하던 방에서 두 사람이 창문 밖을 내다보는 걸 봤다고 우긴답니다. 그리고 한 달 전쯤 제게도 이상한 일이 있었어요.

어느 날 저녁 그레인지로 내려가는데 — 천둥이 칠 것 같은 무서운 저녁이었어요 — 워더링 하이츠를 돌아 나가다가 어미 양 한 마리와 새끼 양 두 마리를 앞세우고 가던 어린 소년을 만났지요. 아이는 울고 있었는데 저는 양이 말을 듣지 않고 제멋대로 굴어서 그러는 줄 알았어요.

"애야, 무슨 일인데 그러니?" 제가 물어봤지요.

"저 산등성이 아래, 저기에 히스클리프 씨랑 웬 여자가 있어요." 엉엉 울면서 애가 말했어요. "그래서 겁나서 못 가겠어요."

제 눈에는 아무것도 보이지 않더군요. 그러나 그 애나 양들이나 그 길로 가려 하지 않는 거예요. 그래서 제가 저 아랫길로 가라고 일러 주었답니다. 아마도 부모나 동네 사람들이 되뇌는 말도 안 되는 얘기를 듣고는 황야를 넘어오면서 혼자 온갖 생각을 다했나 봅니다. 하지만 저도 요즈음 어두워지면 밖에 나가길 꺼린답니다. 이 우중충한 집에 혼자 있기도 싫고요. 저도 어쩔 수 없나 봐요. 하여튼 한시바삐 여길 떠나 그레인지로 이사 갔으면 좋겠어요.

"그렇다면 다들 그레인지로 옮기는 건가요?" 제가 물었어요.

"그렇답니다." 딘 부인이 대답했어요. "결혼하자마자 옮긴다는데 정월 초하루에 결혼식을 치를 거래요."

"그럼 여긴 누가 살죠?"

"글쎄, 아마 조지프 영감이 관리할 거예요. 같이 있을 애 한 명과 같이요. 둘 다 부엌에서 지내고, 나머지는 닫아 둘 거지요."

"여기 살기로 작정한 귀신들에게 쓰라는 건가 보네요." 내가말했다.

"록우드 씨, 그건 아니에요." 딘 부인이 고개를 저으며 부인했다. "죽은 사람들은 편안히 잠들어야 해요. 그들에 대해 함부로 말하면 안 됩니다."

그때 정원 문이 열리고 산책하러 나갔던 두 사람이 들어왔다.

"저 사람들은 겁나는 게 없나 보네." 그들이 들어오는 모습을 창문을 통해 보다가 내가 중얼거렸다. "둘이 함께하면 마귀든 마귀패거리든 다 무찌르겠는데."

현관문 앞 섬돌에 올라오면서 두 젊은이는 마지막으로 한 번더 달을 쳐다보느라, 아니 정확히 말해 달빛에 비친 서로의 얼굴을 보느라 잠깐 멈춰 섰다. 나도 모르게 저들로부터 피해 있는 게 낫겠다는 생각이 들었다. 나는 딘 부인의 손에 감사의 표시로 돈을 쥐여주었다. 그리고 딘 부인이 이러면 안 된다고 하는 말을 흘려들으면서그들이 현관문을 열 때 부엌을 통해 밖으로 빠져나왔다. 나오는 길에 조지프 영감의 발밑에 1파운드 금화를 듣기 좋은 쨍그랑 소리와 함께 떨어뜨렸다. 나를 점잖은 사람으로 봐 주었으면 하는 마음에서 였고, 그래야 혹시라도 조지프 영감이 딘 부인이 헤프게 외간 남자와 놀아났다고 오해하지 않을 것 같았기 때문이다.

그레인지로 오는 길은 교회 쪽으로 돌아왔기에 시간이 더 걸렸다. 교회 담장 밑에 가서 보니 겨우 일곱 달밖에 안 됐지만 어느새 황폐해져 가고 있다는 걸 알 수 있었다. 교회 유리창 대부분이 깨져 없어졌는지 검게 구멍만 나 있었고, 기왓장도 여기저기 삐죽 튀어나와 있어 오는 가을 폭풍에 하나둘씩 떨어져 나갈 듯 보였다.

황무지 옆 언덕배기에서 사방을 둘러보다가 비석 세 개가 놓여 있는 걸 보았다. 가운데 것은 회색이었는데 히스꽃에 반쯤 묻혀 있었다. 에드거 린턴 것은 비석 밑에서 자라난 이끼와 잔디랑 어우러졌고 히스클리프의 무덤은 아직 그대로였다.

나는 포근한 하늘 아래서 세 무덤 사이를 서성였다. 히스꽃과 초롱꽃 사이로 날아다니는 나방과 풀 사이로 들리는 숨 쉬는 듯 부드러운 바람 소리를 들으며, 나는 이렇게 고요한 대지에 묻힌 사람들이 제대로 안식을 취하지 못할 거라고 그 누가 상상이나 할 수 있겠나 하는 생각을 해 보았다.

폭풍 같은 사랑 이야기를 넘어서는
3대에 걸친 대하드라마

1818년 7월 30일 잉글랜드 북부 요크셔주의 시골 마을에서 출생한 에밀리 브론테는 서른 살의 나이로 세상을 뜰 때까지 인생의 대부분을 아버지 패트릭 브론테가 목사로 재직한 하워스의 목사 사택에서 보냈다. 지금은 브론테 박물관으로 쓰이는 이 건물에서 패트릭 브론테 목사와 아내인 마리아 브랜웰은 거의 연년생인 6남매를 낳아 키웠는데, 에밀리는 그 가운데 다섯 번째였다. 그녀는 위로는 1814년생인 마리아, 1815년생인 엘리자베스, 1816년생인 샬럿, 그리고 1817년생인 오빠 브랜웰이 있었고, 아래로는 1820년에 태어난 여동생 앤이 있었다. 그 당시 하워스는 요크셔 지방에서도 가장 황량한 오지 마을이었는데, 그나마 아버지 패트릭 브론테가 케임브리지 대학 세인트존스 칼리지를 졸업한 덕택에 여섯 자매는 독서와 글쓰기를 할 수 있는 분위기에서 성장할 수 있었다.

하워스는 요크셔주에서도 이른바 히스가 우거진 황무지 마을이기에 주로 가난한 농부들이 살고 있었고, 이들 대부분은 지역 특유의 사투리에 무뚝뚝한 말투를 쓰는 거친 사람들이었다. 작품 제목에 쓰인 '워더링'도 이 지역만의 방언으로 폭풍우에 노출된 격동적인 분위기를 의미하고 있으며, 거친 사투리와 퉁명스러운 말투를 쓰는 조지프 노인은 이 지역의 거칠고 황량한 분위기를 보여 주는 대표적인 예라 하겠다.

여동생 앤이 태어난 이듬해인 1821년 어머니가 병으로 사망하자 미혼이었던 큰이모가 집안 살림을 맡게 되었다. 여섯 살이 되던 1824년 에밀리는 언니들이 가 있던 카원 브리지Cowan Bridge 학교에 입학하여 수학했으나, 열악한 환경으로 인해 마리아와 엘리자베스가 폐병에 걸려 사망하게 되자 다음 해인 1825년 집으로 돌아왔다. 1835년에 언니 샬럿이 교사로 있던 로헤드Roe Head 학교에 입학하지만 향수병 때문에 몇 달 후 다시 집으로 돌아왔으며, 그 이후 잠시 교사직을 얻어 서너 번 집을 떠난 적이 있지만 대부분을 하워스에 머물렀다. 히스가 우거진 하워스를 좋아했던 에밀리는 외지에서 교사를 하기보다 집에서 운영하는 기숙 학교를 세워 보자는 계획하에 외국어 교사 자격을 얻기 위해 1842년 2월 브뤼셀에 있는 학교로 건너갔다. 하지만 같은 해 11월 집안 살림을 도맡아 했던 큰이모의 사망 소식을 접하고는 다시 하워스로 돌아왔다.

브론테 자매들은 외부와의 접촉이 별로 없는 목사관에서 함께 지내며 각자 창작 활동을 했는데, 여성 작가가 거의 없던 시절에 이러한 환경에서 영국 문학사에 길이 남는 명작을 탄생시켰다는 것은 실로 경탄할 만한 일이다. 샬럿, 에밀리, 앤, 세 자매는 당시의 여성 작가에 대한 편견을 피하기 위해 남자 이름으로 필명을 정했는데, 성은 벨Bell로 짓고 이름은 각자의 이름 첫 번째 철자를 넣어 커러Currer, 엘리스Ellis, 액턴Acton이라는 이름으로 시집을 출판했다. 하지만 시집은 대중에게서 별다른 호응을 얻지 못했다. 이후 이들은 각자 소설을 집필했고 우여곡절 끝에 샬럿은 1847년 10월에 『제인 에어』를 출판하였고, 12월에는 에밀리의 『워더링 하이츠』와 여동생 앤의 『아그네스 그레이』가 출판되었다. 『제인 에어』가 출판 직후 호평을 받은 것에 비하면, 『워더링 하이츠』는 에밀리가 이듬해인 1848년 요절할 때까지도 대중에게서 외면당했고 그 후 오랜 시간 대중의 관심에서 멀어진 작품이었다. 작가가 밝혀진 이후에도 당시 독자들은 여성 작가가 히스클리프 같은 미친 광기를 보이는 남자 인물을 창조할 수 없다고 생각할 정도였다고 하니 당시의 반응이 가히 짐작되는 바다. 오늘날 영국 문학에서 우리의 기억 속에 영원히 살아 있는 인물인 히스클리프는 우여곡절 끝에 이러한 분위기에서 탄생하게 된 것이다.

그나마 독자들에게 브론테 자매들의 모습을 알게 해 준 그림인 브론테 자매 초상화에는 그림을 그린 브랜웰의 얼굴이 고의로 지워져 있다. 불행했던 자신의 삶을 지우려고 했던 것은 아닐까 하는 생각이 든다. 화가를 지망했던 그는 가정 교사 시절 고용주의 아내와 사랑에 빠졌다가 실연당한 뒤 술과 마약에 젖어 지내다 1848년 9월 서른한 살의 나이로 사망하고 만다. 그리고 오빠의 장례식 때 감기에 걸린 이후 폐결핵이 악화된 에밀리 역시 석 달 후인 12월 19일 서른 살의 나이에 세상을 떴다. 하워스의 황폐하고 열악한 환경 때문인지 폐결핵은 브론테 가문의 네 딸을 운명을 갈라놓고 마는데, 언니 마리아는 열한 살, 엘리자베스는 열 살, 에밀리는 서른 살, 그리고 막내인 앤 역시 에밀리가 세상을 뜬 다음 해인 1849년

스물아홉 살로 생애를 마감했다.

서른의 나이에 요절한 작가이기에 브론테의 유일한 소설 작품이기도 한 『워더링 하이츠』는 우리말로는 대개 '폭풍의 언덕'으로 번역되어 왔다. 이번 번역명을 '워더링 하이츠'로 삼은 이유는 '폭풍의 언덕'이 의미상 틀린 것은 아니지만 언쇼가 사람들이 거주하는 집을 일컫는 고유 명사이기에 그대로 옮긴 것이고, 기존 번역명이 작품의 의미를 캐서린과 히스클리프의 폭풍 같은 사랑에만 초점을 맞추게 하여 이 작품을 로맨스 소설로 만들어 버리는 경향이 있다고 보았기 때문이기도 하다. 실상 '워더링 하이츠'는 이 집을 일컫는 이름이라기보다 하워스 지역 전반의 분위기를 보여 주는 표현이라고 볼 수 있다.

에밀리 브론테가 창조해 낸 히스클리프라는 인물, 그리고 캐서린을 향한 그의 광기 서린 사랑이 독자들에게 워낙 강한 인상을 남겼기에 이 작품을 두 연인 간의 지독한 사랑 이야기로 보려는 태도가 잘못이라고 할 수는 없다. 이러한 해석은 실상 영화 버전에서도 볼 수 있는데, 윌리엄 와일러 감독이 만든 1939년도 영화에서는 소설의 전반부만 영화에 담아 두 사람이 죽은 후에도 사랑을 한다는 내용으로 결말을 지었다. 하지만 소설 속 이야기는 3대에 걸친 이야기이며 두 사람의 폭풍 같은 사랑 이외에도 후손들이 살아간 이야기와 당시 사회의 적나라한 모습 등이 담겨 있다. 우선 소설의 줄거리부터 살펴보기로 하자.

『워더링 하이츠』는 1인칭 소설로 1인칭 화자인 록우드가 스러시크로스 그레인지 저택에 세입자로 들어와 1801년이라는 현재 시점에서 사건을 관찰하고 서술하는 방식으로 진행된다. 록우드에게 과거의 사건을 전해 주는 사람은 넬리라고 불리는 이 집안의 가정부로, 이 집에서만 18년을 머물고 그 이전에는 워더링 하이츠에서 지내다가 캐서린 언쇼가 린턴가로 시집올 때 같이 따라온 인물이다. 소설은 1801년 겨울 스러시크로스 그레인지 저택의 세입자인 록우드가 워더링 하이츠를 방문해 집주인인 히스클리프를 만나 대화를 나누는 장면으로 시작한다. 넬리는 록우드가 연이틀 워더링 하이츠를 방문하면서 갖게 된 모든 궁금증을 풀어 주며 과거의 이야기를 전해 준다. 소위 액자 소설의 형태를 취하는 이 소설의 바깥 액자의 주요 인물이 이 두 사람인 셈이다.

소설의 내용을 이루는 액자 속 이야기는 스러시크로스 그레인지 저택에 사는 린턴 내외와 에드거, 이사벨라 남매, 워더링 하이츠 저택에 사는 언쇼 내외와 힌들리, 캐서린 남매, 그리고 언쇼 씨가 데려온 히스클리프라는 인물들 간에 3세대에 걸쳐 벌어지는 이야기다. 1세대 이야기가 두 가문의 어른들과 어린 시절의 자식들에 대한 이야기라면, 2세대 이야기는 두 가문의 자식들 간의 결혼과 이들의 자손들에 관한 이야기다. 유학을 떠났던 힌들리 언쇼는 아버지의 장례식을 위해 집에 돌아올 때 외지에서 만난 프랜시스를 데리고 온다. 병약한 프랜시스는 헤어턴 언쇼를 낳고 이내 세상을 뜬다. 그레인지의 장남인 에드거 린턴은 캐서린 언쇼와 결혼해 캐시 린턴을 갖게 된다. 캐서린은 캐시를 낳은 후 두 시간 뒤 의식도 회복하지 못한 채 세상을 뜨고 만다.

한편 에드거 린턴의 청혼을 받고는 히스클리프를 사랑하기는 하지만 고아와는 결혼할 수는 없다는 캐서린의 말을 우연히 엿듣게 된 히스클리프는 그날 밤 집을 떠난다. 3년 후 성공한 모습으로 돌아온 히스클리프는 자신을 학대했던 힌들리 언쇼와 자신의 소울 메이트를 뺏어간 에드거 린턴에 대한 복수를 시작한다. 힌들리 언쇼가 죽은 후 워더링 하이츠를 차지한 히스클리프는 그레인지 저택마저 빼앗으려는 목적으로 에드거의 여동생 이사벨라와 결혼한다. 결혼 후 하루도 지나지 않아 히스클리프의 본심을 알게 된 그녀는 워더링 하이츠에서 도망쳐 나온 후 남쪽 지방으로 내려가 그곳에서 린턴을 낳아 기르다가 아들 린턴이 열두 살이 되던 해 세상을 뜬다.

3세대 이야기에서는 그레인지 저택을 빼앗기 위해 이사벨라와 결혼한 히스클리프가 이사벨라가 죽자 이번에는 자기 아들인 린턴을 에드거 린턴의 딸인 캐시 린턴과 결혼시킨다. 병약한 린턴은 결국 결혼 직후 이내 세상을 뜨고, 죽기 직전 자신의 전 재산을 아버지인 히스클리프에게 상속하는 유언장을 작성함으로써 그레인지 저택마저 히스클리프의 손에 쥐어 주고 만다. 린턴이 죽은 후 히스클리프의 며느리로 워더링 하이츠에 남게 된 캐시는 자신이 무시하고 싫어했던 힌들리 언쇼의 아들인 헤어턴과의 관계를 회복하고, 결국 두 사람이 결혼하는 것으로 소설은 끝을 맺는다. 죽음을 맞기 직전 히스클리프는 자신을 미워하고 괴롭혔던 힌들리의 아들인 헤어턴 언쇼와 자신에게서 캐서린을 빼앗아 간 에드거의 딸인 캐시가 다정하게 같이 공부하는 모습을 물끄러미 쳐다보며 이렇게 말한다.

　　"참으로 초라한 결론이지 않아? (중략) 그렇게 맹렬하게 애썼건만 이렇게 어처구니없이 끝나는 건가? 두 가문을 뒤집어 놓으려고 지렛대니 곡괭이니 다 준비하고 헤라클레스처럼 힘든 일을 해내려고 내가 얼마나 노력했는데. 이제 힘도 있고 모든 준비도 끝났는데 어느 한 집의 지붕 기와 한 장도 들어내고 싶은 마음이 없으니 말이야!"

"히스클리프는 나보다 더 나 같은 친구야. 우리 영혼이 어떻게 만들어졌는지는 모르겠지만 우리의 영혼은 하나야." 캐서린이 말하듯이 『워더링 하이츠』가 독자들을 사로잡는 것은 히스클리프와 캐서린의 운명적인 사랑이라는 것은 부인할 수 없다. 에드거 린턴과 결혼하기는 했지만, 죽는 순간에도 자신의 분신이나 다름없는 히스클리프를 사랑했던 캐서린의 고백, "내가 바로 히스클리프야"에서 독자들은 영국 문학에서 최고로 낭만적이고 운명적인 지극한 사랑의 최고봉을 만나는 경험을 하게 되는 것 또한 부인할 수 없는 사실이다. 하지만 이 작품을 두 사람 간의 사랑 이야기로만 접근한다면 우리는 에밀리가 작품에 담아낸 많은 부분을 놓치는 결과를 낳게 될 것이다.

요크셔주 시골 마을의 히스가 우거진 들판을 배경으로 공존하고 있던 두 세계, 하나는 폭풍을 상징하는 언쇼가, 다른 하나는 평온을 상징하는 린턴가, 그리고 여기에 들어온 이단자인 히스클리프, 또한 그의 죽음 이후 두 가문의 후예인 헤어턴과 캐시가 다시 결합함으로써 질서가 회복된다는 대하드라마 같은 이야기나 당시의 법 제도를 이용해 히스클리프가 합법적으로 두 집을 통째로 빼앗는 이야기, 폭풍 같은 사랑은 아니지만 시간이 흐르면서 서로에 대한 오해를 풀고 하나가 되는 헤어턴 언쇼와 캐시 간의 은근한 사랑 이야기 역시 이 작품에서 놓칠 수 없는 장면들이다. 스물세 살의 헤어턴과 열여덟 살 캐시는 글을 가르치고 배우는 선생과 학생처럼, 그리고 마치 천진난만한 연인처럼 서로에게 의지하면서 폭풍우가 지난 후 두 가문 간에 새로운 시작을 만들어 나간다. 작품 끝에서 넬리는 런던에서 돌아와 다시 이곳을 찾은 록우드에게 사랑스러운 두 사람의 모습을 이렇게 전한다. "한 사람은 상대방을 사랑하고 인정하고 싶어 했고, 또 다른 한 사람도 상대방을 사랑하고 인정받고 싶어 했으니까요. 결국 둘 다 그 성과를 얻어 냈지요."

　　우리말로 옮기는 과정에서 무엇보다 신경을 쓴 것은 인물들의 이름과 서로 간의 호칭이었다. 두 가문이 결혼으로 맺어지는 과정에서 같은 이름들이 계속 반복되는 바람에 엄마 캐서린, 딸 캐서린, 외삼촌 린턴, 조카 린턴 등 서로 간에 혼동을 피한 구분 작업이 쉽지 않았다. 또한 이들을 부르는 호칭 또한 구분하기가 쉽지 않았다. 가정부와 주인의 관계에서 아가씨가 되기도 하고 아씨가 되기도 하는 과정에도 혼동이 있을 수 있었다. 그때마다 우리말 표현이 주는 뉘앙스를 담아 내려 노력했지만 우리말 호칭 제도가 워낙 복잡한지라 독자에게 제대로 전달되기만을 바랄 뿐이다. 또한 지역 토박이들이 쓰는 사투리를 옮기는 과정도 쉽지 않았다. 조지프 영감의 사투리는 뜻을 알기도 쉽지 않았고, 이에 걸맞은 우리말 사투리를 찾아 옮기는 작업도 꽤나 까다로웠다. 어색한 사투리 표현이나 호칭을 피하려고 노력은 했으나 그래도 혹 어색한 부분이 있다면 그저 번역자의 역량 부족 때문임을 고백하면서 독자들이 혜량하여 주길 바랄 뿐이다.

작가 연보

1818 1818년 7월 30일, 영국 북부 요크셔주 시골 마을에서 아일랜드 출신인 패트릭 브론테와 잉글랜드 남서부 콘월 출신인 마리아 브랜웰의 딸로 태어났다. 아일랜드 빈민 출신인 패트릭 브론테는 케임브리지 대학 세인트존스 칼리지를 근로 장학생으로 나와 영국 국교회의 목사가 되었기에 여섯 남매가 독서와 글쓰기를 할 수 있는 분위기에서 성장할 수 있었다. 위로는 언니인 마리아(1814), 엘리자베스(1815), 샬럿(1816)과 오빠인 브랜웰(1817)이 있었다.

1820 막내 여동생 앤이 출생하고, 아버지 패트릭 브론테가 하워스의 교구 목사로 임명된다. 하워스는 요크셔의 지방색이 가장 강하고 외부 세계와의 교통도 마차나 도보에 의지할 수밖에 없는 오지로 대부분 가난한 농부와 직공이 거주하는 곳이며, 에밀리는 외지에서의 학교생활과 잠깐의 교사 생활을 제외하고 평생을 이곳에서 지낸다. 이 지역의 분위기가 『워더링 하이츠』 작품 전반에 깔려 있다. 하워스의 목사 사택은 지금은 에밀리 브론테 박물관으로 쓰이고 있다.

1821 어머니인 마리아 브론테가 하워스에 정착한 지 채 1년도 안 돼 병으로 세상을 뜬다. 콘월 외가의 이모인 엘리자베스 브랜웰이 하워스로 와 살림을

도맡아 6남매를 키운다.

1824 부인을 잃은 패트릭 목사는 랭커셔주에 있는 성직자 가족을 위한 기숙사 제도의 자선 학교 카원 브리지 학교에 딸들을 입학시킨다. 에밀리 역시 11월 25일 언니 세 명이 다니던 이 학교에 입학한다.

1825 가혹한 규율과 열악한 환경으로 악명이 높은 카원 브리지 기숙 학교에서 1년을 보낸 후, 언니 마리아와 엘리자베스가 폐병에 걸려 사망하고, 이에 놀란 패트릭 목사는 딸들의 학업을 중단시킨 후 샬럿과 에밀리를 집으로 데려온다. 후일 샬럿은 이때의 쓰라린 경험을 그녀의 소설『제인 에어』에서 로우드 학교의 혹독하고 열악한 생활 모습으로 재현한다.

1831 샬럿이 로헤드 학교에 다니고, 에밀리와 앤은 공상 이야기인 곤달 왕국에 대한 글을 쓰기 시작한다. 오늘날 일부밖에 남아 있지 않지만 샬럿과 브랜웰이 쓴 앵글리아 왕국 이야기와 더불어 엄청난 분량의 글쓰기 작업이었다고 한다. 이 글짓기 작업은 자매들이 겪은 오지 생활의 외로움을 달래주었을 뿐 아니라 장차 꽃피울 이들의 창작 활동의 모태가 된다.

1835 샬럿이 자신이 수학한 로헤드 학교의 교사로 부임하자 에밀리가 그곳에 입학한다. 하지만 심신이 약해진 에밀리는 3개월 후 하워스로 돌아오고 대신 동생 앤이 보내진다. 에밀리는 이후 2년간 하워스에서 머물면서 독서와 창작으로 시간을 보낸다.

1838 에밀리는 로힐Law Hill 사숙 학교의 교사로 계약을 맺고 6개월을 보내지만 향수병에 시달리고 힘든 교사 생활에 지친 나머지 하워스로 돌아온다.

1842 외지로 나가 교사 생활을 하기보다 고향에 사숙 학교를 세워 운영해 보자는 브론테 자매들의 계획하에 외국어 교사 자격을 얻기 위해 에밀리와 샬럿은 벨기에 브뤼셀에 있는 학교로 유학을 떠난다. 둘은 프랑스어와 독일어를 배우는 대신에 샬럿은 영어를, 에밀리는 음악을 가르치는 조건으로 수업료와 기숙비를 면제받는다. 살림을 도맡았던 이모 엘리자베스 브랜웰의 급작스러운 죽음으로 인해 귀향한다. 이후 에밀리는 하워스에 남고, 샬럿은 다시 돌아가 1844년 1월까지 브뤼셀에서 지낸다.

1846 세 자매는 각자의 필명을 자신들의 이름 첫 문자인 C, E, A를 넣은 커러 Currer, 엘리스Ellis, 액턴Acton으로 정하고, 자비 부담으로 공동 시집을 출판하지만 대중으로부터 아무런 반응을 받지 못한다.

1847 토머스 뉴비Thomas Newby라는 런던의 출판업자로부터 출판비의 일부를 저자가 부담하는 조건으로 에밀리는 『워더링 하이츠』를, 앤은 『아그네스 그레이』를 가명을 써서 동시에 출판한다. 샬럿은 스미스 앤드 엘더Smith & Elder 출판사에서는 『제인 에어』를 커러 벨이라는 가명으로 출판한다.

1848 브론테가의 유일한 아들로 문학과 미술에 비범한 소질을 보였던 브랜웰은 집안의 골칫거리가 되어 9월 24일 서른한 살의 나이로 요절한다. 오빠의 장례식 때 걸린 감기가 폐결핵으로 발전하여 에밀리도 12월 19일 서른 살의 나이로 숨을 거두고 만다.

1849 5월, 막내 앤 역시 폐결핵으로 생애를 마친다.

1855 샬럿이 하워스의 부목사와 결혼한 지 1년 만에 세상을 떠난다.

작가 연보

워더링 하이츠

1판 1쇄 인쇄   2023년 3월 20일
1판 1쇄 발행   2023년 3월 31일

지은이   에밀리 브론테
옮긴이   윤교찬
펴낸이   김영곤
펴낸곳   아르테

문학팀   김지연 임정우 원보람
출판마케팅영업본부장   민안기
마케팅2팀   나은경 정유진 박보미 백다희
출판영업팀   최명열 김다운
제작팀   이영민 권경민

출판등록   2000년 5월 6일 제406-2003-061호
주소   (우 10881) 경기도 파주시 회동길 201(문발동)
대표전화   031-955-2100
팩스   031-955-2151

ISBN   978-89-509-2370-9 04800
ISBN   978-89-509-7667-5 (세트)

아르테는 (주)북이십일의 문학 브랜드입니다.

『슬픔이여 안녕』『평온한 삶』『자기만의 방』『워더링 하이츠』『변신』『1984』『인간 실격』『죄』『사랑에 대하여』『도리언 그레이의 초상』『비계 덩어리』『원든』『라쇼몬』『이방인』『데미안』『수레바퀴 밑에서』『노인과 바다』『위대한 개츠비』『작은 아씨들』

클래식 라이브러리 시리즈는 계속 출간됩니다.